T. Coraghessan Boyle

GRÜN IST DIE HOFFNUNG

Eine Pastorale

Aus dem Amerikanischen
von Werner Richter

*Rogner & Bernhard
bei Zweitausendeins*

5. Auflage, September 2010.

Die Originalausgabe erschien unter dem Titel *Budding Prospects*
bei Viktor Gollancz.

ISBN 978-3-8077-1069-3

Lektorat: Siv Bublitz.
Umschlaggestaltung: Heine/Lenz/Zizka Projekte GmbH, Frankfurt.
Umschlagfoto: Heine/Lenz/Zizka Projekte GmbH, Frankfurt.
Herstellung: Dieter Kohler GmbH, Wallerstein.
Druck und Bindung: CPI – Clausen & Bosse, Leck.
Printed in Germany.

Dieses Buch gibt es nur bei Zweitausendeins im Versand, Postfach, D-60381 Frankfurt am Main, Telefon 069-420 8000, Fax 069-415 003.
Internet www.Zweitausendeins.de. E-Mail Service@Zweitausendeins.de.
Oder in den Zweitausendeins-Läden 2 x in Berlin, Düsseldorf, Frankfurt am Main, Freiburg, 2 x in Hamburg, Hannover, Köln, Leipzig, Mannheim, München, Nürnberg und Stuttgart.
Oder in den Zweitausendeins-Shops in Aachen, Augsburg, Bochum, Bonn, Braunschweig, Bremen, Darmstadt, Dortmund, Dresden, Duisburg, Erfurt, Essen, Gelsenkirchen, Göttingen, Gütersloh, Herford, Karlsruhe, Kiel, Koblenz, Ludwigsburg, Marburg, Mönchengladbach, Münster, Neustadt an der Weinstraße, Oldenburg, Osnabrück, Trier, Ulm und Wuppertal.

In der Schweiz über buch 2000, Postfach 89, CH-8910 Affoltern a. A.

Dieses Buch ist meinen gärtnernden Freunden gewidmet.

Pflüge tief, wenn der Faule hält Ruh',
dann hast du Korn zum Verkaufen und
für den Speicher dazu.

Benjamin Franklin
Der Weg zum Wohlstand

„Also Jungs, als ich siebzehn war, bin ich in den Dschungel, und als ich einundzwanzig war, kam ich wieder heraus. Und bei Gott: Ich war reich."

Arthur Miller
Tod eines Handlungsreisenden

Teil I

Der Boden wird bereitet

Kapitel 1

Ich hab immer alles hingeschmissen. Ich bin bei den Pfadfindern wieder raus, genau wie aus dem Kinderchor und dem Schulorchester. Hab meine Morgenzeitungstour hingeschmissen, der Kirche den Rücken gekehrt, mit dem Basketballtraining aufgehört. Ich hab das College aufgegeben, bin hart am Militärdienst vorbei, Tauglichkeitsgrad 4-F wegen psychischer Labilität, ging danach zurück auf die Uni, um es noch einmal zu versuchen, nahm ein Doktorandenstudium in Englischer Literatur des neunzehnten Jahrhunderts auf, saß immer in der vordersten Reihe, schrieb eifrig mit, kaufte mir eine Hornbrille und schmiß das Ganze dann kurz vor dem Abschlußexamen hin. Ich heiratete, trennte mich und ließ mich scheiden. Gab das Rauchen auf, das Joggen, das Essen von Rindfleisch. Jobs habe ich auch aufgegeben: Totengräber, Tankwart, Versicherungsvertreter, Filmvorführer in einem Pornokino in Boston. Mit neunzehn hüpfte ich Hals über Kopf ins Bett eines Mädchens mit verhärmtem Gesicht und Hängebusen, das ich aus der Schule kannte. Das Mädchen wurde schwanger. Ich verschwand aus der Stadt. So ziemlich das einzige, was ich nicht hingeschmissen habe, war das Sommerlager.

Und davon erzähl ich euch jetzt.

Damals lebte ich seit zwei Jahren allein. Ich wachte allein auf, zog mir allein Zahnseide durch den Mund, hatte diverse Gelegenheitsjobs, ernährte mich aus Imbißbuden, las allein Zeitung und zog mich abends allein aus. Das Universum hatte vorübergehend seine Grenzen verkürzt, und ich war gerade dabei, mich daran zu gewöhnen. Ich war einunddreißig. In den billigen Restaurants saß ich mit Männern zusammen, die einundfünfzig, einundsechzig, einundachtzig waren, schlürfte mit ihnen Tomatensuppe und beobachtete die Kellnerin. Manchmal besuchte ich Freunde zum Abendessen, spielte eine Runde Billard, ging ins Aquarium, tanzte in beengten, pechschwarzen Clubs zu pulsierenden Latino-Rhythmen; manchmal fühlte ich mich wie ein bärtiger Asket, versunken in den Anblick von Steinen in der Wüste.

An jenem Abend – es war Ende Februar – war ich zu Hause

geblieben. Ich las gebannt den Bericht von der Erstürmung des K2 durch eine japanische Seilschaft, meine Lungen zogen sich in der dünnen, beißenden Luft zusammen, meine Haut brannte von den Eisnadeln, die der Wind heranpeitschte, als plötzlich die Platte – *Le Sacre du Printemps* – mit knirschendem Jaulen in einer Rille hängenblieb, als wäre eine ganze Bühne voller Nixen, Nymphen und Satyrn in Stretchtrikots gleichzeitig lahm geworden. Ich sah von meinem Buch auf. Der Regen klopfte an die Fenster wie ein grienender Spanner, leise Geräusche hallten im Haus wider – das Rumpeln des sich abschaltenden Kühlschranks, das Sirren der anspringenden Heizung –, im Kamin züngelte das Feuer unheilvoll knisternd um den Nagel in einem verkohlten Holzbrett. In diesem Moment, wie aufs Stichwort, klingelte es. Es war nach zwölf. Ich warf einen wehmütigen Blick auf die Glotze – Zombies mit fahlen Gesichtern schwebten über den Bildschirm und kauten auf weißwurstartigen Strängen menschlichen Gedärms herum –, legte das Buch weg, band den Gürtel meines Frotteebademantels zu und schlenderte zur Treppe hinüber. Beharrlich plärrte die Klingel von neuem los.

Mein Apartment befand sich in einem kleinen Mietshaus in der Fair Oaks Street, drei Blocks von der Mission Street entfernt. Das Haus war ein viktorianischer Altbau, in sechs verschiedenen Farben gestrichen. Ich verfügte über vier Zimmer, einen Korridor, eine Veranda und eine schöne Aussicht. Ehe die Gegensprechanlage ganz ausgefallen war, hatte sie nur noch so schwache und verzerrte Töne von sich gegeben, daß ich darin nicht einmal meine Mutter wiedererkannt hätte – genausowenig wie Screamin' Jay Hawkins mit „I Put a Spell on You". Ich stand oben an der Treppe, drückte auf den Türöffner, eher neugierig als beunruhigt, und sah zu, wie drei Schatten aus dem Regen hereingehuscht kamen.

Ein Blitz zuckte, Hörner und Geigen jaulten immer wieder denselben gepeinigten slawischen Takt wie eine Sturmglocke, und das dumpfe Trampeln im Treppenhaus kam rasch näher. Einen gräßlichen Augenblick lang wich ich zurück und verwünschte das blinde Vertrauen, in dem ich den Türöffner gedrückt hatte – für verschwommene Gestalten, Fremde, Junkies, mexikanische Trickbetrüger –, doch dann sah ich erleichtert, daß es Vogelsang war. „Felix", begrüßte er mich.

„Hey", erwiderte ich.

Im Schlepptau hatte er ein Mädchen, dessen Haar kurzgeschoren wie bei einer ostdeutschen Schwimmerin und außerdem weiß gebleicht war. Hinter ihr, drei Stufen weiter unten, stand ein Typ Ende Zwanzig in Turnschuhen und einer gelben Regenjacke, die im trüben Licht des Korridors seltsam phosphoreszierend leuchtete. Alle drei sahen aus, als wären sie vier- bis fünfmal von der Bay Bridge gesprungen: triefende Nasen, klatschnasse Haare, das Wasser rann ihnen vom Kragen und aus den Schuhen. Vogelsang grinste sein übergeschnapptes Grinsen. „Schon 'ne ganze Weile her", sagte er und schlug mir auf die Schulter.

Zwei Monate war es her. Vogelsang lebte in glanzvoller Abgeschiedenheit an der Küste oberhalb von Bolinas, verdiente sein Geld auf ruchlose Weise, frönte verschiedenen Perversionen und pflegte seine Sammlungen von Elektrowerkzeugen, Holzschnitzereien, Reklamestangen von Friseurläden und Rotweinen aus esoterischen kleinen Weingärten wie „Goat's Crouch" und „Sangre de Cristo". Außerdem sammelte er Motorräder, Kupferpfannen, Espressomaschinen in der Größe von Kirchenorgeln, geschlechtslose Schaufensterpuppen aus den Fünfzigern (die er bemalte, lackierte und dann in bizarren, unzüchtigen Posen überall im Haus gruppierte), Messer mit geschnitzten Knochengriffen, tahitianische Schleppnetze und eine Reihe überladener, düsterer Ölgemälde, die religiöse Motive variierten, etwa die Enthauptung von Johannes dem Täufer oder die schmerzlich-lustvolle Ekstase der Flagellanten. Alle paar Wochen fuhr er nach San Francisco hinunter, um in Trödelläden zu stöbern, am North Beach entlangzuschippern und bei rauschenden Partnertausch-Parties in Berkeley vorbeizuschauen. Norman Mailer hätte ihn phantastisch gefunden.

Er schob jetzt die Frau ein Stück nach vorn. Mir fiel auf, daß sie im rechten Nasenflügel einen schmalen Silberring trug und schwarz lackierte Zehen hatte. „Das ist Aorta", sagte Vogelsang. Ich ordnete sie sofort ein: Collegestudentin mit Hang zum Punk. Vermutlich kam sie aus Pacific Heights und hieß in Wirklichkeit Jennifer Harris oder Heather Mashberg. Sie sah mich scharf an und streckte ihre Hand aus, die sich naßkalt anfühlte, wie frisch aus dem Teich gefischt. Ich nickte ihr zu und zog die Mundwinkel auseinander.

„Und das hier", sagte Vogelsang, indem er auf die regenglänzende Gestalt drei Stufen weiter unten wies, „ist Boyd Dowst, ein Freund von mir aus Santa Rosa."

Die Regenjacke verfiel einen Moment lang in konvulsivische Zuckungen, dann kam eine große, knochige Hand daraus hervorgeschossen und packte meine über das Treppengeländer hinweg. Ich sah einem Yankee-Farmer ins Gesicht: Quadratschädel, große Ohren, Augen in der Farbe von Hochspannungsisolatoren. „Jetzt wohn ich in Sausalito", informierte er mich und fuhr sich mit der freien Hand durch das triefende Haar. Seine andere, die herzliche Hand, drückte immer noch auf meiner herum, als wartete er darauf, daß aus meinen Fingern Milch käme oder so etwas.

Ich war barfuß, hatte nur einen schmuddeligen Bademantel an, und die hängengebliebene Platte zerrte an meinen Nerven wie eine Kreissäge. Ich bat die drei herein.

Vogelsang schritt in mein Wohnzimmer, zog den Reißverschluß seiner vollgesogenen Jacke auf und hängte sie ordentlich über die Lehne eines Holzstuhls, in der für ihn typischen flinken, nervösen Art einer wachsamen Raubkatze, die auf die geringste Bewegung, auf das leiseste Geräusch reagiert. Er verströmte einen Geruch nach Regen und noch etwas anderem – einen scharfen, urtümlichen Duft. Erst nach einer Minute wurde mir klar, was es war: Er roch nach Sex. Als er die Jacke endlich zu seiner Zufriedenheit drapiert hatte, wandte er sich um und klärte mich über diesen und andere Umstände näher auf, wobei er nur kurz innehielt, um einen Inhalator mit Mundspray hervorzuziehen und sich zweimal damit in den Mund zu sprühen, ehe er in seinen Monolog verfiel, in dem er von den jüngsten Erwerbungen für seine Sammlung erzählte, diverse Verbesserungen an dem Grundstück in Bolinas und die Entwicklung seiner Investitionen auf dem Konsumgütermarkt schilderte und mit einer deftigen Beschreibung aller choreographischen Einzelheiten der freizügigen Orgie schloß, an der er mit dem Mädchen vor ein paar Stunden teilgenommen hatte. Wie immer bediente er sich einer eigenartig mechanischen Ausdrucksweise, jedes Wort wurde präzise und deutlich artikuliert, als wäre er ein Linguistikprofessor, der eine Podiumsdiskussion über die Zukunft der Sprache moderierte.

Ich hörte ihm mit halbem Ohr zu, wanderte in der Wohnung herum, legte eine neue Platte auf, drehte den Fernseher leiser und suchte einen Aschenbecher, vier Flaschen Bier und eine kleine Plastiktüte mit Gras zusammen. Vogelsang verfolgte mich während seines Vortrages auf Schritt und Tritt. Dowst und das Mädchen saßen auf der Couch. Sobald das Gras auf dem Tisch lag, griff Dowst nach dem Tütchen, öffnete den Druckverschluß, roch am Inhalt – oder vielmehr sog daran, wie ein Schnorcheltaucher, der zum Luftholen nach oben kommt –, zog ein angewidertes Gesicht und ließ das Tütchen wieder fallen, als enthielte es eine konzentrierte Mischung besonders widerlicher Substanzen, wie etwa Hundescheiße oder verfaulte Spatzeneier. Ich beobachtete seine Reaktion aus dem Augenwinkel, während ich den Strawinsky zurück in die Hülle rutschen ließ.

„Boyd hat gerade sein Studium in Yale abgeschlossen", sagte Vogelsang, setzte sich auf die Armlehne der Couch und nahm einen Schluck Bier, um der dramatischen Pause willen, „und zwar in Botanik."

Ich zog mir einen Stuhl heran. „Gratuliere", murmelte ich mit einem Blick auf Dowst, dann wechselte ich rasch das Thema – wen interessierten schon dieser altersschwache Streber und seine akademischen Lorbeeren? Diese Schiene hatte ich schließlich selbst hinter mir. Ich sagte irgend etwas über den Regen und machte dann einen faulen Witz darüber, wie gut sich alle bei Vogelsangs Party unterhalten hätten.

„Du kapierst wohl nicht", beharrte Vogelsang. „*Botanik:* das heißt, er kann alles anpflanzen, und zwar überall."

Ich nickte. Das Mädchen sah mich an, als wäre ich ein Sandwich im Schaufenster einer Delikatessenhandlung, und Dowst las angestrengt in einem Exemplar des *Scientific American*, das er von dem Papierstapel auf dem Boden gefischt hatte. Aus dem Fernseher drang gedämpftes Geschrei. Mit einem kurzen Seitenblick erfaßte ich die Situation: Die Heldin war in einem Korridor aus brüchigen Gipswänden gefangen, und ein paar Zombies – ich bewunderte die Unersättlichkeit dieser Wesen – stießen ihre behaarten Arme durch die Wände, um nach ihr zu grabschen.

Vogelsang setzte sein Bier ab, fischte das Mundspray aus der Tasche und genehmigte sich eine Dosis; der Stoß der seifigen, atomisierten Flüssigkeit erinnerte an Atemwolken an einem kalten Morgen. „Ich habe mir heute ein hundertsechzig Hektar großes Grundstück in Mendocino County gekauft", verkündete er. „So weit weg wie der Mond, und eine Hütte steht auch drauf."

Dowst sah von seiner Lektüre auf. „Und es gibt das ganze Jahr über Wasser." Er hatte sich nicht die Mühe gemacht, die Regenjacke abzulegen. Sie umwogte ihn wie ein Plastikzelt, wie ein knallgelber Friseurmantel, der am Kragen nach innen gekrempelt war. Nach einigen ergebnislosen Versuchen, sich eine nasse Haarsträhne aus dem Gesicht zu streichen, die ihm quer über der Nase baumelte, widmete er sich wieder der Zeitschrift.

„Stimmt genau", setzte Vogelsang hinzu, „ein Bach und dazu noch zwei Quellen."

Es war halb eins. Ich hatte mir *Sacre du Printemps* angehört, draußen regnete es, ich war müde. Worauf Vogelsang hinauswollte, war mir ein Rätsel. „Klingt ganz nett", sagte ich.

„Wir veranstalten ein Sommerlager." Er grinste, als wäre er bei der Pointe eines raffiniert aufgebauten Witzes angekommen. Dowst kicherte beifällig. Das Mädchen saß zusammengesunken vor der immer noch vollen Bierflasche und starrte Löcher in die Wand. Ich stand auf und schaltete das Radio ein.

Aus den Lautsprechern drang das dumpfe Pochen einer fernen Baßtrommel, gefolgt von ein paar Fabrikhallen-Geräuschen und einer seltsam körperlosen weiblichen Stimme, die klang, als schöbe sie gestoßenes Eis durch die Boxen:

The best things in life are free
But you can save them for the birds and bees,
Give me money, that's what I want.

„Also, Felix", fragte Vogelsang plötzlich, „was hältst du von der Idee, dir eine halbe Million Dollar zu verdienen, steuerfrei?"

Ich setzte mich wieder hin. Alle drei beobachteten mich jetzt. „Du machst wohl Witze", sagte ich.

„Ich meine das todernst." Vogelsang starrte mich mit seinem Charlie-Manson-Blick an. Den setzte er immer auf, um klarzumachen, daß er es todernst meinte.

„Wie denn?" Ich lachte und griff nach meinem Bier. „Mit einem Sommerlager?"

„*Cannabis sativa*", flüsterte Dowst, als gäbe er einen der geheimen Namen Gottes preis.

„Wir werden zweitausend Stauden anpflanzen." Vogelsang betrachtete sein Sprayfläschchen, als läse er davon die Hieroglyphen wirtschaftlicher Kalkulation ab, Kosten-Nutzen-Tabellen und Staffeltarife für Wertminderung und Verlustrisiken. Er blickte auf. „Rechnen wir ein halbes Pfund pro Staude. Eintausend Pfund zu tausendsechshundert Dollar das Pfund." Er hob das Spray zum Mund und ließ schon den Unterkiefer sinken, überlegte es sich dann aber anders. Ich sagte gar nichts. Der Plastikzylinder klopfte gegen seine geschürzten Lippen, hypnotisierend hob und senkte er sich im Rhythmus. „Ich stelle Kapital und Grundstück zur Verfügung, Boyd kommt alle paar Tage vorbei, um nach dem Rechten zu sehen, und du sorgst für die Arbeitskraft. Geteilt wird durch drei."

Plötzlich war ich hellwach, meine Gehirnzellen blinkten wie die Freispielanzeige eines Flipperautomaten. Vogelsang machte keine Fehler – das wußte ich. Und ich wußte auch, daß er einen genialen Instinkt für Geschäfte besaß, der auch mir in der Vergangenheit schon zweimal zu unverhofftem Reichtum verholfen hatte. (Beim erstenmal taten wir uns zum Kauf eines heruntergekommenen Altbaus in Haight-Ashbury zusammen, zahlten dreitausend Dollar auf die geforderten zwanzigtausend an, steckten noch fünfzehn Riesen in die Renovierung und verkauften das Ganze dann für hunderttausend. Beim zweitenmal rief er mich einfach nur an, gab mir den Namen eines Börsenmaklers und sagte, ich solle so viel Zirkonium kaufen, wie ich könne. Ich hatte achttausend Dollar auf der Bank und war arbeitslos. In dieser einen Woche verdiente ich mehr Geld als vorher in einem ganzen Jahr.) Nein: wenn Vogelsang die Sache aufzog, würde es auch laufen. So sicher wie Segovia für die Gitarre geboren war, oder Willie Mays für den Baseballschläger, so war Vogelsang dazu geboren, Pennies zu säen und Dollars zu ernten. Er war dreiunddreißig und längst unabhängig von geregelten Erwerbsquellen – seit ich ihn kannte, hatte er noch nie einen Job gehabt. Statt dessen spürte er Investionsgelegenheiten auf, handelte mit Konsumgütern, legalen wie illegalen, kaufte und verkaufte Häuser, Grundstücke und Gott weiß, was sonst noch alles; immer mit dem unerschütterlichen Selbstvertrauen und dem Killerinstinkt eines angehenden Jay Gould oder Andrew Carnegie.

Sein Timing war hervorragend, das mußte ich zugeben. Er fragte mich genau im richtigen Moment, anderthalb Jahre nach meiner Scheidung. Ich litt damals zusehends unter Depressionen, war nervös und fühlte mich allmählich wie ein Zuchthäusler in Einzelhaft. Eine halbe Million Dollar. Es war, als hätte mich eben der Chef der NASA gefragt, ob ich gern als erster Mensch auf dem Mars herumspazieren wolle. Ein paar Risiken gab es natürlich dabei, aber gerade deshalb war das Projekt ja so verlockend – der Nervenkitzel, das Wagnis, der Gesellschaft mal so richtig ins Gesicht zu pissen. Vogelsang wollte nicht etwa hundert Stauden oder hundertfünfzig, er würde sich nicht mit fünfzehn-, zwanzigtausend Dollar begnügen – nein, er würde Dope anpflanzen wie Reynolds Tabak. Mein Kreislauf kam ziemlich auf Touren. Als ich zu den drei Gesichtern aufblickte, die mich gespannt musterten, war ich schon halb überzeugt.

„Ich hab keine Ahnung vom Marihuana-Anbau", sagte ich schließlich.

Darauf war Vogelsang vorbereitet. „Brauchst du auch nicht", sagte er und erhob sich von der Armlehne, „– das ist Boyds Sache."

„Aber zweitausend Pflanzen ... kann einer allein so viel überhaupt schaffen?"

„Unmöglich", meinte Dowst und raschelte mit seiner Regenjacke.

„Wie es aussieht, brauchst du zwei Leute, die dir den ganzen Sommer über helfen. Wer das ist und wie du sie bezahlst, bleibt dir überlassen. Du kannst ihnen einen Pauschallohn geben oder deine fünfhunderttausend mit ihnen teilen. Wie auch immer, auf jeden Fall müssen sie sich bereit erklären, die nächsten neun Monate ihres Lebens dranzugeben, und vor allem müssen sie" – hier machte er eine Pause, um den treffenden Ausdruck zu suchen – „diskret sein."

Der Regen prasselte aufs Dach wie Kleingeld, das vom Himmel fiel, die eisige Stimme im Radio skandierte *Money, give me money, / Money, give me money.* Aus irgendeinem Grund standen wir plötzlich alle. Dowst und Vogelsang grinsten, den Gesichtsausdruck des Mädchens deutete ich als eine Art störrischer Freundlichkeit.

„Wie wär's denn mit deinem Freund oben in Tahoe", fragte Vogelsang beiläufig, als hätte er eine plötzliche Inspiration gehabt (in diesem Augenblick wurde mir klar, daß er mich die ganze Zeit in der Hand gehabt hatte, wie ein Marktschreier, der seine Verkaufsmasche besonders geschickt abzieht). „Wie hieß der doch gleich ..." (er wußte es so gut wie ich) „Cherniske?"

„Phil", sagte ich, halb zu mir selbst. „Ja, Phil", als wäre ich durch Zufall auf die Lösung eines verwickelten Problems gestoßen.

Vogelsang ergriff meine Hand und schüttelte sie anerkennend, Dowst stellte seine langen blitzenden Zähne komplett zur Schau, das Mädchen gab sich alle Mühe, die Mundwinkel in neutraler

Stellung zu halten. Ich fühlte mich, als wäre ich gerade von einer Weltumsegelung oder vom siegreichen Finale gegen den amtierenden Wimbledon-Champion heimgekehrt. Bisher hatte ich weder ja noch nein gesagt, doch Vogelsang hob schon seine halbleere Flasche Moosehead und kündigte einen Trinkspruch an.

Er legte mir den Arm um die Schulter, auf dem Bildschirm wurden die Zombies durch den Granatenhagel der Helden zerfetzt, die kalte Stimme sang mir beharrlich *money* ins Ohr, der Geruch nach Moschus, nach Empfängnis, nach Samen und der dunklen Essenz der Erde stieg mir beißend in die Nase, und dann riß Vogelsang die Hand hoch wie ein Erweckungsprediger auf einer Kundgebung, die Bierflasche fest gepackt: „Auf das Sommerlager!"

Kapitel 2

In meiner Kindheit gab es nichts, was auf eine Verbrecherkarriere hingewiesen hätte. Weder war ich ein Waisenkind, noch wurde ich geschlagen oder ausgesetzt. Ich hing nicht mit Zigarette im Mundwinkel und Springmesser in der Tasche an Straßenecken herum, ich war nicht vom jahrelangen Dahinvegetieren in Besserungsanstalten psychisch angeschlagen oder vom Heroinschießen auf taubendreckverkrusteten Hinterhoftreppen im Ghetto moralisch und körperlich ausgebrannt. Nein. Ich war ein Kind der Mittelschicht, genährt mit Sojamilch, Fertiggerichten und Antibiotika, bis ich meine Eltern turmhoch überragte wie der großfüßige Wechselbalg einer anderen Spezies, wie ein Kuckuck im Spatzennest. Ich beherrschte die Grundregeln der Mathematik, wußte Verdi zu schätzen, speiste Kalbsschnitzel in Marsala, Sushi und Weinbergschnekken und konnte eine gute Flasche Wein aussuchen. Mein tadelloser Leumund wurde höchstens durch ein paar ausgesprochen läßliche Vergehen beeinträchtigt: die üblichen Strafmandate, ein bedauerlicher Vorfall auf den Stufen des Justizministeriums während eines Protestmarsches auf Washington und ein Bußgeld für das Mitführen eines offenen Behältnisses mit Alkohol auf den Straßen von Lake George. Aber das war's dann auch schon. Keine Frage, wie jeder andere brave Bürger mit unveräußerlichen Rechten brach auch ich regelmäßig Gesetze – erwarb und genoß verbotene Substanzen, fuhr auf Autobahnen grundsätzlich hundertfünf, kopulierte auf Wasserbetten und in Whirlpools, ließ in der Öffentlichkeit Harn, begab mich wissentlich und willentlich in die Gesellschaft von Personen, die ... usw. usf. Andererseits war ich kein Umweltverschmutzer, Erpresser, Einbrecher, Nötiger, Schläger, Vergewaltiger oder Mörder. Nun, im Alter von einunddreißig Jahren, gesegnet mit der Vorsicht und dem Konservatismus der Reife, konnte ich mich mit einigem Recht vielleicht nicht gerade als Stütze, aber doch zumindest als einen Strebepfeiler der bürgerlichen Gesellschaft betrachten.

Dennoch fuhr ich, zwei Stunden nach Vogelsangs Besuch, trotz meiner Müdigkeit, die der Narkolepsie schon sehr nahe kam, und trotz des Niagara-Dauerregens im Auto nach Lake Tahoe, um die ersten unwiderruflichen Schritte auf die schiefe Bahn zu setzen.

Um vier Uhr morgens hielt ich an einem Fernfahrer-Imbiß, setzte mich an der Theke auf einen Hocker mit geplatztem Vinylbezug, löffelte Eier mit Fett in mich hinein, hörte dem schwachsinnigen Country-Gejodel aus der Musikbox zu und trank acht Tassen Kaffee, der nach Tod und Metall schmeckte. Es hatte aufgehört zu regnen, und ich betrachtete mich einen Moment lang in der dunklen, nassen Scheibe. Im Licht der Neonreklame und der vorüberhuschenden Scheinwerfer stellte ich fest, daß meine glänzenden Augen und meine stoppligen Wangen eine ungeahnte kriminelle Energie ausstrahlten. Aber vielleicht war es auch nur Müdigkeit. Dann ließ ich etwas Geld auf der Theke liegen, wankte zu meinem angerosteten Toyota hinaus und fuhr weiter bergauf, dorthin, wo schon der Morgen über South Tahoe dämmerte.

Ich verpaßte die Abzweigung zu Cherniskes Haus; in dieser Höhe sah alles gleichförmig aus, auf dem Boden lag Schnee wie ein Pilzbewuchs, die Bäume ähnelten einander wie ein Wald aus Bleistiften. Ohne nachzudenken, wendete ich mitten auf der Straße und wurde um ein Haar von einem Einsatzwagen der California Highway Patrol niedergemäht, der mit ungefähr 145 km/h herangerast kam. Was mir – und dem Polizisten – das Leben rettete, war die Supersirene, mit der der Streifenwagen ausgerüstet war, eines dieser tödlichen, markerschütternden Drucklufthörner, mit denen die Feuerwehr über Kreuzungen brettert. Ich hatte mein illegales Wendemanöver zur Hälfte ausgeführt, stand quer zum Verkehrsfluß und versperrte bereits eine ganze Spur, ungerührt von Hupen, Scheinwerfern oder möglicherweise entgegenkommenden Holztransportern mit überhitzten Bremsen, als mich das gellende Horn traf wie ein wütender Schlag ins Gesicht. Ich trat voll in die Klötzer, Reifen quietschten, Bremstrommeln schepperten wie Zimbeln, und der Toyota kam ruckartig zum Stillstand, gerade als der Streifenwagen vorbeiraste und meine vordere Stoßstange um Zentimeter verfehlte. Einen Augenblick lang sah ich den Polizisten, der mir einen durchdringenden, mörderischen Blick zuwarf – einen Blick, der besagte: Ich würde dich hier und jetzt erschießen, ohne weiter zu fragen, so automatisch, wie ich eine Klapperschlange oder eine Ratte bei den Mülltonnen erschieße, wenn da nicht dieser schreckliche Notfall wäre, der meinen ganzen Einsatz, Mut und Sachverstand fordert –, und dann war er weg, zwei rote Heckleuchten zischten in der Ferne um die Kurve.

Kleinlaut vollendete ich mein Manöver, gerade noch rechtzeitig, um dem jaulenden Krankenwagen ausweichen zu können, für den der Streifenpolizist offenbar die Straße frei machte, schaltete demütig in einen anderen Gang, betätigte den Blinker und bog auf die naßglänzende Asphaltstraße ein, die sich durch den Wald zu Cherniskes Haus schlängelte. Beinahe sofort gab es einen Krach, das Lenkrad flog mir aus der Hand, und der Wagen schoß abrupt auf die Böschung und eine Gruppe bedrohlich aussehender Kiefern mit rotbrauner Rinde zu. Ich fahre Auto, seit ich sechzehn bin, daher zeigte ich mich trotz aller Benommenheit der Situation gewachsen, packte energisch das Lenkrad und hatte den Wagen sofort wieder unter Kontrolle. Mit beinahe klinischer Gelassenheit registrierte ich die Ursache des kleinen Zwischenfalls: eine Spurrille auf der Straße. Der tiefe, auffällige Riß zog die rechte Fahrspur nach, als wäre irgendein verträumter Dorftrottel auf seinem Traktor nach Hause gerumpelt und hätte vergessen, die Pflugschar hochzuklappen. Ich hätte nicht weiter darüber nachgedacht, wenn die Spur nicht genau neben meinem Weg verlaufen wäre, Kurve für Kurve. Ich folgte ihr den Alpine Way bis zum Ende, dann nach links in die Lederhosen Lane, wieder nach links in den Chalet Drive, und dann, überraschenderweise, hinein in Phils Einfahrt und genau bis an die Stoßstange seines durchhängenden 1962er Cadillac.

Phils Haus – eine Chalet/Hütte/Bungalow/Landhaus-Mischung mit zwei Stockwerken – lag still da, die Fenster alle dunkel. Es war sieben Uhr, und eine zähe, tiefhängende Wolkendecke, die die Farbe von Holzkohle hatte, verschluckte das Morgenlicht. Ich schwang mich aus dem Auto und untersuchte Phils Cadillac: Der Wagen stand leicht vornüber gekippt, die Heckflossen in die Höhe gereckt wie ein verkrüppelter Stegosaurier, der rechte vordere Kotflügel und ein Teil der Motorhaube waren zerknautscht, als seien sie aus Alufolie. Beim näheren Hinsehen bemerkte ich, daß auf dieser Seite nicht nur der Reifen fehlte, sondern gleich das ganze Rad samt Bremstrommel. Der Wagen ruhte auf dem abgerissenen Stummel der Achse, von dessen Ende sich die Spurrille wie ein Faden die Einfahrt entlangzog, auf die Asphaltstraße hinaus und bis zur Autobahn hinunter. Der Motor war noch warm.

Niemand antwortete auf mein Klopfen. Das überraschte mich nicht; ich hatte eigentlich keinen förmlichen Empfang erwartet. Zu dieser Stunde würden Phil und seine diversen Mitbewohner gerade in die erste bleierne Tiefschlafphase eintreten, nachdem sie bis zur Sperrstunde durch die kalifornischen Bars und dann bis zum Morgengrauen durch die Casinos von Stateline/Nevada gezogen waren. Die Haustür war nicht abgeschlossen. Ich ging hinein, den Schlafsack unterm Arm. Mein Plan bestand darin, mich auf der Couch ein wenig hinzulegen, zusammen mit den anderen aufzuwachen und Phil dann beim Frühstück meinen Vorschlag zu unterbreiten. Drinnen war es kühler als draußen, und das ganze Haus verströmte einen vertrauten, höhlenartigen Geruch – nach zu lange getragenen Unterhosen und Socken, nach schalem Bier, primitiven Kochversuchen und einer Schimmelpilzart, die auch unter widrigen Umständen gedeiht. Die Rollos waren heruntergelassen, aber es war hell genug, um charakteristische Umrisse zu erkennen: Fernseher, Sessel, Couch, Fahrrad, Lampe, Brennholz. Ich tastete mich zur Couch, entrollte meinen Schlafsack und setzte mich hin.

Das war ein Fehler. Als mein Hintern statt auf Polyester und Schaumgummi auf Fleisch und Knochen traf und mir dämmerte, daß die Couch bereits besetzt war, schnellte eine behende, drahtige Gestalt neben mir in die Höhe, boxte mich gegen die Brust, zerkratzte mir das Gesicht und fauchte ein paar deftige Obszönitäten. „Neiiiiin!“ Die Stimme – weiblich – krächzte halb, halb kreischte sie. „Mir reicht’s jetzt. Also hau endlich ab!“ Ich fand mich auf dem Fußboden wieder, verwirrte Entschuldigungen murmelnd. Dann explodierte das Licht im Zimmer, als wäre es mit einem Knall angegangen, und ich starrte zu einem lebenden Bild empor: der weiße Arm des Mädchens, der über dem Lichtschalter schwebte, ihre zornig verkniffenen Augen, die spitzen Brüste, die lavendelfarbene Steppdecke, die ihr bis zur Hüfte herabgerutscht war. „Wer zum Teufel bist du denn?" zischte sie.

„Felix", flüsterte ich und hatte dabei irgendwie das Gefühl, zu lügen. „Ein Freund von Phil."

Sie funkelte mich an, als hätte sie mich nicht gehört. Ihr wasserstoffblondes Haar sah aus wie eine zerbröckelte Baiserhaube, ihre Augen waren grün wie Glasmurmeln, und sie hatte keine Brauen. Ich sah, wie sich ihre Brustwarzen in der Kälte zusammenzogen. „Und Phil suche ich eigentlich auch", ergänzte ich.

„Wen?" Ihre Stimme klang mühsam beherrscht, die Frage eher wie ein unterdrücktes Knurren. „Hör mal, Alter" – sie zog sich die Decke bis unter die Achseln – „ich rate dir, schleunigst von hier zu verschwinden, sonst, sonst werd ich ..." Sie beendete den Satz nicht, machte eine vage Gebärde und suchte dann nach einer Zigarette auf dem Wohnzimmertisch.

So muß sich ein ungeschickter Vergewaltiger fühlen, dachte ich. Oder ein Fassadenkletterer, der die Mutter Oberin beim Ablegen der Ordenstracht überrascht. Wider Willen bekam ich eine Erektion. „Phil", wiederholte ich. „Kennst du nicht Phil Cherniske? Den Typen, der dieses Haus gemietet hat."

Plötzlich wich die Wut aus ihrem Gesicht. Sie musterte mich über die Zigarette hinweg, die sie jetzt anzündete, schüttelte das Streichholz aus und nahm einen tiefen Zug. Mit ihren ausgezupften Brauen erinnerte sie an Humpty-Dumpty oder an den Mann im Mond, zuviel bleiche Haut zwischen Haaren und Augen. Ich sah zu, wie sie eine blaue Rauchwolke ausstieß. „Ach so, Phil", sagte sie schließlich matt, als hätte sie soeben eine Offenbarung erlebt, die die Anstrengung eigentlich nicht wert gewesen war. „Der ist im Knast."

Phil und ich kannten uns seit Ewigkeiten. Unsere Eltern waren schon befreundet gewesen, bevor wir geboren wurden, wir besuchten dieselben Grund- und Oberschulen und schmissen im selben Jahr die Uni hin, allerdings in verschiedenen Städten. Phil ging nach Westen, ich blieb in New York. Ich heiratete, kehrte zurück an die Universität, brach das Studium wieder ab, fing einen Job an, bei dem ich Rentnern mit zittrigen Händen Lebensversicherungen andrehte, und haßte mich dafür selbst. Phil machte dann kurzfristig Furore in L.A. (eigentlich war's in Pasadena), und zwar als Phil Yonkers, *sculpteur primitif*. Mit der Leidenschaft und Beharrlichkeit einer Hausfrau im Schlußverkauf bei „Macy's" stöberte er auf Schrottplätzen herum und sammelte faszinierende Stücke aus rostigem Metall, abgebrochene Flugzeugtragflächen, eingedellte Kotflügel, Ambosse, Öfen, Wäschetrommeln, nutzlose, aber in ihrem Wesen bedeutsame Zahnräder, Sprungfedern und Motorenteile altmodischer Fabrikmaschinen. Das Ganze schweißte er zu willkürlichen Konfigurationen zusammen, die er mit Wasser abspritzte, um die Oxydation zu beschleunigen, und dann verkaufte.

Ich erinnere mich an einen Katalog, den er mir zur Ankündigung seiner ersten (und letzten) Ausstellung geschickt hatte. Auf dem Umschlag prangte ein schlecht reproduziertes Foto des Künstlers (wippende Haartolle, spitze Nase, ausgemergelter Körper und unsteter Silberblick): Phil grinsend im Windschatten eines gargantuesken Eisenmonsters, das sich ölsabbernd um die gezahnte Schaufel einer Planierraupe und einen Satz Kolben in Orgelpfeifenformation zu schlängeln schien. Die Bildunterschrift gab den Titel des Werkes als *Madonna mit Kind* an und verglich den Künstler mit Herms, Smith und Kleinholtz. Leider mußte die Ausstellung schon am Nachmittag der Eröffnung geschlossen werden, weil das Haus, in dem die Galerie untergebracht war, irreparable Schäden an der Bausubstanz erlitten hatte. Die immense, bleischwere Last von Phils Exponaten im Verein mit dem Überschwang seiner Freunde und Bekannten – sie hatten die gesetzte, Champagner schlürfende Versammlung in eine johlende Huldigung an den Rock'n'Roll und die Muse des Bildhauers verwandelt – brach durch die Dielenbalken und zerstörte einen Teil des Fundaments. Phil konnte immerhin ein Stück verkaufen – drei zusammengeschweißte Kreissägen unter einer Korona aus ineinander verschränkten Radmutternschlüsseln, die sich zu Schmetterlingsflügeln formten –, und zwar an einen pensionierten Werkzeugmacher aus Boyle Heights. Danach entschied Phil sich für eine Karriere in der Gastronomie.

Soweit ich das beurteilen kann, gibt es im gastronomischen Gewerbe ein größeres Sortiment von schrägen Vögeln, Bonvivants, anerkannten Schwachsinnigen sowie Trunk-, Freß- und Drogensüchtigen als in jedem anderen Metier, eventuell mit Ausnahme des

Arztberufs. Nach dem gescheiterten Versuch, künstlerischen Ausdruck mit materiellem Profit zu vereinigen, war Phil nur allzu bereit, das Vergessen in der Welt der Kellner und Tellerwäscher zu suchen. Er stand am sengend heißen Grill eines Steak-Hauses in Boulder, wusch Geschirr in einem Himalaya-Restaurant in Montpelier/Vermont, zapfte in den Bars von Mauï, Park City und Aspen, zerteilte Austern auf der Bourbon Street von New Orleans. Irgendwann gelang ihm, wie den meisten Leuten im Gastgewerbe, der vorübergehende Aufstieg ins Nirwana eines eigenen Restaurants. Dazu lieh er sich Geld von seinen Eltern und Freunden, von Bekannten, deren Existenz er schon vergessen hatte, tat sich mit einem schlauen Griechen von Mitte Fünfzig zusammen, eröffnete ein elegantes Haute-Cuisine-Eßlokal in einem Vorort von Sacramento und ging nach neun Monaten pleite. Schlechte Lage, sagte er damals, vertraute mir aber später an, daß der schlaue Grieche bei den Einnahmen abgesahnt hatte. Als ich an diesem frühen Morgen mit Vogelsangs Vorschlag zu Phil kam, war er als Tellerwäscher beim „Tahoe Teriyaki" angestellt und, wie ich soeben von dem Mädchen auf der Couch erfahren hatte, vorübergehend eingekerkert.

Ich sah sie an und blinzelte ein paarmal. Meine Augen fühlten sich an, als ob sie bluteten. Ich kam taumelnd auf die Beine, zog den Schlafsack hinter mir her wie den Leichnam eines erschlagenen Feindes, wankte zur Tür hinaus und über den schwärzlichen, vollgepißten Schnee zurück zu meinem Wagen. Zehn Minuten später bog ich auf den Parkplatz des Gerichtsgebäudes, in dem sich auch die Haft- und Ausnüchterungszellen des Sheriffs von Eldorado County befanden.

Wenn die Markenzeichen des typischen Polizeisergeanten ein feistes Gesicht, Halbglatze, Korpulenz und Widerstand gegen jeden Kommunikationsversuch sind, dann stand der Mann, den ich dort auf dem Revier antraf, seinen Kollegen in nichts nach. Auf der Theke vor ihm dampfte ein Pappbecher mit Kaffee, seine Augen waren verschwiemelt wie die eines Preisboxers, und Tausende winziger Schnitt- und Schürfwunden auf seinen schwabbligen Wangen zeugten von einer kürzlich erfolgten, ungeschickten Rasur mit einem dieser neuen, ultramodernen Konturschneider mit Kippscherkopf, die von Gillette, Bic und wie sie alle heißen jeden Monat neu erfunden werden. Ich persönlich bin Bartträger.

„Entschuldigen Sie, Officer", sagte ich. „Ich würde gern die Kaution für jemanden stellen, der vermutlich hier inhaftiert ist." Ich fühlte mich wie Raskolnikow im Büro von Porfirij Petrowitsch: schuldig geboren, schuldig auf ewig, schuldig in jeder Hinsicht – angefangen bei mangelndem Respekt vor meinen Eltern über das Onanieren als Jugendlicher und das Stehlen von Zigarren bis zu den schwereren, verwerflicheren Verbrechen des Erwachsenendaseins. Am liebsten hätte ich alles herausgesprudelt, eine Generalbeichte abgelegt, um Absolution und Vergebung gebeten. Uniformen wirken immer so auf mich.

Der diensthabende Sergeant sagte gar nichts.

Ich wiederholte mich, mit einer geringfügigen Abwandlung, und dachte bereits fieberhaft an all die möglichen Permutationen dieser simplen Äußerung, die ich nun vermutlich ausprobieren mußte, bis ich die richtige erwischt hätte – genau die Kombination, die die Zahnräder im Sprachzentrum des Polizisten zum Klicken bringen würde –, als ich auf die Idee kam, den Namen des Häftlings ins Spiel zu bringen, dessentwegen ich gekommen war. „Cherniske", sagte ich. „Philip T."

Immer noch keine Antwort. Der Mann blieb unbeweglich, ohne jede Regung, ein Jadebuddha, wahrscheinlich versunken in die kontemplative Nachbereitung irgendeiner Fernseh-Polizeiserie, in deren Schlüsselepisode ein sanftmütiger diensthabender Sergeant, vom tristen Zustand unserer Gesellschaft zu heldenhaftem Eingreifen bewogen, sich die täuschende Maske seiner Lethargie abriß, um auf all die Trunkenbolde, Jammerlappen, Schwindler und die Winkeladvokaten mit ihren Hintertürchen loszugehen und sie zurück in den Dreck zu stoßen, wo sie hingehörten. Ich versuchte es noch einmal, diesmal mit einer interrogativen Variation: „Phil Cherniske? Heute früh verhaftet? Wegen Trunkenheit in der Öffentlichkeit?"

Der feiste Hals drehte sich lautlos wie eine Servierplatte im Chinarestaurant, seine blauen Augenknöpfe fixierten mich mit einem Blick, der entweder Haß oder Gleichmut ausdrückte – ich war mir da nicht sicher –, und sahen dann an mir vorbei, hefteten sich auf etwas oberhalb meiner rechten Schulter. Die nächste Bewegung des Polizisten wirkte beinahe magisch, abrupt und doch von höchster Sparsamkeit im Aufwand: Sein Doppelkinn spannte sich kurz an und erschlaffte dann wieder. Ich sah über die Schulter auf eine

Holzbank, die von einem verbeulten Wasserspender und einer einsamen Flagge flankiert wurde. „Soll ich da drüben warten?" fragte ich mit unnatürlich lauter Stimme, wie zum Ausgleich für sein hartnäckiges Schweigen.

Ich forschte in seinen Augen nach der Antwort, wie man das Aufflackern eines Lebenszeichens in den Augen eines Schlaganfallopfers sucht. Die Lider schlossen sich, langsam und gemächlich, dann gingen sie zuckend wieder auf – er hätte ein im Schlaf gestörter Drache sein können –, ehe sein Blick sich in die Betrachtung des Dampfes über seiner Kaffeetasse versenkte. Ich wandte mich um, wich unterwürfig den Streifenpolizisten aus, die mit ihren Lederstiefeln, schwarzen Jacken und Pistolenhalftern an den Hüften stampfend und scheppernd den schäbigen Linoleumboden zum Erbeben brachten, und ging auf die Bank zu. Auf halbem Wege – ich manövrierte mich gerade um einen fleischigen Koloß herum, der vor dem Wasserspender stand, lauthals gähnte und sich kratzte – ereilte mich ein Ruf von hinten. Eigentlich war es eher ein Krächzen, wie die bruchstückhafte Enthüllung eines Orakels. „Fünfundsechzig Dollar", wisperte die Stimme.

Ich reichte ihm drei Zwanziger und einen Fünfer. Als die knisternden, gefalteten Scheine von Hand zu Hand gingen, kam es mir vor wie eine stillschweigende Verbrüderung, ein Augenblick der Wahrheit und des Einklangs, den ich nutzte, um den Sergeanten zu fragen, ob er mir wohl sagen könne, wann der Häftling freigelassen würde. Sein Blick war gläsern. Fünf fette Finger lagen auf den Banknoten wie totes Fleisch. Als mir klar wurde, daß keine Antwort zu erwarten war, drehte ich mich verärgert auf dem Absatz um und krachte in einen Polizisten in der Uniform der California Highway Patrol, komplett mit Spiegelsonnenbrille, Wehrmacht-Stiefeln und übergroßem Pistolengurt.

„Oh – Entschuldigung", brachte ich hervor, gewann mein Gleichgewicht zurück und schenkte meinem Kollisionspartner ein weltmännisches Lächeln, das ihn einerseits an seinen Teil der Verantwortung für unseren Zusammenstoß und die kleinen Tücken des menschlichen Daseins im allgemeinen erinnern, andererseits auch klarstellen sollte, daß das Ganze lediglich ein Versehen gewesen sei und kein Anlaß, unser Verhältnis unnötig zu trüben. Ich grinste wie ein Schwachsinniger. Er grinste überhaupt nicht. Vielmehr schien die Sonnenbrille seine Augen zu einer einzigen gräßlichen Zyklopenmaske zusammenzuschieben, die dem Rest seines Gesichts jeden Ausdruck raubte. Er blieb eine Sekunde lang stehen, wiegte sich auf den Absätzen vor und zurück und riß sich dann plötzlich die Sonnenbrille herunter. „Sie!" fauchte er.

„Ich?" Mein Grinsen war irgendwie eingefroren. In diesem Augenblick erkannte ich ihn, und das Schuldgefühl, das ich beim Betreten des Polizeireviers verspürt hatte, breitete sich wie ein Krebsgeschwür in mir aus, durch meine Gedanken rasten die paar juristischen Schlagworte, die ich in vergangenen Konflikten mit dem Gesetz aufgeschnappt hatte: Verstoß gegen die Straßenverkehrsordnung, mein Wort gegen seines, *judicium parium vel per legem terrae*.

Alles umsonst. Eine Explosion von Schultern und Armen warf mich gegen die Wand. „Was zum *Teufel* wollen Sie hier?" brüllte er, und seine Stimme überschlug sich bei der Invektive. Im ganzen Raum war es still geworden. Alle anderen – große, bullige Polizisten – blickten von ihren Kaffeetassen und Notizblöcken auf und machten unwillkürlich einen oder zwei Schritte auf uns zu, wie eine Football-Verteidigerkette, die den Stürmer aufs Korn nimmt.

Ich setzte zu einer Erklärung an, aber mein Kontrahent befahl mir lautstark, umgehend das Maul zu halten. Seine Hände preßten meine Ellenbogen gegen die Wand. Er keuchte rauh, seine Unterlippe glänzte, und in seinen Augen funkelte der fanatische Schimmer der Rechtschaffenheit, den man sonst nur in den Augen islamischer Fundamentalisten sieht. Ein schwarzes Plastikschild über seiner Hemdtasche identifizierte ihn als Officer Jerpbak.

Dort auf dem Polizeirevier, gegen die Wand gequetscht, Auge in Auge mit physischer Vernichtung, fand ich die Muße, mir den Luxus philosophischer Betrachtung zu gönnen, die zutreffende Weltauslegung des Empirismus, der Kausalitätsgesetze und der Thesen eines John Locke zu würdigen. Keine acht Stunden zuvor war ich im Bademantel durch meine Wohnung getappt, hatte vor dem Schlafengehen Strawinsky und dem Regen gelauscht. Die Welt war für mich in Ordnung gewesen. Aber dann hatte der Gral, in Form einer halben Million Dollar, mein Zimmer mit seinem Funkeln erfüllt; ich war in den Regen hinausgerannt, hatte den Zündschlüssel in den Toyota gesteckt, die aufheulende Antwort des Motors begrüßt und mich auf den Weg hierher gemacht, nach Tahoe, wobei ich es geschafft hatte, mir einen Vertreter des bösartigsten und gesetzlosesten Menschenschlages – einen Bullen – zum Feind zu machen, einfach nur, weil ich zur falschen Zeit am falschen Ort gewesen war. Auf einmal fühlte ich mich unbeschreiblich müde. „Behalten Sie gefälligst Ihre dreckigen Pfoten bei sich!" sagte ich.

Officer Jerpbaks Antwort bestand darin, mich wie eine Jonglierkeule herumzuwirbeln und dann in der klassischen Durchsuchungshaltung gegen die Wand zu schleudern. „Beine breit!" knurrte er und klopfte mich ab – mit der Finesse eines Mittelgewichtboxers beim Training am Punchingball. Besonders ausführlich widmete er sich meinem Genitalbereich, wobei er mir ausgesuchte Beschimpfungen ins Ohr raunte. „Du Arschloch", flüsterte er mit leidenschaftlichem Vibrato in der Stimme, „du verdammter Scheißkerl, du räudiger Mutterschänder! Du hast mich vorhin beinahe umgebracht, weißt du das? Hä? Hä?" Sein Atem ging heftig und blies mir heiß in den Nacken: ich hörte die eingetrockneten Popel in seinen Nasenlöchern rasseln. In diesem Augenblick wollte ich nichts lieber, als zu laestrygonischen Ausmaßen anschwellen und ihm das Genick brechen, all die anderen Stiernacken zu Hackfleisch prügeln, das Revier in Brand stecken und dann nach Hause in mein Bett gehen. Statt dessen lauschte ich dem schroffen Klirren von Handschellen und erschlaffte unter seinem Griff.

„Weißt du, wer in dem Krankenwagen vorhin lag?" fragte er und drückte mir seine breite Pranke in die Brust, während er mit der anderen nach den Handschellen tastete. „Hä? Hä?" Es war ein Quiz, genau das war's. Alles oder nichts. Hol dir den Jackpot und gewinn zwei Gratiskarten für die Nahkampf-Meisterschaften. „Merv Griffin lag da drin, du Scheißer. Merv Griffin." Ehrfurcht schwang in seiner Stimme, als hätte er die Mutter des Papstes oder die Gewinnerin der Miss-Amerika-Endausscheidung genannt – Ehrfurcht und Empörung. „Dem Mann mußten sie den Daumen mit zweiundzwanzig Stichen zusammennähen – der hätte verbluten können." Auf einmal brüllte er wieder los: „Ist dir das klar? Hä? Hä?"

Meine Hände wurden von der Wand weggerissen und gewaltsam hinter den Rücken gedreht, dann folgte die kalte Zange der Handschellen, der heiße Atem und dann, gerade als es tatsächlich langsam übel für mich aussah, ertönte die sanfte, gelassene Melodie einer zweiten Stimme – der *Deus ex machina*: „John, John, reg dich doch nicht so auf." Ich sah über die Schulter. Officer Raab war zu uns getreten. Er hatte einen Kopf von der Größe eines aufblasbaren Wasserballs, ein karminrotes Gesicht und weißes Haar. Seine Stimme war mild und sanft wie die eines Psychiaters. „John", sagte er noch einmal, „der Mann da hat gar nichts getan. Er ist bloß hier, um die Kaution für jemanden zu hinterlegen."

Jerpbak fuhr herum. „Das ist mir scheißegal!" In seiner Stimme schwang ein quengelnder Ton mit, der junge Hitzkopf unterwarf sich jetzt widerwillig einer höheren Autorität, und in diesem Moment wurde mir klar, daß Jerpbak nicht älter war als ich selbst. Die Erkenntnis traf mich wie ein Schlag. Einem älteren Bullen hätte ich mich eventuell gebeugt – einem Officer Raab oder dem stummen diensthabenden Sergeanten –, hätte das Bedürfnis der Vaterfigur begriffen, sich bestätigen zu müssen und so weiter, aber von einem Altersgenossen wie Jerpbak war diese Behandlung demütigend, zutiefst entwürdigend. Plötzlich schwirrten mir ganze Serien szenischer Kindheitserinnerungen im Kopf herum. Wie Blitzlichter leuchteten zahllose Prügeleien vor meinem inneren Auge auf, Siege und Niederlagen, und ich rechnete mir aus, wie oft ich klein beigegeben hatte, beschwor die Gesichter sämtlicher Bandenführer und Schlägertypen herauf, als wären es Schnappschüsse in einem Daumenkino. *Nicht älter als ich.* Ich machte mit dem Kopf eine scharfe Geste zu Officer Raab. „Wenn Sie mir nicht in zwei Sekunden die Handschellen abgenommen haben, dann zeige ich jeden einzelnen in diesem Laden hier wegen Freiheitsberaubung an, und, und –", ich war so aufgebracht, daß ich es beinahe herausschluchzte, „– wegen Brutalität."

Raab legte Jerpbak eine weiche, aufgedunsene Pranke auf den Oberarm. Sie waren einen Schritt beiseite gegangen, und der ältere Mann flüsterte dem jüngeren etwas ins Ohr wie ein Verliebter. Ich beobachtete Jerpbak: Er erinnerte an eine Kobra, der man den Kopf streichelt. Als ich den Mund öffnete, sah Raab mich an, als wäre ich ein Stück Dreck – sprechender Dreck, ganz kurios vielleicht, aber doch nicht mehr als einen flüchtigen Blick wert –, und verschwand dann, mit Jerpbak im Schlepptau, in einem höhlenartigen Korridor.

Mich ließen sie mitten im Raum stehen, die Hände auf dem Rücken gefesselt. Sämtliche Polizisten glotzten mich an. Nach kurzem Zögern kam ein verschrumpelter kleiner Deputy auf mich zu, schloß die Handschellen auf und sagte sehr leise, ich solle auf der Bank warten. Ich war erschöpft, durcheinander und wütend.

Schwer atmend ließ ich mich auf die Bank sinken, das Adrenalin blubberte durch meine Adern wie Fett in einem Fritiergerät. Zwei Minuten später schnarchte ich.

Aufgeweckt wurde ich von einem Druck am Arm und einer Stimme, die mehrfach meinen Namen sagte. Es war Phil. Er sah aus, als wäre er soeben aus der untersten Koje einer Opiumhöhle gekrochen: dunkle Ringe unter den Augen, zerrissenes Hemd, zerwühltes Haar und das matte Lächeln eines Mannes mit chronischen Kopfschmerzen. „Oh, Scheiße!" sagte er, jetzt mit breitem Grinsen, und wiederholte diese Begrüßungsformel sechs- oder siebenmal, immer abwechselnd den Kraftausdruck und meinen Vornamen, wie ein Einpeitscher beim Football, der ein Stadion voller lethargischer Fans in Wallung bringen will. Ich blinzelte zweimal. Meine Füße waren eingeschlafen. Die ganze gewaltige Schwerkraft des rotierenden Planeten zerrte an mir, als ich mich zu der heftigen Schulterklopf-Umarmung aufraffte, mit der wir einander begrüßten, seit wir als Vierzehnjährige zusammen *Drei Fremdenlegionäre* mit Gary Cooper gesehen hatten. „Alter", sagte ich. Dann standen wir einen Augenblick lang da und grinsten uns an, bis Phil endlich meinte, er wisse zwar nicht, wieso ich auf einmal in Tahoe auftauchte, aber jedenfalls hätte ich keinen günstigeren Moment wählen können, und ob ich vielleicht noch mal fünfundsechzig Dollar dabei hätte.

Die hatte ich. Vor der Abfahrt in San Francisco hatte ich mir ein paar Scheine in die Brieftasche gestopft – hundertsechzig Dollar oder so. Fünfundsechzig und fünfundsechzig machte hundertdreißig, überlegte ich, während ich nach der Brieftasche griff. Damit hätte ich dann nichts mehr zum Essen und zum Tanken nur noch eine abgelaufene Shell-Kundenkarte. Ich fragte Phil, wofür er das Geld brauchte.

Phil rieb sich die Schläfen. Er sah mich mit blutunterlaufenen Augen an und pfiff leise durch die Zähne. „Für Gesh."

„Für wen?"

„Gesh. Der wohnt seit kurzem bei mir. Jetzt sitzt er allerdings noch da drin fest –", er deutete hinter sich, „und ich müßte sonst warten, bis die Banken aufmachen, um ihn rauszuholen. Für Crazy Eddie werden wir wohl 'ne Sammlung machen müssen."

Crazy Eddie war der dritte Hausbewohner. Er hatte am Steuer gesessen, als die Straße sich plötzlich heimtückisch verengt hatte und das dreieckige Schild mit dem unmißverständlichen Pfeil darauf ohne Warnung vor der Stoßstange emporgeschnellt war. Crazy Eddie hatte das Schild flachgelegt und gleich noch drei oder vier von den Stahlpfosten dahinter umgemäht, ehe das rechte Vorderrad von Phils Cadillac abgerissen und der Wagen knirschend zum Stillstand gekommen war. Alle drei hatten einiges getrunken und Quaaludes geschluckt, was ihre Urteilskraft erheblich einschränkte. Sie stolperten aus dem Auto, um den Schaden zu begutachten, und stellten fest, daß sie das Geländer einer schmalen Brücke abseits der Hauptstraße verwüstet hatten. Schwarze Bäume starrten auf sie herab. Unter der Brücke dröhnte das Wasser. Crazy Eddie bekundete aufrichtiges Bedauern und drückte Phil sein tiefempfundenes Beileid über den Zustand des Wagens aus. Phil fragte ihn, ob er wisse, wie sie nun nach Hause kommen sollten. Eddie bejahte dies, und nachdem alle ins Auto zurückgetorkelt waren, ließ er den Motor aufheulen und schlingerte auf die Gegenfahrbahn hinüber, daß die Funken sprühten. Zwei Polizisten folgten ihrer Furche bis zu Phils Haus, verhafteten Phil beim Urinieren an einen Baum, zerrten den delirierenden Gesh aus dem Auto und begaben sich dann ins Haus, wo sie Crazy Eddie von dem Mädchen auf der Couch herunterschälten und wegen Trunkenheit am Steuer mit nachfolgender Fahrerflucht festnahmen. Die Kaution wurde mit 1500 Dollar festgelegt.

„Ja, verstehe“, sagte ich, mit Bezug auf Eddies Problem. Ich zählte die fünfundsechzig Scheine ab und sah zu, wie Phil sie dem stummen Sergeant noch einmal vorzählte. Zehn Minuten später kam Gesh an der Seite eines Polizisten durch den fleckigen Korridor gewankt. Er trug eine Strickmütze, einen Pullover mit Rentiermuster und einen ausgeleierten Khakimantel, der aussah, als stamme er aus abgelegten Beständen der Heilsarmee.

Ein ganzer Raum voller Bullen, Stenographen, Fingerabdruckspezialisten, Justizbeamten und gefesselten Verdächtigen war Zeuge, wie Phil uns einander vorstellte. Ich sah Backenknochen, scharf wie Messerschnitte, Augen, die ins Leere blickten, einen Stoppelbart. Unter dem Mantel verbarg sich ein massiger Kerl, an die neunzig Kilo oder mehr. Er hatte Nikotinflecken auf den Zähnen; durch eine seiner Augenbrauen zog sich eine weiße Narbe. Ich nickte und setzte zu einem schiefen Grinsen an. Gesh war nicht ganz sicher auf den Beinen. Er schwankte ein wenig, kaschierte das aber elegant, indem er meine Hand zu einem schlaffen Black-Panther-Gruß ergriff, und murmelte: „Alles klar, Alter."

Draußen schneite es. Trockene weiße Flocken stoben zischend herab. Wir stapften wortlos durch die weiße Ödnis des Parkplatzes, den Wind im Gesicht, die Spur unserer verwischten Fußabdrücke schlängelte sich hinter uns her und kletterte in stummer Anklage die Stufen des Polizeireviers hinauf. Gesh riß die Tür des Toyota auf und warf sich kopfüber auf die Rückbank. Er schlief bereits tief und fest, als ich den Schnee von der Windschutzscheibe gefegt hatte und neben Phil in den Sitz plumpste. Mein Magen brannte, ich hatte rasende Kopfschmerzen. Ich fragte mich, was um Himmels willen ich um halb neun Uhr morgens mitten in einem Schneesturm am Lake Tahoe machte.

Ich sah zu Phil hinüber. Er grinste und sah mich mit einem derartigen Silberblick an, daß sein Auge führerlos im Schädel herumzurollen schien. Dann begann er zu lachen, ein wieherndes, keuchendes Kreischen, das bei jedem Atemzug japsend erstarb, dann aber wieder um so stärker ausbrach. Delirium, Hunger, Schlafentzug: was immer der Auslöser war, auf einmal lachte ich mit ihm. Grölend trommelte ich auf das Lenkrad ein, warf den Kopf nach hinten, beherrschte mich mühsam, nur um mich, nach einem Blick zu Phil, gleich wieder von neuem auszuschütten. Es war urkomisch – der Schnee, das geparkte Auto, die Polizei –, das Ganze eben. „Phil", keuchte ich, und meine Stimme überschlug sich in der Absurdität dessen, was ich jetzt sagen wollte, „Phil, hör mal, was hältst du von der Idee –", ich brach ab, das Lachen quälte mich wie ein Husten, es war alles so verrückt, „– was hältst du von der Idee, dir eine Viertelmillion Dollar zu verdienen?"

Kapitel 3

Sie stand an der Tür und sah durch uns hindurch, gekleidet in eine groteske Schürze, auf der zwei Backenhörnchen unter dem Aufdruck *Wir machen Sie scharf* riesige Fleischermesser schwangen. Hinter ihr glänzte die Holztäfelung, Trockenblumen warfen Schatten auf die Wand, die aussahen wie Zähne. Ich grinste. Keine Reaktion. Wir hatten die Musik schon von der Straße gehört, sobald wir ausgestiegen waren. Jetzt, durch die offene Tür, wirkte sie wie eine militärische Offensive, laut genug, um Gase zu ionisieren, Trommelfelle zum Bersten zu bringen, das Innenfutter von Gehirnen zu kräuseln. Ein aggressiver Küchendunst – bratender Knoblauch in zischendem Olivenöl – schnürte mir die Kehle zu und bohrte sich wie ein spitzer Finger in meinen Magen. Es nieselte. Es war kalt. Aorta musterte ihre Füße, dann sah sie zu mir auf und gleich wieder weg. „Hallo", sagte sie.

Phil und Gesh standen abwartend hinter mir wie zwei bezahlte Schläger. Irgendwo hatte Phil eine Kopie von Geshs Khakimantel aufgetrieben – zweireihig, mit Rückenfalte, Gürtel und aufgenähten Ringen und Scheiben aus rostfreiem Stahl, die wie Sheriffsterne blitzten –, außerdem trugen beide tief in die Stirn gezogene Anglerhüte. Aorta wich zurück, Gesh drückte seine Kippe in der Handfläche einer kopflosen Schaufensterpuppe neben der Tür aus, wir gingen hinein.

Die Tür schloß sich mit einem dumpfen Schlag wie die Tür eines Banksafes, und wir sahen uns um. Der Eingangsflur war mit Jagdtrophäen vollgestopft: Zähne, Hörner, Schnauzen mit Nasenlöchern. Noch mehr Trockenblumen. Stumpfsinnige glotzende Augen. Nabelschweine bleckten die Mäuler und zeigten tabakfarbene Hauer, Maultierhirsche reckten ihr Geweih, eine verschrumpelte schwarze Kreatur, die ich nicht einordnen konnte, schien sich in einem erstarrten Chaos aus Zähnen und Klauen selbst verschlingen zu wollen. „Na ja", sagte ich, ohne zu wissen, warum. Die Musik dröhnte weiter, der Essensgeruch nagte an unseren Mägen. Brüllend stellte ich alle einander vor, meine Begleiter nickten geistesabwesend. Aorta unterdrückte ein Lächeln – war sie von Natur aus schnippisch oder einfach nur schüchtern? – und führte uns dann durch mehrere Gänge über eine Treppe in das untere Stockwerk der Residenz, die sie mit Vogelsang bewohnte.

Wo früher einmal der Ballsaal gewesen war – große Fenster vom Boden bis zur Decke und ein Ausblick auf Baumwipfel und den Ozean –, ließ sie uns stehen und verschwand durch eine Klapptür am hinteren Ende des Raumes. Beim Zurückschwingen der Tür konnte ich einen kurzen Blick auf Vogelsang werfen, der mit Schürze und Kochmütze vor dem Herd stand. Phil ließ sich auf das Sofa fallen wie ein Erschossener, und Gesh ging direkt auf die Stereoanlage zu, um die Lautsprecher abzustellen. Die Stille dröhnte wie Donner. Eben noch hatte eine verzweifelte Reibeisenstimme durch das verstärkte Wummern von Urwaldtrommeln in den Ohren gedröhnt, jetzt nahm ich auf einmal die leisesten Geräusche wahr: ein Löffel rührte in einem Topf, ein Gasherd zischte. Wie zum Ausgleich schienen die Küchengerüche intensiver zu werden, sie legten sich über die Atmosphäre wie die Sanftheit einer Mutter.

Der Raum war riesig, mit gewölbter Decke wie eine Kathedrale, und geradezu überkrustet mit den Objekten von Vogelsangs Sammelwut, so vollgestopft und barock wie ein Saal des Museums für Naturgeschichte. Was keineswegs hieß, daß nicht jedes Stück seinen speziellen Platz gehabt hätte oder auch nur ein einziges Exponat unvorteilhaft zur Schau gestellt gewesen wäre. Tahitianische Schleppnetze hingen von der Decke herab und milderten die optische Wirkung der freiliegenden Balken, eine blinkende Espressomaschine ragte vor der Wand auf wie ein Folterwerkzeug, Messer und Gewehre waren symmetrisch an Haken über dem Kamin plaziert, die Ölgemälde – aufwendig gerahmt und mit Bedacht aufgehängt – dominierten die Nische über einer Gruppe von Schaufensterpuppen und ausgestopften Dachsen in T-Shirts und Mänteln, die um einen kleinen Tisch arrangiert waren. Ein langer Eßtisch nahm einen Teil des Raumes ein, ein Fernseher samt Stereoturm einen anderen, und gleich links neben der Küchentür stand – wie im Museum – ein Schaukasten mit Steingutscherben und fossilen menschlichen Knochen. Man hätte eine ganze Woche herumstöbern können, und dann waren immer noch acht weitere Zimmer zum Entdecken übrig.

„Hey", rief Gesh, „seht euch das mal an!" Phil ging zu ihm hinüber und stieß einen anerkennenden Pfiff aus; ich lachte. Er stand vor einem von Vogelsangs taxidermischen Triumphen, zwei Luchsen, die einen wilden Tanz miteinander aufführten, die Klauen verschränkt, die Knie gebeugt, die Köpfe in dionysischer Ekstase zurückgeworfen. Daneben ringelte sich ein Lachs im Walzerschwung zu einem Lampenschirm, die Warmton-Glühbirne quoll ihm aus dem Maul wie das Ei in der Lachnummer eines Zauberers.

Gesh prüfte gerade mit dem Zeigefinger den Schneidezahn eines der Luchse, da flog die Küchentür auf, und ein breit grinsender Vogelsang kam hereingestürmt. „Willkommen, willkommen", sagte er, schüttelte mir die Hand, klopfte Phil auf den Rücken und ergriff, nach einer kaum merklichen Pause, auch Geshs Hand. Vogelsang hatte die weiße Kochmütze und die Schürze abgelegt; er trug ein T-Shirt, das verkündete: ICH BIN O.K., DU BIST O.K. Nach kurzem Durcheinander bei der Begrüßung – Vogelsang traf Anstalten zu einem geschäftsmäßigen Händedruck, während Gesh das Handgelenk zum Soul-Brudergruß abwinkelte – erkundigte sich Vogelsang, was wir haben wollten: Cocktails, Bier, Gras, Sherry, Apfelglühwein, oder vielleicht einen bezaubernden, nicht zu herben Zinfandel, den er in einem kleinen Weingarten in Sonoma County entdeckt hatte?

Gesh wollte wissen, was für eine Biersorte er dahabe, und Vogelsang zählte sechs oder sieben importierte Marken auf. „Mann, klingt echt gut", sagte Gesh, ließ sich aufs Sofa fallen und legte einen Arbeitsstiefel auf das Beistelltischchen. „Also dann Bier."

Vogelsang war ein bißchen kribblig – das merkte ich an seiner Diktion, die noch etwas präziser wurde und von Höflichkeitsfloskeln und korrekten Konjunktiven nur so wimmelte, als probte er die Rolle des Prince Charles für ein Fernsehspiel über das Liebesleben des zukünftigen Monarchen. Er ging hinaus und kam fast im selben Moment wieder herein, in der Hand unsere Drinks – Phil und ich hatten uns für Scotch entschieden – und ein Tablett mit einer kalten Vorspeisenplatte. „Heute abend gibt's italienisch", sagte er. „Hoffentlich mögt ihr das. Ich mache meine Pasta immer selbst, und die Soße köchelt schon seit dem Aufstehen."

Ich konnte mir ein Grinsen nicht verkneifen: Er war wirklich ein erstaunlicher Typ. Unternehmer, Kulturfreak, hervorragender Feinmechaniker, Zimmermann und Elektriker, ein Sammler, der seinesgleichen suchte – und auch noch Hobbykoch. Wir murmelten beifällig, ganz die artigen Gäste. „Klingt super", sagte Phil.

Es entstand eine kurze Stille. Vogelsang drehte sein Weinglas in den Händen. Wie er so auf der Armlehne saß, glich er einem Raubvogel: die scharf gebogene Nase erinnerte an einen Falkenschnabel, das kurze blonde Haar an aufgeplustertes Gefieder. Phil und Gesh lagen auf dem Sofa wie an den Strand gespülte Kopffüßer. Vogelsangs Tonfall veränderte sich auf einmal, wurde schärfer, geschäftsmäßiger. „Also, ihr Jungs wißt ja, worum es geht, stimmt's?" Er sah mich an. Ich nickte.

Gesh löste sich mit einem Stöhnen von der Sofalehne, als erforderte das eine herkulische Anstrengung, nahm einen gewaltigen

Schluck Bier und blickte Vogelsang dann direkt ins Gesicht. „Nein", sagte er, und sein Ton hatte etwas Störrisches, Streitlustiges, „warum erklärst du uns die Sache nicht mal genauer?"

Anderthalb Wochen hatte Phil in meinem Gästeschlafzimmer in der Fair Oaks Street gehaust, und Gesh hatte auf der Couch im Wohnzimmer geschlafen. Ihre Angelegenheiten in Tahoe hatten sie an einem einzigen Tag bereinigt (Phil rief das „Tahoe Teriyaki" an, brüllte einem verdutzten Aushilfskellner ins Ohr: „Ich kündige!" und legte auf, um dann festzustellen, daß er seinen Namen gar nicht genannt hatte; Gesh ging zu seinem Job als Zapfer einfach nicht mehr hin). Der Cadillac wurde als Verlust abgeschrieben, das weitere Schicksal des Chalet/Hütte/Bungalow/Landhauses der Frau auf der Couch – sie hieß Nelda – überlassen, der Vermieter telefonisch beschimpft und verunglimpft und der engere Freundeskreis angelogen (die offizielle Version lautete, daß Phil und Gesh nach San Francisco zogen, um mit mir Häuser zu renovieren). Gerüchten zufolge wollte Crazy Eddies Mutter das Geld für die Kaution überweisen, also sah sich Phil der Verantwortung für diese Sache enthoben und löste sein Bankkonto mit einer Auszahlung über 32,14 Dollar auf. „Na ja", sagte er grinsend, als er nach dem Gespräch mit seinem Vermieter einhängte, „jetzt brauchen wir bloß noch diesen ganzen Mist einzupacken" – er deutete auf die Berge von rätselhaften Artefakten, die auf dem Boden herumlagen wie Überreste eines Eingeborenendorfes –, „und dann kann's losgehn."

Wir befestigten Phils Skier auf dem Dach des Toyota, neben drei oder vier Pappkartons mit unentbehrlichen Besitztümern und ideellen Wertgegenständen, wie der lackierten Schneckenmuschel, die er von Miami Beach mitgebracht hatte, oder seinen Geschichtsaufsätzen aus der neunten Klasse, die er immer noch aufhob. Er band seine Matratze an den Kartons fest, die ihrerseits an den Skiern festgebunden waren; diese hielten den Kontakt zum Dach des Toyota mit Hilfe einer verschlissenen Wäscheleine, die durch die Fenster geführt und in Stirnhöhe des Fahrers mit einem schlichten Doppelknoten befestigt war. Phils Schallplattensammlung, das Schweißgerät und die Gitarre nahmen den gesamten Rücksitz ein. Gesh war da weniger problematisch. Seine weltlichen Besitztümer beliefen sich auf zwei große Plastiktüten, die mit diversen Kleidungsstücken vollgestopft waren – in der Hauptsache mit schmutziger Unterwäsche, der obersten Schicht nach zu urteilen –, und einen Stapel Taschenbücher.

Bis wir alles zusammen hatten, war es fast dunkel. Die Matratze – es war ein ganz neues, extra großes, Spezial-ruhe-sanft-Deluxe-Modell, von dem sich Phil einfach nicht trennen konnte, hing über das Rückfenster und wölbte sich auf dem Autodach wie ein gut gepolsterter Rückenpanzer. Ich fragte Phil, ob er auch sicher sei, daß die Schnur halten würde. „Die?“ fragte er, während er ein durchhängendes Ende der Wäscheleine an der Antenne festband. „Machst du Witze? Damit kannst du durch einen Hurrikan fahren und dann noch mal von der Ostküste zur Westküste und zurück.“ Er tätschelte die Matratze. „Nein, nein: mein gutes Stück bleibt bei mir.“

Als wir viereinhalb Stunden später die Bay Bridge von Oakland nach San Francisco überquerten, fegte ein heftiger Windstoß die Matratze vom Dach und schleuderte sie einem mit Kugellagern beladenen Sattelschlepper vor die Räder. Beim Abheben riß sie einen Karton mit Erinnerungen mit, der wie eine zornige Faust aufs Dach donnerte und dann vom Fahrtwind mit einem ohrenbetäubenden Scheppern davongerissen wurde. Phil schrak hoch. „Was war denn das?“

„Weiß nicht“, sagte ich und suchte nach einer Erklärung für die unvermittelt freie Sicht durch das Rückfenster. „Ich glaube, wir haben irgendwas verloren.“

Geshs Stimme klan kühl und unbeteiligt. Er hätte auch ein Radiosprecher sein können, der einen Kommentar zu einer geringfügigen Änderung im Marktpreis für Schweinebäuche abgab. „Deine Matratze.“

Wir blieben mitten auf der Überholspur stehen. Laster donnerten mit zischenden Luftstößen vorbei, Reifen sirrten wie der Tod, das Haar flog uns wie wild um den Kopf. Ich konnte kaum atmen, jeder Lastwagen entriß meinen Lungen explosionsartig den Sauerstoff. Inzwischen war die Matratze bereits zu drei Vierteln plattgewalzt. Phil versuchte mehrmals, auf die Fahrbahn zu rennen und die sterblichen Überreste zu retten, aber der Verkehr war rücksichtslos. Mit hundert Kilometern pro Stunde rasten die Autos an uns vorbei. Die Brücke schwankte unter dem Donnern der großen Brummer. Es stank nach Diesel, nach Möwendreck, nach Hafenwasser. Wir zuckten die Achseln und schlichen zurück ins Auto.

Die nächsten neun Tage verbrachten wir einerseits mit Vorbereitungen für das bevorstehende Landleben (Phil erstand ein nachgemachtes Schweizer Messer, dessen Korkenzieher so groß wie ein Holzbohrer war, Gesh wusch seine Unterhosen, und ich kaufte mir sechs Anti-Schlangenbiß-Päckchen), andererseits mit Überlegungen darüber, wofür wir unsere jeweiligen Anteile an den zu erwartenden Profiten aus dem Sommerlager ausgeben würden. Gesh wollte von seinen 166 666,66 Dollar zehntausend für eine gewaltige Fete beim Karneval in Rio reservieren und den Rest in eine Zehn-Meter-Yacht investieren, in der er mit dunkelhäutigen Frauen durch die Karibik schippern und Hummer mit Sauce Béarnaise speisen würde. Phil hatte vor, seine Schulden zurückzuzahlen und vielleicht wieder einmal ein Restaurant zu eröffnen – Fischspezialitäten im New-Orleans-Ambiente, mit Fliesenboden, Tischnischen aus Teak und großen, trägen Deckenventilatoren. Ich machte mir Gedanken wegen der Steuer. Ich rechnete mir aus, ich könnte mir wieder einen heruntergekommenen Altbau kaufen, mit dem Bargeld schwarz renovieren, und die Kosten für Arbeit und Baumaterial sogar noch als Ausgaben absetzen. Auf jeden Fall waren wir uns über zwei Dinge einig: Wir hatten den Kanal voll davon, uns dauernd abstrampeln zu müssen, und dies war die große Chance, uns für alle Zeiten zu sanieren.

„Ich hab's satt, mir ständig für andere Leute den Arsch aufzureißen", sagte Phil, als hätte jemand den Verdacht geäußert, es würde ihm auch noch Spaß machen, „und danach dann so fertig zu sein, daß alles, was ich verdiene, für Alk und Tranquilizer draufgeht."

Gesh knurrte beifällig. In meinen Augen loderte helle Empörung über all das Unrecht und die Gemeinheiten, die Phil erlitten hatte – ganz zu schweigen von dem Unrecht und den Gemeinheiten, die *ich* erlitten hatte. „Ich weiß, was du meinst", sagte ich. Wir saßen im Wohnzimmer herum, tatenlos, ungeduldig und sturzbetrunken.

Die Gesellschaft sei bis ins Mark verfault, sagte ich. Es heiße jeder gegen jeden, und jeder sei sich selbst der Nächste. Ich hätte genug von diesen Typen, von Akademikern genauso wie von Immobilienmaklern und Bautischlern. Man gab denen alles – das Herz, die Seele und den Schweiß – und kriegte nichts zurück, nicht mal die Anerkennung für gute Arbeit.

Phil meinte, er verstünde genau, wie ich mich fühlte.

Gesh hockte auf dem Fensterbrett und starrte in sein Glas. Nach einer Weile hob er den Kopf. „Die Gesellschaft ist doch am Arsch", sagte er heftig und machte eine wegwerfende Handbewegung. „Dieses blöde Happy-Hippie-Gewäsch." Ich wußte, worauf er hinauswollte. Die ganze Hippie-Ethik – Batikhemden, Bärte, Brüderlichkeit, die Gemeinschaft der Menschen –, all das war Quatsch gewesen, ein abgekartetes Manöver, das uns davon ablenken sollte, daß es keine Jobs gab, die Wirtschaft vor die Hunde ging und die Ressourcen der Erde sich in Rauch auflösten. Und wir hatten es geschluckt, waren damit hausieren gegangen, hatten es selber propagiert. Die ganzen Jahre hindurch.

Gesh lachte bitter. Inzwischen seien wir älter, sagte er, und klüger. Wir wüßten jetzt, was zählte: Geld. Geld und sonst gar nichts.

Es war am späten Nachmittag, an dem Tag bevor wir bei Vogelsang zu Abend essen wollten, um letzte Einzelheiten zu besprechen und dann zu unserem Sommerlager aufzubrechen. Ich fühlte mich gut. Ich fühlte mich bereit. So bereit wie in meinem ganzen Leben noch nicht. Im letzten halben Jahr hatte ich untätig herumgesessen, von dem Gewinn aus meiner letzten Altbaurenovierung (der Immobilienmarkt hatte sich geschlossen wie eine Faust) sowie dem Almosen gelebt, das ich vom Community College für einen Anfängerkurs in englischer Literatur bekam, und war dabei immer tiefer in den Abgrund von Lethargie, Selbstbeschimpfung und Einsamkeit geglitten. Doch jetzt spürte ich die Wärme freudiger Erwartung, genoß den erfüllten Augenblick; an meiner Seite saßen Phil und sein Freund wie treue Fans vor dem Entscheidungsspiel, und es kam mir vor, als hätte ich eine tiefgreifende Läuterung erfahren. Sonnenlicht strahlte ins Zimmer wie ein Traum von Königen, Bruce Springsteen sang vom „Promised Land", wir tranken Gimlets aus einer Karaffe. Ich blickte über die Dächer der Stadt und stellte mir eine Armada von Schiffen vor, die dort draußen vor Anker lag, die Segel gerefft und in goldenes Licht getaucht, und ich fühlte mich wie Coronado, wie Cortez, beim Blick auf ihre Schiffe, die sie über die gleißende See zu den Schatzkammern der Götter bringen würden.

„*Saltimbocca alla romana*", verkündete Vogelsang, während er rückwärts durch die Tür kam, in jeder Hand eine Servierplatte. „Mit gedünstetem Spargel und hausgemachter Pasta als Beilage."

Auf dem Tisch türmten sich bereits die Überreste der ersten vier Gänge, samt Bier- und Weinflaschen. Nach dem *antipasto* hatte Vogelsang uns *agnolotti* serviert, dann ein *brodo di pesce* und eine *caponata*. Während wir die Suppe löffelten, gesellte sich noch Dowst dazu, der in Blazer und einem Hemd mit Button-down-Kragen hereinplatzte und sich unter ausgiebigem Blecken seines blitzenden Pferdegebisses für die Verspätung entschuldigte. Wir waren so mit dem Essen beschäftigt, daß wir kaum Notiz von ihm nahmen.

Als das Fleisch herumgereicht worden war, brach ich ein Stück Brot von dem frischgebackenen Laib ab, sah Phil an und riß einen Witz – mit leichtem Akzent, der nach Chico Marx klingen sollte – über das „traurrige Ende von unsere trreulose Freunde beim Essen in die Ristorante am Sää". Phil lachte. „Das hier ist mehr wie das heilige Abendmahl", sagte er. Die anderen verzogen keine Miene. Die Stille wurde nur von der rhythmischen Rhetorik der Kaumuskulatur und dem Klappern des Silberbestecks gebrochen. Schließlich blickte Phil auf und sagte: „Schmeckt hervorragend, Vogelsang. Springt einem direkt in den Mund."

Vogelsang erzählte, er kenne die Chefköche von „Vanessi's" und „Little Joe's" persönlich und sei schon mehrmals zum Zusehen in deren Küchen eingeladen worden. Er selbst aß nur eine winzige Portion – nicht mehr als einen einzigen Bissen von jedem Gericht – und dazu etwas, das wie matschige Cornflakes aussah. „Und du ißt gar nichts?" fragte ich.

„Um Himmels willen." Vogelsang wirkte beleidigt. „Das Zeug ist mir viel zu fett." Er aß ein Gemisch aus Trockenfisch und Pinienkernen. Das Saltimbocca blieb mir in der Kehle stecken.

„Hör mal, Herb", schaltete Gesh sich ein, „wieso läßt du nicht mal 'n bißchen was hören über das Haus und so – na ja, also, womit wir da oben so zu rechnen haben." Am Tisch herrschte plötzlich absolute Stille: kein Gabelklappern, keine schmatzenden Lippen oder mahlenden Zähne. Zwar war Vogelsangs Taufname Herbert, doch niemand nannte ihn je so, nicht einmal seine Mutter. Er hieß überall schlicht und einfach Vogelsang. Eine seiner Freundinnen – ihren Namen weiß ich nicht mehr – fing einmal an, ihn „Vogey" zu nennen, nachdem wir uns zu dritt erst *Tote schlafen fest* und dann *Haben und Nichthaben* angesehen hatten. Zu unserer nächsten Kinoverabredung kam er allein.

Geshs Worte sanken in die Stille ein, wurden aufgesogen wie die Butter, die in dem warmen Brot auf seinem Teller versickerte. Gesh wußte ganz genau, daß unser Wohltäter es nicht leiden konnte, wenn man ihn mit Herb oder Herbert oder irgendeiner anderen Abwandlung seines Vornamens anredete – ich hatte sogar ausdrücklich davor gewarnt –, und Vogelsang wußte, daß Gesh ihn zu provozieren versuchte. Andererseits war Vogelsang bekannt für seine grenzenlose Unerschütterlichkeit: Ich hatte noch nie gesehen, daß er wütend wurde oder daß er überhaupt je eine Emotion zeigte. Wut, Angst, Glück oder Rührung zu demonstrieren bedeutete für ihn eine Schwäche, einen Verlust der Beherrschung – und Vogelsang verlor nie die Beherrschung. „Natürlich", sagte er und sah Gesh mit strahlendem Lächeln an, „was möchtest du denn wissen?"

Gesh laborierte mit Messer und Gabel an seinem Kalbfleisch herum und sprach durch das mächtige Stück, das er sich gerade in den Mund gestopft hatte. „Na ja, Scheiße, Mann", sagte er, „ich meine, wir sollen die nächsten neun Monate da draußen am Arsch der Welt rumhocken, während du dir bei ‚Vanessi's' die Steaks reinziehst – da will ich wenigstens wissen, in welchem Zustand diese Hütte ist, hat sie zum Beispiel Strom und fließend Wasser und solche Mätzchen?"

„Aber ja", sagte Vogelsang und griff nach seinen Trockenfischflocken, „ja, alles Notwendige ist vorhanden."

„Zur Stromerzeugung habt ihr einen Generator", sagte Dowst. „Er läuft mit einem alten Benzinmotor. Wasser kommt von einem großen Sammelbehälter, der gleich oberhalb der Hütte am Hang liegt."

„Das Haus ist absolut anständig", sagte Vogelsang. „Mit ein bißchen Einsatz könnt ihr es da richtig gemütlich haben." Neben ihm saß Aorta. Sie sah mich kurz an und lächelte – tatsächlich, sie lächelte –, ehe sie den Blick in ihr Weinglas senkte. Ich sah einem Stück Kalbfleisch nach, das zwischen ihren schwarzen Lippen verschwand, dann wandte ich meine Aufmerksamkeit wieder Vogelsang zu. „In den zwanziger Jahren war es mal eine Jagdhütte", berichtete er gerade. „Herrliche Aussicht, oben auf einem Hügel, der mit Tannen, Eichen und Madroño bewachsen ist. Es gibt sogar zwei große Sequoias dort."

Ich sah es schon vor mir. Oder vielmehr, ich sah die Hütte vor mir, die wir jeden Sommer gemietet hatten, als ich noch klein war. Das war in Vermont, an einem kleinen See. Es roch nach Tannenharz und nassem Laub, das vertraute Gefühl von Baumstämmen, die so dicht standen, daß man keine dreißig Meter tief in den Wald hineinsehen konnte. Am Morgen schrien die Bläßhühner wie ruhelose Seelen, und vor dem Fenster trällerten die Prachtmeisen. Ich erinnerte mich daran, wie ich abends, sonnenverbrannt und glücklich, vor dem gemauerten Kamin gesessen und mit meinem Vater Karten gespielt hatte. Genau das richtige für mich, dachte ich. Ruhig. Naturverbunden. Ein echtes Abenteuer. Als ich mich dem Gespräch wieder zuwandte, redete Dowst von Wurmerde und der Notwendigkeit, den Boden aufzubereiten. „Leider eine ziemlich miese Wasserlage da oben“, sagte er, „die Lehmschicht liegt einfach zu hoch. Ihr müßt also für jede Pflanze einen eigenen Standort schaffen – eine Sand-Kompost-Mischung zum Entwässern und für die Wurzelbildung, dazu stickstoffhaltige Regenwurmerde ...“

Später, bei Espresso und *millefoglie*, das Lampenlicht war gedämpft, und Vogelsangs Museum versank in der Dunkelheit des Zimmers, kamen wir richtig zum Geschäft. Die Hütte, Proviantnachschub, Werkzeuge und Ausrüstung, die Samen, die acht Dollar pro Tag, die Vogelsang Gesh, Phil und mir jede Woche zahlen würde, zusätzlich zu unserem Anteil an den Einnahmen am Ende, der Verkauf der reifen Stauden (Vogelsang hatte eine Connection, die alles abnehmen würde, was wir produzierten, Barzahlung bei Lieferung, keine weiteren Fragen) – all das war bald besprochen. Wieder war es Gesh, der die Frage stellte, die in unseren Hinterköpfen lauerte wie ein sprungbereites Raubtier: „Und was ist, wenn die Polizei uns schnappt?“

Vogelsang reagierte darauf absolut kaltblütig. „Dann hatte ich keine Ahnung von euch. Ich habe mir das Grundstück als Investition zugelegt und bin völlig überrascht, daß jemand darauf wohnt, vor allem, wenn ich mit Entsetzen und Empörung erfahren muß, daß dort illegale Umtriebe im Gang waren. Unter der Hand zahle ich natürlich eure Anwaltskosten.“

Dowst war bei der Erwähnung des verbotenen Wortes ganz lebendig geworden. „Vorstrafen habt ihr ja keine“, sagte er und schlürfte seinen Kaffee, „also geht auch keiner in den Knast – Geldbuße und eine Strafe auf Bewährung, das ist alles.“ Ich war mir nicht ganz sicher, aber ich glaubte zu sehen, wie seine Hand beim Absetzen der Tasse zitterte.

Gesh schien verärgert – er machte den Mund auf, als wollte er etwas sagen, überlegte es sich dann aber noch mal. Aortas Miene war ausdruckslos. Phil ließ sich mir gegenüber in einen Sessel sinken, die Wirkung von Scotch und Wein zeigte sich an seinem leicht schielenden Blick. Er war in Gedanken schon in seinem neuen Restaurant und aß Austern an der Marmortheke. Ich selbst wußte nicht, was ich glauben sollte.

„Keine Angst", sagte Vogelsang, „ich kümmere mich schon um euch."

Kapitel 4

Entweder lag es an dem fremden Bett, am Geruch der Laken oder an meiner ausschweifenden Phantasie, jedenfalls hatte ich in dieser Nacht ausschließlich erotische Träume. Gesichter lockten, Zungen schleckten, ein Dickicht aus Schamhaar bedeckte den Boden, Brüste und Hinterteile sprossen unter mir auf wie Gemüse, wie reife, feuchte, tauschimmernde Früchte. Dann war ich unten, im Ballsaal. Aorta krallte sich an mich, nackt, ihre Zunge erforschte meinen Mund, auf dem Ofen bullerte ein Topf mit Pasta, ganze Rudel von ausgestopften Ottern, Bibern und Luchsen sträubten die Nackenhaare, sie massierte meinen Unterleib mit den seltsam spröden Stoppeln ihres gebleichten Haars. Dann riß sie sich los. Grausam und schweigend wie eine Sphinx glitt sie durch das Zimmer, spielte dabei an sich herum und warf mir spöttische Blicke zu, bis ich mich auf sie stürzte.

In einer dieser seltsamen Vereinigungen von Traum und Wirklichkeit wurde ich schließlich von ihrer Stimme geweckt, die rauh und kehlig klang, brüchig von erotischer Erschöpfung. „Felix", sagte sie, „alle anderen sind schon aufgestanden." Ich zwang mich, die Augen zu öffnen. Aorta stand in der Tür, in einen weißen Bademantel gehüllt; sie sah kleiner aus als in meiner Erinnerung, irgendwie geschrumpft und verletzlich. Es dauerte einen Moment, bis mir klar wurde, woran es lag: Sie trug kein Make-up. Keinen schwarzen Lippenstift, keine gemalten Löcher auf den Lidern, keine hautzerfetzenden Klauen. „Vogelsang macht gerade Frühstück“, flüsterte sie mit ihrer Reibeisenstimme, dann drehte sie sich um und schlurfte durch den Korridor davon.

Sie hatte recht. Er machte wirklich Frühstück, das roch ich. Kaffee, kanadischer Schinken, Pfannkuchen, Eier: Die Aura eines Holzfällerlagers strömte ins Zimmer, durchdrang mich bis ins Innerste, und in diesem Moment gewann der Hunger die Oberhand über alle anderen Triebe. Ich wälzte mich aus dem Bett und durchwühlte meinen Seesack nach einem der neuen Flanellhemden, die ich mir für das Sommerlager gekauft hatte. Es war kalt. Während ich das Hemd zuknöpfte, den Speckduft in der Nase, die eisige Luft wie eine kalte Hand auf den Schenkeln, betrachtete ich zufrieden das Zimmer. Über dem Bett schwebte ein Elchkopf, auf den kiefergetäfelten Wänden funkelte der Klarlack, meine Jacke hing – o wunderbare Schlichtheit – an einem Kleiderständer in der Ecke. Ich schlüpfte in meine Jeans und die Arbeitsstiefel und fühlte mich wie der Kandidat für einen Zigaretten-Werbespot.

Der große Raum unten, den wir am Abend – im Dunkeln, voll dunkler Ahnungen – verlassen hatten, wurde jetzt vom Sonnenlicht durchflutet. Alles strahlte und glänzte, vom Glas der Schaukästen über das blankpolierte Kupfer der Espressomaschine bis zu Phil, der mich mit breitem Grinsen begrüßte, als ich hereinkam und die Hände über das knisternde Feuer streckte. Er saß schon am Tisch, vor sich einen Pfannkuchenberg und ein Glas frisch ausgepreßten Orangensaft. Neben ihm saß Gesh; sein Teller war leer, seine Finger umschlossen ein Glas Bloody Mary, als wäre es der Schleudersitzhebel in einem brennenden Jet. Ich hörte das ferne Pfeifen eines Teekessels und Vivaldi, der die unwiederbringlichen Augenblicke abmaß, als wolle er sichergehen, daß wir auch alle genug davon bekämen.

Ich fuhr zusammen, als die Küchentür krachend aufflog und Vogelsang hereinkam, beladen mit Kaffeekanne, Sahnekrug und einem Tablett mit pochierten Eiern, die von flachen roten Speckscheiben flankiert wurden. Er war aufgedreht, so munter, daß es komisch wirkte, er schien sich bei jeder Bewegung anstrengen zu müssen, die Energieschübe zu bremsen, die an seinen Fingern zerrten und seine Gliedmaßen vibrieren ließen. Einen Moment lang dachte ich, er würde gleich vom Boden abheben und im Zimmer umherflattern wie ein aus dem Käfig entwichener Kakadu, aber dann gelang es ihm, das Tablett ordnungsgemäß auf dem Eßtisch abzustellen. „Felix!" begrüßte er mich dröhnend. „Wird ja auch Zeit." Er trug einen Jogginganzug mit militärischen Aufnähern an den Schultern und Streifen an den Hosennähten. Zu laut und viel zu fröhlich klärte er mich darüber auf, daß er bereits sieben Meilen gelaufen sei und unsere ganze Ausrüstung auf den Pritschenwagen geladen habe.

Ich setzte mich und machte mich über die Eier her. Vogelsang hockte sich ans Kopfende des Tisches und begann, einen stoßweisen Vortrag zu halten. Zwischen den verbalen Schüben warf er abwechselnd mehrere Handvoll Knoblauch- und Ginsengpillen ein und genehmigte sich ab und zu eine kräftige Dosis Mundspray. „Hacken, Schaufeln, eine Schubkarre", sagte er und hielt inne, um eine Leberpastille zu schlucken. „Ein paar Rollen Stacheldraht und einen Seitenschneider, dazu noch zwei kleine Kawasakis, die ich gerade generalüberholt habe. Es liegt alles auf der Ladefläche. Außerdem noch der Kleinkram: eine Axt, ein Satz Steckschlüssel, ein Tischlerhammer und so weiter. Ach, und dann Bretter und das restliche Zeug für das Treibhaus. Boyd wird am Wochenende auch raufkommen, dann bringt er die Wurmerde, die Samen und alles übrige in seinem Lieferwagen mit."

Gesh trug ein zerrissenes Flanellhemd mit lassoschwingenden Cowboys darauf, sein Haar bildete ein atavistisches Chaos, und seine Augen sahen aus wie frisch transplantiert. Er mixte sich die nächste Bloody Mary, warf zwei Quaaludes ein und sah uns mit schiefem Grinsen an.

„Die Motorräder braucht ihr zum Patrouillieren des Grundstücks, wenn ihr die Pflanzen erst mal im Boden habt – hundertsechzig Hektar sind schließlich kein Schrebergarten, stimmt's? –, und zur Kontrolle des Bewässerungssystems in den trockenen Monaten. Aber als allererstes – das ist wirklich absolut lebenswichtig – müßt ihr unbedingt diesen Zaun ziehen." Vogelsang unterbrach sich, schüttelte ärgerlich sein Sprayfläschchen, stellte es auf den Tisch und suchte in seiner Tasche nach einem neuen. Phil studierte die Sportseite der Zeitung. Gesh sah aus, als würde er gleich in seinen Drink fallen.

Eine halbe Stunde später rannten wir in Vogelsangs Garageneinfahrt herum und erledigten letzte Handgriffe vor dem Aufbruch zu der vierstündigen Fahrt nach Mendocino County, wo wir das unerschlossene Ackerland urbar machen würden, getrieben vom Pioniergeist unserer Vorfahren. Vögel zwitscherten und trällerten, unter unseren Füßen knirschte der Kies. Die Sonne schien mit aufmunternder Ausdauer durch die Bäume, und die Luft war lau wie Milch. Vogelsang bastelte noch an den beiden Autos herum, zurrte Stricke fest und schob Kartons mit Proviant zurecht, aber ich achtete gar nicht auf ihn. Ich spürte den Puls des Lebens, war mir mit einem Mal der Großartigkeit der Farben und Formen bewußt, die man als selbstverständlich hinnimmt, bis man sie dann in Öl gemalt oder als Projektion auf der Leinwand eines dunklen Kinos wiedererkennt. Der Eukalyptus duftete scharf wie Reminiszenzen.

Dann schüttelte mir Vogelsang die Hand. Aorta stand neben ihm, jetzt wieder gepanzert durch mehrere Schichten Make-up und eine schwarze Vinyljacke. „Viel Glück“, sagte Vogelsang und bekräftigte nochmals sein Versprechen, in etwa einer Woche bei uns vorbeizuschauen. Phil ließ den Wagen an, den unser Wohltäter uns besorgt hatte – einen altersschwachen Datsun-Pritschenwagen mit zerbeulten Kotflügeln –, und ich stieg zu Gesh in den Toyota. „Wo bleiben die Luftschlangen?“ rief ich grinsend, während ich den Motor anwarf und aus der Einfahrt rollte; ich fühlte mich heroisch, berufen zu großen Taten, zu allem bereit. Das Getriebe knirschte, ich winkte mir fast den Arm ab, Phil fuhr hinter mir los, und Gesh begann zu schnarchen.

Bis wir in Santa Rosa waren, hatte der Himmel die Farbe von Spülwasser angenommen, und die Wolken hingen so tief, daß ich die Scheinwerfer einschalten mußte. In Cloverdale, kurz vor der Grenze von Mendocino County und fünfzig Meilen vor Willits, unserem Zielort, fing es dann an zu regnen. Nicht mit Blitz und Donnergrollen, sondern in einem abrupten, massiven Wolkenbruch, wie er für Niederschläge in Küstennähe charakteristisch ist.

Das Gehämmer auf dem Autodach weckte Gesh auf, der mich umgehend davon in Kenntnis setzte, daß er sich wie Scheiße fühle. „Roh und unverschnitten“, fügte er hinzu und riß mit den Zähnen eine Zellophanpackung Mandrax auf. „Wie wär's, wenn wir irgendwo 'ne Tasse Kaffee trinken gehen und warten, bis es aufklart?“

Im „Hopland Coffee Shoppe“ sahen wir zu, wie das Wasser in breiten bogenförmigen Bahnen an den Scheiben hinunterlief. Es war so dunkel, als wäre plötzlich die Nacht hereingebrochen. Phil war völlig durchnäßt – anscheinend ließ sich das Fenster des Pritschenwagens nicht schließen. „Typisch mein Pech“, sagte er düster und bat Gesh um medikamentöse Linderung. Gesh, der über einen unerschöpflichen Vorrat zu verfügen schien, drückte ihm drei Quaaludes in die Hand. Ich nahm auch zwei, für das seelische Gleichgewicht. Es war halb elf Uhr vormittags. Wir blieben sitzen, bis die Kellnerin unsere Kaffeetassen nicht mehr nachfüllte. Dann sahen wir uns an, zuckten die Achseln, schlugen unsere Kragen hoch und rannten in den Regen hinaus.

Willits, wie das im Regen nur verschwommen erkennbare Ortsschild etwa fünfzig Minuten später verkündete, hatte 4120 Einwohner und lag auf einer Höhe von 420 m ü. d. M. Wir fuhren vorbei an einer Serie von Schnellrestaurants, Motels und Tankstellen, an „Al's Redwood Room“ und einem Safeway-Supermarkt. Der Ort schien nur entlang der Hauptstraße gebaut zu sein, eine Ansiedlung am Highway 101, ausgerichtet zum Wohle der Touristen, die sich die Sequoiawälder weiter oben im Norden ansehen wollten. Er war so öde, karg und langweilig wie ein in der Beringstraße schaukelnder Eisberg. „Für die nächsten neun Monate“, sagte ich, leicht retardiert durch die Tabletten, die einem den ganzen Metabolismus ein paar Gänge herunterschalten, so daß man in eine Art Vorwinterschlaf-Apathie verfällt, „ist das jetzt unser nächstes infrastrukturelles Zentrum.“

„Infrastrukturelles Zentrum“, wiederholte Gesh dumpf, als ob er sich die Nase schneuzte. „Scheiße, Mann.“

Fünfzehn Meilen nördlich von Willits sollten wir auf eine Asphaltstraße abbiegen, an einer Kneipe namens „Shirelle's Bum Steer“ und sechs oder sieben heruntergekommenen Farmhäusern vorbei bis zur nächsten Abzweigung fahren und von dort eine Schotterstraße bis zu einem Tor nehmen, hinter dem „ein fünf Komma drei Meilen langer unbefestigter Fahrweg“ lag, um Vogelsangs Anweisungen zu zitieren. Schön. Leider regnete es so stark, daß wir die Abfahrt verpaßten und Phil mir beinahe hinten reinfuhr, als ich zum Wenden eine Vollbremsung machte. Ich kam an der Böschung zum Stehen, schaltete die Warnblinkanlage ein und stieg aus, um mit ihm zu konferieren.

Die Intensität des Regens traf mich wie ein Schlag ins Gesicht; es war, als schleppte ich einen Kartoffelsack auf den Schultern, während ich die zwanzig Schritte zurück zu dem Pritschenwagen lief und den Kopf durch das offene Fenster steckte. Der Regen peitschte meinen Nacken und ließ mäandrierende Flußläufe an der Innenseite meines Jackenkragens herabrinnen. Ein einsamer Holztransporter zischte wasserspeiend auf der Schnellstraße vorbei und verschwand im Dunst. „Also, was ist Sache?" murmelte Phil, jedes Wort einzeln gedehnt wie ein sich abrollendes Yoyo. Die Haartolle klebte ihm an der Stirn, und an seiner Nase hing ein dicker Wassertropfen.

„Vogelsang meinte, es wäre fünfzehn Meilen hinter Willits. Ich hab fünfzehneinhalb auf dem Tacho mitgezählt. Es muß die Seitenstraße gewesen sein, an der wir gerade vorbeigekommen sind."

Phil bibberte. Die Iris seines schielenden Auges sah aus wie ein Eiswürfel in einem Cocktailglas. „Mann", stöhnte er, „das will ich hoffen. Ich mach das hier nämlich nicht mehr lange. Ich brauch dringend ein warmes Feuer und ein paar Stunden auf der Matte."

„Shirelle's Bum Steer" grüßte uns wie ein freudiger Ruf, als wir über die Landstraße und auf die mutmaßliche Zufahrt holperten. Beim Vorbeifahren an der Kneipe hörte ich Phil vor Freude hupen – es war eine klapprige Provinzbar mit angebautem Wohnhaus, das dringend einen neuen Anstrich nötig hatte. Davor drängten sich unter einer triefenden Eiche zwei dreckverkrustete Transporter, das handbemalte Schild hing in besoffen schrägem Winkel, im Fenster glühte trist eine einsame Coors-Leuchtreklame wie die Kerze am Schrein eines Märtyrers. Ich ließ das Bild auf mich wirken, und mir wurde klar, daß dies für uns von nun an der nächste Außenposten der Zivilisation sein würde. „Das Land der Fascho-Spießer", knurrte Gesh und setzte hinzu, er fühle sich wie Lewis von der Lewis-und-Clark-Expedition, oder vielleicht auch wie Clark. Dann rumpelten wir über einen reißenden Zufluß des Eel River (im Sommer sollte er sich in eine Serie von stinkenden Pfützen und Moskitobrutstätten verwandeln) und schlängelten uns durch ein Tal, rechts und links von uns stumpfe, schroffwandige Hügel, von denen kratzige Kiefern aufragten wie Stoppeln auf einem unrasierten Männerkinn. Wir zählten die heruntergekommenen Farmen und suchten die linke Straßenseite nach einem Steinblock ab, der wie ein warnender Zeigefinger aus dem Boden ragte – das Zeichen für uns, die nächste Abzweigung nach rechts zu nehmen –, dann schrie Gesh: „Heureka!“, und ich bog abrupt in einen ungepflasterten Fahrweg ein, der gleichzeitig als bräunlich dahinwogendes Bett eines Baches fungierte.

Plötzlich ging es jäh bergauf – der Weg erklomm einen Steilhang –, die Reifen tasteten verzweifelt nach Halt in der Erde, der Sturzbach klatschte gegen die Kotflügel, der Motor drehte mit ungestümem Heulen durch und trug uns unkontrolliert noch etwa fünfzehn bis zwanzig Meter vorwärts, ehe wir bis zu den Radkappen in einem Meer aus rötlichem Schlamm versanken. Phil, der mit dem Stacheldraht und den Kawasakis beladen war, hatte bessere Bodenhaftung; er schleuderte in wilder Fahrt den Hang hinauf und krachte dem festgefahrenen Toyota hinten rein. Ich erinnere mich nicht, ob es ein Knirschen, ein Kreischen oder einen dumpfen Schlag gab. Aber mein Kopf flog nach vorn, als hätte er eine dringende Privatangelegenheit zu erledigen, die Windschutzscheibe ächzte und erblühte dann zu einem silbernen Filigranmuster, und die Kofferraumhaube sprang auf, um sich nie wieder richtig zu schließen. Ich sah zu Gesh hinüber. Er fluchte, Blut lief ihm über den Unterarm.

Dann standen wir alle drei draußen im Platzregen, knöcheltief im Morast und dem aufgewühlten Wasser. Über uns ragten die Bäume auf wie schwarze Handflächen, der Regen peitschte uns ins Gesicht wie tausend Nadelstiche. Als ich mir über die Stirn strich, entdeckte ich, daß sich etwas von der Größe und Härte eines Golfballs unter die Haut neben meiner linken Braue geschoben hatte. Einen Augenblick lang blieben wir reglos stehen, gebeugt, wie verlorene Seelen, die auf die Fähre über den Fluß der Tränen warten, und fluchten leise vor uns hin. Dann stürzte sich Gesh ins Unterholz wie ein gereizter Stier, zerrte an Farnen und Dornbüschen und Giftsumach, trampelte Schößlinge nieder und entwurzelte Baumstümpfe. Zuerst dachte ich, er sei verrückt geworden.

Mittlerweile hatte Phil angefangen, auf dem Weg händeringend und den Kopf hin- und herrollend herumzutanzen, als probierte er eine esoterische neue Nummer für Alvin Aileys Modern Dance Company aus. „Hey, Mann, ich wußte doch nicht –“ setzte er an, aber ich winkte nur ab. „Schon okay“, sagte ich, während ich zugleich mit der Leidenschaftslosigkeit eines Kinobesuchers, der die *Lusitania* untergehen sieht, zur Kenntnis nahm, daß mein Seesack aus dem Kofferraum mitten in das Bachbett geschleudert worden war. Der schwere Khakistoff war vor Nässe ganz dunkel und bereits halb mit Schlamm bedeckt. In dem Sack lagen meine Hemden, Socken, Pullover sowie meine Unterwäsche. Ich packte den triefenden Riemen und riß den Seesack aus dem Matsch, wobei ich mir fast die Schulter ausrenkte. Phil half mir dabei, das pitschnasse Ding zurück in den Kofferraum zu wuchten, und gemeinsam gelang es uns schließlich auch, das geborstene Schloß durch ein Stück Draht zu ersetzen.

Auf einmal tauchte Gesh aus dem Wald auf, sein Gesicht war kreuz und quer von Striemen und blauen Flecken gezeichnet, der Trenchcoat klatschte ihm um die Knie. Er schleifte einen umgestürzten Baum von der Größe eines Rammbocks hinter sich her. Mit schlaff herabhängenden Armen glotzten wir ihn zuerst einfach nur an, während der Regen durch die Bäume fetzte und der Schlamm uns um die Beine wirbelte. Es war, als wären wir gerade aus einem Traum gerissen worden. „Himmel, Arsch!" brüllte Gesh. „Packt gefälligst mal mit an, ihr Säcke!"

Ich spürte, wie die Droge allmählich ihren Griff lockerte – stellt euch ein Stück Brot vor, das man aus einem Käsefondue herauszieht –, dann war ich an Geshs Seite und zerrte wütend an dem feuchten, moosüberzogenen Stamm. Phil faßte neben mir mit an, und gemeinsam bugsierten wir das Ding seitlich neben das Auto, dann stolperten wir zurück ins Gebüsch, um einen zweiten Baum zu suchen. Wir arbeiteten schweigend, raunzten einander nur manchmal an, jeder war in seine eigenen Gedanken vertieft (ich persönlich dachte an eine heiße Dusche, heiße Suppe, Heizdecken und trockene Unterwäsche). Alles troff vor Nässe, Dornen zerstachen uns Hände und Gesichter, Kellerasseln krochen uns die Arme hinauf, oben im Laub zischte der Regen wie ein Stadion voller aufgebrachter Fans. Während Phil und ich mit einem halbversteinerten Baumstamm kämpften, befreite Gesh den Toyota mit einem Wagenheber ein Stück aus dem Schlamm. „Also los, schiebt!" brüllte er, sobald der Wagenheber hochgekurbelt war, und wir stemmten uns zu dritt gegen den Kotflügel und sprangen dann zurück, als der Wagen mit heftigem Splittern auf die provisorische Plattform herunterkrachte. Dann kurbelten wir ihn auf der anderen Seite hoch.

In der Luft lag der Geruch nach schleichender Fäulnis, nach Schimmel und Kompost. Von den Bäumen verhöhnten uns die

Vögel. Unsere Hände und Gesichter waren schwarz vor Dreck, als wären wir begraben, aus der Erde geholt und ein zweitesmal begraben worden. Gesh versuchte, sich eine Zigarette anzuzünden. Seine Hosen zeigten tiefe Risse an den Knien, der Trenchcoat hing an ihm herab wie ein nasses Badehandtuch. Phil spielte den Clown. Er hob eine Handvoll Schlamm vom Boden auf und klatschte sie sich auf den Kopf, wie Stan Laurel auf dem Höhepunkt eines Sahnetortenscharmützels. Es war nicht komisch. „Okay", fauchte Gesh, warf die nasse Zigarette weg und packte mit seinen breiten Pranken die verbeulte Stoßstange des Toyota, „warum probierst du nicht mal, wie weit du kommst?"

Ich wischte mir die Hände am Hintern meiner Hose ab und rutschte auf den Fahrersitz. Im Auto roch es muffig, die Fenster waren vor Nässe beschlagen. Mit klammen Fingern drehte ich den Zündschlüssel, ließ das darauffolgende Geboller auf mich wirken (offenbar hatten wir den Auspuff verloren) und sah zu, wie die Scheibenwischer gegen den Regen fochten. Dann trat ich das Gas durch, schälte die Rinde von den Baumstämmen und schoß wie ein Tragflügelboot den Weg hinauf, so weit es ging, während meine Mitstreiter hektisch hinterherstürzten wie Flüchtlinge einem Rotkreuz-Transporter. Als ich mich wieder festfuhr, begann das Ganze von neuem: schleppen, ziehen, kurbeln, schieben. Manchmal schaffte ich knapp hundert Meter auf einmal, manchmal rutschte ich auch sofort von den Planken und versank gleich wieder im Morast. Das Wetter war auch keine Hilfe: Es regnete den ganzen Nachmittag über stetig. Wie ich später feststellte, überwanden wir immerhin einen Höhenunterschied von knapp zweihundert Metern zwischen der Asphaltstraße und der Hütte.

Endlich, nach viereinhalb mörderischen Stunden, erreichten wir den Punkt, an dem der Weg wieder etwas ebener wurde, und als ich zum vielleicht zwanzigsten Mal von der Startpiste davonschoß, blieb ich nicht mehr stecken. Der Wagen brach nach links und rechts aus, tiefhängende Zweige klatschten gegen die Scheibe, die Jubelschreie meiner Partner verklangen hinter mir, und ich fuhr immer noch. Ein kurzes Stück ging es geradeaus, dann folgten mehrere Spitzkehren und schließlich eine weit geschwungene Kurve, die mich auf eine regenverhangene Lichtung von der Größe und Form eines Baseballfelds brachte. Ohne zu wissen, wohin ich überhaupt wollte, walzte ich schwadenweise hüfthohes Gras nieder, donnerte über Steine und verrostete Maschinenteile, die gegen die Bodenplatte polterten; ich war ausschließlich darauf konzentriert, den Schwung zu halten ...

Bis ich die Hütte erblickte.

Nein, dachte ich, nein, das kann es doch nicht sein, als ich auf die Bremse trat und in einen Haufen Schrottmetall schlitterte, aus dem unter anderem ein verrosteter Bettfederkasten und das Außenskelett der ersten Waschmaschine der Welt aufragten. Diskrepanzen zwischen Erwartung und Realität waren mir vertraut – mit Ernüchterungen muß jeder mal fertig werden. Aber das hier warf mich glatt um. Jagdhütte? Das Ding war ein größerer Schuppen, vor dem Eingang lag verstreutes Gerümpel, die Tür selbst stand offen wie ein gähnendes Maul, wie der hungrige Schlund des Dämons der verlassenen Häuser, der ein Sühneopfer forderte. Irgend jemand – bestimmt Vogelsang – hatte Teerpappe an die Außenwände genagelt, als Ersatz für Schindeln, und auf dem Dach klebte ein lächerlicher Überzug aus weißen Styroporplatten (angebracht, wie ich bald erfahren sollte, in der vergeblichen Hoffnung, damit undichte Stellen abzudecken). Eines aber war sicher, das erkannte ich bereits, als ich noch benommen hinter der zersplitterten Frontscheibe des abgewürgten Toyota saß: in diesem Ding hatte seit zwanzig Jahren keiner mehr gewohnt. Mindestens.

Drinnen war es noch schlimmer. Das Dach leckte an acht Stellen, die Vordertür war eingedrückt und aus den Angeln gehoben, eine mächtige Koalition aus Brennesseln und Wicken verdunkelte die Fenster. Ich ließ meinen Seesack auf den rissigen Linoleumboden fallen (Blumenmuster im Stil der vierziger Jahre) und wanderte in dem großen Zimmer umher, als wäre ich in einem Museum. Der Raum war L-förmig und andeutungsweise in Kochnische und Wohnzimmer unterteilt. Ich blieb stehen und musterte die kleinkalibrigen Einschüsse in der Küchenwand, den gasbetriebenen Kühlschrank, der seit dreißig Jahren außer Betrieb zu sein schien, den mit den Überresten längst vergessener Mahlzeiten bekleckerten Ausguß. Hinter dem Wohnzimmer lagen zwei kleine Schlafräume, und eine wacklige Holztreppe führte zu einem dritten auf dem Dachboden. Von der Küchentür gelangte man zu einer teilweise überdachten Veranda, die mit einem verfallenen Lagerschuppen verbunden war. Hinter dem Schuppen sah ich einen rostigen Propangastank („Pro-Flame“) und einen düsteren, vollkommen zugewachsenen Hohlweg. Vor Kälte zitternd wandte ich mich nach diesem ersten Eindruck von unserem Domizil dem Ofen zu.

Eigentlich gab es sogar zwei Öfen. Der eine war ein Kochherd – kombiniert für Gas- und Holzbetrieb, zirka 1935 –, der andere ein gedrungener Holzbrenner aus Gußeisen. Holz war nirgends zu entdecken. Sämtliche Kleider, die ich besaß, waren klatschnaß, meine Schultern vibrierten konvulsivisch, mein Atem gefror in der Kälte zu einer weißen Wolke. Etwas mußte geschehen. Durch die schlierigen Fensterscheiben blickte man auf 160 Hektar Kiefern, Hartholz und Sträucher, jeder Zweig davon naß wie ein Schwamm. Ich stellte mir vor, wie ich wieder hinaus in das triefende Gestrüpp ging, Äste abknickte und spritzende Borkenstücke von den Bäumen schälte, und blendete das Bild abrupt wieder aus, so wie man beim Fernsehen den Kanal wechselt. Dann fiel mir der Lagerschuppen ein, und ich stürzte hastig zur Küchentür hinaus, wobei ich einen Vogel aufstörte, der im Verandadach hockte. Er flatterte mir ins Gesicht wie ein böser Traum, dann war er weg.

Im Schuppen herrschte Zwielicht, überall lag Gerümpel herum. Ich sah Bündel von vergilbten Zeitungen (TRUMAN RUFT FAIR DEAL AUS; JOE DIMAGGIO STRICKT WHITE SOX AB), eingedrückte Benzinkanister und die Relikte eines Gegenstands, der möglicherweise einmal ein Webstuhl gewesen war. Ich betrat den niedrigen Raum, wie ich ein Pharaonengrab betreten hätte, bewegte mich behutsam und suchte unter den Haufen aus Lumpen, Dosen und Flaschen, die den Boden bedeckten und an den Wänden emporstiegen wie das letzte Schwappen der Sintflut, angestrengt nach verborgenen Schätzen – im Augenblick fiel unter diese Kategorie jeder noch so kleine brennbare Gegenstand. Über allem lag Staub, weiß wie pulverisierte Knochen. Als ich ein Stuhlbein über dem Knie zerbrach, schossen zwei flinke, dunkle Wesen durch ein zerbrochenes Fenster hinaus. Ratten, dachte ich zerstreut – oder vielleicht Erdhörnchen. Fünf Minuten später hatte ich einen ansehnlichen Stapel von Möbelfragmenten und diversen Holzstücken aufgehäuft. Ich legte ihn auf ein Bündel verschimmelter Zeitungen und schleppte das Ganze zurück ins große Zimmer, prüfte die Rauchklappe im Ofenrohr und stellte dann fest, daß ich keine Streichhölzer hatte.

Das war der letzte Tropfen. Ich fluchte. Trat gegen irgend etwas. Und dann warf ich mich auf das miefende, ausgeblichene Sofa gegenüber dem kalten Ofen. Staub stieg in einer gewaltigen Atompilzwolke auf und legte sich auf meine nasse Jacke. Eine Weile zitterte ich still vor mich hin, lauschte dem Wasser, das durch die Decke sickerte wie durch einen Kaffeefilter und auf das uralte Linoleum tröpfelte, während der Sturm draußen eine rauschende Decke über die Landschaft breitete. Dann hörte ich den jaulenden Motor von Phils Wagen, der sich den Berg heraufquälte. Na, die würden eine Überraschung erleben, dachte ich, erhob mich vom Sofa und starrte durch die offene Tür hinaus auf die zackigen, schroffen Hügel, die Bäume, die wie Klauen aufragten, das formlose Grau, in dem man nicht einmal annäherungsweise den Abstand zwischen zwei Bergen abschätzen konnte.

Ungeduldig, kribblig, bis auf die Knochen durchnäßt, ging ich ein paarmal im Raum auf und ab. Dann kam ich auf die Idee, mir noch einmal die Schlafzimmer anzusehen, um mir möglicherweise schon mal eines davon zu sichern. Das erste war absolut gewöhnlich: vier Wände in ziemlich miesem Zustand (irgendeine fehlgeleitete Seele hatte versucht, sie mit Steinplatten zu verkleiden, das Projekt aber offenbar auf halbem Wege aufgegeben), eine zerrissene Matratze auf einem Sprungfederkasten, in der hinteren Ecke war ein Besenstiel diagonal angenagelt, offensichtlich, um als Kleiderstange zu dienen. Ich ging weiter, den kurzen Flur entlang, der zum Klo und dann zu dem hinteren Schlafzimmer führte. Es wirkte ebenso leer und kärglich wie das vordere. Die Wände waren mit Kieferholzbrettern verkleidet, die Bettfedern ruhten auf hölzernen Kisten, durch ein unvollendetes Fenster sah man zu den Bäumen hinaus. Zuerst hätte ich den Kalender an der Innenseite der Tür fast übersehen. Doch weil die Tür schief in den Angeln hing, fiel sie hinter mir zu, und als ich mich umdrehte, hatte ich ihn direkt vor Augen.

Ein Kalender. Ich hörte, wie der Pritschenwagen draußen vorfuhr, der Motor keuchte wie ein Langstreckenläufer. Das Bild über dem Datumsteil des Kalenders zeigte eine Frau mit Strohhut, das Gesicht abgewandt, den Rock leicht geschürzt, so daß ihre Beine zu sehen waren – ein ödes, bräunlich getöntes Motiv im Stil von Norman Rockwell. Aber nicht das Bild bannte meinen Blick. Es war das Jahr – 1949, mein Geburtsjahr. Sonderbar, dachte ich, und dann fiel mir der Monat auf. November. Mein Monat. Ich fühlte, wie mir das Blut in die Bauchgegend schoß, als hätte ich einen Schlag in den Magen bekommen, das Ganze war ein unmöglicher, penetranter kosmischer Scherz, der dicke schwarze Bleistiftstrich, von schicksalhafter Hand gelenkt, hatte tatsächlich genau jenen Tag fixiert. Meinen Tag. Meinen Geburtstag. Mit einem schwarzen Kreis.

Unwillkürlich trat ich einen Schritt zurück. „Hey, Felix!" brüllte Gesh aus dem großen Zimmer. „Bist du da drin?" Es war einer dieser Augenblicke, in denen die empirischen Annahmen eines ganzen Lebens durch ein kurzes, spöttisches Auflachen zunichte gemacht werden. „Felix!" schrie Gesh. Ich trat noch einen Schritt zurück, hilflos und verwirrt, als hätte ich eben eine Ohrfeige bekommen.

Etwas stimmte hier nicht, und das ging mir gegen den Strich. Seit meiner Kindheit hatte man mir beigebracht, daß es auf alles eine Antwort gab, daß die Quadratwurzel aus vier zwei war, daß der Himmel deshalb blau schien, weil das Licht sich an Staubpartikeln in der Atmosphäre brach, daß das Leben aus der Einwirkung elektrischer Impulse auf einfache Eiweißverbindungen entstand. Ich war nicht abergläubisch. Wie jeder andere Mensch wußte auch ich, daß in einem unendlichen und mannigfaltigen Universum selbst die bizarrsten Zufälle etwas ganz Normales, berechenbare Wahrscheinlichkeiten waren. Nichtsdestoweniger hätte ich am liebsten alles hingeschmissen. Ich stand da, mit brennendem Gesicht und hämmerndem Herzen, und hatte nur einen Gedanken: Ich will diesen Job hinschmeißen, und zwar sofort.

Teil II

Die Saat geht auf

Kapitel 1

Ich erzähle mal ein bißchen was über Dreck.

Brauner Dreck, roter Dreck, schwarzer Dreck, gelber Dreck. Dreck, der einem an den Schuhsohlen klebt, die Fingernägel schwärzt und die Rillen in den Handflächen nachzieht; Dreck, der auf verwaschenem Linoleum zu Staub trocknet und sich des Nachts in die Lungen schleicht. Krümeldreck, flüssiger Dreck, Dreckklumpen, -knödel und -brocken, sandiger und lehmiger Dreck, Dreck, der nach Verwesung und Fäulnis riecht. Dreck. Die Grundlage aller Dinge, der Anfang und das Ende. Wir bestehen aus Dreck, nicht aus Wasser, und im Dreck werden wir dereinst ruhen. In unserem Sommerlager aßen wir Dreck, wuschen uns mit Dreck und schliefen in dreckverschmierten Schlafsäcken sehr nahe am Dreck; kein Zweifel, im Sommerlager lebten wir in inniger Beziehung zum Dreck.

In der Stadt mit ihren Schulter an Schulter stehenden Gebäuden, mit dem ganzen Zement und Asphalt findet man ja echten Dreck gar nicht. Aber *da* ist er doch – unten im untersten Keller wie ein gräßliches Geheimnis aus der Vorzeit, eingezwängt in erdrosselten Baumwurzeln, plattgedrückt unter der schiebenden Scholle der San Francisco Bay. In der Stadt ist Dreck ein Problem, ein Element, dem man sich eher theoretisch, mit akademischem Interesse nähert. Auf der empirischen Ebene kommen wir damit kaum in Kontakt, bis wir im Golden Gate Park auf dem artig kurzgehaltenen Rasen mal nach einem Frisbee hechten, und da ist er dann plötzlich – der Dreck –, auf dem Bein der weißen Bundfaltenhose. Oder man entdeckt am Morgen auf der Windschutzscheibe des Autos winzige schwarze Staubkörnchen, oder man kommt beim Spazierengehen an einer Baustelle vorbei, und dort sieht man dann wirklich einmal echten, unverfälschten Dreck, der wie ein Loch in einem verfaulten Zahn zutage liegt. Aha, Dreck, denkt man sich dann, sieh mal einer an. Trotzdem, er ist eine Anomalie, eine Ausnahme von der Regel. Bei Städten denkt man an schlechte Luft. An Wasser und Benzin, an Glassplitter und Hundescheiße. Aber nicht an Dreck. Dreck ist einfach nicht von Belang.

Aber in jener ersten Nacht im Sommerlager war er sehr wohl von Belang.

Es hatte uns irgendwo in die Randbezirke des Nichts verschlagen, wir froren und waren hungrig, erschöpft und durchnäßt, Haut, Haare und Kleider waren schlammverkrustet, was ja auch nichts anderes als eine Manifestation von Dreck ist. Enttäuschung schnürte uns die Kehle zu. In unseren Augen schimmerte Weltschmerz. Unsere Hände waren schwarz wie frisch ausgegrabene Kartoffeln, schwarz wie die Hände des Automechanikers, den ich bei meinem Job als Versicherungsvertreter in New York kennengelernt hatte. Eines Nachmittags, als ich meinen Wagen abholen wollte, streckte er mir die Hände entgegen. „Sieh dir diese Hände an!“ sagte er. Ich sah sie mir an. Die Haut war durchgehend schwarz, als wäre sie gefärbt oder tätowiert, die Nägel waren alle abgebrochen, schwarze Schwielen gingen in graue Flächen über. „Du denkst wohl, du hast's nicht leicht“, sagte er. „Aber wenigstens brauchst du dir nicht die Finger schmutzig zu machen.“ Es war eine Offenbarung gewesen: Dreck, den man nie wieder los wird, Dreck als Stigma, Dreck als unüberbrückbare soziale Schranke. Ich hatte versucht, ihn mir im Waldorf Astoria oder beim Gouverneursempfang vorzustellen, wie er höfliche Konversation machte und die Croissants weiterreichte – mit Händen, die aussahen, als hätte er Leichen exhumiert. Und nun, die nächsten neun Monate lang, würden wir sein Schicksal teilen.

Ein Windstoß ließ die Fenster klappern. Mich schauderte. Wir brauchten Wärme, wir brauchten heißes Wasser, wir brauchten Seife. Phil zog ein paar verrostete Nägel aus einem windschiefen Nebengebäude und befestigte damit die Tür am Rahmen, während Gesh den Ofen mit seinem Feuerzeug anzündete und dann eine Gaslampe aufstöberte. Ich wußte nicht, was ich tun sollte. In meinen Ohren dröhnten Voodootrommeln, eine Faust boxte mich stetig in den Bauch – dieser verhexte Kalender war für mich so beunruhigend wie eine nadeldurchbohrte Wachspuppe. Ich konnte nichts dagegen machen: ich war mit den Nerven am Ende.

„Komm, Alter“, sagte Gesh, während er Zeitungen zusammenknüllte und den Ofen damit fütterte, „jetzt reiß dich mal zusammen. Wir sind uns doch hoffentlich einig, daß wir's hier mit dem subtilen Humor von diesem Arschloch Vogelsang zu tun haben – wahnsinnig witzige Idee, wirklich.“

Es stimmte, daß Vogelsang immerhin schon mindestens zweimal auf dem Grundstück gewesen war, und einen reichlich schrägen Sinn für Humor besaß er auch, um es milde auszudrücken. Ich erinnere mich noch an seine Aktion mit den Kontaktanzeigen. Irgendwann zeigte er mir mal einen dicken Umschlag mit Antworten auf Anzeigen, die er in den *Berkeley Barb* und den *Bay Guardian* gesetzt hatte. Eine lautete: „Mensch oder Tier? Sind Sie tierlieb? Dann lieben Sie die Tiere auch *richtig!*", dazu eine Chiffrenummer. Er hatte zwölf Antworten darauf bekommen, darunter eine von einem Zoowärter, der seine Vorliebe für große Raubkatzen und Peitschen bekundete, sowie eine Wochenendeinladung auf eine Schaffarm in Marshall. In einem anderen Brief erfuhr er die wichtigsten Lebensdaten eines weißen Vorstehhundes namens Rex, zusammen mit einem eindeutigen Angebot, und das Ganze war mit einem Frauennamen und dem Abdruck von Rex' rechter Pfote unterzeichnet. Vogelsang hatte mir nie erzählt, ob er auf den Antrag eingegangen war.

Und dann diese ganzen ausgestopften Viecher, die Schaufensterpuppen und all das Zeug. Ja, dachte ich, fähig wäre er dazu – ich konnte mir sogar vorstellen, wie er den alten Kalender aus dem Lagerschuppen fischte, wie sein Gesicht in einer perversen Inspiration aufleuchtete, wie er das Datum einkringelte und das Ding an die Tür nagelte. Aber gleichzeitig zerrte die drängende Kraft des Aberglaubens an meinen Nerven, und ich sah eine fremde Hand in ferner Vergangenheit, die sorgfältig den Tag eines künftigen Ereignisses markierte, als pathetisches Zeichen freudiger Erwartung – oder schlimmer noch, einer bösen Vorahnung.

Während ich noch wegen eines Bleistiftkringels tausend Tode starb, sengte sich Phil bei dem Versuch, die Pilotflamme des Boilers in Gang zu setzen, die Augenbrauen an. Schließlich hatte er Erfolg, und das Gas zündete mit einer dumpfen Explosion, die alle Fensterscheiben zum Klirren brachte und seine Haartolle so exakt ankokelte, als hätte er beim Friseur fünfundzwanzig Mäuse für einen Singe-Cut hingelegt. Verlegen machte ich mich an die Vorbereitungen fürs Essen. Während wir noch auf das Wichtigste – heißes Wasser – warteten, öffnete ich drei Bierdosen, dazu einen Rieseneimer „Malloy's Texas-Chili, extra-scharf" und legte ein Weißbrot heraus. Erschöpft streckten wir uns vor der Feuerstelle aus, wo wir buken wie Tontöpfe im Brennofen; der Schlamm bildete Krusten und bröckelte in zähen Klumpen von uns ab, und wir schlürften dabei warmes Bier und kaltes Chili.

Dann wandten wir uns dem Badezimmer zu. Es gab ein Waschbecken, eine Wanne und ein Klo (das, ähnlich wie die Toiletten im Zug, einfach nur ein Loch nach unten hatte; doch während die Anlagen in der Eisenbahn sich die Fahrtgeschwindigkeit zur Fäkalien-Feinstverteilung zunutze machen, beruhte die vorliegende Konstruktion allein auf dem Vertrauen in die Schwerkraft und die Hanglage des Hauses). Die Badewanne sah aus, als hätte man sie zuletzt zur Desinfektion von Leprakranken benutzt: Die eitergelbe Emaille zeigte eine Maserung ringförmig geschichteter Rückstände von lange vergessenen Badegästen. Die Farbe erinnerte mich an die Pissoirs im alten Bahnhofsgebäude der Penn Station, hoffnungslos verfestigter Dreck. Ich hielt die Gaslampe etwas näher heran, und wir untersuchten die kalkfleckigen Armaturen, die sterblichen Überreste toter Insekten, das Netzwerk feiner Sprünge, das die Innenfläche der Wanne wie die Landkarte eines Flußdeltas überzog. In ehrfürchtigem Schweigen standen wir da, als starrten wir auf die Ruinen von Leptis Magna, bis Gesh die Stille brach. „Ich zuerst", sagte er.

„Hey, Moment mal", protestierte ich. „Laß uns wenigstens losen."

„Ich hab vorhin am meisten geschoben", sagte Gesh, aber ohne viel Überzeugung. Er sah aus wie einer dieser Schamanen in Neuguinea, die sich Masken aus getrocknetem Schlamm machen: sein Kopf wirkte riesig wie ein Kürbis, jede Haarsträhne war einzeln mit Dreck überzogen.

„Das ist jetzt egal." Phils Tonfall war schroff und geschäftsmäßig. Er holte eine Schachtel Streichhölzer, schüttelte mit sachlicher Miene zwei davon heraus, brach eines mittendurch und wandte sich kurz ab. Dann drehte er sich wieder herum und hielt seine geballte Faust, aus der drei Streichholzenden wie Nadeln in einem Nadelkissen ragten, erst Gesh und dann mir hin.

Für Phil blieb das lange übrig. „Knobeln wir um den zweiten Platz", sagte Gesh, die Münze schimmerte schon matt im trüben Schein der Laterne. „Zahl", sagte ich und verlor.

Phil ließ das Wasser laufen, bis es kalt aus dem Hahn kam. Dann streifte er hastig seine Kleider ab, pfefferte sie als formloses Knäuel unters Waschbecken – wo sie im Laufe der nächsten Wochen einen allmählichen Versteinerungsprozeß durchmachen sollten – und ließ sich in die Wanne sinken, mit einem Stöhnen wie jemand in den wonnigen Wehen des perfekten Orgasmus.

Wir sahen ihm von der Tür aus zu. „Fünf Minuten!“ rief ich und sah prüfend auf meine Uhr.

Als ich endlich an die Reihe kam, war die Brühe lauwarm und hatte Farbe und Konsistenz des Mississippi bei Hochwasser. Ganz egal. Das war echter Dreck, der da auf mir klebte – stinkender, gärender Dschungeldreck –, und ich würde keine Ruhe von des Tages Mühen finden, ehe ich ihn abgeschrubbt hatte. Außerdem, sinnierte ich, während ich mich in den Klärschlamm sinken ließ, als letzter in der Badewanne konnte ich dafür so lange liegenbleiben, wie ich wollte.

Tat ich aber nicht. Das Wasser wurde innerhalb von Sekunden eiskalt, und das Wasser aus der Leitung war noch kälter. Ich seifte mich ein, wusch mich, rieb mich mit einem nassen Handtuch ab und verdrückte mich in die hintere Schlafkammer, zu dem ominösen Kalender und meinem feuchten Schlafsack. Ich war vollkommen zerschlagen, wundgescheuert an allen Gliedern. Der Regen prasselte aufs Dach, winzige Pfoten kratzten in den Ecken. Ich schlief wie ein Zombie.

Ein donnerndes Klopfen an der Tür weckte uns auf – Anne Franks Stunde der Wahrheit: Jetzt kamen die Männer in den schwarzen Stiefeln, um uns zu verschleppen. Das Krachen dröhnte durchs ganze Haus, ohrenbetäubend, unerträglich, furchterregend. Wir hatten nichts Illegales getan – noch nicht. Wir hatten kein Gras dabei, nicht einmal Samen. Es gab keinen Grund zur Angst, aber wir hatten Angst. Nicht einfach nur Angst – wir waren in heller Panik. In Unterwäsche rannte ich nach vorn ins große Zimmer, mein Herz klopfte wie ein Dampfhammer, und im Dämmerlicht der vorderen Schlafkammer sah ich Phils entsetzt aufgerissene Augen. Es konnte nicht viel später als halb sieben oder sieben sein. „Hallo?“ rief eine volltönende Stimme. „Jemand zu Hause?“

„Moment noch“, antwortete ich und tänzelte auf den kalten Dielenbrettern herum, wobei zwei einander widersprechende Impulse mein Nervensystem durchzuckten: *Keine Panik* und *Rette sich, wer kann.* Phil war verschwunden. Ich hörte, wie er sich geräuschvoll in die Hose zwängte, herausfallendes Kleingeld klimperte fröhlich.

„Sie – äh, Sie müssen ums Haus herum zur anderen Tür gehen", rief ich und zog fröstelnd die Schultern zusammen, „die hier ist ..." Ich zögerte. „Die hier ist zugenagelt."

Oben an der Treppe erschien jetzt Geshs Kopf zwischen den Stäben des primitiven Geländers, das einer unserer steinzeitlichen Vorgänger errichtet hatte. „Wimmel die bloß ab!" zischte er. „Keine Lust, hier mit irgendwelchen Scheißern –", doch er hielt mitten im Satz inne: Jemand rüttelte an der Küchentür.

Ich erreichte die Tür genau in dem Augenblick, als sie aufgedrückt wurde, und fand mich plötzlich Auge in Auge mit dem Archetyp des ländlichen Amerika, dem lebendigen, atmenden, von einem Fuß auf den anderen tretenden Abbild der Typen, die die Fernfahrer-Raststätten der USA bevölkern, Neonazis wählen und die Hälfte ihres Einkommens per Postanweisung an irgendwelche Fernsehprediger oder an die Kirche des Gepeinigten Christus schicken. Vor mir stand ein sehniger Kerl, Mitte Fünfzig, in Overall, karierter Holzfällerjacke und einer Schirmmütze mit dem Abzeichen der Futtermittelhandlung von Willits. Sein Gesicht war von Furchen durchzogen wie ein Fußball, ein Pfriem Kautabak beulte die eine Backe aus, er stank nach Kuhmist und ungebändigten Schweißausbrüchen. „Hallo", dröhnte er – als wollte er jemanden in sechs Meilen Entfernung begrüßen – und streckte die Hand aus. „Lloyd Sapers", stellte er sich vor, immer noch viel zu laut. „Ich bin Ihr Nachbar. Mir gehört die Ranch da drüben."

Ich schüttelte ihm feierlich die Hand, das Gummi meiner Boxershorts schnitt mir ins Fleisch wie Reißzähne. Ich fragte mich, wie ich ihn wieder loswerden und ihm dabei gleichzeitig, ohne Verdacht zu erregen, klarmachen konnte, daß wir ungesellige Leute waren, Überraschungsbesuche nicht schätzten und auf gutnachbarliche Beziehungen keinerlei Wert legten, da schob er sich an mir vorbei ins Haus, als hätte er gerade die Hypothek darauf übernommen.

„Hab gestern abend das Licht gesehen", sagte er, richtete sich auf und wirbelte herum wie ein brillanter Staatsanwalt, der dem entrüsteten Publikum die schmutzige, doch unwiderlegbare Wahrheit enthüllt. „Gehört hab ich Sie auch. Wie Sie die Straße raufgekommen sind. Hat ja wohl fast den ganzen Tag gedauert, oder?" Und dann lachte er, irgendwo tief unten in der Kehle.

Anscheinend waren die Dinge ein wenig aus dem Ruder gelaufen. Da stand ich, bibbernd wie ein nasser Hund, mit nichts als meiner Unterwäsche auf dem Leib, mitten in der dreckigen, verfallenen Küche dieser Kate, die als menschliche Behausung ungeeignet war, und machte Konversation mit einem wildfremden Menschen, einem Mann, dessen Gegenwart allein ihn schon als Feind deklarieren mußte. In dem bunt verfärbten Höcker über meinem linken Auge begann es zu pulsieren. „Hören Sie", sagte ich, „ich möchte jetzt nicht unhöflich erscheinen, Mr. Sapers, aber –"

„Sagen Sie ruhig Lloyd zu mir."

„– aber es ist recht früh, und ich –"

Sein Gelächter kam so plötzlich und schrill, daß ich zusammenfuhr. „Früh? O ja, na klar", grölte er und zwinkerte mir mit wissender Miene zu.

In diesem Moment kam Phil mit hängendem Kopf hereingeschlurft. Sein schlimmes Auge war völlig aus dem Lot. Normalerweise schielte er nur ganz leicht, aber unter Stress rollte das Auge herum, als führte es ein Eigenleben. Wie er in dem fahlen Licht in seinen zerknautschten Sachen dastand, erinnerte er mich an einen etwas zu lang geratenen Jean-Paul Sartre, versunken in die Betrachtung eines Rinnsteins voller *merde*.

Sapers drehte sich wieselflink um und packte Phils Hand. „Nett, Sie kennenzulernen. Ist mir ein Vergnügen, ganz ehrlich. Hab jetzt seit dreißig Jahren keinen Nachbarn hier draußen gehabt", sagte er, „außer dem Holzkopf, der letzten Sommer mit seinem Wohnwagen hier war – Smith oder Jones oder wie immer er hieß. Der hat nichts Gutes im Schilde geführt, das kann ich Ihnen sagen." Diese Auskunft erteilte der Rancher mit traurigem Kopfschütteln, schob sich sodann mit einem Seufzer, der eigentlich eher wie ein Jodeln klang, die Schirmmütze in den Nacken und fragte, ob wir Kaffee dahätten.

Ich weiß nicht, was ich in diesem Moment fühlte – Neugierde, Schreck, Angst, Ärger? Daß jemand anders vor uns dagewesen war und daß er nichts Gutes im Schilde geführt hatte – das war uns neu. Wer war das gewesen? Wieso hatte uns Vogelsang nichts von ihm erzählt? Und was war mit diesem geschwätzigen alten Schnüffler, der jetzt auf dem Ofenrand hockte, so seelenruhig, als zählte er gerade in seinem eigenen Wohnzimmer Säcke mit Schweinemist ab? Wir konnten nicht riskieren, daß er bei uns herumstöberte – oder sonst irgend jemand. Aber wie sollten wir ihn wieder loswerden? Geistesabwesend sah ich zu, wie Phil sich zum Ofen bückte, in der Glut stocherte und etwas Kleinholz nachlegte. Dann lief ich hinaus, um mir etwas überzuziehen. Meine Hände zitterten, als hätte ich eine Handvoll Speed eingeworfen.

Als ich wieder in die Küche trottete, mit der einen Hand die Hose hochhaltend, in der anderen Socken und Stiefel, hatte Phil schon Kaffeewasser aufgesetzt, während Sapers weiter drauflosschwafelte, über seine Ranch, das Wetter, seine Frau, Maul-und-Klauen-Seuche, Ronald Reagan, die Steuern, das Jagen und alle möglichen anderen Themen, die sein fiebriges Hirn ausbrütete. Er kam mir vor wie ein Mann, der gerade sechs Monate Einzelhaft hinter sich hatte, wie der einzige Überlebende eines Schiffsuntergangs, Robinson Crusoe vor gefesseltem Publikum: Er konnte den Mund nicht halten.

Als hätte er meine Gedanken gelesen, sah unser Nachbar im selben Moment auf und fixierte mich mit einem Blick, so starr und durchdringend wie der eines lauernden Raubtiers. Einen Moment schien sich sein Gesicht zu verändern, es bekam etwas Gemeines, Berechnendes, doch dann grinste er und war wieder ganz der Provinztrottel. „Hoffentlich falle ich Ihnen nicht auf den Wecker mit meinem Gequatsche, aber außer wenn ich mal in die Stadt komme, hab ich ja hier niemanden zum Reden, mal abgesehen von Trudy, das ist meine Frau, und meinem Sohn Marlon. Und Marlon, na ja, er ist ein guter Junge, aber er hat die tiefen Teller nicht erfunden, wenn Sie verstehen, was ich meine.“ (Ich verstand nicht, was er meinte, sollte jedoch über diese und andere Fragen bald Aufklärung erhalten. Marlon war neunzehn, drei Zentner schwer und einsachtzig groß, er trug eine Brille, die seine Augen derartig verzerrte, daß sie aussahen wie Tropenfische in einem trüben Aquarium, und er war so nachhaltig gestört, daß er den größten Teil seiner Jugend im Trakt für gewalttätige Patienten der staatlichen Nervenheilanstalt Napa verbracht hatte.)

Phil klaubte eine Dose Espresso aus einer der Einkaufstüten, die wir mit heraufgeschleppt hatten, trieb irgendwo eine gesprungene Tasse auf, benutzte ein Papierhandtuch als Filter und reichte unserem Hausfriedensbrecher einen Kaffee. „Das hier ist die alte Gayeff-Farm, wissen Sie“, sagte Sapers und pustete auf seinen Kaffee. Ich war gespannt darauf, wie er es anstellen würde, mit dem Pfriem im Mund zu trinken. „Ja, der Iwan Gayeff, also das war vielleicht einer. Haare wie ein Nigger hatte der, so kraus und schwarz. Und ein echter Quartalssäufer war er, das können Sie mir glauben! Freitagabend hat er sich einen hinter die Binde gegossen, seine Kinder ordentlich vertrimmt und der Alten ein blaues Auge verpaßt, dann ist er splitternackt in den Wald gerannt, und gejault hat er dabei wie ein Hund. Iwan der Schreckliche, so haben wir ihn immer genannt."

Plötzlich hielt Sapers inne wie vom Blitz getroffen – er wandte den Kopf ab und ließ fast die Tasse fallen. Dann beugte er sich über den Ausguß und spuckte kraftlos hinein. „Äh, ach, wissen Sie", stammelte er und wich meinem Blick aus, „ich wollte Sie nicht ... ach, was soll's, ich kann es Ihnen ja auch ruhig sagen: Mr. Vogelsang hat mir schon erzählt, weswegen Sie hierher gekommen sind."

Es war, als hätte er verkündet, das Haus sei umstellt. Seine Worte durchbohrten mich wie Gewehrkugeln. Phil verbrühte sich die Hand und fluchte laut. Ich fühlte, wie sich mir die Nackenhaare einzeln sträubten. „Er hat *was?*"

„Na ja klar. Weil wir doch so dicht beieinander wohnen und so, da mußte er's mir doch sagen." Der Rancher machte eine Pause, um einen blaßgelben Tabakstrom in Richtung Ausguß zu senden. Dann nahm er einen Schluck Kaffee und blickte verlegen auf: Er hatte sich verquatscht, das wußte er ganz genau.

Inzwischen war Gesh zu uns gestoßen. Er sah fürchterlich aus, blickte finster und übellaunig, als säße er in einer Konferenz des Politbüros, die Narbe auf seiner Augenbraue blitzte auf wie ein Kainsmal. Mir fiel die Szene aus dem *Schatz der Sierra Madre* ein, als der ungebetene Gast im Goldsuchercamp ankommt, und sie beschließen, ihn lieber umzubringen, als ihr Geheimnis preiszugeben.

Wenn Blut in der Luft lag, bemerkte Sapers es jedenfalls nicht. Er schüttelte Gesh die Hand, machte einen Scherz über Phils Frisur, spuckte in seine Kaffeetasse und begann schließlich, uns über Inhalt und Umfang der Auskünfte zu unterrichten, die Vogelsang ihm erteilt hatte. Seine Darstellung war etwas weitschweifig, aber sobald wir die Tendenz der Geschichte erfaßt hatten, spielten wir voll mit. Anscheinend hatte Vogelsang, der an alles dachte, Sapers erzählt, er habe ein paar Freunde, junge Schriftsteller – echte Talente, das können Sie mir glauben –, deren schöpferisches Potential jedoch leider unter allzu starkem Alkoholgenuß leide. Um ihnen den Kampf gegen die schleichende Zerstörung durch die Flasche zu erleichtern, wolle er sie sechs bis neun Monate hier oben in Klausur schicken, damit sie trocken würden, ein bißchen was schreiben, sonnenbaden und das anständige, einfache Landleben genießen könnten. Eine so lahme Geschichte hatte ich wirklich selten gehört.

„Na ja", sagte Phil, sobald Sapers Luft holte, „ich schäme mich überhaupt nicht deswegen. Klar, ich hab so meine Probleme mit dem Schnaps gehabt, das geb ich auch jederzeit zu. Aber jetzt bin ich hier, um mich wieder einzukriegen. Ich werd's schaffen, wenn nicht, kann ich mich gleich zum Sterben hinlegen."

„Amen", sagte ich.

„Ja, natürlich." Sapers wirkte erleichtert. „Ich hatte da mal einen Onkel, der hat sich auch ganz schön was reingeschüttet – Four Roses, jeden Tag einen guten Liter. Das ist 'ne Krankheit, genau das ist es. So wie Krebs. Und ich bin höllisch froh, daß ihr Jungs jetzt den Entschluß gefaßt habt, damit aufzuhören."

Ohne Vorwarnung trat Gesh vor, riß dem Rancher die Kaffeetasse aus der Hand und schleuderte sie gegen die Wand. „Weißt du was?" Seine Stimme wurde zu einem Fauchen. „Dein Onkel ist mir piepegal, und du mit deinen halbidiotischen Ansichten genauso. Wenn du glaubst, du kannst hierher kommen, Alter, und den Priester raushängen lassen, bloß weil wir früher mal ein kleines Problem hatten – tja, dann liegst du verflucht schief, das kann ich dir gleich sagen."

Sapers schien plötzlich zu schrumpfen, sein Nacken war rot, hager und sehnig wie der Hals eines Puters, und sein offenes Hemd plusterte sich um ihn wie eine Rettungsweste. Gesh dräute über ihm wie die zum Leben erwachte Statue des Komturs. „Ich ... ich ... ich ... Hören Sie mal, ich habe niemals –"

Gesh brüllte ihn nieder: „Wir haben auch Gefühle, krieg das mal auf die Reihe! Was denkst du denn, was wir sind – der Abschaum der Menschheit, oder was? Hä?" Wutentbrannt stieß Gesh den drahtigen kleinen Viehzüchter vom Ofen weg und packte ihn mit beiden Fäusten am Kragen. „Wir sind also Dreck, ja? Bloß weil wir ab und zu mal einen trinken? Ja? Ja?"

Sapers wirkte wie eine Strohpuppe, ein schlaffes Kleiderbündel. Inzwischen schien er zu einem Nichts geschrumpft, reduziert auf das krebsrote Oval seines Gesichts, die gelbfleckigen Zähne und die pfeifenden Nasenlöcher. „Nicht!" keuchte er und zerrte an Geshs

Handgelenken. „Ich trinke doch auch! Ich trinke selber! Ich und Trudy, also, wir –"

Doch Gesh hörte ihm nicht zu. Seine Züge waren verzerrt, seine Schultern bebten vor Zorn. Er zog Sapers an sich wie eine Geliebte, dann stieß er die Arme nach vorn und schleuderte den Rancher quer durchs Zimmer. „Arschloch!" brüllte er und ging drohend auf sein zitterndes Opfer zu. „Du selbstgerechtes, pharisäerhaftes Abstinenzler-Arschloch, ich bring dich um!"

Die Worte unseres Gefährten hingen in der Luft, hallten in unseren Ohren wider und ließen Kochtöpfe und leere Flaschen leise klirren, aber Sapers konnte diese akustischen Begleiterscheinungen nicht mehr würdigen: Er war zur Küchentür hinausgestürzt und flitzte um die Ecke des Lagerschuppens wie ein Missionar im Land der Kannibalen. Durch das Küchenfenster sahen wir ihm nach, als er über die Wiese rannte, stolperte und dann kopfüber den Abhang hinunterkollerte, der sein Grundstück von unserem trennte. Als er innehielt, um einen Blick über die Schulter zu werfen und keuchend Atem zu schöpfen, riß Gesh das Fenster auf und schleuderte ihm eine Cola-Flasche hinterher. „Ich tret dir in den Arsch!" brüllte er und schüttelte die Faust. Sapers rannte davon wie ein Weltklassesprinter – die Beine flogen, der Kopf wippte auf und ab. Er schlug eine breite Schneise durch das Unkraut und verschwand schließlich den Abhang hinunter.

Sobald der Rancher außer Sicht war, knallte Gesh das Fenster zu und sank zu Boden, als hätte man ihm die Sehnen durchschnitten. Er sah zu uns auf, mit dem zufriedenen Grinsen einer Katze am Sahnetopf, dann johlte er los und schlug auf den Fußboden ein wie ein besoffener Schimpanse. Phil mußte sich an einem Stuhl festhalten, und mir rollten dicke Lachtränen die Wangen hinunter. „Phan-ta-stisch", sagte ich und legte ein anerkennendes Vibrato in die Vokale. Die Küche war versiffter als je zuvor, im Ausguß lagen die chiliüberkrusteten Teller vom Vorabend, an den Wänden prangten Kaffeeflecken, die dicke Staubschicht auf den Regalen zeigte die winzigen gespreizten Pfotenabdrücke zahlloser Nagetiere, aber all das war jetzt völlig egal: Wir lachten uns schief.

„Großer Kritikerpreis", prustete Phil, „für die beste Darstellung eines degenerierten Irren –"

„– durch einen degenerierten Irren", fügte ich hinzu.

„Bestes Affentheater des Jahres", sagte Phil und applaudierte.

Gesh verschränkte die Arme vor der Brust, streckte die Beine von sich und lehnte sich gegen einen dreißig Jahre alten Schrotthaufen aus rußgeschwärzten Pfannen, Einwegflaschen und ausgelöffelten Dosen. „Meine Fresse!“ sagte er.

Kapitel 2

An diesem Abend saßen wir um den Holzofen und lauschten dem Picken der Regentropfen an den Styroporplatten auf dem Dach. Wir waren zu müde, um ans Baden zu denken. Nach der Vertreibung von Sapers und einem Frühstück aus Chiliresten hatten wir den größten Teil des Vormittags (in einem Nieselregen, der die Landschaft weichzeichnete wie ein Monet und nebenbei dafür sorgte, daß wir naß wie Seekühe wurden) an dem 5-PS-Rasenmähermotor herumgebastelt, der uns theoretisch mit Strom versorgen sollte. Wir hatten uns dem Gerät mit großer Vorsicht genähert. Seiner wesentlichen Bestimmung entfremdet und auf eine Eisenschiene geschraubt, die ihrerseits auf einer Plattform aus Schlakkensteinen ruhte, wirkte das Ding wie ein Denkmal für eine untergegangene Kultur, ungefähr so funktionell wie eine von Phils Schrottskulpturen. Das Metall war kalt, verrostet und mit Schmiere verklebt. Ich sah Treibriemen, Transmissionsscheiben, Drähte, Rohre, etwas, das ich für einen Dynamo hielt, und ein dickes schwarzes Kabel, das über das Dach des Lagerschuppens hinwegführte und im Haus verschwand. Eine primitive Blechhaube bot der Mechanik Schutz vor den Elementen.

„Sachte“, warnte ich, als Gesh den Plastikgriff der Anlasserleine packte, die oben auf der Motorverkleidung prangte wie eine Fliege am Hemdkragen. Er zögerte kurz, musterte mich mit einem Blick über die Schulter und riß dann an dem Ding, als läge er im Ringkampf mit einem Todfeind. Sein Arm fuhr dreimal in rascher Folge nach hinten. Tief aus dem Inneren des reglosen Metallblocks erklang als Antwort ein leises Scheppern von Getriebeteilen. Sonst nichts. Gesh betätigte die Reißleine noch ein halbes dutzendmal, bis Phil zu bedenken gab, daß der Tank möglicherweise leer sein könne. „Oder das Benzin ist alt“, ergänzte ich. „Du weißt schon, vielleicht ist es schlecht geworden oder so.“

Wir pumpten ein wenig Benzin aus dem Toyota ab und gossen einen halben Liter zu den paar Zentimetern der bläßlichen Flüssigkeit, die wir im Tank des Motors fanden. Diesmal versuchte ich, das Ding anzuwerfen. Nichts. Wir schraubten die Zündkerze heraus und reinigten sie. Wir prüften die Treibriemen und die Verdrahtung und legten die Hände gegen die kalte Blechverkleidung wie Wunderheiler. Immer noch nichts. Gesh fummelte am Vergaser herum, machte allerdings nicht den Eindruck, als wisse er genau, was er da tat. Phil sah ihm über die Schulter. Ich selbst habe nie viel Talent für Maschinen gehabt.

Gegen Mittag gaben wir es auf, schlürften aufgewärmten Kaffee und warfen Weißbrote mit Velveta-Schmelzkäse ein wie Pillen, dann gingen wir hinaus, um den dreilitzigen Stacheldrahtzaun hochzuziehen, der Vieh und Wild von den Pflanzgebieten fernhalten sollte. Sobald wir aus dem Haus traten, verwandelte sich das Nieseln in eine wahre Sintflut; vor uns schienen regenfarbene Plastikwände aus dem Boden zu wachsen, darüber kein Himmel, darunter sich windende Wasserbäche. Meine Nase lief. Es kam mir vor, als wäre ich seit Monaten nicht mehr im Warmen – oder im Trockenen – gewesen. „Okay“, sagte Phil und bückte sich über eine Rolle Draht, „du nimmst das eine Ende, ich such mir das andere.“

Zum Aufspannen von Stacheldraht benötigt man einen Drahtspanner, ein heimtückisches Gerät aus geschmiedetem Stahl, dessen Wirkung auf dem Hebelgesetz basiert. Man bindet das Ding an einen massiven Baumstamm, spannt den Draht ein Stück weit, so fest, daß man darauf Gitarre spielen kann, und nagelt ihn dann mit U-Haken an einen Pfahl oder Baum an. Es ist eine ekelhafte Knochenschinderei. Und das Gelände, mit dem wir es zu tun hatten, machte das Ganze nicht einfacher.

Wenn man felderweise illegale Narkotika anbaut, kann man nicht einfach vor der Haustür ein Feld umpflügen und darin die Saat ausbringen, als würde man Mais oder Kürbisse anpflanzen. Nein, da muß man diskret vorgehen. Und im Interesse der Diskretion hatte Dowst vorgeschlagen, wir sollten an weit voneinander entfernten Stellen säen – am besten im Schutz bereits vorhandener Vegetationselemente, um auf diese Weise eine Entdeckung aus der Luft zu verhüten. Denn während der trockenen Monate, so erklärte er, würden unsere Pflanzen die einzige grünende Vegetation im Umkreis von Meilen sein, und wenn dieses Grün dann auch noch konzentriert wüchse, würde es von oben aussehen wie eine Oase in der Wüste. Das einzige Pflanzgebiet, das er bisher ausgewählt und abgesteckt hatte, lag unangenehmerweise an einem Hang, dessen Neigungswinkel Erinnerungen an den Mauna Loa weckte. An diesem Abhang plagten wir uns den ganzen Nachmittag lang, zerkratzten uns die Hände, stolperten, strauchelten und rutschten ab, wikkelten den Stacheldraht aufs Geratewohl um junge Schößlinge und Triebe von Giftsumach und verfluchten Vogelsang, Dowst und uns selbst. Es war schon dunkel, als wir endlich Schluß machten und hineingingen.

Gesh übernahm das Kochen. Er handhabte seine zwei Pfannen und den Riesentopf mit dampfendem Wasser auf der hinteren Flamme mit der Gewissenhaftigkeit des Chefkochs im „La Bourgogne". In der einen Pfanne briet er Eier, in der anderen Schweinekoteletts. Der Topf mit Wasser verwandelte sich schließlich, dank der Wunder moderner Wissenschaft und gewisser chemischer Zauberformeln der Firma General Foods, in eine dampfende, blubbernde Masse Kartoffelbrei. Im Augenblick der Wahrheit, als alle drei Gerichte gleichzeitig den Zenit kulinarischer Vollendung erreichten, kippte Gesh die beiden Pfannen über dem Topf mit Instant-Kartoffelbrei aus und quirlte die so entstandene Mischung mit einem Kochlöffel vom Durchmesser eines Tischtennisschlägers, bis sie schäumte. „So, Essen fassen", sagte er, rammte den Löffel in die klebrige Masse – er blieb aufrecht stecken – und stellte den Topf auf den Tisch.

Nach dem Essen schlürften wir Cocktails (Wodka-Gimlets, sehr trocken, aus Biergläsern) und starrten den Holzofen an. Phil kramte seine Gitarre hervor, unterhielt uns mit einer näselnden Darbietung von Brownie McGhees „So Much Trouble" (*My baby left me, my mule got lame, / Lost all my money in a poker game, / A windstorm came up just the other day, / Blew the house I lived in away*) und schlug dann vor, wir könnten uns zum Zeitvertreib Witze erzählen. Irgend etwas mußten wir ja tun. Um sechs wurde es dunkel, und wir hatten weder Fernseher noch Radio, noch Stereoanlage, nicht einmal Licht gab es. Ich goß uns nach, während Phil eine uralte Kamelle über einen Traktor, einen Bluthund und eine Farmerstochter zum besten gab. Die Reaktion war alles andere als enthusiastisch: weder Gesh noch ich brachten auch nur ein müdes Lächeln zustande. „Mann, mit euch ist echt nichts los", konstatierte Phil. Er saß im Schneidersitz direkt vor dem Ofen, Gesicht, Nacken und Hände mit roten Striemen überzogen, als hätte er sich die Windpocken oder Scharlach eingefangen. „Dann bist du jetzt dran, Felix", sagte er, als ich ihm seinen Drink gab. „Erzähl uns einen Witz."

Ich sagte, wahrheitsgemäß, mir falle keiner ein.

„Gesh?" fragte Phil.

Gesh sah erst mich und dann Phil an. Die Gaslampe stand auf dem Tisch hinter ihm und warf seinen Schatten durch das Zimmer, riesenhaft, zackig, größer und dann wieder kleiner werdend, wenn er sich vorbeugte, um eine Zigarette anzuzünden oder sein Glas abzusetzen. „Wann seid ihr dem Tod am nächsten gewesen?" fragte er.

„Laß mal überlegen ..." Phil nippte an seinem Drink und sah aus wie der Klassenprimus, der gerade eine besonders faszinierende Gleichung lösen soll. Er zog eine Rolle Klopapier hervor und schneuzte sich nachdenklich. „Ich weiß nicht – ich glaube, das war damals, als ich auf dem Bau gearbeitet hab und beinahe mit einem Kipplaster umgestürzt wäre. Das war echt abartig. Ich war viel zu besorgt, daß ich eine schlechte Figur machen würde, um wirklich Angst zu haben." Er zog die Ofentür auf und stopfte das zusammengeknüllte Klopapier hinein. Im Zimmer wurde es kurz taghell, dann fiel die Eisenklappe zu, und die Schatten eroberten sich mit einem Satz die Ecken zurück.

„Ich war gerade neunzehn und jobbte für ein Taschengeld auf einem Golfplatz in Westchester. Die bauten ihr Grün da auf volle achtzehn Löcher aus, und wir machten so ziemlich alles: Gräben für die Bewässerungsrohre buddeln, Steine rausholen und Rasen säen. Jedenfalls, da war dieser italienische Vorarbeiter, ein Typ wie aus *Chicago 1930* oder so – schwerer Akzent, vierschrötig wie ein Holzklotz –, und der suchte Freiwillige, um diese drei abgewrackten Kipplaster zu fahren und damit Erde abzutransportieren. Wir waren so ungefähr dreißig Leute, ein paar Schwarze Ende Zwanzig, Anfang Dreißig, und der Rest alles langhaarige Jungs von der Uni. Ich hatte noch nie im Leben in einem Laster gesessen, aber als der Polier fragte: ‚Wer kann das Ding hier fahren?', hab ich natürlich die Hand gehoben. Ich fand's irgendwie komisch, daß die älteren Typen – die Schwarzen – nicht mal von ihren Schaufeln hochguckten. Mann, so wie ich das sah, war es echt verdammt viel cooler, in einem Laster rumzudüsen, als sich den Rücken krumm zu schaufeln."

„Kann ich dir nachfühlen", sagte ich und hielt meine zerschundenen Hände in die Höhe.

„Also, ich steig in den Laster. Die Pedale waren etwa so groß wie Bratpfannen, einen halben Meter über der Bodenplatte, das Lenkrad sah aus wie eine extragroße Pizza oder so was, und dann gab's noch lauter Hebel für die Kippmechanik, von der ich null Ahnung hatte." Phil sah mich an. „Weißt du noch, das war der Sommer, als ich den Job bei Loch Ledge hatte." Ich nickte.

„Na, jedenfalls sind sechs Typen mit mir mitgefahren. Zwei auf den Sitzen, der Rest sprang draußen irgendwo auf. Wir sollen also einen Haufen Erde aufladen, auf die andere Seite des Platzes bringen und da verteilen. Ich fahr rüber und halte unten an so einem großen Hügel, vor mir steht ein zweiter Laster und brummt im Leerlauf, während ein Baggerfahrer – der war regulär von der Gewerkschaft, schon älter, kriegte zweihundert Scheine am Tag – ihm die Ladefläche vollpackt. Ist ja super, denke ich mir. Da krieg ich Kohle dafür, daß ich einfach nur so rumsitze.

Dann bin ich dran. Der Typ lädt mir auf, daß die Erde sich bis übers Dach von dem Laster türmt, ein paar Steine kollern schon runter, als ich krachend den Gang reinwürge und so eine schmale Schotterstraße raufdampfe, die ziemlich steil einen Felsen raufführte. Von oben sah man auf einen kleinen Bach runter, der zum Schutz vor Hochwasser aufgestaut war. Auf halbem Wege, alles im ersten Gang, rutscht mir auf einmal die Kupplung durch. Ich geb voll Stoff, trete mit aller Kraft aufs Gas, und der Laster rührt sich keinen Zentimeter – war wohl überladen. Also steig ich in die Eisen. Nix. Der Motor heult, der Laster rutscht langsam nach hinten weg, und ich kann überhaupt nichts tun.

In diesem Moment kratzen die anderen Typen die Kurve. Es waren Jungs von der Uni, so wie ich. Blöde, verpickelte Typen, die ständig von Zivilcourage quatschten. Und jetzt springen die plötzlich ab, reißen die Tür auf und hüpfen raus. Ich weiß nicht, was ich tun soll, denke eigentlich nicht mal drüber nach. Ich weiß nur, daß mich der Vorarbeiter zum Mittagessen vertilgt, wenn ich den Laster hinmache, deshalb bleib ich sitzen, den Fuß auf dem Gas, in dem wegkippenden Laster mit durchrutschender Kupplung. Ich war praktisch schon tot vor lauter Dummheit, weil mir nicht klar war, daß ich hätte sterben können, weil ich nicht mal daran dachte, die Tür aufzureißen und rauszuspringen.“

Phil grinste. „Aber ich bin nicht gestorben. Bis jetzt jedenfalls nicht. Was passiert, wenn wir öfter so eine Scheiße veranstalten müssen wie heute, kann ich nicht garantieren.“

„Ja, und wie ging's dann weiter?“ wollte Gesh wissen.

„Ach, das war ziemlich einfach. Der Typ auf dem Bulldozer kriegte mit, was los war, donnerte den Hügel rauf, als hätte er den Startschuß für die vierundzwanzig Stunden von Le Mans gehört, erwischte mich mit der Baggerschaufel und schob mich mit dem ganzen Ding den Berg rauf, bis die Straße wieder eben wurde. Ich war praktisch einen Meter und zehn Sekunden davon entfernt, unter ich weiß nicht wie vielen Tonnen Erde begraben zu werden, und hatte es nicht mal richtig kapiert.“

Eiswürfel klirrten in unseren Gläsern (wir waren vorausschauend genug gewesen, sechs Packungen Eis in zwei Plastikkühltaschen mitzunehmen). Das Holz im Ofen knackte. Schweigend ließen wir Phils Geschichte eine Weile auf uns wirken, bis Gesh mich ansprach: „Und wie steht's mir dir, Felix?“

Ich lachte. „Wann ich am dichtesten dran war?“ Wieder lachte ich, weil es mir jetzt einfiel. „Die Geschichte ist kurz und schmerzlos“, sagte ich, „nicht so wie die von Phil. Aber eine ganz eigenartige Sache, fast schon mystisch. Hab ich dir je davon erzählt, Phil?“

„Ich glaub nicht.“

„Damals hab ich noch mit Ronnie in New York gewohnt, und wir hatten im Sommer für zwei Wochen so eine kleine Hütte gemietet – es muß so etwa ein Jahr nach unserer Hochzeit gewesen sein. Das Haus müßtest du aber kennen, Phil.“

Phil nahm einen tiefen Schluck aus seinem Glas und zog eine Grimasse. „In Lake Peekskill, stimmt's?“

Lake Peekskill. In einem Bungalow in der freien Natur, der meinem Onkel Irv gehörte und nach Katzendreck und Schimmel stank. Wir wohnten damals mitten in der Stadt und waren knapp bei Kasse. Irv machte uns einen guten Preis, wir hielten das Ganze für eine tolle Idee.

„Genau, da war es“, sagte ich. „Erinnerst du dich noch an den Geruch in diesem Haus?“

Phil nickte, Gesh rutschte näher heran. Ich erzählte die Geschichte.

Während der ersten zwei Tage schien die Sonne. Ich zog ein Volleyballnetz hoch, schwamm quer durch den See, produzierte verkohltes Fleisch auf dem Gartengrill. Auf einmal war ich der Landfreak persönlich. Ronnie löste Kreuzworträtsel. Dann setzte der Regen ein. Ein Tiefdruckgebiet, das über New Jersey hing wie eine Strafe Gottes und uns vier Tage lang pausenlose Gewitter bescherte. Als die Sonne endlich wieder einmal durchkam, konnte ich es kaum noch erwarten, ins Freie zu kommen – unsere Ferien waren schon bald wieder vorbei. Ich fragte Ronnie, ob sie auf eine Wanderung durch den Wald mitkommen wollte.

„Durch den Wald? Reicht dir der Wald hier etwa noch nicht?" Rings herum erhoben sich Ahornbäume, Weiden und helle Birken. Gewaltige Büschel von ungemähtem Gras wogten von der Hauswand unter einem Stacheldrahtzaun hindurch bis zur angrenzenden Wiese, auf der Kühe muhten. Ich zuckte die Achseln. Mir stand der Sinn nach dichtem Wald, Einsamkeit, dem fahlen Kirchenschifflicht, das durch die Bäume dringt und sich wie eine urzeitliche Erinnerung über einen legt. Ronnie lümmelte sich in einem Liegestuhl, neben sich eine Tube Sonnencreme, ihre getönte Brille, eine Zeitschrift und das Radio. Ich sagte ihr, ich wäre in ein paar Stunden zurück.

Es war August. Sehr schwül, die Bäume ersoffen fast im Grün. Ich fuhr in den Naturpark und folgte dann einer ausgefahrenen Schotterstraße, die durch einen schmalen Tunnel aus Kiefern und Laubbäumen führte. Sie war nur so breit wie ein Auto. Aber außer mir fuhr da sowieso niemand lang. Irgendwann kam ich zu einer primitiven Brücke, von der ich nicht wußte, ob sie meinen Wagen aushalten würde. Weil ich nichts riskieren wollte, fuhr ich so weit von der Straße herunter, wie es eben ging, und stieg aus, um mir den Bach anzusehen, der unter der Brücke dahinsprudelte.

Der Bach war nach den Gewittern der letzten Tage total aufgewühlt, er warf Treibgut ans Ufer und brandete gegen die Brückenpfosten an, als wollte er sie zermalmen. Ich weiß nicht mehr, woran ich dachte – ich war ein Stadtmensch, und ich war noch nie ganz allein in den Wäldern gewesen. Vielleicht hing ich irgendwelchen Erinnerungen ans Pfadfinderlager oder an die Hütte nach, in der ich als Kind mit meinen Eltern gewesen war, oder vielleicht war es auch einfach nur das instinktive Bedürfnis nach urtümlicher, ungebremster Naturerfahrung – auf jeden Fall beschloß ich, dem Bach in das grüne Gewirr hinein zu folgen, von dem er verschluckt wurde.

Falls ich etwas von der Abenteuerlust eines Edmund Hillary oder eines Cabeza de Vaca gespürt haben sollte, kriegte ich umgehend einen Dämpfer: Andere waren vor mir dagewesen. Und wie. Sie hatten Bier gesoffen, Schrotflinten abgefeuert, Windeln gewechselt, Tortillachips gefressen und ihre Namen in Baumstämme geschnitzt. Aber während ich weiterging und einem überwucherten Pfad folgte, der sich durch das Gewirr der Felsblöcke am Rand des Baches schlängelte, wurden die Spuren der Zivilisation seltener. Es lag zwar immer noch gelegentlich eine Bierdose oder eine leere Patrone herum, aber ich bekam immerhin den Eindruck, ich sei tiefer in den Wald eingedrungen als der durchschnittliche Halbschuhtourist, und irgendwie war ich ziemlich stolz auf mich. Als ich an einen kleinen See kam, der von einem beständig rauschenden Wasserfall gespeist wurde, machte ich es mir auf einem Felsen bequem und aß einen mitgebrachten Schokoriegel, wobei ich das Stanniolpapier brav zusammenfaltete und in die Tasche steckte.

Das Wasser gurgelte und zischte wie ein Dutzend Whirlpools zugleich, Vögel zwitscherten in den Zweigen, das Sonnenlicht drang durch die Baumwipfel und brach sich auf der Wasseroberfläche. Ich fühlte mich zufrieden, im Einklang mit dem Weltall, ich fühlte mich wie Huck Finn, wie Nick Adams. Im Wald gab es weder Schlangen noch Giftsumach, nichts, was stach, biß oder sonstwie unangenehm war. Weshalb machte ich so was nicht viel öfter? dachte ich und kaute auf dem Schokoriegel herum. Es war großartig, es war einmalig, es war Gottes freie Natur.

In diesem Augenblick ertönte ein donnerndes, splitterndes Krachen hinter mir, ich spürte einen heftigen Schlag in der rechten Seite und wurde weggeschleudert, als wäre ich ein Staubkorn, ein Klümpchen Dreck; dann folgte ein mächtiges Dröhnen und eine Wasserexplosion, die mich total durchnäßte. Ein Baum war umgestürzt. Mein Arm blutete, meine Kleider troften, ich hatte Rindenstücke und Holzspäne im Haar, Ameisen krochen mir den Nacken hinunter. Direkt neben mir lag der Wurzelstock, so groß wie das Washington-Denkmal; das andere Ende verschwand in dem kleinen See zu meinen Füßen.

Ich hatte die Geschichte schon öfter erzählt. An diesem Punkt der Schilderung blickte ich immer auf und sah meinen Zuhörern in die

Augen – der graubärtige Seefahrer hält den Hochzeitsgast mit seiner hageren Hand: „Hätte ich dreißig Zentimeter weiter rechts gesessen, wäre ich zerquetscht worden."

Gesh pfiff durch die Zähne. „Das ist schon 'ne Story."

„Städter hört Wald vor lauter Bäumen nicht", zitierte Phil eine imaginäre Schlagzeile und prustete in seinen Gimlet.

Meine Hand zitterte, als ich meinen Drink von dem Konserveneimer mit roter Bete nahm, den wir als Beistelltisch benutzten. Ich fühlte mich immer eigenartig, wenn ich die Geschichte erzählte, auch wenn ich versuchte, es zu überspielen. Ich war nicht zerquetscht worden, ich hatte nicht mit vierzehn Leukämie bekommen oder war mit dem Motorrad in einen Zaun gekracht. Sich daran zu erinnern, es zu schildern, das hieß nicht nur zuzugeben, daß ich auf irgendeine von tausend verschiedenen Weisen hätte zerquetscht werden können, sondern auch, daß mir genau das irgendwann passieren würde, wie jedem anderen von uns auch. Und das war etwas, worüber man sonst nicht nachdachte. Vielleicht hatte Gesh das Thema deswegen vorgeschlagen.

Ich stand abrupt auf und begann die Einkaufstüten zu durchstöbern, die sich auf dem roh gezimmerten Küchentisch reihten und auf dem Fußboden mit dem Müll um Platz kämpften. Erschüttert, benommen, durchdrungen von dem beschwingenden Gefühl der Kommunion und Absolution, das dem Entblößen der Seele folgt, überließ ich meinen Fingern das Denken. Kaltes Weißblech, kaltes Aluminium. Formen. Das gedämpfte Klappern von Vakuumdosen. Schließlich fand ich eine Büchse mit schwarzen Oliven. Ich lieh mir Phils Vielzweckmesser, schnitt den Dosendeckel auf, schlürfte die ölige, dunkle Essenz Griechenlands – oder vielmehr des San Fernando Valley – in mich hinein und machte es mir wieder neben dem Ofen bequem.

Dann war Gesh an der Reihe.

Er betastete die Narbe, die seine Augenbraue zerteilte. „Die hier hab ich von einem Autounfall", sagte er. „Ich hab selbst am Steuer gesessen, sternhagelvoll. In dem roten Triumph, der diesem Mädchen gehörte, mit dem ich damals gegangen bin. Ich krachte mit neunzig in eine Steinmauer, und die Kiste ging sofort in Flammen auf. Ein Passant hat mich rausgezerrt. Ich war ohnmächtig."

Er krempelte das Hemd hoch und legte eine Triade kurzer, häßlicher Narben frei. „Und das hier hab ich aus Mexiko. So ein

Scheißer auf einem Busbahnhof sagte was auf spanisch zu mir, was irgendwie nicht so nett klang, also hab ich ihm eine reingehauen. Dafür hat er mir drei Stiche verpaßt.“

Ich sagte etwas Gewichtiges wie etwa: „Wahnsinn!“

Gesh schien erfreut. Er dachte gern in heroischen Begriffen von sich – der Größte, der Zäheste, der Schlauste, der Stärkste, der Hochhäuser mit einem Satz übersprang, die meisten Quaaludes schluckte und trotzdem morgens hochkam und den Abwasch machte. Er hatte seine Kindheit in Echo Park, Los Angeles, verbracht, war aufgewachsen in verlassenen Bruchbuden zwischen kleinen Gassen hinter dem Sunset Boulevard und hatte alles mitgemacht – Bandenkämpfe, Jugendstrafe, Drogen, Trebe, Rausschmiß aus dem Verein der Klassenbesten auf der High School sowie schließlich einen zweijährigen Horrortrip an der altphilologischen Fakultät der Universität von Los Angeles –, und diese Vergangenheit ließ er einen nie vergessen. Nach einer wohlkalkulierten dramatischen Pause fuhr er fort: „Aber einmal bin ich noch knapper von der Schippe gesprungen, ein ganzes Stück knapper.“

Wir beugten uns gespannt vor.

„Es waren die Sirenen“, sagte er, „sie haben mich auf die Felsen gelockt. Eine Sirene jedenfalls. Sie hieß Denise. Klein, praller Hintern, eine Haut wie Eiskrem – Eis mit Mandelgeschmack. Ich hab sie am Strand in Venice getroffen, im Sommer vor zwei Jahren. Da stieg eine große Party, und sie war die Cousine oder die Schwester oder so von irgendwem, kam in einem weißen Bikini, der ihre Brustwarzen wie eine gemischte Vorspeisenplatte präsentierte. Sie kommt zu mir rüber und fährt mit der Fingerspitze über die Narben auf meinem Bauch. „Wo hast du denn das her?“ fragt sie. „Gallensteine?“ Als ich's ihr sage, kriegt sie einen Moment lang einen ganz komischen Blick, die Augen werden klein wie Punkte, dann macht sie sie weit auf, grünes Licht, los, gehen wir.

Also gingen wir. Sie nahm mich mit zu sich nach Hause – sie hatte gut Kohle, ein Erdgeschoß-Apartment in Manhattan Beach mit einem kleinen Innenhof und Kakteen, die alle pro Stück fünfhundert Dollar gekostet haben mußten. Am nächsten Tag gingen wir zusammen essen. Danach in den Zoo und dann zu einem Live-Konzert im „Whisky“. Zwei Tage später rief sie an und fragte mich, ob ich nicht mir ihr auf dem Segelboot ihres Alten ein bißchen rausfahren wollte. Na klar, sagte ich, wieso denn nicht?“

Phil meinte, er sei im ganzen Leben insgesamt dreimal segeln gewesen, zweimal auf Seen und einmal im Long Island Sound vor New York. Und alle drei Male sei er im Wasser gelandet.

Gesh zündete sich eine Zigarette an und stieß eine Wolke von blauem Dunst aus. „Ungefähr soviel Erfahrung hatte ich auch damals, war so in Seen und Buchten herumgedümpelt mit diesen kleinen Viermeter-Dingern, Jollen oder wie die heißen. Aber was da im Wasser von Marina del Rey schwamm wie ein großer weißer Sarg, das war echt ein Riesenboot, an die zehn Meter lang ... ich meine, das hatte Kajüten und eine Kombüse mit so einem kleinen Herd, einen Kühlschrank mit russischem Wodka im Gefrierfach, die Decks aus Teakholz, alles, was ihr wollt. Es hieß *Christina Rossetti* – nach irgendeiner Dichterin, die ihre Mutter im College gelesen hatte, meinte Denise.

Sie sagte, sie würde sich ziemlich gut auskennen, aber wir hatten schon einige Probleme damit, die Segel aufzuziehen und aus dem Yachthafen rauszukommen, ohne irgendwo anzustoßen. Aber danach, draußen auf dem blauen Meer, war alles kinderleicht. Das Boot fuhr von selbst. Alle Viertelstunde kam das Segel auf die andere Seite, und Denise sagte, ich sollte an dieser oder jener Leine ziehen, aber das war keine große Sache – wir hatten ja auch kein bestimmtes Ziel oder so. Scheiße, Mann, ich fand es allmählich richtig gut. Die Sonne knallte runter, und es wehte auch eine nette kühle Brise. Denise sah echt zum Vernaschen aus in ihrem schwarzen Bikini. Ich mixte uns Cocktails und fummelte ein bißchen an ihr rum. Wir schoben aus dem Stand eine Nummer, sie hielt sich am Steuerrad fest, das Boot schaukelte, die Möwen flatterten um uns herum. Es war phantastisch, als wären wir auf einer einsamen Insel oder so – meilenweit kein Mensch in Sicht. Wir sahen keinen Grund, unsere Badesachen wieder anzuziehen."

Gesh sah zu mir auf. „Klingt scharf, was, Felix? Das Paradies auf Erden, nicht?"

„Jaja", sagte ich, „aber ich hab so das Gefühl, daß es jetzt gleich ungemütlich wird."

„Ungemütlich? Das ist gar kein Ausdruck, Alter – das war ein verfluchter Horrortrip. Eben noch bin ich beim Vögeln und schütte mir einen Martini rein, und im nächsten Moment lieg ich im Wasser. Inzwischen war nämlich auf einmal Wind aufgekommen, während wir so auf dem Deck lagen, uns gegenseitig wieder heiß machten und es gerade noch mal treiben wollten. Ich hatte einen Ständer wie ein Stahlrohr und kam grade ein Stück hoch, um ihn ihr reinzustecken, da reißt die Großschot, dieser verdammte Segelbaum saust herum und erwischt mich genau am Kinn. Als ich wieder zu mir komme, bin ich im Wasser – im Ozean. Meilenweit von der Küste entfernt. Ich kann nicht mal besonders gut schwimmen, und ich sag dir eins –", er sah mich scharf an, „– du hast diesen Tick mit Schlangen, aber bei mir sind's Haifische. Vor denen hab ich einen Riesenschiß. Ich geh am Strand niemals so tief rein, daß ich keinen Boden mehr unter den Füßen hab, weil ich einfach Angst hab, daß so ein Sägezahn-Monster mir die Beine wegfetzt. Wirklich, mir ist verdammt egal, wie ich mal ende, Hauptsache, es ist nicht als Haifisch-Scheiße."

Ich sah Gesh zu, wie er Zigarettenpapier und ein Tütchen Gras aus der Jackentasche zog. Er drehte einen Joint, so dünn wie ein Lollistiel, und reichte ihn mir. Ich zündete ihn an, nahm einen Zug und gab ihn Gesh zurück.

„Na, jedenfalls, Denise springt auf und fängt an, verzweifelt die Hände zu ringen, rumzuschreien und so weiter, und dann rennt sie ans Steuer und versucht, das Boot zu wenden. Währenddessen peitsche ich durch die Wellen wie Mark Spitz – ist ja erstaunlich, was man bringen kann, wenn's sein muß –, aber das Boot treibt von mir weg. Na ja, treiben? Ich meine, es schießt nur so davon, echt in voller Fahrt, mit knatternden Segeln und allem. Ich lag noch keine zehn Sekunden im Wasser, da war es schon fünfzig Meter entfernt. Dann waren es hundert Meter, dann zweihundert, und auf einmal war es weg.

Scheiße. Ich war total in Panik. Ungefähr zehn Minuten bin ich geschwommen, was das Zeug hielt, die Wellen schwappten so richtig über mich drüber, ich schluckte Wasser, und alle paar Sekunden machte ich 'ne Pause und kam so weit aus dem Wasser, wie ich konnte, um was sehen zu können. Wasser, was anderes gab's nicht zu sehen. Kein Land, kein Boot mehr. Nichts. Es war saukalt. In meinen Augen brannte das Salz. Dann stoß ich plötzlich, total per Zufall, auf einen Rettungsring – *Christina Rossetti* stand drauf, in riesigen roten Buchstaben. Ich hab mich gefühlt, als wär ich schon gerettet, als wär alles vorbei. Ich hab vor Freude laut rumgebrüllt, bin in das Ding reingehüpft und hab wie wild die Arme geschwenkt. Sie wird jeden Augenblick wieder dasein, hab ich gedacht, sobald sie das verdammte Boot unter Kontrolle kriegt. Sie wird zurückkommen, ganz sicher wird sie das.

Sechs Stunden war ich im Wasser. Zitternd und betend, voller Schiß und Adrenalin. Ich machte alle möglichen Deals, mit dem Schicksal, mit Gott, mit Neptun, egal mit wem, und ich hätte mit jedem getauscht, ohne zu fragen – Leprakranke, Unberührbare, politische Gefangene, Idi Amins Ehefrauen –, alles, wenn ich bloß am Leben blieb. Ich weiß noch, wie ich nach unten guckte, wo meine Beine in der Brühe verschwanden, völlig gefühllos, als wären sie von meinem Körper getrennt oder so was. Jeden Moment hab ich damit gerechnet, daß sie mir abgerissen würden. Ich dachte an den *Weißen Hai* und an *Blaues Wasser, weißer Tod.* Ich dachte an den Kerl, der bei den Farallon Islands von einem Menschenhai erwischt und nach dem Zusammenprall viele Meter in die Tiefe gerissen wurde. Der Typ hat später erzählt, es sei der schönste Moment seines Lebens gewesen, als er spürte, wie sein Bein in Kniehöhe abriß."

Der Joint war Gesh in den Fingern ausgegangen. Er starrte düster auf den Boden, in den Ozean. Uns war das Grinsen auch vergangen. Ich fragte mich, warum er die Geschichte erzählte, was der Zweck dieser Übung sein mochte. Anfangs hatte ich ja geglaubt, er wolle aufschneiden, uns zeigen, wie toll er sei, wie cool und abgeklärt, und erfahren mit den Weibern. Aber als ich jetzt sein Gesicht sah, wurde mir klar, daß es darum gar nicht ging.

Mit knackenden Knien stand Phil auf und steckte ein Bündel Kiefernzweige in den Ofen. Es gab ein gewaltiges Knistern und eine Funkenexplosion, als er die Ofentür zuknallte und sich wieder auf dem blasigen Linoleum niederließ. „Also, los", drängte er, „spann uns nicht auf die Folter – sag schon, wie's weiterging."

Ich machte zustimmende Geräusche, und Gesh zündete den Joint wieder an.

„Sieben Schiffe hab ich an diesem Tag gesehen", sagte er und schüttelte das Streichholz aus, „und ich hab mir die Lunge aus dem Hals gebrüllt, ich hab versucht, den Scheiß-Rettungsring in die Luft zu werfen – ich hab alles getan. Aber keiner hat mich gesehen. Das war das schlimmste. Da machst du dir die Riesenhoffnungen und denkst: ich werd's schaffen, ich werd am Leben bleiben, und du paddelst so einem verdammten Pott hinterher, schreist rum wie ein verwundetes Karnickel, und die dampfen einfach an dir vorbei, als wärst du gar nicht vorhanden, als wärst du schon längst tot. Dann ging die Sonne unter. Wenn sie mich am hellen Tag nicht sehen konnten, welche Chance hatte ich dann, daß sie mich im Dunkeln erkennen würden? Null, nix, gar keine. Ich fing an zu heulen – das erstemal, daß ich geheult hab seit meiner Kindheit. In meinem Innern war ein Riesenloch. Ich bibberte nonstop, wie eine Maschine kurz vor dem Kollaps. Ich war tot.

Und dann, gerade als der Mond aufgegangen war, kam diese gigantische Vergnügungsyacht – mindestens fünfzehn Meter lang – quer durch die Wellen gepflügt, genau auf mich zu. Das Ding war erleuchtet wie das Rockefeller Center zu Weihnachten, die schmissen da gerade irgendeine Party. Ich konnte sie schon sehen, graue Köpfe, Cocktailgläser, zwei Frauen in Kleidern mit tiefem Ausschnitt. ‚Hilfe!' brülle ich. ‚Hilfe!' Die Maschine tuckert vor sich hin, die Wellen brechen sich am Bug: die hören mich nicht. Ich peile einen Punkt an, wo das Schiff meiner Meinung nach vorbeikommen muß, ich kämpfe mich bis dahin vor, ich versuche es noch mal, ich schreie, bis mir fast die Kehle platzt. Und dann, wie ein Wunder, wie blutende Statuen oder auferstandene Tote, dreht sich auf einmal einer der Grauköpfe um. ‚Hier!' schreie ich. Eine der Frauen tippt ihre Nachbarin an und zeigt auf mich."

Geshs Stimme zitterte leicht. Er saß einen Moment lang reglos da, fuhr sich mit der Zunge über die Oberlippe und wischte sich dann mit dem Handrücken den Mund ab. „Die hatten nicht mal ihr Funkgerät an", sagte er und wedelte anklagend mit der Hand, „die wußten gar nicht, daß ich da draußen rumplanschte. Ich hatte einfach Schwein. Riesenschwein. Ich komme also splitternackt und mit klappernden Zähnen an Bord, zwei Meilen vor Palos Verdes, genau an der Stelle, die von der ganzen pazifischen Südküste am meisten mit Haifischen verseucht ist. Einer der Typen auf dem Schiff ist Arzt. Er meint, ich hätte einen Kälteschock oder so was, legt mir eine Daunenjacke um, packt mich in dicke Decken und flößt mir warme Erbsensuppe ein. Dabei finde ich Erbsensuppe ekelhaft.

Als wir zurückkommen, wartet Denise auf dem Pier, zusammen mit einem Haufen Fernsehreportern und ein paar Jungs von der Küstenwache. Sie ist barfuß, immer noch in Badesachen, ein Tuch um die Schultern geworfen. Ich weiß nicht, was mich da gepackt hat – ich hätte ja eigentlich überglücklich sein müssen, oder? Mich meines Lebens freuen und all das – aber als ich sie so dastehen sah wie die gramgebeugte Heldin, da dachte ich nichts weiter als: du blöde Schabracke, du nutzloses Stück Scheiße! Irgend jemand knipste Bilder von uns, Blitzlichter flackerten, sie rannte die Planken entlang mit ausgestreckten Armen auf mich zu, als wäre es das Ende eines Spielfilms oder so, und mir war das einfach zuviel. Ich knallte ihr meinen Ellenbogen vor den Latz – erwischte sie genau auf dem Brustbein – und stieß sie mit voller Wucht den Pier runter, drei Meter tiefer, in die Dunkelheit. Es gab einen Schrei und ein Klatschen, und auf einmal machten sie mir alle den Weg frei."

Das war's. Finito. Gesh saß da, groß und zerknautscht, und allmählich breitete sich auf seinem Gesicht ein zufriedenes Grinsen aus. „Ich glaub's einfach nicht", sagte Phil. „Du hast sie wirklich ins Wasser geschubst?"

Gesh blickte so selbstgerecht in die Runde wie ein Fundamentalist bei einer Bücherverbrennung. Er leerte sein Glas und grinste uns beide an. „Da kannst du deinen Arsch drauf wetten."

Phil fing damit an, mit diesem Kichern, das sich bald zu einem Wiehern steigerte. Dann fiel ich auch ein, kontrapunktisch, und schließlich Gesh, als harmonischer Dreiklang. Wir waren betrunken. Wir waren am Leben. Und zum zweitenmal an diesem Tag lachten wir. Wir lachten ungestüm, unmäßig, respektlos; so heftig, daß uns die Tränen herunterliefen. Bis in die tiefe Nacht.

Kapitel 3

„Also dann. Eigentlich müßt ihr das erst in ungefähr zwei Wochen wissen, aber ich kann's euch ebensogut schon jetzt sagen." Dowst stützte sich auf seinen Spatengriff und tupfte sich mit einem roten Taschentuch den Schweiß ab. Hinter ihm schoben sich die Nebelschwaden vor eine kränklich blasse Sonne, am Horizont schimmerte fahles Licht. Zu seinen Füßen klaffte ein Loch. Feuchte gelbe Erde, ausgehöhlt wie eine Eiterbeule oder ein Krebsgeschwür. „Ihr grabt also ungefähr sechzig, siebzig Zentimeter tief, im Durchmesser so breit wie ein Mülleimerdeckel." Er hielt inne und begann plötzlich zu grunzen und zu keuchen wie ein Pferd mit akuter Lungenentzündung. Es dauerte eine Weile, bis mir klar wurde, was los war: er lachte. „Oder wie –“, er keuchte von neuem los, „– oder wie eine große gläserne Bowleschale.“

Es war ein Witz. Phil, Gesh und ich wechselten Blicke. Haha.

Wir standen über dem Erdloch, unser Atem dampfte in der kalten, feuchten Luft, und beobachteten Dowst wie Botanikstudenten im ersten Semester ihren Exkursionsleiter. Es war sieben Uhr morgens. Gesh hatte einen schwarzen Rollkragenpulli an, der mit Fettflecken verunziert war (die Folge eines Mißgeschicks beim Frühstück), Phil steckte im Chitinpanzer eines farbverkrusteten Sweatshirts, und ich trug ein Exemplar aus der Flanellhemd-Kollektion, die ich fürs Landleben erstanden hatte. Es war wie alle meine Sachen inzwischen völlig zerfetzt und vor Dreck kaum wiederzuerkennen. Dowst war in achtzig Dollar teuren Wanderstiefeln, gebügelten Jeans und der gelben Regenjacke angetreten, die er an dem Abend getragen hatte, als wir uns begegnet waren. „Das hier“, sagte er schließlich, „ist euer Musterloch. Sobald ihr die Zäune hochgezogen habt, müßt ihr davon zweitausend Stück graben.“

Gesh war erkältet. Er hustete kräftig und spuckte den Schleim geräuschvoll aus. „Während du in Sausalito auf deinem Arsch hockst, was?“

„Nein, nein, nein, nein, nein – ich bleibe hier, zumindest die nächsten drei oder vier Tage, und werde euch zur Seite stehen. Wir müssen die Umzäunung fertig machen und mit den Sämlingen anfangen, bevor wir zu weit hinter den Zeitplan zurückfallen.“

„Und Vogelsang?“

Dowst steckte das Taschentuch ein und strich sich die Haare aus den Augen. „Er sagte, daß er morgen rauskommen will.“

„Scheiße.“ Gesh nahm einen faustgroßen Stein aufs Korn und knallte ihn mit einem gepfefferten Tritt seines Stiefels gegen die Hauswand. „Das hat er doch vor anderthalb Wochen auch schon erzählt.“

Dowst war am Vorabend nach Sonnenuntergang aufgetaucht – acht Tage später als verabredet. Anderthalb Wochen lang hatten wir in dieser gottverlassenen Einöde allein fertig werden müssen; planlos, ohne die versprochene Hilfe hatten wir uns jeden Tag zwölf Stunden mit dem Drahtspanner geplagt und waren abends auf den verdreckten Matratzen kollabiert. Sobald der erste Hügelhang abgezäunt war (wir nannten das Gebiet Khaibar-Paß, in Würdigung seiner gewundenen Ziegenpfade und jähen Abgründe), errichteten wir ein Gewächshaus nach den Anweisungen, die uns Dowst in Bolinas gegeben hatte. Gegen die Arbeit am Zaun war das ein reines Vergnügen. Ich nahm die Sache in die Hand, erleichtert, etwas tun zu können, war mir vertraut war, und wir zogen das Rahmengerüst an einem Nachmittag hoch. Dann nagelten wir festes, durchsichtiges Plastik in Bahnen über die mit Wasser vollgesogenen Pfosten und färbten das Ganze in Grün, Khaki und Kackbraun: militärische Tarnung. „Kommt mir vor, als wenn wir in den Krieg ziehen", sagte Phil durch das Zischen seiner Spraydose. Seine rechte Hand und der Jackenärmel, aus dem sie hervorragte, waren mit einer glänzenden Dreckschicht dschungelgrün überzogen, was er einer plötzlichen Drehung des Windes zu verdanken hatte. Gesh stand mit finster entschlossener Miene neben ihm, sein Arm rotierte in schwungvollen Bögen, er blinzelte in die untergehende Sonne und versprühte Farbe wie Rauchwolken. „Das kannst du laut sagen", knurrte er.

Inzwischen wurden wir nervös. Weder Dowst noch Vogelsang waren aufgetaucht, und wir hatten keine weiteren Anweisungen erhalten. Dennoch hatte Dowst uns immer wieder eingeschärft, wie absolut lebensnotwendig es sei, den Terminplan einzuhalten. Die Pflanzen mußten ihre optimale Größe am 22. September erreicht haben, wenn das Tageslicht wieder zu schwinden begann. Sobald sich das tägliche Verhältnis von Sonnenlicht und Dunkelheit zugunsten der lichtarmen Phase verschob, würden die Pflanzen automatisch zu wachsen aufhören und Fruchtstände entwickeln – das war genetisch programmiert –, und damit hatte es sich dann. Je später man die Setzlinge in den Boden brachte, desto kleiner würden die Pflanzen sein, wenn die herbstliche Tag- und Nachtgleiche heranrückte – und je kleiner die Pflanzen, desto geringer die Ernte. Um einzuschätzen, wie diese Reduktionen sich auf den Nettogewinn auswirkten, brauchte man kein Botaniker zu sein.

„Also, was machen wir?" fragte ich. Wir saßen inzwischen im Haus und kippten den ersten Cocktail des Abends. Soeben hatten wir den letzten Nagel am Gewächshaus eingeschlagen, der Mond war aufgegangen, die Vögel kauerten auf ihren Schlafbäumen und grummelten wie Revolutionäre. „Einfach bloß rumsitzen?"

Gesh klapperte in der Küche mit Geschirr und knallte Schubladen zu. „Dieser Yale-Gärtner baut natürlich Scheiße", sagte er und stellte einen rußgeschwärzten Topf mit Ravioli auf den Tisch. „Wie konnten wir auch so blöd sein, jemandem mit einem Namen wie Boyd Dowst zu trauen?“

Wir hatten einen harten Tag hinter uns, bei feuchtem Wetter und fünf Grad über Null. Das Feuer war warm, und der Essensgeruch lenkte uns ab, als wir uns jetzt Ravioli aus der Dose, Salzkartoffeln und blaßgelbe Wachsbohnen auf die Teller schaufelten. Es gab Kaffee, Orangensaft und etwas, das an einen breitgetretenen Schokoladenkuchen erinnerte. Draußen pfiff der Wind, und der Regen prasselte aufs Dach. Wir aßen schweigend, in unseren Augen spiegelte sich die erste chemische Reaktion des gestillten Heißhungers wider, Kaumuskeln kontrahierten und entspannten sich, Speichel floß, Kehlkopfdeckel klickten und Mägen pulsierten in stumpfsinniger Erfüllung des alimentären Imperativs: Kauen, Schlucken, Verdauen. Ich lauschte dem Kratzen des Bestecks auf den Blechtellern, starrte auf unsere Bärte, die zerlumpten Kleider, das baufällige, durchhängende Dach über uns und dachte daran, wie treffend Phils Metapher doch gewählt war – wir lebten hier wirklich wie Partisanen, wie Kader der Volksarmee, die an einem entlegenen Außenposten die Stellung hielten, wie Guerillakämpfer, die sich in den Bergen verschanzten. Natürlich hatte die Metapher ihre Grenzen – schließlich waren wir Guerillas im Dienste des Kapitalismus.

„Wir könnten einen freien Tag gebrauchen“, sagte Phil nach einer Weile. „Ohne Dowst und Vogelsang können wir doch nichts machen. Ich meine, was verstehn wir denn schon von Pflanzen? Mann, ich hab bis jetzt nicht mal einen Efeu gehabt.“

„Das ist doch egal“, sagte ich.

„Ach ja? Und was sollen wir hier machen – die ganzen hundertsechzig Hektar einzäunen? Ich würde sagen, wir nehmen uns morgen frei und ruhen uns mal ein bißchen aus – oder vielleicht sollten wir in dieses Kaff da unten fahren, mal sehen, was Willits so an Nachtleben zu bieten hat.“

Gesh schüttelte den Kopf. „Felix hat recht. Hör mal, ich bin nicht zur Erholung hier – ich werde mir den Arsch aufreißen, alle Haare lassen und tun, was ich kann, um dafür zu sorgen, daß ich die hundertsechsundsechzigtausend im November einsacke –, und deshalb schlage ich vor, wir suchen uns morgen das nächste Feld auf eigene Faust.“

Am Morgen nahmen wir den Drahtspanner und gingen auf die Suche.

Psychologisch war es ein kluger Schachzug. Wir hatten ein beachtliches Leistungsniveau erreicht, die Widrigkeiten der ersten Woche lagen hinter uns, ein Feld hatten wir schon eingezäunt, das Gewächshaus war fertig, und jetzt, da wir jede Berechtigung gehabt hätten, uns aufs Sofa zu hauen und auf neue Anweisungen zu warten, ergriffen wir statt dessen die Initiative. So waren wir, Männer der Tat, hartgesotten, zäh und zu allem bereit, ausgezogen, der steinigen Scholle anderthalb Millionen Dollar abzuringen. Aber wo sollten wir anfangen? Es war ein verflucht großes Gebiet da draußen: Bäume zum Schwindligwerden, Felsblöcke, Abhänge, jähe, tödliche Abgründe, klaffende Spalten, steinhart verkrustete Böden, die Pickel wie Spaten verhöhnten, Gestrüpp aus Dornen und Manzanita, das dicht und eng wie Zahnreihen stand. „Was wir suchen", sagte ich beim Zubinden meiner Turnschuhe, „sind sichtgeschützte Stellen, möglichst eben und nicht allzu weit weg vom Haus." Wir standen unentschlossen vor der Veranda herum; der Verdauungsprozeß des Frühstücks lief auf Hochtouren und äußerte sich in verhaltenen Rülpsern. „Na, dann viel Glück", sagte Phil.

In Richtung der Schotterstraße, die uns (wenn auch als seidener Faden) mit der Außenwelt verband, fiel das Grundstück steil ab, dahinter erstreckte es sich ein gutes Stück nach Süden und Osten. Im Norden, hinter dem Hohlweg, lag das Haus von Sapers, zu unserem Pech genau am Rand seines Besitzes, keine zweihundert Meter von unserem entfernt. (Wir konnten es kaum fassen – unsere Höfe waren zusammen über 400 Hektar groß, aber die beiden Häuser lagen in Rufweite beieinander. Wagenburgmentalität, konstatierte Phil angewidert.) Im Westen erhob sich der Berg, auf dem wir uns befanden, noch weitere sechzig Meter in der Vertikalen, ehe er in einer blanken Felsglatze gipfelte. Da wir einen Südhang brauchten – soviel wußten wir zumindest –, schlugen wir einen überwachsenen Feldweg ein, der von unserer Zufahrt abzweigte und sich um die Südseite des Abhangs wand wie ein Kummerbund.

Man brauchte nicht Lederstrumpf zu sein, um zu erkennen, daß die Straße seit langer Zeit nicht mehr benutzt worden war. Zweige hatten sich über uns zum Dickicht geschlossen, junge Bäume sprossen in den Rillen, die Wagenräder vor langer Zeit gegraben hatten, große Büschel von Giftsumach rückten gegen die Böschung vor. Auch auf eine artenreiche Fauna gab es Hinweise, wobei vor allem Berge von Exkrementen ins Auge fielen, gesprenkelt mit Samenhülsen und Nußschalenstücken. Irgendwann blieb ich stehen, um mir den Schuh zuzubinden, und als ich meine Gefährten wieder einholte, beugten sie sich über eine glänzende Kotwurst, die genau in der Mitte des Weges plaziert war. „Hundescheiße", diagnostizierte Gesh.

„Hier oben gibt's keine Hunde", sagte Phil. „Ich wette, es ist Waschbärkacke."

„Vielleicht auch ein Kojote?"

„Jedenfalls sieht es ziemlich groß aus", sagte ich.

Gesh runzelte die Stirn. Wahrscheinlich durchblätterte er im Geiste die Seiten eines zerlesenen Handbuchs: *Die Tierwelt der Nordwest-Pazifikküste – Arten und Bestimmung.* „Bärendreck?"

Wir sahen uns um, als lauerte ein ganzer Zoo in den Büschen, mit funkelnden Augen, gespitzten Ohren und großen rosa Zungen, die Pfoten und Hinterteile abschleckten. Dann richtete sich Phil auf, zuckte die Achseln und richtete den Blick nach vorn: Die Wunder der Natur konnten uns nur vorübergehend in ihren Bann schlagen. Wir gingen weiter.

Überraschenderweise wurde der Weg weiter unten am Berg sehr viel weniger steil, und nach einer Weile kamen wir an eine Stelle, die offenbar bereits zivilisatorisch erschlossen war. Unter dem Unkraut zeichneten sich noch schwach die Abdrücke von Autoreifen ab, und hie und da war ein Busch beschnitten oder ein Ast abgeknickt. Wenig später stießen wir auf einen mit Müll übersäten Pfad, der unsere Route in einem Winkel von fünfundvierzig Grad schnitt und in einem Dickicht verschwand, wie man es undurchdringlicher höchstens im Großen Sumpf von North Carolina hätte finden können. „Was hat sich denn hier abgespielt?" fragte ich und blieb stehen.

Gesh knurrte. Der Pfad war ziemlich ausgetreten, die Büsche am Rand zurückgeschnitten. „Jones", sagte er.

Jones. Die Erleuchtung traf mich wie ein Schlag auf den Hinterkopf. Meine Pulsfrequenz erhöhte sich. Diffuse Ängste brachen über mich herein wie Fledermäuse, die aus einem Kellerloch schwirren.

Phil sah uns so verdutzt an, als hätten wir uns in Geheimsprache unterhalten. „Wer?"

„Was dieser Jauchefarmer erzählt hat, weißt du noch? Jemand war letztes Jahr hier, hat er gesagt, jemand, der nichts Gutes im Schilde führte. Jemand namens Jones."

„Oder Smith", fügte ich an, doch Gesh pflügte bereits krachend durchs Unterholz, als sei es der dornige Weg ins Paradies, und ich beeilte mich, mit ihm Schritt zu halten. Ich weiß nicht, worauf ich gefaßt war – auf halbverzehrte menschliche Kadaver, die von den Bäumen hingen, ein Versteck von Schnellfeuerwaffen oder ein Crack-Labor –, aber ich hätte es mir eigentlich denken können. „Wartet doch!" rief Phil. Sträucher peitschten mir ins Gesicht, ein Zweig riß den Ärmel meines Hemdes auf. Ich konzentrierte mich auf Geshs Rücken, in den Bäumen schlugen die Vögel Alarm, etwas huschte ins Gebüsch davon, und dann standen wir urplötzlich am Rand einer sonnenbeschienenen Lichtung, die von Eichen und Lorbeer gesäumt war. Mit einem Blick erfaßte ich alles: die grauen, zersplitterten Baumstümpfe, den Karnickeldraht, die eingesunkenen Ränder der runden Erdlöcher. Am Boden war der Zaun mit großen Stücken aus gewelltem Alublech verstärkt, was mich an Zucchinibeete in Schrebergärten erinnerte. Auf dem ganzen Gelände lagen Hunderte von weißen Plastikbechern verstreut, die meisten davon zertrampelt oder ins Gesträuch verweht, außerdem diverse Plastiktüten, die für einen Partyservice in der Polk Street warben. Dann sah ich noch einen von der Sonne gebleichten Gartenschlauch, eine gewaltige Rolle Gummi, und daneben zerknüllte, halbvolle Säcke mit Dünger, aus denen an einigen Stellen schon das Unkraut sproß.

Gesh stand inmitten der Ruinen, die Hände in die Hüften gestemmt. Phil und ich fluchten wild und mißbrauchten mehrfach den Namen des Herrn. Wir waren wie Kinder, die unverhofft das häßliche Innenleben von Fantasyland entdeckt hatten, den Schmutz, die Schmiere und die knirschenden Zahnräder unter dem Boden des idyllischen Waldes. „Gras!" brüllte ich und wunderte mich selbst über meine Fassungslosigkeit. „Dieser Dreckskerl hat hier Gras angebaut, und Vogelsang hat uns kein Wort davon erzählt."

Es stimmte, es war unwiderlegbar. Mochten die Leakeys beim Auswerten ihrer archäologischen Funde in Olduvai Probleme gehabt haben, hier war das kinderleicht – es hätte kaum klarer sein können, wenn Jones ein Fototagebuch hinterlassen hätte. Die Plastikbecher hatte er zum Keimen der Setzlinge verwendet, und dann hatte er die Erdlöcher gegraben – so wie wir es vorhatten –, um ein günstiges Milieu für die reifenden Stauden herzustellen. Aber was war schiefgegangen? Oder war überhaupt etwas schiefgegangen? Vielleicht saß Jones in diesem Moment in Rio, spazierte mit einer Nixon-Maske zur Gaudi der Leute herum und schnupfte Koks, bis es ihm die Nase zerfetzte. Ich hatte eine flüchtige Vision von Palmen, dem Mädchen von Ipanema, der Plastikmaske, von Kokain und einem Wasserglas voll dunkelbraunem Jamaica-Rum. Darüber breitete sich allerdings sofort die lebhafte Erinnerung an das Bezirksgefängnis von Eldorado County und das haßverzerrte Gesicht von Officer Jerpbak.

„Hey, was ist denn das hier?“ fragte Phil und fischte ein flaches Holzstück aus dem Gras. Ich bemerkte etwas Rostiges darauf, eine Stahldrahtkonstruktion mit einer Feder. Es sah aus wie eine Rattenfalle.

„Sieht aus wie ’ne Rattenfalle“, sagte Gesh. Ich betrachtete den Boden näher. Auf den ersten Blick sah ich mindestens fünfzig von den Dingern. Mir fielen die Ratten oder Erdhörnchen ein, die ich am ersten Tag gesehen hatte – dicke braune Viecher, so groß wie Fußbälle. Es gab hier irgendeinen Zusammenhang, und zwar einen sehr unerfreulichen. Aber noch weigerte ich mich, ihn herzustellen.

Etwa zehn Minuten lang stöberten wir in Jones’ Haschischfeld herum (Smith, Jones – hieß denn wirklich irgend jemand Smith oder Jones?), entdeckten weitere Rattenfallen, überprüften den Karnickeldraht, starrten zum Himmel hinauf, um das Risiko einer Entdeckung des Feldes aus der Luft einzuschätzen. Dann gingen wir weiter den Weg hinunter und bemerkten bald, daß er einen unregelmäßigen Kreis beschrieb und wieder in unsere Zufahrt mündete, knapp vor Sapers’ Haus. Auf dem Rückweg sagte ich, es gefalle mir gar nicht, daß es vor uns schon jemand mit dem Anbau versucht habe. Phil fand das auch nicht gut. „Ich wüßte zu gern, ob dieser Jones jetzt auf den Bahamas am Strand liegt oder ob er auf Kaution frei rumläuft“, sagte er. Gesh spuckte auf den Boden während er schwer atmend mit langen, ausgreifenden Schritten bergauf ging. „Wenigstens wissen wir jetzt, wo wir den Zaun aufstellen.“

Drei Tage später, nachdem wir Jones’ Feld (wir nannten es „Jonestown“, einerseits unserem unbekannten Vorgänger zu Ehren, aber auch in einem perversen Sinn für Humor, mit dem man sich über die drohende Niederlage lustig macht) neu umzäunt und einigermaßen aufgeräumt hatten, hörten wir am Abend einen gut eingestellten Motor den Hügel heraufrattern. Wir standen alle drei draußen in der einbrechenden Dämmerung, als Dowsts himmelblauer Kleinbus auf den Hof rumpelte und knirschend zum Stillstand kam. Zur Begrüßung sagte Dowst: „Tut mir leid, daß ich so spät komme", als hätte er den Anfang einer Cocktailparty verpaßt. Wir antworteten nicht. „Aber ich hab nächsten Monat einen Artikel über die Spazierstock-Opuntie in der *Zeitschrift für Kakteen und Sukkulenten*, der mußte zur Post, und ich bin einfach in meinen Notizen erstickt." Er zuckte die Achseln. „Also bitte, ihr versteht hoffentlich meine Situation – ich mußte pünktlich abliefern, da kann man nichts machen. Tut mir leid."

Er sah aus wie dem Katalog eines teuren Sportgeschäfts entsprungen: Seemannspullover, Entenjägerweste, Tontaubenschützenhut. Wir starrten ihn haßerfüllt an. Er hatte Artikel verfaßt, während wir uns mit Stacheldraht geplagt hatten.

„Aha", sagte er und rieb sich die Hände, als wären sie naß, „wie ich sehe, habt ihr das Gewächshaus schon fertig."

Wir drehten uns um. Das Gewächshaus stand in der Ecke des Hofes wie das Herzstück einer Ausstellung von Avantgarde-Skulpturen, von unserem raffinierten Tarnanstrich ungefähr so wirkungsvoll verborgen wie mein Toyota von seiner ziegelroten Lackierung. „Jaja", sagte Gesh nach einer Weile, an Dowst gewandt, „dank deiner tatkräftigen Hilfe."

Am Abend saßen wir um den Ofen, drehten Joints mit dem Gras, das Dowst mitgebracht hatte, betrachteten die Joghurtbecher mit den Samen, die uns ein Vermögen einbringen sollten, und hörten Dowsts Beteuerungen zu, alles sei in Ordnung und die paar verlorenen Tage würden auf lange Sicht im Grunde gar nichts ausmachen. Unsere Wut auf ihn verflog allmählich, und Phil brach schließlich das Eis, indem er ihm etwas von der Maissuppe anbot, die er seit drei Tagen immer wieder aufwärmte. Dowst setzte ein dankbares Lächeln auf und versicherte, er habe bereits gegessen. Dann meinte ich, er könne gerne auf dem Sofa schlafen, aber er sagte, er bleibe lieber in seinem Bus – der übrigens innen wie ein Zuhälterwagen eingerichtet war, mit Kirschholzverschalung und Schaffellteppich. „Okay", sagte ich, „wie du willst."

Am nächsten Morgen fanden wir uns vor dem Haus ein, aufgereiht wie Flüchtlinge, und leckten uns die Reste des Frühstückseis aus den Mundwinkeln, während Dowst mit der Miene eines

Übungsleiters den Spaten schwang. Die Luft war naßkalt. Vom Dach verhöhnte uns eine Krähe. Wir lauschten dem Zischen und Schaben des Spatens, dem scharfen Klirren von Metall auf Stein. Wir beobachteten Dowsts wirbelnde Ellenbogen, seinen sicheren Stand, wir zählten die Nähte seiner Designer-Jeans. Und dann, als er zurücktrat und sich mit dem roten Taschentuch den Schweiß von der Stirn wischte, schoben wir uns nach vorn, wortlos, neugierig, respektvoll und mürrisch, um das Musterloch zu betrachten.

Kapitel 4

Ich war dagegen. Gesh war dafür. Phil wußte nicht so recht. Aber als wir an „Shirelle's Bum Steer" vorbeikamen, den Pritschenwagen bis zum Rand der Ladeklappen vollgepackt mit Lebensmitteln, Styroporbechern, Wodka in Literflaschen, zum Bersten gefüllten Säcken mit Wurmerde und Stiermist, drei Rollen Karnickeldraht und einem batteriebetriebenen japanischen Kassettenrecorder, den Gesh auf einem Privatflohmarkt gefunden hatte, da bremste Phil, schaltete herunter und schlug das Lenkrad ein. Wir rumpelten auf den Parkplatz wie fahrende Landarbeiter auf der Durchreise und kamen unter dem armen, von tausend Stoßstangen mißhandelten Eichbaum, der als Memento eines lebenslangen Martyriums neben dem Wirtshaus aufragte, zum Stillstand.

Drei weitere Autos standen auf dem Parkplatz: zwei schlammüberkrustete Chevy-Pritschenwagen und ein Plymouth Duster mit kaputter Federung. Ein Köter, der aussah wie eine Kreuzung zwischen einem Schlittenhund und einer Hyäne, beobachtete uns unverwandt von der Ladefläche des vorderen Chevy. „Nur einen Drink", sagte Phil, hob einen Finger hoch und leerte in derselben Bewegung eine Dose Bier.

„Oder zwei", grinste Gesh.

„Also gut", sagte ich und trank hastig mein eigenes Bier aus. „Aber denkt daran, was Dowst gesagt hat."

„Scheiß doch auf Dowst."

„Nein, ehrlich: wir können nicht vorsichtig genug sein."

„Feind hört mit, was?" sagte Phil und schwang sich aus der Fahrertür.

„Genau", brüllte Gesh und klopfte mir donnernd zwischen die Schulterblätter, als ich meine Tür öffnete und aus dem Fahrerhäuschen sprang.

Einen Augenblick lang blieben wir im zähen Dreck des Parkplatzes stehen, der Hyänenhund fixierte uns mit starrem Blick, die Kneipentür wirkte so abschreckend wie die Tore von Gehenna. In uns brannten Schuldgefühle. Dowst hatte die Regeln klar formuliert, ex cathedra – wir sollten Lebensmittel und Material einkaufen und dann direkt nach Hause fahren. Ohne anzuhalten. Weder an Imbißbuden noch an Bars oder Kneipen – nicht einmal am Postamt. Oberstes Gebot sei, daß wir so unauffällig wie möglich vorgingen, mit niemandem redeten, anonym und unsichtbar blieben. Es genüge eine einzige freundliche Unterhaltung – mit der Kassiererin, dem Mann an der Tankstelle, der alten Frau, die im Postamt Briefmarken verhökerte –, und wir wären tot. Mit puritanischem Ernst hatte uns Dowst versichert, daß die Leute hier einen Dope-Farmer auf eine Meile erkennen konnten.

„Vielleicht sollten wir es doch lieber lassen", sagte Phil.

Ich betrachtete den Hund, den verwundeten Baum, die massive, fensterlose, verwitterte Hartholztür ohne Fenster, die das Innere von „Shirelle's Bum Steer" verbarg. Auf der verzogenen Stoßstange des Plymouth verkündete ein Aufkleber: SIEG DER MORAL. Es sah nach Regen aus. „Ich glaub auch, wir sollten es lieber lassen", sagte ich.

„Scheiße", erklärte Gesh. Niemand rührte sich.

In diesem Moment wurde uns die Entscheidung abgenommen. Die Tür flog plötzlich auf, und heraus kam eine Frau, die ein Bierfaß aus Aluminium in den Armen barg wie das abgetrennte Haupt eines Geliebten. Sie war Anfang Vierzig und trug schwarze Stretchhosen, eine altmodische Spitzenbluse und grellorange hochhackige Schuhe mit Knöchelriemen. Mein Blick registrierte Busen, Hintern, falsche Wimpern und einen Lidschatten, der wohl zu den Schuhen passen sollte. Sie zögerte kurz, als sie uns bemerkte, dann lächelte sie strahlend, warf das leere Faß vors Haus und bat uns herein. „Mann", sagte sie, und es klang wie ein Bellen, „wollt ihr Jungs den ganzen Nachmittag da draußen rumstehen, oder kommt ihr mit rein?"

Drinnen war es dunkel wie in einem Schrank, die Fensterscheiben waren verschmiert, nur da und dort glomm eine matte gelbe Glühbirne. Zwei Männer saßen über ihr Bier gebeugt an der Theke: drei weitere lümmelten sich an einem Tisch weiter hinten, ihre Gesichter wirkten gespenstisch im blauen Licht der Musikbox. Alle fünf trugen Strohhüte, die sich bedrohlich zuspitzten wie Rapiere, dazu Arbeitshemden, Jeans und Stiefel. In ihren Gesichtern mischten sich Überraschung, Empörung und Jähzorn zu gleichen Teilen, als wären wir nun wirklich das letzte, womit sie im düsteren Gewölbe von „Shirelle's Bum Steer" rechneten, und das erste, was sie am liebsten tottrampeln würden, gefolgt von Klapperschlangen, Ratten und Wieseln – in dieser Reihenfolge.

Shirelle huschte hinter die Bar, wischte sich die Hände an einem schmutzigen Handtuch ab und warf uns einen herausfordernden Blick zu. Wir standen da, suchten in unseren Taschen herum und traten von einem Fuß auf den anderen. Aus der Musikbox dröhnten Hillbilly-Fernfahrer-Akkorde: *Don't let your cowboys grow up to be babies* und *Tears in my beers, can't keep a head up over you.* Gesh bestellte eine Runde Kurze mit Bier zum Nachspülen. Wir setzten uns hin. Auf der Theke standen gewaltige Gläser mit Soleiern, an der Wand hing ein ausgeblichener Souvenirwimpel von der Weltausstellung in Seattle neben verstaubten Bols-Flaschen mit Crème de menthe, Rock & Rye und Dattelpflaumenlikör. Die Theke war so glatt wie eine seit Generationen benutzte Salzlecke, poliert von der langsamen, aber sicheren Wirkung der Arme und Ellenbogen. Wir kippten unsere Schnäpse wie stahlharte Typen und nahmen dann sparsame Schlucke aus den Biergläsern.

Shirelle lehnte sich gegen die Registrierkasse und zündete sich eine Zigarette an. „Euch Jungs hab ich hier noch nie gesehen", sagte sie. „Seid ihr auf der Durchreise?"

„Nein", sagte ich.

„Ja", sagte Gesh.

„Wir fahren rüber nach Covelo", sagte Phil und bemühte sich dabei um einen bäurischen Akzent.

„Covelo?" Covelo war dort, wo die Straße aufhörte, ein kleines Nest, hinter dem nur das Indianerreservat, der Nationalpark und die Berge lagen. Dorthin fuhr nie jemand, höchstens der Förster oder ab und zu ein Schnapshändler.

Phil beugte sich vertraulich über die Theke. „Wir haben eine Ladung Decken voller Pockenerreger für die Indianer dabei."

Shirelle starrte ihn eine Minute lang an, ausdruckslos wie ein Ölfaß, dann brach sie in schallendes Gelächter aus, so laut und unerwartet, daß ich mein Bier verschüttete. Niemand sonst verzog eine Miene. Die Gesichter an der Musikbox rückten näher zusammen, scharfnasig, zerfurcht, das Schimmern von blauschwarzem Indianerhaar. Shirelle lachte wie jemand, den man für seine Handlungen nicht verantwortlich machen kann, und verfiel schließlich in einen krampfartigen Husten, worauf sie sich eine Faust voller blitzend lackierter Nägel vor den Mund hielt. Sie lachte, bis die Tränen ihr das Make-up verschmierten. Grübchen erschienen aus dem Nichts, Falten kräuselten ihre Augenwinkel. „Hey", keuchte sie schließlich, „ich geb dir noch einen aus, du Witzbold." Dabei kniff sie Phil in die Backe.

Eine Stunde später zog ich die Brieftasche und verschüttete eine Handvoll Kleingeld auf dem Boden. Ich winkte achtlos ab und knallte dann einen Zehn-Dollar-Schein auf die Theke. „Noch eine Runde", sagte ich. Shirelle und Phil tanzten, ihre Unterleiber waren miteinander verzahnt wie Maschinenteile. Gesh spielte mit den Indianern im Hinterzimmer Pool, und ich war an der Bar in eine Unterhaltung mit einem gewissen George Pete Turner vertieft. Außerdem schielte ich schamlos auf Shirelles Tochter, die aus dem Wohnhaus geholt worden war, um sich um die anderen Gäste zu kümmern, während sich die Mutter um Phil kümmerte.

Die Tochter hieß Savoy – und mit Nachnamen Skaggs, wie George Pete mich informierte. (Delbert Skaggs hatte Shirelle nämlich vor zehn Jahren verlassen, um mit den Cudahy-Zwillingen, Natalie und Norma, nach Eureka durchzubrennen.) Turner blinzelte mich durch die Rauchwolke seiner Tareyton an; er sprach leise und mit vertraulichem Unterton. Die Saga ging noch weiter; aber ich hörte nicht mehr zu. Nein. Ich kam aus den Bergen, zurück aus dem Exil, und ich beäugte Savoys Hinterteil mit der ganzen Leidenschaft eines bettelarmen Charlie Chaplin, der mit Löchern in den Anzugärmeln die Nase gegen ein Schaufenster voller Sahnewindbeutel und Quarkschnitten preßt. Das Mädchen konnte keine achtzehn sein, geschweige denn einundzwanzig. Aber sie sah gut aus. Sehr gut sogar. Goldbrauner Teint, tief ausgeschnittener Pullover, tiefblaue Augen – das eine fast unmerklich kleiner als das andere. Sie ertappte mich dabei, wie ich sie anstarrte, und ich fragte, was sie da für ein Medaillon habe.

„Das hier?“ Sie fischte sich das goldene Herz aus dem Busen und musterte es, als hätte sie es noch nie gesehen. Dann kicherte sie; dabei entblößte sie kleine, ebenmäßige Zähne und eine Menge gesundes rosa Zahnfleisch. „Den hat mir Eugene geschenkt, als er zum Militär gegangen ist.“ George Pete Turners schnauzbärtiges Gesicht hing an meiner Schulter wie eine Salami in einem Feinkostladen. Er nickte zur Bestätigung. „Eugene ist in Deutschland stationiert“, sagte sie. „In Wiesbaden.“ Sie sprach es wie *wheeze* aus.

Mir fiel nichts ein, was ich darauf hätte sagen können. Ich sah ihr zu, wie sie drei sprudelnde Biere vorsichtig auf Untersetzer abstellte, daneben die Whiskeygläser aufreihte und sie mit einer gekonnten Drehung des Handgelenks bis zum Rand füllte. „Hübsch“, sagte ich.

„Hab ich Ihnen schon erzählt, daß Ted Turner – der Fernsehmodul aus Georgia, wissen Sie – ein Cousin von mir ist?“ George Pete Turners Stimme hatte einen quengeligen Unterton, jedes seiner Worte war eine verzweifelt zupackende Kralle, die sich einen Halt suchte. Er sprach mich von der Seite an. Ich ignorierte ihn.

Savoy beugte sich über die Theke und schob die kleinen Gläser vor mir zu einem ordentlichen Kreis zusammen, während der goldene Anhänger ihr verführerisch vom Hals baumelte. Ich konnte ihr Parfum riechen. Hinter mir hörte ich das Klicken der Billardkugeln und eine Stimme, die ich in einem Augenblick der Erleuchtung als Phils erkannte, der im Duett mit der Musikbox sang. „*Satin sheets to lie on*“, grölte er, genauso leidenschaftlich und erdverbunden wie George Jones oder Merle Haggard, „*Satin pillows to cry on.*“ Ich weiß nicht, was über mich kam, jedenfalls griff ich nach dem Anhänger.

„Hey“, sagte Savoy, wich in Zeitlupe zurück und hob das Kinn, so daß ihr weißer Hals zu sehen war.

Meine Hand folgte ihr, ich hielt das Goldherz zwischen Daumen und Zeigefinger, und meine Handfläche kam zwangsläufig in Berührung mit ihrer Brust, als sie sich aufrichtete. Jetzt beugte ich mich über die Theke. Meine Hand lag auf ihrer Brust, ich hatte Savoy am Anhänger gepackt. „Hübsch“, bemerkte ich geistreich. „Sehr hübsch.“ Sie lächelte. George Pete rollte die Augen wie ein wilder Stier, und ich spürte auf einmal mit dem sechsten Sinn einer Kassandra, daß ein unangenehmer Zwischenfall bevorstand.

Ich hatte recht.

Die Tür öffnete sich quietschend, und Lloyd Sapers kam in die Bar getorkelt, so betrunken, daß er nicht mehr gerade gehen konnte und am Türpfosten abprallte wie eine Billardkugel auf Abwegen. Unsere Blicke trafen sich. Ich ließ Anhänger und Busen los, wandte mich ab und sah ihn dann wieder an. Inzwischen verdunkelte eine weitere Gestalt die Türöffnung, mit breiten Schultern, dickem Bauch, Quadratschädel, Händen wie Baseballhandschuhen und Füßen aus Stahl: Marlon.

Gesh und die Indianer hatten die Endrunde ihres Poolspiels unterbrochen. Gesh war mitten im Zielen erstarrt, das Queue lag über der Brücke aus Daumen und Zeigefinger, der Winkel bereits haarscharf berechnet. Er sah mit einem verdutzten Ausdruck zur Tür hin, als wäre er gerade um eine Ecke gebogen und unverhofft in einen Paradeumzug geraten. Phil kriegte überhaupt nichts mit; er hatte Shirelle gegen die Musikbox gedrängt und preßte sich beim Tanzen an sie wie ein entsprungener Triebtäter.

„Heiliger Strohsack und alle himmlischen Heerscharen", grölte Sapers. „Wenn das nicht die drei Abstinenzler sind."

In diesem Augenblick bekam ich von George Pete Turner – er war, wie ich später erfuhr, Savoys zukünftiger Schwiegervater, Erzeuger des abwesenden Kämpfers und Hüter des Familienschmucks – einen Schlag aufs rechte Ohr, der mich glatt vom Barhocker warf. Ich landete auf allen vieren in einer Bierpfütze. Lloyd Sapers lachte. Man hatte mich aus dem Hinterhalt attackiert, wie einen Idioten niedergeschlagen und gedemütigt. Während ich am Boden lag und mit meinem Schicksal haderte, hörte ich das grauenvolle Knirschen der Erdkugel, die sich um ihre Achse bewegte. Dann fiel der Schatten von Sapers Junior auf mich. Mein Schicksal war besiegelt.

Als ich aufhörte, mich zu krümmen, bemerkte ich als erstes, daß George Pete Turner von einem Zechkumpan besänftigt wurde, einem zahnlosen alten Knacker mit Bart, der bestimmt nicht viel mehr als fünfzig Kilo wog, und als nächstes, daß Marlon vor mir stand und mich mit einem seltsamen Blinzeln betrachtete. Er hatte das Gesicht eines verfetteten Pfadfinders. Savoy war mit einem spitzen Schrei ans andere Ende der Theke verschwunden, Phil sah erstaunt über die Schulter zu uns herüber, Shirelles Blick verlor den Schleier der Leidenschaft und signalisierte Vorbereitungen zum

Angriff, und Gesh kam auf die Bar zu, in der Hand das Queue gepackt wie einen Louisville-Baseballschläger. Die Indianer standen da wie Statuen aus Eis, die Drinks in ihren Händen erinnerten an Gletscherausläufer, und Johnny Cash, dessen Baß die Gläser auf den Regalen klirren ließ, klärte mich darüber auf, wie es in Carson City zuging. Und dann, so rasch wie die Lage sich zugespitzt hatte, entspannte sie sich auch.

Marlon, so stellte sich heraus, war überhaupt nicht bedrohlich. Er war geistig nicht älter als neun, und zur Gewalt neigte er höchstens in privatem Kreis – etwa wenn jemand zwischen ihn und seinen Essensteller trat. Er war fett. Eine kaum gebändigte überbordende Masse von Fleisch, titanisch, erdrückend, monumental. Aber kindlich. Gefährlich nur *in potentio.* Er trat über mich hinweg, mit Füßen wie Schneeschuhe, wackelte an die Theke und bestellte sich, im quäkenden Tonfall eines Knaben vor dem Stimmbruch, eine Cola.

„Hey-hey", sagte Sapers. Er torkelte quer durch den Raum, um mir auf die Beine zu helfen, und gab dabei ständig die schnalzenden Beschwichtigungslaute irgendeines orphischen Hinterwäldlercodes von sich. Shirelle stand neben George Pete, der plötzlich peinlich berührt wirkte. Er entschuldigte sich und schüttelte mir die Hand, aber in die Augen sah er mir nicht. „Hab wohl ein paar Gläser zuviel gehabt", murmelte er, zog den Reißverschluß seiner Holzfällerjacke hoch, schob sich zur Tür hinaus und verschwand im Dunkel der Nacht.

Gesh stellte sein Queue in den Ständer an die Wand, knöpfte sich den zerfetzten Trenchcoat zu und sagte: „Gehen wir, Felix. Komm schon." Er hielt mich am Ellenbogen fest. Sapers war zusammengezuckt und einen Schritt zurückgewichen, als Gesh näher kam, jetzt wandte er sich an George Petes zahnlosen Gefährten, der einen halben Meter von ihm entfernt saß, und brüllte ihm eine Bemerkung über das Wetter zu. In meinem Ohr pochte das Blut. Ich fühlte mich ausgepumpt und leer, als hätte ich plötzlich Luft in den Adern. Phil sammelte mit feierlichem Gesicht unser Wechselgeld von der Theke ein und hielt mir den Mantel auf.

„Tschüs, Süßer", sagte Shirelle, als wir uns davonmachten.

Ich blickte über die Schulter zurück auf die Gestalten in der Kneipe: Shirelle, üppig dupliziert in ihrer Tochter, der vornübergebeugte, leicht schwankende Sapers, George Petes verschrumpelter

Kamerad, die Indianer, die mit eleganten, geschmeidigen Bewegungen um den Billardtisch glitten, und der gemästete Marlon, dessen große, glänzende Visage über der ganzen Szene schwebte wie ein gewaltiger Planet. Keiner von ihnen wirkte besonders mitfühlend auf mich.

„Könnte ich bitte noch eine Cola haben?“ fiepte Marlon.

Die Tür schlug hinter uns zu. Sapers' laute Stimme drang undeutlich durch den Lärm der Musikbox und das Klirren der Gläser – ich war mir nicht sicher, aber ich glaubte, etwas über Saatgut gehört zu haben; jetzt sei der richtige Moment, um auszusäen oder so ähnlich. Rums, knallte die Tür zu. Ganz leise hörte ich ihn drinnen immer noch. „Säufer!“ brüllte er. „Heuchler!“

Dann war alles still. Bis auf das Rauschen des Regens.

„Verdammt“, sagte Phil.

Es war dunkel. Der Regen rauschte wie ein Wasserfall. Wir rannten auf den Wagen zu, planschten durch knöcheltiefe Pfützen, um uns herum war alles verschwommen. Wir hätten lieber langsam gehen sollen: Unsere fluchtartige Bewegung löste einen unkonditionierten Reflex in dem fast vergessenen Hyänenhund aus, der uns beim Betreten der Bar ungerührt gemustert hatte, um dann geduldig den ganzen Abend draußen im eisigen Regen zu sitzen und auf seine große Stunde zu warten. Ich hatte unseren Wagen schon fast erreicht, als die lautlose Gestalt wie ein Blitz aus der Dunkelheit hervorschoß und sich mit bedrohlichem Knurren in mein Hosenbein verbiß. Zu Tode erschrocken stolperte ich und fiel kopfüber in den Matsch. Ich spürte Schlamm, Wasser und das entschlossene Zupacken eines Kiefers. Dann lag ich mit dem Gesicht nach unten im Morast, krümmte und rollte mich herum, als hätten meine Kleider Feuer gefangen, warf mal den einen, dann den anderen Arm in die Höhe, während der Hund seine Wut in einem *allegro furioso* aus schnappenden Zähnen und hektischem Gebell ausließ. „Rimmer!“ schrie eine Stimme dicht neben mir. Es war George Petes Stimme. „Laß ihn sofort los!“ Und plötzlich war der Hund weg.

Nur zwanzig Sekunden waren meinem Leben geraubt worden. Ein abrupter Zusammenprall von Körpern, vereitelte Flucht, beschleunigter Herzschlag, Schlamm, zerrissene Kleidung, blutende Wunden und abgeschürfte Haut – die Attacke hatte kaum begonnen, da war sie auch schon vorbei. Ich stand mühsam auf und humpelte zum Wagen, mit zerfetzten Ärmeln und klaffenden Hosenbeinen. Phil und Gesh saßen schon im Auto. Der Motor heulte auf, die Scheibenwischer klatschten. „Was ist denn mir dir los?" fragte Phil, als ich mich in die Fahrerkabine hievte wie ein Springflutopfer, das sich mit letzter Kraft ins Rettungsboot schwingt. Was konnte ich schon erzählen? Reden war nutzlos. Ich zuckte die Schultern.

Zu Hause im Sommerlager warf ich Dowst und seiner tadelnden Miene einen einzigen Blick zu und teilte ihm mit, er könne mich am Arsch lecken. Anschließend tupfte ich meine Wunden mit Alkohol ab und wankte hinaus, um meinen Gefährten dabei zu helfen, den Inhalt zerrissener Einkaufstüten ins Gras auszukippen und bereits zerfallende Säcke mit Dünger in den Lagerschuppen zu schleifen. Spaß machte das nicht. Irgendwann sah mich Phil an, der Regen peitschte uns ins Gesicht, wir hielten die abgerissenen Henkel der superstarken, doppellagigen Papiertragetüten in der Hand, und zu unseren Füßen lagen Büchsen mit roter Bete, Maiskörnern und jungen Erbsen extra fein. „Na gut, vielleicht haben wir's verschissen", sagte er. „Ich geb's ja zu." Die Taschenlampe erfaßte ein mit Wasser vollgesogenes Baguette, das vor mir auf der Erde lag. Der Regen rauschte in den Bäumen. „Wir haben's verschissen", wiederholte Phil, „aber wenigstens haben wir uns dabei amüsiert."

Kapitel 5

Glänzend, geölt und bösartig lagen sie auf dem Tisch und erinnerten an die bedrohlichen Stilleben, die man in der Zeitung unter der Schlagzeile GEHEIMES WAFFENLAGER ENTDECKT fotografiert sieht. Feuerwaffen. Drei Stück insgesamt. Ein 22er Kleinkaliber, eine Schrotflinte und ein Ding, das tödlicher aussah als alles, was mir bisher außerhalb des Reptilienbeckens im Zoo von San Francisco unter die Augen gekommen war: eine 9-mm-Magnum.

„Man kann ja nicht vorsichtig genug sein", sagte Vogelsang und grinste sein irres Grinsen. Er hatte einen khakifarbenen Overall an, wie ihn Kleinkinder zum Schlafen oder Astronauten im Weltraum tragen. Handschuhe, Kapuze und eine Gaze-Gesichtsmaske lagen auf der Kiste neben ihm bereit. Aorta, die heute in einer metallisch glänzenden Jacke erschienen war, sah zu, wie ich die Waffen befingerte.

Es war Zeit zum Mittagessen. Auf dem Herd brodelte eine Suppe, die Fenster beschlugen. Unsere Gäste waren eben hereingekommen, waffenstarrend wie ein Guerilla-Stoßtrupp. Vogelsang begrüßte mich mit Namen, nickte Phil und Gesh kurz zu und legte dann die Knarren auf den Tisch. Phil stützte sich mit den Ellenbogen auf die aufgesprungene Anrichte und kaute mit der Intensität eines Bäume fällenden Bibers auf einem Fleischwurstsandwich herum. Gesh, verschwitzt und dreckig, hing halb liegend auf dem Sofa und trank ein Bier. Dowst war draußen im Gewächshaus, wo er schon den ganzen Vormittag Samen in Styroporbecher einsetzte.

„Hallo, wie läuft die Mondlandung?" fragte ich.

Vogelsang sah mich verständnislos an, dann grinste er und zupfte an seinem Overall. „Ach so, deswegen", sagte er. „Giftsumach. Ich krieg davon totalen Ausschlag, schlimmer als Beulenpest und Lepra zusammen."

Ich wog die Schrotflinte abschätzend in der Hand und zielte über den Lauf wie ein Scharfschütze. Tatsächlich hatte ich erst ein einziges Mal im Leben geschossen. Damals war ich elf Jahre und seit zwei Monaten bei den Pfadfindern (danach schmiß ich den Krempel dann hin: zuviel Wandern und Knotenbinden); ich lag auf dem Bauch im Dreck und feuerte Schuß um Schuß auf eine große, runde Zielscheibe ab. Ich erinnerte mich an den Feuerwerksgeruch, an den Knall beim Abdrücken, an die kurze, dünne Rauchfahne. Der Pfadfinderführer beugte sich über mich, das Gesicht voller harter Bartstoppeln, und schnaufte mir markige Kommandos ins Ohr. „Zielen", keuchte er. „Stück weiter links noch. Jetzt abdrücken."

Die Flinte war erstaunlich schwer, aber der Abzug ließ sich ganz leicht bewegen: tot auf der Stelle, unwiderruflich. „Brauchen wir so was denn wirklich?" fragte ich und bemühte mich um einen beiläufigen Tonfall. „Ich meine, eine Pistole, mit der man einem Elefanten das Auge rauspusten kann – ist das nicht etwas übertrieben?"

Gesh knurrte. Ich wußte nicht genau, ob es ein verächtliches oder ein zustimmendes Knurren war. Ich sah zu ihm hinüber. Er nippte an seinem Bier, die Augen über den schmalen, hohen Backenknochen wirkten verkniffen. Ich kannte diesen Blick: Er legte sich etwas zurecht, ordnete seine Anwürfe nach Prioritäten, ehe er auf Vogelsang losging.

Vogelsang lachte. Er hatte in Vietnam Patrouillen angeführt, Menschen aus dem Hinterhalt erschossen, unterernährte Asiaten geräuschlos mit der Garotte erdrosselt. „Hör zu, Felix, ihr werdet da draußen Dope im Wert von einskommafünf Millionen Dollar wachsen haben. Da müßt ich euch nicht nur wegen der Polizei Sorgen machen; es besteht auch immer die Möglichkeit, daß irgendein Jäger oder einer dieser Bauerntölpel zufällig in eure Felder stolpert. Was würdest du denn tun, wenn dir so was passiert? Du wanderst da im dunklen Wald herum, siehst dich ein bißchen um – bist vielleicht sogar auf der Suche nach einer illegalen Plantage? Also ich weiß, was ich da tun würde. Ich würde mir das Zeug unter den Nagel reißen, keine Frage."

Bis dahin hatte ich das Leben als Outlaw und die Romantik unseres großen Coups vielleicht verklärt, hatte mich als eine Art moderner Al Capone, John Dillinger oder Bugsy Malone gesehen, doch nun kam mir plötzlich die rauhe Kehrseite des ganzen Unternehmens zu Bewußtsein. Pistolen. Ich hatte nie im Traum daran gedacht, daß ich unter Umständen eine Pistole zu meiner Verteidigung brauchen würde. *Schmeiß es hin*, raunte mir eine innere Stimme zu. *Spring jetzt ab!*

Vogelsang musterte mein Gesicht, immer noch grinsend. Das Ganze amüsierte ihn. „Komm schon, Felix", sagte er. „Wirklich, das ist doch keine große Sache." Er hielt inne, um das stets mitgeführte Mundspray hervorzuholen, das er dann rasch zwischen den Handflächen hin- und herrollte, als wollte er durch die Reibung ein Feuer entfachen. „Die Chance, daß wirklich jemand vorbeikommt, liegt bei einem Prozent. Aber du brauchst doch für alle Fälle eine Rückversicherung, oder?"

Was sollte ich dazu sagen? Vogelsang nahm mich nicht ernst, Aorta beobachtete mich abschätzig, Phil und Gesh schienen das Auftauchen von Feuerwaffen so selbstverständlich hinzunehmen wie Fettstücke in der Fleischwurst oder Nitrite im Bier. Ich war ein Mann, ein Dope-Bauer, ein Gesetzloser und Betrüger. Pistolen waren ebenso ein Handwerkzeug meiner Branche wie Drahtspanner oder Spaten, und daran würde ich mich gewöhnen müssen. Ich zuckte die Achseln.

Währenddessen hatte Gesh, der mit der Miene einer lauernden Kobra auf dem Sofa lag, offenbar seine diversen Reklamationen katalogisiert und beschlossen, seine Anwesenheit zur Kenntnis zu bringen. Abrupt zerquetschte er die leere Bierdose in der schwieligen Faust und pfefferte sie quer durch den Raum wie einen Gummiball; sie flog mit einem kuhglockenartigen Ton gegen die Küchenwand, prallte dort exakt ab und fiel auf eine überquellende Mülltüte. Vier Köpfe wandten sich ihm zu. „Hör mal, Herb", sagte er in einem Tonfall, der keinen Widerspruch duldete, „ich würde sagen, wir haben einiges zu bereden, Alter, und die Kanonen sind da noch das unwichtigste."

Jetzt geht's los, dachte ich. Ich spürte schon die Dollars aus meiner Tasche gleiten und das Saatgut verdorren, spürte die drohende Auseinandersetzung wie einen frühen Frosteinbruch oder einen widrigen Wind, wie Mehltaubefall, Schildlausplage oder Schwarzfäule. Vogelsang neigte den Kopf und beugte sich vor, auf den schmalen Lippen ein verständnisloses Lächeln. Er hätte ein Schulmeister sein können, der einem naiven, bemitleidenswert ungebildeten Zögling sein Ohr lieh.

„Erstens mal", begann Gesh mit mühsam beherrschter Stimme, „mir geht das auf den Senkel, wie du da in Bolinas den feinen Pinkel spielst und bei ‚Vanessi's' an Weinkorken schnupperst, und wir reißen uns hier oben den Arsch auf, rödeln ohne elektrischen Strom mit kaputtem Werkzeug in diesem beschissenen Regen rum und frieren uns die Eier ab. Der sogenannte *Experte* taucht mit anderthalb Wochen Verspätung auf, und du, du kommst zur Tür reingewalzt, als wäre das hier ein Kostümball vom Lions-Club oder so ..."

Phil leckte sich Senf von den Fingern, die Pupillen wie Punktstrahler auf Vogelsang gerichtet, während Aorta, gänzlich unbeteiligt, Kreatur einer anderen Spezies, wechselwarm, gefühllos, mit mehreren Einkaufstüten hereinkam, die sie auf der Anrichte niederlegte wie Opfergaben. Gesh nörgelte weiter vor sich hin und bekundete nachhaltig Unzufriedenheit mit allem und jedem, angefangen bei unqualifizierter Führung und mangelhafter Ausrüstung bis zu dem undichten Dach und den Löchern in seinen Stiefeln und Unterhosen. Ich spürte, wie die Fronten gezogen, die Rollen verteilt wurden: Sklaven und Aufseher, Kulis und Satrapen, Arbeiter und Fabrikanten.

Hab's auch mal auf 'ner Farm probiert,
aber der Boss da war 'n Sklaventreiber.
Sein Muli hieß Jack, das andre hieß Trigger –
alle Kohle für ihn und kein Penny fürn Nigger.

Und Vogelsang spürte es auch. Nervös und rastlos strich er im Raum herum, wie ein Hund, der nicht weiß, wo er sich hinkauern soll. Er schürzte die Lippen und tat sein Bestes, um nachdenklich und versöhnlich zu wirken – sogar ein wenig zerknirscht. Als Gesh sich endlich abgeregt hatte, parierte Vogelsang mit Mitgefühl, Versprechungen, einer Handvoll Bargeld – er zog tatsächlich ein Bündel Geldscheine aus der Tasche und schwenkte es wie eine weiße Fahne – und einer Rede zur Hebung der Kampfmoral, die an Winston Churchill in seinen besten Zeiten erinnerte. Er habe vor, die nächsten sechs Tage dazubleiben – *mindestens,* sagte er. Außerdem habe er Lebensmittel und andere Vorräte mitgebracht, Werkzeug, Geld, was zum Saufen und zum Kiffen, ein Monopolyspiel, ein paar Taschenbuchschmöker, einen Geländewagen. „Und Boyd" – jetzt spielte er seinen größten Trumpf aus –, „Boyd hat vor, die ganze Zeit hierzubleiben, bis alle Setzlinge in der Erde und alle Felder eingezäunt sind."

„Scheiß auf die Setzlinge", knurrte Gesh, aber er wirkte besänftigt. Innerhalb von drei Minuten war es Vogelsang gelungen, uns davon zu überzeugen, daß er uns keinesfalls vernachlässigt, sondern im Gegenteil für alles gesorgt hatte, daß er bereit war, die erforderliche Summe zur Deckung all unserer Bedürfnisse vorzustrecken, und – dies war das Wichtigste: – daß unser Vorhaben nicht zum Scheitern verurteilt war, ganz und gar nicht – nein, jetzt fing es erst richtig an. Alles war in Ordnung. Wir würden es packen. Wir würden dem System ein Schnippchen schlagen. Wir würden reich werden.

Sobald sich die Situation zu seinen Gunsten wendete, ergriff Vogelsang auch gleich die Offensive. „Vielleicht darf ich dich mal daran erinnern, mein Freund –", die Worte vibrierten metallisch wie Messerklingen, „– daß ich es bin, der das Kapital für dieses kleine Unternehmen aufbringt. Für mich bestünde eigentlich gar kein Grund, überhaupt selbst hier raufzukommen. Und sobald die Sache erst halbwegs am Laufen ist, werdet ihr auch immer weniger von mir zu sehen kriegen."

„Immer weniger?" Gesh sprang von seinem Stuhl auf und ging bedrohlich nahe auf Vogelsang zu. „Dann erklär mir doch mal eins: was ist denn weniger als nichts?"

Vogelsangs Lächeln gefror. Einen Augenblick lang blitzte so etwas wie eine Gefühlsregung in seinen Augen auf, aber er hatte sich sofort wieder unter Kontrolle.

Und dann trat Phil zwischen die beiden wie ein Clown beim Rodeo, mit schlurfenden Schritten und hängenden Schultern. Er spach mit vollem Mund, und wir verstanden anfangs kein Wort von dem, was er sagte, aber er verbeugte sich und machte eine einladende Armbewegung. Dann wandte er sich um, hievte den geschwärzten Topf vom Herd und stellte ihn auf dem Tisch ab. „Suppe ist fertig", verkündete er.

Es waren an die zehn Liter Suppe. Unidentifizierbare Brocken von Fleisch und vegetabilischer Substanz dümpelten in einer fettigen Brühe, die nach schwarzem Pfeffer und Knoblauch roch. Es war Essen, das war alles, was zählte. Wir scharten uns um den Kessel wie die ausgemergelten Ziegelarbeiter in *Ein Tag im Leben des Iwan Denissowitsch*, heißhungrig nach einem langen Vormittag harter körperlicher Anstrengung. Hände grabschten nach Brot, Löffeln, Schüsseln. Vogelsang, so nahm ich an, würde höflich auf seinen Anteil an der Mahlzeit verzichten.

Doch da lag ich falsch. Er schöpfte sich eine Schüssel voll Suppe aus dem Topf wie ein echter Sohn des Proletariats, kauerte sich vor den Herd und brach das Brot mit uns. Vielleicht hatte er keinen Sinn für spontane Gefühlsäußerungen, vielleicht war ihm fast alles Menschliche fremd, aber eines mußte man ihm lassen: er wußte, wie man eine brenzlige Situation in den Griff bekam.

Nach dem Essen bastelte Vogelsang etwa zehn Minuten an dem Generator herum, bis er schließlich mit einem jähen, lärmenden Röhren ansprang, das die Stille der Hügel zerfetzte und mein Herz zu einem Eisblock gefrieren ließ. „Mach das wieder aus!" brüllte ich und stürzte aus dem Haus, während drinnen die Glühbirnen trübe zu flackern begannen. Vogelsang sah kurz zu mir auf, dann beugte er sich vor und schloß mit dem Sicherheitsschraubenzieher die Zündkerze kurz. „Funktioniert doch prima", sagte er.

„Aber den Krach hört man ja meilenweit. Mann, das klingt wie Pearl Harbor!" (Ich konnte mir schon vorstellen, wie der Sheriff unten im Ort jedesmal seinen Kaffee verschüttete, wenn wir das Ding anwarfen. „Heiliger Strohsack, was ist denn *das?*“ fragt er seinen bulldoggengesichtigen Hilfssheriff. „Dürften die Jungs aus der Stadt sein“, sagt der Deputy, „die da auf der alten Gayeff-Ranch hocken. Lloyd Sapers meint, die bauen da Mais oder irgend so was auf dem Südhang an. Meinst du, wir sollten uns da mal umsehen, Ormand?“)

Vogelsang erhob sich. „Na ja – das ist wirklich ein Problem. Vielleicht solltet ihr das Ding lieber sparsam einsetzen, was meinst du?“

Dann machte er sich mit Dowst auf eine Tour durch die Plantage – ganz der Südstaatenfarmer, der die Arbeit seiner Bimbos überprüft –, während wir uns mit dem Drahtspanner und einem Pfahlhammer an Anbaufeld Nummer drei machten, eine grasbewachsene Anhöhe, die wir „Julie-Andrews-Wiese“ genannt hatten, weil ihre Blau- und Grüntöne an Cinemascope erinnerten. Am Abend saßen wir zu sechst beim Essen, und während wir im Schein der bräunlich glühenden Lampen dem wimmernden Gerassel des Generators lauschten, kamen wir zu dem Schluß, es sei nun Zeit, einige Pläne zu revidieren und diverse unerfreuliche Fragen zu stellen.

„Ich finde es wirklich gut, wie schwer ihr Jungs gearbeitet habt“, sagte Vogelsang, „und ich finde, das zweite Feld, das ihr ausgesucht habt, liegt auch ganz ideal, aber eure Abzäunmethode ist ... na ja, ihr habt wohl irgendwie noch nicht ganz begriffen, worum es geht.“

Wir saßen auf dem Boden in einem Halbkreis um den Holzofen: Dowst, Vogelsang, Aorta, ich, Phil, Gesh. Dowst und Vogelsang löffelten Steinpilz-Tütensuppe und gefriergetrocknete Paella aus Plastikschalen, die zu Dowsts Campingausrüstung gehörten. Wir anderen – einschließlich Aorta – aßen halbrohe Steaks, dazu Bohnen aus der Dose und Baguettes, von Vogelsang beigesteuert. Ein Krug mit rotem Cribari nahm in der Mitte des Fußbodens den Ehrenplatz ein.

„Wie meinst du das?“ fragte Phil.

„Also, ich finde nicht, daß wir um alle Felder Stacheldraht ziehen müssen.“ Ich wollte sofort protestieren – immerhin hatten wir uns mit diesen Zäunen halb umgebracht –, aber Vogelsang kam mir zuvor: „Laß mich doch erst mal ausreden – ihr spart euch so eine Menge Arbeit. Wie ich das sehe, und Boyd stimmt mir da zu, brauchen wir Stacheldraht nur entlang der Grenze zu Lloyd Sapers' Grundstück."

„Das sagt er uns jetzt", sagte Phil.

Gesh goß sich einen riesigen Styroporbecher mit Wein voll und funkelte Dowst und Vogelsang an, als hätten sie soeben seine Mutter an einen Baum genagelt. Phil wischte mechanisch seinen Teller sauber, während ich mit einem Brotkanten herumspielte und von jenem Gefühl abgrundtiefer Verzweiflung erfaßt wurde, das sich einstellt, wenn man auf einer langen Autofahrt quer durch die USA mitten in der Nacht plötzlich bemerkt, daß man seit drei Stunden in der falschen Richtung unterwegs ist, daß außerdem die Ölkontrollleuchte blinkt, der Tank praktisch leer ist und der Hund nicht etwa, wie man dachte, zusammengekuschelt auf dem Rücksitz liegt und schläft, sondern offenbar an der letzten Raststätte auf dem vollgekackten Grünstreifen zurückgeblieben ist. Ich sah zu, wie Dowst sich ein paar Suppentropfen aus dem Schnurrbart lutschte. Sein Hemd war frisch gebügelt, seine Hände strahlten weiß und fleckenlos wie zwei Stück Seife. Aorta kaute ihr Steak.

„Der Stacheldraht soll doch die Kühe fernhalten. Und die Kühe wandern überall auf Sapers' Grundstück herum, und auf unserem auch. Stimmt's, Boyd?"

Dowst nickte und tupfte sich den Schnurrbart mit Küchenpapier ab. „Drei Stück haben wir heute auf unserem Land gesehen. Und ihr wißt ja, was das heißt: Die Kühe verirren sich, und dann kommen die Cowboys sie suchen."

„Genau", sagte Vogelsang, der seine Paella kaum angerührt hatte, „das hab ich gemeint. Wir zäunen die Grundstücksgrenze ab – nur zu Sapers' Land hin –, und damit vermeiden wir solche, äh, Konfrontationen."

„Und die Felder?" fragte ich.

„Nur mit Wildzäunen." Vogelsang hob eine Gabel voll Reis zum Mund und ließ sie dann wieder sinken. „Das Gebiet vorbereiten, Wildzäune hochziehen, Löcher graben, Bewässerungsrohre verlegen und den Pflanzen beim Wachsen zusehen."

„In einer einzigen Nacht", sagte Dowst mit erhobenem Zeigefinger, „kann ein Reh zwanzig Pflanzen wegfressen. Und Stacheldraht hilft da gar nichts – Rehe und Hirsche überspringen den glatt."

Gesh schwang sich abrupt auf und stampfte aus dem Raum. Die Tür öffnete sich quietschend, und das Rattern des Generators wurde lauter. „Was ist denn mit dem los?“ fragte Dowst. Ich zuckte die Achseln. Der Lärm war schauderhaft. Ich wollte gerade aufstehen und die Tür zuknallen, da ging das Licht aus, und das Getöse hörte schlagartig auf – mit einem gurgelnden, erstickten Huster und einer explosionsartigen Fehlzündung. Einundzwanzig, zweiundzwanzig, dreiund- ... ich zählte die Sekunden, die wir in vollkommener, intergalaktischer Finsternis dasaßen, während die Stille sich über uns breitete wie ein Mantel. Dann sah man, wie ein schwankendes Licht näher kam – Gesh kehrte mit einer Gaslampe ins Haus zurück.

„Zuviel Krach“, knurrte er. „Macht mich immer nervös.“

Vogelsang nickte zustimmend. Er hatte den Generator repariert, als Zugeständnis an unsere Wünsche, aber ich wußte, daß er nichts davon hielt. Vielleicht – und dieser Gedanke schlich sich in mein Bewußtsein wie das erste rieselnde Sandkorn, mit dem ein Erdrutsch anfängt –, vielleicht hatte er den Auspuff durchlöchert, damit das Ding noch lauter wurde und wir kapierten, daß der Preis für überflüssigen Komfort zu hoch war. Zweifellos konnte man den Motor bis zur Hauptstraße hören, was früher oder später ungebetene Gäste anlocken würde – Typen wie Sapers, oder noch schlimmer. (Sapers' Haus übrigens wurde mit billigem, geräuschlosem, verläßlichem Netzstrom versorgt: Die Leitungen der Elektrizitätswerke führten den Berg hinauf, genau bis zu seinem Haus, und wie ich eines Tages erfahren sollte, war dieses Privileg eine Stange Geld wert. Aber das ist eine andere Geschichte.) „Ja, da hast du wohl recht“, sagte Vogelsang, und mir fiel auf, daß er und Gesh sich damit zum erstenmal über etwas einig waren.

Gesh stellte die Lampe auf den Tisch, trat zwischen Vogelsang und Dowst hindurch, ließ sich neben Phil nieder und griff nach seinem Teller. Dowst nuschelte Vogelsang irgend etwas über die Temperatur im Gewächshaus zu, Gesh machte sich über einen Berg Feldbohnen her, und Aorta fragte mich plötzlich, als hätte dieses Problem sie schon den ganzen Abend beschäftigt: „Stehst du auf Musik?“

„Musik?“ Ich wiederholte das Wort, als hätte ich es noch nie gehört. „Ja. Sicher. Natürlich. Ist doch klar.“

„Schon mal was von den ‚Nostrils‘ gehört?“

Durchgefallen. Ich schüttelte traurig den Kopf.

„Bei denen singe ich nämlich.“

„Ach so? Wirklich?“ Es war das erstemal, daß sie eine Unterhaltung anfing, das erstemal, daß sie in meiner Gegenwart etwas anderes sagte als ja, nein, hallo oder tschüs. Mein Interesse war geweckt. Außerdem plagte mich nach drei Wochen Zölibat in den Bergen die Fleischeslust. Ich studierte die Rundung ihrer Brüste, die Kurven ihrer Waden, die hübschen roten Bänder an ihren Wildlederstiefeln, und ich versuchte, sie mir bei allen möglichen Perversionen vorzustellen. Draußen im Gewächshaus sprossen die Triebe.

Sie verlagerte ihr Hinterteil, beugte sich über den Teller und nahm eine Gabel voll Fleisch. „Ja“, sagte sie: weiße Zähne, schwarze Lippen, mahlende Kiefer. „Wir würden dir sicher gefallen.“ Sie wollte gerade weitersprechen, als Gesh sich räusperte und begann: „So, Herb, und jetzt erzähl uns doch noch was über Jones.“

Stille.

Vogelsang wirkte verlegen. Er wirkte bedrängt, gehetzt, mit den Nerven am Ende; er wirkte wie jemand, der sich angenehmere Arten des Zeitvertreibs vorstellen konnte – zum Beispiel Pasta ausrollen und Wiesel ausstopfen. Ich war gespannt, wie lange er seinen Gleichmut noch bewahren konnte. „Über wen?“ fragte er.

„Du weißt schon: Jones. Der Typ, der letztes Jahr hier war und Gras angebaut hat.“ Gesh ließ einfach nicht locker, aber er hatte recht. Falls Vogelsang etwas vor uns verbarg, hatten wir ein Recht darauf, es zu erfahren.

„Ich weiß nicht, wieso du uns nichts davon erzählt hast“, sagte ich. „Ich meine, das ist doch ziemlich bedeutsam, oder, daß schon mal jemand versucht hat, hier eine Plantage aufzuziehen?“

„Keine große Sache“, schaltete sich Dowst ein. „Wir wußten, daß die Polizei ihn geschnappt hatte –“

„Die Polizei?“ Der Aufschrei erklang unisono.

„– und wir dachten uns auch, daß er sicher ein paar Pflanzen wachsen hatte, aber Hinweise darauf haben wir nie gefunden.“

„Ach ja? Bestimmt habt ihr tagelang danach gesucht, was?“ sagte Gesh.

„Geschnappt haben sie ihn?“ wiederholte ich ungläubig.

„Auf der Schnellstraße, Felix“, sagte Vogelsang, jetzt wieder Herr der Lage, „meilenweit weg von hier. Nach allem, was ich gehört habe, stand er in einer Autoschlange an einer Baustelle – der Verkehr lief einspurig – und warf einem langhaarigen Typen, der da buddelte, einen Joint rüber. Fünf Meilen weiter stoppte ihn ein

Streifenwagen, und die Bullen lochten ihn wegen Drogenbesitzes ein. Der Typ war saublöd, das ist alles."

„Aber er war mit einem Wohnwagen hier", sagte ich. „Du mußt doch gewußt haben, daß er nicht zur Kur hergekommen ist."

„Na ja, wie Boyd schon sagte, wir dachten uns, daß er ein bißchen was angepflanzt hat, aber im Grunde betrifft uns das doch gar nicht. Er hatte eine Adresse irgendwo in North Beach. Wahrscheinlich ist er nach der Sache mit der Polizei leicht durchgedreht, hat hier sofort alles abgeerntet und sich dann verdrückt – wenn er überhaupt noch geerntet hat."

Dowst strich seinen Hemdkragen glatt und stellte dann die Plastikschale neben das Plastikbesteck. Man hätte meinen können, er befände sich auf einem Campingausflug zum zehnjährigen Jubiläum seiner Collegeklasse. „Also gibt es keine Verbindung von Jones mit diesem Grundstück hier – die Geschichte ist für uns vollkommen irrelevant. Jones ist irrelevant."

„Nicht solange El Ranchero Grande nebenan von ihm weiß", konterte Phil. „‚Der hat nichts Gutes im Schilde geführt', sagt nämlich Sapers über Jones."

„Genau." Ich wurde langsam ziemlich nervös und mißtrauisch. „Und wenn Sapers meint, daß Jones nichts Gutes im Schilde führte, was denkt er dann wohl, was wir hier machen? Bücher schreiben? Mit dem Drahtspanner?"

Vogelsang zuckte die Achseln. Er sah müde aus.

Gefängniszellen, dachte ich, Verhaftung im Morgengrauen, gelbliche Kloschüsseln, hartgesottene Kriminelle, Vergewaltigung durch Männer. Ich stellte mir gerade vor, wie wir drei aneinandergekettet, die Jacken über den Kopf gezogen, von einem halben Dutzend Jerpbaks mit Gummiknüppeln den Gang runtergeprügelt wurden, da rammte Gesh plötzlich die Faust auf den Boden. Er brüllte los: „Komm schon, Vogelsang, du Scheißkerl! Du hast doch Jones dafür hergeholt, oder? Genau wie uns."

Aortas Augen glühten wie Neon. Dowst fuhr sich hektisch durchs Haar. Draußen veranstalteten Zikaden, Heuschrecken oder irgendwelche anderen Viecher ein Getöse, als nähmen sie gerade den Soundtrack für einen Horrorfilm auf. Mit übertriebener Gelassenheit beugte sich Vogelsang vor, schenkte sich ein Glas Wein ein, nahm einen Schluck und sah Gesh fest in die Augen. „Ich zeig dir gern den Kaufvertrag über das Grundstück", sagte er. „Abgeschlossen im Februar. Ich hab das Land von einem Typ namens Strozier gekauft – Frederick C. W. Strozier." Vogelsang lehnte sich zurück, sein Blick erfaßte nun auch Phil und mich. „Den müßt ihr fragen. Vielleicht hat Jones für *ihn* gearbeitet –", hier starrte er uns mit seinem Charlie-Manson-Blick an, „– genau wie ihr, meine Freunde, für mich arbeitet."

Gesh murmelte etwas Obszönes; seine Stimme klang so rauh, als hätte er einen erkälteten Synchronsprecher. Ich fragte mich, ob er irgendwo Quaaludes hortete.

„Mitmachen oder aussteigen." Vogelsang gab sich keine Mühe mehr, seine Ungeduld zu verbergen; er war jetzt ganz der knallharte Verhandlungsroutinier. „Entweder ihr traut mir, oder ihr packt eben eure Koffer."

Mir war in diesem Moment klar, daß ich ihn hätte beim Wort nehmen sollen – einpacken, aussteigen, abhauen. Aber ich tat es nicht. Ich konnte es nicht. Wir waren gerade erst angekommen, die Samen keimten in der feuchten, schwarzen Erde des Gewächshauses, Rio erwartete uns. „Okay", antwortete ich für uns alle. „Okay. Aber keine Geheimnisse mehr." Und dann fiel mir noch etwas anderes ein: „Was sollte das mit dem Kalender?"

Keine Reaktion.

„Du weißt genau, was ich meine, Vogelsang, komm schon. Der Kalender, den du im Schuppen gefunden und dann in der Schlafkammer aufgehängt hast." Ich fühlte etwas in meiner Kehle aufsteigen – wahrscheinlich bloß Luft. Mein Herz hämmerte heftig. „Der Kalender", wiederholte ich. „Der kleine Scherz, den du dir mit mir erlaubt hast."

Er sah zu mir auf, als hätte er gar nicht zugehört, als wäre er taubstumm. Seine Miene war so ausdrucksleer, so verständnislos, als litte er an Aphasie oder wäre ein Tourist, der die Landessprache nicht verstand. Oder schlimmer: als wäre er unschuldig.

Wie der Heiland in Golgatha blieb Vogelsang drei Tage lang. Am Morgen des dritten Tages stand er auf und rief uns zu einer Lektion in Gebrauch und Wartung von Feuerwaffen zusammen. Wir versammelten uns draußen vor dem Haus, vor uns eine Reihe provisorischer Ziele – Flaschen, Büchsen, Einmachgläser, ein Gerüst aus Dachlatten mit Sperrholzplatten darüber, auf denen ungelenk mehrere eiförmige konzentrische Kreise aufgemalt waren. Dieses Ziel, das auf Stelzen ruhte und schräg lag wie die Staffelei eines Malers, erklärte auch das nervtötende Hämmern, von dem ich im Morgengrauen geweckt worden war. Ich rieb meine klammen Hände und schob sie dann in die Taschen. Es war neblig und kalt, Tau überzog unsere Autos und die rostigen Maschinenteile, die im Gras verstreut lagen und an Überbleibsel einer vergessenen Zivilisation erinnerten. Dicke Dunstschwaden hingen in den Bäumen wie Haarknäuel in einem Dornbusch. Das Musterloch, wenige Meter links von uns, war mit Wasser gefüllt, auf dem eine dünne Eisschicht schwamm.

Ich betrachtete gerade den neuen Wagen – einen offenen Jeep, Baujahr uralt, mit großen Stollenreifen, die leider völlig abgefahren waren –, als Dowst aus seinem Kleinbus sprang, frisch rasiert und putzmunter. Er hatte einen Notizblock unter dem Arm, und in seiner Brusttasche klemmte eine ganze Batterie von Kugelschreibern – als wäre er wieder in Yale, auf dem Weg zur Frühvorlesung über die Morphologie der Bryophyten. Er schlug sich eine Bresche durch das Unkraut, wich dem Loch aus und stellte sich neben uns an die improvisierte Feuerlinie. „Willst du was mitschreiben?" fragte ich. Phil kicherte. Dowst warf mir einen schiefen Blick zu und hielt mir den Block unter die Nase. Ich blätterte die Seiten durch: Es waren ein paar Karten von unserem Grundstück, dazwischen seitenweise Formeln und Berechnungen, Notizen über Dünger und Bodentypen, über mittlere Temperaturen und jährliche Niederschlagsmengen. Kleinlaut senkte ich den Kopf und spuckte ins Gras.

Dann knallte die Tür hinter mir. Ich drehte mich um und sah Aorta auf uns zukommen. „Guten Morgen", krächzte sie mit heiserer, kratziger Stimme. Das kurze Haar klebte ihr am Kopf; sie trug kein Make-up und zog die silberne Jacke eng um sich wie ein entlaufenes Heimkind. Ich rieb die Hände aneinander und lächelte matt zu ihr hinüber.

„Wenn irgendwas Unvorhergesehenes passiert", sagte Vogelsang gerade, „dann ist die Schrotflinte normalerweise eure erste Wahl." Sein Blick war kalt und stählern, an seinem Hals traten die Venen hervor. Ich dachte an militärischen Drill, an Fort Hood, an Rekruten, die während der Grundausbildung starben – Herzversagen mit achtzehn Jahren –, als Vogelsang mir die Flinte reichte.

Ich wußte nicht, was ich tun sollte. Ich war durchaus bereit, mit dem Ding zu schießen – auf eine ziemlich kindische Weise freute ich mich sogar darauf. Aber nicht als erster. Nein. Zuerst wollte ich sehen, wie Vogelsang es an die Schulter hob, über den Lauf zielte und ein oder zwei Ladungen abfeuerte; ich wollte das Krachen hören, das Ziel zerstört sehen, die Wucht des Rückstoßes beobachten. Das Leben bot ohnehin genug Überraschungen, meist unerfreuliche. Warum alles überstürzen?

Vogelsang hielt seinen Vortrag, die Worte drangen wie aus weiter Ferne zu mir heran: „Ithaca. 12er Lauf. Repetiert mit dem Schaft. Schrotgröße Doppelnull." Ich hielt das Gewehr ungelenk, wie eine Prothese. Spritzendes Gehirn, dachte ich. Blutiger Brei. Dann nahm mich Vogelsang beim Arm und zeigte mir ein Ziel, das etwas abseits von den übrigen stand – ein Kissen auf einem abgeblätterten dreibeinigen Tischchen, keine zehn Meter von mir entfernt. Er hatte ein Mondgesicht daraufgemalt, Augen, Nase, Striche für die Augenbrauen und einen breit grinsenden Clownsmund. „Also los, Felix", sagte er. „Fetz es weg!"

Ich kam mir blöd vor. „Das da?"

„Mach schon!"

Ich hob das Gewehr, blinzelte und zielte über den Lauf. Das Korn war ein metallenes *M*, und ich spähte mit einem Auge durch die Kerbe in der Mitte, visierte zuerst das Gestell an und dann den schiefen Mund meines ärgsten Feindes. Da stand er, der gerissene Erntedieb, der Desperado, der Absahner. Es war wie beim Fotografieren. Der Tod in Farbe. Ich dachte daran, wie Robin Hood Pfeile gespalten hatte, hielt den Atem an und drückte den Abzug durch.

Ohrenbetäubendes Krachen. Das Gestell zersplitterte, das Kissen explodierte zu einer Federwolke, die sich vor meinen Augen wirbelnd in alle Winde zerstreute. Ich war erschrocken – nicht von dem lauten Schuß, sondern von dem wuchtigen Rückstoß, der mir gegen das Schlüsselbein knallte wie ein Karateschlag –, so erschrocken, daß ich beinahe das Gewehr fallen ließ. Durch das Dröhnen in meinen Ohren hörte ich Vogelsangs Gelächter. Wahrscheinlich war es wirklich komisch, wie ich mit dem Ding jonglierte, als wäre es glühendheiß. Mit weit aufgerissenen Augen stand ich da – die Tragödie eines lächerlichen Mannes. „Guter Schuß, Felix", sagte Vogelsang, nach Luft ringend. „Du verstehst, was ich meine?"

Natürlich verstand ich. Wo zuvor das Gestell und das Kissen gewesen waren, schwebte jetzt die Federwolke wie eine meteorologische Kuriosität zu Boden. Mit diesem Ding brauchte man nicht einmal zu zielen. Einfach nur abdrücken. Zerstörung. Verwüstung. Vernichtung. Ich verstand, was er meinte. Aber mir gefiel nicht, wie er es gezeigt hatte. Nicht besonders. Deshalb drehte ich mich um und schob mit zitternden Händen eine zweite Patrone in die Kammer – Vogelsang wurde kreidebleich; hinter ihm sah ich Gesh, Phil, Aorta und Dowst stehen, deren Grinsen plötzlich gefror, als hätte der Wind gedreht und den Gestank von etwas Verfaultem herangetragen –, dann drehte ich mich zu den anderen Zielscheiben um.

„Hey!" Vogelsang ruderte heftig mit den Armen. „Nicht!"

Ich hörte nicht auf ihn: Ich zielte. Fünfzehn Meter. Was war das – eine Saftflasche? Ja. Ich konnte das Etikett lesen. Apfelfrisch. Ungesüßt. „Felix!"

Kalter Stahl, heißes Feuer: das Gewehr antwortete für mich. Und dann noch mal, und noch mal.

Kapitel 6

Phil und mich eingeschlossen waren alles in allem sieben Gäste im Café, als der Streifenwagen vom Highway 101 abbog und langsam auf den Parkplatz rollte. Wir saßen an einem Fenstertisch. Ganz entspannt. Beim Essen. Wir genossen den Einkaufstrip und die zweistündige Atempause von der Langeweile im Sommerlager. Am Tisch gegenüber meckerte eine Frau Mitte Fünfzig mit sprödem Haar ihre Tochter an, während die Tochter der Tochter, ungefähr zwei Jahre alt, nach der Tischplatte trat. Abgesehen von der verhärmten Ruine im karierten Minirock, die in Personalunion die Funktionen von Köchin, Kellnerin und Kassiererin erfüllte, befanden sich noch zwei Greise in identischen Latzhosen und ausgebleichten Hemden im Raum, die an gegenüberliegenden Enden der Theke saßen und stoisch in ihre Kaffeetassen pusteten.

Fast vier Wochen waren vergangen, seitdem wir Vogelsang zum letztenmal gesehen hatten, und während dieser Zeit hatten wir beachtliche Fortschritte gemacht: acht von den zwölf Feldern waren eingezäunt, der Stacheldraht an der Grundstücksgrenze zu Sapers' Land war hochgezogen, wir hatten 1200 Löcher gegraben und ehrfürchtig jeden einzelnen der gesunden Sämlinge eingepflanzt, die

Dowst zum Keimen gebracht hatte. Leider war ihm das nicht einmal bei zwanzig Prozent der Samenkörner gelungen, und davon war ein weiteres Drittel einer mysteriösen feindlichen Macht im Gewächshaus zum Opfer gefallen – Pilze, Blattläuse, Gammastrahlen, Heuschrecken oder was auch immer. Dowst hatte uns versichert, er würde zusätzliche Samen auftreiben, um die Versager zu ersetzen. Natürlich müßten wir unsere ursprünglichen Schätzungen ein wenig herunterschrauben, dennoch würden wir, auch wenn die zweite Saat nun etwas spät in den Boden käme, das Plansoll von tausend Pfund doch noch gerade so erreichen. Er war ein Optimist, dieser Dowst. Wir betrachteten die Sache philosophisch. Dann würden wir eben neunhundert Pfund ernten statt tausend. Was hieß das schon? Reich würden wir so oder so werden.

Ich sah zu, wie der Streifenwagen über den Parkplatz glitt, sich mit einer schwergewichtigen Grazie durch die Schlaglöcher tastete, die an ein sattes Raubtier denken ließ – an einen Panther mit vollgeschlagenem Bauch, der durch den Dschungel zu seinem Lager pirscht. Hinter der Windschutzscheibe, die abwechselnd die Wolken reflektierte und sich dann wieder zur Durchsichtigkeit verdunkelte, konnte ich die regungslosen Gestalten der Polizisten ausmachen, ein Zwillingspaar verspiegelter Sonnenbrillen, eine großkalibrige Schrotflinte, die bedrohlich im Rückfenster lag. Schuldbewußt wandte ich mich ab. Und merkte plötzlich, daß ich eine plastikbeschichtete Speisekarte in der Hand hielt: Zwei Eier nach Wunsch, Super-Chili-Beefburger, Maismehl-Hotdog – Probieren Sie! Die Kellnerin stand abwartend am Tisch, mit Block und Bleistift, und Phil bestellte schon mit einer Stimme, die unendlichen Lebensüberdruß verriet. „Dieses Tagesgericht", sagte er. „Das sind doch die gefüllten Kohlrouladen mit Chili, oder? Und dazu gibt's Salat, stimmt's?"

Die Kellnerin senkte ihren verwüsteten Kopf. „Stimmt genau, Kleiner." Sie mußte an die siebzig sein, dünn, hühnerbrüstig und plattfüßig. Das braungefärbte, blondgesträhnte Haar umspielte mädchenhaft ihre Wangen, als sie sich vorbeugte.

„Außerdem nehme ich den Super-Chili-Beefburger", sagte Phil. „Als Beilage. Und dann noch ein Glas Milch, bitte."

Ich bestellte mir ein Thunfisch-Sandwich und eine Suppe. Geigen jaulten aus versteckten Lautsprechern die triste Melodie eines dieser immergleichen Country-Hits. Am Himmel bauschten sich

Wolkenberge zusammen und verliefen wieder. Eine Fliege knallte ausdauernd gegen die Scheibe.

Dann öffnete sich die Tür hinter mir, Schritte schlurften über den Boden, und die Plastiksitze ächzten, als zwei übergewichtige Hominiden krachend an dem Tisch hinter mir Platz nahmen. Ich warf einen verstohlenen Blick aus dem Fenster und sah, daß der Streifenwagen leer war. „Aber ich sage dir doch, wir müssen noch eine Weile warten, bis wir zuschlagen können", drang eine Stimme an mein Ohr, die gleich darauf in ein heiseres, dringliches Flüstern überging. Eine zweite Stimme, ebenfalls im Flüsterton, unterbrach mit einer gezischelten Antwort. In meinem Nacken begann es zu jucken.

Ich griff nach meiner Tasse, stellte fest, daß sie leer war, und winkte der Kellnerin. Sie blickte sofort auf, nahm die Plexiglaskanne von der Platte und kam durch das Tischlabyrinth auf uns zu – um dann an uns vorbeizuwieseln, als hätte sie mich gar nicht gesehen. An dem neu besetzten Tisch hinter mir blieb sie stehen. „Kann ich euch einen Kaffee einschenken, Jungs?" fragte sie. Der Disput wurde unterbrochen, beide Stimmen brachen ab und ächzten „Ja, bitte". Dann setzten sie ihr Raunen fort, das nur kurzfristig vom Plätschern der heißen Flüssigkeit übertönt wurde. Phil stieß mich über den Tisch hinweg an, deutete auf einen Punkt hinter meiner rechten Schulter und fing an zu grinsen. „Hast du gesehen, wer sich da zu uns setzt?" wisperte er.

Ich überflog die Titelseite des lokalen Käseblatts und versuchte, ihn einfach zu ignorieren. KEINE NEUEN MITTEL FÜR KAMPF GEGEN DIE RATTENPLAGE, las ich. HARRIET SEARS EHRENGAST DER FATIMA VON FEZ. DÜRRE IN NAMIBIA. Und dann, mit einem Schock, der mich vor den Kopf schlug wie ein Punchingball, stieß ich auf die folgende Meldung:

HEIMSPIEL FÜR EX-VERTEIDIGER DER WOLVERINES

Beamte der California Highway Patrol nahmen heute am frühen Morgen zwei Männer aus der Gegend von San Francisco fest, als sie bei einer Routine-Verkehrskontrolle knapp drei Kilogramm Marihuanasamen sowie eine geringe Menge Kokain entdeckten. Esig „Bud" Jones, 29, aus San Francisco, und Aurelio Ayala, 26, aus Daly City, waren auf der Küstenstraße in der Nähe von Point Cabrillo angehalten worden. Ein Polizeisprecher äußerte die Vermutung, die Samen könnten zur Aussaat irgendwo in der Nähe bestimmt gewesen sein und so mit dem äußerst lukrativen Handel mit „Sinsemilla"-Marihuana in Zusammenhang stehen, das in letzter Zeit leider zu einem der verbreitetsten Anbauprodukte von Mendocino County geworden ist. Beide Männer befinden sich in Untersuchungshaft. Bisher wurde keine Kaution festgesetzt.

Hier endet die Geschichte. Doch ihren Anfang nahm sie bereits gestern abend im Polizeirevier von Ukiah, als der Streifenpolizist John Jerpbak sich an seinem ersten Tag in diesem Bezirk zum Dienst meldete. Officer Jerpbak, in Willits geboren und vielen noch als Starspieler der Willits Wolverines in Erinnerung, begründete sein Gesuch auf Versetzung von seinem früheren Posten in Lake Tahoe mit folgenden Worten: „Ich wollte meinen Beitrag im Kampf gegen diese Sache leisten, hier zu Hause, wo meine Freunde und meine Familie (*Fortsetzung auf Seite 2*)

Meine Finger zitterten. Der Ozean war fünfunddreißig Meilen entfernt, und trotzdem donnerte die Brandung in meinen Ohren. Phil beugte sich über den Tisch und deutete auf die junge Mutter: „Die sieht gar nicht so übel aus, was meinst du?" Ich sagte nichts, ich brachte keinen Ton heraus. Hektisch sah ich mich im Raum um wie eine Impalagazelle, die das Steppengras nach einer Bewegung absucht, während das Unsichtbare in meinem Rücken allmählich zu alptraumhaften Proportionen anschwoll; dann blätterte ich um.

Da war er. Jerpbak. Kurzgeschoren, kantiges Kinn, Augen wie abgeschossene Pfeile. Die Story ging noch über zwei Spalten. Ich las von Jerpbaks Unerschrockenheit bei der Verhaftung der beiden Verdächtigen, ich las etwas über Jerpbaks Vater, der seit dreißig Jahren in Willits Versicherungspolicen verkaufte, über seine Schwester, seine Mutter, seine Frau (Jeannie, geb. Jordan). Und schließlich, als Abschluß der Reportage, ein vertraulicher Glückwunsch, gleichsam ein Schulterklopfen des Reporters: „Willkommen daheim, John."

Ich aß meinen Thunfisch, schmeckte allerdings nichts davon – ebensogut hätte ich Pappe mit Mayonnaiseaufstrich kauen können.

Mein Magen krampfte sich zusammen, Säure stieg mir in der Kehle auf. Ich sah, wie die Kellnerin mit einem der alten Männer an der Theke flirtete – sie schmiegte sich an ihn wie eine Tanzlehrerin –, während sein Antipode trübselig in die Kaffeetasse stierte. Phil schwenkte in der einen Hand einen monströsen, chilisoßetriefenden Hamburger, in der anderen eine Gabel. Er schilderte mir den Inhalt der Science-fiction-Trilogie, mit der er vor zwei Tagen angefangen hatte. Ich wollte weg. Abhauen, verschwinden, die Kurve kratzen. Das Geld auf den Tisch werfen, mich unter meiner Jacke verstecken und aus dem Laden schleichen.

„Also Bors Borka, so heißt der Held, kommt auf so einen Planeten, wo es statt zwei verschiedenen Geschlechtern fünf gibt, und die sind auch alle notwendig – alle fünf zusammen –, um einen Orgasmus zu kriegen.“ Phil nahm einen Bissen von dem Hamburger und lutschte dann sorgfältig die herausgelaufene Chilisoße von seinen Fingern ab. „Da gibt es erst mal dieses penisartige Teil, den *omphallus*, der aus so einem Protoplasma-See herausguckt, der teilt sich in drei Stengel auf. Und dann gibt es ein grünschillerndes Wesen, das irgendwie weiblich ist, nur daß es statt der Vagina ein –“

„Phil“, sagte ich und preßte beide Hände gegen die Schläfen, „laß uns hier abhauen!“

„Was ist denn los?“

Ich schob mir die Zeitung unter den Arm. In den Lautsprechern machten sich Streicher und Oboen über die Akkorde von „Jailhouse Rock“ her, erste Regentropfen klatschten gegen das Fenster, der Alte an der Theke schob der Kellnerin die Hand in den Kittel. „Ich hab Kopfschmerzen.“

Phil musterte mich überrascht und so entsetzt, als hätte ich vorgeschlagen, er solle sein Essen mit sämtlichen Restaurantgästen teilen und dann die Überreste an die Gesellschaft für unterernährte Waisen schicken. Er nahm schnell einen Bissen von seinem Super-Chili-Beefburger und schob eine Gabel voll gefüllter Kohlrouladen hinterher. „Verdammt“, knurrte er und schaufelte sich rasch noch eine Ladung in den Mund. „Bist du sicher?“

Die ganze Bank bebte, als einer der Polizisten hinter mir auf seinem Sitz herumrutschte. Ich nickte Phil zu, dann sah ich nervös auf und blickte in die Augen der jungen Mutter. Sie waren schwarz, weich und reif wie entkernte Oliven. Aber ich wollte keine Oliven.

Ich wollte nur weg, in Einsamkeit und Anonymität untertauchen. Nervös fixierte ich eine Reklametafel für Campbell-Suppen und tat, als läse ich die Etiketten ab: Mittelmeer-Gemüse, Truthahn mit Avocados, Plantagentopf. „Na gut", sagte Phil stirnrunzelnd. „Na gut – laß mich nur schnell den Teller leer essen. Den Hamburger kann ich ja so mitnehmen."

Ich schob mein angebissenes Sandwich weg und winkte der Kellnerin. Sie stand jetzt bei dem anderen Alten und schenkte ihm Kaffee nach, während er mürrisch auf seine gichtigen Hände starrte. „Zahlen", bedeutete ich ihr in Pantomime. Sie ignorierte mich. Jerpbak, dachte ich, und der Name hallte in meinen Ohren wider. Das war schlechtes Karma, eine üble Laune des Schicksals, der Anfang und das Ende. Ich winkte mit erhobenem Arm. „Zahlen, bitte", rief ich leise und bemühte mich um Gelassenheit. Hinter mir zischten die heiseren Stimmen ununterbrochen weiter, zwei Gesetzeshüter, die ihre privaten Angelegenheiten besprachen, ihre Körper von meinem nur durch eine dünne, mit Vinyl überzogene Preßholzplatte getrennt. Jemand räusperte sich. Und dann, als hätte man mir einen stromführenden Draht an die Schläfe gehalten, durchzuckte mich die schreckliche Gewißheit: Jerpbak saß hinter mir. Jerpbak selbst. Natürlich. Wer sonst?

Ich sprang auf. Jerpbak, Jerpbak, Jerpbak: mein Puls skandierte seinen Namen. In diesem Augenblick wurde mir alles klar – er hatte mich bis hierher verfolgt, die Spinne und die Fliege. Er war Chefinspektor Heat, Sherlock Holmes, Kommissar Javert. Er sah mir die Schuld wie einen verräterischen Farbfleck an, und schon bei unserer Begegnung auf dem Revier hatte er genau gewußt, wozu ich nach Tahoe gekommen war. Und nun wartete er nur noch ab, bis die Pflanzen gewachsen und reif zum Ernten waren; er ließ sich Zeit, um uns genau dann auffliegen zu lassen, wenn der Schaden am größten sein würde. Phil sah zu mir auf, einen Klecks Chilisoße im Mundwinkel. „Ich, ich ...", stammelte ich, zog eine Fünf-Dollar-Note aus der Tasche und warf sie auf den Tisch. Dann holte ich tief Luft und wappnete mich. Bei drei würde ich mich umdrehen und mit gesenktem Kopf zur Tür hinausstürmen.

Einundjerpbak, zweiundjerpbak, drei: Ich wirbelte herum und sah mich Auge in Auge einem stirnrunzelnden Bullen Ende Vierzig gegenüber, der aussah, als hätte er sein Leben der Erfindung von Folterinstrumenten geweiht. In seiner Miene lag keine Spur von

Sympathie oder Freundlichkeit, und dennoch hätte ich ihn am liebsten umarmt, ihm eine Zigarre ausgegeben und ein paar Scheine in die Taschen gestopft – er mochte ein notorischer Bürgerrechtsverletzer sein, der jeden Verdächtigen erst mal zusammenschlug, aber er war nicht Jerpbak. Diese Erkenntnis machte mich so glücklich, daß ich unwillkürlich einen Schritt auf ihn zutrat und über seinen glänzend schwarzen Stiefel stolperte. Während ich an ihm vorüberflog, um mein Gleichgewicht rang und eine Entschuldigung quäkte, sah ich plötzlich den zweiten Bullen, mit dem ich während der letzten zehn Minuten praktisch Rücken an Rücken gesessen hatte. Ein flüchtiger Blick: verspiegelte Sonnenbrille, kantiges Kinn, kurzes, gescheiteltes Haar. Das gab mir den Rest. Ich krachte gegen den Zigarettenautomaten, riß die Tür auf und stürzte hinaus in den läuternden, belebenden Regen.

Kurz darauf öffnete sich die Tür nochmals, Phil kam zu mir heraus und erkundigte sich, ob mit mir alles in Ordnung sei. Ich sagte, ich hätte nur ein bißchen frische Luft gebraucht, sonst nichts. Schweigend gingen wir auf den Pritschenwagen zu, die Regentropfen schossen schräg auf uns nieder wie Nadelstiche. Ich merkte es kaum. Ich dachte nur daran, daß *sie* uns beobachteten (und ich war mir sicher, daß sie das taten, so sicher, wie ich wußte, daß Waldungen nicht bergan rücken und Männer von Weibern geboren werden), daß sie unseren Gang und unsere Haltung registrierten, sich Marke und Kennzeichen unseres Autos einprägten und dabei träge mit ihren Handschellen herumspielten. Polizeiliche Überwachung, dachte ich. Geheime Ermittlungen. Tonbänder, Fotos, Haarproben. Plötzlich sah ich mich am Fenster unserer Hütte stehen, wie ich mit der Schrotflinte das Feuer auf sie eröffnete, ihre Kugeln mit den Zähnen fing und dann in einer Rauchwolke verschwand. Ich drückte Phil die Schlüssel in die Hand. „Was ist denn los?“ fragte er. „Willst du nicht fahren?“

„Nein, ich fühl mich nicht besonders“, sagte ich und stieg auf der Beifahrerseite ein. Auf der Ladefläche lagen sechs Meter lange Plastikrohre, vier 200-Liter-Fässer und eine benzinbetriebene Wasserpumpe. Ich tat mein Bestes, um auszusehen wie ein Tourist oder ein Anhalter, aber ich wußte, daß es hoffnungslos war. Ebensogut hätten wir den Laster grellorange mit zinnoberroten Streifen lackieren und den Schriftzug PLANTAGE DR. FEELGOOD auf die Fahrertür schreiben können. Wir waren Marihuanapflanzer –

das war für jeden Idioten auf der Straße so offensichtlich wie unsere Zugehörigkeit zur menschlichen Rasse –, Marihuanapflanzer, die gerade Teile für eine Bewässerungsanlage gekauft hatten. Ich rutschte tiefer in den Sitz hinein.

„Ach so", sagte Phil und ließ dröhnend den Motor an, „das Beste hab ich dir noch gar nicht erzählt." Ich saß stumm und regungslos da. Er laberte trotzdem weiter: „Einmal versteckt sich Borka nämlich vor einer Kolonne Termaganten vom Planeten Terma in einer Höhle, und da stößt er ganz unerwartet auf vier dieser Geschlechter, die gerade eine Nummer schieben wollen – bloß fehlt ihnen natürlich der fünfte, und das ist zufällig so ein armloses, etwa mannsgroßes Wesen, das einen kleinen Penis und einen als Greiforgan ausgebildeten Schweif hat. Da kommt also der Held des Weltalls und sieht fasziniert zu, wie diese vier komischen Außerirdischen einen draufmachen wollen und genervt rumhängen ..."

Die Reifen quietschten, und der Wagen entfernte sich von dem Café wie ein Projektil von der Abschußrampe. Ich kämpfte gegen den Impuls, mich umzusehen, und verlor. Während Phil wendete, warf ich einen verstohlenen Blick hinaus. Ich sah den Streifenwagen mit dem goldenen Siegel der Staatsgewalt auf der Tür, die gesprungenen Löschbetonklötze der Veranda, das kleine, kastenartige Café mit den Panoramafenstern und den Reklamepostern für Maismehl-Hotdogs und extra dicke Milkshakes. Im Regen wirkte alles verschwommen. Und dann, wie eine Momentaufnahme, erkannte ich zwei dunkle Gestalten hinter dem Fenster, bar jeder Regung, schattenhaft und substanzlos wie Figuren in einem Traum.

Kapitel 7

Später, nachdem wir den Wagen entladen und das Abendessen aufgesetzt hatten, breitete ich den Bericht über Jerpbak auf dem Küchentisch aus und winkte Gesh heran. Gesh hatte den ganzen Nachmittag hindurch Löcher gegraben und lag jetzt auf dem Sofa ausgestreckt wie ein Leichnam, in der einen Hand einen Hot Toddy, in der anderen den ersten Band von Phils Trilogie *Die Plünderer von Pentagord.* Aus der vorderen Schlafkammer hörte ich

Phil seine Gitarre bearbeiten und leise wimmern. „Was ist denn?" fragte Gesh. „Was hast du da – Drogen?"

Mir schnürte sich die Kehle zu, ich konnte die Worte kaum herausbringen. „Es ist ein Artikel. In der Zeitung. Komm mal rüber und lies das."

Seufzend schwang Gesh sich vom Sofa. Ich beugte mich über die verblichene Druckerschwärze und überflog den Artikel zum zwanzigstenmal; jeder heimtückische Satz durchbohrte mich wie ein glühendes Skalpell. Gesh ließ sich Zeit. Er goß sich erst mal einen Toddy nach, schob dann eine Kassette in den batteriebetriebenen Recorder (im Handschuhfach von Vogelsangs Jeep hatte er zwei Kassetten aufgestöbert: eine mit unidentifizierbaren Geräuschen – es klang wie eine Operndiva, die unter der Dusche gurgelt – und eine uralte Aufnahme der Grateful Dead, die sich immer wieder bei „Truckin'" verhedderte. Jetzt entschied er sich für die letztere).

Busted, down on Bourbon Street,
Set up, like a bowling pin ...

Ich beobachtete Geshs Gesicht, während er las. Als er fertig war, nahm er einen Schluck Toddy, sah zu mir auf und fragte: „Und?"

„Und?" Ich fühlte, wie sich die Schleusentore weit öffneten. „Was ist denn los mit dir? Weißt du nicht, wer dieser Typ ist?" brüllte ich und schlug mit dem Handrücken auf Jerpbaks Foto ein, als könnte ich ihm dadurch ein blaues Auge verpassen.

Gesh sah mich verständnislos an und zuckte die Achseln.

„Das ist dieser Irre, der mir damals im Bezirksgefängnis von Eldorado County fast die Visage poliert hat, als ich die Kaution für euch beide stellen wollte. Und jetzt ist er hier und widmet sein Leben dem Kampf gegen die Marihuanapflanzer – ich meine, kommt dir das nicht irgendwie merkwürdig vor?"

Gesh starrte stirnrunzelnd auf die Zeitung. Der Recorder blieb bei „Truckin'" immer wieder hängen: *Truckin'... Truckin'... Truckin'...* Ich ging rüber und schaltete ihn ab. „Oder etwa nicht?"

„Na ja", murmelte er. Und dann, etwas energischer: „Das ist echt Scheiße. Ein komischer Zufall und ziemliches Pech für uns. Aber deshalb müssen wir ja nicht gleich ausrasten."

Phil erschien in der Tür seines Zimmers, die Gitarre umgehängt wie ein Football-Schiedsrichter seinen Brustschutz. „Was brüllt ihr denn hier rum?"

Ich zeigte ihm den Artikel. Beim Lesen hielt er sich die Zeitung dicht vors Gesicht, leckte sich die Lippen und kratzte sich wiederholt am Kopf.

„Wir müssen eben noch vorsichtiger sein, das ist alles", sagte Gesh.

Phil faltete die Zeitung ordentlich zusammen und legte sie auf die Anrichte. Dann sah er mich an, setzte ein vollendetes Pokerface auf und schlug auf der Gitarre die ersten Akkorde von „I Fought the Law and the Law Won" an.

„Sehr witzig", sagte ich.

Phil fand das Ganze vielleicht komisch, aber ich nicht. Ich war verkrampft, nervös und zitterte vor Anspannung. Alles hatte sich gegen uns verschworen, all unser Schweiß und unsere Mühe waren für die Katz: Den Rest unseres Lebens würden wir nicht als reiche Männer in Rio, sondern aller Wahrscheinlichkeit nach im Knast verbringen.

„Dann fahren wir eben nur noch auf Nebenstraßen", sagte Gesh. Nebenstraßen? Wovon redete er denn – hier gab es doch sowieso *nur* Nebenstraßen. „Und statt unsere Sachen in Willits zu kaufen, fahren wir eben bis Santa Rosa runter, da fällt das keinem auf."

Ich wollte nicht im Knast enden. Aber schlimmer noch als der Gedanke an den Knast war der Gedanke an die Verhaftung selbst. Ein Dutzend Bullen in Helmen und kugelsicheren Westen, die im Morgengrauen die Tür aufbrachen, um uns zu überwältigen, unsere Sachen zu filzen und uns dann sang- und klanglos einzubuchten – diese Horrorszene war für mich inzwischen zu einem chronischen Alptraum geworden. Dazu kam noch die ebenso unvermeidliche wie tragische Konsequenz: Wenn wir aufflogen, war unser ganzes Unternehmen gescheitert; keine Plantage, keine Ernte, keine Kohle.

Etwas war mit mir geschehen im Laufe dieser letzten paar Wochen, etwas, das mich mit jedem Knirschen des Drahtspanners und mit jedem Spatenstich verändert hatte: Ich war bekehrt worden. Vielleicht war es die Inbrunst, mit der Phil, Gesh und sogar Dowst das Unternehmen betrachteten, vielleicht waren es auch die Schwielen auf meinen Händen und Füßen, die Muskelstränge, die sich über meinen Rücken zogen, oder die hervortretenden Adern an meinen Oberarmen – aber was immer es auch sein mochte, es hatte mich stärker gepackt, als ich jemals geglaubt hätte. Anfangs war das

Ganze für mich eher ein Gag gewesen; das Abenteuer hatte mich mindestens genauso gereizt wie der Profit; aber inzwischen war ich mit Ernst, Eifer und Hingabe bei der Sache, entschlossen, alles daranzusetzen, daß es klappte.

Wie hätte ich auch sonst weitermachen können, Tag für Tag in der Erde buddeln und Zaunpfähle einschlagen wie ein Sklave? Wie hätte das funktionieren sollen, wenn ich nicht tief im Innern, bis in die letzte Windung meiner Eingeweide von der Überzeugung durchdrungen gewesen wäre, daß wir es schaffen würden? *Ohne Schweiß kein Preis*, sagte schon Ben Franklins Poor Richard. *Pflüge tief... dann hast du Korn zum Verkaufen und für den Speicher dazu.* Genau so war es. Wir würden das Land urbar machen, damit es Früchte trug, wir würden ihm mit Aufopferung, schierer Willenskraft und Pioniergeist die Dollars abringen. Es war der alte amerikanische Traum des großen Trecks.

Aber ich war kein Pionier. Ich war nervös und rastlos, ich war einer, der immer alles hinschmeißt. Heute verstehe ich die Bedeutung, die das Sommerlager für mich hatte – es *mußte* einfach gelingen, nicht so sehr wegen des Geldes, sondern als greifbares Ergebnis unserer Arbeit, Lohn unserer Mühen, Verwirklichung unseres Traums –, damals aber verstand ich es nicht. Nicht an jenem Abend. Nicht dort in der Küche, als mir der Angstschweiß auf der Stirn stand. Vielleicht war meine Panik irrational, vielleicht ließ ich mich von meinen Ängsten wie von nächtlichen Kobolden und Gespenstern tyrannisieren – andererseits konnte man die Geschichte mit dem Kalender und Jerpbaks Wiederauftauchen auch nicht gerade als rationale Ereigniskette bezeichnen. Mir war das unheimlich, und wütend war ich auch.

„Na gut“, sagte Phil, „wir sind wohl alle ein bißchen paranoid. Aber so ein Theater wegen einer Zeitungsmeldung und zwei Bullen, die zufällig im Restaurant sitzen ... Mann, krieg dich ein!“ Er machte eine Geste, als finge er eine Mücke aus der Luft.

Gesh fuhr sich mit der Hand durchs Haar, setzte sich auf den Rand des Tisches und verschränkte die Arme. „Genau“, sagte er nach kurzer Pause. „Ich finde auch, du übertreibst ein bißchen, Alter. Klar ist das nicht der Hit, daß diese beschissene Witzblattfigur ausgerechnet hier ihren Einmann-Kreuzzug gegen die Marihuanaplantagen aufzieht, aber du mußt doch auch mal daran denken, daß hier verdammt viele Leute Dope anbauen. Daß der

Typ nun gerade hinter dir her ist – das ist doch verrückt, das ist lächerlich."

„Dr. Freud, sehr erfreut", witzelte Phil. Er versuchte, mir die Hand zu schütteln, aber ich wich ihm aus.

„Ich meine, glaubst du denn wirklich, der hätte dir 'ne Wanze in den Aschenbecher von deiner Rostschleuder gebaut oder so – bloß weil du gewendet hast, wo's nicht erlaubt war?"

Ich mußte raus. Der Druck staute sich in mir wie Bier in einer berstenden Blase. Ich schnappte mir meine Jacke und knallte die Tür hinter mir zu.

Wolkenfetzen fegten über den Himmel. Dazwischen blinkten weiße Sterne, das Zirpen der Grillen pulsierte wie Herzschläge. Irgendwo ächzte ein Baum. Die Luft war feucht und aromatisch, bewegt von einer Brise, die roch, als wäre sie schon durch Kokospalmen gestrichen und hätte den Duft von Hibiskus und Jasminblüten mitgenommen. Sie trug einen Hauch von Wärme aus der Dunkelheit herauf, die über unseren Feldern lag. Ich starrte zum Himmel, glasklar zwischen den dahintreibenden Wolken, eine Sicht bis in die Backenzähne der Galaxis, aber ich hatte keinen Gedanken übrig für das Schicksal der Erde, das unendliche Universum oder Gruppensex auf Pentagord. Ich dachte an ganz weltliche, alltägliche Dinge. Jerpbak. Das Gewächshaus. Unerklärlicherweise eingegangene Sämlinge.

Ich atmete tief ein – Frühlingsluft, es war schon Ende April –, urinierte in unser Musterloch und tastete mich zum Gewächshaus durch. Die federleichte Tür, die ich eingebaut hatte, schwang auf, und ich trat ein und überließ mich dem üppigen, wilden Geruch nach emsigem Erdreich, nach Fruchtbarkeit und dem dunklen Keim des Lebens. Dowsts Taschenlampe hing an einem schiefen Nagel an der Innenseite der Tür. Ich nahm sie herunter und ließ den Lichtstrahl über die Ränge der Styroporbecher gleiten, über die verkümmerten und die verspätet gekeimten Pflanzen, die wir noch in den Boden einbringen mußten, und über die blitzenden Aluminiumstreifen, die Dowst zum Verstärken des Sonnenlichts befestigt hatte. Er hatte die Pflanzkästen – wie Tribünen im Stadion – auf Regalen zu aufsteigenden Terrassen arrangiert und nur eine schmale Schneise dazwischen frei gelassen. Immer noch aufgewühlt ging ich zwischen den Kästen hindurch, weil ich glaubte, in der stillen, fruchtbaren Atmosphäre Trost finden zu können. Das war ein Fehler. Da wir die gesunden Pflanzen schon auf den Feldern eingesetzt hatten, wirkte das Gewächshaus kahl. Niedergeschlagen sah ich mich um, die Hülsen von toten Sämlingen raschelten an meinen Hosen, frische Triebe sprenkelten die verbleibenden Becher wie ein Frühlingsschauer den Wüstensand.

Dowst war vor drei Tagen nach Marin County zurückgefahren, auf der Suche nach den Samen, die wir so dringend brauchten, um unser Defizit wettzumachen (da wir erst gut eintausend Pflanzen in der Erde hatten, benötigten wir mindestens noch neunhundert neue, um der ursprünglichen Schätzung nahezukommen). Er behauptete, er kenne ein paar Anbauspezialisten, die ihre Pflanzen nicht vor der Blüte ernteten, sondern voll ausreifen ließen, um Leute wie uns mit Saatgut zu versorgen – natürlich nicht umsonst. Für einen Preis, der von unserem Nettoprofit abzuziehen wäre. Und obwohl es wirklich schade sei, daß die Keimquote seiner eigenen Samen nicht höher ausgefallen war – die Natur habe eben einen eigenen Willen, sagte er und schnalzte mit der Zunge –, sollten wir uns keine Sorgen machen: Es sei ihm ein leichtes, mehr als genug neue Samen zu bekommen, so daß wir unser Ziel noch erreichen könnten. Und so stand ich in dem finsteren Gewölbe des Gewächshauses, zählte die Becher und hoffte, daß er recht gehabt hatte.

Fast drei Viertel der Becher waren leer. In einigen gab es nicht das geringste Indiz dafür, daß überhaupt eine Bepflanzung stattgefunden hatte; in anderen befanden sich lediglich verwelkte braune Strünke – Opfer jener mysteriösen Verfallserscheinung, die uns schon länger Rätsel aufgab. Phil blieb dabei, daß die Heuschrecken verantwortlich seien – konnten wir sie nicht in den Baumkronen sägen hören? Gesh tendierte zu der Auffassung, es handele sich um Blattläuse. Oder Käfer oder so was. Dowst, der auf die Qualität seiner Samen nichts kommen ließ, hatte die Hypothese entwickelt, daß ein Pilz die Wurzeln der Keimlinge zerstöre. Ich war fassungslos und verzweifelt. Ich hatte zugesehen, wie die ersten winzigen grünen Schößlinge sich aus der Erde gewagt hatten, rührend klein und eingerollt wie Dollarzeichen, und als ich am nächsten Morgen wiedergekommen war, hatte sich mir ein grausiger Anblick geboten: Alle Keimlinge waren bis auf die Wurzeln abgefressen. Nacht für Nacht hatte ich das Gewächshaus überwacht, mit angehaltenem

Atem und gespitzten Ohren im Dunkeln gesessen und auf das verräterische Knirschen von Beißwerkzeugen oder auf das Huschen unbesohlter Füße gelauscht, doch jedesmal war ich überlistet worden. Es gab weder Käfer noch Blattläuse, keine Schnecken, Grashüpfer oder Fruchtfliegen, auch keine fliegenden Schafe. Nur Stille, eine so vollkommene Stille, daß ich schon fast glaubte, hören zu können, wie die Samenkörner ihre Schalen aufbrachen. Und jetzt, als ich die vollgeräumten Ecken prüfend mit der Taschenlampe ausleuchtete, überkam mich ein hoffnungsloses Gefühl der Niederlage – als läge ich zertrampelt und ausgelutscht am Boden wie ein taubes Samenkorn –, und plötzlich wurde mir klar, daß ich das Gewächshaus wohl zum letztenmal sah.

Ich kannte dieses Gefühl: eine Mischung aus Wut und Verzweiflung, ein erstickender, machtloser Zorn, den ich nur stillen konnte, indem ich alles hinschmiß und davonrannte. Ich hatte es gespürt, als ich dieselbe Seite aus Carlyle zum fünfzigsten Mal gelesen, meine sämtlichen Bücher in den Mülleimer gestopft und den Bus nach San Francisco genommen hatte, während Ronnie in einem schmuddeligen Restaurant kellnerte und der alte Dr. Pengrave auf seine Uhr starrte und sich die Prüfungsfragen zurechtlegte, die er mir niemals stellen sollte. Ich hatte es in Boston gespürt, als ich aus der kleinen Kammer des Filmvorführers auf die einnickenden Köpfe herunterblickte und dem leisen Klirren von Portweinflaschen auf dem fleckigen Zementboden lauschte. Ich hatte es gespürt, als ich arbeits- und glücklos herumhing, Ronnie ins Zimmer stürzte, um mir zu erzählen, daß sie einen Studienplatz an der Wharton School of Business ergattert hatte, und ich von meiner Zeitschrift aufblickte und sagte, ich würde nicht mit ihr gehen. Ja, da hatte ich es besonders deutlich gespürt. Ich erinnerte mich an ihren Gesichtsausdruck und daran, wie sie die Benachrichtigung geschwenkt hatte, als wäre es der Kaufvertrag für eine Ölquelle oder die Urkunde über ihre Seligsprechung. Ich hab dich vier Jahre unterstützt, damit du Literatur studieren konntest, sagte sie. Vier Jahre lang. Jetzt bin ich dran.

Tod, Niederlage, Sinnlosigkeit: das war die Botschaft des Gewächshauses. Ich kehrte ihm den Rücken. Wie eine Laterna magica – magnetisch, unwiderstehlich – geleitete mich der Lichtkegel durch den müllübersäten Morast vor dem Haus bis zur Tür des Toyota. Ich warf die Lampe ins Gras, zog die Autoschlüssel heraus und ließ den Motor aufheulen. Im nächsten Augenblick pflügte ich durch das Gestrüpp und schoß den holprigen Schotterweg zur Landstraße hinunter. Die Scheinwerfer bohrten sich wie Pinzetten in die Dunkelheit, ein Reh sprang vor den Wagen und verschwand wieder wie eine Sinnestäuschung. Ich dachte an meine Wohnung. An Kinos und Thai-Restaurants und Farbfernsehen. An meine Stereoanlage, meine Kaffeemaschine, an Tageszeitungen, an Bücher und Zeitschriften, an die Gesellschaft von Menschen – vor allem von Frauen. Zweige klatschten gegen die Scheibe, ein Stein knallte an den Unterboden des Autos, Spurrillen und tiefe Schlaglöcher rissen mir das Lenkrad aus der Hand und warfen es herum. Sachte, sachte, sagte ich mir. Ich war auf dem Weg nach Hause.

Als ich die Asphaltstraße erreichte, dachte ich an Baseball. Ich weiß auch nicht, warum und wie ich darauf gekommen war – freie Assoziation vermutlich. Es begann mit einer Vision: Ich sah die Spieler auf eine Wiese herausrennen, die so grün war, daß es in den Augen weh tat; ich spürte die kalte, salzige Stadionluft von Candlestick Park; ich roch den säuerlichen Duft von Bier in Plastikbechern, das schon schal aus dem Zapfhahn kommt; dann ließ ich den Blick über die Zuschauer schweifen: Männer in T-Shirts, Frauen in bunten Baumwollkleidern, auf den billigen Sitzen scharenweise Kinder, die ihre überdimensionalen Fanghandschuhe schwenken. Ich dachte an mit schwarzem Isolierband umwickelte Bälle, an Schläger, die einem in den Händen vibrierten, und schließlich an die Jugendliga und an mich selbst als Elfjährigen. Die Erinnerung schob sich in mein Bewußtsein wie ein Holzsplitter unter den Fingernagel.

Ich war zu klein für mein Alter und ein Spätentwickler gewesen, hatte aber mein Leben mit der Leidenschaft eines Apostels dem Baseball gewidmet: Baseball war Anfang und Ziel aller Dinge, höchster Ausdruck und fundamentaler Zweck des Daseins. Bedauerlicherweise stand mein Können mit diesem Enthusiasmus nicht im Einklang, weshalb ich in der vorigen Saison aufs rechte Feld verbannt worden war – nach rechts, auf die unbedeutendste Position im ganzen Feld, das Revier der Flaschen und Nichtskönner. Also hatte ich den ganzen Winter über darauf gebrannt, im Frühjahr einen würdigeren Platz auf dem Spielfeld zu ergattern. In diesem Jahr wollte ich beim dritten Laufmal stehen. An der ganz heißen Ecke. Wo Brooks Robinson und die Brüder Boyer regelmäßig nach pfeilschnellen Bällen hechteten, den Schlagmann mit einem gewaltigen Satz um seinen Extrapunkt brachten, hundsgemeine Abpraller so lässig einfingen, als pflückten sie Blumen, und ganz allgemein mehr Können, Schneid und Showeinlagen zeigten als jeder andere Spieler. Den ganzen Winter über hatte ich Schnee geschaufelt und Teller gewaschen, die Nickels, Dimes und Quarters ebenso gehortet wie die großen glänzenden halben Dollars, die ich dafür bekam, daß ich den Nachbarn ihren Gehweg freischippte, alles aufgespart für das Nonplusultra – einen neuen Oberliga-Fanghandschuh der Marke „Wilson Pro-Style" mit dem Namenszug von Brooks Robinson persönlich drauf. Endlich war es soweit: ich schleppte den zehn Kilo schweren Sack voll Kleingeld in ein Sportwarengeschäft und kaufte mir den Handschuh. Ich probierte ihn aus und fettete ihn ein, und als der Schnee schmolz, war ich jeden Tag bis zum Abend draußen und fing Bälle. Ich trainierte unermüdlich und wie besessen, ich trainierte so lange, bis ich mit allem fertig wurde – mit üblen Aufsetzern, hohen und flachen Dingern, knallharten Kanonenkugeln, Stoppbällen und Regenwürmern. Ich war bereit.

Das erste Mannschaftstraining fand an einem milden, sonnigen Junitag statt. Der Platz war ganz neu, frisch vom Bulldozer aufgewühlt und vollkommen ohne Gras. Überall lagen Steine und Erdbrocken herum. Um den Platz am dritten Mal konkurrierten fünf Mann, denen der Trainer, ein wortkarger Koreakrieg-Veteran, dessen Sohn der Starwerfer war, einen Bodenroller nach dem anderen hinpfefferte. Der erste Junge fing jeden Ball mit lässiger Eleganz; die nächsten zwei verpatzten ihre Chance jämmerlich. Dann kam ich an die Reihe. Im Laufe der letzten drei Monate hatte ich dreißigtausend Bodenroller zugeworfen bekommen; ich war trainiert und selbstsicher, auf alles gefaßt. Der erste Ball kam über den felsigen Holperboden des Innenfelds auf mich zugehüpft, ich bückte mich danach, da prallte das Ding auf gemeine Weise hoch, sauste über meine Schulter und ins Außenfeld. Na gut, dachte ich mir, der Platz ist eben eine Schottergrube, mach dir nichts draus. Mit den folgenden beiden Würfen passierte das gleiche. Gedemütigt und wütend beschloß ich, den nächsten Ball abzufangen, sobald der Schläger ihn auf die Reise schickte: Ich warf mich nach vorn, als wollte ich ihn zum Mittagessen erlegen, und verfehlte dann den Spieler am ersten Laufmal um gute zwei Meter. Der Trainer spuckte angewidert in den Dreck. Zwei Stück noch, sagte er. Und dann, ehe ich mich richtig vorbereiten konnte, schoß schon der nächste Ball auf mich zu. Ich wich zurück, behielt ihn im Auge, als er über die Steine herangehüpft kam, und im letzten Moment hob ich den Handschuh für den unvermeidlichen Aufsetzer. Kein Aufsetzer. Der Ball sprang mir glatt durch die Beine und rollte weiter bis zum linken Feldzaun, wo ein gelangweilt wirkender Junge mit herabhängender Kinnlade ihn abfing und zurückschmiß.

Die Tücke des Objekts, die unergründlichen Launen des Schicksals: Nie zuvor in meinem Leben war ich so von Verzweiflung und Selbsthaß übermannt worden. Noch bevor der Trainer den Schläger für meine letzte Chance hob, zog ich meinen neuen „Wilson Pro-Style" aus und schleuderte ihn auf den Parkplatz. Dann rannte ich los. Rannte durch einen Sturm von Gebrüll und Gelächter, stieg aufs Fahrrad und in die Pedale, sauste auf der Straße davon, als kreischten mir die Furien ins Ohr. Schluchzend rang ich nach Atem. Zu Hause saß meine Mutter mit einem Kreuzworträtsel am Küchentisch. „Es war nicht fair", schrie ich und heulte vor Bitterkeit fast los. „Ich hab's doch versucht, ich hab's wirklich versucht." Sie schob den Stuhl zurück, erhob sich vom Tisch und blickte von ihren einszweiundsiebzig auf mich herab, mit aufgekrempelten Ärmeln und baumelnden Ohrringen. „Hast es mal wieder hingeschmissen, was?" sagte sie.

Die Erinnerung wirkte wie ein Dämpfer. Eben noch war ich mit hundertzehn dahingerast und hatte versucht, meine Scheinwerfer zu überholen, im Kopf nur noch den Gedanken an San Francisco, jetzt aber wurde ich plötzlich langsamer. Stück für Stück, beinahe unbewußt, hob sich mein Fuß vom Gaspedal. Straßenschilder, Bäume, Zaunpfähle glitten heran und huschten vorbei. Fünfundsechzig, fünfzig, vierzig: Ich blieb fast stehen. Ich dachte an Phil und Gesh oben in der Hütte, wie sie sich zu einem fett- und kohlenhydratreichen Essen ohne Geschmack an den Tisch setzten, Witze rissen und den Großen Traum träumten. Dann fuhr ich um eine Kurve; zwei matte Neonflecke schälten sich aus der Finsternis, weich und verführerisch, Leuchtfeuer in der Nacht. Ich warf das Lenkrad herum und bog, zum zweitenmal in meinem Leben, auf den holprigen Parkplatz von „Shirelle's Bum Steer" ein.

Kapitel 8

Ich saß im Auto und kämpfte mit mir. Die Bedrohung durch Jerpbak und der desolate Zustand des Gewächshauses zogen mich in die eine Richtung, undifferenzierte Bedürfnisse und persönliche Loyalität in die andere. Wollte ich aus dieser Sache aussteigen, oder wollte ich sie durchziehen? Eine schwerwiegende Frage. Während ich um eine Entscheidung rang, zog draußen die Dunkelheit herauf. Durch die schmierigen Fensterscheiben der Kneipe drang das verlockende Stampfen der Musikbox zu mir herüber. Anfangs hatte ich nicht im mindesten vor hineinzugehen – auf den Parkplatz war ich nur gefahren, um ein wenig nachzudenken –, dann aber merkte ich, daß mir der Sinn nach einem Drink stand. Nur einer, etwas Beruhigendes zur Entspannung – ein warmer Cognac zum Beispiel. Aber nein, es war zu riskant. Einmal hatte ich mir schon die Finger verbrannt – der Gedanke an das letzte Debakel bei Shirelle jagte mir einen Schauer den Rücken hinunter –, und es wäre hirnverbrannt, die Mächte des Schicksals erneut herauszufordern. Nein, ein Drink war nicht drin. Kam nicht in Frage, auf keinen Fall.

Doch nach einer Weile begann ich, die Autos auf dem Parkplatz unauffällig zu mustern, als könnten sie mir einen Anhaltspunkt bezüglich Charakter, Gesinnung und Neigung ihrer Besitzer zu grundlosen Gewaltausbrüchen geben. Es waren drei, alles amerikanische Modelle, alles Klapperkisten. Ich erkannte den Plymouth Duster mit dem Aufkleber SIEG DER MORAL, die anderen sagten mir nichts. Der Plymouth mußte entweder Shirelle selbst gehören, einem der Indianer oder dem verlebten Alten, der George Pete Turner bei unserem unseligen ersten und bisher einzigen Zusammentreffen zurückgehalten hatte. George Pete Turner fuhr einen Pritschenwagen, wie ich mich lebhaft erinnerte (im Gedenken an die verlustreiche Auseinandersetzung mit seinem Hund griff ich mir unwillkürlich an die Wade), genauso wie Sapers. Es war also gut möglich, daß keiner von beiden anwesend war. Natürlich handelte es sich bei meinen Erwägungen um pure Spekulation, da ich ja ohnedies nicht die Absicht hegte, den Laden zu betreten.

In diesem Augenblick hatte ich eine Eingebung. Fast eine halbe Stunde saß ich nun schon unschlüssig im Auto, als ich plötzlich auf die Idee kam, Vogelsang anzurufen. Immerhin war er doch der

Chef dieses Unternehmens, Leitstern und Steuermann in einer Person. Ich stellte mir vor, wie er daheim in seinem Privatmuseum saß, in trauter Zweisamkeit mit Aorta, bedächtig auf einer Portion Fischflocken herumkauend, während er seine Sammlung von Oberschenkelknochen neu ordnete oder in der Schachtel mit Hunde-Glasaugen stöberte. Ja. Ich würde diesen Dreckskerl anrufen und ihm das Ganze vor den Latz knallen, ihn dazu zwingen, die Entscheidung für mich zu treffen. Hallo? würde ich sagen. Vogelsang, würde ich sagen, hier Felix. Ich schmeiß den Krempel hin. Ja, natürlich – wieso hatte ich daran nicht schon früher gedacht?

Die Angeln der schweren Holztür knirschten wie hohle Knochen; Zigarettenqualm und das Gejaule von Rockabilly-Melodien schlugen mir entgegen; ein Fuß folgte dem anderen, und dann stand ich wieder an der Theke von „Shirelle's Bum Steer". Die Kneipe sah genauso aus, wie ich sie in Erinnerung hatte, kein Detail war verändert: die großen Gläser mit Soleiern und aufgequollenen Würsten, der Souvenirwimpel, die staubigen Likörflaschen. Shirelle – sie hatte dunkellila Lidschatten aufgelegt und trug eine durchsichtige rosa Bluse, die aussah wie ein abgeschnittenes Nachthemd – stand am anderen Ende der Theke und telefonierte. Weiter hinten beugten sich die vertrauten Indianer über den Pooltisch, als gehörten sie zum Inventar, während an der Bar zwei Männer in einen lautstarken Streit verwickelt waren. „Ich sage dir, so was Leckeres hab ich im Leben noch nicht gegessen", grölte der eine, in dem ich den geilen alten Kneipenhocker aus dem Café zu erkennen glaubte – oder seinen mürrischen Antipoden. „Aaach, du bist doch ein blöder Saftsack", sagte der andere, den ich als George Pete Turners ausgemergelten Zechkumpan identifizierte. „Das weiß doch jeder Idiot, daß man erst die Pfanne mit einem Stück Speck auswischen muß, wenn man einen Lachs gut braten will."

Ich setzte mich ans Ende der Theke und warf Shirelle einen dringenden Blick zu, den sie glatt ignorierte. Sie tauschte am Telefon verliebte Botschaften mit irgendeinem Provinz-Schwerenöter aus – mit Delbert Skaggs' jüngstem Nachfolger vermutlich – und hatte weder Zeit noch Lust, sich um die Bedürfnisse ihrer Gäste zu kümmern. Das ärgerte mich. Noch schlimmer aber war, daß sie das Telefon besetzte – offenbar das einzige in der Kneipe –, das in einer meist leeren Ecke hinten an der Wand hing. Ich zog zehn Dollar aus der Tasche, strich den Schein glatt und legte ihn auf die Theke.

„Quatsch", schnaufte der alte Knabe vom Café, „und diese Bohnen, die du mir und Gerard am letzten Saint Patrick's Day serviert hast, die waren wohl auch was ganz Besonderes, wie? Chillicon Carny nach Texas-Art, oder wie sollte das Zeug heißen?" Hinter mir klickten Billardkugeln, eine klagende Musikbox-Melodie versickerte im Mißklang schriller Gitarren, und ohne Pause schrammelte gleich das nächste Lied los. Ich schlug mit der Faust auf die Theke und winkte Shirelle.

Sie raunte rasch noch etwas Laszives in den Hörer, legte ihn dann beiseite und kam auf mich zu, wobei ihre Brüste unter der hauchdünnen Bluse wogten. Sie schenkte mir ein strahlendes Lächeln, in dem nicht die geringste Spur des Wiedererkennens lag – um so besser, dachte ich –, und fragte: „Was darf's denn sein, Süßer?"

Ich bestellte einen Rémy und ein Glas Soda dazu. Sie goß sich drei Finger breit Wodka ein und servierte mir meinen Cognac in einem verschmierten Wasserglas.

„Das sollen Bohnen gewesen sein? Da schluck ich ja noch lieber meine eigenen Käsesocken als diesen Schweinefraß!"

„Verflucht noch mal, McCarey!" fauchte George Petes Zechkumpan. „Quatsch nicht so eine gestampfte Scheiße! Siebenunddreißig Jahre hab ich bei ‚Toots' in San José in der Küche gestanden, und ich will ein rotärschiger Pavian sein, wenn ich nicht hundertmal besser kochen, braten und grillen kann als so 'n runtergekommener Suppenkasper, wie du einer bist!"

„Danke", sagte ich, als Shirelle mir den Drink hinstellte. „Werden Sie das Telefon noch lange benutzen?"

„O nein, nein, nein", erwiderte sie, streckte aber schon wieder die Hand nach dem abgelegten Hörer aus wie eine Tänzerin bei einer Dehnübung, „ein oder zwei Minuten noch, höchstens."

Ich ließ mir Zeit mit meinem Drink. Nicht nur, weil man sich bei Cognac eben Zeit lassen soll, sondern auch weil ich weder genug Geld noch die Absicht hatte, mich gehen zu lassen. Ich war ausschließlich zum Telefonieren gekommen. Punktum. Ich dachte an gar nichts, die Musik dröhnte, die Scheiben klirrten, George Pete Turners Kumpan erwärmte sich leidenschaftlich für panierte Okraschoten. Als mein Glas dann schließlich doch leer war, winkte ich wiederum Shirelle herbei, aber sie schien mich nicht zu bemerken. Sie stand über das Telefon gebeugt, beide Hände um die Sprechmuschel gelegt, ihr Hinterteil ragte in spitzem Winkel auf und wiegte sich leicht. Meine anfängliche Indifferenz ihr gegenüber schlug allmählich in heftige Abneigung um.

Wieder klopfte ich auf den Tresen, wesentlich lauter als zuvor. Diesmal erregte ich nicht nur Shirelles Aufmerksamkeit, sondern auch die der beiden Feinschmecker. Sie waren gerade in eine hitzige Debatte über die Herstellung von Katenrauchschinken vertieft – es ging um die Frage, ob man vor dem Räuchern frisches oder schales Bier zugießen sollte –, jetzt aber hielten beide inne, drehten sich um und warfen mir einen irritierten, gereizten Blick zu. Shirelle legte erneut den Hörer weg und schob sich zu mir herüber. „Noch einen?"

Ich schob ihr das Glas hin. Meine Stimme klang gepreßt. „Und das Telefon?" fragte ich.

Sie lachte schrill auf wie ein Raubvogel, der von seinem Ast herunterschießt und seine Beute mit einem einzigen, explosionsartigen Hieb betäubt. „Meine Güte!" kreischte sie. „Ist mir das peinlich! Weißt du, Süßer, ich hatte dich schon ganz vergessen." Sie spitzte die Lippen und blies mir einen versöhnlichen Kuß zu. „Nur eine Sekunde noch", dann preßte sie sich den Hörer wieder ans Ohr wie eine bösartige Wucherung.

Ich war beim dritten Cognac, ehe ich endlich zum Telefonieren kam. Leider hatte ich Vogelsangs Nummer nicht dabei, deshalb mußte ich die Auskunft anrufen, was mich eine Menge Kleingeld und außerdem nacheinander das Wohlwollen von drei oder vier Telefonistinnen kostete. Seine Nummer war natürlich nicht registriert – höchstens unter einem seiner vielen Decknamen. Diese Decknamen waren alle ein Witz, genau wie die Annoncen, die er im *Berkeley Barb* aufgab. Eines seiner Pseudonyme war ‚Dr. Bang'. Ich versuchte es damit. Kein Eintrag. Mit Hilfe eines vierten Cognacs fielen mir nach und nach weitere Möglichkeiten ein. O. O. Ehrenfurt, Malachi Mortis, Teet Creamburg. Nichts. Es war frustrierend, ich wurde immer gereizter – jeder Fehlschlag schien die Krise zu verschärfen, rumorte in meinem Magen und ließ das häßliche Phantom Jerpbak vom Grund des Sees aus destilliertem Weinbrand auferstehen, in dem ich ihn mit Shirelles Hilfe ertränkt hatte. Gerade als ich aufgeben wollte, fiel mir ein Firmenname ein, den Vogelsang vor ein paar Jahren verwendet hatte – „Plumtree's Fleischkonserven" –, und ich bat die entnervte Auskunft um einen letzten Versuch. Zu meiner Überraschung und unendlichen Erleichterung hatte sie einen Plumtree registriert.

Meine Finger bebten beim Wählen der Nummer, die Worte waren wie mit Säure auf meiner Zunge eingeätzt: *Ich schmeiß den Kram hin, ich steig aus, ich hab genug, ich werf das Handtuch.* Es gab ein Klicken, die Verbindung kam zustande, dann dröhnte mir abrupt ein mechanisches Zischen ins Ohr, das gleich von etwas anderem übertönt wurde – einer laienhaften Version von „Sweet Georgia Brown", gespielt auf einem Moog-Synthesizer und etwas, das nach einer verstimmten Triangel klang. Nach geschlagenen zwei Minuten drang Vogelsangs Tonbandstimme durch die Leitung:

„Was ist Ihr Heim ohne
Plumtree's Fleischkonserven?
Eine Last für die Nerven.
Mit ihnen aber das Paradies auf Erden!"

Gefolgt war dieser Spruch von einem heiseren, bösartigen Kichern, bei dem man sofort an Blaubart oder an Doktor Mengele bei einem seiner Experimente dachte, dann kam ein Klicken, und die Verbindung wurde unterbrochen.

Ich war frustriert. Eben hatte ich mich noch darauf gefreut, endlich meine Last loszuwerden – zu schimpfen und zu fluchen, Erklärungen für das Unerklärliche zu verlangen und mich von Vogelsangs präziser, selbstsicherer Redeweise und seinem professoralen Tonfall besänftigen zu lassen –, jetzt war ich genauso schlau wie vorher, inzwischen ziemlich angesäuselt und geradezu gelähmt vor Entschlußlosigkeit. Was tun? Nach San Francisco abhauen und auf Loyalität, Kameradschaft, Verantwortung und Vertrauen pfeifen – oder ins Sommerlager zurückgekrochen kommen wie ein Verurteilter, der auf das Herabsausen des Fallbeils wartet? Ich wußte es einfach nicht.

So saß ich zusammengesunken in der Ecke, hielt den Hörer krampfhaft fest, als wäre es ein Sauerstoffspender, nippte an meinem Drink und sah mich verloren im Raum um. Ein blauer Dunstschleier aus Zigarettenrauch trübte das matte Flackern der Wandlampen (die, wie mir jetzt auffiel, die Form von Stierhörnern hatten). Nur undeutlich konnte ich die Gestalten der drei Indianer ausmachen, die nebeneinander am Billardtisch standen, mit ernster Miene ihre Queues einkreideten und die Konstellation der

Kugeln vor sich betrachteten, als läge darin der Schlüssel für die Geheimnisse des Universums. Shirelle hatte sich zu den beiden Feinschmeckern an der Bar gesellt und war in ein Streitgespräch darüber vertieft, wie lange man ein Drei-Minuten-Ei kochen sollte.

Ich trank meinen Cognac aus. In ihrer Kombination und auf leeren Magen übten die Drinks inzwischen eine doppelte Wirkung aus: Erstens verstärkten sie meine Schuldgefühle und mein schlechtes Gewissen und zweitens die panische Reaktion auf die unheimlichen Zufälle, die mich seit einiger Zeit heimsuchten. Halb betrunken haderte ich mit mir selbst. Ich bohrte mir in den Ohren, spielte mit einem Bierdeckel herum, auf dem ein rotnasiger Mann im Auto eine Schlafzimmerwand durchbrach, klopfte mit dem Schuh den Takt der Musik auf der Fußleiste. Und dann, als ich merkte, daß ich weder in der Lage war, den Hörer einzuhängen noch von meinem Barhocker aufzustehen – beschloß ich, schrittweise vorzugehen und zunächst etwas gegen meinen leeren Magen zu unternehmen. Als Shirelle sich umwandte, um sich den nächsten doppelten Wodka einzugießen, bestellte ich ein Bier und zwei Soleier.

Ich weiß auch nicht, was es war – der Geschmack der Eier, der Essiggeruch oder das seltsame Gemisch von Ei, Essig, Salzkeksen und Bier –, auf jeden Fall überfielen mich plötzlich wehmütige Reminiszenzen. Die Eier, das Bier, die deprimierende, verrufene, heruntergekommene Hinterwäldlerpinte – all das rief Erinnerungen an andere Eier, andere Biere, andere Pinten wach. Ich dachte an einen Kommilitonen von mir, der zu jeder Tageszeit in irgendwelchen Kaschemmen pissegelbe Krüge mit Faßbier in sich hineingeschüttet hatte und für den Cocktailnüsse, Trockenfleisch und eingelegte Eier die einzige feste Nahrung gewesen waren. Gut fürs Gehirn, sagte er immer. Er vertrank das Geld für Bücher, das Geld für Verabredungen, das Geld für Essen, Miete, Benzin und Kleider, er wurde immer blasser, und sein Gesicht war schließlich schwabblig wie Butter. Ich machte mir Sorgen um ihn – bis ich die Uni hinschmiß. Im Jahr danach kriegte ich eine Karte von der Examensfeier unseres Jahrgangs, da stand sein Name ganz groß oben auf der Seite: summa cum laude. Dann dachte ich an ein Mädchen namens Cynthia, eine begeisterte Bergsteigerin, die Lederhosen über ihren strammen Waden trug und duldete, daß ich einmal in einer dunklen Kneipe unter den Tisch kroch und meinen Kopf zwischen ihre Schenkel steckte. Ich dachte an Raufereien, an gefälschte Ausweise, an vollgekotzte Fords. Die Eier schmeckten, als wären sie in den Tiefen einer etruskischen Grabkammer gereift, das Bier war schal. Ich aß mechanisch. Gesichter stiegen vor mir auf, aus allen meinen Lebensphasen, wie Zählkugeln auf einem Abakus. Dann dachte ich an Dwight Dunn.

Wie Phil kannte ich auch Dwight schon seit einer Ewigkeit. Wir waren zusammen zur Schule gegangen, hatten gemeinsam Mädchen ausgeführt, Seite an Seite unsere Pickel ausgedrückt, unsere größten Erfolge und tiefsten Depressionen geteilt, miteinander die ersten Erfahrungen mit Tabak, Alkohol und Drogen gesammelt; gemeinsam hatten wir auf cool gemacht, Sprüche geklopft, waren derselben Braut nachgelaufen und hatten nächtelang ernsthaft über Nietzsche und Howlin' Wolf diskutiert. Dwight war mein Trauzeuge gewesen; beim Tod seines Vaters war ich von der Westküste nach Hause geflogen und hatte mit ihm Totenwache gehalten. Wir waren Kinder, Jugendliche, verwirrte Erwachsene. Dwight war in New York geblieben – er wohnte jetzt in der East 59th Street und arbeitete bei einer Werbeagentur –, aber wir hatten den Kontakt nicht verloren. Im Gegensatz zu Phil war er total straight, ein beständiger Typ – ich sah ihn vor mir in seinen weiten Hosen, buntkarierten Hemden und Wildlederschuhen, mit diesem starren, fast schmerzlich konzentrierten Blick (als würde man ihn zwingen, während einer Elektroschocktherapie *Finnegan's Wake* zu interpretieren), den er durch seine Kontaktlinsen bekommen hatte. Dwight, dachte ich, und der Alkohol brannte mir in der Kehle, guter alter Dwight. In diesem Augenblick hatte ich meine zweite Eingebung an diesem Abend: Ich würde ihn anrufen, mit ihm reden, seinem leisen unsicheren Lachen und dem beruhigenden Rhythmus seiner Worte lauschen.

Ich wählte die Nummer, als wäre ich in einem brennenden Haus eingesperrt. Komm schon, dachte ich und zählte die Klingelgeräusche, dann meldete sich wieder einmal die Auskunft, diesmal forsch und tüchtig. Ich kritzelte die Nummer auf meine Serviette und meldete ein R-Gespräch an.

„Hallo?" Dwights Stimme klang weit entfernt und müde. Einen Moment lang dachte ich, ich hätte ihn aufgeweckt – aber nein, es war ja erst kurz nach zehn in New York.

Das Fernamt schaltete sich mit einer gekonnten Parodie auf Desi Arnaz ein: „Errr-Gespräch von eim gewissn Fee-lix. Sind Sie bereit, die Gebührn zu übernehm?"

„Was?" Ein Pochen erklang in der Leitung, und ich stellte mir vor, wie ein Wartungstechniker in Kansas einen durchhängenden Draht wieder festnagelte. „Ja, ja – verbinden Sie."

„Dwight?"

„Felix?"

„Wie geht's?"

„Gut", sagte er. „Was ist los?"

Darauf hatte ich keine Antwort, eigentlich wußte ich es ja selbst nicht genau. „Ach, ich weiß nicht. Mir geht's gerade nicht so gut." Gerade in diesem Moment warf Shirelle den Kopf zurück und lachte grölend wie eine verlebte alte Hure mit einem Münzschlitz an jeder Körperöffnung. „Hab ich dir erzählt, daß ich jetzt mit Phil zusammenwohne?"

Wir redeten etwa eine halbe Stunde, bevor mir klar wurde, warum ich eigentlich angerufen hatte. „Hör mal, Dwight", sagte ich, „kannst du mir nicht ein bißchen aus deinen Notizen vorlesen?"

Dwight hatte ein zwanghaftes Bedürfnis, alles zu archivieren – er war geradezu ein pathologischer Fall, fast wie ein Irrer, der die eigenen Fäkalien in etikettierten Marmeladengläsern aufbewahrt. Er führte nicht nur über jede Einzelheit in seinem Leben Buch – über die Trennung von seiner Freundin genauso wie über einen Milzriß, über sein Pech mit den Taschendieben in Madrid wie über den Einkauf von Schnürsenkeln –, er machte sich auch Notizen über die Mahlzeiten, die er zu sich nahm, die Kleider, die er trug, über Staaten, Verwaltungsbezirke und Gemeinden, in denen er sich aufgehalten, und die Entfernungen, die er dafür zurückgelegt hatte, über erhaltene und verschenkte Geschenke, gefühlte Gefühle, konsumierte Mengen an Gas, Strom und Wasser, erzielte Punkte bei jedem Basketballspiel in der Junior High School, über Taxikosten, Trinkgelder, gelesene Bücher, gesehene Kinofilme (wobei auch vermerkt wurde, wo und mit wem er sie gesehen hatte), gekaufte Platten, Schuhe und Nasentropfen, über jede Darmbewegung, jeden Schluckauf, Rülpser und Schluchzer seines Lebens. Er konnte einem genau sagen, wie viele Straßenlaternen auf dem Franklin D. Roosevelt Drive standen und wie oft er unter ihnen hindurchgegangen war, er konnte einem haarklein die Fahrt zu seinen Großeltern schildern, die er im Alter von dreizehn gemacht hatte, oder Anzahl und Polsterungsart aller Sitze in der Radio City Music Hall beschreiben.

Ich konnte nachvollziehen, weshalb er so etwas tat – jeder von uns kennt schließlich das Bedürfnis, angesichts eines indifferenten Universums Ordnung in unser verschlamptes, irrationales Leben zu bringen; bei Dwight war es nur etwas ausgeprägter als bei den meisten anderen Leuten. Ich verstand ihn ganz gut, und außerdem hatte sein Tick auch Vorteile für mich: Meine und Dwights Vergangenheit überschnitten sich an vielen Punkten; folglich hatte er auch meine Geschichte aufgezeichnet.

Schon hörte man das Rascheln umgeblätterter Seiten und dann Dwights vertraute Näselstimme: „Weißt du noch, wie viele Punkte du am 18. Januar 1967 gegen Fox Lane gemacht hast?"

Neunzehnhundertsiebenundsechzig. Unfaßbar. Ich hatte mein Bild vor Augen – lebendig, frei, ohne Pflichten und ohne Probleme, wie ich eine luftgefüllte Kugel auf einem polierten Holzboden auf- und abprallen ließ, als gäbe es nichts Wichtigeres auf der Welt. „Na, wie viele?" murmelte ich.

„Zwölf." Eine Seite wurde umgeblättert. „Erinnerst du dich daran, wer damals noch alles zur Mannschaft gehörte?"

Er zählte jeden einzelnen auf, einschließlich der Reservespieler – den hirnlosen Typen mit Schilddrüsenüberfunktion und die drahtigen Zwerge, die nur ein bißchen zu langsam waren, um in der Abwehr erste Wahl zu sein.

Dann las er etwas anderes: „Zehnter Juni 1969. Um zwanzig Uhr Felix in Vaters Charger abgeholt, siebenundfünfzig Komma fünf Liter Benzin zu acht Komma zwo Cents den Liter getankt, Gesamtpreis also vier Dollar einundsiebzig. Dann nach Port Chester gefahren, um Sherrie Ryan und Ginger Beardsley abzuholen. Ich hatte meine neuen kastanienbraunen Hosen mit Schlag an, außerdem ..."

Die Stimme sprach weiter, präzise und gleichmäßig moduliert, eine Stimme der Ordnung und Vernunft, die Stimme, die mir die Vergangenheit bezeugte und die Zukunft versprach. Ich hörte ihm nur zu, nickte manchmal, und die Erinnerungen blühten auf wie ein Feld mit Klee. Wir telefonierten an die anderthalb Stunden. Als wir aufhörten, war ich beim dritten Bier und beim sechsten Ei; ich hatte nun das sichere Gefühl, daß es einen Gott im Himmel gab und daß die Welt im Grunde ganz in Ordnung war. „Dwight", hauchte ich beglückt, „ich danke dir." Der Hörer fiel auf die Gabel, das Klicken war sanft wie ein Kuß.

Als ich schließlich aufblickte, bemerkte ich, daß die Indianer gegangen waren – das Licht über dem Pooltisch war abgeschaltet und der hintere Teil der Bar in Schatten getaucht. Die beiden Feinschmecker am Tresen waren allerdings noch da, und ich bemerkte, daß sich ein dickes junges Paar neben sie gesetzt hatte, das über seinen Highballs brütete wie Inspektoren von der Kontrollbehörde für Alkohol und Feuerwaffen. Shirelle war nirgends zu sehen.

Plötzlich hob George Petes Kumpan den Kopf und grölte: „Scheiß doch auf deine Bohnen, zum Teufel!", als kündigte er eine Kavallerieattacke an. Der andere Alte schien schon ziemlich hinüber zu sein – er machte nur eine vage Handbewegung.

Ich fühlte mich so gut wie schon seit Wochen nicht. Meine Entscheidung hatte ich getroffen (natürlich würde ich bleiben; ich würde für immer in den Knast gehen – mit Vergnügen sogar –, mich im Staatsgefängnis von Attica mit blutrünstigen Perversen einsperren lassen, ja ich würde selbst auf die Teufelsinsel rausschwimmen, ehe ich meine Freunde und Kumpel hängenließe), und es war, als hätte man mich freigelassen, als wären meine Fesseln gelöst, und kein Raubvogel würde mehr kommen, um an meiner Leber zu picken. Wie hatte ich je daran denken können, alles hinzuschmeißen? Es gab doch nichts Wichtigeres als alte Freunde, wie Dwight, Phil und Gesh, und solche Freundschaften waren jedes Opfer wert. Der Alkohol sprach zu mir, meine strapazierten Nerven zogen sich in ihre Panzer zurück wie schlafende Schildkröten. Ich fühlte mich schwebend, heilig, ekstatisch: am liebsten wäre ich aufgestanden und hätte jeden Gast in der Kneipe abgeküßt.

Und jetzt, so beschloß ich, würde ich mir einen letzten Cognac bestellen, um die seelische Läuterung zu feiern, die ich durchgemacht hatte. Und dann würde ich den Berg hinauf zum Sommerlager brettern, mich dort ordentlich ausschlafen und am Morgen hinausgehen, um meinen Garten zu bestellen, weise und abgeklärt wie Candide an der Küste des Marmarameers. Wie auf ein Zeichen tauchte plötzlich Shirelle aus einer Tür hinter der Theke wieder auf und schleppte eine Kiste mit No-Name-Scotch, Gin, Wodka und Rum herein. Ich grinste sie an wie ein Dandy aus einem Film der vierziger Jahre und warf mein leeres Bierglas um. „Shirelle“, sagte ich und stellte fest, daß meine Zunge irgendwie am Gaumen festklebte, „einen Rémy noch, bitte. Und ein Glas Soda dazu.“ Und dann, als bedürfte die simple Bestellung weiterer Klärung: „Ich hab was zu feiern.“

Shirelles Augen waren von roten Äderchen durchzogen, als hätte sie gerade hundert Bahnen in einem zu stark gechlorten Schwimmbecken zurückgelegt. Die Flasche schwebte in ihrer Hand wie ein Heliumballon; beim Eingießen verfehlte sie mein Glas zuerst total und kippte das teure importierte Zeug über Tresen, Bierdeckel, ihre rechte und meine linke Hand. Dann schaffte sie es doch noch, goß das Wasserglas halbvoll, riß mir wortlos das Geld aus der Hand und taumelte weiter zu dem feisten Paar am anderen Ende der Theke.

„Ein halber Liter Essig, eine Tüte Pfefferkörner und einen ganzen Salzstreuer – einfach auskippen, das Ding – auf vier Liter Wasser“, sagte George Petes Zechkumpan gerade.

„Wofür soll denn das sein?“ fragte der dickere der beiden Neuankömmlinge, anscheinend ein weibliches Wesen. „Zum Füßewaschen?“

„O Gott!“ George Petes Kumpan rollte die hervorquellenden Augen. „Heute hab ich’s wohl bloß mit Icknoranten zu tun – nee, das is’ mein Rezept für Krebse à la Chesapeake Bay.“

Der ältere Alte, der im Overall, war eingeschlafen; er hielt die Hände im Schoß gefaltet und preßte die Stirn auf den Tresen wie ein Jünger irgendeiner obskuren fernöstlichen Religion.

Mir war warm geworden. Aus der Musikbox quengelte eine Stimme: *Well, here I stand, / All alone with a broken heart, / I took three bennies / And now my semi-truck won’t start.* Mir war jedes Zeitgefühl abhanden gekommen. Ich winkte nach dem nächsten Cognac.

In diesem Moment, kurz nachdem ich den zweiten Drink nach dem Telefonat bestellt hatte – oder war es der dritte? –, spürte ich eine Berührung am Arm. Ich drehte mich um und sah, daß sich jemand auf den Barhocker neben mich gesetzt hatte. Ich war viel zu hinüber, um überrascht zu sein: Es war Savoy. Ihre Hand lag auf meinem Arm, ein Cocktailglas mit eiskalter Cola sprudelte vor ihr auf der Theke. Sie trug eine tief ausgeschnittene Bluse und einen dieser komplizierten Stütz-BHs, die die Brüste auseinanderzerren und sie einem wie reife Mangos präsentieren. „Hallo", sagte sie. „Dich hab ich ja schon lange nicht mehr gesehen."

„Ach", sagte ich achselzuckend, wedelte mit der Hand und pustete mir auf die Fingerspitzen wie ein Baseballtrainer, der am Spielfeldrand beinahe einen Herzschlag kriegt, „kann schon sein. Hab viel zu tun gehabt in letzter Zeit, weißt du?" Eugenes Anhänger klebte an ihrem Hals wie ein Magnet. Am liebsten hätte ich daran geleckt.

„Ach ja?" fragte sie mit breitem Grinsen. „Ihr wohnt jetzt also hier, oder was?"

Wamm, machte die Musikbox. *Wamm, wamm, wamm.*

„Willst du tanzen?" fragte ich.

Sie schüttelte den Kopf und nahm einen Schluck von ihrer Cola. Rosa Lippenstift, weißer Strohhalm. „Du heißt doch Felix, oder?"

Ich nickte. „Und du bist Savoy." Ich grinste wie ein Triebtäter, wie ein geiler Ziegenbock.

Sie ignorierte mich und lutschte nachdenklich eine Weile an ihrem Strohhalm. „Also, ihr Typen wohnt jetzt da oben, oder was?" Die Wiederholung der Frage enthielt eine kaum merkliche, aber bedeutungsvolle Veränderung.

„Roh, sag ich dir!" krähte George Petes Kumpan.

Sein Gesprächspartner, der inzwischen teilweise wieder zum Leben erwacht war, stützte den Kopf auf den Ellenbogen, kniff ein Auge zusammen und zischte: „Quatsch!"

„Eigentlich nicht", log ich.

Sie lachte mit einem satten, melodischen Klang, der jede Faser meines Fortpflanzungstrakts zum Vibrieren brachte. „Nein, ehrlich", sagte sie und lehnte sich an mich, „ich möchte das wirklich wissen. Ich hab euch Jungs nämlich richtig gern."

„Na ja, wenn die Sache so liegt." Ich versuchte witzig zu klingen und hob die Augenbrauen, um zu zeigen, daß ich mir der unterschwelligen Zweideutigkeit unseres Gesprächs bewußt war. „Also, wir wohnen in Berkeley, aber wir sind jetzt schon ziemlich oft hier raufgefahren – ach, mindestens drei- oder viermal –, zum Angeln, weißt du, Bachforellen und so."

„Mann, erzähl doch keinen Scheiß. Ihr wohnt oben neben Lloyd Sapers, hab ich recht?"

„Sapers? Nie gehört."

Sie wirkte beleidigt, verzog die Lippen zu einem Schmollmund. „Wofür hältst du mich – für blöde oder was?"

„Haha!" brüllte George Petes zahnloser Kamerad anläßlich einer besonders emphatisch vorgetragenen kulinarischen Überzeugung. „Ha! Ha! Ha! Da muß ich ja lachen!"

Savoy starrte mir in die Augen, kühl und konzentriert. Eben noch war mir warm gewesen, ich hatte mich taufrisch gefühlt und zu allem bereit. Jetzt spürte ich nur noch Kälte, Kälte, Kälte. „Erzähl keinen Scheiß", wiederholte sie, als hätte sie ihren Text vergessen. „Erzähl keinen Scheiß, Mann. Jeder im Ort weiß doch genau, was ihr drei da oben macht."

Teil III

Blütezeit

Kapitel 1

Im Juni schlug das Wetter abrupt um. Eben noch hatten wir in einem pausenlos niederprasselnden Wolkenbruch gebibbert, der jede Sekunde des Löchergrabens und Zäuneziehens wie eine Strafe Gottes erscheinen ließ, nun ächzten wir auf einmal unter der unbeweglichen, gnadenlos auf uns herunterbrennenden Sonne. Es war, als wären wir – mitsamt dem Haus, dem Gestrüpp, dem Müll und allem – woanders hinverzaubert worden, von der stürmischen Küste Schottlands in die Wüste von Arizona. Eines Nachts röchelte plötzlich ein Südwind los, mit dem dumpfen Dröhnen einer einmarschierenden Armee – Lastwagen im ersten Gang, übers Dach stampfende Schritte –, und am Morgen war es wolkenlos. Und trocken. So trocken, daß Phils Stirntolle für immer erschlaffte und unsere Handtücher so steif wurden, daß sie sich wie Rotholzrinde anfaßten. Man spürte den Unterschied in der Nase, in der Kehle; wir hörten es am trockenen, gequälten Ächzen des Hauses, wir sahen es an der flimmernden Luft, dem welkenden Gras und den Geiern, die gemächlich ihre Spiralen durch die thermischen Aufwinde zogen. Fünfunddreißig Grad, achtunddreißig, vierzig. Eidechsen tauchten aus dem Nichts auf, als wären sie aus der Luft gezaubert worden; Kolibris hingen wie Mobiles über Blütenkelchen, Bäche versiegten und legten ihre Ufer frei wie zahnlose Gaumen. Schlammklumpen dörrten aus, wurden hart, zerfielen zu Staub. Die Trockenzeit war über uns gekommen.

Wir waren darauf vorbereitet. So gut vorbereitet, wie der sonnenverbrannteste Südstaatenfarmer, so gut vorbereitet wie die Israelis im Negev. Jedenfalls dachten wir das. Am 31. Mai, als überall im Land die Arbeiter Hotdogs grillten und „God Bless America" sangen, legten wir letzte Hand an das ausgeklügelte Bewässerungssystem, das Vogelsang erdacht, Dowst gebilligt und Phil, Gesh und ich umgesetzt (d. h. herangeschleppt, zurechtgehämmert, gesägt, verleimt, verfugt und mit unserem Blut getränkt) hatten. Zentrales Element dieses Systems war eine gebrauchte Wasserpumpe mit Benzinmotor, die Vogelsang für 100 Dollar aus einer Konkursmasse gekauft hatte. Theoretisch würde die Pumpe aus einem ganzjährig fließenden Bach am Fuß des Berges Wasser ansaugen und durch die getarnten Plastikrohre von einem Zoll Durchmesser, die wir sorgfältig verlegt und verbunden hatten, die ganzen 170 Höhenmeter unseres Hügels hinauf und in die großen Pferdetröge befördern, die über dem Khaibar-Paß lagen, unserem höchstgelegenen Feld. Von dort würde das Wasser durch die Schwerkraft in diverse kleinere Reservoirs hinabrinnen, die aus mehreren 200-Liter-Tonnen bestanden, und anschließend in die Gartenschläuche gelangen, aus denen wir jede einzelne Pflanze mit den fünf bis zehn Litern Wasser versorgen würden, die sie jeden Tag benötigte.

Unser erstes Problem bei der Umsetzung dieses Plans war ein altbekanntes: Lärm. Als endlich alle Rohre in Tarnfarbe gestrichen, verlegt und verschraubt und sämtliche Reservoirs miteinander verbunden waren, scharten wir uns am Fuß des Hügels zusammen, um die Pumpe anzuwerfen und das System einzuweihen. Es war ein zeremonieller Anlaß; wir standen herum und hielten uns an glatten Bierdosen fest, während Vogelsang sich über den Motor beugte und letzte Feineinstellungen an Benzinpumpe, Filter und Vergaser vornahm. Moskitos sirrten, der Bach sprudelte mit gemächlichem Glucksen und Plätschern über diverse Hindernisse hinweg. Ich dachte an Eisenbahner, die sich zum Einnageln der letzten Schwelle versammelten, oder an Politiker in Anzügen mit Weste, die auf den ersten Wasserschwall im Erie-Kanal anstießen.

Die Luft war brütend, es war einer der ersten wirklich heißen Sommertage; die Sonne brannte durch die Bäume wie eine Feuersbrunst. Wir standen mitten in dem Vegetationsklumpen am Rande des Bachbetts, und es schien, als würden die Blätter die Luft einfangen und festhalten, bis sie sich wieder losriß und uns ins Gesicht knallte. Gesh schwitzte wie ein Tier, seine Augen hatten sich zu schmalen Schlitzen verengt, die Backenknochen glänzten, als wären sie eingeölt; Phils Kleider waren klatschnaß; ich schmeckte schon das Salz auf meinen Lippen. Nur Vogelsang machte die Hitze offenbar nichts aus. Angetan mit Schutzbrille, Handschuhen, OP-Mundschutz und Overall und mit einer überdimensionalen 11-mm-Magnum im Gürtel, war er den ganzen Morgen durchs Gebüsch gekrochen und hatte jede Kupplung und jede Muffe des Pipeline-Systems geprüft. Und jetzt, als er sich mit Maulschlüssel und Schraubenzieher über die Pumpe beugte, bemerkte ich überrascht, daß kein einziger feuchter Fleck den khakifarbenen

Overall verdunkelte. Während ich noch über diese Offenbarung staunte – *der schwitzt ja nicht einmal*, dachte ich verblüfft –, richtete er sich auf, zog sich die Hose glatt und riß an der Anlasserschnur.

Unsere Jubelrufe wurden übertönt vom Böllern des Motors, der mindestens sechs Dezibel lauter war als das Ding, mit dem wir ursprünglich die Hütte hatten versorgen wollen. Die Verschlüsse der Bierdosen knackten lautlos, blauschwarze Auspuffschwaden hüllten uns ein, bevor sie den Himmel verdüsterten, der Motor schrie seine Qualen hinaus. Phil machte eine unglückliche Miene, Gesh knirschte mit den Zähnen. Wenn Vogelsang sich Sorgen machte, zeigte er es nicht – er stemmte einfach nur die Arme in die Hüften und starrte die Maschine an, als betrachtete er ein Bild in einer Galerie. Aorta wandte nicht einmal den Kopf. Sie saß in Shorts und knappem Oberteil auf einem Stein in der Mitte des Bachs und wippte ungerührt mit dem Fuß zu einem privaten Rhythmus: ihre Sensibilität für akustische Schocks war offensichtlich durch ihre Zugehörigkeit zu den „Nostrils" getrübt. *Ratta-ratta-ratt*, röhrte der Motor, *ratta-ratta-ratt*. Gesh brüllte mir irgend etwas ins Ohr, aber es ging im Maschinengewehrdonner der Zylinder unter; ich konzentrierte mich darauf, in dem Qualm nicht zu ersticken. Nach etwa fünf Minuten schaltete Vogelsang das Ding wieder aus, nahm den OP-Mundschutz ab und wandte sich an uns. „Ihr müßt eine Grube dafür buddeln."

Wir buddelten. Einen guten Meter tief in gelbem Lehm. Der Schweiß troff, die Moskitos plagten uns, das Bier schmeckte sauer in unseren Kehlen. Dann installierten wir die Pumpe in dem Graben, warfen eine Preßholzplatte darüber und versteckten den Auspuff im Sand. Vogelsang nickte zufrieden. „Das müßte reichen."

Während Gesh, Phil und ich den Hügel hinaufgingen, warf er den Motor erneut an. Zuerst glaubte ich, wir würden aus dem Hinterhalt beschossen, so rücksichtslos und erschreckend zerriß der Krach die Stille des Waldes. Phil brüllte irgend etwas über Experimente, in denen Ratten sich die eigenen Beine abfressen, wenn man sie unerträglichem Lärm aussetzt, aber schon drosselten die Bäume das Getöse der Pumpe ein wenig und nahmen dem Krach die schrillen Obertöne, ähnlich wie der Dämpfer auf einer Trompete. Ich war sicher, daß wir es oben in der Hütte kaum noch hören würden, doch Gesh, der schon seit langem Vogelsang als den Gegner in diesem Spiel erkannt hatte, ließ sich nicht besänftigen. „Na super", sagte er, indem er den Hügel hinaufjoggte. „Etwa so unauffällig wie der Bombenangriff auf London."

Unser zweites Problem war komplizierter; es war kein mechanisches, sondern ein menschliches. Das Problem hieß Lloyd Sapers. Rechtlich gesehen durfte er den Fahrweg benutzen, der unser Grundstück in der Mitte durchschnitt und nach Südosten ins Tal führte. Es war seine Fluchtroute für den Fall, daß die normale Straße zu seinem Haus durch ein Feuer blockiert war, eine durchaus berechtigte Vorsichtsmaßnahme in einer Gegend, die jeden Tag mehr austrocknete, bis die Hügel am Ende des Sommers so leicht entflammbar sein würden wie in Superbenzin getränktes Zeitungspapier.

Am Morgen der Einweihung unseres Bewässerungssystems saßen Vogelsang, Aorta und ich um den Frühstückstisch – Phil und Gesh waren oben am Khaibar-Paß, und Dowst hockte im Gewächshaus, wo er mit einer Handvoll verdorrter Samenkörner und einem Eimer Kraftdünger hortikulturelle Wunder zu vollbringen versuchte. Seit seiner Ankunft am Abend zwei Tage zuvor – er hatte sich widerwillig zur Fertigstellung der Bewässerungsanlage eingefunden – war Vogelsang nervös wie ein Flakhelfer vor dem Feindanflug. Alles mögliche versetzte ihn in Panik: vom Giftsumach über Plantagenwilderer bis zur Entdeckung und Verhaftung durch Rauschgiftbehörde, FBI, Steuerfahndung und den Sheriff von Willits – ständig bekam er klonische Krämpfe, jeder Muskel in seinem Gesicht zuckte, auf allen Tischplatten trommelte er sich die Finger wund, seine Beine arbeiteten wie Pleuelstangen. Mit einem Wort, er war überreizt.

Das war verständlich. Mit einem ganzen Wald von fünfzig Zentimeter hohen Marihuanastauden im Boden waren wir alle ein wenig kribblig – die Dinger konnten jederzeit als Beweismaterial gegen uns verwendet werden –, nur hatten Phil, Gesh und ich unsere Panik im Griff. Oder jedenfalls versuchten wir, sie durch Alkohol- und Drogenmißbrauch und unerschütterliches Festhalten an unseren Idealen – Rio, Fischspezialitäten-Restaurants und fette Bankkonten – zu narkotisieren. Wir hatten ja auch keine Wahl: Im Gegensatz zu Vogelsang mußten wir tagein, tagaus mit dem Risiko einer Entdeckung leben. Ich selbst mußte zudem seit über einem Monat mit der Erinnerung an Savoys denkwürdige Worte an jenem

Abend bei Shirelle leben – *jeder im Ort weiß doch genau, was ihr drei da oben macht* –, ein schwärendes Geheimnis, das ich einstweilen für mich behielt. Ich war damals sofort aufgesprungen, hatte so getan, als hätte ich nicht zugehört, und mich hastig entschuldigt. Ich sah auf die Uhr, schlug mir gegen die Stirn, zog meine Jacke über und wankte zur Tür hinaus wie ein angeschossener Hirsch. Als ich zur Hütte zurückkam, war schon alles dunkel. Auch gut, dachte ich und tastete mich vorsichtig durch das Dunkel zu meiner Schlafkammer, wobei mir der Alkohol, die Angst und die Endgültigkeit meiner Entscheidung im Kopf herumwirbelten. Ich hing bis zum bitteren Ende in dieser Sache drin: Dope oder Tod, überlegte ich und fand den Gedanken komisch. Ich würde mich nicht von irgendeinem Teenager mit Stütz-BH und Silberblick einschüchtern lassen, und ebensowenig von Jerpbak, Voodoo-Kalendern oder Schrotflinten. Ich würde damit fertig werden, erlöst durch meinen festen Vorsatz, befreit von der lähmenden Last dumpfer Angst, beseelt von den hellen Strahlen neugewonnener Zuversicht. Wozu Phil und Gesh damit belasten?

Jetzt aber, als Vogelsang auf seinem Stuhl herumhampelte und über Krügerrands, Gipsfiguren und orientalische Teppiche quasselte, konnte ich mir nicht verkneifen, ihn ein klein wenig zu zwiebeln, genau wie er mich damals mit der Schrotflinte gezwiebelt hatte. „Ach, übrigens“, sagte ich und unterbrach ihn mitten in einer Lobeshymne auf die Weber von Buchara, „hab ich dir schon erzählt, daß neulich ein Flugzeug hier rübergeflogen ist?“

Vogelsang legte seinen Löffel hin, warf einen raschen Blick aus dem Fenster und wühlte dann in seiner Tasche nach dem Mundspray. „Wirklich?“ fragte er mit einem kaum hörbaren Zittern in der Stimme.

„Eine Cessna, glaube ich. So ein kleines Ding mit kuppelförmigem Cockpit, wo der Propeller vorne dran ist.“

Er nickte. Seine Züge waren verkniffen, das Gesicht erinnerte an ein Einkaufsnetz, das am Hals enger wurde, und die Adern an seinen Schläfen pulsierten leicht.

Das Flugzeug war über den Hügel gekommen, so groß wie ein Lastwagen, keine hundert Meter über uns. Es war zweimal dicht übers Haus gedonnert, in einem weiten Kreis über das ganze Grundstück geflogen und dann hinter dem Berg verschwunden. Als es aufgetaucht war, standen Phil und ich vor dem Haus, ohne jede

Deckung, und luden gerade dicke PVC-Rohre vom Transporter ab. Zuerst kam dieser explosionsartige Lärm, dann der Staub und der große huschende Schatten, und im selben Moment raste Phil ins Haus und brüllte: „Los, alle Sachen in den Wagen!“ Tatsächlich hatte er auch schon zwei Pappkartons seiner wertvollen Besitztümer auf den Rücksitz des Jeeps geworfen, bevor ich ihn beruhigen konnte.

„Vermutlich vom Flugplatz in Willits“, sagte Vogelsang. „Einer dieser Freizeit-Teufelskerle.“

Ich zuckte die Achseln. „Ganz egal, wer's war – angenehm war es jedenfalls nicht, das steht mal fest. Mit den zweitausend Löchern drin muß das Grundstück hier von oben wie ein Schweizer Käse aussehen.“

Vogelsang klopfte mit der Mundspraydose auf den Tisch, dann hob er sie für einen kurzen Spritzer an die Lippen, als wäre die Vorsorge gegen Mundgeruch der erste Schritt in seinem Plan zur Abschreckung von Schnüfflern und zur Beseitigung irdischer Widerstände gegen seine Treuhandgeschäfte. Aorta hockte über einer Schüssel Hafergrütze, die sie nicht angerührt hatte, und schmökerte in einem Exemplar von *Soldier of Fortune*. Auf ihrem Nasenring fing sich ein Strahl der Morgensonne. Ich wollte gerade die Geschichte mit der Cessna weiter ausführen – das „Auge am Himmel“ hatte Gesh sie genannt –, als auf einmal die Hütte in den Grundfesten erschüttert wurde und ein gewaltiges Dröhnen mich aus dem Sitz warf.

Ein Erdbeben? Ein Blitz? Die russische Invasion? Alle drei sprangen wir vom Tisch auf und rannten zum Fenster, von wo aus wir verdutzt die seltsame kleine Prozession betrachteten, die draußen vorbeikam: Auf einem riesigen Bulldozer rumpelte Sapers den Fahrweg direkt neben unserem Haus entlang, gefolgt von seinem Sohn Marlon auf einem spotzenden Moped. Sapers in seiner drekkigen Arbeitskluft war vollauf mit dem Lenken des Gefährts beschäftigt und sah gar nicht zu uns rüber; Marlon, dessen Brille in der Sonne aufblitzte und dessen massige Oberschenkel und Arschbacken sich um das Moped legten wie eine Amöbe um ein Nahrungspartikel, hob kurz den Blick, machte das Peace-Zeichen und verschwand dann mit seinem Vater zwischen den Bäumen.

Einen Moment lang rührte sich niemand von uns, wir waren wie gelähmt vor Panik und Empörung. Dann stoben wir alle drei zur

Tür hinaus und rannten ihnen wutschnaubend hinterher. „Was glaubt der eigentlich, was er sich erlauben kann?“ keuchte ich, während wir Hindernisse übersprangen und dann den schmalen Hohlweg hinabsprinteten wie Hürdenläufer beim Endspurt. Ich war grimmig, wutentbrannt, mordlüstern. Was war, wenn er von der Straße abkam und auf eines der Felder stieß? Was war, wenn er Gesh und Phil mit den Wasserschläuchen entdeckte oder die Pumpe hörte? Vogelsang fluchte, eine Folge abgehackter, hundeartiger Knurrlaute, dabei zeigte er beachtliche Beinarbeit und schwenkte die Schutzbrille wie eine Waffe in der Hand. Aorta rannte mit zusammengebissenen Zähnen etwa hundert Meter weit gleichauf neben uns her, bis sie stolperte und kopfüber in den Dreck flog. Was wir kaum bemerkten.

Vogelsang und ich waren fast am Fuß des Hügels, wenige hundert Meter östlich der Wasserpumpe, als uns die Puste ausging und wir das Tempo zu einem forschen, steifbeinigen Gehen drosselten. Mit jagendem Puls hasteten wir weiter den Fahrweg hinunter, bis wir durch einen Lorbeerstrauch Sapers vor uns sahen, der mit dem Bulldozer manövrierte, als wollte er Deckung nehmen. Im Näherkommen sahen wir Marlon im Schatten eines Baumes stehen und aus einer Thermoskanne trinken, während sein Vater gerade die Schaufel der Planierraupe senkte und in die Erde des Fahrwegs rammte. „Ach, du Scheiße!“ sagte Vogelsang und ging etwas schneller. „Der planiert den Weg.“

Keine Frage, so war es. Hilflos sahen wir zu, wie er vor- und zurückfuhr, nach rechts und links schwenkte, Berge von Schutt zermalmte, ausgewaschene Wasserrinnen zuschüttete, dichtes Gestrüpp plattwalzte, den beinahe unpassierbaren Fahrweg begradigte und von tückischen Gräben befreite. Die Gänge krachten, schwarzer Dieselqualm stieg zum Himmel auf. „Hey!“ rief ich, aber die großen, blanken Raupenketten schoben sich einfach weiter geradeaus. Der Schweiß lief mir herunter – in Bächen, Strömen, gewaltige Deltas bildend –, die Sonne knallte mir gnadenlos ins Gesicht und packte mich mit ihrer Klauenhand an der Kehle. Neben mir hüpfte Vogelsang auf der Stelle auf und ab wie ein Massai beim Tanzritual. Sein Gesicht konnte ich zwar nicht sehen, aber seiner lebhaften Körpersprache war zu entnehmen, daß er ebenso verunsichert und ratlos war wie ich. Kurz darauf schloß auch Aorta humpelnd zu uns auf. Nachdem wir noch eine Weile dem Bulldozer beim Vor- und Zurückwalzen zugesehen hatten, drehten wir uns wie auf Kommando um und schlenderten zu Marlon hinüber, der im Schatten einer knorrigen Eiche stand.

„Hallo", sagte Vogelsang, als er seine Atemschutzmaske abgestreift hatte. Marlons spontane Reaktion darauf war, sich umständlich nach der großen Thermosflasche zu bücken und sie in die Arme zu nehmen, als befürchtete er, wir seien gekommen, um sie ihm abzuluchsen. Er sagte kein Wort, sondern blinzelte uns nur aus seinen blaßblauen irren Augen an. Sein Kopf war kurzgeschoren wie Aortas und wirkte unverhältnismäßig klein gegen seine restliche Körperfülle, der Kopf eines Straußes oder eines trägen Brontosauriers. „Weißt du, wie weit hinauf dein Vater die Straße planieren will?" fragte Vogelsang.

Marlon sah verständnislos von Vogelsang zu mir, als hätten wir von ihm verlangt, seine Familie an die Gestapo zu verraten oder sofort die Hosen herunterzulassen und Gedichte aufzusagen. Schließlich bemerkte er Aorta, und sein Gesichtsausdruck veränderte sich abrupt. Schmachtend und stumpfsinnig starrte er sie an, mit einem Blick, in dem sich Staunen, Gier und ungezügelte, anarchische Lust mischten, dann wurde er knallrot und wandte sich ab.

„Marlon", fauchte ich und bemühte mich dabei um den inquisitorisch drohenden und zugleich herablassenden Tonfall, den autoritäre Lehrerinnen, Feldwebel und professionelle Folterer so gut beherrschen, „du befindest dich hier auf Privatbesitz, weißt du? – auf *unserem* Besitz –, und wir würden gern wissen, was du eigentlich hier machst." Inzwischen bemerkte ich mit wachsender Panik, daß Sapers seinen Bulldozer genau in die Richtung wendete, aus der wir eben gekommen waren – den Hügel hinauf, zu unseren sprießenden Geheimnissen.

Marlon sah auf seine Füße (sie steckten in schwarzen Turnschuhen von Backblechgröße), dann hob er die Thermoskanne an die Lippen und nahm einen mächtigen, sabbernden Schluck einer dunklen Flüssigkeit, die ihm übers Kinn tropfte und das Hemd ganz naß machte. Er nickte heftig, und seine Lippen begannen zu zittern: Irgendein gräßliches Trauma wühlte sich aus den Tiefen seines Innersten empor, um sein Skelett mit seismischen Schauern zu erschüttern. „Cola trinken", schluchzte er schließlich. Dann kehrte er uns den Rücken, und seine großen, unförmigen Schultern zuckten heftig auf und ab.

Auf einmal hörten wir Sapers überrascht aufschreien und fuhren herum. Wir sahen gerade noch, wie er aus dem Sitz sprang und in einem sprudelnden Geysir landete. Selbst von unserem Standort aus konnte ich das zerfetzte Plastikrohr sehen: abgeknickt wie ein dünner Zweig und von der scharfen Kante der Planierschaufel zu einem kläglichen *V* mißgestaltet. Das Wasser spritzte zehn Meter hoch in die Luft – eine magische Fontäne, eine unverhoffte Quelle, ein geplatzter Hydrant auf der 142nd Street –, und auf einmal rannten wir erneut los. Keuchend, hysterisch: Jetzt lagen unsere Karten für jedermann offen auf dem Tisch.

Als wir näher kamen, bemerkte ich, daß Sapers völlig durcheinander war: mit der einen Hand hielt er seine Schirmmütze fest, mit der anderen kratzte er sich am Hinterkopf. „Lloyd!" brüllte Vogelsang und zog gleichzeitig Schutzbrille und Kapuze ab, während Sapers uns mit dem benommenen, verständnislosen Ausdruck eines Erdbebenopfers anstarrte. „Lloyd, ich bin's, Vogelsang." Sapers hatte uns natürlich schon vorher gesehen, aber lieber mit seiner Arbeit weitergemacht, als sich Zeit für den Austausch von Höflichkeiten zu nehmen. Er hatte uns sowieso nichts zu sagen. Aber als ich jetzt seine verblüffte Miene sah, wurde mir klar, daß er Vogelsang in dem Overall nicht erkannt haben konnte. Er hatte wahrscheinlich geglaubt, es handle sich um einen entsprungenen Patienten mit Verbrennungen dritten Grades oder das Mitglied einer Spezialeinheit für chemische Kriegführung – eben nur ein weiteres Element der feindseligen Mächte, die so unvermittelt in seine verschlafene Hinterwäldlerwelt eingedrungen waren.

Wir standen jetzt neben ihm. Vogelsang grinste, Aorta machte ein finsteres Gesicht, das Wasser schoß in die sengende Sonne empor und klatschte wieder auf die Erde, wo es den Staub aufwirbelte. Ich fühlte mich wie ein Zirkustier – Tiger, Bär oder Löwe –, das von der Peitsche getrieben wird und nur noch durch den brennenden Reifen entweichen kann. „Was in aller Welt ist denn das?" rief Sapers schließlich. Er meinte das Plastikrohr, das wir zwei Wochen zuvor unter dem unbenutzten Fahrweg vergraben hatten. Ich zuckte die Achseln. Aorta stemmte die Arme in die Hüften und starrte ihn mit einer Warum-fickst-du-dich-nicht-einfach-selber-Miene an. „Keine Ahnung", sagte Vogelsang. „Lieber Himmel, Lloyd, du weißt doch, daß ich das Land gerade erst neu gekauft habe – wir erleben hier andauernd irgendwelche Überraschungen."

„Aber, aber ...“ Zum erstenmal, seit ich das Pech hatte, ihm begegnet zu sein, schienen Sapers die Worte zu fehlen. „Aber“, stammelte er, „ich walz die Straße hier schon zwanzig Jahre lang glatt“ – er machte eine weit ausgreifende Handbewegung – „da waren noch nie Rohre im Boden drin.“

Vogelsang lachte – ein irres, heiseres Kinderschänderlachen. „Du lieber Himmel“, wiederholte er, als könnte die Anrufung einer höheren Instanz ihm irgendwie aus der Klemme helfen, „ich kann mir das überhaupt nicht erklären, Lloyd. Es ist mir ebenso schleierhaft wie dir.“ Vogelsang tastete hektisch seine Taschen ab und suchte nach dem Mundspray, das er endlich auch fand und mit sichtlicher Erleichterung verwendete. „Da werden wir wohl mal bei den Wasserwerken anrufen müssen, um rauszufinden, was die hier oben angestellt haben.“

Sapers sah ihn skeptisch an – er wußte ebensogut wie ich, daß die Wasserwerke hier am Rande der Wildnis keine Geschäfte machten, so daß Vogelsangs Andeutung so widersinnig und absurd war, als hätte er das Rohr einem sowjetischen Geheimplan oder irgendwelchen Außerirdischen in die Schuhe geschoben. Von der Skepsis war es nicht weit bis zum Mißtrauen. Ich konnte die Veränderung in seinem Gesichtsausdruck sehen, ich sah, daß er gerade etwas anderes, etwas Deutlicheres sagen wollte, Worten, die große Löcher in das ganze Lügengespinst reißen würden, mit dem wir unsere wahren Absichten getarnt hatten, als der Wasserstrahl schlagartig versiegte. Eben noch war er zum Himmel geschossen wie Old Faithful im Yellowstone Park, im nächsten Moment war es nur noch das Tröpfeln eines verstörten Knaben im Pissoir.

„Da will ich doch verdammt sein“, sagte Sapers.

Vogelsang setzte einen Blick konsternierten Erstaunens auf, das ebenso gespielt wie meines war. Das Wasser war aus einem einzigen und logischen Grund versiegt: die Pumpe hatte sich abgeschaltet. Wie beabsichtigt. Wir hatten vorher die Benzinmenge berechnet, mit der die Pumpe genauso lange arbeiten würde, bis alle Wasserbehälter gefüllt waren – in diesem Moment würde dem Motor das Benzin ausgehen, und er würde sich abschalten. *Putt-putt-putt, spotz.* Ganz einfach.

Wir standen herum und kratzten uns am Kopf, als plötzlich etwas hinter mir einen großen Schatten warf, so daß ich herumfuhr. Vor mir stand ein deprimierter Marlon, die Thermoskanne unter den feisten Arm geklemmt, die Augen verheult. Hinter uns tuckerte gedämpft die Planierraupe, auf dem Blech glitzerte noch Wasser. Vogelsang hatte inzwischen mit großer Geste das kaputte Rohrstück beiseite geschleudert, als hätte er nicht das geringste Interesse daran – als wäre das Ding, genau wie Steine, Bäume oder Insekten, nur eine weitere Manifestation des Unbegreiflichen in einem unergründlichen, rätselhaften Universum –, und versicherte Sapers jetzt ernsthaft, er wolle sich um die Sache kümmern und sich bei den Wasserwerken – „oder wer sonst dafür verantwortlich ist" – erkundigen. Marlon fing an zu wimmern.

„Was ist denn mit dir los?" fauchte Sapers.

Der Junge richtete einen Wurstfinger anklagend auf mich. „Der ... der hat mich ausgeschimpft, Papa."

Sapers warf mir einen raschen, vernichtenden Blick zu, einen Blick voller Verachtung, Haß und Abscheu, dann funkelte er den Sohn an. „Ach, halt den Rand, Fettsack." Schließlich sah er wieder zu mir. Ein boshaftes, schmales Lächeln umspielte seine Mundwinkel. „Na", grölte er, „was macht denn die Schriftstellerei, Shakespeare?"

Das dritte Problem war weder mechanisch noch menschlich. Es war vielmehr eine Manifestation der Wildnis, der Natur mit ihren blutigen Zähnen und Klauen, jenes pulsierenden, irrationalen Lebens, das uns umringt und umzingelt und das wir mit all unseren Straßen und Hochhäusern und Satelliten so gewaltsam zu verdrängen versuchen. Das Problem trat etwa zwei Wochen nach dem Vorfall mit dem Bulldozer zutage. Vogelsang hatte sich längst wieder in die kühlen, schattigen, allergenfreien Korridore seiner Villa in Bolinas zurückgezogen, die gnadenlose Sonne war am Himmel noch um ein oder zwei Grad höher geklettert, und der lebenswichtige Strom des Bewässerungssystems war eine glatte, zuverlässige Routinesache geworden, die wir allmählich als selbstverständlich hinnahmen. Dann aber, eines sengenden Morgens (aus verständlichen Gründen sowie im Einklang mit Dowsts überflüssigen Instruktionen wässerten wir in der Frühe und am Abend), nahm ich den Schlauch in die Hand und wollte gerade unser Jonestown-Feld mit dem schimmernden, kühlen Naß besprengen, da bemerkte ich zu meiner Verblüffung, daß kein Wasser herauskam. Ratlos schlenkerte ich den verdrehten Schlauch hin und her, zog ihn gerade, spähte in die Düsenöffnung wie der Clown in einer Lachnummer. Nichts. Dann folgte ich dem Schlauch bis zur nächstgelegenen Ansammlung von 200-Liter-Tonnen, die ich völlig leer vorfand, und als nächstes machte ich mich an den lungenzerfetzenden Steilhang-Aufstieg zum Hauptreservoir am Khaibar-Paß. Dort stellte ich fest, daß alle sechs der 1250 Liter fassenden Pferdetröge trocken waren, und schloß daraus, daß die Pumpe einen Defekt hatte. Doch nachdem ich durch Dornengestrüpp und wogende Brennesselfelder den Grat des Hügels zur Pumpe hinuntergestolpert war, sah ich, daß sie offenbar brav ihr Benzin verbraucht, das Wasser hinaufgepumpt und sich dann abgeschaltet hatte. Aber wo war das Wasser dann geblieben?

Meine Gefährten hockten verschwiemelt beim Frühstück, als ich ins Haus kam und berichtete, daß es wohl ein größeres Leck irgendwo im Rohrsystem geben müsse. Sie kratzten sich, gähnten und furzten, ihre Augen erinnerten an gehetzte Kreaturen. Gabeln klirrten laut auf Messer oder Teller, zwei Lippenpaare klebten schlürfend an den Rändern der Kaffeetassen. Seitdem die Hitze eingesetzt hatte, blieben wir meist bis spät in die Nacht hinein wach, verbrachten die Zeit mit Saufen und Witzeerzählen und spielten Poker, Monopoly und Whist; nach Schlafen war uns eher in der höllischen, schwindelerregenden Hitze des Nachmittags. Beim morgendlichen Gießen wechselten wir uns ab, wobei Dowst sich ebenso ins Zeug legte wie wir übrigen – wenn er da war. An diesem speziellen Morgen (wie an den meisten anderen) war er nicht da. Nein, er war in Sausalito, in seinem luftigen, von Ozeanbrisen gekühlten Apartment, und riß sich zweifellos ein Bein aus, um endlich die zusätzlichen Grassamen aufzutreiben, die wir so verzweifelt erwarteten.

Gesh blickte von seinem fettigen Teller mit Rührei und Chorizo auf und fragte, ob ich die Pumpe überprüft hätte. Ich nickte. Phil saß über einen Skizzenblock gebeugt. Die Allgegenwart von soviel antikem Schrott – der ganze Vorplatz lag voller Sprungfedern, Maschinenteile und ausgeschlachteten Autos – hatte seit kurzem das Feuer der Kreativität von neuem in ihm entfacht, und nun arbeitete er am Entwurf einer großen Skulptur, „ein Monument für unsere heroischen landwirtschaftlichen Bemühungen“, wie er erklärt hatte. Jetzt fragte er mißgelaunt, ob ich in den Sammelbecken oben am Berg nachgesehen hätte. „Jaja“, sagte ich und goß mir einen

Kaffee ein, der in Konsistenz und Geschmack an Zuckermelasse mit einem Schuß Magensäure erinnerte.

Es entstand eine kiefermahlende Stille, nur unterbrochen von einer Eidechse, die aus der Brotkiste huschte und die Wand hinaufschoß, dann legte Gesh die Gabel weg und leerte sein Saftglas mit einem einzigen, entschlossenen Zug. „Klingt, als wenn irgendwo ein Rohr kaputt ist", verkündete er.

Wir fanden das Leck recht bald. Die Hauptleitung von der Pumpe bergauf war dicht unter dem Jonestown-Feld unterbrochen, und zwar gleich an einem halben Dutzend Stellen, so als wäre jemand mit einem scharfen Werkzeug darüber hergefallen oder hätte sie aus nächster Nähe mit einem Kleinkalibergewehr zerschossen. „Jugendliche", sagte Phil. „Vierzehnjährige Halbstarke." Tatsächlich sah es ganz nach einer mutwilligen Zerstörung des Rohres aus, das wir der Einfachheit halber über der Erde verlegt hatten. Es war ein Moment großer Spannung. Wenn wirklich eine Horde pubertierender-Vandalen die Wälder durchstreifte, dann konnten sie nicht nur das ganze Unternehmen sabotieren und am Ende noch mit der halben Ernte verschwinden, sondern sie konnten uns ebensogut den Behörden ausliefern – vielleicht hatten sie es schon längst getan. Ich konnte förmlich zusehen, wie diese Erkenntnis allmählich ins Bewußtsein meiner Kameraden drang; in ihren Augen blitzten Angst, Haß und Mordgelüste auf. „Vielleicht war es Sapers", sagte ich, obwohl ich wußte, daß es nicht sein konnte. „Oder Marlon."

Es war Gesh, die Großstadtpflanze, dessen Hypothese sich schließlich als zutreffend erwies. „Irgendein Vieh", sagte er. „Ein großes." Wir sahen näher hin. Und wirklich, da gab es deutliche Indizien: geringelte Kothaufen mit den Farbflecken irgendwelcher Beeren drin, büschelweise stinkende rötliche Haare, Fußstapfen in der Größe von Tischtennisschlägern. In der ersten Panik war es uns irgendwie gelungen, sie zu übersehen, jetzt aber erkannten wir zweifelsfrei, daß das Zerstörungswerk nicht menschlichen, sondern tierischen Ursprungs sein mußte. Ich äußerte die Vermutung, es könne ein Bär gewesen sein, aber selbst wenn das stimmte, blieben die Motive für solchen Vandalismus im dunkeln. Was war so reizvoll an einem acht Meter langen, mit Tarnfarbe gesprenkelten Plastikrohr? Auch hierfür hielt Gesh eine Antwort bereit: Der Bär war durstig gewesen. Und faul obendrein. Statt den Hügel hinunter bis zum Bach zu wandern, konnte er seinen Durst ebensogut stillen – und als Zugabe noch duschen –, indem er einfach nur irgendein Teil unseres Aquädukts zerfetzte, über das er gerade gestolpert war.

Die Existenz des mutmaßlichen Bären wurde drei Tage danach bestätigt, als Phil mit der 125er Kawasaki auf der unteren Straße entlangdüste und hinter einer Kurve plötzlich etwas vor sich liegen sah. Bei näherem Betrachten stellte sich das Hindernis als ein wuschliges, massiges, rostbraun gefärbtes Ding heraus, das über einem frischen Haufen von beerengeflecktem Exkrement hockte: *der Bär.* Mit einem erschreckten Jaulen kam er auf die Beine, täuschte eine Flucht nach rechts vor und machte sich dann bergab auf dem Fahrweg davon, wohin ihm Phil sofort folgte. Das gewaltige, zottige Hinterteil des Tiers wackelte auf und nieder, Phil packte den Gashebel wie ein gefürchteter Jagdflieger, der sein Opfer aufs Korn nimmt. Hundert Meter, zweihundert, dreihundert. Und dann, als hätte er eine Ausbildung im Dschungelkampf, bog der Bär urplötzlich in einen Hohlweg ab. Phil dagegen erwischte in der Hitze des Jagdfiebers die Kurve nicht ganz, rammte einen umgestürzten Baum, was der Kawasaki das Vorderrad abriß, und flog mit einem dreifachen Auerbach in das trockene, harte Gestrüpp. Das Motorrad war hin, und Phil trug neben diversen Blutergüssen eine Schulterzerrung davon, aber wenigstens hatten wir die Identität unseres Widersachers einwandfrei und endgültig geklärt.

Es verstrich eine ereignislose Woche, die Hitze war stumpf und lähmend, als hätte uns jemand die flache Seite eines Schwerts über den Schädel gezogen, bevor der Bär erneut zuschlug. Diesmal kaute er ein Rohrstück am unteren Hang durch – der enorme Druck der Wassersäule ließ das Plastik bersten, und eine über zehn Meter hohe Fontäne spritzte in die Luft. Bis wir den Tatort erreichten, war die klatschnasse Kreatur in völliger Verzückung davongewackelt, nicht ohne noch eine Ecke der Feldumzäunung sowie acht gesunde Cannabisstauden zu zertrampeln. „Das muß aufhören“, knurrte Gesh und versetzte dem zerfetzten Rohr einen wütenden Tritt. Ich bemerkte sein bedrohliches Mienenspiel und sah schweigend zu, wie er Steine und Stöcke in den stummen Wald rings um uns pfefferte. In seiner Ungeschlachtheit und seinem Zorn erinnerte er selbst ein bißchen an einen Bären. Schließlich wandte er sich an Phil und mich und verkündete mit eisiger, tonloser Stimme, dieser Bär müsse verschwinden: entweder er oder wir.

Noch am selben Nachmittag legte Gesh Giftköder aus – mit Strychnin getränkte Markknochen und Nierenstücke –, während Phil und ich das zerstörte Rohrstück austauschten. Die blutigen Fleischbrocken sahen nicht sonderlich appetitlich aus, über und über mit noch sirrenden und bereits toten Fliegen bedeckt, aber ich nahm an, das würde einem marodierenden Unratophagen, der eine Schwäche für Plastikrohre und Campbell's-Dosensuppen hatte, nicht allzuviel ausmachen. Da irrte ich jedoch. Soweit wir sehen konnten, rührte der Bär keinen der Köder auch nur an, dafür lag eines Nachmittags ein toter Truthahngeier mit ausgebreiteten Schwingen in den Büschen wie ein weggeworfener Sonnenschirm.

Wie zum Ausgleich für seinen Verzicht auf die Giftköder gewöhnte sich der Bär an, jede Nacht unseren Müll zu durchstöbern, die mit schweren Drahtklemmen gesicherten grünen Plastiksäcke auszuweiden, an Konservendosen zu knabbern und eine glitschige Schicht aus zermanschten Gemüseresten, Fett und unidentifizierbarem Schleim auf der Veranda zu verschmieren. Gesh sah darin eine klare Provokation. Er brachte fast den ganzen Nachmittag damit zu, eine batteriebetriebene Beleuchtungsanlage zu konstruieren, die in der kommenden Nacht die zottige Gestalt des verdutzten Abfallfreundes lange genug illuminieren sollte, um sein Schicksal zu besiegeln. Bei Einbruch der Dunkelheit zog er sich einen alten Poncho über, hielt die Schrotflinte fest gepackt, rauchte einen Joint nach dem anderen und wartete grimmig auf eine verhängnisvoll klirrende Flasche oder Büchse, die das Erscheinen des Bären ankündigen würde. Als die Morgendämmerung im Osten mit rosa Fingern über den Himmel tastete, lag wie üblich auf der ganzen Veranda Abfall verstreut, und Gesh starrte ausdruckslos auf den Lauf seiner Flinte. „Hab keinen Ton gehört", sagte er kraftlos.

Dann verübte der Bär in rascher Folge mehrere blitzartige Überfälle, bei denen er drei Liter Motoröl verputzte, etliche Meter Stacheldrahtzaun eine halbe Meile quer durch den Wald schleifte, die PVC-Wasserleitungen an zwei weiteren Stellen durchlöcherte und schließlich das hintere Fenster der Hütte zertrümmerte, um an eine Kiste mit Aprikosenkompott zu gelangen (das er ungerührt auffraß, samt größeren Teilen der Einmachgläser). Diesmal war er zu weit gegangen; die Lage verlangte entschlossenes Eingreifen, und zwar umgehend. Wir begannen, auf unseren Rundgängen Waffen zu tragen.

An einem schönen, brütend heißen Morgen vom Typ Sonora-Wüste wanderte ich über die „Julie-Andrews-Wiese“ (mittlerweile braun wie die Pampa), unterwegs zum entlegensten und kärgsten Gebiet unserer Plantage. Die Stauden auf der „Wiese“ waren gut gewachsen, dunkelgrün und kräftig, schon jetzt fast einen Meter hoch, und ich blieb einen Moment stehen, um sie zu bewundern. Über der Schulter trug ich eine Hacke, in meinem Hosengürtel steckte die Magnum. Die Hacke war zum Jäten jenes karstigen Marihuanafeldes, das wir „Dukes Hoffnung“ nannten – eine ironische Reverenz an George Deukmejian, den fanatischen Justizminister von Kalifornien, der dadurch bekannt geworden war, daß er Fallschirmjägereinsätze gegen Haschischplantagen in den Bergen befohlen und diese Einsätze dann von Fernsehteams hatte filmen lassen. Die Pistole war für den Bären bestimmt. Wenn ich ihn entdeckte, würde ich ihn erschießen. Oder es jedenfalls versuchen.

Als ich die elastischen, fein gezackten Blätter voll Besitzerstolz ein letztesmal tätschelte und mich auf den Weg machte, dachte ich darüber nach, wie widersinnig, wie primitiv und atavistisch es doch war, in einem Zeitalter, in dem es nicht einmal mehr unverfälschten Dreck gab, auf Bärenjagd zu gehen. Seit meiner Kindheit hatte man mich gelehrt, die Natur zu verehren, meine Stimme gegen multinationale Konzerne, korrupte Schafzüchter, reaktionäre Präsidenten und Bodenspekulanten zu erheben, die das Land ausbeuteten, schändeten und verunreinigten. Ich hatte in der High School Ökologieunterricht gehabt, war zu Demonstrationen gegen Walfang und Waldsterben gegangen und hatte Kongreßabgeordnete mit Protestbriefen gegen geplante Lockerungen der Gesetze über küstennahe Ölbohrplattformen eingedeckt. Ich hatte das Abschlachten von Bison und Wandertaube gleichermaßen beklagt, war entsetzt über die Skrupellosigkeit von Menschen gewesen, die sich in Ozelotpelze hüllten oder Stiefel aus dem Bauchleder des Gavials trugen. Wer hätte anders gehandelt? Natürlich war es leicht, einen moralischen Standpunkt zu predigen, wenn man in einer Wohnung mit Teppichboden in New York oder San Francisco saß und ein Sandwich mit Avocadocreme und Sojasprossen mampfte. Jetzt stand ich auf der anderen Seite, jetzt war ich mit der Natur an ihren Wurzeln konfrontiert, statt auf dem Sofa zu liegen und davon zu lesen. Und in ihren Wurzeln war die Natur schmutzig, anarchisch, undiszipliniert, dem Fortschritt und dem amerikanischen Traum grundsätzlich feindlich gesonnen. So widersinnig es also auch klingen mochte: Obwohl ich jede Liste für die Erhaltung der kalifornischen Sierra und den Schutz des Kojoten unterschrieb, schlenderte ich jetzt mit einer schußbereiten Pistole durch die Gegend und war bereit – nein, begierig – zu töten.

„Dukes Hoffnung" bestand aus vierzig kümmerlichen Pflanzen zwischen den knorrigen Stämmen zweier alter Eichen. Wir hatten hier ohne viel Hoffnung angepflanzt, Löcher in die steinharte Erdkruste gegraben, um die Spätentwickler und die welken Ersatzpflanzen irgendwo unterzubringen, denen Dowst mit allen möglichen Tricks zur Verlängerung ihres beklagenswerten Daseins verholfen hatte. Ich wollte dort die Marihuanastauden wässern und düngen, Unkraut jäten und nach dem Zaun sehen. Doch als ich jetzt über den hinteren Hang der Wiese kam, merkte ich sofort, daß irgend etwas nicht stimmte. Zunächst einmal stand der Zaun nicht mehr, und im Näherkommen sah ich, daß der Karnickeldraht auf einer ganzen Seite akkordeonartig eingedrückt war, zusammengeballt wie unter dem Druck einer gewaltigen, zermalmenden Last. Zweitens aber – und dies bewirkte den eigentlichen Schock – war das Feld völlig kahl. Statt des zarten Grüns der ums Überleben ringenden Pflanzen sah ich jetzt nur noch gelblich-braune, kahle Erde. Ich warf die Hacke beiseite, zog die Magnum aus dem Gürtel und rannte wie ein Wilder den Hang hinab.

Nach dem grellen Sonnenlicht auf der Wiese irritierte mich der Schatten unter den Bäumen; ich blieb abrupt stehen, atmete schwer und suchte mit den Augen das Zwielicht ab. Einen Bären, dachte ich, und dieser Gedanke war lähmend: Ich werde einen Bären erschießen. Kein Kaninchen, kein Eichhörnchen, kein braunäugiges, wehrloses Reh – einen Bären. Knapp vier Zentner wütendes, behaartes Fleisch, mit Zähnen, Sehnen und Muskeln, mit Klauen so groß wie Fingern, mit Kiefern, die Glieder aus den Gelenken reißen und Knochen zermalmen konnten. Als ich im schummrigen Licht unter den Bäumen stand, meine Panik bekämpfte und blinzelte, bis mir die Augen tränten, fiel mir plötzlich eine Erzählung ein, die ich als Junge in einschlägigen Publikationen wie *Wahre Geschichten* oder *Natur und Abenteuer* gelesen hatte. Da war ein Aleuten-Fährtensucher von einem Grizzly angegriffen worden, der ihm das ganze Gesicht weggerissen hatte – Augen, Nase, Lippen, Zähne. Der Eskimo war dann mit diesem Schabefleischgesicht noch zwanzig Meilen weit gekrochen und hatte ein ganzes Dorf in Schrecken versetzt. Dann war er gestorben.

Meine Hand zitterte, als ich die Pistole hochhielt. Es war sehr still, das einzige Geräusch ein fernes Sirren von Insekten und das Keckern eines unsichtbaren Vogels. Abgesehen von einigen verstreuten Blättern war keine Spur von den Setzlingen zu sehen, die wir hier eingepflanzt hatten – bis auf die letzte Staude waren sie alle ausgerissen. Ich sah näher hin und erkannte die inzwischen vertrauten Tischtennisschläger-Abdrücke auf dem Boden. Und dann wurde mir schlagartig klar, daß ich auf dieser Lichtung unter den Eichen nicht allein war.

Seit einigen Sekunden schon hatte mein Ohr ein stetiges, deutliches Hintergrundgeräusch unter den Außenreizen herausgefiltert – ein dumpfes, rasselndes Ächzen, ein asthmatisches Schnaufen, wie es ein Staubsauger von sich gibt, der Schwierigkeiten beim Schlukken eines kleinen Steinchens hat. Nun registrierte ich das Geräusch allmählich und identifizierte als seinen Ursprung ein Gestrüpp aus Unterholz und Unkraut am anderen Ende des Feldes, keine zehn Meter entfernt von mir. In diesem Augenblick überfiel mich eine Erkenntnis, die mir die Knie weich werden und meine Kehle schlagartig austrocknen ließ: Der Bär war in diesem Gestrüpp. Mehr noch: er schlief dort, denn was ich da hörte, war ein regelmäßiges Schnarchen. Aber weshalb, so fragte ich mich, setzte sich dieser schlaue Nachtjäger so ungeschützt allen Widrigkeiten einer feindseligen Welt aus, weshalb hing er genau am Tatort herum wie eine Schnapsleiche – noch dazu bei hellem Tageslicht?

Die Antwort kam wie eine Fanfare: Der Bär war stoned. Zugekifft, voll drauf, ausgeklinkt und weggetreten – Meister Petz hatte sich den dicken Wanst mit vierzig Graspflanzen vollgeschlagen. Ich lauschte den tiefen, entspannten Atemzügen: ein und aus, ein und aus. O ja, dort im Gestrüpp lag der Bär, schlief einen monumentalen Kifferrausch aus und schnarchte so zufrieden vor sich hin, als hätte er sich gerade in seine Höhle getrollt, um einen langen Winterschlaf zu halten.

Das war sie, dachte ich, das war meine Chance. Ich konnte das ganze Magazin leerschießen und mich auf die höchsten Äste irgendeines Baumes retten, ehe ihm überhaupt dämmerte, was los war. Ich suchte das Blättergewirr mit der Aufmerksamkeit eines gedungenen Killers ab, der sein Opfer erwartet. Da, war das nicht die gesprungene schwarze Sohle seiner Pfote? Ja! Und dort, versteckt im Gebüsch, lag doch wirklich der immense, graubraune Koloß, wie ein Haufen verschimmelter Teppichreste, die jemand vom Fußboden einer überschwemmten Kellerwohnung abgekratzt hatte. Ich stützte die Pistole mit der linken Hand ab, wie Vogelsang es demonstriert hatte, und zielte.

Eine lange Sekunde verstrich, der Bär schnarchte, mein Finger krampfte sich um den Abzug, als könnte ich damit die Pforten zum Reich des Ruhmes öffnen. Ich erinnerte mich an den Pfadfinderführer, an die von Gewehrkugeln durchsiebte Zielscheibe, an Vogelsang und die Schrotflinte. Aber jetzt hatte ich keine Schrotflinte, sondern eine Pistole, und deren Benutzung verlangte Können und Konzentration. Was, wenn ich daneben schoß? Oder ihn nur verwundete? Und wenn ich ihn nun wirklich umbrachte, was dann? Würde ich ihn begraben? Häuten und auffressen? Ihn den Maden überlassen? Ich ließ die Waffe sinken. Man muß schon ein vollkommen abgebrühter, degenerierter, blutgieriger Schlächter sein, um einen schlafenden Bären abzuknallen. Da lag er nun in all seiner Großartigkeit, der Herr der Hügel und Täler, der Winterschläfer und Honigschlecker, das Symbol der Wildnis und der frei geborenen Kreatur – wer war ich, ihm das Leben zu rauben? Vielleicht konnte ich einfach nur in die Luft schießen und ihn verschrecken. Allerdings lief ich dadurch Gefahr, ihn statt dessen so zu erzürnen, daß er aufsprang und mir das Gesicht wegfetzte. Ich dachte kurz daran, mich davonzustehlen und Phil, Gesh und die Schrotflinte zu holen, um das Risiko und auch die gräßliche Verantwortung mit meinen Freunden zu teilen. Aber nein. Dafür blieb keine Zeit. Der Bär suchte unsere Felder heim, er zerstörte die Früchte unserer Arbeit, in die wir lange Planungen und viel Arbeit investiert hatten, er bedrohte den Erfolg unseres Unternehmens schlechthin. Ich hob die Pistole. *Töten!* gellte eine Stimme in meinem Ohr. *Töten!*

In diesem Augenblick reduzierten meine Optionen sich plötzlich auf Null. Der Bär nämlich spürte mit irgendeinem tiefverwurzelten Instinkt, daß ihn von der Ewigkeit nur ein halber Schritt trennte, wachte auf und steckte seine mächtige graue Schnauze aus dem Gebüsch. Er lag auf der Seite und hob jetzt verschlafen den Kopf, wie ein Frühschichtpendler beim ersten Schrillen des Weckers. Einen Moment lang musterten wir einander verwirrt. Seine großen schokoladenbraunen Augen waren von roten Venen durchzogen, aus dem aufgeklappten Maul hingen ihm Marihuanablätter, und sein Geruch – ein kotiger, ranziger, dampfender Gestank – hüllte mich ein. Ich stand da wie gelähmt. Verschreckt. Hypnotisiert.

Den Bann brach schließlich der Bär. Er rappelte sich auf wie ein Schwein, das nach dem Wälzen im Dreck auf die Beine kommt, ein junger Baum brach unter seiner Last ab, und ich feuerte. WAMM! Der Pistolenschuß krachte wie eine einschlagende Granate. WAMM! WAMM! WAMM! Wieder und wieder feuerte ich, wobei ich gleichzeitig zurückwich, die Nerven zum Zerreißen gespannt.

Ich traf daneben.

Als der Mündungsdampf verraucht war, stand der Bär immer noch genau dort, wo er kurz zuvor gestanden hatte, jetzt aber spiegelten sich in seinen Augen Andeutungen der Sterblichkeit wider. Er warf mir noch einen raschen, verblüfften Blick zu, als wollte er sagen: „Aha, du nimmst das Ganze anscheinend ernster, als ich dachte“, und dann war er verschwunden.

Er nahm dabei den hinteren Zaun mit und walzte eine Schneise durch das Unterholz, auf der Clyde Beatty mit all seinen Elefanten Platz gehabt hätte. Man hörte ihn noch eine ganze Weile im Wald rumoren. Ich blieb stehen und lauschte, bis das Geräusch im Summen der Insekten und dem gelangweilten Keckern des unsichtbaren Vogels unterging.

Kapitel 2

Noch ehe ich die Tüte mit deutschem Exportbier, gemischtem Aufschnitt und Cannelloni absetzte, die ich unter dem Arm trug, hatte ich schon alle Lichtschalter in der Wohnung angeknipst, die Klimaanlage aufgedreht, im Fernseher irgendeine hirnrissige Quizsendung eingeschaltet und auf dem Plattenspieler die „Carmina burana“ aufgelegt, daß es die Lautsprecher zerfetzte. Das war Leben. Ich fühlte mich wie Stanley bei der Rückkehr aus dem Dschungel, wie Zeus beim Blitzeschleudern; ich fühlte mich befreit, triumphierend, allmächtig. Auf mein Kommando surrten und klickten Maschinen, bliesen Luftzüge und erklangen Trompeten. Ich war zu Hause.

Gesh kam hinter mir die Treppe herauf wie ein Page, beladen mit Wein, Brötchen, Trauben, Oliven, Anchovis, Taco-Chips, französischem Senf und Artischockenherzen. Es war Freitag, zwei Uhr nachmittags, der Beginn des langen Wochenendes zum Unabhängigkeitstag, und wir waren hundertfünfzig Meilen weit weg von der Hitze, dem Dreck und dem Verfall des Sommerlagers. Ich war überglücklich. Bis auf eine Fahrt zum Laden für Landwirtschaftsbedarf der Friedman Brothers nach Santa Rosa war es das erste Mal seit vier Monaten, daß ich die Ortsgrenzen von Willits verlassen hatte. Vier Monate: ich konnte es kaum fassen. Die Welt hatte sich weitergedreht, Regierungen waren gebildet und gestürzt worden, Inflationsraten gestiegen und Börsenkurse noch weiter bergab getrudelt, die Menschen intrigierten, starben, errichteten Einkaufszentren, begingen heldenhafte und verworfene Taten, während ich die ganze Zeit über am Ende der Welt auf meinem Arsch saß, mir Allergien einfing und mich mit Bären und reaktionären Spießern herumschlug. Jetzt aber sollten meine Opfer endlich belohnt werden: Gesh und ich hatten einen Dreitagesurlaub vor uns; wir waren geil und wild, und es juckte uns zwischen den Beinen wie Viehtreiber beim Einreiten in Abilene.

Phil, der sich am Wochenende davor ein wenig Abwechslung in Tahoe verschafft hatte, war widerwillig darauf eingegangen, sich allein um die Pflanzen zu kümmern. „Ich werd schon damit fertig", sagte er, setzte aber, damit wir uns nicht zu behaglich fühlten, noch hinzu: „Solange Sapers bleibt, wo er ist, und der Bär nicht wieder hier rumschnüffelt." Aber wir ließen uns die Stimmung nicht vermiesen. Nach sechzehn Wochen der Abstinenz – sechzehn Wochen, in denen wir die Schafe lüstern ansahen, beim Gedanken an Bauernmädchen der Superschwergewichtsklasse aus dem Mund sabberten und detaillierte Phantasien über die Huren in Rio entwickelten – waren wir so scharf wie picklige Teenager mit nichts als Sex im Hirn. Bären, Bullen, Sondereinheiten, entgangener Lohn, gescheiterte Pläne, Schimpf und Schande oder Gefängnisstrafen: all diese Drohungen waren uns egal. Mit sehnsuchtsvoll verschleiertem Blick schwenkten wir in Gedanken bereits Cocktailgläser in schicken Glitzerbars voller Sekretärinnen, Kosmetikerinnen, Dichterinnen und Lautenspielerinnen. Unser Interessenspektrum konzentrierte sich auf einen sehr kleinen Brennpunkt. Momentan hatten wir eine, nur eine einzige Sache im Kopf: Frauen.

Gesh strich Sandwiches; ich duschte und rasierte mich. Dann, während er seinen Luxuskörper pflegte, setzte ich mich ans Telefon und ließ nichts unversucht, um eine der zahlreichen Frauen, mit denen ich in den letzten paar Jahren sporadische Beziehungen unterhalten hatte, zum Herüberkommen zu bewegen. Doch ich wurde enttäuscht. Amy und Marcia, so erfuhr ich, hatten geheiratet, und ich drückte beiden meine etwas matten Glückwünsche aus. Giselle war in Frankreich, Corinne zum Militär gegangen – und Annie war verstorben. Als bei Annie niemand ans Telefon ging, rief ich ihre Schwester an, die umgehend in Weinkrämpfe ausbrach. Es war ein ziemlicher Schock. Annie, die Dichterin, die Ballettratte, die Katzenfreundin; die stets gutgelaunte Annie mit den Sportlerbeinen – sie war überfahren worden, ausgelöscht von einem Cadillac Coup de Ville, als sie auf ihrem Moped die Market Street überquert hatte. Ich hatte mir den flüchtigen Trost einer Nacht mit ihr vorgestellt, hatte meinen Körper an den ihren schmiegen wollen, sehnte mich nach ein wenig menschlicher Wärme, und statt dessen wehte mir der Hauch des Grabes entgegen. *Sei nahe mir, wenn müd und matt / Mein Blut, wenn überreizt mein Geist ...*

„Scheißspiel", kommentierte Gesh, als er nach dem Duschen mit einer Plastikbürste an seinem Haar zerrte.

Ohne taktlos erscheinen zu wollen, mußte ich ihm doch aus vollem Herzen beipflichten: Es war einfach ein böses Omen für den Anfang, und die Bestürzung dämpfte meine Laune ebenso nachhaltig, wie es die Nachricht von einem Erdbeben in Cincinnati oder vom Ausbruch des Dritten Weltkriegs getan hätte. Gesh saß in der Ecke, eine Bierdose zwischen den Beinen, und beobachtete mich wortlos. Was konnte ich schon sagen? Es war echt herb, eine Schande, furchtbar schade und so weiter. Aber jedenfalls waren wir weg vom Sommerlager, und das allein genügte, um uns wieder auf Touren zu bringen. Es dauerte nicht lange, bis uns das Bier in Strömen übers Kinn lief und wir im Chor mit Orff grölten. Wir aßen die Sandwiches auf, tranken das Bier weg, arbeiteten uns von Orff zu den Stranglers, später zu den Rude Boys und schließlich zu den Armageddon Sisters, und dann stürmten wir zur Tür hinaus.

Bei der mexikanischen Wäscherei legten wir einen kurzen Halt ein, um dort acht pralle Säcke mit Handtüchern, T-Shirts und Unterhosen in unterschiedlichen Stadien der Gärung abzugeben, die mit Lack, Fett, Schweiß, Tomatenmark, Limonensaft und einem

Hauch von Bärenduft getränkt waren. Als nächstes fuhren wir in die Ashbury Street hinauf, um einen von Geshs Bekannten zu besuchen, einen Freizeit-Pharmakologen, der das verwahrloste Dienstbotenzimmer einer dreistöckigen klassizistischen Villa bewohnte; die restlichen Mieter waren ein Rechtsanwalt mit Frau, ein lesbisches Paar, drei iranische Studenten und ein arbeitsloser Zimmermann. Wir traten durch ein schmiedeeisernes Tor und erklommen sechs Marmorstufen. Gesh klopfte an.

Von drinnen ertönte eine Kakophonie von Hundegebell und Gewinsel, das Kratzen von Pfoten und Klauen an der Innenseite der Tür und schließlich eine ferne, genervte Stimme: „Komme schon!" Im nächsten Augenblick riß ein kleines Kerlchen mit Topfschnitt verärgert die Tür auf und versetzte gleichzeitig zwei zitternden Gordon-Settern einen bösartigen Tritt. „Ja?" fragte er und durchbohrte uns mit einem bösartigen Blick.

„Rudy da?" fragte Gesh.

Ohne ein Wort drehte Topfschnitt sich um und entschwand in die dunklen Gänge, wobei er die Tür weit offen und uns mit den vor Nervosität zitternden Hunden stehen ließ. Ich folgte Gesh ins Haus und machte die Tür hinter mir zu. Auf dem Weg durch eine dämmrige Eingangshalle, die mit Möbeln vollgestopft war – Beistelltischchen, Kleiderschränke, hohe Kommoden und niedrige Kommoden –, fühlte ich die feuchten Schnauzen der Hunde an meinen Händen. Von der Halle gelangte man in einen Salon, der mit Wäschekörben und Bücherkisten vollgestellt war und nach Katzendreck stank. „Hier lang", sagte Gesh. Wir gingen einen getäfelten Korridor entlang, vorbei an einem weiteren ungenutzten Zimmer, und dann eine Treppe hinunter, schoben einen Vorhang beiseite und standen dann in einer kleinen Wohnung.

Es roch nach Zwiebeln, Tabak und Franzbranntwein. Auf einer nackten Matratze in der Ecke lag ein Mann mit geflochtenem Haar im Lichtkegel einer Schreibtischlampe ausgestreckt und hielt sich ein Taschenbuch vors Gesicht. Außer der Matratze, die direkt auf dem Fußboden lag, bestand das Mobiliar aus mehreren Apfelsinenkisten, die entlang der Wand aufgebaut und mit Büchern, Schuhen, Kleidern und Zeitungen gefüllt waren, sowie einem Safe im Format eines Kühlschranks. „Hey", sagte der Mann, als wir hereinkamen. Dann sprang er aus dem Bett wie ein Raubtier und fauchte: „Raus hier, raus, ihr Scheißviecher!"

Er meinte die Hunde.

„Verdammt noch mal", knurrte er aufgebracht. „Diese stinkenden, haarenden Biester." Dann packte er Geshs Hand, und sein Gesicht verzog sich zu einem breiten Grinsen. „Gesh!" brüllte er. „Scheiße, Mann, wie geht's dir?"

Gesh sagte, er könne nicht klagen, und deutete dann mit einem Kopfnicken auf mich. „Rudy", sagte er, „Felix". Ich entschied mich für den Soul-Brother-Handschlag, aber Rudy griff auf althergebrachte Art zu und ließ meine Hand rotieren, als handelte es sich um eine Salami am Haken. Dann wirbelte er abrupt herum, watschelte auf den Safe zu und begann am Zahlenschloß zu drehen. „Und?" rief er über die Schulter. „Mal wieder was von Ziggy gehört?"

Während Gesh die Frage beantwortete – nein, er hatte nichts von Ziggy gehört, aber irgend jemand hatte geäußert, Ziggy arbeite jetzt als Kellner in Lahaina –, sah ich mir Rudy genauer an. Abgesehen von einigen wenigen der tiefäugigen Durchhänger, die sich in den Türeingängen der Mission Street an ihren Schnapsflaschen festhielten, hatte ich seit Jahren keinen so schrägen, fertigen und abgewrackten Typen wie Rudy mehr gesehen. Er war barfuß und trug zerfetzte Jockey-Shorts und einen gerippten Rollkragenpulli, an dem ein Button mit der Parole PLÄTTET DIE WALE steckte; seine nackten Beine waren unbehaart, die Haut eher gelb als weiß. Seine Frisur bestand aus dichten Zöpfen, die mit Furchen von rosa Kopfhaut abwechselten, als wäre sein Schädel die Blaupause für ein Labyrinth; er wirkte ausgemergelt wie ein KZ-Häftling kurz nach der Befreiung, die Nase saß ihm zu weit oben im Gesicht, und seine Augen waren zu groß für die Augenhöhlen, so daß die Lider breitgequetscht wirkten wie Bierbäuche, die unter eingelaufenen T-Shirts hervorquellen.

Der Safe öffnete sich und gab den Blick auf ein pharmazeutisches Sortiment frei: Tüten mit Milchzucker und Kokain, Unmengen von Mandrax in Streifenpackungen, die wie Wellpappe aufeinandergeschichtet lagen, und eine große Tupperware-Schüssel fest zusammengerollter Zwanziger, die von Schnipsgummis festgehalten wurden. Rudy nahm ein kleines medizinisches Fläschchen aus dem Safe und durchwühlte dann eine der Regalkisten an der Wand nach einer Tüte mit Gras und Blättchen zum Drehen. Die nächste halbe Stunde saßen wir im Schneidersitz auf dem Boden, über uns

Poster, die John Lennon, Margaret Thatcher und den Papst zeigten, führten unserem Organismus auf oralem und nasalem Wege diverse Substanzen zu und simulierten immer wieder andeutungsweise die Rollen von Gast und Gastgeber. Die Unterhaltung beschränkte sich im wesentlichen auf spontane Beiträge wie „Hm, au, Mann, kommt gut" und einen immer wieder aufflackernden Informationsaustausch zwischen Rudy und Gesh, der jedesmal damit begann, daß einer der beiden sagte: „Hast du mal wieder was von Soundso gehört?" Nach einer Weile schienen ihnen die gemeinsamen Bekannten auszugehen und lähmende Stille machte sich breit. Das war für Gesh und mich das Signal zum Aufstehen und zum Abdrücken der Hälfte unseres Taschengeldes für dieses Wochenende – sorgsam angespart von den acht Dollar *per diem*, die uns als Lohn zustanden –, für zwei Gramm Koks und fünfzehn Quaaludes. Dann wünschten wir Rudy alles Gute und zogen los, um die Stadt aufzumischen.

Es war sechs Uhr. Wir fuhren nach North Beach, parkten den Wagen und wanderten die grelle Neonfront der Straße ab. Ich fühlte mich gut, das Pflaster klickte unter meinen Stiefeln, aus allen Fenstern strahlte Licht, in den Straßen wimmelte es von Menschen, in der Luft lag Musik. Nach dem monatelangen Exil, nach den endlosen, abstumpfenden Stunden, die an unseren Kräften zehrten wie eine chronische Krankheit, war das alles märchenhaft, ein totaler Trip, und selbst der Radau des Verkehrs und die stinkenden Abgase erfreuten mein Herz. Ich hatte mit Magellan die Welt umsegelt, die eigenen Schuhe gefressen und dem Tod ins Auge gesehen, und jetzt war ich wieder zu Hause. Als Gesh sagte: „Gehen wir einen Cocktail trinken", tanzte ich schon auf der Straße.

Im ersten Lokal, das wir anliefen, wälzten sich nackte Frauen in einem Boxring voller Schlamm zu dröhnender Rockmusik. Wir tranken jeder zwei Stingers und einen Quack, dazu erfrischten wir uns auf dem Klo mit einer Nase Koks. Ich stand mit dem Rücken zum Tresen, auf die Ellenbogen gestützt, und betrachtete den künstlichen Schlamm, der den Catcherinnen an den Brustwarzen klebte und ihre Körperöffnungen feucht glänzen ließ. Meine Lippen wurden plötzlich von einem unbezähmbaren Bewegungsdrang befallen; ich lehnte mich zu Gesh rüber und begann durch die laute Musik ununterbrochen auf ihn einzubrüllen, weil das Kokain im Sprachzentrum meines Hirns rumorte. Das war gut, dachte ich mir, das war genau, was ich mir gewünscht hatte: sinnliche Reize, billig und laut. Ich fühlte mich mitteilsam, großzügig, witzig und unbesiegbar.

Zwanzig Minuten später, als die Wirkung des Kokains verebbte und das Methaqualon mir allmählich Sand in die Gelenke rieseln ließ, wurde ich philosophisch. Warum verspürten Menschen diesen seltsamen Drang, so sinnierte ich, nach künstlich verursachtem Vergessen? Die Welt war voller Säufer, Junkies, Katfresser und Ätherschnüffler. Halbe Kinder steckten den Kopf schon in Eimer mit Lackverdünner, Bären schlugen sich den Bauch mit vergorenen Beeren voll, Katzen rollten sich lüstern in Baldrian. Und hier war ich nun, bekifft und mit jeder Minute bekiffter, auf Urlaub von meinem neuen Beruf – der an sich schon eine Schande war –, und sah zu, wie sich zwei vollbusige Frauen in einer Wanne voll künstlichem Morast gegenseitig verdroschen. Die Erkenntnis traf mich wie ein Schwerlaster in voller Fahrt: Ich war degeneriert. Ich war nicht einmal ein armer Student oder ein Bauunternehmer, dem die Rezession zugesetzt hatte – nein, ich war ein Drogensüchtiger und Drogendealer, der wehrlose Menschen um ihr Leben und den Verstand brachte, ein feiger Profitgeier, dessen Götze der Mammon war. Jerpbak hatte recht gehabt, gerade mich vor allen anderen gegen die Wand zu schleudern: ich war ein gefährliches subversives Element. Auf einmal fühlte ich mich sehr deprimiert, meine Seele füllte sich mit Schwermut wie eine Karaffe mit saurem Wein.

Ich nippte lustlos an meinem Drink und sah zu, wie die eine Frau sich rittlings auf die andere setzte und die Pose eines Rodeochampions einnahm. In diesem Moment kam Gesh aus dem Männerklo, bahnte sich einen Weg durch das Gedränge vor der Theke und schob mir das Fläschchen mit dem Koks zu. Ich verschwand ebenfalls aufs Klo und genehmigte mir schnell zwei Nasen. Innerhalb von Sekunden fühlte ich mich besser. Unvergleichlich besser. Ich war kein Bösewicht, kein Mörder auf Raten und kein Raubritter mehr; ich war nur ein ganz normaler Bursche, der am Wochenende in die Stadt ging, um einen draufzumachen, ein Geschäftsmann, der der Allgemeinheit einen Dienst erwies. Sonst nichts. Ohne böse Absicht. Ich knirschte mit den Zähnen und fuhr mir vor dem Spiegel mit den Fingern durchs Haar, während das richtige Feeling zurückkehrte. Ich sah gut und gesund aus, bald würde ich reich sein, und dafür pflanzte ich eben ein bißchen was an. Na und? Als ich mich wieder neben Gesh an den Tresen quetschte, johlten die Zuschauer gerade beifällig. Ich drehte mich um und stellte fest, daß die obenauf sitzende Frau jetzt ihre Gegnerin mit dem Gesicht in den Schlamm drückte und ihr gleichzeitig auf die Flanke klatschte wie ein Jockey beim Start zu einem Rennen.

Die nächste Kneipe hatte einen Tisch für Poolbillard und stank nach ranzigem Fett. Zwei lässige Schwarze in lila Hosen und ein silberhaariger Typ im Anzug saßen an der Bar. Am Pooltisch stand eine ausgefranste Blondine und spielte solo, im Fernseher lief eine Seifenoper, aus der Musikbox trällerten Falsettstimmen zu einem wummernden Discorhythmus. Gesh ging erst mal aufs Klo. Ich bestellte zwei Bier und legte zwei 25 Cent-Stücke auf den Rand des Pooltisches. Die Blondine sah nicht einmal auf.

Als sie ihr Spiel beendet hatte, baute ich die Kugeln für ein neues auf, und sie legte einen satt knallenden Anstoß hin, mit dem sie gleich zwei Kugeln, beides volle, in die Taschen rechts und links hüpfen ließ. Ich kam überhaupt nicht zum Spielen. Als nächster versuchte es Gesh. Sie versenkte fünf Kugeln nacheinander, ehe sie einmal danebentraf. Gesh schaffte auch eine Serie von fünf, bis er dann eine kinderleichte Kombination direkt in der Ecke verpatzte. Ihr Stoß ging daneben. Geshs ebenfalls. Dann lochte sie ihre beiden letzten Kugeln ein, beförderte die Acht gekonnt quer über den Tisch und gewann das Spiel. „Guter Stoß", sagte Gesh. „Kann ich dich auf was einladen?"

„Tanqueray Martini", erwiderte sie. „Ohne alles."

Gesh stellte sich vor.

„Chinowa", sagte sie und hielt ihm die Hand hin.

„Und das ist Felix."

Sie wandte sich mir zu, die Lippen konzentriert geschürzt, die Augen hart wie glasierte Keramik. „Los, bau schon auf."

Eine gute Stunde lang spielten wir abwechselnd gegen sie, und sie gab den Tisch kein einzigesmal auf. Sie schien niemals die Kontrolle zu verlieren, ganz egal wieviel sie trank; das Queue glitt exakt auf der Brücke ihrer Finger entlang, als wäre es direkt an ihr Nervensystem angeschlossen. Gesh und ich dagegen ließen zusehends nach, da der Alkohol in Kombination mit dem Methaqualon unsere Koordination allmählich stark beeinträchtigte. Ihr machte das offenbar nichts aus. Tatsächlich schien es ihr sogar Spaß zu machen, uns zu demütigen, ungerührt Kugel um Kugel zu versenken, uns schwierige Bandenstöße und unmögliche Schüsse ins Mittelloch vorzuführen, während wir um den Tisch herumwankten, unser Bier verschütteten und nach der Kreide grabschten.

Trotzdem blieben wir. Ich weiß nicht, warum – ihretwegen vermutlich. In tiefer Andacht vor den Wundern der Natur beobachtete ich, wie ihre Waden sich anspannten, wenn sie sich über den Tisch beugte, und das scharfe Klicken ihrer Absätze formte sich in meinem Kopf zu einem archaischen Rhythmus. Das dritte Bier kippte ich hinunter wie Wasser. Ich schluckte noch eine Quaalude – um des Gleichgewichts willen – und malte mir allmählich ein Szenarium für den Rest des Abends aus. Chinowa, die mit ihren kräftigen Fingern und dem sicheren Queue eine geballte Ladung verzehrender erotischer Lust ausstrahlte, würde eine großgewachsene, geile Freundin anrufen, zu viert würden wir noch durch ein paar Nachtbars ziehen und uns dann in meiner Wohnung dem Vor- und Nachspiel widmen. Gesh beugte sich gerade über einen todsicheren Schuß auf die Acht, seine Augen schimmerten glasig, die Zunge hing ihm aus dem Mundwinkel, und ich wußte, daß seine Phantasie ganz ähnliche Bilder produzierte. Doch wie es das Schicksal wollte, verzog er den Stoß, die weiße Kugel ging total daneben, traf die hintere Bande und trudelte in einer perversen Linie zurück in die Mitte des Tisches. Chinowas Gelächter klang gellend und verächtlich. Sie beugte sich vor und knallte die Acht ins Loch, als würde sie auf einen Punchingball einprügeln.

Wir waren noch dabei, diese Schmach zu verdauen, zupften an unseren Bärten und drehten die Bierflaschen in der Hand, als ein kurzer, fröhlicher Pfiff – wie das Klingeln einer Türglocke, ein hoher und ein tiefer Ton – das Miasma der Musikbox (irgendein „Baby-Baby“ jaulender Kastrat) durchdrang. Langsam, wie sonnenbadende Schildkröten, wandten wir die Köpfe in Richtung der Theke. Mr. Silberhaar hatte sich von seinem Hocker erhoben, stand einen Moment lang reglos da und strich sich die Locken zurecht, dann schritt er, ohne einen einzigen Blick nach hinten, zielbewußt zur Tür hinaus. Als nächstes musterten wir Chinowa, die beim ersten Flötenton zusammengezuckt war und das Queue mit lautem Klappern fallengelassen hatte. Jetzt griff sie sich ihre Handtasche von einem Barhocker und hastete ebenfalls hinaus, wobei das Klikken ihrer Absätze in der plötzlichen dramatischen Stille zwischen zwei Songs wie Pistolenschüsse widerhallte.

„Die war sowieso einen Dreck wert", sagte Gesh und schob sich das untere Ende eines dreipfündigen Super-Chicken-Burrito in den Mund. Wir standen draußen auf der Straße und hantierten mit Burritos von der Größe mittlerer Garnknäuel. „Genau", sagte ich, indem ich mir Avocadosoße aus dem Gesicht wischte und versuchte, gleichzeitig zu reden, zu kauen und mein Gleichgewicht zu halten, „außerdem ist es auf jeden Fall noch viel zu früh, um sich für die Nacht festzulegen." Es war neun. Gesh sah angestrengt auf die Uhr, als könnte sie ihm nicht nur die Zeit, sondern obendrein auch die Position jeder einzelnen verfügbaren Frau in der Stadt mitteilen. „Ja", sagte er schließlich. „Ja, wir müssen in ein paar von diesen Discos rein, Alter. Los, wir gehen tanzen."

Es war ein edles Unterfangen, noch dazu edel formuliert. Beim Aussprechen des letzten Wortes jedoch – eines Wortes, mit dem man gemeinhin fließende Bewegungen und Grazie assoziiert – verlor Gesh leider die Balance und torkelte gegen das Fenster eines chinesischen Kräuterladens. Der Laden war dunkel, das Fenster stabil. Unglücklicherweise war der Burrito weniger stabil. Er flog ihm aus der Hand und klappte auf wie eine faule Banane. Genau auf seine Schuhe. Die Schuhe und der untere Teil seiner Hose wurden mit einer Mixtur aus scharfer Soße, Hühnerfleisch, grünem Paprika, saurer Sahne, Bohnen, Zwiebeln, Avocadosoße und Reis überzogen. Gesh starrte wie gebannt zu Boden, wie er eben noch auf die Uhr gestarrt hatte, und ein Ausdruck tiefer Fassungslosigkeit breitete sich über sein Gesicht. Er stand da wie ein Dorftrottel, der verständnislos seine über Kreuz verknoteten Schnürsenkel betrachtete. Ein Motorrad knatterte auf der Straße vorbei, jemand brüllte etwas aus einem Fenster im ersten Stock. Schließlich tat Gesh die Sache mit einer wegwerfenden Handbewegung ab und lallte: „Ach, scheiß drauf."

Die Ereignisse des restlichen Abends – vor allem die Reihenfolge – kriegte ich später nie mehr so ganz zusammen. Sicher ist jedenfalls, daß wir in einer Reihe von Discos rein- und auch wieder rauswanderten, die auf Heavy Metal, New Wave, Punk, Blues, Bluegrass, Reggae und Bossa Nova spezialisiert waren, und daß wir auf diversen gerammelt vollen Tanzflächen mit diversen Frauen umhertorkelten, die wir alle mit anzüglichen, versoffenen Sprüchen anmachten. Wir stanken aus dem Mund und konnten kaum noch gerade stehen. Im Zustand völliger Retardierung rammten wir Türpfosten, traten pausenlos Leuten auf die Füße, und zweimal wurden wir nicht mehr bedient. Ich erinnere mich noch dunkel, daß Gesh sich irgendwann über einen vierschrötigen, brutal wirkenden Gewichthebertypen mokierte. Der Kerl war Rausschmeißer in einem schicken kleinen Club, wo alle Gäste ausgesprochen adrett angezogen waren und sich anständig benahmen. „Das Arschloch ist ja fett wie ein kastrierter Kater", knurrte Gesh und zeigte mit dem Finger auf einen Riesenkerl, der wachsam mit verschränkten Armen in der Ecke lehnte und dessen Oberkörper aussah, als trüge er eine Schwimmweste unter dem Hemd.

Plötzlich war ich stocknüchtern. „Bist du verrückt?" fragte ich. „Die Arme von dem Typen sind ja breiter als mein ganzer Körper."

Gesh starrte den Riesen finster an. Im Kerzenlicht leuchtete die Narbe auf seiner Augenbraue mit mattem Glanz, wie das Weiße eines hartgekochten Eis. Als Antwort zuckte er nur die Achseln. Ich kannte Gesh und sein aufbrausendes Gemüt gut – da brauchte ich nur an die Zusammenstöße mit Vogelsang zu denken, an seine ungeduldige Art mit Dowst, an die Wut, die ihn packte, wenn einmal die Pumpe kaputtging oder der Jeep nicht starten wollte –, und ich merkte, daß ihn irgend etwas in Rage gebracht hatte: Er war ganz offensichtlich auf Streit aus. „Komm schon", sagte ich, „dieser Laden ist nichts für uns. Los, verschwinden wir hier."

Gesh sah den Rausschmeißer unverwandt an. Der Rausschmeißer seinerseits stand nur reglos da und ließ den Blick geringschätzig durch den Raum schweifen. Auf der Bühne, vor einem Gewirr von unbequemen Stühlen und blitzblanken Cocktailtischen, hockte ein Folksänger auf einem Stuhl und ließ die sechziger Jahre aufleben: alle Menschen werden Brüder und Liebe statt Krieg. „Dumpfbacke", murmelte Gesh, der immer noch den Gorilla anfunkelte. „Klomuschellecker." Ich wollte ihn zurückhalten, aber er stieß mich beiseite. Ich mußte zusehen, wie er an die Theke ging, einen dreifachen Pfefferminzlikör bestellte – er kriegte ein großes Wasserglas voll – und an dem Rausschmeißer vorbeischunkelte wie ein harmloser, leicht beschwipster Teenie, der sich gut amüsierte. Dann wirbelte er auf einmal herum und kippte dem Kerl das Glas mit einer eleganten Geste über den Kopf.

„Tschuldigung", sagte Gesh mit schiefem Grinsen.

Eine lähmende Sekunde lang verharrte der Rausschmeißer abwartend – Meint der Typ das ernst? Soll man sich über so was aufregen? – dann warf er sich mit der Wucht einer Abrißbirne nach vorn. Beim Anblick der zähen grünen Masse, die das Haar des Rausschmeißers verklebte und auf sein Hemd hinunterkleckerte, beschlichen mich düstere Vorahnungen: Gesh war offensichtlich wahnsinnig geworden, wir würden es in Kürze mit der Polizei zu tun bekommen, und ich würde wieder einmal tief in die Tasche greifen müssen, um eine Kaution aufzubringen. Doch Gesh verblüffte mich. So stoned, betrunken und weggetreten er auch war, er hatte seine Aktion immerhin gut geplant – „Wollte dem Kerl nur 'ne kleine Lektion erteilen", erklärte er mir später –, und im Augenblick der Wahrheit, mit perfektem Timing, rammte er dem Koloß einen blitzblanken Cocktailtisch vor die Knie. In einer Duftwolke von Pfefferminze fiel Goliath vornüber und zermalmte Drinks und splitterndes Glas, Holz und Resopal unter sich. Dies gab Gesh – und mir – die Gelegenheit, zur Tür hinauszustürzen, um die Ecke zu flitzen und dann eine Seitengasse entlangzustolpern wie behinderte Sprinter beim Training für die Versehrtenolympiade. Endlich kamen wir hinter einem überquellenden Müllcontainer zum Stehen, wo wir nach Luft schnappten und in ein nervöses, triumphierendes, schwachsinniges Gekicher ausbrachen. Es war albern, kindisch und letztlich total unbefriedigend, ein Streich, über den man sich mit sechzehn gefreut hätte. Andererseits war es aber auch wieder wahnsinnig komisch.

Mitten im Lachen, als wäre es eine natürliche Ergänzung des Scherzes, krümmte sich Gesh plötzlich und entleerte seinen Mageninhalt auf die Straße. Ich lauschte dem feuchten Würgen – das ersterbende Röcheln eines Schlachthelden, dem man ein Schwert in den Bauch gerammt hat – und spürte, wie mir selbst leicht übel wurde. „Dieses aufgeblasene Arschloch", keuchte er, ehe er sich erneut übergab. Als er fertig war, richtete er sich auf, wischte sich mit dem Jackenärmel den Mund ab und fragte: „Und was jetzt?"

Es war Viertel nach eins. Wir hatten den ganzen Koks und alle Quaaludes bis auf sechs Stück aufgebraucht. Die Nacht war kalt geworden, und ein klammer, heimtückischer Nebel waberte um die Straßenecken, glättete die Kanten und verwischte alle Unterschiede. Wir bogen vom Broadway ab und suchten nach einer Kneipe, die irgendwo in der Nähe sein mußte – jedenfalls glaubte ich das –, um uns noch einen Schlummertrunk zu genehmigen.

Ich fühlte mich ausgelaugt, als wäre ich seit einer Ewigkeit auf den Beinen, der letzte Versprengte eines erfolglosen Kommandotrupps auf den Philippinen, ein irregeleiteter Forschungsreisender auf dem Weg zurück in die Zivilisation. Der Abend war zweifellos enttäuschend verlaufen. In bester Laune waren wir aufgebrochen, voller Energie und lüstern wie geile Kater, und wir hatten alles verschissen. Total verpatzt. Standen mit leeren Händen da, mit halb aufgeweichtem Hirn und einem widerlichen Geschmack im Mund. Erstaunlich war daran allerdings nur, daß wir überhaupt etwas anderes erwartet hatten – denn es ist immer so gewesen, und es wird immer so sein: Das Leben gewährt keine Erfüllung, in Ewigkeit, amen.

Irgendwie war es wie Hochseefischen. Einmal im Jahr, immer wenn ich wieder vergessen habe, was für eine grauenhafte Beschäftigung es im Grunde ist, kriege ich Lust, fischen zu gehen. Es kommt dann immer ein Tag, an dem ich mit dem Gedanken an Haken, Schnüre und Schwimmer aufwache, an die Geheimnisse der Tiefsee und – ja, auch an gegrillte Makrele oder Steinbutt mit Saubohnensoße. Wie Ismael, wenn er zu lange an Land war, renne ich dann zum Hafen und schnuppere die salzige Luft. Dann reiche ich dem Käpt'n des Mietboots seine fünfunddreißig Scheine hin, geselle mich zu einem Grüppchen betrunkener Sportsmänner und kotze sechs Stunden lang über die Reling. Fische? Am Ende eines solchen Tages kann ich mir nie vorstellen, daß diese stampfende und rollende ozeanische Hölle etwas anderes ist als die leblose Wüste, nach der sie aussieht.

Auf dieser Ebene der Hoffnungslosigkeit befand ich mich bereits, als wir durch die Tür des Lokals traten, nach dem ich gesucht hatte, nur merkte ich sofort, daß es ein ganz anderes war. Voller Fremdlinge, die uns scharenweise anstarrten – Fremde, denen es scheißegal war, ob ich lebte oder starb oder in all meinen ruhelosen Wanderungen über das Antlitz der Erde je wieder so etwas wie Liebe erfuhr. Auf roh gezimmerten Tischen brannten Kerzen, aus Hunderten von Zigaretten stieg Rauch wie Senfgas auf, in der Musikbox dröhnte fetzig-rotziger Rock. Ich sah lange Nasen, ausgezehrte Hundegesichter, Ohrringe, Nasenringe, blaues Haar, orangefarbenes Haar. Niemand grinste.

„Äh, hör mal", sagte ich und ergriff Gesh am Arm, „ich glaube, das ist doch nicht der richtige Laden."

Gesh schien das wenig auszumachen. Er zuckte nur die Achseln und wollte gerade auf die Theke zusteuern, als eine kraftvolle Stimme durch das Getöse der Musikbox gellte und unsere Namen rief: „Gesh! Felix! Hey, ihr Säcke, was macht ihr denn so?"

Es war Rudy. Kleines Kinn, kleine Nase, eine Haut von der Farbe einer reifen Grapefruit. Er stand am Tresen, mit einem gnomenhaften Kerl, der an einen verkleideten Schimpansen erinnerte. „Hey!" grölte Rudy und winkte uns heran. „Das hier ist mein Freund Raul."

Raul maß etwa einsvierzig, und die Proportionen seines Oberkörpers waren ernstlich aus dem Lot. Er hatte enorme Schultern – breit wie die eines Footballverteidigers –, die im Nacken zu einem dicken Wulst zusammenliefen. Sein Hals war nicht vorhanden, und Brust und Unterleib wirkten völlig verkürzt, so daß es aussah, als hätte man ihn von oben zusammengestaucht. Ich schüttelte ihm die Hand und nickte ihm zu; in seinen schwarzen Augen lag ein irres Glitzern.

„Und das hier", stellte Rudy weiter vor, „ist Jones." Jetzt sah ich, daß neben Raul noch ein etwa dreißigjähriger Bursche stand, ein cooler Typ mit kurzem, straff nach hinten gekämmtem Haar, der einen Schlips von der Breite eines Zollstocks trug. Er nickte mir zu und ergriff mechanisch meine Hand. „Meine Freunde nennen mich Bud", sagte er.

„Hey, was wollt ihr trinken?" rief Rudy und fragte uns dann, wo wir unsere Bräute gelassen hätten. „Was denn, habt ihr noch nicht zugeschlagen?" Er schob mir einen Irish Coffee hin. „Ihr habt Glück, Jungs – Raul und ich und Jonesie hier wollten gerade in einen Laden gehn, wo die totale Action abläuft – stimmt's, Raul? – und ihr beide könnt gerne mitkommen, wenn ihr Lust habt."

Jones? Wo hatte ich diesen Namen bloß schon gehört? Jim Jones, Casey Jones, Philly Joe Jones? *I beat on the brat*, schrillte es aus der Musikbox, *I beat on the brat / with a baseball bat.* Ich nickte. „Warum nicht?"

Draußen war der Nebel noch dichter geworden. Autos verschwanden einfach, Parkuhren waren auf drei Meter Entfernung kaum noch zu sehen, das Licht der Schaufenster war so diffus, daß man es mit einem Buttermesser hätte verstreichen können. Zu fünft schoben wir uns aus der Kneipe, wankten eine Gasse entlang und überquerten dann eine Straße, die ich nicht wiedererkannte. Irgend jemand zündete einen Joint an und reichte ihn mir. Schweigend gingen wir weiter.

Ich war vorher schon ziemlich desorientiert gewesen, aber jetzt kriegte ich nichts mehr mit – anfangs dachte ich, wir gingen nach Chinatown, aber bei dem Nebel und nach diversen Richtungswechseln war ich mir nicht mehr sicher. „Im nächsten Block ist es", sagte Rudy, als wir in eine Straße einbogen, deren Lampen so sanft schimmerten wie ein Aquarell. Ich bemerkte eine blinkende rote Neonreklame zu meiner Linken, doch der Nebel war so dicht, daß ich die Schrift einfach nicht lesen konnte. Dann erklang Jones' Stimme, irgendwie körperlos, hinter mir. „So, das hier ist meine Straße, Leute – bis morgen dann, Rude."

„Hey, Jonesie –", Rauls Stimme, „– was ist denn mit dir los? Kein Saft in der Röhre?"

„Bin müde, Alter. Hey, war nett, euch kennenzulernen", sagte Jones, der jetzt nur noch ein Schemen war. „Ciao."

Wir gingen weiter. Bei einem Blick nach oben sah ich, daß die Laternenmasten in der Mitte abgeschnitten waren. Das obere Ende verschwand im Dunst, Erde und Himmel wurden eins. „Wißt ihr, dieser Jones ist echt ein Waschlappen", sagte Raul, was Rudy mit einem Wiehern quittierte. In diesem Moment wurde mir bewußt, daß mir Rudy ungefähr so sympathisch war wie Schlangen oder Doppelmörder und daß mir sein Freund mit dem Buckel noch weniger gefiel. Und Jones – Jones war einer von zehntausend Menschen, die man im Leben zufällig trifft und nie wieder zu Gesicht bekommt, trotzdem hatte er etwas an sich gehabt, das mich ziemlich nervös machte. Es war wohl nur der Name. Oder der kühle, ironisch-abschätzige Blick, mit dem er uns in der Kneipe taxiert hatte.

Auf einmal hatte ich die ganze Sache satt. Es war alles Scheiße – Rudy und Raul, der Traum des Sommerlagers, der Nebel, die späte Stunde, die Stadt, mein triebgeplagter, mit Drogen vollgepumpter und ausgelaugter Körper. Ich wollte nach Hause ins Bett, aber ich kehrte nicht um. Ich ging weiter, horchte auf das hypnotisierende Scharren unserer Schritte auf dem nassen Pflaster. Wie um mir zu zeigen, daß er noch am Leben und, wenn auch nur minimal, funktionstüchtig war, drückte mir Gesh in der Mitte des Häuserblocks etwas in die Hand. Es war der Filter des Joints, den wir geraucht hatten, kalt und schon lange aus. Ich warf ihn weg. Schließlich erreichten wir das Ende des Blocks und traten in die Türnische eines scheinbar geschlossenen Ladens. Raul klopfte an.

„Ja?“ kam eine Stimme von drinnen.

„Ich bin’s, Raul. Hab ein paar Freunde mitgebracht.“

Man hörte, wie ein Riegel zurückgeschoben wurde. Der Nebel hüllte uns ein wie der Atem eines Tiers. „Was ist das hier eigentlich für ’ne Bude?“ wollte Gesh wissen.

Die Tür ging auf und gab ein matt erleuchtetes Interieur frei: kahler Linoleumboden, nackte weiße Leuchtstoffröhren, zwei mit Graffiti beschmierte Klappstühle, die einsam an der Rückwand lehnten. Wir schlurften hinein, die Hände in den Taschen, die Schultern hochgezogen. Ich wußte überhaupt nicht, was mich erwartete – weder Rudy noch Raul hatten etwas anderes gesagt als „Einfach der total starke Trip“ und „Da fahrt ihr total drauf ab“. Als Raul jetzt die Tür hinter uns schloß, pfiff ich leise durch die Zähne.

Links von der Tür, von der Straße aus nicht zu sehen, stand ein provisorischer Tisch – die Sitze von vier Klappstühlen als Unterlage, und darüber eine Sperrholzplatte. Ein Mann in Hosenträgern und einem schmutzigen Tom & Jerry-T-Shirt nahm gerade wieder hinter dem Tisch Platz, als wir hereinkamen. Er sagte nichts, sondern sah uns nur desinteressiert an. Schief an der Wand hinter ihm hing ein Kalender, der aus irgendeinem obskuren und unheilvollen Grund bei November aufgeschlagen war. Das Gesicht des Mannes war durch irgendeine Hautkrankheit entstellt, die häßliche rote Pusteln aufwarf, als wäre der Kerl in einen Bienenstock gestolpert, und von seiner fast kahlen Schädelplatte hingen ihm dünne Haarsträhnen bis über die Schultern. Auf dem Tisch vor ihm stand eine Zigarrenkiste, daneben lagen ein Exemplar des *Wall Street Journal* und ein Gummiknüppel, als hätte sie ein Designer dort so arrangiert. Ich hatte eine Fete erwartet, irgendeinen Nachtclub, ein schäbiges Apartment mit ein paar Mädchen drin. Aber das hier? Was war das?

Der Mann – Gastgeber, Besitzer oder was immer er war – wirkte gelangweilt. Er strich sich das Haar aus dem Gesicht und deutete flüchtig auf die kahle halbhohe Wand, die sich quer durch den Raum zog – eine weißgestrichene Gipsfaserplatte, längst vor Dreck ergraut. Ich war verwirrt. Lagerraum? Büro? Dann bemerkte ich die Löcher. Unregelmäßig auf der flachen, glatten Wand verstreut, hatte jemand Löcher in den Gips gebohrt. Insgesamt waren es etwa zehn oder zwölf Stück, alle ungefähr in Hüfthöhe und von etwa sieben Zentimetern Durchmesser.

„Einen Zehner pro Schuß", sagte der Mann.

Gesh schaltete schneller als ich. „Sie meinen ... wir stecken da unser Ding rein ... und irgend jemand ...?" Es war, als hätte er den Chefkellner in „Ma Maison" gefragt, wofür eigentlich das Silberbesteck sei. Der Mann hinter dem Tisch starrte ihn einfach nur an. „Scheiße", Gesh lachte, „dabei wissen wir ja nicht mal, was dahinter ist, oder? Mensch, Tier, Pflanze oder Mineralreich?"

Wir alle, sogar der Besitzer, drehten uns um und betrachteten die stumme, leblose Fläche der Wand.

„Wen kümmert das schon?" sagte Raul, dessen Augen glänzten wie Ölseen. „Was willst du sonst machen, nach Hause gehen und dir einen runterholen?"

Ich war wie gelähmt. Er war primitiv, es war obszön, der Gipfel der Verderbtheit, Verworfenheit und Geschmacklosigkeit. Der Traum vom Schnellfick, gut und schön, aber das hier war ja die Anonymität schlechthin, kalt und seelenlos wie eine Hinrichtung. Es war abstoßend. Doch als ich zusah, wie Raul, Rudy und Gesh ihr Geld hinzählten, spürte ich auf einmal auch den perversen Reiz, der darin lag. *Liebe Mammi, versuch bitte nicht, mich zu finden. Es geht mir gut, ich habe eine ordentliche Stellung und immer genug zu essen.* Ich trat an den Tisch und reichte Tom & Jerry einen Zehn-Dollar-Schein.

„Such dir ein Loch aus", sagte er und schob mir ein abgerissenes Ticket hin.

„Wofür ist denn das?" fragte ich.

„Das ist hier doch hoffentlich alles hetero, oder?" Gesh redete ziemlich langsam. Er stand schon vor der Wand und fummelte an seinem Reißverschluß herum.

Niemand antwortete ihm.

„Das Ticket kommt ins Loch, Mann", sagte Tom & Jerry. Und dann veränderte sich zum erstenmal seine Miene; die Andeutung eines Grinsens hob seine Oberlippe um einen oder zwei Millimeter. „Wie im Kino."

Ich ging ans andere Ende der Wand und fühlte mich wie ein Idiot, fühlte mich beschämt, nackt und total bekifft. Das Loch war sauber ausgesägt, an den Ränder glatt abgeschliffen, aber rings herum lag ein schmutziger Kreis, und irgendein trauriger Witzbold hatte dicht darüber mit Filzstift geschrieben: *Ihr die ihr hier reintrötet, laßt alle Hoffnung fahren.* Was ist Lust, dachte ich, als ich mein Ticket durch die Öffnung schob. Was ist Körper und was ist Geist? Ich zog mir den Reißverschluß auf, stellte fest, daß ich eine Erektion hatte, und penetrierte das Loch in der Wand. Gesh lachte, Rudy war voll konzentriert. Neben mir, gegen die Wand gepreßt wie ein bußfertiger Sünder, stöhnte Raul leise, seine Züge waren ekstatisch verzerrt. Ich hörte das Sirren der Leuchtstoffröhren, die Traurigkeit packte mich wie eine Faust im Nacken, und irgend jemand – irgend etwas – umfing mich auf der anderen Seite, feucht und sanft, wie die Liebe.

Kapitel 3

Übellaunig, schweigsam, verkatert und verstimmt, eingezwängt zwischen acht Säcken sauberer Wäsche, diversen Einkäufen und drei Kühltaschen voller Eis fuhren wir unter dem großen bogenförmigen Portal der Golden Gate Bridge hindurch, ließen Sausalito rechts liegen und donnerten in die sengende Hitze der nordwärts führenden Route 101 hinein. Wir hatten noch sechs Dollar übrig – zum Tanken –, die zerschundene Auspuffanlage knatterte wie ein Kamikazeflieger im Zielanflug, und ein Konvoi von Sattelschleppern – mit Aufklebern wie ABSTAND HALTEN! MACH MEINEN HEISSEN REIFEN NICHT AN! oder PETROCHEM LTD. – blies uns Dieselabgase ins Gesicht. Gesh zündete sich eine Zigarette an. Ich drehte am Radio herum und bekam nacheinander eine Fundamentalistenpredigt, statisches Rauschen und Roy Rogers mit dem Lied „Happy Trails“ rein. Wir befanden uns auf der Rückfahrt in die Sklaverei.

Am Vortag – es war der 4. Juli, Unabhängigkeitstag – hatte uns irgendwann am frühen Nachmittag eine Salve von Kanonenschlägen und knatternden Knallfröschen aufgeweckt. Ich schreckte aus meinen sinnlichen Träumen hoch und war sicher, nun sei der Dritte Weltkrieg ausgebrochen. Dann hatte ich allmählich, aber zwangsläufig doch die Verbindung zwischen dem Zischen der Leuchtkugeln und der Geburt der Republik hergestellt und verzweifelt den Arm nach dem Glas Wasser auf dem Nachttisch ausgestreckt. Wenn es mir gelänge, dieses Glas zu erreichen, bestand noch eine Chance, daß ich überleben würde; wenn nicht, war ich verloren. Die Sonne fetzte durch die Vorhänge wie ein Rächerschwert, der Himmel war eine einzige Smogglocke, und der Gestank nach Schwefel hing in der Luft. Wegen des deutlich erhöhten Blutalkoholspiegels zitterten mir die Finger, in meinen Ohren kreischten Affen, und Kriegstrommeln schlugen ihren Rhythmus; ich schaffte es unter großen Anstrengungen, das Glas zu berühren, und warf es dann um. Danach lag ich keuchend da wie ein von der Flut ans Ufer gespültes Seeungeheuer, das nun der gnadenlosen Sonne und den scharfen, bohrenden Schnäbeln der Möwen ausgeliefert war. Kurz darauf fielen mir die Augen zu; ich döste wieder ein und träumte davon, daß ich durch die Atacama-Wüste taumelte, Nase und Ohren voll Sand, die Zunge am Gaumen festgeklebt, bis ich von dem nächsten heftigen Donnerschlag hochschreckte. Es blieb mir nichts anderes übrig, als aufzustehen und mir einen Liter Orangensaft nebst sechs Tassen Kaffee hineinzuschütten.

Gesh saß am Küchentisch und löffelte gelassen ein Ei im Glas mit Ketchup und grüner Peperonisoße, als ich hereinwankte. Ich hielt den Kopf unter den Wasserhahn und trank, bis mir fast alles wieder hochkam, dann stellte ich die Kaffeekanne auf den Herd und holte eine Dose Orangensaftkonzentrat aus dem Gefrierfach. Gesh öffnete knackend eine Bierdose und strich die Sportseite der Zeitung glatt. „Na, und was steht heute an?“ fragte er, ohne aufzusehen.

Während der gefrorene Orangensaftklumpen schmatzend aus der Dose rutschte und mit einem fäkalischen Platschen in den Krug fiel, wurden mir die Verästelungen von Geshs Fragen bewußt, und ich stellte erleichtert fest, daß er ebensowenig Lust hatte wie ich, das Debakel der vergangenen Nacht näher zu erörtern – das Kind war im Brunnen, vorbei ist vorbei, und so weiter –, sondern statt dessen frohgemut und optimistisch in die Zukunft blickte. „Es gibt ein Picknick“, sagte ich und erklärte dann, daß ich vorhatte, ein paar Freunde zu besuchen, mit ihnen verkohltes Grillfleisch und Wassermelonen zu verzehren und kreative Lügen über meinen Verbleib während der letzten vier Monate zu verbreiten. Am Abend war das große Feuerwerk am Fisherman's Wharf angesagt, und danach wollte ich mir Aortas Band, die „Nostrils“, in einem Club auf der Haight Street ansehen.

Gesh strich Butter auf ein süßes Brötchen und sagte, er würde das Picknick wohl ausfallen lassen. Er wolle sich ein bißchen frischmachen und so gegen sechs in die Stadt gehen, um etwas zu essen und das Feuerwerk mitzukriegen.

Als ich um halb sieben zurückkam, stürmte Gesh gerade aus der Tür. Er trug ein Hawaii-Hemd mit gelben Papageien und blauen Palmen drauf, sein Haar war mit Wasser fest an den Kopf geklatscht, und er stank nach Aftershave. „Super!" sagte er etwas zu laut. „Ich dachte, du kommst gar nicht mehr. Hör mal –", er war betrunken, aufgeregt und aus irgendeinem Grund völlig hektisch, „– kannst du mich in die Stadt mitnehmen?"

„Wohin denn?"

Er zog eine zerknüllte Serviette aus der Tasche, las eine Adresse davon ab und zerrte mich dann die Treppe hinunter und ins Auto. „Weißt du", sagte er, „ich werd mir wohl das Feuerwerk sparen – macht's dir was aus?"

Ich zuckte die Achseln. „Ach was."

Offenbar war er am Nachmittag in eine Bar voller Frauen geraten – „Unglaublich, Felix: lauter Bräute, mindestens dreimal so viele wie Typen" – und hatte sich mit einer von ihnen für den Abend verabredet. Sie hieß Yvette, war groß und spitzbusig und trug einen geschlitzten Rock. Gesh schlug mit dem Kamm den Takt zur Musik aus dem Radio und schwelgte auf der ganzen Fahrt ins Stadtzentrum in detaillierten Schilderungen von Yvettes Reizen. „Na ja, bis später dann", sagte er, als ich ihn absetzte und er wie der romantische Held in einem Broadway-Musical die Straße hinaufschlenderte. Auf einmal fühlte ich mich sehr deprimiert.

Das Feuerwerk ging in die Luft und verpuffte. Krach. Bumm. Ich sah trübsinnig zu, aß zwei fettige Frühlingsrollen und fuhr dann zu dem Club, wo die „Nostrils" spielten. Drei Dollar Eintritt, auf die Hand ein Stempel, der zwei Schweinenüstern zeigte, die aussahen wie ein Fernglas, jede Menge Ohrringe und lila Haartollen. Ich setzte mich an einen Tisch in der Nähe der Bühne, bestellte serienweise Tequila und Tonic, weil es mir vorkam, als fiele ich auf – *was ist denn das für ein abgedrehter Typ, der da alleine rumsitzt?* –, und machte es mir bequem, solange das Konzert noch nicht anfing.

Eine Stunde später betraten die „Nostrils" die abgedunkelte Bühne, stimmten ihre Instrumente und legten mit einer dumpf pulsierenden Version von „God Bless America" los, sobald die Lichter angingen. Fast im selben Moment fingen die Leute an, direkt unter der Bühne Pogo zu tanzen, woraufhin zwei hektische Kellnerinnen die Tische aus dem Weg räumten. Ich stand also auf und ging an die Bar, und weil die Bedienung ziemlich lahm war, bestellte ich gleich zwei Drinks auf einmal.

Die „Nostrils" waren eine reine Frauengruppe. Die Leadsängerin sah aus wie Bela Lugosi in vollem Tuntenputz, spielte auch Gitarre und gab überhaupt den Ton an; Aorta und eine zweite Background-Sängerin, die so ausgezehrt wirkte, als wäre sie direkt einem der Fotos aus Dachau entstiegen, begleiteten mit eigenartig heulenden Tönen die Kreissägenriffs der Elektrogitarre. Hinten auf der Bühne hockten die Bassistin und die Schlagzeugerin über ihren Instrumenten wie Gottesanbeterinnen und produzierten hämmernde Stammesrhythmen. Die Musik zog sich ohne die geringste Veränderung eine geschlagene Stunde lang hin. Ein Song ging unmerklich in den nächsten über, alle klangen gleich – oder vielleicht spielten sie nur ausgedehnte Variationen eines einzigen Songs. Ich war mir nicht sicher. Dann, mitten im Takt, brach die Musik so abrupt ab, als hätte jemand den Strom abgeschaltet, die Scheinwerfer gingen aus, und die Pogotänzer stellten ihre Rempeleien immerhin soweit ein, daß man in der plötzlichen Stille ihre zusammenhanglosen, hervorgebellten Drohungen hörte.

„Felix!" rief Aorta, während sie sich durch die Menge schob. „Nett, daß du gekommen bist. Hast dir freigenommen, was? Wie waren wir?"

Ich drückte ihr die Hand, die wie immer eiskalt war, und überlegte mir eine Antwort auf diesen gewaltigen Kommunikationsschwall. Für Aortas Verhältnisse war das schon eine Volksrede gewesen. „Ja, Gesh und ich sind über das lange Wochenende runtergekommen", sagte ich.

„Ist er hier?" Sie reckte den Hals und sah sich suchend um.

„Nein." Ich nippte an meinem Drink und log: „Die Musik war stark."

Das war höflich und außerdem eine geschickte Gesprächseröffnung, doch Aorta hatte keine Gelegenheit, darauf einzugehen. Eine Frau trat neben sie, in der ich durch Schweiß, verlaufene Wimperntusche und dick aufgetragenes, streifiges Make-up die Lugosi-Imitatorin erkannte. „Vena, das ist Felix – ein Freund von Vogelsang."

Vena warf mir einen knappen, kühlen Seitenblick zu und wandte sich dann an Aorta. „Hast du gemerkt, wer uns heute abend zusieht?"

Aorta, die ja nicht zu überschwenglichen Gefühlsausbrüchen neigte, hob unmerklich die Brauen, als Vena einen Namen nannte, der mir nichts sagte. „Wer ist denn das?" fragte ich, worauf beide Frauen sich umdrehten und mich ansahen, als käme ich gerade nach siebzehn Jahren aus einem sibirischen Gulag. Den folgenden Andeutungen entnahm ich, daß es sich um einen Schallplattenproduzenten handelte.

„Dem blasen wir jetzt den Schädel weg", sagte Vena und zündete sich eine Zigarette an. „Ich würde sagen, wir fangen mit ‚Burn Ward' an, und dann fetzen wir mit ‚Pink and Dead' los."

„Vorhin wart ihr ja schon ziemlich heiß", sagte ich. „Will eine von euch was trinken?" Ellenbogen stießen mich an, Leute lachten gellend auf, die allgegenwärtige Musikbox setzte mit einem Dröhnen ein. Vena lehnte sich gegen Aorta und brüllte ihr etwas ins Ohr. Ich berührte Aorta am Arm; sie sah kurz auf und warf mir einen Blick zu, der so leer war wie der Zwischenraum von einem Stern zum anderen – *Einen Drink?* fragte ich pantomimisch. *Willst du was trinken?* –, dann drehte sie sich wieder zu Vena. Was sollte ich tun? Ich rutschte zurück an die Theke und bestellte mir den nächsten Tequila. Ich weiß nicht, was ich von Aorta erwartet hatte – Sympathie, Erregung, Unterhaltung, Sex –, aber es war klar, daß ich es nicht bekommen würde. Voller Selbstmitleid, so einsam und verlassen, als wäre ich an der Festtafel des Lebens zur Diät vergattert, ging ich schließlich nach Hause und ins Bett.

Und jetzt, beim Knattern des kaputten Auspuffs, unter dichten Qualmwolken und Staubwirbeln, warf ich einen Blick zu Gesh hinüber und sah, daß für ihn das Wochenende offenbar auch nicht besonders erfrischend gewesen war. Er starrte aus dem Autofenster und zog mißgelaunt an seiner Zigarette, regungslos und stumm wie ein Felsblock. „Echt beschissenes Wochenende", sagte ich, ohne den Blick von der Straße zu wenden.

Gesh knurrte nur, doch es lag eine tiefe Bitterkeit in diesem Knurren, und obwohl er kein Wort von seiner Verabredung mit Yvette erzählt hatte, begriff ich, daß die wohl auch beschissen gewesen sein mußte. Unwirsch schnippte er die Zigarette aus dem Fenster ins Gras unter ein Schild BRANDGEFAHR, dann sah er mich an. „Dabei hast du das Schlimmste noch nicht mal gehört“, sagte er.

„Yvette?“

Gesh knipste das Radio aus. „Ich wollte es dir eigentlich gar nicht erzählen – es ist irgendwie peinlich –, aber wenn ich darüber nachdenke, dann war es im Grunde so grotesk, daß es schon wieder komisch ist.“ Er griff nach hinten und wühlte in der Kühltasche nach einem Stückchen Eis. „Also, ich hatte ja gleich am Anfang so ein Gefühl, daß irgendwas mit ihr nicht ganz stimmte – es war einfach zu schön, um wahr zu sein, weißt du? Einfach paradiesisch. Eine ganze Bar voller Wahnsinnsbräute und alle total scharf. Am Anfang dachte ich, das muß 'ne Nutte sein, so wie die gestern nachmittag auf mich los ist, aber sie war keine. Wir haben uns geküßt und an einem Tisch hinten in der Kneipe ein bißchen rumgeknutscht. Sie hatte nichts dagegen, also schlug ich vor, wir könnten ja noch woanders hingehn. ‚Ich hab noch eine Verabredung‘, sagte sie. ‚Aber heute abend hätte ich Zeit.‘

Na gut. Ich putz mich also raus und komm in bester Laune zu ihrer Wohnung, und als sie mir die Tür aufmacht, steckt sie da in Jeans und so einem engen Schlauch-Oberteil. Sie sieht phantastisch aus, aber irgend etwas an ihr wirkt komisch. Sie ist zu groß. Ihre Schultern sind zu breit. Mir kommt ein furchtbarer Gedanke. Aber ich kann's nicht glauben; ist doch Quatsch, denk ich mir, und ich guck sie mir noch mal an, und sie sieht einfach toll aus, total cool, wie auf dem Titelblatt von einer dieser Frauenzeitschriften.

Wir trinken also was. Sie geht ran wie eine Nymphomanin, aber ich halte mich irgendwie zurück wegen dieses komischen Gefühls, das ich am Anfang hatte. Ich versuche, ihr das Oberteil abzustreifen, und sie fummelt überall an mir rum. ‚Hör mal‘, sage ich zu ihr, ‚ich weiß nicht, wie ich dir das sagen soll, ich meine, hoffentlich bist du nicht beleidigt deswegen oder so, und wahrscheinlich bin ich ja auch total bescheuert, aber könntest du mir mal was sagen? Es ist wirklich wichtig für mich.‘

Sie sieht mich an, kalte grüne Augen, wie das Wasser unter der Bay Bridge, wenn man zum Fischen drunter durchfährt. ‚Was denn?‘ fragt sie mit ihrer zarten, dünnen Stimme.

‚Scheiße, ich weiß ja auch nicht, es ist total verrückt. Aber trotzdem, sag mal ... hast du ... ich meine, du hast doch wohl nicht etwa einen Schwanz, oder?‘

Auf einmal sehen ihre Augen so aus, als würden sie ihr in den Kopf reinrutschen, die Pupillen schrumpeln richtig zusammen, und sie macht ein Gesicht, als wenn sie gleich losheult. Und dann hält sie eine Hand hoch, Daumen und Zeigefinger zwei Zentimeter auseinander. ‚Ja', flüstert sie, und ich zucke weg, als ob mein Hemd in Flammen steht, ‚aber nur einen ganz kleinen, wirklich.'"

So gegen sieben Uhr abends erreichten wir den Rand von Willits. Die Sonne versank im Westen und ließ das gelbe Gras auf den Hügeln aufglühen, am Straßenrand zogen jetzt Bäume vorbei, und wir kamen an einer Reihe von ordentlichen, kleinen Häuschen vorbei, alle total identisch. Gesh war eingeschlafen, sein Kopf hüpfte auf und ab wie ein Spielzeug an einer Schnur. Ich dachte gerade an das Sommerlager, die Stauden, die in der prallen Sonne gediehen, den Dealer, der uns die gesamte Ernte abkaufen würde – gegen Barzahlung –, und daran, was ich mit hundertsechsundsechzigtausend Dollar anfangen konnte, als mir auffiel, daß der Wagen vor mir, ein VW-Käfer unbestimmten Baujahrs, sich etwas auffällig verhielt. Er kroch auf einmal nur noch dahin und schien rechts tiefer zu liegen, als hätte die Straße dort unter ihm nachgegeben. Als ich näher herankam und zum Überholen ansetzte, sah ich die großen, teilweise ausgebesserten Rostflecken und die Dellen an den Stoßstangen. Außerdem sah ich, daß der rechte Vorderreifen platt war und auf der Felge dahinrumpelte.

Ich gab schon Gas, um rasch vorbeizuziehen und den kranken Käfer zu einem kleinen Punkt im Rückspiegel zu reduzieren, als ich einen Blick auf den Fahrersitz warf. Was ich dort sah, änderte die Lage völlig: Augen, in denen man versinken konnte, ein Heiligenschein aus schwarzen Locken, lange, schmale Finger und eine offene Handfläche, die hektisch um Hilfe winkte. In diesem Gesicht lag echte Verzweiflung, die mir einfach das Herz erweichte. Was sie dagegen sah, konnte ihr kaum viel Vertrauen einflößen – nämlich den klapprigen Toyota, Geshs großen, auf- und abwippenden Strubbelkopf, mich, meine zudringlichen Blicke und mein schweißverklebtes Haar –, aber sie winkte nur um so heftiger. Mein Fuß löste sich vom Gaspedal.

Durch meine Jugend in New York war ich darauf konditioniert, hilfesuchenden Fremden grundsätzlich den Rücken zu kehren. Bettler auf der Straße stieß ich ganz routinemäßig beiseite, Bibelverkäufern, Avon-Beraterinnen und Pfadfindern mit Klingelbüchse wurde die Tür vor der Nase zugeknallt, am Telefon legte ich beim ersten Anzeichen eines Werbetricks sofort auf, ebenso vermied ich sorgsam jede Begegnung mit menschlicher Not und Verzweiflung. Gar nicht hinsehen, sagte meine Mutter zum Beispiel bei einem Mann, der verwachsen wie ein verbrannter Wurzelstrunk war und in der zitternden Faust die Stummel von drei mit dem Küchenmesser gespitzten Bleistiften feilbot. Bloß nicht einmischen, zischte sie, wenn ein Ehepaar sich auf dem Parkplatz vor dem Supermarkt wegen einer heruntergefallenen Packung Eier prügelte. Aber das hier war etwas anderes. Das war kein halbverrückter Penner, kein Frauenprügler oder Syphilitiker im Endstadium – es war eine Blume, eine betörende Schönheit, eine Frau mit einem Gesicht wie Iacopo Amigonis Venus. Sie hielt am Straßenrand an, die Felge des geplatzten Reifens klirrte wie eine Kuhglocke, und ich bremste dicht vor ihr ebenfalls.

Behende und zielstrebig stieg sie aus dem Wagen und kam auf mich zu, wobei sich mir faszinierende Einblicke eröffneten. Sie trug Turnschuhe, Jogging-Shorts aus Glanzseide, ein Oberteil, das ihre Schultern und den Nabel freiließ. Gesh war kurz hochgeschreckt, als ich auf den Seitenstreifen rumpelte, jetzt aber döste er weiter; sein Schnarchen ließ die eingetrockneten Nasenlöcher rasseln. Ich stieg aus.

„Das ist echt nett, vielen Dank", keuchte sie und schnappte nach Luft wie eine Langstreckenläuferin. „Ich bin so froh, daß jemand anhält – habt ihr einen Wagenheber?"

Sie stand jetzt direkt vor mir, sehr dringlich und sehr nahe, ihre Schultern zuckten, und die Hände hoben sich beschwörend. Sie hatte einen breiten Mund, eine Nase wie ein langes L und dunkle Haut. Eltern Italiener, dachte ich. Oder Griechen.

„Ich weiß nämlich nicht, wo meiner ist. Ich muß ihn wohl irgendjemandem geliehen haben. Einen Ersatzreifen hab ich jedenfalls, und wenn du mir euren Wagenheber kurz mal borgen könntest ..."

Als mir klar wurde, daß ich sie anstarrte wie ein Taubstummer, der mit schweren Medikamenten ruhiggestellt war, setzte ich ein breites Grinsen auf. „Klar, natürlich, kein Problem", bellte ich, drehte mich und fummelte an der Kofferraumhaube herum.

„Ich bin vorhin über irgendwas Spitzes gefahren", erklärte sie und warf einen Blick in unseren Kofferraum voller Hamburger-

Schachteln, Lumpen, Wäsche, Werkzeug, Farbspraydosen, aufgerissener Turnschuhe und grellbunter Taschenbücher. „Ich dachte erst, ich könnte es bis nach Hause schaffen, wenn ich vorsichtig fahre, aber dann war der Reifen bis auf die Felge durch, und der Wagen rumpelte auf einmal wie eine Achterbahn. Na ja, das war's dann. Ich hatte nämlich auch Angst um meine Sachen ..."

Ich sah sie fragend an, den Wagenheber in der Hand.

„Meine Keramiksachen. Ich bin Töpferin. In Willits, weißt du?" Sie nahm mir den Wagenheber so zwanglos aus der Hand, als hätte ich ihr auf einer Cocktailparty einen Cracker gereicht. „Direkt in der Oak Street – nur ein kleiner Laden, ‚Petras Töpferei' steht dran. Zwischen dem Immobilienmakler und dem Friseur."

Ein Wohnmobil von der Größe einer DC-7 donnerte vorbei, als sie sich bückte, um den Wagenheber unter den Rahmen des VW zu bugsieren und rasch ein paarmal herumzudrehen. Ich stand daneben und beobachtete das Spiel ihrer Locken auf den nackten Schultern, dann spähte ich durch das Wagenfenster und sah, daß der ganze Rücksitz mit Kisten voller Keramiktassen und zueinander passenden Milchkännchen und Zuckerschalen vollgepackt war. Einige größere, in Zeitungspapier eingewickelte Stücke – Wasserpfeifen, Samoware oder sonstwas, ich kannte mich da nicht so aus – lagen auf dem Boden vor dem Beifahrersitz. „Kann ich was helfen?" fragte ich.

Jetzt hockte sie neben dem platten Reifen, steckte den Kreuzschlüssel auf die erste Radmutter und hielt inne, um mit einem strahlenden Lächeln zu mir aufzusehen. „Nein danke", sagte sie, „ich bin nicht der hilflose Typ." Dann wandte sie sich wieder dem Rad zu, und ich sah, wie ihre Armmuskeln sich anspannten, als sie mit der Mutter kämpfte. Das Ding gab nicht nach. Sie drückte, bis ihre Schultern zu zittern begannen, dann stand sie auf, um eine bessere Hebelwirkung zu bekommen.

„Ich glaube, man muß vorher in die Hände spucken", sagte ich, und sie lachte.

Dann ging sie die widerspenstige Radmutter nochmals an: Mit zusammengebissenen Zähnen und einer Kraftanstrengung, die beinahe die Nähte ihres Oberteils sprengte, warf sie ihr ganzes Körpergewicht dagegen. Nichts regte sich. Ich sah ihr selbstgefällig, ja lüstern zu – es war mein Recht und Privileg, diese schöne Frau, diese Fremde anzusehen, weil dadurch, daß ich angehalten hatte, um ihr zu helfen, zwischen uns eine zweckgebundene Intimität entstanden war, und ich wußte, daß es nur noch wenige Augenblicke dauern konnte, bis sie mich bitten würde, ihr die Muskelkraft zu leihen, die ihr fehlte. „Puuh!“ sagte sie schließlich, „das ist ja ein harter Brocken.“ Sie richtete sich auf und wischte sich die Hände an den Shorts ab.

„Was dagegen, wenn ich's mal versuche?“ fragte ich mit vor der Brust verschränkten Armen.

„Die sitzt total fest“, sagte sie. „Bestimmt eingerostet.“ Aber sie lächelte freundlich-kapitulierend, das Zeichen dafür, daß sie nachgab und den Panzer der Kriegerin ablegte, wenn auch nur für einen Moment.

Ihr Akzent hatte eine leichte Tendenz zum Strangulieren der Vokale, und während ich mich hinunterbeugte, fragte ich sie, ob sie aus Buffalo oder Rochester komme. „Nur so aus Neugierde“, setzte ich hinzu. „Ich hab 'ne Menge Freunde da oben.“

„Aus Chicago“, sagte sie. „Ich heiße Petra, aber das hab ich dir ja eigentlich schon gesagt.“

Ich grinste sie an, ergriff die beiden Enden des Kreuzschlüssels wie Samson die Kiefer des Esels, nannte keuchend meinen Namen und riß mit voller Kraft an der Mutter. Nichts passierte. „Ganz schön fest“, knurrte ich und lockerte meine Rückenmuskeln.

„Bist du aus der Gegend hier?“ fragte sie.

Ich drehte mit aller Kraft an der Radmutter. Sie bewegte sich keinen Millimeter. Mit übertriebener Sorgfalt, als müsse das Werkzeug einen Defekt haben, zog ich den Schlüssel von der Mutter und musterte ihn prüfend.

„Ich meine“, half sie nach, „du kommst mir bekannt vor.“

„Ach“, sagte ich, während ich den Schlüssel bedächtig an einer anderen Mutter ansetzte und mich darauf vorbereitete, in einer mörderischen, herkulischen Kraftanstrengung meine Bandscheiben dreinzugeben, alle Muskeln zu zerren und mir einen Leistenbruch zuzuziehen. „Eigentlich nicht. Normalerweise wohnen wir in Palo Alto. Aber wir kommen öfter –“, ich unterbrach mich, um zähneknirschend an dem Werkzeug zu reißen, „– wir kommen öfter am Wochenende rauf, weil wir hier gerne –“, der Schweiß strömte mir in Bächen von der Stirn, ich kochte vor Wut und fühlte mich wie ein totaler Versager, so daß ich die letzten Worte beinahe brüllte, „– angeln gehen.“

„Scheint so, als ob das Teil da gar nicht runtergeht, was?"

„Nein, nein", sagte ich und sammelte meine Kräfte für den nächsten Versuch, „keine Angst. Es ist bloß –", wieder legte ich mich ins Zeug, bis ich spürte, wie etwas in meinen Eingeweiden riß, „– festgerostet, sonst nichts."

Genau in diesem Augenblick, als hätte das Schicksal die Choreographie dafür geschrieben, als wären alle Zeiger aller Uhren, die im Laufe der Geschichte die Zeit gemessen hatten, aufeinander abgestimmt worden, um diesen Augenblick auf dieser Straße, an diesem Tag zur Farce werden zu lassen – genau dann, als meine Wachsamkeit nachließ und meine Leidenschaft alle Instinkte lahmlegte –, glitt der Streifenwagen der California Highway Patrol mit rotierenden Warnlichtern lautlos an den Straßenrand hinter uns. Ich erstarrte zu einem lebenden Bild: *Mann beim Reifenwechseln.* Petra blickte auf das undurchsichtige Fenster des Polizeiautos und stemmte die Hände in die Hüften.

Die Tür des Autos schwang auf, es erschien ein blitzender Stiefel. Und dann stieg Officer Jerpbak aus dem Streifenwagen: ein Meter achtundachtzig, vierundachtzig Kilo, sehnig und zäh, jedes Haar des Schnurrbarts auf die vorgeschriebene Länge getrimmt. Er hatte seinen Block für Strafmandate dabei, die Spiegelsonnenbrille blitzte heimtückisch. „Was ist denn hier kaputt?"

„Nichts, was wir nicht selbst beheben könnten", sagte Petra scharf.

Auf der Straße rumpelte ein Kleinlaster vorbei, dahinter schoß ein Kabriolett heran, scherte mit einem Röhren des Auspuffs zum Überholen aus und verschwand dann in der Ferne. Ich richtete mich – bedächtig und wachsam – auf, in der Hand immer noch den Radmutternschlüssel, und wußte nicht, was ich tun sollte. Das Gesicht abwenden, die Stimme verstellen, das Werkzeug beiseitelegen, ganz unauffällig zum Toyota zurückgehen, den Motor anlassen und davonfahren? Der Schlüssel war plötzlich zwölf Tonnen schwer, mein Herzschlag dröhnte mir in den Ohren. Nun war es so weit, hier kam er: Jerpbak. Jerpbak, der Gesetzeshüter, Jerpbak, der gnadenlose Jäger. Höchstpersönlich. „Nur eine Reifenpanne, Officer", sagte ich. Meine Stimme klang hohl, tonlos, schrill und gepreßt.

„Aha", sagte Jerpbak, ohne mich anzusehen, „Miss Pandazopolos." Er kam zu dem VW herübergeschlendert, stützte einen Fuß auf die Stoßstange und spielte mit seinen Strafmandaten. „Und ihre Schrottgurke."

„Ach, was soll denn das? Lassen Sie mich doch in Ruhe, Jerpbak." Sie verschluckte den zweiten Vokal seines Namens, so daß nur ein blökendes Geräusch daraus wurde.

Wenn Jerpbak bis zu diesem Moment noch leicht belustigt ausgesehen hatte – etwa so wie ein Neunjähriger mit einer Schachtel voller Frösche und einem spitzen Drahtende –, so wurde er jetzt schlagartig ernst. „Einsteigen, meine Dame", fauchte er. „Ich werde jetzt eine Inspektion dieses Fahrzeugs vornehmen."

Petra fixierte ihn mit einem Blick von derart intensivem, glühendem Haß, daß ich befürchtete, sie würde im nächsten Moment Feuer fangen, und mich durchfuhr ein wohliger Schauer, als mir klar wurde, daß sie und ich – diese phantastische, vollippige, langbeinige, braungebrannte, scharfe Frau und ich – durch die Situation Verbündete geworden waren. Sie setzte zu einem Protest an, doch Jerpbak, absolut unnahbar hinter der Sonnenbrille, kritzelte bereits etwas auf seinen Block, also stapfte sie wutschnaubend um den Wagen herum und ließ sich auf den Fahrersitz fallen.

In diesem Augenblick wandte sich Jerpbak an mich. „Und wer sind Sie?"

„Ich?"

„Ja, Sie."

„Niemand. Ich meine, äh, ich hab bloß hier angehalten, um zu helfen, und, äh –"

„Sind Sie aus der Gegend hier?"

„Ich? Nein, nein. Ich bin nur auf der Durchreise, bin noch nie im Leben hier gewesen. Ich wohne in San José. Bei meiner Mutter."

„Komisch", sagte Jerpbak und scharrte versonnen mit der Stiefelspitze im Sand, „irgendwie kenne ich Sie." Und dann kam wie aus der Pistole geschossen die Frage, die ich am meisten gefürchtet hatte: „Schon mal in Tahoe gewesen?"

„Wo?"

„Sind Sie schwerhörig? In Tahoe. Lake Tahoe."

Scheiße, dachte ich, und ich spürte, wie etwas riß, ein Gummiband, das bis zum Zerreißen gespannt war. „Ja", sagte ich. „Da bin ich schon gewesen." Und dann: „Hören Sie, was soll das Ganze eigentlich? Wollen Sie mich anzeigen, weil ich hier den barmherzigen Samariter spiele, oder was?"

Es entstand eine lange Stille. Jerpbaks Brille wirkte wie die Augen eines Raubinsektes, riesengroß, seelenlos, unergründlich. In meinem Kopf rumorten Trommeln, mir platzte fast der Brustkorb, ein LKW raste mit orgiastischem Zischen vorbei. „Sie sind mir unsympathisch", sagte Jerpbak schließlich. „Ihr Hemd, Ihre Schuhe, Ihre Frisur und Ihr Ton. Sie sind mir dermaßen unsympathisch, daß ich Ihren Arsch in einer Zelle festsetzen werde, wenn Sie sich nicht innerhalb von maximal dreißig Sekunden in Ihren beschissenen Toyota schmeißen und sich verpissen. Legen Sie's nicht drauf an." Dann drehte er mir den Rücken: Ich durfte wegtreten.

Nun stand Jerpbak vor Petras Autofenster. Sie starrte stur geradeaus, reglos wie eine Katatonikerin. „Führerschein und Zulassung", verlangte Jerpbak. Sie rührte sich nicht. Er wiederholte die Aufforderung.

Petra sprach mit sanfter Stimme. „Hören Sie endlich auf damit", sagte sie.

„Führerschein und Zulassung."

„Also gut." Sie sah ihn an. „Ich hab meinen Führerschein vergessen. Er liegt irgendwo bei mir zu Hause."

Ich beobachtete Jerpbaks Hinterkopf, studierte seine stiernackige Schulterpartie. „Dann muß ich Sie leider verhaften", sagte er. Verhaften? Ich war völlig verdutzt. Der Mann ist ja übergeschnappt, dachte ich. Ein Sadist. Ein Nazi.

„Scheiße!" schrie Petra und sprang aus dem Auto. „Sie wissen doch ganz genau, daß ich einen Führerschein habe, verdammt – Sie nerven mich ja wohl oft genug deswegen, oder? Wie oft haben Sie mich denn in den letzten drei Monaten angehalten? Was soll das heißen, ich hätte keinen Führerschein?" Sie stand direkt vor ihm, die Adern an ihrem Hals schwollen an, ihre Augen schleuderten Fausthiebe.

Jerpbak wich keinen Millimeter zurück. Er bewegte sich nicht, stand stocksteif da und spielte ein bißchen an seinem ledernen Halfter und dem harten Plastikgriff des Revolvers herum. Seine Stimme klang beinahe müde. „Los, stellen Sie sich vor den Wagen!" sagte er.

Sie zögerte; er packte ihren Arm. Sonst nichts; er packte ihren Arm und wirbelte sie dann herum. Ich weiß nicht, was über mich kam – ein fehlgeleiteter Impuls von Ritterlichkeit vermutlich, oder vielleicht war es auch etwas Tieferliegendes, etwas Archaisches, Urtümliches. *Töten, vögeln, fressen*, sagt uns das Es, und manchmal hören wir eben darauf. In diesem Fall hing natürlich alles mit Sex zusammen. Wäre ich dazwischengegangen, wenn Petra wie Edith Sitwell oder Nancy Reagan ausgesehen hätte? Aber ich mischte mich ein. Ich glaube, ich sagte etwas Vernichtendes wie „Hey, kein Grund, gleich so rabiat zu werden", und vielleicht hob ich auch die Hand, in der vagen Absicht, Jerpbaks Arm festzuhalten – ach was, allerhöchstens habe ich ihn gestreift, nichts weiter. Aus Versehen.

Gestreift oder festgehalten – selbst wenn ich ihm den Radmutternschlüssel übergezogen hätte, wäre die Reaktion kaum anders ausgefallen. Einhundertzwanzig Sekunden später war ich mit Handschellen an Petra gefesselt und saß auf dem Rücksitz des Streifenwagens; mein Handgelenk schmerzte, meine Knie waren eingeklemmt, mein Herz raste, und ich sah einer Anklage wegen diverser Straftaten entgegen, angefangen von Behinderung eines Streifenbeamten beim Ausüben seiner Dienstpflicht bis zu tätlichem Angriff, schwerer Körperverletzung und versuchtem Mord. Der Polizeifunk plärrte unverständliches, blödsinniges Zeug, die Sonne knallte durch das Fenster herein. Ich beobachtete, wie Jerpbak zu dem Toyota hinüberschlenderte und Gesh wachrüttelte. Ich war fuchsteufelswild, wie ein Stier in der Arena, dem das Blut aus den Nüstern spritzt.

Mit ihrer freien Hand tätschelte Petra meine gefesselte. „Tut mir leid", sagte sie. Ihre Augen waren weit aufgerissen und schimmerten feucht, wie bei einem Tränengasopfer. „Aber ... aber dieser Kerl ist einfach verrückt. Er glaubt, daß ich ... er ... er schikaniert mich." Sie lehnte sich an mich, und ich spürte, wie sie vor Schmach und Wut zitterte, bis ihr dann das erste Schluchzen in der Kehle hochstieg. Kurz brachen die Tränen hervor wie Flutwellen auf einen Strand, das ganze Auto bebte von der Gewalt ihrer Gefühle. Eben noch hatte ich verworren an Flucht gedacht und daran, Jerpbak anzuspringen und dann davonzurennen; dann, etwas nüchterner, an Anwälte und Gefängniszellen und daran, daß dies das Aus für das Sommerlager war und daß ich, endgültig und unwiderruflich, meinen Partnern alles versaut hatte – mit einem Wort: Ich hatte an nichts als mein kleines, jämmerliches Ich gedacht. Nun aber, ohne nachzudenken oder zu zögern, ebenso instinktiv, wie ich jemandem, der ausgerutscht war, die Hand zum Aufstehen reichen oder einem Kind mit schweren Einkaufstüten die Tür aufhalten würde, ergriff ich mit meinem freien Arm ihre Schulter und zog sie an mich. Was hätte ich denn sonst tun sollen?

Kapitel 4

Im Gefängnis von Willits belehrte man mich über meine Rechte, fotografierte mich und machte Fingerabdrücke von mir, nahm mir meine private Habe ab und führte mich in eine Gemeinschaftszelle, die ich mit zwei Happy-hour-Säufern, einem aknezerfressenen Ladendieb, einem obdachlosen Indianer und einem älteren Mann teilte, der seine fünfundsiebzigjährige Mutter im Streit um eine Dose mit Dr. Pepper-Diätlimonade niedergeschlagen hatte. Als Haftgrund gab man mir an, ich hätte einen Polizeibeamten beim Ausüben seiner Dienstpflicht behindert und ihn zudem tätlich angegriffen. Die Kaution wurde auf 2000 Dollar festgelegt.

Die Zelle war groß und hatte einen Kachelboden (leicht mit dem Schlauch zu säubern, wie ein Zookäfig); sie enthielt mehrere Klappbetten und zwei Klomuscheln. Der Indianer – anfangs hielt ich ihn für einen der Billardspieler aus Shirelles Kneipe – stand gegen das Gitter gelehnt und rauchte, als ich in die Zelle gestolpert kam. Ein Zahnstocher ragte ihm aus dem Mund, und seine Augen sahen aus wie tiefe Becher voll Blut. Die anderen lagen schweigend auf ihren Betten, gelähmt von jener eigenartigen Antriebslosigkeit, die immer einsetzt, wenn eine Zellentür krachend zufällt und man sich eingesperrt und machtlos vorkommt. Schließlich nickte mir der Indianer zu und fragte: „Wegen was haben sie dich drangekriegt?"

Ich war wütend, beschämt und hatte ein schlechtes Gewissen wegen meiner Dummheit. Ich hatte impulsiv und unsinnig gehandelt, einfach nur meine erste Begegnung mit Jerpbak bis ins Detail nachgespielt, eine Art Wiederholungszwang. Ich wollte mich aufhängen, Jerpbak erdrosseln, mit Petra schlafen, mit Chinowa, mit der armen toten Annie; ich wollte am Tisch im Sommerlager sitzen und Gin-Rickeys trinken, mit Phil und Gesh, sogar mit Dowst; jedenfalls wollte ich nicht hinter besenstieldicken Gitterstäben im Knast von Willits rumhängen und mein Herz einem obdachlosen Indianer ausschütten. „Mord", sagte ich.

Die Unterlippe des Indianers schob sich vor, bis die Oberlippe gar nicht mehr zu sehen war, und er nickte langsam und abgeklärt. Keiner sprach auch nur ein Wort mit mir, bis Phil sechs Stunden später mit der Kaution für mich kam.

Sechs Stunden. Sechs Stunden lang lag ich auf meinem Bett und lauschte dem gequälten rasselnden Schnarchen der Schnapsleichen und den Selbstvorwürfen des Mutterprüglers („Mama", stöhnte er in regelmäßigen Abständen, „Mama, verzeih mir!"); sechs Stunden lang überdachte ich mein Verbrechen und seine Konsequenzen für das Sommerlager, bemühte mich, Petras Bild nicht zu vergessen, das in meiner Erinnerung schon zerfloß wie ein Löffel Zucker in einem Aquarium. Hinter Eisentüren hörte man Schritte, Schneuzen und Räuspern. Eine einsame gelbe Glühbirne brannte im Gang. „Wegen was haben sie dich drangekriegt?" fragte der Indianer den Ladendieb.

Auf der Fahrt im Streifenwagen und während wir Knöchel an Knöchel gekettet im Wartesaal des Polizeireviers von Willits saßen, hatte mir Petra einiges Wissenswerte über Jerpbak mitgeteilt, das mir das Blut zum Kochen brachte. Nicht daß es in mir nicht ohnehin schon genug gebrodelt hätte; vor lauter Angst, Aufregung und Zorn war mein Nervensystem wie eine lecke Gasflasche, über der jemand mit einer Streichholzschachtel herumfummelte, aber was sie da erzählte, war eine echte Provokation, es war geradezu ekelhaft: Jerpbak hatte sie sexuell belästigt. Ich war empört und angewidert. Er war gar kein Asket, kein wahrer Gläubiger – er war korrupt, ein Erpresser, ein brutaler, geiler Schläger. Er war ein Sünder wie wir anderen auch.

Offenbar war Petra kurz nach Jerpbaks Versetzung nach Mendocino County zum erstenmal mit ihm aneinandergeraten. Er hatte sie zu einer Routinekontrolle angehalten, einfach nur aus Langeweile, weil sie ein hübsches Mädchen war und er ein schlanker, harter, durchtrainierter, Kopfnüsse austeilender, Hippies verhaftender Macho-Streifenpolizist. Ich stellte ihn mir vor – blanke Stiefel, lässiger Gang, kurzärmliges Hemd mit Winkelaufnäher an der Schulter, eiserner Trizeps und stocksteifes Rückgrat –, wie er gemächlich auf ihr Auto zukam. Petra war vorbereitet. Sie streckte ihm Führerschein und Zulassung entgegen wie Opfergaben, wie einen Tribut, und konzentrierte sich auf das nervöse Knattern ihres Motors. „Was haben Sie denn da?" fragte er, lehnte sich zum Fenster hinein und schob die Sonnenbrille zurück wie ein Ritter, der sein Visier aufklappt. „Meinen Führerschein und die Zulassung", sagte Petra und sah zu ihm auf. Sein dünnes Haar war seitlich gescheitelt und zu einer sogenannten „ordentlichen Frisur" kurz geschoren; die ebenso dünnen Härchen auf seinem Unterarm zitterten leicht, als ein Lastwagen auf der Schnellstraße vorbeizischte. „Will ich gar nicht sehen", sagte er und sah ihr fest in die Augen. „Ich will nur ein bißchen plaudern, nichts weiter."

Er plauderte. Legte sich voll ins Zeug, versuchte es mit geistreichen Bemerkungen (Petra ließ sich nicht näher darüber aus, aber ich konnte mir vorstellen, was in Jerpbaks Kreisen als geistreich galt – aus Fernsehserien und Quizshows abgeschaute pubertäre Zweideutigkeiten). Petra reagierte nicht darauf. „Kann ich jetzt weiterfahren?" fragte sie schließlich.

Wieder fixierte Jerpbak sie – Jerpbak, der scharfe Bulle, der Ehemann, der frühere Starverteidiger – und senkte die Stimme zu einem verführerischen Raunen: „Nur wenn ich Sie im Laufe der Woche mal zum Essen einladen darf."

Drei Tage später tauchte er in ihrem Laden auf. „Hallo", sagte er; seine Zivilkleider sahen aus wie eine Uniform – weiße Hosen, Polohemd, die unvermeidliche Sonnenbrille. „Kennen Sie mich noch?" Wieder ließ sie ihn abblitzen, und er stürmte aus dem Laden wie ein verwundeter Büffel; von da an stand Petra ganz oben auf seiner Abschußliste. Recht bald fand er heraus, daß sie neben Tassen, Untertassen, Tellern, Sahnekännchen, Zuckerdosen, Blumentöpfen, Schüsseln und Obstschalen auch Keramikwasserpfeifen für einen Kifferutensilien-Shop in San Francisco töpferte. Damit hatte er einen Ansatzpunkt, einen Vorwand, um sie unter Druck zu setzen. Auf einmal war sie in seinen Augen ein Schandfleck im Ort, ein subversives Element, dessen Tätigkeit zwar nicht unbedingt illegal, aber jedenfalls zutiefst unmoralisch war.

Kurz danach hielt er sie an, als sie gerade auf eine Kunstgewerbemesse fahren wollte, den Volkswagen randvoll beladen mit sperrigen, zerbrechlichen Stücken. Er durchsuchte das Auto gründlichst und schrieb ein ganzes Bündel von Strafmandaten. Er fragte sie, ob ihr nicht klar sei, daß Rauschgiftzubehör, wie sie es herstellte, von unschuldigen Minderjährigen benutzt werde. Er fragte sie, ob sie denn kein sittliches Empfinden und nicht das geringste Verantwortungsgefühl für die Allgemeinheit besitze. Und zum Schluß, nachdem er sie über eine halbe Stunde aufgehalten hatte und sie den Tränen nahe war, bot er ihr an, alle Strafzettel zu zerreißen, wenn sie nur ein einziges Mal mit ihm ausgehen würde. Sie lehnte ab. „Na gut", sagte er und klappte sich die Sonnenbrille vors Gesicht, als zöge er in die Schlacht, „aber das werden Sie noch bereuen."

Auf der anderen Seite der Zelle sagte der Ladendieb, wegen seiner Hormonstörung mit etwas piepsiger Stimme: „Wegen Ladendiebstahl."

„Also ich", sagte der Indianer, „ich bin wegen gar nichts hier. Wegen unerlaubten Atmens wahrscheinlich. Ich sitz hier, weil ich keinen Lincoln Continental fahre."

Dann näherten sich Schritte, ich hörte das Krachen einer Stahltür und eine Stimme, die meinen Namen rief. Ich fuhr hoch. Der große, mittelalterliche Schlüssel klirrte im Schloß. „Nasmyth", wiederholte die Stimme. „Mitkommen!"

Phil wartete draußen auf mich. Er hielt einen prallen braunen Umschlag in der Hand und grinste dümmlich, als wäre er es, der sich entschuldigen müßte. Das Büro war klein und eng; der Polizist von der Nachtschicht saß an seinem Schreibtisch, blätterte in seinen Papieren und sah müde und abgespannt aus. Phil umarmte mich mit dem traditionellen Schulterklopfen, zählte dem Beamten dann zwanzig knisternde Hundertdollarscheine auf den Schreibtisch, schob die gefaltete Quittung in seine Brieftasche und führte mich hinaus. „Alles in Ordnung?" fragte er.

Ich murmelte irgend etwas Unverständliches; ich fühlte mich schuldbewußt, gedemütigt und wußte nichts zu sagen. Die Visionen waren verflogen, die Träume verblaßt. Ich kam mir vor wie ein Verräter, als hätte ich ganz allein die Nadel in unseren Luftballon gestochen und damit alles kaputtgemacht, was neugierige Nachbarn, feindselige Einheimische, anarchische Bären und widrige Witterung nicht geschafft hatten. Wie konnten wir jetzt noch weitermachen? Ich hatte Jerpbaks Aufmerksamkeit erregt und mir seine erbitterte Feindschaft zugezogen. Das Sommerlager war gestorben.

Schweigend stiegen wir in den Toyota. Phil fuhr. Er bestand geradezu darauf, behandelte mich wie einen Invaliden, als hätten mich die sechs Stunden hinter Gittern derartig entkräftet, daß ich unfähig gewesen wäre, auf die Pedale zu treten oder den Schalthebel zu bewegen. Er fuhr in der falschen Richtung vom Polizeirevier weg und hielt mehrmals an – um zu tanken, Zigaretten oder Schokoriegel zu kaufen –, parkte vor irgendwelchen Häusern und fuhr wieder weiter, beschrieb insgesamt einen Kreis und kam schließlich auf einer obskuren Schotterstraße direkt gegenüber von „Shirelle's Bum Steer" heraus. Lange Zeit blieben wir mit laufendem Motor im Auto sitzen, während er die Asphaltstraße absuchte und so konzentriert in den Rückspiegel spähte wie ein U-Boot-Kapitän, der im Periskop sein Ziel anvisiert. Dann, ohne Vorwarnung, gab er Gas, und der Toyota schoß auf die Straße wie bei einem Beschleunigungstest. Als die Dunkelheit an uns vorbeiraste, sah Phil mich an. „Kleines Täuschungsmanöver", erklärte er.

Seit dem Polizeirevier war es das erste, was überhaupt einer von uns beiden gesagt hatte. Wir waren beide in Gedanken versunken gewesen, hatten versucht, das Verhängnis in seinem ganzen Ausmaß zu verstehen und unsere enttäuschten, gescheiterten Hoffnungen zu begraben. „Und wie nimmt Vogelsang es auf?" fragte ich.

Ich musterte Phils Profil im Schein der Armaturen. Nichts war darin zu lesen. Es bestand nur aus Nase, Kinn und Adamsapfel, wie eine Karikatur. Zuerst meinte ich, ein unterdrücktes Grinsen zu erkennen, aber sicher war ich mir nicht – vielleicht runzelte er auch die Stirn. In diesem Moment quietschten die Reifen, wir bogen scharf rechts ab und verlangsamten das Tempo, denn wir hatten den holprigen Fahrweg zum Sommerlager erreicht. Phil zuckte die Achseln. „Er ist jetzt oben und wartet auf dich. Alle sind ziemlich hysterisch."

„Hör mal", begann ich, und die Bedeutsamkeit dessen, was ich sagen wollte, raubte mir fast die Stimme, „vielleicht sollte ich aus dem Unternehmen aussteigen. Ich meine, damit ihr wieder Ruhe habt. Ihr beiden braucht mich ja jetzt nicht mehr, wo die ganze schwere Arbeit gemacht ist."

Der Wagen bebte auf den abgenutzten Blattfedern, Büsche kratzten mit dem Geräusch von Messern auf einem Schleifstein an den Türen entlang. „Das wird bestimmt nicht nötig sein", sagte Phil leise. Er sah mich kurz an und heftete den Blick gleich wieder auf den Fahrweg. „Uns fällt schon irgendwas ein."

Es war zwei Uhr früh. Wir rumpelten auf die Wiese vor dem Haus und kamen knirschend neben Vogelsangs Saab zum Stehen. Kein Mond war zu sehen, die Sterne standen hoch, kalte, weiße

Nadelstiche im Gewebe des Universums. Ich hörte das übliche Getöse der Insekten, sah den verschwommenen Klumpen von Dowsts Campingbus und zwei schemenhafte Gebilde, bei denen es sich um den Pritschenwagen und den Jeep handeln mußte. Alle Fenster der Hütte waren hell erleuchtet.

Ich war knapp über sechzig Stunden weg gewesen. Gesh und ich waren am Freitag ins Auto gestiegen wie entflohene Kettensträflinge, wie die Mitglieder einer Schauspieltruppe, die nach einer Tournee durch Piscagoula, Little Rock und Des Moines endlich im Bus nach Hause saßen. Jetzt war es Montag früh, und ich war wieder da. Monatelang hätte ich alles darum gegeben, von hier wegzukommen, hatte die restlichen Tage abgehakt wie ein Zuchthäusler in Einzelhaft, hatte von Schaufel oder Drahtspanner aufgeblickt und Visionen von Beton, Ziegelwerk und Asphalt gehabt, hatte in der verschwitzten Bettwäsche gelegen und von kaltem Bier, einer warmen Dusche, karierten Tischdecken und aufmerksamen Kellnern geträumt; jetzt aber, als Phil und ich die Stufen der Veranda erkletterten, war es, als käme ich nach Hause. Ganz eigenartig. Gleich würden wir die Tür aufstoßen, hinter der Schmutz, Hitze und Chaos lagen und Eidechsen im matten Gaslicht an den Wänden entlanghuschten – und es würde wunderbar sein. Plötzlich überkam mich eine tiefe Wehmut. Ich würde ihnen allen gegenüberstehen – Vogelsang, Dowst, Aorta, Gesh und Phil, meinen Mitarbeitern und Gefährten – und ihnen sagen, daß ich die Sache hinschmeißen wollte. Ohne Lohn meiner Wege gehen. Mich zum Wohle aller opfern. Ich wußte allerdings nicht, was ich tun würde, falls sie mich beim Wort nahmen.

Die Tür ging auf, und vier Gesichter drehten sich zu mir um, als wäre ich ein seltenes Tier im Zoo. Es stank nach faulendem Abfall, Insekten schwirrten um die Gaslampe, in den Ecken waberten die Schatten. Meine Geschäftspartner saßen am Küchentisch um ein Monopolybrett, das von Kaffeetassen, einer leeren Flasche Rum, grellbunten Kärtchen und den Pseudoschätzen der Spielkasse eingerahmt wurde. Sie sahen besorgt aus. Und müde. Dennoch fiel mir sofort auf, daß Vogelsang die Besitzkarten für ein halbes Dutzend Grundstücke eingesackt, einen riesigen Berg Bargeld gehortet und auf Schloßallee und Parkstraße Hotels errichtet hatte. Gesh zog gerade die Karte GEHE IN DAS GEFÄNGNIS – GEHE NICHT ÜBER LOS, als wir hereinkamen.

„Felix!“ sagte jemand, und dann waren alle auf den Beinen und umringten mich wie Jagdhunde ein totes Kaninchen. Das heißt, alle bis auf Vogelsang. Er blieb ungerührt sitzen, mit unergründlicher Miene, und blätterte in seinem Spielgeld wie Josef Stalin beim Sortieren der Fotos von abtrünnigen Parteichefs. Obwohl es mitten in der Nacht war und er bestimmt nicht die Absicht hatte, hinauszugehen und in Kontakt mit irgendeiner Form pflanzlichen Lebens zu treten, geschweige denn mit Giftsumach, trug er den NASA-Overall. Ich wich seinem Blick aus.

In den ersten paar Minuten waren alle sehr aufmerksam. Gesh goß mir ein Gläschen Wodka ein, sonst war nichts im Haus. Dowst machte einen lauwarmen Tee, Aorta betrachtete mich mit Interesse, und Vogelsang stellte mir diverse indirekte Fragen, die sich auf meine Verhaftung und das Ausmaß der polizeilichen Erkenntnisse über mich bezogen. Ich nippte abwechselnd warmen Wodka und kalten Tee, in meinem Magen geronnen bittere Schuldgefühle wegen meiner Pflichtvergessenheit, während Gesh versuchte, die Ereignisse zu rekonstruieren.

Wie allen anderen fehlte ihm der Durchblick. Was hatte ich gemacht? Wie war das Ganze überhaupt passiert? Er hatte schnarchend am Autofenster gelehnt und auf einmal in das knallharte Gesicht eines Streifenpolizisten gestarrt. Der Bulle hatte kein Wort gesagt, sondern nur nach hinten gezeigt, wo Gesh mich auf dem Rücksitz des Streifenwagens erkannt hatte, ehe der Bulle davongebraust war. Gesh hatte nur ungläubig hinterhergestarrt, dann war er zu einer Telefonzelle gefahren und hatte Vogelsang angerufen. Vogelsang hatte wissen wollen, was passiert sei, worauf Gesh lediglich erwidern konnte, die Polizei habe mich mit Handschellen an eine unbekannte Frau gefesselt und mitgenommen. An dieser Stelle in seinem Bericht sah Gesh mich an, als erwarte er Bestätigung, Aufklärung, Erleuchtung. Ich blickte zu Boden.

Gesh zögerte, dann sprach er weiter. Vogelsang, der zum Glück für Notfälle dieser Art immer etwas Bargeld im Haus aufbewahrte, hatte versprochen, seinem Anwalt Beine zu machen und dann selbst mit dem Geld für die Kaution nach Willits zu kommen. Super. Großartig. Vorerst erleichtert hatte Gesh eingehängt, dann aber nicht mehr weiter gewußt. Zum Polizeirevier zu fahren, wagte er nicht, aus Angst, sie könnten ihn dort mit mir in Verbindung bringen – was immer ich angestellt hatte –, aber die ganze Nacht vor der

Telefonzelle hocken wollte er auch nicht. Schlagartig wurde ihm klar, daß er sofort zum Sommerlager hinauffahren und Phil alarmieren mußte, für den Fall, daß gerade in diesem Moment Legionen von Polizisten die Hütte umzingelten. Dem war nicht so, aber ihm und Phil blieb nichts übrig, als tatenlos herumzusitzen und die aufgewühlten Nerven mit Alkohol zu beruhigen. Dies war ihm offensichtlich gelungen, denn er war inzwischen ziemlich breit: Die Worte klebten an seinen Lippen, als wären sie auf kleine Papierstreifen geschrieben, die man ihm an den Gaumen gepappt hatte. Als er geendet hatte, ruhten aller Augen auf mir. Nie zuvor war mir so elend zumute gewesen.

„Eine total bescheuerte Geschichte", sagte ich schließlich, und alle im Raum verstummten. Das Geräusch der gegen den Lampenschirm flatternden Motten hallte in meinem Kopf wider, frenetische Trommelwirbel. Draußen vor den Fenstern stieß irgend etwas – irgendein Nachtschattenwesen – einen kurzen, scharfen Schrei des Schmerzes oder der Mordgier aus. Zögernd, wie ein Mann, der auf der Couch seines Psychiaters einen Traum zu rekonstruieren versuchte, schilderte ich ihnen, was geschehen war, ließ kein Detail aus und schloß mit der nochmaligen Versicherung, es sei ein idiotischer Ausrutscher gewesen, den ich von ganzem Herzen bereute. Niemand sagte etwas dazu. „Sieht so aus, als hätte ich's euch allen verpatzt", sagte ich nach kurzer Pause. „Ich meine, Jerpbak hat jetzt eine Vendetta gegen mich laufen. Ich weiß nicht, wie ich da noch weitermachen kann."

Dowst beobachtete mich wie ein Haifisch, der eine blutende Makrele verfolgt. Vogelsang war so angespannt, daß es mir vorkam, als würde er gleich Haltung annehmen und salutieren. Phil und Gesh wandten den Blick ab.

„Was ich damit sagen will ... im Interesse unseres Projekts wäre es vielleicht besser, wenn ich aussteige."

„Nein", sagte Gesh. „Das kannst du nicht machen."

Phil ließ sein lädiertes Auge rollen und musterte mich mit einem Blick von Loyalität und Kameradschaft, einem Blick, der besagte, er könne auf Teakholztische und marmorne Austernbars ebensogut scheißen. „Begreif ich nicht, wieso du auf einmal aussteigen solltest", sagte er. „Schließlich haben die dich ja nicht wegen Drogen eingebuchtet, und Vogelsang hat vorhin schon gesagt, sein Anwalt kann die Verhandlung sowieso bis nach der Ernte rauszögern ..."

„Wieviel würdest du denn verlangen?“ fragte Dowst. „Ich meine, wie würden wir teilen?“ Und dann, wie aus der Pistole geschossen: „Immerhin brichst du damit die Abmachung.“

„Das haben ja wohl wir zu entscheiden“, gab Gesh zurück. „Ich, Phil und Felix sind ein Team, vergiß das nicht.“

„Ich frag ja nur.“ Dowst zupfte an seiner langen Yankeenase. „Jedenfalls finde ich, er hat recht – er sollte aussteigen. In unser aller Interesse.“

Gesh hatte auf der Anrichte gesessen und die Beine baumeln lassen. Jetzt sprang er mit einem Satz herunter. „Ja, und vielleicht solltest du auch aussteigen. Du machst hier ja sowieso keinen Finger krumm. Vielleicht solltest du einfach nach Sausalito abdüsen und da ein paar Artikel über den Wollfruchtkaktus oder so zusammenkritzeln, wie wär das?“

„Jetzt wartet doch mal“, sagte Vogelsang und erhob sich vom Tisch. „Das ist doch kein Grund, sich gleich so aufzuregen. Ich glaube, die Sache läßt sich auf vernünftigem Wege bereinigen. Ihr müßt immer daran denken –“, er ging jetzt auf und ab, „– wir haben eintausend Pflanzen in der Erde, und wir brauchen Felix' Hilfe, um sie zu wässern und dann zu ernten. Wir haben noch eine ganze Menge Arbeit vor uns.“

Eintausend Pflanzen? Was sollte denn das heißen? Sagte er damit etwa, daß wir nur die Hälfte der geplanten Menge hatten? Ich machte eine rasche Überschlagsrechnung: ein Drittel von 250 000 Dollar waren 83 333,33 Dollar. Scheiße. All das für lausige dreiundachtzigtausend Mäuse? Das war es nicht wert. Doch ein anderer Teil von mir akzeptierte die Zahl, als wäre es ein unschätzbarer Reichtum, als wäre ich ein vom Fieber gezeichneter Entdeckungsreisender, der die Karte eines verborgenen Elefantenfriedhofs mit zitternden Händen umklammert.

„Ich kann mir nicht vorstellen –“, begann Dowst, aber Vogelsang schnitt ihm das Wort ab.

„Wie wäre es damit?“ begann Vogelsang und sah uns der Reihe nach in die Augen wie Clarence Darrow bei seinem Abschlußplädoyer. „Felix bleibt hier. Aber in den nächsten viereinhalb Monaten –“, er zählte sie an den Fingern ab: „Juli, August, September, Oktober und Anfang November – verlassen weder er noch der Toyota ein einziges Mal das Grundstück.“

Sie musterten mich jetzt prüfend, wie Geschworene, die mit

einem Schuldspruch zurück in den Gerichtssaal kamen. „Kein Straferlaß wegen guter Führung?“ versuchte ich zu witzeln.

„Es liegt bei dir, Felix“, sagte Vogelsang. „Ich sehe keinen anderen Weg. Es wird hart werden – du darfst nicht mal zum Einkaufen in das Kaff hier unten fahren. Aber es muß sein. Wir können uns das Risiko nicht erlauben.“ Er wühlte nach irgend etwas in seiner Hemdtasche, zweifellos nach dem Mundspray, fand es jedoch nicht und sah mich dann wieder an. „Bist du einverstanden?“

Ich saß auf dem Stuhl wie ein Häftling auf der Anklagebank, mit ausdrucksloser Miene, doch gleichzeitig stiegen Freude und Erleichterung wie ein Jubelruf in meiner Brust auf. Ich hatte mit dem Schlimmsten gerechnet – Verstoßung und Exil –, und nun war ich nur zu lebenslänglicher Zwangsarbeit verurteilt worden. Viereinhalb Monate auf der Farm. Keine Petra, keine Chinowa, keine frischen Brötchen und keine Sonntagszeitung, keine Musik, kein Kino, kein beschauliches Cappuccinotrinken in den Bistros von North Beach. Nichts als Langeweile, Staub, Eidechsen und Hitze. Und die Aussicht, daß es trotz allem klappen würde.

„Also?“ fragte Vogelsang.

Hatte ich denn eine Wahl? Ich nickte. „Einverstanden.“

Kapitel 5

Ich erzähl mal ein bißchen über Zermürbung. Über schwindende Hoffnungen, menschliches Versagen, den Gegenangriff von Mutter Natur. Ich erzähle was über Tage ohne Ende, über die lastende Hitze am Nachmittag, über Schnaps und Dope, Hufeisenwerfen, Kartenspielen, Taschenbücher, so oft gelesen, daß die Umschläge in Fetzen hängen, ich erzähle was über Langeweile und verlorengegangene Zuversicht.

Zunächst einmal hatte Vogelsang recht gehabt. Wir hatten tatsächlich nur tausend Pflanzen in der Erde. Oder um genau zu sein, neunhundertsiebenundfünfzig. Ich weiß das, ich hab sie nämlich gezählt. Daran dachte ich als allererstes, als ich am Tag nach meinem Ausflug ins Gefängnis von Willits aufwachte. Am Anfang hatten wir über tausend Samen zum Keimen gebracht, und danach war Dowst mit Nachschub gekommen; er hatte noch einmal sechs- oder siebenhundert Stück gekeimt und eingepflanzt – mindestens. Sagte er jedenfalls. Es war uns klar gewesen, daß wir etwas hinter der ursprünglichen Schätzung zurückblieben, aber wir hatten keine Ahnung, um wieviel. Fünf Prozent? Zehn? Fünfzehn? Das war nicht unser Problem. Wir waren die Arbeiter, die Muskelkraft, die Sklaven, und Dowst und Vogelsang hatten das Sagen. Die Anzahl der Pflanzen und ihr Zustand war ihre Angelegenheit; unsere war es, Löcher zu graben, Zäune zu ziehen und zu flicken, das Bewässerungssystem instand zu halten und dafür zu sorgen, daß jede Pflanze ihre zehn Liter Wasser pro Tag bekam. Deshalb hatten wir die Pflanzen nie gezählt. Wir hatten es einfach nie für notwendig gehalten. Immerhin waren es unheimlich viele, wahre Wälder, ihr Duft hing schwer, süß und betäubend in der Luft, so daß wir uns einfach von der Phantasie hatten einlullen lassen, von dem Wunsch, der in Erfüllung gehen will: Natürlich hatten wir zweitausend Pflanzen.

Aber Vogelsang verrechnete sich nie, deshalb war ich nicht mehr ganz so sicher.

Ich blieb noch einen Moment auf meinem verschwitzten Schlafsack liegen, halb zugedeckt mit einem dreckigen Laken, das sich mir um die Fußknöchel wickelte, dann wankte ich in die Küche, um ein Glas Wasser zu trinken. Es war halb zwei Uhr nachmittags, und im Haus war es bereits so heiß, daß man auf dem Küchentisch hätte Brot backen können. Phil lag mit einer zerfledderten Taschenbuchausgabe von Edgar Rice Burroughs auf dem Sofa, total abgeschlafft, in der Hand einen großen Wodka-Collins. Ich spähte durch die blinde Fensterscheibe hinaus und sah, daß sowohl Campingbus als auch Saab verschwunden waren. „Vogelsang und Dowst schon weg?“ fragte ich.

Phil schnaubte. „Was denkst du denn – daß die eine Sekunde länger als unbedingt nötig hier rumhängen?“ Von weiter oben, aus der unerträglichen Hitze des Dachbodens, drang Geshs Schnarchen zu uns, trocken wie Getreidespreu.

Ich trank Wasser aus dem Hahn und wischte mir den Mund mit dem Handrücken ab. „Gestern abend“, begann ich, während ich aus dem Chaos auf der Anrichte ein Messer, Erdnußbutter und etwas Brot fischte, „gestern abend hat Vogelsang gesagt, wir hätten bloß eintausend Pflanzen in der Erde – das ist doch verrückt, oder?“

Phil zuckte die Achseln. Ich sah ihm in die Augen, und er sah mir in die Augen. „Weiß nicht, kommt einem immer vor wie 'ne Million, wenn man sie gießen muß."

„Ja", sagte ich, „ich weiß, was du meinst." Trotzdem stand ich eine Viertelstunde später mit einem Notizblock in der Hand draußen in der sengenden Mittagshitze und zählte.

Die Büsche hatten braune Blätter bekommen, das Gras war trokken und gelb. Ich bewegte mich vorsichtig, weil ich mich unsäglich vor den Klapperschlangen fürchtete, die das Grundstück unsicher machten. (Ich hatte eine tiefverwurzelte Angst vor Schlangen, vor ihrer Heimtücke, ihrer muskulösen, phallischen Potenz, dem blitzschnellen Zustoßen, und vor dem gräßlichen klaffenden Riß, den ihre Zähne im vergifteten Fleisch hinterließen. Ich trug immer ein Anti-Schlangen-Set bei mir – aber natürlich würde das Klappervieh nicht so kooperativ sein, mich in den Fuß oder die Hand zu beißen, sondern statt dessen auf mein Ohr, mein Auge oder meine Eier losgehen –, und als es noch kalt war, als die Chance, auf eine Schlange zu treffen, etwa bei eins zu einer Million lag, hatte ich sogar Ledergamaschen getragen. Sobald die Hitzewelle eingesetzt hatte – und die Schlangen lustig durch das Unterholz wimmelten –, wurden die Gamaschen verdammt unbequem, so daß ich auf diese Vorsichtsmaßnahme verzichtete.) Für jede Pflanze auf den Feldern machte ich einen Strich, jede fünfte bekam einen Querbalken, und so merkte ich bald, daß weniger als tausend Stück Wurzelfäule, Pilzbefall sowie die Auswirkungen von zuviel oder zuwenig Gießwasser überstanden hatten. Gar nicht zu reden von den Hunderten – Tausenden? –, die niemals die harten, glänzenden Schalen ihrer Samenkörner durchbrochen hatten oder den Raubzügen dieser oder jener Kreatur zum Opfer gefallen waren, von den Insekten im Gewächshaus bis zu unserem Bären. Neunhundertsiebenundfünfzig. Soviel standen am Ende unter dem Strich, und diese Zahl legte ich an jenem Abend nach dem Essen auch meinen Mitstreitern vor.

Das abendliche Gießen war erledigt, wir standen vor dem Haus in den länger werdenden Schatten und spielten Hufeisenwerfen, einen Dollar pro Punkt. „Vogelsang hat recht gehabt", verkündete ich. „Wir haben wirklich unter tausend Pflanzen." Die Konsequenzen waren fürchterlich: Mit einem einzigen grausamen Schlag reduzierte sich unser Profit damit glatt um die Hälfte.

„Scheißspiel“, sagte Gesh und warf einen Volltreffer, der ihm den Sieg einbrachte. „So, das wären jetzt sechsunddreißig Dollar, die du mir schuldest, Felix.“

Doch dies war erst der Anfang unserer Probleme, nur der erste deutliche Hinweis, daß wir unsere Erwartungen nach unten hin korrigieren mußten. Solche Hinweise gab es bald noch mehr. Eine Woche danach bemerkten wir, daß einige unserer gesündesten Pflanzen – inzwischen schulterhoch und grüner als ein Eimer mit Dollarscheinen – zu welken begannen. Bei näherer Überprüfung stellten wir fest, daß bei jeder dieser Pflanzen ein schmaler Spalt in den Stengel geschnitten oder genagt worden war. Wir konnten uns das nicht erklären. Waren Rehe mit Zweieinhalb-Meter-Sätzen über den Zaun gesprungen, um unten an den harten, fasrigen Stielen zu knabbern, anstatt die saftigen Blätter abzuäsen? Bestimmt nicht. Etwas Kleineres war dafür verantwortlich, irgendein hasenartiges Hoppelvieh mit einem etwa knöchelhohen Aktionsradius, das unter einem Wildzaun hindurchkriechen konnte. „Kaninchen?“ riet Phil. „Ziesel?“

Voller Angst, Ekel, Reue und Bestürzung fielen mir in diesem Moment die dunkel davonhuschenden Schatten ein, die ich an jenem ersten Tag im Lagerschuppen aufgestört hatte; und in der nächsten Sekunde stellte ich die Verbindung zu den Rattenfallen her, die wir überall auf Jones' größtem Feld gefunden hatten. „Ratten“, sagte ich.

Wir riefen Dowst an. Ratten, so belehrte er uns, lebten in Städten. Im Unrat. Eine Woche später hatten wir über fünfzig Pflanzen verloren und riefen ihn nochmals an. Er sah sehr besorgt aus, als er aus dem Campingbus stieg; ich bemerkte, daß seine Haut ihre Bräune verloren hatte, so als hätte er viel Zeit im Zimmer zugebracht und über seinen Notizen zum Frauenschuh oder zur Bartflechte gebrütet. Wir führten ihn nach Jonestown, hockten uns auf den Boden wie Farmer beim nachbarschaftlichen Plaudern vor dem Haus des Friedensrichters und zeigten ihm den Ring aus Bißspuren, der eine kräftige Pflanze im Laufe einer Woche ausgeblutet hatte. Ich sah zu, wie er mit dem Finger um die feuchte Einkerbung fuhr und ihn dann zum Mund hob, um die aus der Wunde sikkernde Flüssigkeit zu schmecken. Er schwieg einen Augenblick, dann sah er uns an und verkündete, es seien Kaninchen, die unsere Felder dezimierten. „Sie sind durstig“, erklärte er, „und hier bietet sich ihnen ein pflanzlicher Springbrunnen. Wassergehalt siebzig Prozent." Er richtete sich auf und klopfte seine Hose ab. „Da kann man nichts weiter tun, als unten an den Zäunen Maschendraht zu ziehen, damit sie nicht reinkommen."

Wir zogen Maschendraht. Krochen auf Händen und Knien durch das von Klapperschlangen, Skorpionen und Taranteln wimmelnde Gestrüpp. Der Schweiß troff uns von der Nase, während wir Zwischenpfähle in den Boden hämmerten und den Karnickeldraht so straff spannten, daß nicht einmal ein Käfer drunter durchkriechen konnte. Wir brauchten eine ganze Woche. Dowst blieb da, um die Arbeiten zu überwachen, penetrant fachkundig auf den Feldern herumzustöbern und sogar, gelegentlich, auch einmal mit anzupakken. Als wir fertig waren – als wir die Zäune um alle Felder nach unten hin verstärkt hatten –, stellte ich fest, daß wir immer noch Pflanzen durch die mysteriösen Nager verloren. Ich äußerte die Vermutung, die dicken Bündel aus totem Geäst, die man überall im Wald, also zwangsläufig auch auf unseren Feldern, fand und die wir mit dem undurchdringlichen Maschendraht ebenfalls eingezäunt hatten, seien in Wahrheit Rattennester – nicht Kaninchen, sondern Ratten seien die Missetäter. Dowst verwarf meine Theorie. Doch als die Pflanzen nach zwei Tagen weiter welkten und die ringförmigen Bißspuren immer zahlreicher wurden, autorisierte er Phil, nach Santa Rosa zu fahren und im Laden für Landwirtschaftsbedarf zweihundert Rattenfallen zu kaufen.

Inzwischen hatten wir Anfang August, mein schicksalhaftes Zusammentreffen mit dem Auge des Gesetzes lag fast einen Monat zurück. Rings um uns gediehen ungefähr achthundertvierzig Pflanzen von knapp zwei Meter Höhe. Die Langeweile war betäubend. Wir wechselten uns beim Gießen am frühen Morgen ab – zwei Tage Dienst, einen Tag frei –, so daß jeder von uns zweimal pro Woche ausschlafen konnte. Ich fand es fast angenehmer, morgens aufzustehen. Zumindest fühlte man sich morgens, wenn es kühl war, einigermaßen lebendig, wenn man über Wiesen ging, die noch feucht vom Tau waren, stille Eichenhaine durchquerte, hie und da ein Reh, einen Fuchs oder eine Wildkatze sah. Gegen halb zehn oder zehn, wenn es schon über dreißig Grad heiß war, kamen wir zur Hütte zurück, schoben uns irgendwas zwischen die Zähne und fielen dann mit dem Gesicht nach unten auf unsere zerlumpten Matratzen. So gegen eins oder zwei weckte uns die sengende Hitze wieder auf, die einem die Nasenlöcher ausdörrte und die Kehle trocken wie eine Sanddüne werden ließ, und leisteten dem jeweiligen Langschläfer bei dem unveränderlichen Programm aus Trinken, Jointsrauchen, Kartenspielen und Hufeisenwerfen Gesellschaft, bis wir, total besoffen und desorientiert, irgendwann nach Mitternacht in den Schlaf sanken.

Jeder Tag verlief gleich, ohne jede Abwechslung. Gelegentlich ging mal die Pumpe kaputt – Gesh brachte sie dann zum Reparieren nach Willits, wo er sich bemühte, ganz unauffällig auf die Frage zu antworten, wozu er eigentlich zehntausend Liter Wasser pro Tag brauchte –, oder Dowst stattete uns einen Besuch ab und brachte neue Zeitungen, Zeitschriften, Wodka und Eis mit. Aber das waren auch schon die aufregendsten Ereignisse in unserem beschaulichen Leben. Die Spielkarten wurden fadenscheinig, die Wände der Hütte bekamen bereits Blasen, so oft starrten wir sie an, und den Eidechsen im Haus hatten wir inzwischen sogar Namen gegeben. „Meiner Treu", sagte Phil einmal mit leichtem Faulkner-Akzent, während wir stumm bei der fünfzigsten Partie Whist saßen, „so lustig war's ja bloß noch, wie die Schweine meine kleine Schwester aufgefressen ham."

Dowst kam vielleicht ein- oder zweimal pro Woche vorbei, aber Vogelsang sahen wir kaum noch. Als die Pflanzen immer offensichtlicher zu dem gediehen, was sie waren, machte er sich zunehmend rarer: Er wurde mehr denn je der stille Teilhaber. „Wißt ihr, ich hab ziemlich viel zu verlieren", sagte er uns eines Nachts, als wir ihn angefordert hatten, um den Anlasser der noch intakten Kawasaki zu reparieren. „Ich kann es mir einfach nicht leisten, hier oben gesehen oder in irgendeinen Zusammenhang mit diesem Unternehmen gebracht zu werden. Ich bin an diversen Geschäften beteiligt, ich hab Grundstücke in drei Staaten und noch ein paar andere Sachen laufen ..." Hier machte er eine vage Handbewegung, um anzudeuten, wie sinnlos es wäre, uns auch nur ansatzweise sein vielseitiges Interessenspektrum zu erläutern. Wir ließen die wegwerfende Gebärde unkommentiert und machten uns statt dessen unsere eigenen Gedanken: Er hatte soviel zu verlieren, wir dagegen hatten sowenig. Zu verlieren.

Meine Euphorie darüber, daß ich überhaupt bleiben durfte, war rasch verflogen, und ich fühlte mich ziemlich bald ebenso wie meine Mitstreiter von der Plackerei und der immergleichen Routine erdrückt. In den endlosen Stunden flirrender Nachmittagshitze hing ich in einem Sessel, vor mir einen großen Wodka-Tonic und irgendein schwachsinniges Science-fiction-Taschenbuch, das Phil in einem Second-hand-Buchladen in Ukiah aufgegabelt hatte („*Klassiker*, Phil", sagte ich ihm immer, „bring mir irgendeine dicke Schwarte von Dostojewski oder Dickens oder so mit"), und allmählich kam mir das Ganze wie ein Sommerschlaf vor: die innere Uhr lief immer langsamer, das Hirn war wie ausgeschaltet. Mehr als sonst dachte ich in diesen Momenten an Petra.

Eines Abends standen wir gerade um unser Hufeisenspiel – mal gewann man, mal verlor man, und ständig wurden Schuldscheine ausgetauscht –, da erschien Dowsts Campingbus zwischen den Bäumen auf dem Fahrweg, bog auf die Wiese ein und rumpelte dann über die fahlgelbe Fläche vor dem Haus auf uns zu wie ein Wagen der Armee-Unterhaltungstruppe auf Besuch bei einem entlegenen Außenposten. Wir blieben abwartend stehen, hemdlos, bärtig, dreckig, in verblichenen Jeans und von Alter und Strapazen rissigen Stiefeln. Hinter uns glühte die Sonne am Himmel, fett und rot wie eine Mandarine, und ein Schwarm Truthahngeier mit nackten Schädeln und glänzenden Flügeln scharte sich um den Kadaver irgendeiner armen Kreatur, die hinter dem Schuppen verreckt war. Zu unseren Füßen glitzerten Unmengen von Glassplittern, die windschiefen Nebengebäude schmiegten sich an den Erdboden wie Obdachlose, die es sich unter einer Brücke für die Nacht bequem machten, und über der Hütte selbst, die fahlweiß wie ein Stück Treibholz dalag, waberte die Hitze in verschwimmenden Wellen, so daß man zweimal hinsehen mußte, um sicher zu sein, daß sie nicht in Flammen stand. Einen Augenblick lang sah ich die Szene durch Dowsts Augen – durch die Augen eines Außenstehenden, eines Emissärs aus der Welt der heißen Badewannen und Küchenmaschinen –, und mir wurde klar, daß wir aussehen mußten wie durchgedrehte Goldsucher, wie Wüstenratten, wie der traurige Rest von Pizarros Truppe, Männer mit aufgeweichten Gehirnen, die die letzte Etappe des Weges nach Eldorado auf allen vieren zurücklegten.

Dowst stieg mit voll beladenen Armen seitwärts aus, wie ein Krebs, und verschwand im Haus. Gleich darauf kam er wieder, in der Hand eine Zeitung, und schritt quer über den Hof auf uns zu. Er trug weiße Shorts, ein Hemd mit kleinen Alligatoren drauf, Tennisschuhe und eine rosa getönte Sonnenbrille. „Hallo", begrüßte er uns lässig, jovial und so entspannt wie jemand, der gerade zwei Sätze Tennis vor dem Brunch gespielt hat, und dann streckte er mir die Zeitung entgegen, als wäre es ein Frisbee oder ein Schläger mit ganz neuartiger Bespannung. „Ich dachte, das da interessiert euch vielleicht."

Was denn? VOGELSANG ZUM BÜRGERMEISTER GEWÄHLT; MARIHUANA ZIEHT AUF DER TERMINBÖRSE KRÄFTIG AN; JERPBAK NACH JERUSALEM VERSETZT. Vor uns hatten wir die Titelseite des *San Francisco Chronicle*, Bleiwüsten von Text, ein verschwommenes Foto. Neugierig umringten wir Dowst, überflogen die Schlagzeilen, ließen die Artikel über Korruptionsaffären in der Regierung, Armut in der Dritten Welt und Massaker auf den Seychellen aus, bis die folgende Story sich aus dem Chaos der Spalten und Zeilen löste und uns mit eisernem Würgegriff die Kehlen zuschnürte:

> KRIEGSERKLÄRUNG AN MARIHUANA-PFLANZER
>
> Wie der *Chronicle* heute erfuhr, plant das Rauschgiftdezernat der Bundespolizei in Zusammenarbeit mit dem Justizministerium großzügig finanzierte Maßnahmen zum Vorgehen gegen Pflanzungen des hochgradig wirksamen Sinsemilla-Marihuanas in der nordkalifornischen Küstenregion. So wurden gerade kurzfristig zusätzliche viertausend Dollar bewilligt, um das neu gebildete „Sonderkommando Sinsemilla" noch vor der Erntesaison im Herbst einsatzbereit zu machen. Diese Spezialeinheit soll als Koordinationsstelle für FBI-Agenten und die regionalen Polizeibehörden fungieren, „um besser illegale Pflanzungen aufspüren zu können", wie der Pressesprecher des Justizministeriums erklärte, und zwar vor allem in den Counties Mendocino, Del Norte und Humboldt. Mit Hilfe von Luftaufnahmen, bei denen auch die Technik der Infrarotfotografie genutzt werden soll, will man eine Reihe der im großen Stil angelegten Marihuanaplantagen orten, während gleichzeitig hohe Belohnungen für Hinweise, die zur Verhaftung von Rauschgiftpflanzern führen, weitere Erfolge zeitigen sollen.
>
> „Die Leute haben diese Sache einfach satt", teilte uns ein Mitglied des Sonderkommandos mit, „und vor allem haben sie etwas gegen Fremde, die in ihre Dörfer kommen, um dort

illegale und oft höchst lukrative Geschäfte durchzuführen. Wir vertrauen darauf, daß eine entsprechende Belohnung es den Einheimischen erleichtern wird, uns bei unserer Arbeit zu helfen, die Verbrecher unter ihnen zu identifizieren und dingfest zu machen."

Wahrscheinlich wird das Sonderkommando bereits in den ersten Wochen des kommenden Monats seine Arbeit aufnehmen.

Dowst grinste dümmlich, als hätte er gerade einen etwas unpassenden Witz auf einer Gartenparty erzählt. „Nicht besonders gute Neuigkeiten, was?"

Aus irgendeinem Grund ging mir der Artikel nicht so nahe, wie es vor ein paar Monaten noch der Fall gewesen wäre. Natürlich, ich war beunruhigt, mein Adrenalinspiegel stieg, während ich weiterlas, aber ich geriet nicht in Panik. Eigentlich war ich sogar relativ gefaßt. Vielleicht hatten mir mein Zusammenstoß mit Jerpbak und die kleine Szene mit Savoy, die mir widerfahren war – *jeder hier weiß doch genau, was ihr drei da oben macht* –, auch einen gewissen Fatalismus vermittelt. Vielleicht erwartete ich die Polizei sogar. Vielleicht wünschte ich sie mir.

Gesh war nicht ganz so gefaßt. Er riß Dowst die Zeitung aus der Hand, knüllte sie zusammen und schleuderte sie in die Bäume. Dann ging er auf ihn los, mit wutverzerrtem Gesicht: „Was denn noch alles?" schrie er, als wäre Dowst daran schuld. „Verflucht!" brüllte er, drehte sich weg und starrte verbittert die Hügel an.

Phil war blaß. Er versuchte zunächst, das Ganze ins Lächerliche zu ziehen, improvisierte einen halbherzigen Witz über Infrarot-Marihuana und Spezialbrillen für das Auge am Himmel, doch dann brach er mit einem hilflosen Lächeln ab.

Gesh fuhr herum – dies war fast schon eine reflexartige Geste bei ihm geworden – und bohrte Dowst warnend seinen dicken Zeigefinger ins Gesicht. „Erst die Ratten und der Bär, dann sahnt ihr beide ab, du und Vogelsang, und jetzt kommt auch noch das beschissene FBI – da wird's wohl am Ende verdammt wenig von diesem Gras hier zu verteilen geben, weißt du?"

Dowst wußte es. Und wir wußten es auch.

Doch das war noch nicht das schlimmste. Am nächsten Tag, nachdem er einen Rundgang durch die Pflanzungen gemacht und den Zustand jedes Blattes, jeder Pflanze und jedes Stengels geprüft hatte, erklärte Dowst, er habe damit begonnen, das Geschlecht der Pflanzen zu bestimmen. Innerhalb eines Monats, so sagte er, müßten die männlichen Exemplare deutlich zu erkennen sein. „Ende September, wenn die Tage langsam kürzer werden, dann rupfen wir sie raus."

Phil und ich spielten Dame; Gesh döste auf dem Sofa, eine Zeitung über das Gesicht gebreitet. Es war früher Nachmittag, die Hitze lähmte uns wie eine auszehrende Krankheit. „Wie?" fragte ich.

„Na, ihr wißt doch." Dowst wühlte klappernd in den Suppendosen, die unter der Spüle gestapelt waren. „Damit Sinsemilla-Gras daraus wird. Dafür müssen wir doch die männlichen Pflanzen rausreißen."

Natürlich wußten wir das, genau wie uns klar war, daß Hühner auch dann Eier legten, wenn kein Hahn auf dem Hof herumlief, oder daß Pluto der neunte Planet unseres Sonnensystems war – es gehörte einfach zur Allgemeinbildung. Nur hatten wir es bisher einfach vergessen, hatten die Konsequenzen dieses Sachverhalts noch nicht in unsere Formeln für die Umrechnung von Marihuanastauden in Dollars einbezogen. Jeder Idiot wußte es: um Sinsemilla-Gras zu bekommen, mußte man die männlichen Pflanzen identifizieren und ausmerzen, um die Befruchtung der weiblichen Pflanzen zu verhindern, so daß diese statt dessen all ihre Energie in die Produktion der dicken, harzreichen, vor THC nur so strotzenden *colas* – der Fruchtstände – stecken, die das samenlose Marihuana zur stärksten, beliebtesten und auch teuersten Sorte auf dem Markt machten. Jeder Idiot wußte das. Doch bis zu diesem Moment hatten wir uns über diese Selbstverständlichkeit bequem hinweggesetzt.

Ich beobachtete Phils Gesichtsausdruck, während die Bedeutung von Dowsts Worten allmählich in sein Nervensystem drang und diverse unkonditionierte mimische Reflexe von Verdruß und Schmerz auslöste. „Du meinst ... wir ... wir sollen ... *von den Pflanzen noch welche rausreißen?*"

Dowst hatte eine Dose mit Bon-Ton-Hummercremesuppe gefunden und setzte den Öffner an. „Normalerweise etwa fünfzig Prozent. Vielleicht auch ein bißchen mehr oder weniger. Hängt davon ab."

Phil sah aus wie ein Mann, der auf dem elektrischen Stuhl festgeschnallt ist, während seine Frau draußen vor der Tür mit dem Staatsanwalt herumknutscht. „Wovon?"

Die Hummercremesuppe hatte die Farbe von Diarrhoe. Dowst kippte sie in seinen blitzblanken Schweizer Aluminiumkochtopf und rührte mit einem Löffel um, den er vorher sorgfältig über der vorderen Gasflamme desinfiziert hatte. „Vom Glück", sagte er nach einer Weile, und er sprach das Wort aus, als ob es irgend etwas bedeuten würde, sprach es aus wie der frisch gewaschene optimistische Yankee, der er war, ein Mann, der seine Wurzeln bis zu den hochgeachteten Dowsts an Bord der *Mayflower* zurückverfolgen konnte. Außerdem hatte er seinen Campingbus, ein Single-Apartment in Sausalito und jeden Monat die Überweisung aus seinem Treuhandvermögen. Einer wie er hatte kein Glück nötig.

Ich dachte an Mendels Erbsen, an X- und Y-Chromosomen, dachte an die vielen gesunden, kräftigen, vielblättrigen, prächtigen männlichen Pflanzen, die wir ausreißen und verbrennnen sollten – die Hälfte der gesamten Ernte auf einen Schlag weg, und das war der zweite Schlag dieser Größenordnung innerhalb von einem Monat. Zahlen schwirrten mir durch den Kopf wie unidentifizierte Flugobjekte, ein kleines Rechenproblem der elementaren Arithmetik: *Die Ausgangsmenge von 840 Marihuanapflanzen ist zunächst durch 2 zu dividieren. Eine weitere Division durch 2, wobei von einem halben Pfund verkaufsfertigem Gras pro Pflanze ausgegangen wird, ergibt das Gesamtgewicht des voraussichtlich zu erntenden Marihuanas. Man multipliziere das Ergebnis mit $ 1600, dem momentanen Preis pro Pfund. Sodann dividiere man durch 3, um die Anteile aller Beteiligten – Finanzier, Berater und Arbeitertrupp – zu berechnen. Eine nochmalige Division durch 3 ergibt schließlich als Resultat das jämmerliche Almosen, das der Lohn für neun Monate härtester Knochenarbeit, Polizeiterror und Entfremdung von der Zivilisation sein wird.*

Dowst pfiff vor sich hin. Phil kaute, ausdruckslos und mit leerem Blick, auf einem schwarzen Damestein aus Plastik herum. Meine halbe Million war auf 37 000 Dollar geschrumpft. Falls die Ernte nicht infolge von Beschlagnahme, Pilzfäule, Insektenfraß und unvorhersehbaren Naturkatastrophen noch weiter reduziert würde. Es kam wie ein Schock. Wenn Jerpbak, die raubgierigen Nager und das „Sonderkommando Sinsemilla" mir einen Pfahl durchs Herz getrieben hatten, dann war Dowst soeben auf meinen Sarg geklettert, um den Deckel festzunageln.

Am nächsten Morgen erwachte ich vom gequälten Kreischen eines Anlassers, gefolgt vom Knattern des Motors, das irgendwann spotzend einsetzte. Verschlafen und verwirrt – wie spät war es überhaupt? Halb sechs? Sechs? – wälzte ich mich aus dem Bett und wankte durch den Flur in den großen Wohnraum, wo ich in Unterhosen ans Fenster ging, um benommen hinauszuspähen. Der Pritschenwagen stand reglos im hüfthohen Unkraut auf dem Hof, ein kleines blaues Wölkchen ringelte sich aus dem Auspuffrohr; ich betrachtete die Szene mit einer vagen unbeteiligten Neugierde, während ich aus meinen Träumen auftauchte wie aus einem tiefen See. Dann blitzte ein trüber Lichtreflex auf der Windschutzscheibe auf, als der Wagen anrollte und über den unwegsamen Boden rumpelte: die Heckklappe rasselte, spröde Grashalme knickten um, in den Bäumen schimpften die Vögel. Zum Abschied leuchteten noch kurz die Bremslichter auf, dann war der Wagen weg. Ich blieb eine Weile verdutzt stehen und kratzte meinen Intimbereich, als plötzlich eine Stimme von hinten aus dem Dunkel des Zimmers drang. „Gesh und Phil", sagte die Stimme erklärend.

Am Küchentisch saß Dowst, wie ich erst jetzt bemerkte, vor sich eine Schüssel mit Vollkornmüsli, und schüttelte sich gerade aus einer ganzen Batterie von Plastikröhrchen Vitamintabletten in die hohle Hand. Weiches, aquarellartiges Licht durchflutete den Raum, schmiegte sich wie ein praller Luftballon um das vertraute Mobiliar, rundete Kanten ab und streute Schatten.

„Wie spät ist es denn?" fragte ich.

„Fünf."

Fünf. Ich ließ diese Information auf mich wirken, kratzte mich immer noch und setzte schließlich mein erwachendes Gehirn auf die nächste Frage an. „Wo fahren sie hin?"

Dowst seufzte. Aus seinen Augen, die selbst bei gutem Licht nur eine blaßblaue Tönung hatten, hatte das Grau der Dämmerung jegliche Farbe herausgespült. „Nach Tahoe", sagte er.

„Tahoe?"

„Für drei Tage Heimaturlaub, haben sie gesagt. Anscheinend können sie hier nicht mehr schlafen."

Kein Wunder, dachte ich, nach all den frohen Nachrichten der letzten Wochen (rack-zack, zieh noch mal tausend ab). Jetzt war ich dran mit seufzen. Ich goß mir etwas Kaffee ein und setzte mich Dowst gegenüber.

Also waren sie verduftet. Entmutigt, enttäuscht, aller Hoffnungen beraubt, ohne Schwung und Lebenskraft, mit gesenktem Kopf und eingekniffenem Schwanz – die Austernbar war zur Imbißbude geschrumpft, die Yacht zum Dinghi. Einen kurzen Moment lang fragte ich mich, ob ich sie je wiedersehen würde, ob sie vielleicht beschlossen hatten, den Krempel hinzuschmeißen, die Sache in den Wind zu schreiben und in jene andere Welt von Langustenschwänzen, Mai Tais und Sauer-scharf-Soßen zurückzukehren. Doch bei näherer Betrachtung wurde mir klar – kategorisch und ohne jeden Zweifel –, daß sie wiederkommen würden. Natürlich würden sie das. Hundertsechzigtausend, achtzig-, vierzig-, zwanzigtausend – wo war da schon der Unterschied? Sie waren auf das Projekt ebenso angewiesen wie ich – und wenn es scheiterte, nach all den Bächen von Schweiß, den Hoffnungen und Anstrengungen, die wir darin investiert hatten, dann war die Gesellschaft selbst ein Betrug, die Pioniere ein Riesenschwindel, dann waren Unternehmungsgeist, Wagemut und in die Hände spuckende Zuversicht genauso sinnlos wie die Mandeln oder der Blinddarm. Wir glaubten an Selfmademen wie P. T. Barnum, Ragged Dick, Diamond Jim Brady, an Andrew Carnegie, D. B. Cooper und Jackie Robinson. An die klassenlose Gesellschaft, an Mobilität nach oben, an das Gesetz des Dschungels. Wir hatten alle Filme darüber gesehen, all die Bücher gelesen. Wir zweifelten nie daran, daß wir es schaffen würden, daß wir eines Tages als reiche Säcke in einer Villa mit Blick über die Stadt sitzen würden. Niemals. Keinen Augenblick lang. Denn: was sollte sonst aus uns werden?

Dowst und ich erledigten das morgendliche Gießen; dann legte ich mich wieder ins Bett. Als ich gegen Mittag schweißgebadet erwachte, saß Dowst auf dem Rand des Sofas, neben sich eine gepackte Reisetasche, und blätterte in einer Ausgabe von *Fremontia*. „Hör mal“, sagte er, „könntest du vielleicht die Felder heute abend alleine gießen? Ich muß mich nämlich mit einer Bekannten treffen, die an der Botanik-Fakultät von Berkeley arbeitet – ich will sie nach Santa Rosa zum Abendessen und auf ein paar Drinks einladen. Es ist wirklich wichtig. Wenn alles klappt, könnte ich da an der Uni eine Zwei-Jahres-Stelle bekommen.“

Ich wurde also zum zweitenmal an diesem Tag im Stich gelassen. Ich schwitzte, ich war enttäuscht, einsam, ruhelos und von unbestimmten Ängsten zerrüttet. Ich zuckte die Achseln.

„Dafür wäre ich dir echt dankbar", sagte Dowst und erhob sich. „Ich meine, äh, wahrscheinlich werde ich heute abend ziemlich spät wiederkommen – also, ich komme auf jeden Fall noch heute nacht zurück –, dann kann ich dir morgen früh wieder beim Gießen helfen. Und in den nächsten paar Tagen auch – bis die beiden wieder da sind."

Ich nickte matt, und Dowst verschwand. Ich lauschte dem geschmeidigen Bullern des Campingbusmotors, bis das Geräusch sich im Sirren der Insekten und der schroffen, kehligen Beschwerde einer Krähe, die vor dem Haus saß, verlor. Das Haus warf Brandblasen in der sengenden Hitze. Ich hörte eine Dachschindel platzen, sah eine Eidechse aus einem Spalt in der Wand huschen und hinter dem Sofa verschwinden. In diesem Augenblick durchfuhr es mich. Ein Idee, eine Perspektive, ein erhebender, schlüpfriger, zügelloser Vorgeschmack auf eine verbotene Frucht. Ich war allein. Ich konnte alles tun, was ich wollte – alles –, ohne daß es irgend jemand merkte.

Aber nein. Ich hatte mein Wort gegeben. Jerpbak lag auf der Lauer, das Sonderkommando Sinsemilla stand zum Zuschlagen bereit. Außerdem konnte ich ja das Grundstück nicht unbewacht lassen – was wäre, wenn Sapers käme, um herumzuschnüffeln? Oder wenn irgendein verirrter Wanderer versehentlich in unsere süßen Dollarplantagen hineinstolperte? Nein, ich konnte unmöglich weggehen, ganz unmöglich.

Dreißig Sekunden später stand ich in der Schlafkammer, durchwühlte den Kleiderhaufen in der Ecke und beschnüffelte Socken und T-Shirts, um die am wenigsten widerwärtigen Stücke herauszusuchen. Schließlich ist es über einen Monat her, dachte ich, während ich mit einem Taschenmesser meine Fingernägel vom gröbsten Dreck befreite. Draußen stieß die Krähe ein rauhes Gelächter aus und flatterte dann am Fenster vorbei wie ein Lumpenbündel. Aus dem Spiegel strahlten mir meine doppelt geputzten Zähne entgegen, ein fiebriger Glanz lag in meinen Augen. Ich setzte mich auf den Bettrand und zog weiße Jeans an, die bedauerlicherweise im Schritt einen Rotweinfleck hatten, ansonsten aber recht präsentabel waren, dann polierte ich meine Dingo-Stiefel mit Spucke. Über einen Monat. Sie würde sich nicht einmal an mich erinnern. Ich hielt die Autoschlüssel in der Hand. Oder doch?

Kapitel 6

Die Ladenklingel gab einen zimperlichen Ton à la ‚Kleines-Mädchen-beim-Pinkeln' von sich, die Sonne brannte mir auf den Hinterkopf, ein Geruch nach würzigen Kräutern und sphärische Klänge drangen mir entgegen, und ich betrat ein kühles, laubgrünes Töpferparadies. Draußen auf der Straße war es wie im Hochofen: Staub, grelles Licht, heiße Reifen auf heißem Asphalt; hier dagegen herrschte der Frieden eines Kiefernwaldes, sanftes Licht fiel durch die Deckenfenster herein. In der Luft lag der süße Duft von Kräutersäckchen, die wie Kokons von den Balken herabhingen. Überall grünten Pflanzen, ergossen sich aus Hängetöpfen, tasteten sich aus großen Keramikwannen zur Decke hinauf und schlugen Ranken in die Ritzen der silberweißen, vom Wetter gezeichneten Scheunenlatten, mit denen die Wände verkleidet waren. Ich blieb einen Moment stehen, mit dem Rücken zur Tür, und atmete tief durch wie jemand, der aus der Sauna schlagartig in ein kaltes Bad springt. Ein sanfter Luftzug bewegte die Blätter, verborgene Lautsprecher erfüllten den Raum mit einem mächtigen Chor, der in leidenschaftlicher Gewißheit lauter und leiser wurde – war das nicht Bach? Ja, es war Johann Sebastian Bach, der eine gloriose, volltönende Botschaft zu einem gnädigen, allgegenwärtigen Gott emporsandte.

Ich blickte mich um und sah die Farben der Erde. Gedämpfte Brauntöne, Siena, Umbra, blasses Gelb. Ich sah Farnwedel, Philodendron, Efeu, Immergrün und Dickblatt. Ich sah Töpferwaren – Vasen, Blumentöpfe, Terrinen, Amphoren, Urnen, tönerne Becher, Tassen, Krüge, Teller, Fingerschalen. Es gab Glöckchen und Windharfen aus Keramik, massive Kochtöpfe und winzige Schnupftabakdosen. Sämtliche Gegenstände waren mit Geschmack und Bedacht arrangiert, auf Regalen und Schränkchen aufgestellt, und im Zentrum des Ganzen stand ein mächtiger Tisch aus Walnußholz, der für acht Personen gedeckt und mit Schnittblumen in einer zierlichen Fayence-Vase geschmückt war. Es kam mir vor, als hätte ich eine Kemenate, ein Schlafboudoir, eine Sakristei betreten. Ich strich mir das Haar zurück, wischte die schwitzenden Handflächen an meiner Hose ab und wartete.

Nichts geschah.

Ich lauschte dem „Kyrie eleison", betrachtete diesen und jenen Topf näher, entdeckte eine dicke rotbraune Katze und kraulte ihr die Ohren. Dann bemerkte ich eine kleinere Klingel, ein vertrautes, geschäftsmäßiges, gellendes Modell, das ich normalerweise mit Grundschulklassenzimmern und Hotelrezeptionen assoziiere. Ich drückte auf den Knopf – *bing-bing, bing-bing* – und wurde im nächsten Augenblick durch Petras Erscheinen belohnt.

Sie trat durch eine Tür am hinteren Ende des Ladens, in einen Kittel gekleidet, der wie eine Robe an ihr herunterfloß. Sie war barfuß, und ein dünnes Silberkettchen zeichnete ein V auf ihren Hals. Ich sah, wie das geschäftsmäßige Lächeln allmählich einem etwas unsicheren Ausdruck des Wiedererkennens wich. „Hallo", sagte ich.

„Oh", murmelte sie, womit sie offensichtlich Zeit zu gewinnen versuchte, wie eine Quizkandidatin vor dem überdimensionalen Farbdia eines bärtigen Präsidenten, dessen Namen man nun von ihr hören will. „Hallo."

Wir lächelten beide.

„Fred?" begann sie.

„Felix", korrigierte ich.

„Felix", sagte sie.

Ich erklärte, ich sei nur mal eben vorbeigekommen, um nachzusehen, wie es ihr gehe. Sie sagte, es gehe ihr gut, und fragte dann, ob wir Glück beim Angeln gehabt hätten. Ihre Zähne waren weiß und makellos, wie ein Bild aus einer Zahnpastareklame. „Angeln?" wiederholte ich verdutzt, etwas aus der Fassung gebracht, denn ich hatte gerade an Zähne, Lippen und die Qualen des erzwungenen Zölibats gedacht, bis mir die lahme Geschichte wieder einfiel, die ich an jenem ereignisreichen Abend vor einem Monat mit dem Wagenheber in der Hand erfunden hatte. „Hechte", platzte ich heraus, „wir haben jede Menge Hechte gefangen. Und Gelbschwänze, Guppys und affengesichtige Aale."

Zu meiner Erleichterung lachte sie, drehte sich um und nahm eine tönerne Teekanne von einer Wärmeplatte, aus der sie mir eine Tasse Kräutertee anbot (Hagebutte oder ähnlicher Dreck, den ich verabscheue und normalerweise niemals trinken würde, doch irgendwie gelang es mir, das Angebot sehr manierlich anzunehmen). Und dann, während wir unseren Tee umrührten, ereignete sich etwas Magisches – mit einem einzigen Satz befreiten wir uns aus dem Sumpf von Floskeln und banalem Gerede und konzentrierten uns sofort auf das eine Thema, das uns so eng verband: Jerpbak. Jerpbak, unser gemeinsamer Folterknecht, erbitterter Feind und Kerkermeister, gleichzeitig aber auch das Organon unseres Zusammentreffens, die Kraft, die uns getraut, eine physische Bindung zwischen uns geschaffen hatte. Ich blickte ihr über die Teetasse hinweg in die Augen und sah in Gedanken den Rücksitz von Jerpbaks Streifenwagen vor mir. „Macht er dir immer noch Schwierigkeiten?“ fragte ich.

Sie schüttelte den Kopf. Wir saßen an dem großen Walnußtisch und hielten Keramiktassen in den Händen, während vor dem Fenster Autos vorbeizischten und J. S. Bach seine Komposition stetig weiterentwickelte, sich kleine Themen vornahm und sie zu großen Melodien entfaltete. „Äh, nein“, sagte sie. „Nicht seitdem ... also, nicht seit ich dich zum letztenmal gesehen habe. Ich meine, seit wir uns kennengelernt haben.“ Sie räusperte sich und errötete leicht.

Ich winkte ab, als wollte ich sagen *Macht doch gar nichts, ich bin froh, daß ich damals angehalten habe, ich würde es jederzeit wieder tun, ich würde auch nach Alcatraz rausschwimmen und dreißig Jahre Zuchthaus absitzen, nur für einen Blick von dir, Baby*, und erzählte ihr dann – mit allen Ausschmückungen – von meinem ersten Zusammenprall mit Jerpbak im Bezirksgefängnis von Eldorado County.

„Mein Gott, ist dieser Kerl verrückt“, sagte sie. „Der ist einfach nicht voll zurechnungsfähig. Wenn nicht irgendwer was gegen ihn unternimmt, dann wird er eines Tages jemandem weh tun.“ Sie nahm einen kurzen, grimmigen Schluck Tee. „Glaubst du, er hat dich erkannt?“

„Mir doch egal“, sagte ich feurig und verwegen, ein echt starker Typ, und versuchte dann, die Sache als unwichtig abzutun, indem ich ihr erzählte, daß ich jetzt einen Anwalt hätte (das stimmte ja), der mir versichert habe, ich würde in allen Punkten freigesprochen (stimmte nicht), denn eigentlich hatte ich ja gar nichts gemacht, wenn man es genau nahm (das stimmte wieder).

„Ja, schließlich hast du nur getan, was jeder vernünftige Mensch tun würde“, bemerkte sie und fixierte mich mit einem Blick, der an

Jeanne d'Arc in der Schlacht bei Patay erinnerte. „Das bezeuge ich jederzeit."

Wir saßen einen Moment schweigend da und dachten über die uns widerfahrenen Gemeinheiten nach. Schließlich bemerkte Petra, daß in der ganzen Geschichte ja auch eine gewisse Ironie liege.

„Ironie?"

„Na ja", sagte sie und schlug die Augen nieder, „obwohl ich die Ursache für das ganze Durcheinander war, bin ich viel glimpflicher dabei weggekommen als du. Mir haben sie praktisch gar nichts getan. Verglichen mit dir hab ich jedenfalls Glück gehabt." Offenbar war die Anklage wegen Widerstand gegen die Staatsgewalt nur eine leere Drohung gewesen, die Jerpbak nicht weiterverfolgt hatte. Wohl hatte man ihre Personalien aufgenommen, sie dann aber freigelassen; sie mußte nur versprechen, am nächsten Vormittag mit ihrem Führerschein wiederzukommen und innerhalb von achtundvierzig Stunden die Mängel beheben zu lassen, die Jerpbak an ihrem alten VW-Käfer aufgespürt hatte – von vorschriftswidrig befestigten Nummernschildern über eine nicht funktionierende Blinkerbirne bis zu dem ramponierten Auspufftopf –, dafür erließ man ihr die Geldstrafe. Die Reparaturen hätten zwar hundertzwanzig Dollar gekostet, sagte sie, aber wenigstens sei sie das Problem los. Und dann senkte sie die Stimme zum Flüstern und schenkte mir einen Blick, auf den normalerweise nur ans Kreuz genagelte Märtyrer hoffen dürfen. „Es tut mir wirklich leid, daß du in die Sache verwickelt worden bist. Wenn ich irgendwas tun kann ..."

Da gab es sogar eine ganze Menge, dachte ich, vor allem im Hinblick auf Lokalanästhesie und Druckausgleich, und um sie nicht so lüstern anzustarren – sie empfand Mitleid für mich, Mitleid und Dankbarkeit, und ich wollte mir nicht alles verpatzen, indem ich wie ein Wüstling über sie herfiel –, sah ich auf die Uhr. Es war halb zwei. Mittagszeit. Während ich erwog, sie zum Essen einzuladen (zweifellos hatte sie über ihrer Töpferscheibe bereits an einem Luzernensprossen-Schafkäse-Sandwich geknabbert), erstand ich eine Vase, die ich mir nicht leisten konnte. Ich dachte, ich könnte damit das Interieur im Sommerlager aufheitern – oder sie zur Not meiner neunzigjährigen unverheirateten Tante in Buffalo schenken.

„Willst du die wirklich haben?" fragte mich Petra.

Ich nickte energisch und murmelte dazu irgend etwas Banales über geschickte Verarbeitung und raffinierte Motive.

„Weißt du, was das ist?"

„Eine Vase", sagte ich.

Sie lachte – ein kurzes, breites, unbekümmertes Lachen – und erläuterte mir dann, daß es sich um eine Urne handelte. „Für sterbliche Überreste."

„Okay", sagte ich, „ich gebe mich geschlagen. Ich hätte glatt Blumen reingestellt." Ich hob einschränkend den Zeigefinger. „Welke Blumen."

Ich war schrecklich geistreich. Wir lachten beide. Sie goß mir eine zweite Tasse des gräßlichen bittersauren Tees ein (das Zeug schmeckte wie ein Kerosinderivat) und fragte mich dann, ob ich gerne ihre Werkstatt besichtigen wolle. „Du kriegst eine kostenlose Führung", sagte sie und stand auf.

Ich folgte ihr nach hinten in einen hell erleuchteten Raum – Zementboden, verputzte Lattenwände, mehrere hohe Turnhallenfenster. Hier war es wesentlich heißer, und es roch stark nach der Tonerde, die alles mit einer feinen dünnen Staubschicht überzog, wie vulkanische Asche oder die Spuren eines Wüstensturms. Petra führte mich langsam in einem geschwungenen Bogen durch den Raum, zeigte mir die Plastiktüten mit Ton, die Töpferscheibe, den Brennofen, der so groß wie ein Pfefferkuchenhaus war, die Eimer mit den Glasuren und die ungebrannten Stücke im Trockengestell. Ich schnupperte das Ferment der Erde, befingerte den nassen Ton und pries seine Feuchtigkeit und Plastizität; ich sah sie in ihrem Kittel und den nackten Füßen vor mir und spürte eine tiefe Vertrautheit zwischen uns. Gerade glaubte ich, alles gesehen zu haben, und versuchte, das Gespräch allmählich von Keramik in allen Variationen aufs Mittagessen zu bringen, da sah sie mich mit einem merkwürdigen Blick an – die Lider halb gesenkt, auf den Lippen ein unerforschliches Lächeln – und fragte mich, ob ich jetzt ihre richtigen Arbeiten sehen wolle.

„Richtige Arbeiten?" wiederholte ich fragend. Der Raum war still und trocken wie ein urzeitliches Flußbett; unzählige Töpfe in allen Produktionsphasen standen auf dem Boden, auf den provisorischen Regalen, auf den Trockengestellen und den Ofenuntersetzern. Ich hatte keine Ahnung, wovon sie sprach.

Sie winkte mir, und wir gingen zusammen – sie in Jogging-Shorts, die langen nackten Beine sahen unter dem Kittel hervor, ich mit meinem am wenigsten verdreckten T-Shirt und meinem schwachsinnigsten Grinsen – durch eine Tür auf der anderen Seite der Werkstatt. Ich hatte die Tür schon vorher gesehen und für einen Schrank gehalten, jetzt aber knipste Petra einen Lichtschalter an und führte mich in einen weiteren Raum. Die nichtssagende Werkstatt und mein wachsendes Interesse am Mittagessen hatten mich ein wenig eingelullt, doch jetzt wurde ich mit einem Ruck hellwach: Auf einmal stand ich inmitten einer Unzahl seltsamer Gestalten, zwischen pulsierenden Farben und glitzernden Glasuren. Wenn die Werkstatt ein Töpferparadies war, dann war das hier die Schatzkammer der Götter. Oder nein: Es war das Reich der Zwerge. Mit Vollbärten, Schnurrbärten, langen Ohren und buschigen Brauen grienten mich hier fünfzig Gesichter an, mit wahnsinnigen, umnachteten, leeren Mienen. Menschliche Figuren in Zweidrittelgröße standen, saßen und lagen überall im Raum herum, mit spitzen Köpfen, verschleierten Blicken, zu stillem Lächeln gekräuselten oder zum Schmollmund des Idioten vorgeschobenen Lippen. Es war wie in der U-Bahn von Manhattan. Ich lachte.

Petra wirkte erleichtert. Sie lächelte. „Gefallen sie dir?"

Ich stieß diverse Laute des Staunens aus – Zungenschnalzen, kehlige Ausrufe der Verblüffung, zum Crescendo anwachsendes Gekicher, das in kleinen Aufschreien gipfelte. Ich tätschelte die glatte, schimmernd glasierte Narrenkappe eines Mannes, der weit vorne auf einer Parkbank saß und Zeitung las. „Todd Browning", sagte ich. „Fellini."

Sie nickte. „Und Viola Frey. Und Robert Arneson."

„Und du", sagte ich.

„Und ich."

Ein Trio in Stiefeletten und Trikots – Männer? Frauen? – streckte sich nach einem von einer Schnur herabhängenden Ball; ein Kind mit den schlaffen Zügen Leonid Breschnews schob Kegel. „Die sind großartig", sagte ich und breitete den Arm aus, um alle Figuren im Raum einzuschließen. „Sie sind witzig und abartig, sie sind grotesk. Hast du sie schon mal jemandem gezeigt?"

Petra lehnte sich gegen eine unwahrscheinlich fette Frau in einem Brautkleid, das mit tanzenden Fischen dekoriert war. „Ein paar Freunden", sagte sie, was ich einerseits erfreut zur Kenntnis nahm (sie zeigte sie auch mir, ich war einer der Erwählten), gleichzeitig aber auch mit einer gewissen Eifersucht (wem hatte sie sie denn noch gezeigt?). Töpfe, Sahnekännchen und Orangensaftkrüge seien schon in Ordnung, sagte sie nach kurzer Pause, und sie mache so etwas auch wirklich gern – aber sie sei eben auch Künstlerin, und die Figuren drückten diesen Teil von ihr aus. Sie wollte damit eine Ausstellung in San Francisco machen.

Ich fragte sie, ob sie etwas von Metallskulpturen hielt und ob sie je von Phil Cherniske gehört habe. „Er macht – also, er machte jedenfalls mal – so riesige, absurde Dinger aus Metall", erklärte ich. „Kann sein, daß du ihn als Phil Yonkers kennst."

Sie schien gar nicht zugehört zu haben und sah etwas geistesabwesend aus. „Nein, ich glaube nicht", sagte sie. Und dann: „Hast du schon was gegessen?"

„Nein." Das Wort kam wie ein rasendes Geschoß, meine Lippen waren der Lauf einer Kanone. „Nein, habe ich nicht."

„Ich mache nämlich heute ein bißchen früher zu – und zwar jetzt gleich –, weil ich zu einer Barbecue-Party in so einer kleinen Kaschemme hier in der Nähe gehen will. Du weißt schon, Steaks und Rippchen und so. Die feiern heute die Woche der Kuh oder so was Ähnliches, und ein Freund von mir, der einen Bioladen führt, hat sich teilweise um die Salate gekümmert. Ich meine, ich hab für Fleisch eigentlich nicht so viel übrig, aber das könnte sicher ganz lustig werden."

„Klar", sagte ich, erstaunt, daß es so leicht ging. „Klar, klingt echt gut."

Sie lächelte wie alle Engel im Himmel zusammen. „Prima", sagte sie. „Ich zieh mir nur schnell den Kittel hier aus und hole meine Handtasche", und dabei ging sie aus dem Zimmer, blieb allerdings auf der Schwelle noch kurz stehen und lehnte sich gegen den Türpfosten. „Vielleicht kennst du die Kneipe sogar. Sie liegt an der Straße nach Covelo."

Einer der keramischen Halbidioten holte aus und traf mich genau im Solarplexus, aber ich bewahrte Haltung, betete und rang nach Luft, fühlte die große, heiße Zange des Schicksals nach mir fischen, als wäre ich ein Hummer im Kochtopf.

„Der Laden heißt ‚Shirelle's'."

Kapitel 7

Der Parkplatz vor Shirelles Kneipe – dieses graue Ödland, diese Tundra – war mit Autos vollgestopft wie der Hof eines Gebrauchtwagenhändlers. Da standen Pritschenwagen, Wohnmobile, Mustangs, Bobcats und Impalas, Choppers, Enduros und Mopeds, TransAms und Cadillac Sevilles, Kombiwagen, Strandbuggies und Campingbusse – und die monolithische, kirschrote Fahrerkabine eines Peterbilt-Sattelschleppers, der einzigen echten Maschine unter all dem Spielzeug, die sich wie eine Insel aus dem Chrom- und Blechmeer erhob. Hinter den Autos sah ich Cowboyhüte über kleinen, sonnenverbrannten Gesichtern, und der Kopf eines grasenden Pferdes hob und senkte sich in metronomischer Regelmäßigkeit. Es war eine vertraute Szenerie. Bingo unter Bäumen, ein Picknick am Kirchweihtag, ein Festtag auf dem Land. Kinder rannten kreischend durch den blauschwarzen Qualm der Barbecue-Grills, Hunde kläfften, Frisbees kreiselten in der Luft. Über allem lag das unvermeidliche nölende Gedröhne von elektrisch verstärkter Country-Musik – *Duckett, duckett, duck-ettt/ Duck, duck, duck-ettt* – und das Grölen und Johlen besoffener Riesen in breitkrempigen Strohhüten. Ich bog in den Parkplatz ein, daß der Kies knirschte, und stellte mein Auto zwischen zwei schimmernd aufragenden Lieferwagen ab. „Soso", sagte ich, an Petra gewandt. „Hier ist es also."

Sie lehnte sich in ihrem Sitz vor; lange, nackte, braune Beine, und sah sich mit der Neugierde eines Kindes auf dem Jahrmarkt zwischen den geparkten Wagen um. „Das da ist Sarahs Auto", sagte sie, „und da steht Teddys Motorrad." Sie wandte sich um und sah an mir vorbei. „Ach, toll. Alice ist auch hier." Ihre Hand lag auf meinem Arm, leicht wie ein Luftzug, schwer wie eine Handschelle. „Du wirst sie bestimmt mögen."

Merkwürdig, dachte ich beim Aussteigen, daß mir all das hier vor anderthalb Stunden auf der Fahrt in den Ort kaum aufgefallen war. (Wohl hatte ich eine ungewöhnliche Betriebsamkeit registriert – auf dem Parkplatz manövrierende Autos, laute Musik –, aber ich hatte Angst gehabt, näher hinzusehen, weil ich sonst womöglich Savoy erkannt hätte, oder Shirelle, Sapers oder George Pete Turner.) Noch merkwürdiger war, daß wir meinen Wagen genommen hatten – den Tabu-Toyota –, aber aus Gründen, die mit dem männlichen Ego und seinem Wunsch nach Selbstbestätigung zu tun hatten, lag mir daran, das Steuer in der Hand zu halten. Obwohl Petra sich erboten hatte zu fahren und schon der Anblick des Toyota für jeden Straßenpolizisten im Umkreis von dreißig Meilen eine Provokation darstellen mußte.

Ich warf meine Tür zu. Petra schlug ihre zu. Einen Augenblick blieb ich reglos in der sengenden Sonne stehen, sog den Duft von angebranntem Fleisch ein und fühlte mich nackt und ausgesetzt wie ein Sünder an den Toren des Hades. Zweimal hatte ich diesen Ort schon betreten, und zweimal war ich dabei in größte Schwierigkeiten geraten. Es war eine Senkgrube der Feindseligkeit, ein Nest voller Bauerntölpel, nicht minder gefährlich als das Polizeirevier von Willits. (Die Fratzen von Sapers, Marlon, Shirelle, Savoy und Jerpbak erschienen nacheinander als Momentaufnahme auf der Linse meines Bewußtseins.) Was war bloß über mich gekommen? Ich hatte mein Wort gebrochen, die Farm im Stich gelassen und meinen Wagen weithin sichtbar zur Schau gestellt, und jetzt befand ich mich ausgerechnet hier, wanderte seelenruhig in die Höhle des Löwen, als hätte ich nichts zu befürchten. Plötzlich packte mich die nackte Angst. Konnte ich denn nicht einmal meine Triebe im Zaum halten, mich ein bißchen zusammenreißen und wie ein Erwachsener benehmen? Natürlich konnte ich das, ja, natürlich. Es war noch nicht zu spät. Ich konnte Petra sagen, daß mir schlecht sei, daß ich solche Feste, Country-Musik und Sonnenschein einfach haßte, daß meine Eltern Missionare gewesen und von irgendwelchen Kannibalen am Spieß gebraten worden seien und daß mir deshalb schon der Geruch einer Grillparty den Magen umdrehte. Aber dann nahm sie meine Hand und zog mich weiter, und ich vergaß Gefahr und Angst; ich fühlte mich rundum glücklich.

Der Eintritt, FÜR SOVIEL FLEISCH, BIER UND SALLAD, WIE IHR ESSEN KÖNNT, betrug sechs Dollar, und während wir vor einem kleinen Tisch standen, hinter dem ein hakennasiger alter Bursche mit wäßrigem Blick in einem karierten Hemd saß, wühlte Petra in ihrer Handtasche, und ich untersuchte meine Barschaft. Ich hatte etwa vierzehn oder fünfzehn Dollar dabei, die für den Rest meines Lebens reichen mußten, aber aus demselben Grund, aus dem wir unbedingt in meinem Auto hatten fahren müssen, bestand ich darauf, für uns beide zu zahlen. Ich zog schließlich zwei Fünfer und zwei Ein-Dollar-Noten hervor, die alle zerfleddert wie faulendes Laub aussahen, und legte sie auf den Tisch, aber Petra ließ es einfach nicht zu. „Kommt nicht in Frage", sagte sie, sammelte die Scheine wieder ein und schob sie mir in die Hemdtasche. „Ich wollte *dich* einladen, das hab ich vorhin schon gesagt."

Der Alte war verwirrt. Er starrte uns aus blassen, verquollenen Augen an, dann zog er ein Taschentuch hervor und schneuzte sich, ganz zart und vorsichtig, als ob er sich klar sei, daß jeder Schnaufer sein letzter sein konnte. „Zweimal?" fragte er mit leiser, zittriger Stimme und streckte dann die bebende rosa Hand nach dem Zwanziger aus, den Petra ihm hinhielt. Während er in einer Zigarrenkiste nach dem Wechselgeld fummelte und bedächtig zwei blaßorange Karten von der Rolle mit Allzweck-Tickets abriß, mußte ich unwillkürlich, voller Scham und innerer Demütigung, aber auch mit einer seltsamen Erregung, an den provisorischen Tisch in dem Lutschpalast und die schmutzigen zehn Minuten der Verzweiflung denken, die ich dort verbracht hatte. Schuldbewußt nahm ich das Ticket entgegen – EINLASS 1 PERSON – und folgte Petra, meiner Freundin und Helferin, in das mit einem Strick abgezäunte Areal, das den armen Baum, den unheilvoll dunklen Kneipeneingang und die Grillecke umschloß.

In den ersten Minuten hielt ich den Kopf gesenkt, blieb wachsam und angespannt, konzentrierte mich auf kleine Glassplitter in der Erde, auf bedrohliche Cowboystiefelspitzen, auf nackte Fußknöchel, lackierte Zehennägel und bequeme Turnschuhe. Petra führte mich zur Biertheke, wo ich die Fußspuren in dem vom Bier aufgeweichten Boden und die sich auflösenden Schaumkleckse studierte. „Was woll'n wir denn haben, Süße?" fragte der Barkeeper in breitestem Dialekt.

„Zwei Bier", sagte ich zu seiner Gürtelschnalle.

Petra lachte. „Ja, red du ruhig für mich", sagte sie. „Ich bin gerade im Stimmbruch."

Ich wagte einen Blick auf den kichernden Barkeeper, darauf gefaßt, Lloyd Sapers oder George Pete Turner vor mir zu sehen, blickte aber mit Erleichterung in das grinsende, braungebrannte Gesicht, die Glubschaugen und die Goldzähne eines betrunkenen Fremden mit Stetson-Hut. „Gutes Bier, Junge", sagte er und reichte mir zwei randvolle Plastikbecher. „Trink ruhig. Wir haben hier ein Faß ohne Boden."

Ich nickte, verzerrte mein Gesicht zu einem Grinsen, warf einen raschen Blick auf die Menge (Rücken und Profil von lauter Fremden, nackte Schultern, sonnenverbrannte Bierbäuche, Schnurschlipse, Jeans) und senkte gleich wieder den Kopf, weil ich jeden Moment damit rechnete, daß das Fallbeil auf mich niedersausen würde. Dann rief Petra: „Da drüben ist Sarah“, und schob mich auf das Labyrinth der mit Essen beladenen Tische zu.

Sarah war eine große Frau mit breiten Schultern und großen Brüsten, die ein knappes Oberteil und Jeans trug. Ihr Haar stand senkrecht vom Kopf ab, so daß es aussah wie eine dieser Pelzmützen der Wachsoldaten am Buckingham Palace. Sie saß hinter einem breiten Tisch, auf dem ein Schild für ihr Reformkostgeschäft – DIE KEIME DES LEBENS – warb, und servierte Falafel, Tahin, Tofusalat und Karottensaft als Alternativen zu den rituellen blutigen Rindfleischstücken, ohne die eine Woche der Kuh keine solche gewesen wäre. Viel verkaufte sie offenbar nicht. Ich schüttelte ihr die Hand, als Petra mich ihr vorstellte, sah zu, wie sie MITTAGSPAUSE auf ein Schild kritzelte und Plastikfolie über den Tofusalat legte. „Die anderen sind alle da drüben“, sagte sie, und wir gingen mit ihr an dem brutzelnden Grill vorbei (aus dem Augenwinkel bemerkte ich dichte Qualmwolken, verschwommene bedrohliche Gestalten, das Glühen der heißen Holzkohle) zu einer Decke, die im Schatten des Hauses ausgebreitet war.

Drei Leute saßen auf der Decke: Teddy (ein kleiner Kerl in Motorradkluft, den ich für Sarahs Galan hielt), Alice (eine Gesundheitsfanatikerin, so dünn wie ein Flüchtling) und ein großer, quadratschädliger Typ mit einem hauchdünnen Little-Richard-Schnurrbart. Sie lächelten uns wohlwollend an, als wir uns in dem Gewirr aus Papptellern und Plastikbechern, abgenagten Rippchen, Fettklecksen und schwarzen Bohnen niederließen. Ich saß zwischen Petra und Sarah und schlürfte den Schaum von meinem Bier ab. Fliegen surrten über uns, die gewaltigen Lautsprecher knackten, Rauchfahnen kräuselten sich zum Himmel empor.

Petra stellte mich vor – alle schienen über unsere Verbindung informiert zu sein, was mich sehr erfreute –, und dann erzählte Little Richard, er habe gerade drei Wochen lang auf Hawaii Klaviere gestimmt. Dies löste zwei verschiedene, doch rasch konvergierende Unterhaltungen aus: über die Inseln im Pazifik und über das Klavierstimmen. Sarah sagte, sie sei unmusikalisch. Teddy sagte, er habe mal beim Schwimmen vor Mauï direkt neben sich eine Herde Buckelwale gehabt. Alice sah von ihrem Teller mit Karottenschnipseln auf und sagte, sie fände Debussys Etüden viel besser als alles, was Chopin je komponiert habe – vor allem, wenn sie auf Hawaii sei. Gab es beim Klavierstimmen eigentlich Probleme mit dem tropischen Klima? wollte Petra wissen. Richard führte die disparaten Diskurse elegant zusammen, indem er eine Anekdote vom Sonnenbaden in Kaanapali mit der Stimmgabel in der Hand erzählte, dann wandte er sich an mich und fragte: „Und du, was machst du denn so, Alter?"

Damit geriet die Konversation in gefährliches Fahrwasser, und ich spürte schon, wie rings um mich Untiefen und Korallenriffe auftauchten. Vorher im Auto hatte mir Petra dieselbe Frage gestellt, und ich hatte mich aus der Affäre gezogen, indem ich sagte: „Na ja, weißt du – mal dies, mal das." – „Klingt mir wie 'ne ziemlich ausweichende Antwort", hatte sie erwidert, woraufhin ich den Mund verzog und sagte: „Hast recht. Also, eigentlich verkaufe ich Waffen nach Libyen." Diesmal wählte ich den direkten Angriff. Ich sah Richard in die Augen und erzählte ihm, ich würde Flugzeugrümpfe auf Haarrisse untersuchen.

„Oh", sagte er, und auf einmal ging die Unterhaltung an mir vorbei, befaßte sich mit diversen Methoden der Zubereitung von Tofu, mit der Hitze, dem schamlosen Benehmen einer Reihe von Menschen, die ich nicht kannte, und der politischen Lage in Mittelamerika. Ich lehnte mich zurück, musterte die anderen Leute wachsam, lächelte Petras Freunde freundlich an und flüsterte ihr ununterbrochen geistreiche Bemerkungen ins Ohr. Außerdem trank ich Bier. Jedesmal, wenn ich einen oder zwei Schluck nahm, drückte mir anscheinend irgendwer einen neuen Becher in die Hand. Dies hatte einen doppelten Effekt: Ich wurde sorgloser (und *wenn* ich Sapers oder irgendeinen dieser Bauerntölpel traf – die konnten mir doch gar nichts), und es nahm mir den Hunger. Als Petra uns einen Teller mit Kartoffelsalat und Chilibohnen holte, machte ich nur ein paar Fingerübungen mit der Plastikgabel und leerte das nächste Bier.

Irgendwann lief sich die Unterhaltung tot, die Country-Band spielte eine Art Bauern-Blues, und Sarah und Teddy gingen tanzen. Little Richard war am Rande der Decke eingeschlafen, die Sonne strahlte durch das Blätterdach und beschien jedes einzelne faszinierende Haar seines Schnurrbarts, und Alice verabschiedete sich, weil sie nach Sarahs Stand sehen mußte. Ich überlegte, ob ich Petra zum

Tanzen auffordern sollte, aber da ich nicht gern tanze, entschied ich dagegen. Statt dessen sagte ich, daß ich keine blöden Sprüche machen oder etwas vor ihr verbergen wollte, als sie mich nach meinem Beruf gefragt hatte, und gab ihr einen groben Überblick meiner Aktivitäten des vergangenen Jahres – Renovieren von alten Häusern für einen trägen Immobilienmarkt, Korrigieren von banalen, analphabetischen Aufsätzen als Teilzeitassistent am Cabrillo Community College. Das Sommerlager erwähnte ich mit keinem Wort.

Sie wirkte enttäuscht. Oder skeptisch. „Also wohnst du in San Francisco?"

Ich nickte. „Aber den Sommer über bin ich mit ein paar Freunden hier oben – einfach, um mal rauszukommen, weißt du?"

„Kann ich verstehen. Zum Angeln, was?"

Wir grinsten beide. „Ja, also, wir gehen wirklich manchmal angeln. Aber eigentlich geht es uns darum, mal das harte Landleben kennenzulernen, aus der Stadt rauszukommen, den Grillen zuzuhören, in den Bergen rumzuwandern."

„Ja, ich versteh das gut", sagte sie so leise, daß ich sie kaum hören konnte, dann senkte sie den Kopf und malte mit den Fingern ein Muster auf die Decke. In diesem Moment spürte ich, daß sie mich total durchschaute und genausogut wie Vogelsang wußte, was ich in Willits vorhatte. Aus Lügen werden nur noch mehr Lügen, dachte ich – jetzt ist der Zeitpunkt, ihr alles zu sagen, die Beziehung ordentlich anzufangen. Aber ich sagte ihr nichts, ich konnte es einfach nicht. Ich wollte gerade weitererzählen, mich in meine Geschichte verwickeln, da hob sie ihr Glas und sagte: „Prost!"

Während der nächsten Stunde, in der die Sonne den Parkplatz in eine Metallschmelze verwandelte und die Musiker auf ihre Gitarren eindroschen, als hätten die Instrumente sie irgendwie beleidigt, unterhielten wir uns, lernten einander kennen, tauschten unsere Geschichten aus. Ich erfuhr etwas über Petras Kindheit in Evanston, die Sommerurlaube im Segelboot auf den Großen Seen, ihr kreatives Talent und das erste unförmige Stück, das sie je gebrannt hatte (eine Büste von Janis Joplin ohne Nase). Ihr Vater war Architekt, die Mutter war tot. Autounfall. Sie hatte eine Schwester namens Helen. Sie mochte Chartreuse grün, Schlittenhunde und alten Blues im Chicago-Stil. Sie war neunundzwanzig. Als sie in der zehnten Klasse gewesen war, auf einer Privatschule, hatte sie einen zwei Jahre älteren Jungen kennengelernt, einen Sportler, Wunderknaben und Wortspielvirtuosen. Sie waren miteinander ausgegangen. Er war Klassensprecher gewesen, sie hatte die Kunst-Arbeitsgruppen geleitet. Er war auf die University of Iowa gegangen, sie war auf die University of Iowa gegangen. Sie blieben eisern zusammen, bezogen eine Wohnung, heirateten irgendwann. Er studierte Jura, sie ging arbeiten (in eine Brathuhnbude vom Typ Kentucky-Fried-Chicken, wo am Tag über hundert Liter Schweinefett verbraucht wurden). Als er seinen Abschluß machte und eine Stelle bei einer Anwaltskanzlei in San Francisco bekam, zogen sie in ein Apartment mit Glasdach in der Dolores Street, und sie fing an, sich ernsthaft mit Keramik zu beschäftigen. Eines Abends sagte er, ihn langweile das alles. Was langweilt dich? fragte sie. Ich will nicht darüber reden, sagte er. Zwei Tage später war er weg. Sie rief in der Kanzlei an. Er war seit einer Woche nicht dort gewesen. Später hörte sie, daß er in Amsterdam auf einem Hausboot lebte, daß ihn jemand in einem Jazzclub in Oslo gesehen hatte. Mit einer Dänin. Danach hatte sie nicht mehr nach ihm gefragt.

Ich drückte ihr mein lebhaftes Mitgefühl aus. Wie konnte nur irgend jemand – mochte er auch taub, stumm, blind, kastriert sein – sie im Stich lassen? dachte ich und dachte gleichzeitig, irgendwo könnte irgendwer auch das gleiche über Ronnie denken. Runde Löcher, eckige Stöpsel.

Wir tranken Bier. Petra streckte die Beine aus, rieb sich Oberschenkel und Arme mit Sonnenöl ein und bot mir Kartoffelsalat an, als wäre es Kaviar. Es war heiß, es war trocken, es war viel zu staubig und viel zu voll, aber ich merkte es kaum – ich verwendete all meine Aufmerksamkeit auf Petra, säuselte schwärmerisch wie ein liebestoller Freier aus einem Stück von Shakespeare oder John Lyly, der vor seiner Angebeteten fast in Ohnmacht sinkt. Wir tranken weiter Bier. Teddy und Sarah kamen zu ihrer Decke zurückgewankt, schütteten sich tapfer warmes Bier hinein und stolperten wieder auf die Tanzfläche. Dann reichte mir Petra ihren leeren Becher und erhob sich. „Ich muß mal verschwinden. Holst du mir noch ein Bier?"

„Klar", sagte ich und steuerte gedankenlos – wagemutig, einfältig und vom Bier benebelt – auf eine schicksalhafte Kollision zu. Ich sprang von der Decke auf. Wir standen nur Zentimeter voneinander entfernt. Ich legte ihr den Arm um die Schulter, und wir küßten uns zum erstenmal. An der Peripherie meines Bewußtseins nahm ich kläffende Hunde und dröhnende Akkorde wahr, während ich von ungebremster, verzehrender animalischer Lust überwältigt wurde. „Bin gleich wieder zurück“, sagte sie mit einer Stimme, so sanft wie ein Streicheln, und ich sah mit dem leeren Becher in der Hand hilflos zu, wie sie in der Menge untertauchte.

Ich blickte mich um. Das Rinderzüchter-Bacchanal war in vollem Gange, Köpfe, Schultern, Oberkörper und Hüften zuckten zum Takt der Musik, Füße scharrten, und Beine flogen durch die Luft, Fleisch wurde von Schneidezähnen zertrennt, von Backenzähnen zermalmt, durch Kehlen befördert – Rindfleisch, Rindfleisch, Rindfleisch –, während der Rauch zum Himmel aufstieg und enthemmte Schreie durch den dumpfen Rhythmus der Trommeln gellten. Links von den Tänzern lag der Grillplatz, an dem ich auf dem Weg zur Biertheke vorbei mußte, dahinter dräute der dunkle Eingang zum Schankraum.

Ich schlängelte mich durch die Menge hindurch, dachte nur noch an Petras blaue Shorts und das Sofa oben im Sommerlager, als plötzlich jemand eine Ladung Knallfrösche losgehen ließ und fünfzig Hüte in die Höhe flogen, begleitet von einem grölenden Jubelchor. In der einen Hand die Plastikbecher, die andere zur Abwehr von Hindernissen ausgestreckt, schlängelte ich mich durch das Gedränge der Fleischfresser am Grill, wich Hüten und Ellenbogen aus und hatte mein Ziel schon beinahe erreicht, als eine an die neunzig Kilo schwere Blondine mit Zöpfen und einem Lederfransen-Westernkostüm mir in den Weg trat und mich zum Tanzen aufforderte.

„Tanzen?“ wiederholte ich verdattert. Doch ehe ich noch auf meine Schwerhöriger-mit-leichtem-Hirnschaden-Show zurückgreifen konnte, hatte sie meinen Arm schon wie eine Hundeleine gepackt, riß mich daran herum und schob mich auf die Tanzfläche. Für Widerworte blieb keine Zeit: Ich tanzte. Sie drückte mich an sich – Brüste wie Panzerplatten, breite, schubkräftige Hüften –, machte dann aber den Fehler, mich vorübergehend loszulassen, weil sie von den kinetischen Wundern ihres sich rhythmisch wiegenden Körpers allzu verzückt war, also tauchte ich hinter einem barfüßigen Holzfäller mit Bart, Bierbauch und klirrenden Perlen ab und bahnte mir den Weg zur Biertheke.

Der Zapfer wandte mir den Rücken zu, weil er gerade ein neues Faß aufmachte. „Zwei Bier“, sagte ich. „Wenn Sie mal dazu kommen." Verstohlen spähte ich über die Schulter nach meiner Tanzpartnerin, die mich inzwischen wahrscheinlich vermißte, aber es war nichts von ihr zu sehen. Ich war in Sicherheit. Auf dem Rückweg würde ich in einem weiten Bogen um die Tanzfläche herum gehen, Petra das Bier geben und dann vorschlagen, wir könnten doch zu mir nach Hause fahren – oder besser: zu ihr nach Hause. Ja, das würde ich tun. Wir waren sowieso schon lange genug hier, ich hatte ein unnötiges Risiko auf mich genommen, und nun war es Zeit für meine Belohnung.

Geistesabwesend studierte ich die von der Arbeit schwieligen Hände des Zapfers, der gerade den Hahn an den Korken ansetzte, die Manschette festschraubte und dann kraftvoll den Stempel einschlug. Irgendwo hinter mir knatterte und spotzte ein Bündel Knallfrösche. Und dann, in der halbbewußten Art, in der man kaum merkliche Veränderungen der Umgebung registriert, fiel mir auf, daß dieser Zapfer mit seinem sonnenverbrannten Nacken, dem ergrauenden Haar und den übergroßen Ohren gar nicht der fröhliche Cowboy von vor zweieinhalb Stunden war, sondern jemand ganz anderes – aus diesem Winkel kam er mir sogar irgendwie ... bekannt vor.

Ehe ich noch die Verbindung herstellte, drehte sich Lloyd Sapers um, die Hand immer noch am Hahn, und sagte: „Zwei Bier, kleinen Moment noch." Er füllte schon den ersten Becher, das Bier war gelb wie Galle, da blickte er auf und sah plötzlich in mein erstarrtes Gesicht. Einen kurzen Moment lang lähmte ihn der Schock des Wiedererkennens, seine Augen zogen sich tief in die Höhlen zurück, der Unterkiefer klappte herunter und legte zu Stummeln abgenutzte Zähne und einen Klumpen kackfarbenen Kautabaks frei, dann leuchtete suffisantes Vergnügen in seiner Miene auf. „Na, Teufel auch, wenn das mal nicht unser Ernest Hemingway ist. Wird wohl recht trocken da oben in den Bergen, wie?"

Mein erster Impuls war, ihm in einer hysterischen Explosion ins Gesicht zu lachen, wie der Mörder bei der Auflösung eines Sherlock-Holmes-Films *(Ha! Sie haben mich entlarvt! Ha-Ha! Ja, ja: ich hab's getan! Ich habe sie umgebracht! Mit eigenen Händen hab ich sie erwürgt, so war es. Ha! Ha-Ha! Ha-Ha! Ha!)*. Zum Glück konnte ich diesen Impuls unterdrücken. Statt dessen gelang es mir, nachdem ich mit Mühe die Beherrschung wiedergefunden hatte, den lustig-unschuldigen Gesichtsausdruck des netten Kumpels aufzusetzen, den man bei einer geringfügigen, unter Männern verzeihlichen Sünde ertappt hat. „Na ja, Sie wissen ja, wie das ist", sagte ich blöde grinsend, „der Weg zur Hölle ist gepflastert mit guten Vorsätzen."

„Und ob ich das weiß!" grölte er und erstickte fast vor Lachen. Ich sah zu, wie der zweite Becher sich langsam mit Bier füllte, und stand bereits in den Startlöchern, um meinen Abgang zu machen, als Sapers sich vorbeugte und fragte: „Den großen Kerl haben Sie doch nicht mitgebracht, oder? Den, der mich rumgeschubst hat?"

Ich schüttelte den Kopf.

„Gut", sagte er, wesentlich leiser als sein gewohntes Gebrüll. Der Strohhut saß ihm schief auf dem Kopf, und er roch, als hätte er sich in Katzenstreu gewälzt. „Den mag ich nicht", vertraute er mir an, während er das Bier mit einem Schaumklecks krönte. „Der verhält sich einfach nicht nachbarschaftlich."

Ich hakte zwei Finger über die Ränder der Plastikbecher und wollte sie von der Theke nehmen, um damit zu verschwinden, aber Sapers ließ sie einfach nicht los. Da ich nun mal nicht weg konnte, murmelte ich irgend etwas darüber, daß man mit Gesh eben nicht immer leicht auskäme.

„Ha!" bellte Sapers. „Also, das ist ja wohl die Untertreibung des Jahres!" Und dann entriß er mir die Becher mit Bier und leerte sie schwungvoll in den Staub. „Ziemlich abgeknabbert, Ihre Becher, mein Freund – wo sind'n die her, von der Erde aufgesammelt?"

„Nein, ich –"

„Hier", sagte er, holte zwei saubere Becher hervor und setzte sie auf die Theke, „ich schenk Ihnen frische ein", und ich mußte zusehen, wie er meine Agonie noch verlängerte, indem er das Faß aufpumpte, jeden Becher gewissenhaft schräg hielt und mit einem langsamen, stetigen Strom von schaumfreiem Bier anfüllte. Ich schwitzte. Ich schloß einen Moment lang die Augen und verfolgte den Tanz des roten und gelben Fünkchen auf der Innenseite meiner Lider. „So, da haben Sie's", sagte Sapers und schob mir die zwei Bier hinüber.

Sollte ich so einfach davonkommen? Ich griff nach den Bechern, wollte ihm gerade danken und gehen, da legte er verschlagen den Kopf schief, spuckte eine Ladung Speichel und Tabaksaft aus und sagte: „Wie ich höre, habt ihr Jungs da oben ein bißchen was angepflanzt..."

Ich blieb wie angewurzelt stehen, die Hände starr in der Luft, wie jemand, der bei einem Picknick von seinem Brötchen aufsieht und eine fünf Zentimeter lange Hornisse um seinen Kopf kreisen sieht. Sapers musterte mich eindringlich, sein Blick war scharf und neugierig. Ich erinnerte mich an jenen ersten Vormittag in der Hütte; daran, wie er damals einen kurzen Moment lang die Maske des Bauerntölpels fallengelassen hatte, und an meine düsteren Vorahnungen. Er war schlau, er war gefährlich, und er war uns alles andere als wohlgesonnen. Und ich war halb betrunken. So nonchalant wie ich konnte, hob ich eines der Biere zum Mund, nahm einen Schluck und fragte: „Welcher Spatz hat Ihnen denn das gepfiffen?"

„Marlon", sagte er mit unschuldigem Augenaufschlag, wieder ganz der dämliche Bauer. „Er sagt, ihr habt da lauter Wassertonnen und Rohre und –"

Ich schnitt ihm das Wort ab. „Marlon?" Die Erkenntnis kam wie ein Sturzbach: dieser grenzdebile Koloß hatte uns nachspioniert, die Wälder durchstreift wie ein Vetter des Bären, unsere Rohre abgetastet und die Stauden beschnüffelt. „Sie meinen, er hat ...?" Ich brachte es gar nicht über die Lippen.

Sapers setzte eine reumütige Miene auf. „Aber, hören Sie mal, ich hoffe, Sie und Ihre Freunde verstehen das – der Junge ist eben ein bißchen, na, Sie wissen schon", sagte er und tippte sich mit dem knorrigen Zeigefinger an die Schläfe. „Er meint es nicht böse."

„Aber unser Grundstück ist Privateigentum – wir haben doch überall Schilder aufgestellt." In meiner Stimme lag helle Empörung. „Vogelsang geht an die Decke, wenn er davon erfährt."

Sapers spuckte nochmals aus, dann griff er nach meinem Bier und nahm einen tiefen Zug. „Ach, kommen Sie schon", sagte er, „ist doch nicht so schlimm, oder? Was haben Sie schon zu verbergen?"

„Gar nichts", sagte ich etwas zu schnell. „Aber es geht ums Prinzip. Wissen Sie, Vogelsang hat immer Angst, daß auf seinem Land jemandem etwas zustößt und daß der ihn dann verklagt – das ist so eine Art fixe Idee von ihm. Und Gesh, na ja, Sie wissen doch, wie Gesh ist." Ich zuckte die Achseln. „Mir wäre das völlig schnurz. Ich meine, was soll's schon, wir haben ja wirklich nichts zu verbergen."

Sapers beobachtete mich wie ein Raubvogel, ohne die Andeutung eines Lächelns. „Na, und was bauen Sie denn da oben eigentlich an – Mais?"

Was spielte er da für ein Spiel? Wollte er mich kleinkriegen? Ich wußte nicht, was ich davon halten sollte – vielleicht packte mich ja auch nur die Paranoia, und er hatte keine Ahnung –, aber immerhin besaß ich die Geistesgegenwart zum Mitspielen. „Was denn sonst?“ fragte ich zurück, als sähe ich vor meinen Feinschmeckeraugen nichts anderes als die saftigen, prallkörnigen Kolben dieses stärkehaltigen Gemüses. „Was die im Supermarkt verkaufen, ist doch nur was fürs Vieh.“

Sapers blickte mich stoisch an, seine Miene war verschlossen wie eine Grabkammer.

„Klar, wir pflanzen auch noch andere Sachen an – so zum Rumprobieren, wissen Sie? Rüben, Sellerie, Gurken, Bohnen –, alles mögliche eben.“

Er strich sich nachdenklich übers Kinn und verlagerte seinen Tabakpfriem von der linken Backe in die rechte. „Ich frag nur deshalb, weil ich in letzter Zeit Probleme mit den Waschbären habe – für jeden Maiskolben, den sie sich mopsen, machen sie fünf kaputt. Machen die euch auch zu schaffen?“

„Nein“, antwortete ich. „Ich meine, doch. Bloß wußten wir gar nicht, daß das Waschbären waren. Irgendwas räubert jedenfalls in unserem Garten – Phil dachte schon, es wäre ein Bär.“ Ich kicherte, um die absurde Komik dieses Gedankens anzudeuten. Aus dem Scherz wurde nichts, denn in diesem Augenblick sah ich intuitiv nach rechts und bemerkte zu meiner Bestürzung, daß ich auf einmal von Marlons Massigkeit und der drahtigen, schnurrbärtigen, sprungbereiten Gestalt von George Pete Turner flankiert wurde.

Marlon trug ein schmuddliges T-Shirt voller Grillsoßeflecken, aus dem sich der gewaltige nackte Wulst seines Bauchs wie ein Knäuel vollgesogenen Zeitungspapiers wölbte. In der einen Hand hielt er eine Zweiliter-Plastikflasche mit Billigcola, in der anderen einen roten Heliumballon – RINDER-RUMMEL WILLITS/CALIFORNIA. Als er merkte, daß ich ihn direkt ansah, rollte er hinter den dicken Gläsern seiner Drahtbrille mit den Augen und kicherte.

George Pete Turner funkelte mich blutunterlaufenen Blickes an, dann nahm er einen Schluck aus einer Flasche Old Grand-Dad Whiskey. Bei unserem letzten Zusammentreffen hatte er mir eins übergezogen. Ich sah von ihm zu Sapers und dann wieder zu ihm. „Die lassen ja auch den letzten Dreck hier rein, was?“ bemerkte George Pete und starrte auf meine Schuhe.

„Tja", sagte ich mit einem kurzen, weltmännischen Auflachen (wozu sich aufregen, das Ganze war ja wohl nur ein harmloser Scherz, ein blöder Witz, ein lahmer Kalauer, mißglückter Humor, sonst nichts). Zur eleganten Überbrückung der Lage ließ ich ein weiteres Auflachen folgen, hob dann rasch die Hand zum Abschied und machte mich davon, wobei ich leider die zwei Bier zurückließ.

Während ich mich panisch und mit gehetztem Blick durch die Menge wühlte, fiel mein Auge ausgerechnet auf die fette Blondine im Lederfransenkostüm. Sie mußte mich auch bemerkt haben, denn ich nahm aus dem Augenwinkel wahr, daß sie sich durchs Getümmel auf mich zuarbeitete. Ich war umzingelt. Wohin sollte ich noch fliehen? Hinter mir drohte Sapers, vor mir die Walküre, zu meiner Linken befand sich der Grillplatz, zur Rechten das dunkle Portal von Shirelles Kneipe. Wahren Helden mag in vergleichbaren Situationen das Heldenherz die Brust sprengen, so daß sie ihre Gegner machtvoll niederwerfen, sich die Heldin unter den Arm klemmen und sodann mit Hilfe geeignet plazierter Turnsaal-Kletterseile schwungvoll in Sicherheit hechten können. Nun, ich verfügte immerhin über ein ähnlich expansibles Organ: nämlich meine Blase. Urplötzlich sprach mein Körper mit einer Dringlichkeit zu mir, die ich nicht ignorieren konnte. Ich atmete tief durch und stürmte auf den schummrigen Kneipeneingang und das dahinterliegende Männerklo zu, das rauschende Erleichterung verhieß.

Drinnen empfing mich das Surren elektrischer Ventilatoren, ein chaotisches Stimmengewirr und Dunkelheit. Nach dem stetigen, allgegenwärtigen Brennen der Sommersonne schien diese Finsternis absolut undurchdringlich, das Dunkel von Pilzzuchtkellern und Krypten, der Traum jedes Höhlenforschers. Ich schob mich von der Tür weg in Richtung der Theke, tastete mich durch Hürden aus Fleisch und vorbei an grölenden, besoffenen Stimmen, während meine Augen sich allmählich den Lichtverhältnissen anpaßten. Die Kneipe war, wie ich jetzt sah, gerammelt voll. Vor der Theke drängten sich die Massen, alle standen eng aneinandergezwängt und hielten ihre Cocktails fest umklammert, an jedem Tisch saßen sechs bis acht Leute, die an Rippchen nagten und krügeweise Margaritas kippten. Aus irgendeinem Grund – wegen der Hitze draußen? Wegen der Atmosphäre? – waren die Vorhänge zugezogen, und auf jedem Tisch glomm eine Kerze. Ich blieb einen Augenblick lang stehen, unschlüssig und mit eingezogenen Schultern, wie ein gewiefter Football-Stürmer, der die Linie der Verteidiger näher in Augenschein nimmt. Dann versetzte mir meine Blase einen Stoß, und ich begann meinen Marsch quer durch den Raum.

Leider suchte sich ein triefäugiger, weißhaariger Rübezahl in Jeansjacke und Schnurschlips ausgerechnet diesen Augenblick aus, um nach hinten zu torkeln, mit herzhaftem Lachen die Pointe eines Witzes preiszugeben und mit seinem Stiefel aus Klapperschlangenleder ungestüm aufzustampfen. Der ungestüme Stampfer traf mich mitten auf dem Rist des rechten Fußes, während das Publikum des Witzboldes in schallendes Gelächter ausbrach. „Tut mir leid", murmelte ich im Zurückweichen, als ich spürte, wie jemand meinen Arm ergriff. Ich fuhr herum und starrte in Savoys verführerisches kleines Gesicht. „Hallo", sagte sie. „Lange nicht mehr gesehen, was?"

Irgend etwas blieb mir in der Kehle stecken.

„Felix, stimmt's?" fragte sie und schenkte mir ein strahlendes Lächeln. Ich fühlte mich wie der Gefangene einer Horde Wilder in Kriegsbemalung, der auf einem Graben voll glühender Kohlen Spießruten laufen muß – kaum hatte ich mich von einem Schlag erholt, kriegte ich schon wieder die nächste Ohrfeige verpaßt. Ohnmächtig sah ich zu, wie sie aus ihrer winzigen paillettenbesetzten Handtasche eine Schachtel mit Zigaretten fischte, eine herausschüttelte und sie dann anzündete.

„Ich wollte gerade aufs Klo", sagte ich.

Savoy hauchte mir Rauch ins Gesicht. „Na, und wie gefällt dir unsere Party?" fragte sie unbeirrt. Das Lächeln auf ihren Lippen war gefroren, leer und künstlich wie das Lächeln einer Präsidentengattin oder der Schaufensterpuppe einer billigen Boutique, trotzdem aber sehr wirksam. Am liebsten wäre ich sechs Meilen weit weg gewesen, der Druck in meiner Blase fühlte sich an wie ein Messer im Bauch, ich steckte bis zum Hals in Schwierigkeiten, das Schicksal hatte es auf mich abgesehen, und jetzt wurde mir außerdem gerade leicht übel, und doch verhieß dieses Lächeln erotische Genüsse, die sich wie Blütenblätter in meiner Phantasie entfalteten. „Eins mußt du zugeben", sagte sie, während sie die Zigarette aus dem Mund nahm, mich leicht in die Rippen stieß und vertraulich grinste, „auf jeden Fall ist mehr los in dem Laden als sonst, da kannst du einen drauf lassen."

Ich mußte es zugeben. Aber mein Magen raste abwärts wie eine außer Kontrolle geratene Fahrstuhlkabine, und der Ozean von Bier, den ich vertilgt hatte, suchte sich, gemäß dem ersten Hauptsatz der Gastrodynamik, einen Ausweg. Ich rülpste.

Es war ein unerwarteter Heiterkeitserfolg. Savoy klatschte in die Hände und lachte schallend auf, als hätte ich soeben mit einer Sentenz brilliert, die mich als legitimen Nachfolger Oscar Wildes auswies. „Toll, Mann", keuchte sie, immer noch lachend, „ich weiß genau, was du meinst." Dann sah sie mich mit ihren großen strahlenden, offenherzigen Augen an und packte meinen Arm. „Hör mal", sagte sie, „ich muß gerade hier an der Theke bedienen. Komm doch mit rüber, und setz dich kurz zu mir, dann kann ich dir einen ausgeben und dich ein paar Freunden vorstellen, okay?"

Freunden vorstellen? Dies war die Frau, die mir mit demselben Lächeln, mit demselben verführerischen Blick und denselben arglosen Brüsten eröffnet hatte, daß wir ihr ausgeliefert waren – ihre Worte hatten die gleiche Wirkung gehabt wie eine Spritze ins Rükkenmark: *Jeder im Ort weiß doch genau, was ihr drei da oben macht.* Ich wich zurück. „Nein, nein", sagte ich, „ich muß jetzt gehen, echt." Ich wußte, daß sie tödliches Gift war, daß sie mir eine Falle stellen wollte, daß ihr Blick eine Mördergrube und ihr Lächeln eine Schlinge war.

„Ach, komm schon", sagte sie und zerrte ebenso unverdrossen an meiner Hand wie vorher die feste Blondine. „Ein Gläschen bloß."

Das Fleisch mag schwach sein, aber der Geist ist noch schwächer. Ich trottete hinter ihr her.

Vorbei an Männern mit breitkrempigen Filzhüten und Frauen in bedruckten Baumwollkleidern, die ihre Lackhandtaschen umklammerten, bahnten wir uns einen Weg zu dem einzigen freien Barhocker in der ganzen Kneipe. Zwei Frauen – die eine schon etwas älter, die andere um die dreißig – flankierten die leere Sitzgelegenheit wie Schildwachen. Sie lächelten synoptisch, als mich Savoy ihnen zuführte.

Was ging hier bloß vor? Diese Frage schoß mir nebelhaft durch den Kopf, in dem ein heilloses Durcheinander herrschte: Liebe zu Petra, Geilheit auf Savoy, Alkohol und allgemeine Erregtheit, Schuldgefühle und das nicht abreißende Sperrfeuer unerwünschter Begegnungen mit den paar Leuten, die ich unter den vier Milliarden Menschen auf der Welt am liebsten gemieden hätte. Wieso machte Savoy, die ich doch kaum kannte, sich die Mühe, mich irgend jemandem vorzustellen? Was brachte es ihr oder mir? War sie nun einfach der süße, naive, übersprudelnde Teenager oder ein eiskaltes, berechnendes Luder, nur darauf aus, mich und meine Freunde ans Messer zu liefern? Und überhaupt, was tat ich eigentlich hier? Weshalb war ich nicht auf dem Klo, in Petras Wohnung, oben im Sommerlager, unter dem Bett versteckt?

„Das hier ist Felix", sagte Savoy gerade, „der Typ, von dem ich euch erzählt habe." *Erzählt hatte sie von mir?* Der Satz schlug sich mir wie Klauen ins Fleisch. Ich sah Drinks auf der Theke stehen – ein Glas mit etwas Klarem drin –, ich sah die harten, bohrenden Blicke der älteren Frauen, das sanftmütige, neugierige Gaffen der jüngeren. Beide nickten, und ich hatte das seltsame, schwindelerregende Gefühl, daß der ganze Raum sich bewegte.

Savoy beobachtete mich. Die beiden Frauen beobachteten mich. Ich fühlte mich wie ein Löwe oder ein Elefant, kurz vor dem Augenblick, in dem er durch die dünne Schicht aus Bambusrohren in die Fallgrube hinunterkracht. „Und das", sagte Savoy, indem sie auf die ältere Frau wies, „ist Mrs. Jerpbak, und das –", hier nickte sie in Richtung der jüngeren, „– ihre Schwiegertochter Jeannie."

Zunächst rauschten die Namen an mir vorbei. Selbst wenn ich voll auf der Höhe bin, merke ich mir nur selten die Namen von Leuten, die man mir vorstellt. Mrs. Hackensack, Mrs. Laufamok: wo war da schon der Unterschied? Dann jedoch, als die ältere sich vorbeugte und mir die affektierte Frage stellte: „Und womit sind Sie so beschäftigt, Felix?", wurden die verstopften Windungen meines Gehirns schlagartig frei, und das ganze Grauen der Situation kam mir zu Bewußtsein: Da stand ich leutselig in einer Gastwirtschaft und tauschte mit Frau und Mutter meines ärgsten Todfeinds Höflichkeiten aus. Ebensogut hätten sich Ethel Rosenberg und Mao Tse-tung mit Joe McCarthy auf ein Täßchen Tee hinsetzen können. Noch schlimmer aber war, daß Savoy die beiden offensichtlich sehr gut kannte – zweifellos waren die Familien seit Generationen befreundet, man sah zusammen fern und badete seine Schoßhunde gemeinsam, ging Arm in Arm auf Kirchenfeste, lud einander zum Geburtstag ein und teilte einen abgrundtiefen Haß gegen Haschischpflanzer, Taschendiebe und sonstige Auswüchse städtischer Verderbtheit. *Das hier ist der Typ, von dem ich euch erzählt habe*, hatte Savoy gesagt. Nun war alles aus. Wir waren aufgeflogen. Zehn Jahre, donnerte der Richter.

Bei dem Zusammenstoß mit Sapers und George Pete Turner hatte ich gerade noch die Selbstbeherrschung bewahrt, jetzt aber brach ich zusammen. Restlos und absolut. Ohne jede Hoffnung auf Erlösung. Ich schielte diese Frau in dem rosa Hosenanzug mit ihrer betonharten Dauerwelle (sie erinnerte mich in erschreckendem Maße an meine eigene Mutter) von der Seite an und brüllte los wie ein Wahnsinniger: „Ha-Ha! Ich hab's getan! Ja, ja: Ich habe sie umgebracht!"

Das Gesicht von Mrs. Jerpbak senior schrumpelte zusammen, bis es aussah wie etwas, über das man im Rübenkeller stolpern könnte. Sie zuckte zurück, als habe ich ihr einen Peitschenschlag versetzt, und nestelte am Kragen ihrer Bluse. „Ha, ha, ha!" krähte ich und wandte mich nun an Mrs. Jerpbak junior – im triumphalen Gestus des Übermenschen, jenseits aller Höflichkeit, jenseits aller Gesetze, jenseits aller Vernunft. „Mit den eigenen Händen hab ich sie erwürgt, jawohl. Und bei Gott, es hat mir Spaß gemacht!"

Die ersten Gäste drehten sich um. Savoy krallte die Finger in meinen Arm und zischte mir etwas ins Gesicht, so wie man irgendein schuppiges Wesen mit einem Stock vor sich her treibt: „Wir haben gerade über die Belohnung geredet, die man dafür kriegt, wenn man Haschischpflanzer anzeigt, wußtest du das? Hast du davon schon gehört?" Ihr Gesicht war haßerfüllt und wutverzerrt, das Gesicht einer Erpresserin.

Ich fühlte mich gar nicht wohl. Mit zitternder Hand griff ich nach dem Glas auf der Theke und leerte es auf einen Zug. Es war Gin. Ich warf Savoy einen mordlustigen Blick zu – oh, diese Ratte, diese gemeine kleine Ratte –, klappte mein Gesicht zusammen wie ein Kartenspiel (der Fußboden vibrierte und schwankte, Gesichter verschwammen zu einem undeutlichen Wabern, als sähe man sie durch das Fenster eines dahinsausenden Eisenbahnzugs), drehte mich dann abrupt um und übergab mich in den Schoß von Mrs. Jerpbak senior.

Petra saß mit Teddy und Sarah im Gras, als ich zurückkam, ohne Bier und immer noch mit voller Blase, dafür aber mit leerem Magen. Nach den Mysterien meines Magen-Darm-Traktes stinkend, stürzte ich in wilder Panik Hals über Kopf auf sie zu. „Felix!" sagte Petra. „Wo bist du denn bloß gewesen?"

Wortlos starrte ich sie an. Ich befand mich bereits völlig im Bann des Paranoia-Deliriums, stellte mir vor, wie Jerpbak die Nationalgarde aufbot, um die Attacke auf seine Mutter zu rächen; ich blickte Petra an, sah aber schon eine Horde von Datatypisten und Sparkassenangestellten in grünen Uniformen, das Kinn im Zorn über das verpatzte Wochenende grimmig vorgeschoben, die in ihren blitzblanken Schnürstiefeln vor unserer Hütte durchs Unterholz trampelten. Bluthunde kläfften, Helikopter wirbelten Staub auf. *Wir wissen, daß du da drin bist, du Scheißer!* bellte Jerpbak durch ein Megaphon, und dann überschlug sich seine Stimme zu einem gellenden Plärrer: *Mama! Maaaaa!*

„Felix?“

„Hör zu“, sagte ich keuchend und renkte mir fast den Hals aus, um den feisten Gesichtern nachzusehen, die immer wieder durch mein Gesichtsfeld glitten, „hör zu, ich muß leider dringend weg hier, ich meine, es ist was passiert wegen ... also, äh, es ist was mit meiner Mutter. Ihr, äh, sie –“

Petra war jetzt auf den Beinen. „Fehlt dir irgendwas?“

Ich konnte nur noch an eines denken: Die Straße zum Sommerlager hinaufdonnern, so schnell, wie der Toyota es nur schaffte, und dann den Kopf in den Schlafsack stecken. „Ob du wohl, äh, jemand anders findest, der dich nach Willits zurückbringt?“

Teddy und Sarah waren nun ebenfalls aufgestanden und musterten mich mißtrauisch: ich war ein Niemand, ein Fremder, ein Unberührbarer. Sie sahen mich an wie einen Hare-Krischna-Jünger, der in einer Flughafenhalle die Leute um Kleingeld anschnorrt. Petras Miene verfinsterte sich. „Soll das ein Witz sein?“

„Nein, hör mal, es tut mir echt leid“, sagte ich und wich bereits zurück.

„Felix.“ In ihrer Stimme lagen Ungeduld und Verärgerung. Doch es schwang auch noch etwas anderes darin: die Spur eines Flehens.

„Ich ruf dich an“, stieß ich hervor – in den Bauch geschossen, zu Tode erschreckt, im Banne bestialischer Triebe und geleitet vom Wahnsinn der Verdammten –, während ich mich abwandte.

„Gib dir keine Mühe“, sagte Petra.

Dann rannte ich los. Keine Zeit zum Zurückblicken. Ich rannte mit der ganzen Kraft der geballten Panik in meiner Brust, ich rannte voller Angst, ich rannte, als wären der gesamte Jerpbak-Clan und außerdem Savoy, Sapers und George Pete Turner mit einem

Topf Teer hinter mir her, ich rannte, bis meine Lungen sich blähten wie die eines Ertrinkenden, die grellrote Tür des Toyota in den Angeln quietschte und ich den Schlüssel wie ein Schwert in den heißen Schlitz des Zündschlosses stieß.

Ich fuhr, ohne an irgend etwas zu denken, fuhr schnell und brutal. Hundertzwanzig, hundertdreißig, die abgewetzten Reifen jaulten in jeder Kurve auf, mein Magen rumorte. Auf die Schotterstraße zum Sommerlager bog ich mit achtzig ein, donnerte über das Geröll, herabgefallene Äste und den steinharten Buckel, der sich zwischen den zwei Fahrspuren erhob wie aufgehendes Brot auf einem Blech, bis ich plötzlich mitten in einem Gefilz von Giftsumach und Brennnesseln knirschend zum Stehen kam. Ich rollte halb aus dem Auto heraus, fiel auf die Knie und kotzte, bis ich meinen Verdauungstrakt wie einen glühenden Draht spüren konnte, von der Kehle bis zum Schließmuskel. Meine Augen tränten, mir dröhnte der Kopf. Ungerührt sah ich zu, wie ein glänzendschwarzer Käfer zwischen meinen Fingern herumkroch und ein Trupp Ameisen das säuerliche Rinnsal in ihrer Nachbarschaft für sich entdeckte, dann stand ich schwankend auf, erleichterte mich auch gleich von dem Druck in meiner Blase und zwängte mich wieder hinter das Lenkrad. Nach einem Dutzend Versuchen mit heulendem Motor und durchdrehenden Reifen gelang es mir, den Toyota aus dem Gestrüpp und zurück auf die Fahrbahn zu bugsieren.

Kurz darauf bemerkte ich den anderen Wagen. Es war ein alter MG, sehr niedrig gebaut, mit einem Kühlergrill wie gefletschte Zähne. Er parkte auf der Straße nach Covelo, fast direkt gegenüber von unserer Auffahrt. Ich legte den Leerlauf ein und rollte die Schotterstraße ein Stück zurück, um den Wagen etwas näher zu betrachten. Er war in erstklassigem Zustand, frisch lackiert, kein Kratzer dran. Weit und breit war niemand zu sehen. Wo war nur der Fahrer? War der Wagen stehengeblieben, hatte er kein Benzin mehr? Oder war das etwa so ein Rucksackheini aus dem Sierra-Wanderclub, der einfach unsere Verbotsschilder ignoriert hatte? Einen Moment lang musterte ich das reglose Gefährt noch im Rückspiegel, dann nahm ich den steilen Weg zur Hütte in Angriff.

Alles war so, wie ich es verlassen hatte – die windschiefe Bude mit den schlierigen Fenstern und der abgelösten Dachpappe, die verfallenen Nebengebäude, die Berge von Abfall. Der Jeep mit der kaputten Blattfeder stand vornüber gekippt, die aufgeklappte Motorhaube legte Zeugnis von mißglückten Startversuchen ab. Es war halb sieben. Die Sonne hing über der Hütte, als wäre sie steckengeblieben, eine zögernde, erwartungsvolle Stille hing in der Luft. Dowst war noch nicht wieder zurück.

Ich fühlte mich hundert Jahre alt. Meine Kleider waren schweißverklebt, im Mund hatte ich einen galligen Geschmack. Nur sechs Stunden lang hatte ich die Plantage allein gelassen, und der Zorn der Götter war über mich gekommen. Gar kein Zweifel, dachte ich, während ich über das verdorrte Gras auf die Hütte zuschlurfte, Savoy wollte uns eindeutig erpressen. Und ich mußte es ihnen erzählen. Phil und Gesh, meinen Partnern und Leidgenossen, meinen Kumpels. Und Dowst. Und Vogelsang. Mußte ihnen erzählen, daß ich mein Wort gebrochen, daß ich alles verschissen hatte. Ich nahm die Stufen zur Veranda, scheuchte ein paar Eidechsen beiseite, als ein winziger Funke der Hoffnung in meinem gepeinigten Hirn aufblitzte: Vogelsang. Vielleicht könnte er sie aushorchen und dann entweder auszahlen oder kidnappen und in einer Kiste mit Maschinenteilen nach Bolivien verschiffen lassen. Alles war möglich. Er war immerhin daran gewöhnt, Wunder zu wirken – und er verlor nie. Niemals. Gegen niemanden.

Scharrend und unter dem üblichen quietschenden Protest ging die Tür auf – jetzt ein Bett, dachte ich, eine Stunde Schlaf, mehr brauche ich gar nicht, dann überleg ich weiter –, als ich plötzlich den Zigarettenrauch bemerkte und gleich darauf jemanden auf dem Sofa sitzen sah. Es war nicht Dowst, es war nicht Vogelsang, es war weder Phil noch Gesh noch Aorta. Ich stand wie erstarrt in der Tür, völlig verdattert, und blinzelte in das Zwielicht. Ich sah schicke halbhohe Stiefel, einen schmalen Schlips, kurzes, straff nach hinten gekämmtes Haar.

„Hallo, Felix“, begrüßte mich Jones.

Kapitel 8

Die leisesten Geräusche drangen an mein Ohr: das Tropfen des Wasserhahns im Badezimmer, das Trommeln einer gefangenen Fliege gegen die Fensterscheibe. *Tap-tapp, tapp.* Immer wieder warf sie ihren Chitinkörper gegen das Glas – blindlings und sinnlos –; das Surren der zellophandünnen Flügel wurde allmählich unerträglich. Einen Augenblick lang, wie in einem Traum, verloren die Gegenstände im Raum alle Konturen (Schatten und Umrisse, Umrisse und Schatten), dann nahmen sie wieder Gestalt an. Ich sah die halb ausgekippte Mülltüte vor dem Herd, Spinnweben, Dreck, das speckige Kartenspiel auf dem Küchentisch, und ich sah Jones. Es war ein zeitloser, ewig währender Moment. *Tap-tapp, tapp.* Jones machte keine Anstalten, vom Sofa aufzustehen. Schließlich, als die Sekunden schon wie Eiterbeulen anschwollen, versuchte er ein Grinsen, die Art von Grinsen, mit der ein Zehnjähriger seinem Klassenkameraden zunickt, kurz bevor er ihn gemeinsam mit einem heranschleichenden Komplizen in den Dreck schubst. „Erinnerst du dich nicht mehr an mich?" fragte er.

Mein erster Gedanke war, die Tür zu verriegeln, ihn einzusperren, damit er nicht entfliehen konnte. Aber was dann? Ihn mit seinem Schlips erdrosseln? Seinen Kopf in den Zangengriff nehmen und auf Verstärkung warten? Jones. Es war schon erstaunlich und perfide zugleich, unfaßbar und böse, ein abgekartetes Zusammenspiel von Zufall und unglücklichen Umständen: Er hatte es die ganze Zeit über gewußt. Ich knallte die Tür mit solcher Wucht zu, daß das Haus in den Fugen erbebte.

„Kein Grund zum Stress, Alter", sagte Jones und zog an seiner Zigarette. „Ich bin bloß hier, um ein bißchen über Geschäfte zu reden, das ist alles."

Ich durchquerte den Raum mit sechs langen Schritten und stand dann vor ihm, die Fäuste geballt. „Mach, daß du hier rauskommst!" sagte ich. Meine Stimme klang gepreßt, aber hart wie ein Trommelwirbel, der in einem tiefen Tal widerhallt.

Jones ließ sich nicht einschüchtern. Er sah mich einfach nur an, eiskalt wie ein Attentäter, die Arme verschränkt, das Kinn vorgeschoben. *Mir ist alles scheißegal*, sagte dieser Blick. *Du und der Gesellschaftsvertrag, harte Arbeit, Schweiß, Mühe und Anstrengung … ich bin auf meinen Vorteil aus.*

Ich war auch auf meinen Vorteil aus. Ich war auf Ruhe, ein wenig Vergnügen und Freude aus, ich war darauf aus, daß Angst, der Wahnsinn und die hysterische Hektik der Verfolgten endlich ein Ende hatten, ich war darauf aus, daß meine Freunde Geld scheffelten und das Sommerlager ein Erfolg wurde. Und obwohl ich seit meinem dreizehnten Lebensjahr, als mich ein Bursche namens Sammy Wolfson angepflaumt hatte, ich solle meinen dreckigen Arsch aus den Begonien seiner Mutter nehmen, niemanden mehr ernsthaft verprügelt hatte, wollte ich jetzt Jones verprügeln. Hier und jetzt. Ein rascher, gnadenloser Schlag, unerwartet und kraftvoll, in dem die ganze Wucht der Rechtschaffenheit läge. Ich wollte ihn auspusten, umnieten, verkrüppeln, all meine Wut und Bitterkeit in einem einzigen mörderischen, knochenzerschmetternden Schlag sammeln, der ihn zur Strecke bringen würde. Mir reichte es jetzt. Ich sah Jones an und wußte, daß ich zum Mord fähig war.

Falls er meine Gedanken lesen konnte, ließ er es sich nicht anmerken. Er schlug lässig die Beine übereinander, als säße er beim Lunch im Denunziantenclub, und schnippte die Asche von seiner Zigarette. Auf den Boden. „Zehntausend, mehr will ich ja gar nicht."

„Raus hier!" brüllte ich, zitternd vor Wut.

Jones streckte sich und stand vorsichtig vom Sofa auf. Wir waren etwa zwei Schritte voneinander entfernt. „Willst du dich schlagen?" fragte er. „Ich schlag mich auch mit dir, du Arschloch."

Die Sache war gelaufen, das Projekt löste sich in Rauch auf, der Wolf heulte vor der Tür, Gewalt und Verbrechen standen bevor. „Raus hier", wiederholte ich sinnlos, dann versagte mir die Stimme, so resigniert war ich: Es gab nichts mehr zu sagen.

„Schlag doch zu, Mann", sagte Jones und machte einen Schritt zurück. „Los doch. Aber dann fahr ich direkt runter zur Polizei in Willits und hol mir da einen Tausender ab, dafür, daß ich euch Typen hier anschwärze. Wie gefällt dir das?"

Mir gefiel überhaupt nichts. Mir war alles egal. Ich ballte die Faust.

In diesem Augenblick, *salvator mundi*, ertönte auf der Wiese draußen Motorenlärm, und Dowsts Kleinbus rollte vor dem Fenster vorbei. Stumm sahen wir zu, wie der Wagen in einem Mahlstrom von Staub zum Stehen kam und Dowst in Shorts und Sandalen heraussprang; er sah aus, als wäre er unterwegs zu einer Krocket-Gartenparty. Jones stieß eine Rauchwolke aus und ließ sich auf der Sofalehne nieder. „Dein Partner, hm?" fragte er spöttisch. „Dann wollen wir den auch gleich mal einweihen."

Mit einer Tüte Pflaumen aus Santa Rosa, zwei Kühltaschen und einem breiten, kumpelhaften Grinsen kam Dowst zur Tür herein.

Als er Jones erblickte, der sich auf der Sofalehne lümmelte wie ein Missetäter im Vorzimmer des Schulrektors, erstarrte er eine Sekunde lang, als wäre er im falschen Haus, setzte den Weg dann aber fort und stellte seine Last auf der Anrichte ab. Auf seinem Gesicht malten sich widerstreitende Empfindungen – Verwunderung, Angst, Empörung –, dann fiel es wie ein weißer Zwerg in sich zusammen. Jetzt stand er vor der Anrichte, den Mund zu einem kleinen *O* geformt, und versuchte aus irgendeinem Grund, den Ruf eines weitverbreiteten Waldvogels zu imitieren.

„Jones", sagte ich.

„Jones?"

„Der berühmte Marihuanapflanzer", sagte ich. Jones grinste. „Er ist hier, weil er uns erpressen will."

„Zehntausend, mehr will ich ja gar nicht", sagte Jones, als ob er sein Band zurückgespult hätte.

In Dowsts Miene spiegelte sich allmähliches Verstehen wider, und dann konnte ich förmlich beobachten, wie er immer wütender wurde (es fing bei den Ohren an, die rot anliefen wie Feuerpeperoni, als hätte sie jemand gezwirbelt, dann erfaßte die Wut auch sein Gesicht, und sein Mund wurde zu einem schmalen, trotzigen Strich). „Wir sind hier sehr beschäftigt", sagte er. „Für Blutsauger haben wir keine Zeit." Je mehr Dowst sich aufplusterte, desto mehr ging mir die Luft aus. Mein eigener Zorn war offenbar verraucht, an sich selbst erstickt wie das sagenhafte Wesen, das den eigenen Schwanz verschluckt. Ich empfand jetzt nichts als Verzweiflung.

Jones drückte die Zigarette auf der Sofalehne aus und zog dann seinen Krawattenknoten zurecht. „Soso, beschäftigt seid ihr", höhnte er. „Na, das bin ich auch. Und der Sheriff genauso. Der ist voll damit beschäftigt, Arschlöcher wie euch zu jagen."

„Wir wissen alles über dich", sagte Dowst. Er blähte sich geradezu auf vor lauter Selbstgerechtigkeit, ganz der Yale-Student, der gegen eine mehrdeutig formulierte Frage im Botanik-Abschlußtest protestiert. „Du bist letzten Sommer verhaftet worden."

Jones zuckte die Achseln. „Dann ist ihnen wenigstens klar, daß ich weiß, wovon ich rede, oder?" Er stieß sich von der Sofalehne ab und ging an mir vorbei zur Tür. „Hört zu", sagte er, während er erst mich, dann Dowst scharf ansah, „das hier ist keine Bitte, sondern eine Warnung. Zehntausend Dollar. Cash. Wenn ich's von euch nicht kriege, muß ich ein Wörtchen mit dem Sheriff reden."

Aus Dowsts Gesicht war jetzt wieder alle Farbe gewichen, als ihm die ganze Tragweite der Situation bewußt wurde: Wir waren machtlos. Wir konnten ihn den ganzen Tag lang beschimpfen und bedrohen, wir konnten ihn beschwören und beschwatzen, an sein Mitgefühl appellieren oder ihn zu Boden werfen und ihm Rippen und Unterleib eintreten, aber er hatte uns in der Hand. Abgesehen von einem Mord konnten wir nichts gegen ihn unternehmen. Dowst wirkte betrübt und reumütig, zutiefst verletzt und verängstigt; er sah aus, als hätte ihm jemand in die Brieftasche geboxt. „Aber soviel Geld haben wir überhaupt nicht", sagte er. „Wir haben alles in die Pflanzen investiert."

„Montag mittag."

„Du weißt das doch genau", sagte ich. Er ließ uns nur zwei Tage Zeit. „Gerade du mußt das wissen ..."

Jones drehte sich mit einem so satanischen Blick zu mir um, daß ich an mich halten mußte, nicht die Hände zu ringen, mir die Haare zu raufen und lauter zu heulen als verdammte Seelen im Fegefeuer. „Fragt doch Vogelsang", sagte er, und der Name klang auf seinen Lippen ganz natürlich, die Idee vernünftig und naheliegend, bis mir bewußt wurde, daß sie von Jones kam, einem völlig Fremden, von jemandem, der unmöglich wissen konnte, wer hinter uns stand ... *es sei denn* – man stelle sich ins Meer stürzende Berge vor, gewaltige Granitwände, die auseinanderbrechen und die tosenden Wogen noch weiter aufwirbeln, dann hat man eine ungefähre Ahnung davon, wie diese Erkenntnis über mich hereinbrach –, *es sei denn Vogelsang hatte uns die ganze Zeit angelogen, es sei denn, Jones war eben doch sein Mann gewesen.* Dowst dachte offenbar gerade dasselbe. Klatsch. Rums. Peng. Seine Kinnlade fiel herunter, und die ebenfalls schlaff herabhängenden Arme zuckten, als hätte er einen neuromuskulären Kollaps erlitten.

Die Tür stand offen. Jones hob sich gegen das grelle Licht der toten gelben Wiese und der toten gelben Hügel dahinter als Silhouette ab. Hämisch und triumphierend blickte er uns an – ganz der Großmeister, der soeben seinen erbittertsten Rivalen ins Matt manövriert hat. Gelähmt, betäubt sah ich zu, wie er lässig den Zeigefinger zum Abschied hob. „Ciao", sagte er noch, dann fiel die Tür hinter ihm ins Schloß.

Ich hing nervös im Lehnstuhl, wo ich gleichzeitig Vogelsangs Rücken studierte, einen manischen Neunachteltakt mit dem Fuß klopfte und mit an Ekstase grenzender Zwanghaftigkeit eine Tüte Mais-Chips verschlang. Irgend etwas würde passieren, etwas Endgültiges, Unwiderrufliches, aber ich wußte nicht, was. Vogelsangs Rücken (der Overall mit den braunen und grünen Tupfen, die Muskelschicht darunter, die sich kontrahierte und anschwoll, wenn er mit Armen und Oberkörper gestikulierte, die harte schwarze Geschwulst der Magnum an seiner Seite) war das Auge dieses Hurrikans der Unsicherheit, der Fixpunkt, der Strohhalm zum Festklammern. Ich heftete meinen Blick darauf, während die sinkende Sonne die Fenster mit blutroter Farbe tränkte.

Vogelsang redete, redete nonstop, und wir befanden uns mitten in einer Krise. Die Krise. Die Krise aller Krisen. Zu guter Letzt, nach all den aufreibenden Finten und Scharmützeln, nach all den Alarmrufen in dunkler Nacht, waren unsere schlimmsten Befürchtungen nun wahr geworden, die schicksalhafte Stunde war gekommen. *Die Ackerleute sehen traurig drein, und die Weingärtner heulen um den Weizen und um die Gerste, weil aus der Ernte auf dem Felde nichts werden kann.* O ja.

Alle Hauptakteure waren versammelt. Dowst mit seinem Halstuch und ich mit meiner Mütze, Gesh, Phil und Aorta. Dowst saß Vogelsang gegenüber am Küchentisch, einen Ausdruck tiefer Bitternis in seine grimmige Yankeemiene gefräst. Aorta hockte in einer Jacke aus Leopardenfellimitat neben Vogelsang, untersuchte mit gesenktem Kopf ihre Fingernägel und – das verursachte mir mehr Herzklopfen als alles andere – sah verängstigt aus. Gesh stand gegen den Herd gelehnt, mit wutverzerrter Grimasse – wulstig aufgeworfene Lippen, Backenknochen wie ein Tartar, Stoppelbart; er hätte einen Vorreiter von Dschingis Khan abgeben können. Seine Lider waren schwer von Erschöpfung und der Apathie des Metaqualonmißbrauchs, und aus den abgeschnittenen Hemdsärmeln ragten die Ankertrossen seiner Oberarme hervor. Phil war zusammengeklappt, nur noch ein Schatten seiner selbst, und lag jetzt hinter mir auf dem Sofa, flach ausgestreckt wie ein Narkoleptiker. Ungefähr zu der Zeit, als ich Petras Laden betreten hatte, waren er und Gesh in Tahoe eingetrudelt, um dort jeglichen Gedanken an das Sommerlager gründlich aus ihren Hirnen zu tilgen, bis sie am nächsten Morgen um halb vier einen hysterischen Anruf von Dowst bekommen hatten. Darauf waren sie wieder in den Pritschenwagen gestiegen und hatten zugesehen, wie die durchbrochene gelbe Linie die Straße auffraß.

Meine Hand fuhr in die Tüte mit den Chips, dann zum Mund, dann wieder in die Tüte: Hand, Tüte, Mund, Hand, Tüte, Mund. Phils Schnarchen klang wie Steine, die auf einer polierten Fläche kollern. Vogelsangs Stimme ratterte immer weiter. Dazu rundeten die Kleintiere drinnen und draußen das Geräuschspektrum mit Knack-, Klapper-, Zisch- und Grunzlauten ab, immanent und unausweichlich wie das Pulsieren des Blutes und das Pochen des Herzens. Vierundzwanzig Stunden waren vergangen, seitdem ich in die Hütte gekommen war und dort Jones auf dem Sofa entdeckt hatte.

„Ich weiß über Jones nicht viel mehr, als was mir Strozier erzählt hat. Der muß hier heimlich was angebaut haben – Strozier wußte ja selbst nichts davon, bis er eines Tages aus der Stadt rausgefahren und auf den ganzen Dreck gestoßen ist, den dieser Idiot hinterlassen hatte." *Pfft, pffft.* Vogelsang frischte seinen Atem auf. „Und daß Jones meinen Namen kennt ... na, da wird er wohl einen Blick ins Grundbuch geworfen und zwei und zwei zusammengezählt haben."

Meine Hand erstarrte über der Tüte, mein Fuß hielt mitten im Takt inne. Diese Krise hatte ich zur Hälfte selbst zu verantworten – Savoy war einzig und allein meine Schuld –, und ich hatte eigentlich kaum das Recht, jetzt den Mund aufzumachen. Ich war selbst erstaunt, als ich es trotzdem tat. „Vogelsang", sagte ich. „Du lügst doch."

Anfangs hatte ich das Geheimnis Savoy in mir geborgen wie eine Muschel ihr Innerstes, zäh und unbeugsam, beharrlich dem Anprall der Wellen und dem Sog der Gezeiten trotzend. Schwer angeschlagen durch die Konfrontation mit Jones und den Horrortrip in Shirelles Kneipe, war ich viel zu durcheinander, um über meine Schwachheit, den Verrat und die Schuldfrage auch nur nachzudenken, geschweige denn ein Geständnis abzulegen. Eine Zeitlang spielte ich sogar mit dem Gedanken, das Ganze überhaupt für mich zu behalten. Für immer. Wenn wir aufflogen, war Jones ja wohl der Verräter erster Wahl. Savoy? Nie von ihr gehört. In diesem Augenblick sank ich tief, tiefer als ich bisher je gesunken war, doch dann gewann mein Über-Ich die Oberhand. Es gab für mich schlicht einen moralischen Imperativ: Ich war der Wachtposten, und die Barbaren schlichen sich immer näher an uns heran, Dolche zwischen den Zähnen und Mordgier in den Blicken, und es war meine Pflicht, die Sturmglocken zu läuten. Das Tor hatte ich ohnehin schon offengelassen. Konnte ich jetzt auch noch abseits stehen, während meine Gefährten auf ihren Feldbetten abgeschlachtet wurden?

Dennoch war mir das Geständnis nicht leichtgefallen. Gleich nach Jones' Abgang waren Dowst und ich etwa eine halbe Stunde lang hektisch durch die Hütte gerannt, abwechselnd unter rituellem Wehklagen, Gejammer und Zähneknirschen, ehe Dowst klar wurde, daß er *a)* so rasch wie möglich vom Schauplatz der Gesetzlosigkeit verschwinden sollte, und *b)* ein Anruf bei Gesh und Phil der ideale Vorwand dafür war. Er blieb stundenlang weg. Die Nacht zog enge Kreise um meine Schuld. Das Haus war dunkel, und ich lag im Bett wie ein Opfertier auf dem Altar, in zehn Kilometer Höhe vorbeifliegende Jets kreischten in meinen Ohren, und aus jedem Blätterrascheln oder Zweigeknacken wurden die gefürchteten Schritte des Hohepriesters. Und dann, als gerade die dunkelste und einsamste Stunde schlug, kam rumpelnd ein Wagen den Fahrweg vom Tal herauf. Dowst? Jerpbak? G. P. Turner mit einer Meute Freiwilliger? Ich wartete gar nicht ab, um es herauszufinden. Meine Beine explodierten unter mir, und ich war mit einem gewaltigen Satz zur Tür hinaus, über die Wiese und im Wald verschwunden, als Dowsts Scheinwerfer die Bäume am hinteren Ende des Grundstücks erleuchteten. Es war vier Uhr morgens. Ich hatte kein Auge zugetan. Ich kauerte mich zwischen zerbröseltem Laub, Spinnweben und Eichhörnchenkacke zusammen, sehnte mich inständig nach Absolution, war bereit, auf Händen und Knien die tausend Stufen des Tempels hinaufzukriechen, um dort meine Seele zu entblößen und zu empfangen Vergebung der Sünden.

Dann sagte ich es Dowst. (Wie ich das Thema ansprach, weiß ich nicht mehr genau. Bestimmt ziemlich lahm. „Äh, Boyd, weißt du was? Willst du mal was Witziges hören?") Und als Phil und Gesh gegen Mittag ankamen – ausgebrannt, schwer verkatert und total überdreht –, sagte ich es ihnen auch. Schließlich, als um fünf Uhr nachmittags Vogelsang vorfuhr, würgte ich an meiner geschwollenen Zunge, senkte den Kopf und erzählte es ihm ebenfalls. Er hörte mich mit stoischer Miene an, tiefe Falten gruben sich in sein Gesicht. „Ich bin enttäuscht von dir", sagte er, als ich ausgeredet hatte. Sein Tonfall war geradezu perfekt – distanziert, überlegen, bedrohlich und sarkastisch bis zur Geißelung –, genau daraufhin kalkuliert, daß der reuige Sünder sich vor Schuldgefühlen krümmte. „Erst diese blöde Sache mit der Polizei, und jetzt das. Was ist bloß mit dir los, Felix?" Er war der niedergeschlagene Trainer und ich der Hoffnungsträger des Teams, in dessen Schrank eben eine Schachtel Doping-Tabletten gefunden worden ist. „Ich dachte, du wärst der ruhende Pol in diesem Projekt, jemand, auf den ich mich verlassen kann. Deshalb bin ich doch mit Boyd als erstes zu dir gekommen." Dowst tobte vor Wut. Er bestand darauf, daß ich auf meinen Anteil verzichtete und schleunigst vom Grundstück verschwand. Gesh fluchte, Phil konnte es nicht fassen. Ich sei bescheuert, sagten sie, ein Vollidiot. Total ausgerastet wegen einer Tussi. Ich hatte ihnen alles kaputtgemacht. Ich war ein totaler Dumpfmeister, ein Schwachkopf, ein Trottel, ein Hirnamputierter. All das nannten sie mich und noch mehr, meine Leidensgefährten und Mit-Zwangsarbeiter (sobald ich Gesh auch nur kurz ansah, legte er mit einer neuen Beleidigung los), aber sie hielten zu mir.

Den ganzen endlosen Nachmittag lang hatten wir auf Vogelsang gewartet, wie eine umzingelte und zahlenmäßig hoffnungslos unterlegene Armee auf Verstärkung wartet, auf den Befehl zum Rückzug oder auf den alten Fuchs, der die Niederlage noch zum Sieg ummünzen kann. Er war kerzengerade hereinmarschiert, genauso nervös wie wir anderen, zuckte beim geringsten Geräusch zusammen, gab sich aber größte Mühe, die Beherrschung zu wahren. Mein Geständnis hatte ihm Gelegenheit gegeben, gleich in die Offensive zu gehen, doch sobald wir dieses Thema erschöpft hatten und uns wieder der Sache mit Jones zuwandten, hatte er angefangen, dummes Zeug zu quatschen. Er versuchte, uns für blöd zu verkaufen, aber wir nahmen ihm seine Story nicht ab. Verwirrung, Panik und das vernichtende Sperrfeuer gegenseitiger Beschuldigungen bestimmten das Gefecht; wir trommelten uns gegen die Brust und kreischten sinnlos aufeinander ein. Unterstellungen flogen hin und her, Temperamente schäumten über. Einer bezichtigte den anderen, wir tobten und beruhigten uns wieder, schmiedeten wilde Pläne, dachten uns ungeahnte Schrecken aus und teilten die Schuld in Portionen auf.

Die größte Portion kriegte ich ab. In den Augen aller Beteiligten, selbst in meinen eigenen, hatte ich unverantwortlich gehandelt. Ich hatte mich zügellos und unzuverlässig verhalten, etwa so vertrauenswürdig wie ein geiler Satyr, der mit seinen behaarten Beinen auf einem Pfadfinderinnentreffen herumhüpft. Dowst hatte schuld, jedenfalls wenn man Phil, Gesh und mich fragte, weil er nicht genügend Sämlinge aufgetrieben und außerdem gegen eine ganze Heerschar von Eventualitäten keine Vorkehrungen getroffen hatte – von Wurzelfäule über Tierfraß bis hin zu Jerpbaks Geburt –, doch in der augenblicklichen Krise wurde ihm jeder Tadel erlassen. Auch Vogelsang wurde einstimmig schuldig gesprochen – wegen seiner doppelzüngigen, hinterhältigen Handlungsweise, weil er es versäumt hatte, uns vor der knallharten Realität abzuschirmen, weil er in jener verregneten Winternacht in mein Wohnzimmer gestapft war. Zwei Unschuldige gab es unter uns. Natürlich, sie hätten noch mehr Löcher graben, noch mehr Ratten killen können, jetzt aber waren sie nichts anderes als betrogene Opfer.

Da nun die Sonne hinter den Hügeln versank und uns damit wiederum der von Jones genannten Stunde näher brachte, ergriff eines dieser betrogenen Opfer das Wort. „Felix meinte gerade, du lügst, Herb“, knurrte Gesh, in dessen Stimme das ominöse Knurren eines aus dem Winterschlaf aufgestörten Bären lag.

Das Schwatzen verstummte augenblicklich. Vogelsang wirkte angespannt, nervös, er wirkte wie einer, der noch im Zeugenstand des Meineides überführt worden ist, er wirkte wie ein Lügner. „Unsinn“, sagte er. „Vertraut mir.“ Und dann legte er schon wieder los, als hätte er Angst davor, mit dem Reden aufzuhören, beschwichtigte uns, zählte Argumente gegen die Einstellung des Projekts auf, gab zu, daß die Sache infolge meiner unverantwortlichen Handlungsweise und weiterer, außerhalb seiner Kontrolle liegender Faktoren etwas riskanter geworden sei, andererseits müsse er uns daran erinnern, daß einstweilen ja gar nichts passiert sei. Er könne uns jedoch versichern, daß er mit allen ihm zu Gebote stehenden Mitteln versuchen werde, den Karren wieder aus dem Dreck zu ziehen. Oder etwas in dieser Art. Ich erinnere mich nur noch daran, daß seine rhetorische Strategie darin bestand, die Schuld aller anderen zuerst übertrieben darzustellen und dann mit seiner eigenen Arglosigkeit zu kontrastieren. Er schloß mit dem Versprechen, er werde Jones und Savoy aufspüren und dann sehen, was sich ihretwegen tun ließe. „Keine Sorge“, sagte er. „Ich kümmere mich um die beiden.“

Sich um sie kümmern? dachte ich. Was wollte er denn mit ihnen machen – sie bestechen? Ihnen die Zunge herausschneiden? Sie mit seinem Saab niedermähen? Von wegen kümmern. Genauso hatte er versprochen, sich um uns zu kümmern.

„Jones“, wiederholte Gesh. Der Name war ein Aufruf, eine Herausforderung, ein Tritt ins Gesicht. Gesh beugte sich leicht vor, seine Fäuste waren geballt, seine Augen traten hervor, so daß sie an Billardkugeln erinnerten. „Du lügst, Herb. Daß das eine dreckige Lüge ist, sieht ein Blinder.“

„Zum Teufel, jetzt quatsch doch nicht rum“, fauchte Dowst und sprang vom Tisch auf. „Jeden Augenblick kann die Polizei dasein. Ich bin dafür, daß wir ernten, was wir ernten können, und dann hier abhauen.“

Ich sah es kommen, merkte es daran, wie Gesh sein Gewicht noch vorn verlagerte und sich vom Herd abstieß, und obwohl ich ebenfalls aus dem Sessel aufsprang, kam ich einen Sekundenbruchteil zu spät. Es gab einen dumpfen Krach, als Dowst gegen die Wand flog, Aorta stieß einen erstickten Schrei aus, und dann folgte das feuchte, brutale Klatschen, mit dem Gesh sechs Monate Wut und Frustration auf Vogelsangs Unterkiefer entlud. Es war ein schlingernder, plumper Schlag, dessen Wucht Gesh selber nach vorn torkeln ließ: Faust, Arm, Schulter und Oberkörper beschrieben einen weiten Bogen; er und Vogelsang flogen als unentwirrbare Masse von Körpern zu Boden. Der Tisch hüpfte in die Höhe, ein Stuhl splitterte. Kaffeetassen flogen über das Linoleum. Vogelsang lag auf dem Rücken, umfing Gesh in inniger Umarmung, die Adern an seinem Hals zeichneten sich ab wie Drahtseile, er hatte die Zähne fest zusammengebissen; in seinen Augen lag etwas Barbarisches, Beängstigendes. Gesh versuchte, ihn in den Griff zu bekommen. „Du verfluchte Sau!“ stieß er immer wieder hervor, als wäre es ein Schlachtruf.

Sie rollten über den Fußboden, eng umschlungen, das Scharren von Händen und Füßen hörte sich an wie ein Chor von wischenden Kehrbesen. Gesh atmete schwer, keuchte und fluchte; Vogelsang kämpfte lautlos. Inzwischen hatte sich Dowst von seinem anfänglichen Schock erholt und stand wie ein Schiedsrichter über die zwei Ringer gebeugt. „Hört endlich auf!“ brüllte er, als hätte das irgendeinen Sinn. „Los jetzt, auseinander!" Füße schleiften über den Boden, der Couchtisch flog um. Aorta war an die Wand zurückgewichen, Phil blickte belämmert vom Sofa auf. Ich wußte nicht, was ich tun sollte. Zitternd betrachtete ich das Schauspiel nackter Gewalt vor mir, sah zu, wie Gesh auf Vogelsang einschlug, und kämpfte mit widerstreitenden Impulsen: Einerseits wollte ich dazwischengehen, um die beiden zu trennen, andererseits wünschte ich auch, daß sie weitermachten. Vogelsang lag am Boden. Der Unverletzliche, der erhabene höchste Gott seines eigenen Pantheons, der Gewinner jeden Wettkampfs, an dem er jemals teilgenommen hatte. Er lag am Boden, und etwas in mir regte sich mit jedem Schlag, der ihn traf.

Es ist schwer zu sagen, was eigentlich genau passierte. Gesh kniete auf dem Boden und setzte mechanisch Schlag auf Schlag, Vogelsang bemühte sich auszuweichen, und Dowst beugte sich ungelenk vor, um Gesh am Kragen zu erwischen wie ein Lehrer auf dem Schulhof. Dann hatte sich Vogelsang plötzlich losgerissen und kam hastig auf die Beine, während Dowst wieder einmal gegen die Wand flog und Gesh sich langsam aufrichtete wie ein verwundeter Bär. „Gesh!" rief ich, und im selben Moment begriff ich, daß ich ihn anfeuerte, ihm Mut zusprach, seinen Namen als Parteigänger und Anhänger ausrief, so wie die Fans der Heimmannschaft den Namen des Champions brüllen, der gerade aufs Feld kommt. Für sie. Für uns. Gesh bewegte sich vorwärts, riesenhaft, der Schläger, der Straßenkämpfer mit blutverschmierten Knöcheln.

Ich sah Vogelsang an. Seine Miene war ausdruckslos. Das rechte Auge war geschwollen, und Blut lief ihm in einem dünnen Rinnsal aus dem Mundwinkel. Die Magnum, der rasche, schallgedämpfte Tod, ein Stück Stahl in dieser Arena der Muskeln, hing an seiner Hüfte. Er rührte sie nicht an. Statt dessen winkelte er die Handflächen zur Kung-Fu-Pyramide und machte einen Schritt nach vorn.

„Nein!" schrie ich.

„Vogelsang!" rief Dowst.

Es ging alles sehr schnell. So schnell, daß ich es kaum sah. Gesh holte aus, Vogelsang parierte den Schwinger und versetzte Gesh zwei flache Handkantenschläge gegen den Hals, dann folgte ein explosionsartiger Fußtritt in den Unterleib. Als Gesh nach vorn zusammensank, stieß ihm Vogelsang das Knie in die Wirbelsäule, und ich hörte ein Knacken wie beim Masseur, als er Geshs Kopf im Todesgriff der Bergstämme Indochinas nach hinten riß. Und dann, ehe ich noch vollständig begriff, was vorging, war Phil vom Sofa aufgesprungen und schwenkte das Kleinkalibergewehr. Ich winkelte den Ellenbogen an, um den Lauf nach oben zu schlagen – das ging zu weit, das Ganze ging einfach zu weit –, als wir alle schlagartig beim Klang von Aortas Stimme erstarrten.

Sie hatte nicht geschrien – nein, es war etwas viel Gräßlicheres: „O mein Gott!" sagte sie, und diese Worte trafen uns wie ein Messerstich, eine atavistische, animalische Botschaft, das Quieken des Warzenschweins, der Warnruf des Affen. Jeder von uns begriff, daß sie damit nicht das alberne Sittenstück meinte, das wir gerade aufführten. Wir blickten auf – wir alle, auch Vogelsang und Gesh. Blickten auf und sahen das Gesicht vor dem Küchenfenster, eingerahmt vom dunklen Himmel. Rund und riesig wie der Mond starrte es ins Fenster und beobachtete uns.

Teil IV

Ernte

Kapitel 1

Das Feuer setzte alles wieder in die rechte Perspektive. Es kam wie ein Strafgericht, sengend und läuternd brannte es mit reinem, fatalem, beinahe mystischem Lohen, fraß die alten Wucherungen unseres peinigenden Lebens weg, um für das Neue Platz zu machen. In seiner tödlichen Unmittelbarkeit gab es uns das Gefühl für uns selbst zurück. Da mochten wir an einem verregneten Frühlingsabend um den Herd gesessen und einander Geschichten darüber erzählt haben, wie wir dem Tod entronnen waren, aber jetzt kämpften wir wirklich um unser Leben. Wir brannten. Atmeten Rauch ein, rieben uns die Augen wund. Wir stürzten hinab ins Inferno und tauchten wieder daraus hervor. Gebrannt. Geläutert. Lebendig.

Es war eine drückend heiße, knochentrockene Nacht Anfang Oktober, einen Monat vor der Ernte (voller Furcht und Hoffnung und mit einem Augenzwinkern in Richtung der Dämonen hatten wir meinen Geburtstag, auf dem apokalyptischen Kalender in Schwarz markiert, als den Tag bestimmt, an dem wir einbringen würden, was wir gesät hatten). Gesh war weggefahren, um sein inneres Feuer in der lindernden Umarmung von Nelda in Tahoe zu löschen; Phil und ich blieben lange auf – noch Stunden nach Mitternacht –, tranken große Gläser Wodka-Tonic, rauchten Joints und spielten Whist. Das Gas in der alten Tischlampe ging zur Neige. Ich mischte die Karten neu. Die ganze Welt war verstummt, als würde sie gleich vom Schlund der Ewigkeit aufgesogen.

Phil sagte den Trumpf an, und ich ahnte, daß er ein unwahrscheinlich gutes Blatt haben mußte, weil er den Blick so überaus cool im Zimmer umherschweifen ließ (er betrachtete die Einrichtung, schien das gefällige Stilleben zwischen Sofa, Sessel und zersplittertem Tischchen ernsthaft interessant zu finden; Karten waren seine Sorge nicht). Er spielte gerade die Pik-Dame aus (dieser Mistkerl, dabei wußte ich genau, daß er Bube und König auch noch hatte), als die Lampe plötzlich zu flackern begann. „Verdammt", sagte er, strich meine Zwei ein und knallte schnell den König hin. Das Licht wurde sehr rasch schwächer. Ich studierte den Pik-König einen spannenden Moment lang, als ränge ich mit mir um die

Dreingabe einer weiteren wertvollen Karte, dann legte ich mit einem Grinsen mein As hin. Mein Pik-As. „Ich mach das schon", sagte Phil und sprang auf, um die Lampe nachzufüllen. „Mix du mir inzwischen noch einen Drink, ja?"

Ich stand auf und tastete mich im Dunkeln zur Kühltasche, während Phil die Taschenlampe suchte, sich die Gaslampe schnappte und zur Tür hinausging. Ich fummelte herum, ließ ein paar Eiswürfel in zwei frische Gläser fallen und spürte, wie die Hütte von Phils Schritten auf der Veranda leise erbebte. VORSICHT: NICHT IN HEISSEM ZUSTAND NACHFÜLLEN! warnte eine Aufschrift auf der Unterseite der Lampe. Ich schenkte uns ein. *Gluck-gluck-gluck*. Draußen waren die Sterne, die Bäume, die endlosen sonnengebleichten Hügel. Ich machte es mir im Dunkeln bequem, den Drink in der Hand, und lauschte dem müden Ächzen, das die Tür des Lagerschuppens beim Aufschwingen von sich gab.

Im August hätte ich nie geglaubt, daß ich den September noch auf der Plantage erleben würde, geschweige denn den Oktober. Jedes Fünkchen Hoffnung, das ich nach den ersten Mißgeschicken – dem zweiten Zusammenstoß mit Jerpbak, meinem Hausarrest auf der Farm, der stetig voranschreitenden Dezimierung unserer Felder – noch genährt haben mochte, schien unwiderruflich ausgelöscht nach den einander überschlagenden Katastrophen jener alptraumhaften zwei Tage gegen Ende des Monats. Innerhalb von kaum dreißig Stunden hatte ich das Schlangennest von „Shirelle's Bum Steer" aufgestört, mir Petras Freundschaft verscherzt und die Feindschaft von Jerpbaks Mutter eingehandelt, Jones' beinharte Verhandlungstaktik kennengelernt, dem Ausbruch physischer Konflikte zwischen meinen Partnern beigewohnt und die ersten Stadien eines Herzstillstandes erlebt, in jenem gräßlichen Moment, in dem Aorta nach Atem gerungen und ich zu dieser grienenden Fratze am Fenster aufgeblickt hatte. War jemals vorher ein Mensch so von Dämonen verfolgt gewesen? Ich war bereit, alles hinzuschmeißen, mich auf den Straßen zu geißeln, zur Polizei zu rennen und mich selbst anzuzeigen: Als ich dieses Gesicht am Fenster sah, da wußte ich, daß wir am Ende waren. Doch jetzt war schon Oktober, wir waren gesund und munter und nicht hinter Gittern und sahen einer reichen Ernte entgegen, die uns keine Dornen, sondern Dollars einbringen würde.

Wir waren verschont geblieben. Einstweilen jedenfalls. Die mächtigen Kiefer waren uns sehr nahe gekommen, weit aufgerissen, so daß wir nur noch die Finsternis im Innern hatten sehen können, und dann an uns vorübergezogen, um irgendeine andere unselige Kreatur zu verspeisen, während wir hilflos im zurückbleibenden Strudel umhergewirbelt wurden. Im August hatten wir eigentlich nur zwei Möglichkeiten gehabt: gehen oder bleiben. Wenn wir gingen, so hatten wir überlegt, würden wir praktisch nichts mitnehmen können, da die Pflanzen gerade erst die harzreichen Fruchtstände zu entwickeln begannen. Wenn wir blieben, drohten uns Niederlage, Ruin, Kummer und Leid. Trotzdem blieben wir. Eher aus Trägheit denn aus irgendeinem anderen Grund. Wir waren in unserem täglichen Trott gefangen, beherrscht von einer überwältigenden Entschlußlosigkeit und Apathie, die uns daran hinderte, Schaufeln und Wasserschläuche einfach hinzuwerfen, ganz egal was uns dann bevorstand. Wie das Maultier, das den Karren immer noch weiterzieht, auch wenn der Kutscher längst vom Sonnenstich niedergestreckt worden ist, machten wir weiter. Aus Notwendigkeit. Aus Langeweile, Erschöpfung, Ratlosigkeit. Aus alter Gewohnheit.

In genau diesem Seelenzustand warteten wir auf Jones. Wir warteten den ganzen langen Montag hindurch: Phil, Gesh und ich (Dowst und Vogelsang hatten sich natürlich dünngemacht), warteten grimmig und heldenhaft, warteten wie Häftlinge in der Todeszelle. Jones wollte zehntausend. Zu dritt brachten wir gerade sechzehn Dollar und zweiundvierzig Cents zusammen. Der Mittag kam und ging vorüber. Kein Jones. Wir waren durcheinander, beunruhigt. War er doch zur Polizei gegangen? Hatte er die ganze Sache einfach vergessen? War er gestorben und zum Erpresserhimmel aufgefahren? Die Nacht senkte sich herab. Wir blieben im Dunkeln sitzen, damit wir ihn kommen sahen. Wir tranken zwei Liter Wodka. Gesh rauchte zwei Päckchen Zigaretten. Jones ließ sich nicht blicken. Um den dritten oder vierten Tag herum legte sich die Anspannung allmählich, und wir dachten immer öfter ganze Minuten lang nicht mehr an ihn, während wir unseren Arbeiten nachgingen und die Langeweile mit der üblichen Abfolge aus Drinks, fetten Joints, billigen Taschenbüchern, verschwitzten Nickerchen, Hufeisenwerfen, Monopoly und Kartenspielen bekämpften.

Eine Woche nach dem Stichtermin riß uns das kehlige Röhren eines ausländischen Sportwagens, der sich den Hügel heraufmühte, aus unserer postprandialen Schlaffheit. Ich sah meinen Gefährten in die Augen und erblickte darin Angst, Verzweiflung und Resignation. Wir schlurften hinaus und warteten dicht aneinandergedrängt auf der Veranda. Ans Weglaufen dachten wir nicht. Ich nagte an meiner Unterlippe und suchte zwischen den Bäumen nach dem ersten gnadenlosen Aufblitzen von Jones' rotem MG. Phil fing an, unmelodisch zu pfeifen. Als das Motorengeräusch näher kam, pfiff ich ebenfalls. *Oh, Susannah*, pfiff ich, *don't you cry for me*, dann aber bog Vogelsangs Saab um die Kurve und pflügte über die verdorrte Wiese – ich fühlte mich wie von den Toten auferstanden.

Leider war das Erscheinen von Vogelsangs Saab nicht unbedingt gleichbedeutend mit dem Erscheinen von Vogelsang selbst (zwar war es uns damals noch nicht klar, aber er hatte dem Sommerlager bereits seinen letzten Besuch abgestattet). Aorta kam allein. Wir sahen zu, wie sie aus dem Wagen stieg und den beschwerlichen Weg zu uns heraufkam, in der Hand einen flachen weißen Brief. „Hallo", sagte sie. Ihr Gesicht war so ausdruckslos wie das des toten Mao Tse-tung. Ich bemerkte, daß sie sich das Haar neu gefärbt hatte: Jetzt verlief ein fünf Zentimeter breiter azurblauer Streifen von der Stirn bis in den Nacken, was ihr das Aussehen eines Dschungelwesens verlieh, irgendeiner seltsam gezeichneten Antilope oder Schleichkatze. „Vogelsang meinte, ich soll euch das hier geben."

„Wo ist er?" wollte Gesh wissen. „Was hat er wegen dieser ganzen Scheiße unternommen, mit der wir uns hier rumschlagen?"

„Jones ist nie aufgetaucht", sagte ich.

Sie sah mich kurz an und senkte dann wieder den Blick zu einem verbeulten Ölkanister zu meinen Füßen. „Wir wissen Bescheid", murmelte sie. „Lies mal den Brief." Und dann, als hätte sie ihr Botengang in eine Leprakolonie geführt, wandte sie sich rasch wieder zum Gehen, ehe wir sie infizieren konnten.

Ich riß den Umschlag auf, auf dessen Vorderseite mein Name in schiefen Blockbuchstaben geschrieben stand, wie sie Kidnapper in Gangsterfilmen aus Zeitungen ausschneiden. Der Brief war auf die gleiche Weise zusammengeschnipselt:

Felix:

Habe mich mit J. in Verbindung gesetzt, nachdem ich die Adresse in den Polizeiakten über seine Verhaftung gefunden habe. Er wird uns von jetzt an in Ruhe lassen. Ich konnte ihn auf $ 5000 herunterhandeln, die ich ihm bar ausbezahlt habe. Diese Summe stellt selbstverständlich einen Belastungsposten auf den Nettoverdienst dar und wird deshalb von allen Anteilen abzuziehen sein.

Das zweite Problem, das Problem S., dürfte meiner Ansicht nach geklärt sein, und zwar auf weitaus weniger schmerzhafte Weise (siehe Anlage).

Fortuna lacht uns wieder, was?

Grüße,
V.

Phil und Gesh lasen über meine Schulter mit.

„Fünftausend", sagte Phil. „Aua, das tut weh."

„Für fünfhundert würde ich ihn schon umbringen", knurrte Gesh, und ich war mir nicht sicher, ob er Jones oder Vogelsang meinte.

„Anlage?" Ich hatte zu Ende gelesen.

Die Autotür knallte zu. Der Motor startete mit einem tiefen, schlürfenden Ton und röhrte dann auf. Ich sah kurz hoch und registrierte geistesabwesend, daß Vogelsangs Wagen ohne Nummernschilder unterwegs war, dann bückte ich mich nach dem zerknüllten Umschlag. Darin steckte, ebenso zerknüllt, ein Zeitungsausschnitt. MÄDCHEN AUS WILLITS VERMISST, las ich. *Savoy Skaggs (17), wohnhaft 1990 Covelo Road, die erst letzten Juni ihren Abschluß an der Willits High School gemacht hat* … Nein, dachte ich, das kann nicht sein, der Augenblick war pure Poesie, süß wie die Rache und der Sieg, ein Licht der Seligkeit in dieser dunkelsten aller Stunden … *keinerlei Hinweis* … *geht man der Möglichkeit nach* … Natürlich, klar. Sie ist abgehauen, um sich mit Eugene zusammenzutun, dem urbanen, soignierten Sproß des Gentleman-Faustkämpfers G. P. Turner. Ich malte mir aus, wie sie an der Straße stand, um per Anhalter nach Wiesbaden zu reisen, mit ausgestrecktem Daumen und hochgerutschtem Rock; also war sie letztlich doch angewidert von ihrem Dasein als intrigante Landpomeranze und Kneipenflittchen und beeilte sich nun, ihre süßen kleinen Mangos noch an den Mann zu bringen, bevor sie ihr abfaulten. Die Liebe bezwingt eben alle Hindernisse.

Meine Kameraden lasen noch stirnrunzelnd den Brief. Der Saab rollte gerade an. „Hey, seht euch das hier an!“ rief ich, vor Vergnügen fast jauchzend, und fuchtelte mit dem Zeitungspapier herum wie bei einer Flaggenparade. Dann aber las ich ein beunruhigendes Wort: ... *geht man der Frage nach, ob es sich um ein Verbrechen handeln könnte*. Verbrechen?

Auf einmal rannte ich los. „Stopp!“ brüllte ich. „Warte doch!“ Aorta fuhr noch im ersten Gang, suchte sich vorsichtig einen Weg auf der löchrigen Buckelpiste, wurde aber immer schneller. Mein Fuß blieb irgendwo hängen. Ich riß mich los, brüllend und armeschwenkend. Ich holte sie ein, als sie gerade in die Schotterstraße einbog.

Die Scheibenbremsen knirschten, der Wagen ruckte vorwärts und dann abrupt nach hinten, Staub wirbelte auf. Aorta wirkte nervös. „Was ist? Was ist denn los?“

Ich steckte das Gesicht durchs Fenster, schweißgebadet. „Vogelsang“, keuchte ich. Meine Lunge krampfte sich zusammen, die Luft war zu dick zum Atmen. „Er hat damit nichts zu tun, oder? Er hat doch nicht etwa ...?“

Aortas Gesicht war bleich wie das eines Ghuls, mit tiefen Ringen unter den Augen. Zombies, dachte ich. Mörder. Kidnapper. „Wie meinst du das?“ fragte sie schneidend.

Auspuffgase brannten mir in der Kehle, auf meinen Unterarm legte sich Staub. Ich sah die Nummernschilder auf dem Sitz neben ihr liegen. „Savoy – Vogelsang hat ihr doch ... er hat ihr nichts angetan, oder?“

Sie versuchte tapfer, eine ungläubige Miene aufzusetzen, die schrägen Brauen hoben sich ein winziges Stück, die Augen bemühten sich um einen ironischen Blick. „Sei nicht albern“, sagte sie, und ihre Stimme schrillte blechern wie eine Fahrradhupe in meinen Ohren. Sie setzte den Fuß aufs Gaspedal. „Blödsinn“, sagte sie noch, richtete den Blick nach vorn, ließ dann abrupt die Kupplung kommen und schoß auf die Straße hinaus. Ich inhalierte den Staub, der nach Asche schmeckte, und fragte mich, wie sich all das wohl auf mein zukünftiges Glück und Wohlbefinden auswirken würde.

Und dann war da das Gesicht am Fenster.

Es war ein pausbäckiges Gesicht gewesen, blaß und kindlich, gegen die Stirn etwas zulaufend und ums Kinn herum breiter, wie eine prämierte Aubergine. Darüber war kurzgeschorenes Haar zu sehen, das zum größten Teil von einer Schiebermütze bedeckt war; darunter eine unförmige Masse von Doppelkinnwülsten. Als ich mich von dem anfänglichen Schock erholt hatte, wurde mir klar, daß dieses Gesicht nicht irgendeinem Hilfssheriff, Ersatzerpresser oder Spezialagenten der Drogenfahndung gehörte, sondern lediglich unserem dämlichen, kindischen und vermutlich schwachsinnigen Nachbarn: Marlon Sapers. Wem sonst?

„O mein Gott!" hatte Aorta gesagt, und wir waren in diesem tragischen Augenblick erstarrt, dem traurigen Augenblick vollkommener Auflösung. Vogelsang hielt Gesh in einem tödlichen Würgegriff umklammert, ich rang mit Phil um das Kleinkalibergewehr. Dowst brüllte herum, Aorta japste, der Müll kletterte an den Wänden hoch, als wäre er lebendig, und in unseren Ohren toste das Chaos. Phil reagierte als erster. Er riß das Gewehr herum wie ein Tontaubenschütze und ballerte die Fensterscheibe links oben so sauber weg, als wäre er auf dem Schießplatz. *Paff!* Das Gesicht verschwand vom Fenster, Vogelsang sprang auf wie von der Tarantel gestochen, Gesh kam wankend auf die Beine, Dowst warf sich zu Boden. Mit höchst zufriedenem Ausdruck, als hätte er soeben den Löwenanteil aller Probleme dieser Welt mit einem einzigen famosen Streich gelöst, ließ Phil die Flinte sinken. Jetzt erst stellte ich die Verbindung zwischen den grobschlächtigen, verdatterten Gesichtszügen und Sapers' Sohn und Erben her, worauf ich in schokkiert-vorwurfsvollem Tonfall seinen Namen ausrief: „Marlon!" schrie ich. „Komm sofort wieder hierher!"

Als nächstes erinnere ich mich daran, wie ich Marlon zusammen mit Vogelsang krachend durch das Gestrüpp hinter dem Haus verfolgte. Was mit ihm geschehen sollte, wenn wir ihn erst einmal erwischt hatten, war eine Frage, die wir vorerst gar nicht bedachten. Für solche Überlegungen blieb keine Zeit.

Zu seinem Leidwesen bewies Marlon kein Talent zu rascher Flucht. Ungeschickt und tölpelhaft, noch ganz verwirrt davon, daß er entdeckt worden war, außerdem aufgerüttelt vom bedrohlichen Krachen der Flinte, taumelte er blindlings durch die Büsche, mal in die eine Richtung, mal in die andere. Zwischen dem Schuppen und dem Propangasbehälter holten wir ihn ein. Als er merkte, daß wir näher kamen, drehte er sich verzweifelt um und sah uns hinter den dicken Brillengläsern mit dem panischen, irren Blick des gestellten Raubtiers an. „Geht weg!“ flennte er, und sein Körper bebte unter dem Ansturm widerstreitender Impulse und abartiger Emotionen. „Laßt mich in Frieden!“ Ich blieb keine zwei Meter vor ihm stehen, aber Vogelsang, getrieben von der Hitze der Jagd und der Blutrünstigkeit seines Kampfes mit Gesh, stürzte sich auf Marlon wie ein Stopper beim Football.

Hätte er die Zeit gehabt, sein Vorgehen zu durchdenken und wäre er nur ein kleines bißchen weniger aufgedreht gewesen, hätte Vogelsang ganz bestimmt anders gehandelt. So aber bemerkte er den Bruchteil einer Sekunde zu spät, daß er einen Fehler gemacht hatte. Einen schweren Fehler. Marlon nämlich stieß ein markerschütterndes, gellendes, psychotisches Brüllen aus – wegen dieses Gebrülls allein hätte man ihn schon in eine geschlossene Anstalt eingeliefert – und schleuderte Vogelsang durch die Luft wie eine Figur aus Sägespänen und Pappmaché. Dann wandte er sich mir zu. Vogelsang lag benommen im Gebüsch, Vögel flatterten krakeelend von den Bäumen auf, der Himmel verdüsterte sich. Marlon tobte. Er stampfte mit den Füßen auf und brüllte erneut, warf die Fäuste hin und her wie die Kolben einer Dampframme. Ich trat einen Schritt zurück. „Marlon“, sagte ich und bemühte mich um einen sachlichen, besänftigenden Tonfall. „Niemand will dir was tun.“

„Doch, *du* willst mir was tun“, würgte er hervor. „Du magst mich nicht.“ Schweißperlen standen ihm auf der Stirn, seine normale kreidige Blässe wich dem zornig geschwollenen Rot einer Pustel kurz vor dem Platzen, und seine Augen zuckten am Rand der Brillengläser wie Fische in einem ausgetrockneten Teich. Ein Psychopath, wie er im Bilderbuch steht, der gestörte Jugendliche, der seine Großmutter beinahe zermalmt, nur weil sie ihn wegen etwas getadelt hat, der Insasse einer Gummizelle in der Irrenanstalt von Napa State. „Dich kenn ich“, stieß er so gepreßt hervor, daß es klang wie das Pfeifen eines Luftballons. „Du, du hast mich ausgeschimpft!“

Sein gewaltiger, unförmiger, rot verfärbter Körper schien von entzündlichen Chemikalien durchflutet, den brodelnden Sekreten seiner defekten Drüsen. Seine Zähne klapperten, der Hals versank in dem wabbligen Doppelkinn wie ein untergehendes Schiff. Ich trat noch ein paar Schritte zurück, jederzeit bereit zur Flucht, als er auf einmal einen entsetzlichen, gequälten Schrei ausstieß, sich vorbeugte, einen Busch von der Größe eines Heuballens ausriß und ihn nach mir schleuderte. Äste flogen mir gegen die Brust, Wurzeln und feuchte Erde; ich spürte etwas Nasses in meinem Mundwinkel. Als ich wieder aufblickte, wirbelte Marlon wild im Kreis wie beim Blinde-Kuh-Spiel, unter seinen hektisch stampfenden Füßen stob das Erdreich auf, er schäumte und tobte, lautes Wutgeheul wechselte mit verschrecktem Stammeln. Dann drehte er uns plötzlich den Rücken zu und torkelte wie ein Betrunkener umher; der anfängliche Fluchtinstinkt war nun offenbar in den zwanghaften Wunsch nach Vernichtung seiner unmittelbaren Umgebung übergegangen, Marlon Sapers wollte ganz einfach die sichtbare Welt in Stücke schlagen. Vor ihm stand, groß und schwer wie ein U-Boot, der Propangastank. Er zögerte keine Sekunde, senkte nur die Schulter, galoppierte mitten hinein und rammte den Behälter immer wieder, bis er mit einem tiefen, hallenden Donnerschlag von seinem Ziegelsockel herunterkippte.

Ich wußte nicht, was tun. Wir hatten Marlon in Fahrt gebracht, und er war nicht aufzuhalten. Vogelsang machte auch nicht den Eindruck, als hätte er eine Lösung parat. Er hatte sich aus der Gefahrenzone geschleppt, während Marlon mit dem Propangastank beschäftigt war, und hielt sich nun die schmerzenden Rippen. Aus diskretem Abstand sah er verdutzt und hilflos zu, wie Marlon sich als nächstes den Lagerschuppen vornahm. Furchterregend und zornbebend unterbrach Marlon seinen Amoklauf, um kurz Maß zu nehmen, und warf sich mit der Wucht eines Artilleriegeschosses gegen das Gebäude; ich hörte etwas nachgeben, ein Pfosten oder Balken knackte spröde. Dann ging er daran, die verwitterte Bretterwand mit den Fäusten und Unterarmen zu bearbeiten, bis es ihm gelang, ein Loch hineinzuschlagen. Und dann zerrte er wieder und wieder an diesem Loch, die Fäuste bluteten längst, sein Gesicht war vor Haß und Qual verzerrt, während die wacklige, alte Konstruktion auf ihren Fundamenten erzitterte. Er war gnadenlos, brutal und von Sinnen, ein King Kong, der den Dinosauriern Gehorsam einbleut. „Marlon!“ brüllte ich durch das Getöse. „Wie wär's mit einer Cola?“

Keine Antwort.

„Oder ein Mars?“

Nägel quietschten, Bretter ächzten. Eine Bohle brach los und flog auf die Wiese.

Es sah schon so aus, als würde er bald auch die ganze Hütte zu Sägemehl verarbeiten, als ein scharfer, herrischer Ruf aus dem Hohlweg hinter mir ertönte. „Marlon!“ dröhnte es, tief wie das Rumoren der aufbrechenden Erde, hart wie eine Wand aus Granit. „Hör sofort auf damit!“ Ich drehte mich um. Da brach sie auch schon aus dem Dickicht, wie Grendels Mutter: Die riesenhafteste Frau, die ich je gesehen hatte – nicht das typische feiste Waschweib oder die Dame mit Bart: nein, ein monumentaler Fleischberg, doppelt so breit wie das durchschnittliche Mitglied der sowjetischen Damen-Olympiamannschaft fürs Kugelstoßen. Oder auch der Herrenmannschaft. Trudy Sapers. Sie brauchte mir nicht erst vorgestellt zu werden.

Und Marlon auch nicht. Mochte er eben schon tobsüchtig gewesen sein, irrwitzig, gestört und außer Rand und Band, so wechselte er nun in einen noch höheren Gang und wurde auf einmal von einem neuen Anfall blinden, destruktiven, mutterhaßerfüllten Zorns mitgerissen. Sein Doppelkinn erbebte konvulsivisch, er stampfte und wütete in einem rasenden Koller und schmetterte seinen Turnschuhfuß wie einen Rammbock gegen die Holzwand. Doch seine Mutter kannte ihn nur allzu gut. Sie ging auf ihn los, mindestens einsneunzig groß und gut über vier Zentner schwer, bewegte sich mit zielstrebiger Eleganz über die Wiese, mit einer mammutartigen, unveräußerlichen Würde, die das knöchellange Kleid vom Format eines geöffneten Fallschirms nicht im geringsten schmälerte. Sie ergriff ihren Sohn am Oberarm, warf ihn kraftvoll, aber sanft, beinahe zärtlich, zu Boden und setzte sich auf ihn.

Es gab nichts zu sagen. Angesichts dieses Gefühlsausbruchs und eines so beeindruckenden Aktes zurückhaltender Zärtlichkeit schien Marlons Voyeurismus kaum der Rede wert. Wie vom Donner gerührt stand ich einen langen, aphasischen Augenblick da, während Marlons Atemzüge langsam ruhiger wurden und Sapers selbst aus dem Gebüsch hinter mir hervortrat. Ebensogut hätte er ein Schlachtfeld betreten können. Vogelsang hielt sich immer noch die Rippen, ich leckte mir das Blut aus dem Mundwinkel, in der Schuppenwand gähnten drei scharf gezackte Löcher, und der Gasbehälter lag in den Büschen auf der Seite wie ein gestrandeter Wal.

„He-he“, machte Sapers und spuckte nervös aus. „He-he. Muß mich wohl bei euch entschuldigen, Jungs. Nichts Ernstes passiert, will ich hoffen. He-he.“ Wieder spuckte er aus, der Strom aus Tabaksaft wirkte wie ein Teil seiner Anatomie, eine gebogene braune Zunge, die hervorschnellte, wie um vor jedem Atemzug die Luft zu prüfen. „Na ja, macht euch mal keine Sorgen, den Schaden zahl ich euch, ist doch klar."

Vogelsang stand etwas abseits im Gestrüpp und sah benommen aus. Seine Augen waren verkniffen vor Schmerz. Ich sah, wie er zusammenzuckte und sich rasch in die Seite griff, als er die Hand in einer Geste zu heben versuchte, die Sapers wohl beruhigen sollte.

Phil, Gesh, Dowst und Aorta spähten durch das geborstene Küchenfenster heraus, die Münder weit aufgerissen, schockiert und bestürzt wie Touristen, die im Herzen eines wilden, kaum erforschten Kontinents bizarren Ritualen beiwohnen. Aber ich war genauso bestürzt; es kam mir vor, als wäre mein Leben irgendwie mit einem Fellini-Film durcheinandergeraten.

Sapers schreckte mich aus meinen kontemplativen Erwägungen auf. „Tja", röhrte er, „ich weiß gar nicht, ob ich euch überhaupt schon meine Frau vorgestellt hab."

Und so zog das Schicksal seine Klauen ebenso plötzlich wieder ein, wie es sie gezeigt hatte: Jones, Savoy, das Gesicht am Fenster. Tage verstrichen, ganze Wochen. Wir gingen unserer Arbeit nach wie Blinde, wie stupide Kulis, der Himmel stürzte nicht ein, die Erde bebte nicht, und die Zellen im Bezirksgefängnis blieben uns ebenso fremd wie die Tunnel unter dem Potala-Palast in Lhasa. Wir leckten unsere Wunden, atmeten kollektiv einmal tief durch und nahmen das Wässern und Jäten wieder auf, kochten Essen, tranken Wodka und schaufelten Mist. Ich fühlte mich langsam besser (relativ betrachtet natürlich – man stelle sich einen zu Boden sausenden Fallschirmspringer mit defektem Schirm vor, der mit Freuden bemerkt, daß ihn die widerlich scharfen Spitzen des schwarzen Eisenzauns nun doch nicht pfählen werden, statt dessen aber kurz darauf auf dem Straßenpflaster zu Brei zermalmt wird), doch ein Problem rumorte noch immer in mir: Petra. Ich sehnte mich nach ihr, so heftig, daß es weh tat, daß der Schmerz mir Träume zerriß und den Morgenkaffee versauerte, ich sehnte mich so nach ihr, wie sich der Bewohner sonnenverbrannter Ebenen nach den fernen schneebedeckten Bergen sehnt. Doch ich konnte nichts unternehmen. Ich konnte das Grundstück nicht verlassen, um sie anzurufen, nicht nach allem, was geschehen war, und besuchen konnte ich sie frühestens im November. Der Gedanke verursachte mir Qualen. Ob sie im November überhaupt noch da war? Ob sie mich sehen wollte? Ich konnte ihr dann natürlich alles gestehen, die Pflanzen wären längst geerntet und verkauft, das ganze Projekt abgewickelt und über die Bühne gebracht, doch wie würde sie reagieren?

Erst nach einer Woche kam ich auf die Idee, ihr zu schreiben. Phil ließ das Telefonbuch aus der Zelle im Einkaufszentrum mitgehen, darin fand ich ihre Adresse – offenbar wohnte sie über dem Laden – und schrieb ihr einen fünfzehn Seiten langen Brief in Schönschrift. Die ersten drei Seiten bestanden in einer kunstvollen (aber sehr witzigen und überzeugenden) Abbitte für mein Verhalten beim Rinderzüchterfest, es folgte eine acht Seiten lange Dissertation über meine Hintergründe, Motive, Glaubenssätze und Vorhaben im Leben, nebst Anmerkungen zu diversen Themen, von keramischer Skulptur bis zu den „Lucy"-Gedichten von Wordsworth (aus denen ich reichlich Zitate beisteuerte). Die abschließenden Seiten waren von einer neuerlichen Wendung in den exkulpatorischen Modus gekennzeichnet und deuteten die düsteren, gefahrvollen und überaus interessanten Umstände an, in denen ich mich derzeit befände, versprachen gleichzeitig vollständige Aufklärung zu gegebener Zeit und endeten in einem verzweifelten Appell an Geduld und Verständnis. Ich unterschrieb mit „Alles Liebe, Felix" und gab Dowsts Adresse in Sausalito an.

Zwei Wochen vergingen ohne eine Antwort. Ich schrieb einen zweiten Brief. Fünfundzwanzig Seiten stark, eine derartige Menge Papier, daß ich Phil das Ganze in einem 20×30 cm großen gefütterten Umschlag abschicken ließ. Hatte mein erstes Schreiben noch eine raffinierte Balance zwischen Pathos und Humor gewahrt, so war das zweite ein purer Hilfeschrei, geprägt durch Verzweiflung, Einsamkeit und den Schmerz der Zurückweisung. Er war schmeichlerisch und fordernd zugleich, insgesamt die Sorte Brief, die den Empfänger veranlaßt, ohne Nachsendeadresse nach Toledo/Ohio umzuziehen. Ich sezierte meine Träume, verglich mich mit Byrons Manfred, Goethes Werther sowie James Dean, wand mich auf dem Papier wie ein vom Präparator durchbohrtes Insekt und machte mich ganz allgemein zum Vollidioten. Ich gestand ihr sogar, daß ich sie liebte (unter allen Umständen ein Fehler) und erklärte mit Nachdruck, ich würde meinen Namen ändern und auswandern, sollte sie meine Gefühle nicht erwidern. An dem Tag, als

Phil den zweiten Brief einsteckte, tauchte Dowst mit der Antwort auf den ersten auf.

„Lieber Felix", hatte sie in kühnen Ligaturen auf die Rückseite einer Standardpostkarte mit eingedruckter Marke geschrieben, „ich habe weder Zeit noch Geduld dafür, Spielchen zu spielen und Korrespondenz mit einem Untergetauchten zu führen. Wenn du mich besuchen willst, besuch mich. Aber bitte, keine gequälten Briefe mehr." Unterschrieben hatte sie: „Alles Gute, Petra."

Sie schrieb nie wieder.

Und ich auch nicht.

Ja, und dann kam das Feuer.

Die Nacht war still, pechschwarz und mondlos, eine Nacht wie in der Wüste oder im Dschungel, den Wildnissen dieser Welt, die jenseits des Horizonts von Gasmännern und Telefonistinnen liegen. Ich saß im Dunkeln und dachte an nichts Besonderes, so etwa: Diesen Drink noch und ein paar Spielchen, dann eine kalte Dusche und ab ins Bett. Phil war im Schuppen und füllte die Lampe nach. Er war besoffen. Ich war auch besoffen. Wir hatten Whist gespielt, mit leisen Gesprächen die Nacht und den Wald verdrängt und unsere diversen Blessuren mit Alkohol betäubt, als auf einmal die Lampe zischend verlosch. NICHT IN HEISSEM ZUSTAND NACHFÜLLEN. Ich konnte zwar nichts sehen, aber die Küchentür stand offen. Ich lauschte den Geräuschen, die ich schon hundertmal gehört hatte, Phils Körper, Metall, Holz: die quietschenden Türangeln des Schuppens, das Klappern der Gasflasche, Phils halblaute Flüche, als er gegen diesen oder jenen Gegenstand rempelte und sich am Verschluß auf der Lampenunterseite die Finger verbrannte.

Dann jedoch – plötzlich, jäh, unvermittelt – drängte sich ein neues Geräusch in die vertraute Abfolge, ein Geräusch wie das leise, schlürfende Zischen einer widerspenstigen Düse am Campingkocher, und ehe ich noch darauf reagieren konnte, explodierte die Nacht auf einmal in strahlendem Glanz, in grellem Licht, so grell wie am hellichten Tag. Zuerst dachte ich, in den Schuppen sei ein Blitz eingeschlagen, aber statt Donnergrollen hörte ich Phils Schrei und das unheilverkündende, brandgefährliche Scheppern, mit dem die Gasflasche zu Boden fiel. Jetzt haben wir's, dachte ich und sprang auf, als Phil wieder schrie und ein zweiter Gasbehälter mit unangenehmem Fauchen explodierte. Ich stolperte über die morschen Dielen der Veranda, der Schuppen vor mir glühte gespenstisch wie ein Halloween-Kürbis, und ich begriff: Dies war der Alptraum, der sich die ganze Zeit über uns zusammengebraut hatte, dies war der Denkzettel – keine Polizei, keine Hubschrauber, Suchhunde, Wilderer oder Denunzianten, weder Ratten noch Heuschrecken noch Bären, sondern die lodernden Flammen eines irdischen Fegefeuers.

Als ich am Schuppen ankam, sah ich die feuerspeiende Lampe, die umgekippten Kanister, kalte blaue Flammen, die mit flüssigen Fingern über den Boden züngelten. Und voller Entsetzen sah ich Phil, dessen Oberkörper brannte wie ein angerissenes Zündholz. Er war nach hinten gegen die Wand getaumelt und schlug in Panik auf sein in Flammen stehendes T-Shirt und die flackernde Korona ein, die seinen Kopf umgab, sein rechter Arm war in glosende Flüssigkeit getaucht, und als er ihn durch die Luft wirbelte, sprühte er Funken wie eine Fackel. Schlimmer noch: Ich sah, wie die Flammen die Wände erfaßten, die Stapel alter Zeitungen, die zerbrochenen Möbel, die Mülltüten – und in der hinteren Ecke standen, aufgereiht wie ein Hinrichtungskommando, die großen Vierzig-Liter-Kanister mit Benzin.

Wie ein lebender Feuerball warf sich Phil auf mich. Er tanzte – wir beide tanzten, wirbelten herum und brüllten frenetisch, Laurel und Hardy in der Bratpfanne des bösen Riesen. Ich roch den chemischen Gestank von verbranntem Haar, meine Haut berührte die seine, und schon stand ich auch in Flammen. Einen einzigen, schrecklichen, entrückten Augenblick lang wurde ich von seiner Panik mitgerissen, erstarrte und war vollkommen bewegungsunfähig – HELFER ERTRINKT BEI RETTUNGSVERSUCH IN 1,20 M TIEFEM SEE –, ehe ich mich zusammenriß und Phil heftig wegstieß. Er sah mich entsetzt an und schrie verzweifelt meinen Namen. Aber ich war schon wieder über ihm, schlug auf seinen brennenden Schopf ein, zerrte an seinem Hemd, bis es ihm in glimmenden Fetzen vom Körper fiel, dann schob ich ihn durch die Tür in die barmherzige Nacht hinaus. Ineinander verkrallt wie Freistilringer kippten wir über den Rand der Veranda, wo ich ihn am Boden festhielt, ihn mit meinem Körper bedeckte und auf die Flammen einschlug, bis sie verloschen.

Wir sahen einander an, der Moment kristallisierte rund um die schmerzverzerrte Fassungslosigkeit in seiner Miene, das blasige

Fleisch an seinem Arm, die Erde, die wie kühlender Balsam wirkte. Phils Mund bewegte sich, wie bei einem Fisch, versuchte sich um eine Luftblase aus kaltem Grausen zu schließen. Seine Haartolle war verkohlt, und der bösartige, gierige Schein des Feuers glitzerte in seinen Augen. Für Bestandsaufnahmen, Beschwichtigung oder Besorgnis blieb keine Zeit: Die mächtigen Kiefer schnappten gerade wieder zu. „Schnell!" zischte ich. „Den Schlauch, den Wasserschlauch!" Und dann rannte ich zurück in den Schuppen und warf alles mögliche in die Flammen – einen Packen Zeitungen, ein Kissen, ein paar zerfetzte Matratzen –, irgend etwas, nur um ein paar Sekunden Zeit zu gewinnen. Flammen loderten auf, ich trat sie aus. Die umgekippte Lampe sprühte Funken wie eine Fackel, ich stieß sie quer durch den Raum. Ich spürte nichts – weder die Hitze auf dem Gesicht noch die Brandwunden auf Armen und Händen –, nichts als den Imperativ des Augenblicks: Wir mußten das Feuer unter Kontrolle bringen, mußten es löschen, bevor es uns auslöschte und die Hütte, den Wald und den ganzen Hügel gleich dazu.

Sogar in jenen ersten panischen Sekunden war mir völlig klar, daß unser Leben auf dem Spiel stand und daß das Feuer, sobald es erst einmal das knochentrockene Gras erfaßt hätte, ohne weiteres die zwanzig Meilen bis nach Ukiah weiterbrennen würde. Seit fünf Monaten hatte es nicht geregnet. Kreuzdorn, Manzanita, Kiefern, vergilbtes Gras und welkes Gestrüpp – der reinste Zunder, fertig aufgestapelt vor dem Ofen. Das hier war kein Steppenbrand, der bloß ein paar Hektar vernichtete, kein kleines Malheur in der Garage, es war der Keim einer gewaltigen Feuersbrunst, die hoch in den Himmel tosen und wie die Apokalypse durch den Wald fegen würde, ein Feuer, das einen einholt, erstickt und zu Asche verbrennt. Ich kämpfte um mein Leben. Kein Gedanke daran, aufzugeben, wegzurennen, mich zu drücken: Mir blieb keine Wahl.

Ich stand in der Tür und schlug mit einem alten Mantel auf das Flammenmeer ein. Auf der anderen Seite des Raums – einen Spießrutenlauf durch Berge von Müll und frisch aufflackernde Brandherde von mir entfernt – standen die Benzinkanister. Vier Stück. Das Feuer wogte auf sie zu wie die aufkommende Flut gegen die Küste; ich sah, daß es sie in wenigen Minuten erfassen mußte, und dachte an den jugendlichen Phil in seinem Kipplaster, zu blöd, um zu merken, daß er dem Tod ganz nahe ist. Und ich war genauso blöd. Ich klatschte den qualmenden Mantel auf die Flammen, atmete das Feuer praktisch ein, der Rauch brannte in meinen Augen, ich hörte kaum noch etwas, weil das Getöse mich fast taub machte, und stellte mir den krachenden Moment des überspringenden Zündfunkens vor: Mein Fleisch – ob fett oder mager – würde zischen wie Speck in der Pfanne, die Hütte in einem rasenden Feuersturm in die Luft gehen, wie mit Napalm bombardiert. Nicht einmal meine Knochen würden sie dann noch finden.

In diesem Moment erschien Phil in der Tür. Sein Oberkörper war nackt, die Turnschuhe qualmten, und sein Kopf sah aus wie eine versengte Zwiebel. In der einen Hand hielt er einen Schlauch, aus dem schubweise Wasser spritzte, in der anderen einen triefnassen Lappen. Obwohl aus seinen Augen der nackte Horror sprach – sie sprangen beinahe aus den Höhlen, wie die wild rollenden Augen eines Pferdes, das im brennenden Stall eingesperrt ist –, hielt er den Wasserschlauch mitten in die Flammen und machte sich über die Berge von kokelndem Abfall her wie eine rasende Scheuerfrau. Durch sein entschlossenes Eingreifen ermutigt, hob ich eine Matratze hoch, die gerade Feuer fing, und knallte sie wieder auf den Boden, was die Flammen für einen Augenblick erstickte, so daß ich zu den Benzinkanistern hinüberhetzen konnte.

Ich hetzte. Durch stygische Dünste und höllische Glut, durch ein schwelendes Chaos, das jedem Feuerwehrmann Alpträume bereitet hätte, stieß Dosen mit Lackfarbe aus dem Weg und sprang über Haufen von qualmenden Lumpen und abgelegten Kleidern. Als ich den Raum durchquert hatte, konnte ich Phil und die offene Tür nicht mehr erkennen. Die Kanister waren bereits glühend heiß. Ich ging tief in die Knie, um nach Luft zu schnappen, denn oben an der Decke ringelten sich dichte Rauchfahnen, und dachte: *Was nun?* Würde ich es wirklich schaffen, mit zwei Vierzig-Liter-Kanistern voller Benzin unter den Armen durch dieses Inferno zu sprinten? Und das gleich zweimal hintereinander? Ich sah den Rauch, die Flammen schlugen hoch wie gebleckte Zähne. Ich rang nach Atem. Ausgerechnet jetzt fiel mir das Bild des buddhistischen Mönchs ein, das verkohlte Skelett im Zentrum eines lohenden Feuerrings. Das ist also Heldentum, dachte ich und kam mir vor wie der brave Gefreite, der sich über die Handgranate wirft, um seine Kumpel im Schützengraben, seine Truppe, den General und seinen Stab und im Grunde auch die ganzen Vereinigten Staaten und damit den

American way of life zu retten; das heißt, ich kam mir vor wie ein Idiot.

In proteischem Formenspiel leckten die Flammen an den Wänden, zischten unter den Dielenbrettern, wie Metastasen eines spontanen, unheilbaren Tumors. Ich hustete, meine Lungen kehrten sich von innen nach außen wie Gummihandschuhe. Die Kanister wurden auch nicht kühler. Wie aus weiter Ferne hörte ich Phil meinen Namen rufen, aber gleichzeitig wurde mir schwindlig, auf einmal war ich irgendwie müde. Rauchgasvergiftung, dachte ich leidenschaftslos und inhalierte dabei weiter den Qualm; zudem brannte das Zeug in den Augen, die ich in dem stechenden Dunst ohnehin geschlossen hielt. Nicht mehr lange, und ich würde zu groggy sein, um aufrecht zu stehen, geschweige denn vierzig Liter schwere Benzinkanister zu schleppen.

In diesem Moment – da der Scheiterhaufen auf mich wartete, meine Kehle sich zuschnürte und ich wie angewurzelt dastand – spürte ich einen kaum merklichen Luftzug, einen kühleren Hauch, das leise, unerklärliche Streichen einer Brise in meinem Nacken. Ich fuhr herum und sah die Löcher, die Marlon in die Rückwand gerissen hatte – gezackte Ränder, dahinter die schwarze Nacht, Löcher von der Größe eines Benzinkanisters. Das Feuer sprach zu mir, fauchte mich barsch an, doch ich hörte nicht darauf. Eins-zwei-drei-vier flogen die Kanister hinaus, kollerten ins Gras, und dann durchquerte ich den Raum in wildem Zickzack wie ein Deserteur das Niemandsland. Phil warf mir einen fassungslosen, verzagten Blick zu, als ich an ihm vorüber ins Freie stürzte, wo ich auf die Knie fiel und von Hustenkrämpfen geschüttelt wurde, bis ich dachte, ich läge in den Wehen.

Zwanzig Minuten später war es immer noch nicht vorbei. Mit nacktem Oberkörper, wie Heizer im Maschinenraum eines Dampfers, rußgeschwärzt und schweißglänzend, schwangen wir die Schaufeln, schleppten Eimer voll Erde, trampelten auf der einen Seite des Schuppens das schwelende Gras aus, während wir zur anderen brennenden Unrat hinauswarfen. Es war unmöglich, wahnwitzig, ein völlig aussichtsloses Unterfangen: gerade glaubten wir, das Feuer endlich unter Kontrolle zu haben, schon schlugen die Flammen wieder über uns zusammen. Dem Holocaust mochten wir entronnen sein – der gewaltigen, benzingespeisten Feuersbrunst, mit der das Ganze von einem Moment auf den anderen entschieden gewesen wäre –, doch die stetige, schleichende Kraft des Brandes zehrte auch allmählich an unseren Reserven. Phil litt heftige Schmerzen, auf Brust und Schultern zeigten sich Verbrennungen wie Peitschenstriemen, an seinem rechten Unterarm glitzerte die Lymphe. Er wirkte müde, verschreckt und geschafft, als ob er jeden Moment die Schaufel hinknallen und zum Auto davonrennen könnte. Mir ging es nicht viel besser. Da arbeiteten wir wie die Roboter, blind gegen Hitze, Durst und Schmerz, arbeiteten perfekt aufeinander abgestimmt ohne die geringste Pause, knurrten knappe Anweisungen und stürzten in fieberhafter Konzentration von einer Bedrohung zur nächsten – loteten die letzten Tiefen unserer körperlichen und geistigen Ressourcen aus, forderten uns das Äußerste ab und kriegten es auch –, und trotzdem waren die Flammen immer noch schneller als wir.

Hätten wir mehr Wasserdruck gehabt, wäre es etwas anderes gewesen. Aber der Schlauch von dem Wasserbehälter, der aus der Quelle gespeist wurde und die Hütte versorgte, lieferte nicht mehr als ein schwaches Tröpfeln. (Der Grundwasserspiegel war niedrig und der Behälter nur klein – eine Gruppe durstiger Kleinkinder hätte das Ding ohne weiteres auf einen Schlag völlig geleert. In besseren Zeiten – wenn unser Leben nicht unmittelbar von einem flammenden Inferno bedroht war – stellte dies lediglich ein geringfügiges Ärgernis dar; jetzt aber war die Lage kritisch.) Phils nasser Lappen ging nach wenigen Minuten wie eine Pechfackel in Flammen auf, und allmählich merkten wir, wie sinnlos der Versuch war, einen beginnenden Flächenbrand mit Teetassen voll Wasser zu löschen. Wir behalfen uns daher mit Matratzen. Wenn man sie ins Zentrum des Feuers warf, wurde es für ein paar Minuten erstickt, in denen wir kokelnde Gegenstände hektisch auseinandertraten und mit Schaufeln auf emporlodernde Flammenzungen einschlugen. Natürlich hatte diese Technik auch ihre Nachteile. Im Gegensatz zu herkömmlicheren Mitteln der Brandbekämpfung – wie Wasser, Sand oder CO_2-Schaum – sind Drillich und Baumwollfüllung ja selbst recht gutes Brennmaterial, deshalb mußten wir die Matratzen mehrmals auf die Wiese hinausschleppen und ihrerseits löschen. Bald stand auch das Gras in Flammen, so daß wir an zwei Fronten kämpften.

Irgendwann beschlossen wir, statt der Matratzen Erde zu nehmen, und so stand ich bald in einem knietiefen Graben knapp vor der Veranda und schaufelte wie ein irrer, vom Fieber gezeichneter Desperado, der endlich die Kiste voller Dublonen gefunden hat. Meine Hände waren mit Blasen bedeckt, das Feuer im Schuppen gab ein ständiges, erbarmungsloses Zischen von sich, aus den Matratzen im Gras vor mir schlugen Flammen. Ich buddelte, was das Zeug hielt. Zwei Schaufeln voll auf die Veranda, eine in das rötlich schwelende Gras. Über mir auf der Veranda stand Phil und schleuderte die Erde durch die offene Tür; seine Silhouette hob sich als dunkler Schattenriß gegen die Glut ab. Die Brigade der Dreckschaufler. Einstechen, hochwerfen, einstechen: Einen anderen Rhythmus kannte ich nicht mehr.

Gerade warf ich meine sechs- oder siebenhundertste Schaufelvoll nach oben, als ein neues Geräusch aus dem Schuppen mich erstarren ließ – ein saftiger Nußknackerlaut, nachgebende Fasern, im Sturmwind brechende Äste. Im Umdrehen sah ich, daß ein Stück des Fußbodens weggebrochen war, so daß nun Funken und Glutbrocken in das Gestrüpp hinter dem Schuppen flogen. Ungebändigt schossen die Flammen aus dem Loch im Boden empor, schlugen aus wie mächtige Schwingen, schwollen an und wechselten die Form, bis sie die Decke erreichten. Phil taumelte von der Tür zurück und ließ die Schaufel fallen. Irgend etwas Explosives – eine Dose Lackverdünnung? – ging mit dumpfem Krachen in die Luft. Zum erstenmal, seitdem Phil geschrien hatte und ich aus der dunklen Küche gestürzt war, zögerte ich. Wir hatten keine Chance, es war hoffnungslos. Das Innere des Schuppens stand völlig in Flammen, das Buschfeuer zu meinen Füßen breitete sich rascher aus, als ich es eindämmen konnte, und nun brannte auch das Gestrüpp hinter dem Schuppen schon. Ich stand da wie gelähmt, meine Hand umklammerte den Schaft der nutzlosen Schaufel, der altvertraute, kreidige Geschmack der Kapitulation stieg mir in der Kehle auf.

Das war der Moment, in dem Gesh erschien.

Genau in diesem Augenblick – die Lackverdünnung explodierte triumphal, das Loch im Fußboden führte dem Feuer Sauerstoff zu wie ein riesiger Blasebalg, Phil stand benommen, erschöpft und verwundet da, und auch mein Wille wankte: Mein alter Hang zum Hinschmeißen kam über mich wie eine Infektion – stürmte Gesh aus der Nacht heran wie die Kavallerie. In weißen Hosen und Sandalen löste er sich aus dem Dunkel, das Haar straff zurückgekämmt, den Bart frisch gestutzt, in einem gebügelten Hawaii-Hemd. Er rannte. Den Kopf gesenkt, den Oberkörper leicht geduckt zum Angriff; der starke Mann, den man für den letzten Waffengang in Reserve hält, für den entscheidenden Zweikampf, für die Rauferei vor der Torlinie. Für Fragen, Strategiediskussionen, Beurteilungen blieb keine Zeit: Er stürzte durch das Grasfeuer, sprang mit einem Satz auf die Veranda, packte Phils Schaufel und hechtete in den brennenden Schuppen.

Die Wirkung trat fast augenblicklich ein: Flammen, die eben noch bis an die Decke gelodert hatten, waren auf einmal besänftigt; die grelle, alles verschlingende Weißglut wurde dunkler, als könnte Geshs Körpermasse allein schon das Feuer verdrängen, als wäre er ein wahrhaft gläubiger Märtyrer, den man in den lodernden Ofen wirft, ein Joe Magarac, der flüssigen Stahl mit der bloßen Hand abkühlen kann. Ich hörte das Kratzen der Schaufel, das Fauchen der Flammen, und dann sah ich, wie sich aus dem Inferno ein stetiger, wirbelnder Bogen aus brennenden Gegenständen löste und zischend und krachend auf der Veranda aufschlug: da kam ein schwelender Teppich geflogen, dann das verkohlte Kopfende einer vergessenen Liege, qualmende Dosen, Holzscheite, lodernde Kisten voller Lumpen und Papier. Gesh stand mit wehendem Hemd mitten im Herzen der Feuersbrunst und schwang die Schaufel, wie ein Schatten kam er über das wogende Flammenmeer, deckte es zu und erstickte es, raubte ihm die Nahrung. Phil hatte seine Lebensgeister wiedergefunden und tanzte um jeden neuen brennenden Haufen herum, der aus der Tür geflogen kam; er stampfte und trampelte darauf ein wie ein Buschmann auf einen Puppenzauber. Auch ich wurde wieder lebendig. Auf einmal wog die Schaufel leicht in meiner Hand, ein Spielzeug, ein Stecken, und ich schleuderte die Erde auf das Grasfeuer wie ein Schaufelbagger in voller Fahrt.

Das war Teamarbeit. Daß Gesh im Schuppen zugange war wie eine ganze Feuerwehrmannschaft beim letzten Einsatz kurz vor dem dreiwöchigen Urlaub und auch Phil von irgendwo seine letzten, verschütteten Reserven an Mumm und Energie hervorgeholt hatte, inspirierte mich und machte mich zum Schaufelgenie. Mochten die Flammen durchs Gras züngeln und abrupt vor mir auflodern, mochten sich ganze Büsche zu sprühendem Funkenregen auflösen und mochte die Erde unter meinen Füßen schon heiß werden, ich stachelte mich trotzdem an, wie ein Langstreckenläufer auf der Zielgeraden, unermüdlich, unerbittlich, den Sieg vor Augen. Die Schaufel hob und senkte sich mit mechanischer Beharrlichkeit, bis sich auch um den letzten Brandherd die Faust der Dunkelheit schloß. Dann wandte ich mich wieder dem Schuppen zu.

Im Innern herrschte lähmende Hitze, der Rauch wirkte wie eine Schlinge um den Hals. Die Atmosphäre schien jetzt dichter, schwärzer zu sein, und ich weiß noch, daß ich kurz überlegte, ob das ein gutes oder ein schlechtes Zeichen sei. Als ich mich vorsichtig hineintastete, glaubte ich, Geshs Umrisse weiter hinten im Nebel auszumachen, aber die Dämpfe stachen in den Augen und brannten derart in der Lunge, daß ich gleich wieder zurückwich. Wie konnte er das nur aushalten? Er war jetzt fünf oder sogar zehn Minuten da drin, lange genug, um zu ersticken und zusammenzubrechen. Ich sah ihn vor mir, wie er nach Atem rang, im Schwindel die Orientierung verlor und in die Flammen torkelte wie eine Strohpuppe, und sofort stürzte ich wieder hinein, brüllte seinen Namen, so wie Phil mich gerufen hatte, als ich vor den brodelnden Benzinkanistern stand. „Gesh!" schrie ich, und meine Kehle schmerzte von dem stickigen Rauch. Anfangs sah ich gar nichts, hörte nur das unaufhörliche Knistern der Flammen. Wieder schrie ich. Dann, aus einem Chaos von changierenden Konturen, tauchte auf einmal Gesh auf, bis zur Hüfte nackt, die Schaufel wie einen Dreizack erhoben. Ich stürzte mich auf ihn, packte ihn am Arm, brüllte ihm etwas zu. In meiner Stimme lag das hektische Drängen des Retters, der in die qualmende Grube herabgelassen wird. „Hier lang!" schrie ich. „Schnell!"

Das Hawaii-Hemd hing in bunten Fetzen an ihm herab, sein Gesicht war wutverzerrt, die Augen klafften wie offene Wunden. „Geh raus, Mann!" schnauzte er und riß sich los, um einen Eimer mit Erde auf die Feuersäule zu kippen, die aus dem Loch im eingestürzten Fußboden loderte. Ich blickte mich kurz um. Es war ihm gelungen, den Schuppen leerzuräumen, das Dach mit einem herabgefallenen Balken abzustützen und eine Holzwand herauszureißen, die vor kurzem noch wie ein Weihnachtsbaum gebrannt hatte. Ich versuchte, ihm zur Hand zu gehen, aber es war ziemlich eng, und er stieß mich unabsichtlich zur Seite, als er sich fluchend nach dem nächsten Eimer voll Erde bückte. Fassungslos sah ich zu, wie er durch den Raum rannte, wie ein Mann, der in einem führerlosen

Eisenbahnzug gefangen ist: Die größten Brandherde löschte er in einem rasenden Chiaroscuro furioser Bewegungen, schleuderte Schutt beiseite, jonglierte schwere Eimer mit Erde herum. Die Hitze brachte meine Haut zum Kochen, der Rauch versengte mir die Lungen. Ich lief raus.

Da Gesh offenbar den Brand im Schuppen unter Kontrolle hatte, stellte das Feuer dahinter momentan die gefährlichste Bedrohung dar. Es speiste nicht nur die Glut unter dem Holzgebäude selbst, sondern sprang auch bereits auf die von der Dürre welk gewordenen Bäume des Hohlwegs über und streckte erste Finger in Richtung der Hütte aus. Ich stellte mich dem Kampf wie ein Kavallerieoffizier einem Flankenangriff und galoppierte um die Ecke des Schuppens, die Schaufel wie eine Lanze schwenkend; leider rannte ich dabei Phil um, der ermattet über sein eigenes Grabwerkzeug gebeugt stand und in die geballte Faust hustete wie ein Waisenkind mit Tuberkulose. „Alles okay?“ schrie ich und taumelte an ihm vorbei, alles war Schreien, die ganze Welt ein einziges Gebrüll. Ich bellte ihm Anweisungen zu, und wir begannen von neuem zu schaufeln, der Stahl teilte den Boden, Erde wirbelte auf. Gemeinsam gelang es uns, einen Korridor bis unter den Schuppen freizulegen, von wo aus wir dann Erdklumpen auf die Flammen warfen, die unter den Dielenbrettern hervorsprangen, während Gesh sie von oben bekämpfte. Rauchfahnen stiegen himmelwärts, die Schaufel riß meine blasigen Hände auf. Das Feuer flackerte, spuckte, flammte mit tückischem Knistern von neuem auf. Wir bewegten ganze Lastwagenladungen von Erde, und allmählich gewannen wir doch die Oberhand: Das Feuer unter dem Schuppen wand sich, schrumpfte in sich zusammen, wich zurück und verschlang sich schließlich selbst vor lauter Wut. Irgendwann wurde es von einer Sekunde zur nächsten urplötzlich dunkel, und ich sah verdattert am Schuppen hoch: Er brannte nicht mehr. Er stand da, beleuchtet nur von dem kränklichen Glimmen des Grasfeuers in meinem Rücken, ausgeweidet, verkohlt, qualmend, eine windschiefe Ruine aus Konturen, und brannte nicht mehr.

Alles weitere war nicht sehr aufregend. Gesh rannte mit einer scharfen Axt zum Hohlweg hinüber, wo er das Gestrüpp abhackte, Dornen- und Manzanitabüsche wegfetzte wie Schnittblumen und das Feuer von den Bäumen abdrängte, zurück auf den Erdboden zwang, der schon schwarz angekohlt war. Phil schützte währenddessen die Rückseite der Hütte, als wäre es der Buckingham Palace oder der Louvre. Gemeinsam mit Gesh legte ich Schneisen durch das Grasfeuer, um es zu teilen und nochmals zu teilen, bis die Hitze nachließ und das Feuer langsam verlosch. Dann sahen wir zu, wie die vereinzelten Brände ausgingen, ließen hie und da die Schaufeln wie Zungen hervorschnellen, sahen zu, wie die Glutherde auf dem versengten Boden ein letztesmal aufglommen und dann von der Nacht verschluckt wurden. Eine halbe Stunde, nachdem Gesh aus dem Nichts aufgetaucht war, um Phils Schaufel an sich zu reißen und sich in den Schuppen hineinzukämpfen, war die Bedrohung vorbei.

Auf einmal war die Nacht wieder Dunkelheit. Im grellen Schein der Glutreste erinnerte Phils Gesicht an das eines polnischen Christus, hager, hakennasig, vom Leiden gezeichnet. Gesh standen die Haare vom Kopf ab, sein Gesicht war geschwärzt, das Hawaii-Hemd hing ihm in bunten Fetzen vom Leib, als ob er sich häutete. Ich versuchte gerade, ruhig zu atmen, die Erleichterung auszukosten, die ersten Minuten eines Lebens ohne Furcht bewußt zu erleben, als Gesh sich an mich wandte. Sein Gesicht zeigte scharfe, vom Ruß nachgezogene Falten und war noch zu der wutentbrannten Grimasse verzerrt, die er im Kampf aufgesetzt hatte. „Na, worauf wartest du noch?“ knurrte er. „Siehst du nicht, daß Phil unbedingt ins Krankenhaus muß?“

Ich sah Phil an. Sein rechter Arm war blutverkrustet, und die Striemen auf Brust und Schultern näßten noch; eine klaffende, blutende Kopfwunde verschwand in seinen Haaren. Er war ein Wrack. „Schaffst du ...?“ begann ich, an Gesh gewandt. Ich hatte fragen wollen, ob er allein zurecht käme, für den Fall, daß das Feuer von neuem ausbrach, aber ich war immer noch ziemlich fertig und rang nach Worten. Noch während ich zögerte, loderten ein paar Flämmchen in einem Busch neben dem Propangasbehälter auf.

„Ich kann selber fahren“, sagte Phil so leise, daß ich ihn kaum verstand. Er sah aus wie der einzige Überlebende einer abgestürzten DC-10: Kleider, die nur noch Lumpen waren, versengter Körper, das Haar weggebrannt.

„Quatsch“, sagte Gesh. „Du bringst ihn hin, Felix.“

Ich fühlte mich so geschafft, als wäre ich eben von einer Zwei-Wochen-Schicht unter Tage nach Hause gekommen – oder vielmehr: ich fühlte mich, als wäre ich unter Tage verschüttet gewesen, begraben unter Tonnen von schmelzendem Erz, hätte giftige Dämpfe atmen und krügeweise Säure trinken müssen. Meine Schultern und Arme schmerzten, ich blutete an einem halben Dutzend Stellen, meine Hände brannten, als hätte ich sie in siedendes Fritierfett getaucht und dann mit reinem Alkohol abgewischt. Ich fühlte mich beschissen, aber andererseits fühlte ich mich auch großartig, euphorisch, als könnte ich Hochhäuser mit einem Satz überspringen. Ich hatte nicht lockergelassen, hatte auf verlorenem Posten gekämpft, dickschädelig, wie ein Held mit kantigem Kinn, und hatte gesiegt. „Klar", sagte ich.

Gesh hatte sich schon in Bewegung gesetzt, um das vorwitzige Feuerchen zu ersticken, das an dem Propantank leckte, doch jetzt hielt er noch kurz inne und sah mir in die Augen. „Geh", sagte er, und es klang, als gäbe er mir seinen Segen mit auf den Weg.

Kapitel 2

Die Bäume duckten sich am Straßenrand, Straßenschilder und Meilensteine schraken zurück wie aufgescheuchte Tiere, der Asphalt selbst schien unter dem Strahl der Scheinwerfer in den Boden zu versinken, als wollte er sich am liebsten verkriechen. Auf der Uhr am Armaturenbrett war es vier Uhr früh, und ich bretterte mit hundertdreißig nach Willits hinein, zum Teufel mit Jerpbak und seinen Schaftstiefel-Legionen: diesmal war *ich* mit einem Notfall unterwegs. Ich war der Phönix aus der Asche, der Überlebende, der Sieger, der harte Kerl – nahm die Kurven wie ein Teenager mit Identitätsproblemen und sauste mit qualmendem Auspuff die Zielgerade in die Zukunft entlang. Ein Straßenschild – es schnellte in die Höhe wie eine Figur beim Kasperletheater und verschwand auch sofort wieder – markierte die Ortsgrenze. WOHNGEBIET – TEMPOLIMIT. Ich ging auf hundert runter. Durch das Zentrum hindurch, vorbei an den nächtlichen Lichtern der Imbißstube, am Neonglitzern der Motels und Fastfood-Buden, Ampeln flogen an mir vorbei wie Blätter im Sturmwind, *noli me tangere.*

Phil hing auf dem Todessitz, die Augen halb geschlossen. Der Kopf war ihm auf die Brust gesunken und rollte im Rhythmus der

Schlaglöcher hin und her, sein Gesicht wirkte unvorstellbar schwer, wie aus Stein gehauen. Er hatte kein Wort mehr gesagt, seit wir die Farm verlassen hatten. Schlief er? Stand er unter Schock? Hatte er sich ins Gespinst seiner Schmerzen zurückgezogen wie ein verletztes Tier, wie ein Hund, der im dunkelsten Winkel des Hauses seine zerfleischte Pfote leckt? Ich sah kurz zu ihm hinüber. Er hatte sich gegen das Fenster gelehnt, wölbte den runden Rücken zum Hohlkreuz, um jede Berührung mit dem Sitz zu vermeiden, die linke Schulter war übersät mit Brandblasen, voller Löcher und Krater, spröde wie Krötenhaut. „Geht's einigermaßen?“ flüsterte ich, den Blick nach vorn gerichtet. Er hustete heiser. Ich gab noch mehr Gas. „Nur eine Minute noch, Phil“, murmelte ich und riß abrupt das Lenkrad zur Seite, um das einzige andere Fahrzeug auf der Straße zu überholen – einen apathisch dahinschleichenden Bäckereilieferwagen. Phil hob nicht einmal den Kopf.

Das Krankenhaus sah aus wie ein Leprosarium im Mittelalter, schlecht beleuchtet, verkommen, halb verfallen. Billige Anbauten breiteten sich vom Haupttrakt aus wie die Schwingen eines verkrüppelten Vogels, die leicht ansteigende Zufahrt war mit Schlaglöchern übersät, blaßgrüner Stuck schälte sich von den Mauern wie abgeworfene Häute. Ich donnerte an den schlafenden Steinlöwen und den ionischen Säulen des (offenbar seit langem vernagelten) Hauptportals vorbei und legte einen stümperhaften Powerslide vor dem Schild NUR FÜR KRANKENWAGEN – HALTEVERBOT – ABSCHLEPPZONE am Eingang der Notaufnahme hin. Phil schleppte sich aus dem Auto wie ein Untoter aus seinem Grab und wankte steifbeinig auf die große Tür zu, die Arme hingen schlaff und mit geballten Fäusten herab. Ich stieß die Tür für ihn auf, und dann standen wir in einem abgetretenen Korridor, der mit Zierpflanzen aus Plastik, billigen Möbeln und Klapprollstühlen vollgestellt war.

„Ja?“ Die Nachtschwester saß kerzengerade an einem Schreibtisch aus Kiefernholz vor dem Notarztzimmer, wachsam wie ein Schießhund. Sie war eine Blondine um die vierzig, das Opfer trokkener Haut und lebenslang unterdrückter Gefühle. Hinter ihr sah ich einen verschwommenen Lichtfleck, aufeinandergestellte Stühle und den Hausmeister, der die Füße in weißen Socken hochgelegt hatte, ein Fleischwurst-Sandwich kaute und einen Western von Louis L'Amour verschlang.

„Wir haben einen Unfall gehabt“, sagte ich.

„Name?"

„Meiner oder seiner?"

Über ihr Formular gebeugt, den Kugelschreiber in Warteposition zum Festhalten übermittelter Daten, auf dem Kopf die Schwesternhaube wie einen mit der Sichel gezogenen Scheitel, stieß sie einen tiefen, vernichtenden Seufzer des Unmuts aus. „Den Namen der Person, die wir hier aufnehmen sollen", erklärte sie, ohne den Kopf zu heben.

Phil krächzte seinen Namen.

„Geschlecht? Alter? Gewicht? Krankenversicherung? Allergien?" Die Fragen kamen wie Körpertreffer in einem Boxkampf, immer neue, unaufhörlich, quälend. Phil stand in dem schummrigen Licht vor ihr, am ganzen Leib verbrannt, der Kragen seines verkokelten T-Shirts klebte ihm noch am Hals, durch die Löcher in seiner Hose lugte angesengte Unterwäsche. Alle beide hatten wir rußgeschwärzte Gesichter wie Partisanen im Nahkampf.

„Hören Sie mal", sagte ich und unterbrach sie mitten im Satz – wollte sie tatsächlich seinen Kontostand wissen? –, „der Mann hier hat starke Schmerzen, sehen Sie das nicht?"

„Sonstige Ersparnisse?"

Phil sah aus, als würde er sich gleich auszählen lassen. „Zuckerdose", brachte er hervor.

„Kreditkarten? Nächster Angehöriger? Konfession?"

„Hören Sie", begann ich wieder. Sie ignorierte mich.

„Hier unterschreiben." Als sie Phil das Formular hinschob, richtete sie den Blick ihrer farblosen Augen zum erstenmal auf ihn, und ich sah mit Entsetzen, daß dieser Blick nichts enthielt. Weder Neugier noch Interesse, weder Mitgefühl noch Besorgnis. Sie hätte genausogut zu Hause im Bett liegen, in einem Nachtclub tanzen oder mit dem Aga Khan verheiratet sein können. Doch sie war nun mal hier. In Willits. Morgens um zehn nach vier. Nichts Menschliches war ihr fremd: Reanimation und Exitus, Schlaganfall, Blutsturz und Hoffnungslosigkeit; verzerrte, verunstaltete menschliche Körper, aufgeschlitzt, abgerissen, in Blut, Eiter, Schleim und Urin gebadet; blaue Babies und bleiche Leichen. Wir waren nichts dagegen. Ratten, Ungeziefer, Dreck. Die Kontaktlinsen klebten an ihren Augen wie Scheuklappen.

Phil unterschrieb.

Als Phil sich schmerzverzerrt vorbeugte, um den Stift aufs Papier zu setzen, tauchte wie auf ein Stichwort plötzlich der Arzt auf. Höchst geschäftig kam er durch die Tür der Notaufnahme herein, dezentes Sporthemd, jung und selbstsicher, dichtes, buschiges Haar, makelloser Schnurrbart, perfekte Zähne, lupenreine Haut. „Aha", säuselte er im leutseligen Ton eines Nachrichtensprechers beim Verlesen einer Meldung über dreihunderttausend Erdbebenopfer in Hunan, „da ist uns wohl ein kleines Mißgeschick passiert?" Er zwinkerte, nickte und grinste in einem fort, als wären wir Sechstkläßler, die bei einer geringfügigen Missetat ertappt worden wären – als hätten wir mit Streichhölzern gespielt oder in den Mädchen-Umkleideraum geguckt. „Tut weh, was? Ja, ja", schnurrte er, ergriff Phil am Ellenbogen und führte ihn unter einem Crescendo dahingeplapperter Scherze und mitfühlender Schnalzlaute in den hinteren Raum. Als sie durch die Tür gingen, hörte ich, wie der Arzt mit schriller Falsettstimme in imitiertem Negerdialekt sagte: „Und dann meint sie zu mir: ‚Meine Fresse, der is vielleicht verkokelt, Mann!'" Darauf ertönte haltlos wieherndes Gelächter, dann schloß sich die Tür mit sattem Klicken.

Ich nahm im Wartesaal Platz. Der Hausmeister war mit seinem Sandwich fertig und untersuchte jetzt behutsam seinen rechten Fußballen, den er von der Socke befreit hatte. Neben ihm stand ein Eimer mit Schmutzwasser, aus dem ein Schrubberstiel herausragte wie ein Schilfrohr im Sumpf. Ich lehnte den Kopf gegen die Wand und schloß die Augen. Ich war erschöpft und abgestumpft, eine namenlose Unruhe pulsierte in meinem Innern wie Dschungeltrommeln, doch ein unmerklicher chemischer Läuterungsprozeß filterte nun das Adrenalin aus meinen Adern, das mich während der letzten zwei Stunden angetrieben hatte. Freud mußte sich so gefühlt haben, wenn er vom Kokain runterkam. Und Sherlock Holmes und die Speed-Freaks auf der Haight Street auch. Ich war voller Energie gewesen, zu allem fähig, durchströmt von Vitalität und guten Ideen, doch jetzt empfand ich nur noch eine gähnende Leere. Es war zu Ende, die Krise vorbei. Bevor das Feuer ausgebrochen war, hatte ich genügend Wodka gebechert, um jetzt stockbetrunken zu sein, aber ich war ganz und gar nicht betrunken. Ich war müde. Verängstigt. Deprimiert. Einmal machte ich die Augen auf und sah, daß sich der Hausmeister nicht gerührt hatte – reglos saß er in meinem verschwommenen Gesichtsfeld, die Füße zwei weiße Flecken, die er unentwegt massierte.

Als ich erwachte, kippte der Hausmeister gerade Schmutzwasser über den Boden, und der strahlende Notarzt stand dicht vor mir. „Ihr Freund“, begann er, „äh, Phil?“

Ich nickte, rieb mir die Augen. „Ja, was ist mit ihm?“

„Er hat ziemlich ernste Verbrennungen – rechte Schulter, rechter Unterarm, Brustkorb, Rücken, Hände –, und er hat eine Menge Flüssigkeit verloren.“ Er wiegte sich auf den Fußballen vor und zurück und grinste wie der Gastgeber einer Talkshow.

„Wird er wieder gesund?“

Oh, jetzt strahlte er erst richtig, dieser Doktor. In seinem Körper gab es keinen Krebs, er hatte niemals Blutungen, Prellungen, Verbrennungen, sein Herz schlug wie ein Pumpenkolben. Auf diese Frage hatte er gewartet, nur deswegen hatte er in den nach Formalin stinkenden Leichen in den eiskalten Kellern von Guadalajara herumgestochert und seine Zeit als Assistenzarzt im Cleveland General Hospital durchgestanden – für diesen Augenblick, für unendlich viele solcher Augenblicke. *Er* war nicht in Gefahr. Er joggte jeden Tag seine zehn Meilen, verzichtete auf Tabak, Alkohol, Koffein, Cholesterin, Lebensmittelzusätze und Fernsehen. Aber Phil? „Wir werden ihn über Nacht dabehalten müssen. Mindestens.“

Der Arzt blieb stehen. Er zwinkerte jetzt wieder, wackelte mit dem Kopf und ließ die Augenbrauen zucken wie ein verirrter Marx Brother. „Und was ist mit Ihnen?“ fragte er und musterte meine Hände.

„Mit mir?“ Bisher war ich nicht auf die Idee gekommen, daß ich auch behandelt werden müßte. Ich hob die Hände und betrachtete sie, als hätte ich sie noch nie gesehen.

„Sie haben da eine Verbrennung zweiten Grades.“ Er lächelte. „Rötung, Schwellung, Blasenbildung.“ Er wirkte sehr zufrieden mit sich.

Zehn Minuten später stand ich mit hängendem Kopf vor dem Tisch der Nachtschwester, in meinem Magen löste sich ein Schmerzmittel auf, meine Hände waren von Mullverbänden umhüllt. Sie hatte die sechzig Fragen heruntergeschnurrt, meine Antworten vorschriftsmäßig festgehalten und mir das Formular zur Bestätigung hingeschoben. Ich fummelte gerade mit dem Kugelschreiber herum, kämpfte unbeholfen mit den Verbänden und versuchte beidhändig, eine krakelige, verkrampfte Unterschrift zustande zu bringen, als die Eingangstür mit theatralischem Krachen aufflog, wie in Gounods *Faust* beim Eintritt von Mephistopheles. Auf dem ganzen Korridor klirrten die Fenster, ein dumpfes, metallisches Echo hallte tief aus dem Innern des Krankenhauses wider. Ich sah auf. Ein kugelrunder Kopf, kerzengerade Haltung, Stiefel wie Gummiknüppel: Officer Jerpbak kam hereingeschritten.

Er war nicht allein. Wie ein Gepäckstück hing in seiner rechten Ellenbeuge ein Karnevalsdämon, eine blutüberströmte Puppe, ein Statist aus einem schmierigen Streifen über wahnsinnige Messerstecher. Die Schuhe schleiften auf dem Boden, Blut tropfte. Tempolimit vierzig, dachte ich und sah auseinandergefetzte Sportwagen, umgestürzte Holztransporter, Schädelwunden, multiple Hämatome. Ich wich zurück, als Jerpbak, den Arm von sich gestreckt, um das Gleichgewicht zu halten, mit seiner Last den Korridor herangewankt kam. Noch nie hatte ich soviel Blut gesehen. Es tropfte auf den Fußboden, befleckte die Vorderseite von Jerpbaks Uniform, verschmierte die Punkfrisur des Jungen, der schlaff im beinharten Griff des Polizisten hing. Jerpbaks Miene war leer, die harte Linie seiner Lippen zuckte unsicher; er blickte mich kurz an, nahm aber gar nichts wahr.

Die Schwester hielt den Stift bereit, den Kopf über das nächste Formular gebeugt. „Name?“ fragte sie, ohne richtig aufzusehen. Benommen und verwirrt stand Jerpbak vor dem Tisch, seine Lippen bewegten sich in stummer Erregung – er hatte einen gereizten, grantigen Blick, wie jemand, der vom Einkaufen kommt, mit vier prall gefüllten, überquellenden Tüten entnervt in die Küche stürzt und keinen Platz zum Abstellen findet. Er war abrupt stehengeblieben, spreizte die Beine, um das Gewicht des Jungen halten zu können, mit der Rechten umfaßte er seine Brust, die Linke stützte den kraftlosen Kopf: heilige Maria, heiliger Jesus. Der Junge war bewußtlos. Seine Lederjacke schimmerte feucht von Blut, Blut wie Öl, schwarz und eklig feuchtglänzend; sein Gesicht sah aus, als wären Fingerfarben darüber ausgekippt worden, als hätte jemand einen Rückenkratzer aus Bambus in zähen roten Lack getaucht und wäre ihm damit über Augenlider, Nase, Wangen und Mund gefahren. Er war kaum älter als achtzehn. Seine Lider öffneten sich wie defekte Jalousien, ich sah den stumpfen, leblosen Glanz in seinen Augen.

„Verdammt noch mal!“ Jerpbak beugte sich vor und knallte mit der flachen Hand auf die Tischplatte. „Sind Sie überhaupt am Leben, oder was?“ Er sprach mit der Krankenschwester. Brüllte sie an. Bellte die Frage mit einem atavistischen Brüllen heraus, das die Apathie der Schwester durchbohrte wie eine körperliche Gewaltandrohung, und so meinte er es ja auch: Sie hatte alles schon mal gesehen, und nun sah sie dies hier. Sie sprang vom Stuhl auf wie von der Tarantel gestochen, durchquerte den Raum mit fünf erstaunlich großen Schritten und hechtete wie eine Kunstspringerin ins Notarztzimmer hinein. Im selben Moment entglitt Jerpbak der reglose Junge, und er taumelte mit ihm einen Meter nach vorn, wobei er den schlaffen Körper, ohne es zu wollen, quer über den Schreibtisch knallte wie ein großes Stück Fleisch ohne Knochen – hätte er sich nicht in letzter Sekunde gebremst, wäre er wohl gleichfalls vornüber gekippt. Irgendwo weiter hinten im Gebäude hörte ich einen Elektromotor anspringen, das Licht ging kurz aus und gleich wieder an. Jerpbak stand keuchend über den Jungen gebeugt wie ein Raubtier über seine blutige Beute. Dann stieß er sich vom Tisch ab wie bei einer gymnastischen Übung, fing meinen Blick auf – in seinem stand der Schock geschrieben – und torkelte unter zusammenhanglosem Gebrüll in Richtung Wartesaal.

Aus dem Augenwinkel sah ich das weiße Haar des Hausmeisters aufblitzen, als er von seinem Scheuerlappen hochsah, und dann kam der junge Arzt durch die Schwingtür in den Wartesaal gestürmt, er wirkte ausgesprochen gutgelaunt und schien gerade seinen Vorrat an Polizistenwitzen durchzugehen. Zuerst sah er Jerpbak, wobei sein Lächeln etwas außer Fasson geriet, und dann an ihm vorbei auf die leblose Gestalt des Jungen, die quer über dem Tisch lag.

Das Blut wich aus seinem Gesicht. Schluß mit den charmanten Manieren, den launigen Scherzchen und dem Es-wird-schon-wieder-gut: das hier war kein Witz. Im Nu stand er über dem Jungen, auf einmal schien er tausend Hände zu haben – prüfte den Puls, legte Mund und Nase frei, stillte das strömende Blut –, und dabei rief er ununterbrochen Anweisungen über die Schulter. Ich sah zu, wie Schwestern, Assistenten, Pfleger – eine ganze verborgene Armee in weißer Uniform – mit einem klappernden Rollbett durch die Tür stürzten und über den Jungen hereinbrachen wie ein Schneesturm.

Jerpbak, auf dessen Uniform das Blut des Jungen dunkel glänzte, stand hinter dem Arzt und zupfte sich geistesabwesend die gestärkten Manschetten zurecht. „Er ist hingefallen", sagte er, als wäre das wichtig, „hingefallen und mit dem Kopf aufgeschlagen." Der Arzt warf ihm einen kurzen, scharfen Blick zu, dann war er verschwunden, das Rollbett quietschte über den nassen Boden, Stimmen schwirrten durcheinander, die flinken Hände konzentrierten sich nun auf Gesicht und Kopf des Jungen.

Von Anfang bis Ende hatte die ganze Episode keine sechzig Sekunden gedauert. Jerpbak stand mit dem Rücken zu mir und sah zu, wie das Rollbett vom dunklen Schlund der Schwingtüren verschluckt wurde. Die Nachtschwester war weg; der Hausmeister schüttelte langsam den Kopf und ging dann wieder daran, den Boden zu wischen, wobei er die Radspuren des Krankenbetts mit schläfrigen, verträumten Bewegungen auslöschte. Das Formular, das ich unterschrieben hatte, lag noch auf dem Schreibtisch, ein Blutstreifen war quer darüber geschmiert. Ich senkte den Kopf, setzte behutsam einen Fuß vor den anderen und ging durch die Halle hinaus in die Nacht.

Gelbe und rote Lichter. Jerpbaks Streifenwagen stand am Bordstein, der Motor lief noch, die Warnleuchte auf dem Dach rotierte. Auf den ersten Blick schien der Wagen leer, und ich schlurfte direkt auf den Toyota zu, weil ich möglichst rasch verschwinden wollte, ehe Jerpbak auf die Idee kam, sich wieder seiner Umwelt zu widmen, dann aber bemerkte ich schlagartig das bleich schimmernde Gesicht, das undeutlich im Dunkel durch die Heckscheibe zu sehen war. Ich sah einen Ohrring aufblitzen, den hochgestellten Kragen einer Lederjacke, wie sie der verletzte Junge getragen hatte, und dann ein Paar verschreckte, traurige Augen. Ich trat näher. Hinter dem festen Maschendraht jenes Rücksitzknasts, den ich nur allzu gut kannte, saß ein zweiter Junge, dessen trostlose Miene durch einen sichelförmigen Bluterguß unter dem rechten Auge noch unterstrichen wurde. Ich starrte ihn an. Seine Zunge schoß hervor und betastete die aufgesprungene Lippe, das Funkgerät plärrte, der Motor verschluckte sich kurz und lief dann wieder gleichmäßig. Er wirkte ziemlich hartgesotten, dieser Junge, etwa sechzehn. Er sah aus, als hätte er geweint.

Als ich den Kopf durch das offene Fenster der Fahrertür steckte, sah ich, daß der Junge mit Handschellen an die Drahtwand gefesselt war. Er sagte nichts. Ich auch nicht. Ich griff hinein, drehte den Zündschlüssel herum und schaltete den Motor ab. Und dann – die Schlüssel klapperten wie Schwerter in meiner Hand, wie die grimmige, zornige, scharfe Klinge der Redlichkeit – holte ich weit aus und schleuderte das klirrende Bund in die gesichtslose schwarze Leere der Nacht.

Der Toyota lenkte sich selbst. Die holprige Auffahrt hinunter und auf die dunkle Schnellstraße hinaus, das nasale Röhren des Auspuffs ließ verhangene Fenster erzittern, jede Schaltbewegung zerrte von neuem an den Innereien des Wagens. Zur Farm wollte ich nicht zurück. Noch nicht. Ich wollte jetzt nicht in Geshs ausdrucksloses, rußgeschwärztes Gesicht blicken, wollte nicht den ausgebrannten Schuppen und die verkohlten Stoppeln ansehen, das große Stück, das die gierigen Kiefer im Vorüberziehen aus unserem Leben gerissen hatten. Es war kurz nach fünf. Mein Verstand war mittlerweile abgeschaltet, aber etwas in meinem Innern, irgendein tiefverwurzelter Seismograph unserer Bedürfnisse, leitete mich auf den geteerten Parkplatz vor dem Einkaufszentrum und zu der matt erleuchteten Telefonzelle, die wie ein Schrein davorstand: Auf einmal wußte ich, was ich wollte.

Ich fischte die Nummer aus meiner Brieftasche, gab sie so leise an die Fernvermittlung weiter, daß die Telefonistin wiederholt nachfragen mußte, und lauschte dann den spannungsgeladenen Rhythmen von Ferngesprächsverbindungen – *tack-a-tack-klicketa-klick-klick* –, während ich den Hörer vorsichtig in der bandagierten Hand hielt. In New York mußte es etwa acht Uhr früh sein.

Als die Verbindung irgendwann zustande kam – mit endgültigem, entschlossenem und klimaktischem Klicken –, wagte meine Stimme den Sprung in die Leere am anderen Ende: „Hallo?" fragte ich. „Hallo?"

Es war nur ein Tonband: die Nummer hatte sich geändert. Ich malte auf der verschmierten Fensterscheibe herum, während die Telefonistin es bei dem neuen Anschluß probierte, und wieder warteten wir gemeinsam, bis die Mäuse aufgehört hatten, in der Leitung hin- und herzurennen. Man hörte ein fernes Klingeln. Dreitausend Meilen weit entfernt hob Dwight den Hörer ab.

„Hallo, Dwight", sprudelte ich heraus, mitten hinein in die einleitenden Worte der Telefonistin, „ich bin's, Felix." Die Worte kamen in einem hastigen Schwall, es konnte mir nicht schnell genug gehen: Ich hätte schon gedacht, er sei gar nicht zu Hause, ob es ihm gutgehe, bei uns habe es einen kleinen Unfall gegeben. Ja, Phil. Im

Krankenhaus. Verbrennungen. Mir ging es gut, jaja, bloß ein bißchen durcheinander.

Er murmelte etwas von einem merkwürdigen Zufall. Ich bat ihn, mir etwas vorzulesen, irgend etwas, ganz egal von welchem Tag. Wie wär's mit dem heutigen Datum im Jahr 1965? sagte ich. Ich bin total fertig, sagte ich. Hilf mir. Lies mir was vor. Egal, ob du zu spät zur Arbeit kommst.

Irgend etwas stimmte nicht. Seine Stimme klang eigenartig, und einen Moment lang kam es mir vor, als hätte ich mich verwählt. „Dwight?" fragte ich.

„Das ist ein merkwürdiger Zufall." Das hatte er eben schon gesagt. „Ich meine, daß ihr da in Kalifornien auch …"

Ich verstand ihn nicht richtig. Er sprach so leise, daß ich nicht alles hören konnte, was er sagte. „Dwight!" brüllte ich. „Ich versteh dich nicht. Was ist los mit dir?"

„Dieses Feuer", begann er.

„Ja, ja", unterbrach ich. „Aber es ist ja alles gut. Wir sind mit einem blauen Auge davongekommen. Phil wird schon morgen aus dem Krankenhaus entlassen."

„Nein", sagte er.

„Lies mir was vor."

„Ich kann nicht. Ich rede von dem Feuer *hier*, in meiner Wohnung. In meiner alten Wohnung."

Es dauerte einige Zeit, bis ich begriffen hatte. Fassungslos hörte ich zu, während er stockend erzählte, was passiert war. Das ganze Haus, in dem Dwight gewohnt hatte, war abgebrannt. Vor zwei Wochen, tagsüber, während er bei der Arbeit war. Er hatte alles verloren, seine gesamten Aufzeichnungen, jede Notiz, jede Zahl, auch das allerletzte Bruchstück der Vergangenheit. Er sagte, es sei, als hätte er nie gelebt. „Das darf doch nicht wahr sein", sagte ich.

„Ist aber wahr." Er sprach gepreßt, angestrengt. „Ich versuche, mich zu erinnern", sagte er. „Seit zwei Wochen bin ich nicht mehr arbeiten gegangen – ich versuche andauernd, alles zu rekonstruieren oder jedenfalls *irgendwas* schriftlich festzuhalten."

Ich sah in die Nacht hinaus, las die Graffitis im Schmutz auf dem Telefonzellenfenster – *Al & Jolene, Leckt mich alle! Willits vor!* – und betrachtete das grell erleuchtete Innere des durchgehend geöffneten Ladens, wo der Angestellte gerade einem Kunden zunickte. Niemals geschlossen. Wir verkaufen alles, was Sie brauchen. Milch,

Rasierklingen, Whiskey, Tabletten gegen Sodbrennen. Es war ein sauberer, gutbeleuchteter Laden.

„Erinnerst du dich an Mrs. Gold? In der dritten Klasse? Da saßen doch ich, Bobbie Bartro und Linda Lurlee ganz hinten vor der Karte des Mississippi-Deltas, weißt du noch? Und du hast, warte mal, wo hast du gesessen – zwei Reihen weiter, oder? Hinter Wayne Moore. Aber ich hab vergessen, wo Phils Platz war ... und den Namen von dem Mädchen mit den Zöpfen und den Pferdezähnen – Nancy Soundso –, die dann in der fünften abgegangen ist."

Es klang wie ein monotones Klagelied, Suche nach der verlorenen Zeit und Grabrede in einem. Ich konnte ihm nicht mehr zuhören. „Dwight", sagte ich. „Dwight."

„Anscheinend werde ich senil. Wirklich, das meine ich ernst. Zum Beispiel das Spiel damals in der Baseball-Kinderliga, das war mit zwölf – unser Team hieß die ‚Condors', weißt du noch? Und zwar meine ich das Spiel gegen die ‚Crows', oder waren das jetzt die ‚Orioles'? Egal, jedenfalls ist doch Murray Praeger mit irgendwem zusammengekracht und bewußtlos geworden, nicht? Das weiß ich alles noch. Aber es ist unglaublich, ich krieg einfach nicht mehr alles zusammen: Mir fällt partout nicht ein, ob wir damals gewonnen oder verloren haben –."

„Dwight", sagte ich. Und dann hängte ich ein.

Ich fühlte mich, als hätte jemand meine Nerven mit einem Spargelschäler bearbeitet. Die Hände mit Mull umwickelt, das Gesicht dreckverschmiert, abgerissen wie ein zerlumpter Penner, so stand ich in der Telefonzelle wie ein Bittsteller, starrte den toten Hörer an, als würde er gleich zum Leben erwachen, als rechnete ich irgendwie damit, daß Dwight zurückriefe, um mir zu erzählen, das Ganze sei bloß ein Witz gewesen. Irgendwann kam ein Pritschenwagen auf den Parkplatz gerollt, zwei Männer in Overall und Schirmmütze stiegen aus und schlenderten in den Laden, wo ihnen der übermüdete Verkäufer Kaffee in Pappbechern servierte. Die Zeit blieb nicht stehen.

Ich fiel in den Toyota hinein wie ein Toter, erweckte den Motor zum Leben, schaltete die Scheinwerfer ein. Abgase drangen durch die Bodenplatte herein, das abgerissene Auspuffrohr klapperte wütend gegen eine Blattfeder. Drei bleiche Gesichter starrten mir aus dem neongrellen Refugium des Ladens nach, als ich rückwärts ausparkte, krachend den Gang einlegte und mit lautem Quietschen auf die Straße hinausschoß. Plötzlich fühlte ich mich verrückt, närrisch, wie ein Psychopath. Komm doch und hol mich, Jerpbak! dachte ich, während ich die Kupplung trat und in der Kurve leicht schleuderte. Als ich die Ortsgrenze erreicht hatte, war ich schon wieder auf hundertzehn. Ich drehte um und röhrte von neuem quer durch das verschlafene Nest. Ich stellte mein Schicksal auf die Probe, wollte wissen, wie zielsicher die Kiefer zubeißen konnten. Nichts passierte.

Nach einer Weile kam ich irgendwie vom Wege ab, irrte durch ein verwinkeltes Netz von Nebenstraßen, und auf einmal befand ich mich auf dem breiten, von Bäumen gesäumten Korridor der Oak Street. Ich fuhr jetzt Schrittempo, der Auspuff gab nur ein gedämpftes Grollen von sich. Meine Hände lagen auf dem Lenkrad, der Fuß berührte das Gaspedal, aber der Wagen bewegte sich nach seinem eigenen Willen vorwärts, mit dem Schicksal ließ sich nicht rechten. Häuser glitten vorbei, weiße Jalousien, Lattenzäune, schattenspendende Bäume, dann eine Ladenzeile. Ich betrachtete mich im Rückspiegel. Die rotgeäderten, kummervollen Augen lagen tief in den knochigen Höhlen wie klaffende Wunden. Ich wischte mir einen schwarzen Fleck auf der Nase weg und versuchte, mit der Hand das Haar ein wenig zu glätten. Die Scheinwerfer glichen Tentakeln, die mich vorwärts zogen.

Der Laden war dunkel. Ich ging zur Treppe auf der Rückseite des Hauses. Ein weißes Geländer, gespenstisch. Topfpflanzen, die Blätter schwarz und seidig anzufühlen, in den Büschen irgendwo ein liebestoller Kater, der Geruch nach Rosmarin oder Basilikum. Ich stolperte auf der ersten Stufe und ruderte mit den Armen hilflos in der Finsternis wie ein in Panik geratener Schwimmer; etwas fiel mit dumpfem Krachen zu Boden. Ich ging weiter. Ich dachte nicht nach, wollte nicht nachdenken.

Im nächsten Augenblick stand ich schweratmend auf dem Treppenabsatz im ersten Stock und spähte in die Tiefe unter mir hinab. Auch hier Topfpflanzen. Ich drehte mich zur Tür, die Knöchel zum Klopfen bereit, nur nicht nachdenken, nur nicht nachdenken, als mein Schädel abrupt mit etwas in Kontakt kam, das eine in Augenhöhe aufgehängte Bowlingkugel sein mußte. Es traf mich einmal, knallhart, dicht über dem Nasenrücken, schwang dann ins Nichts davon und versetzte mir einen zweiten Schlag, diesmal auf den Scheitel meines gesenkten Kopfs. Schlagartig empfand ich helle

Verzweiflung. Ich hatte eigentlich unterwürfig klopfen wollen – immerhin war es kurz nach fünf Uhr morgens –, oder zumindest irgendwie witzig, jetzt aber hämmerte ich gegen die Tür wie die Gestapo. *Wumm, wumm, wumm.*

Von drinnen hörte ich konfuse Geräusche: scharrende Füße, tastende Hände. Ein Licht ging an, jemand rief etwas. *Wumm, wumm, wumm,* hämmerte ich. Dann das Außenlicht, gelb wie Senf. Ein schwingender Hängetopf materialisierte sich aus dem Nichts und trudelte dicht an meinem rechten Ohr vorbei; von unten sah mich ein keramischer Zwerg etwas unschlüssig an. „Okay, okay", kam die Stimme von drinnen, „ist ja gut." Ich stellte das Gepolter ein. Man hörte die Geräusche eines Schlüssels im Schloß, ein Riegel schob sich zurück.

Ich breitete die bandagierten Hände aus, hob die Schultern in einer flehentlichen Geste: Ich war bereit zu kapitulieren.

Kapitel 3

Petra stand in der Tür, ihr Gesicht weich und verschlafen, die Hand hielt einen Kimono mit aufgestickten Drachen am Hals zusammen. In ihren Augen malten sich abgrundtiefe Verblüffung, Unverständnis und Bestürzung, als wäre sie soeben aus dem Tiefschlaf erwacht und aufgefordert worden, die fünfzig Titel der Harvard-Klassiker oder die Hauptstädte aller Länder rings um die Südchinesische See, angefangen mit Borneo, alphabetisch aufzusagen. Eine Katze mit großem, kantigem Kopf strich ihr um die nackten Fußknöchel, blieb dann abrupt stehen und blinzelte mißtrauisch zu mir hinauf.

Ich hatte das Gesicht zu einem angestrengten Grinsen verzogen, das mittlerweile erstarrt war, so daß ich ausgesehen haben muß wie ein Bestattungsunternehmer in einer Geschenkboutique. Da mir nichts einfiel, was ich hätte sagen können, grinste ich noch etwas breiter.

„Felix?" sagte sie. Es war eine Frage.

Ich nickte.

Diesem Wortwechsel folgte eine Stille, die sich unangenehm in die Länge zog. Ich suchte verzweifelt nach irgendeiner witzigen Einleitung, dem *mot juste*, mit dem das Eis gebrochen und ein beiderseitiger Schwall verbalen guten Willens ausgelöst würde, während Petras anfänglich verwirrter Blick allmählich einem wutentbrannten Funkeln des Wiedererkennens Platz machte. Sie studierte mein zerwühltes Haar, mein dreckiges Gesicht, meine angekohlten Kleider und die wie Mumien umwickelten Hände, wobei sie sich ohne Zweifel in Erinnerung rief, daß ich bei unserer letzten Begegnung ein Benehmen an den Tag gelegt hatte, das exzentrisch genug gewesen war, um als beleidigend aufgefaßt zu werden, und daß unser einziger Kontakt seitdem in meinen wahnwitzigen, endlosen, fordernden, liebeskranken Briefen bestanden hatte, im Vergleich zu denen die *Nachrichten aus einem Kellerloch* als heiterbesinnliche Erinnerungen eines klaren Geistes gelten konnten. Hinter ihr sah ich blankes Linoleum, ein Keramikschwein beim Fressen von Keramikmais, und noch mehr Pflanzen. „Es tut mir leid", fing ich an, starrte auf meine Füße und verlor vollends den Faden: Ein ausgezacktes Loch von der Größe eines Silberdollars hatte sich durch den Stoff meines rechten Turnschuhs gefressen, die Socke darunter anscheinend aufgelöst und legte nun die Phalanx meiner vorderen Zehengelenke frei. Steif, nackt und rot lagen die Zehen da und sahen aus, als sollte man sie am besten aufknakken und in zerlaufene Butter tunken.

Die Katze strich um Petras Beine. Aus dem Augenwinkel sah ich, daß der hin- und herschwingende Blumentopf an Dynamik verloren hatte, er wurde langsamer wie die Taschenuhr eines Hypnotiseurs. In dem Zeitraum, in dem ich jetzt schon auf dieser Schwelle stand und nach Worten suchte, waren Zinsen angesammelt und Schwüre geleistet worden, eine Legion müder alter Männer hatte den letzten Atemzug getan und die weltweite Armee hohläugiger Witwen hatte inzwischen genug Tee gekocht, um alle Erdöltanks von Houston füllen zu können. Schließlich trat Petra zurück und hielt mir die Tür auf. „Mein Gott", sagte sie, „was war denn das – ein Autounfall?"

Ich erzählte ihr alles.

Wir saßen am Küchentisch, inmitten eines Dschungels aus Maisstauden, Gummibäumen, Drachenbäumen, Buntnesseln und Usambaraveilchen, nippten an Tassen mit Gerstenkaffee und sahen zu, wie die Nacht im Osten zerbröckelte. Währenddessen erzählte ich von unserem Musterloch, von dem Bären, von der halben Million Dollar, die nun schon öfter zusammengestrichen worden war als das staatliche Kunstförderungsbudget. Ich erzählte ihr von Gesh, Phil, Vogelsang, Sapers, Marlon, vom Regen, von der Hitze, von Klapperschlangen, Flugzeugen und Giftsumach. Und ich erzählte ihr von dem Feuer.

Der Himmel war fahl, und die Bäume vor den Fenstern wurden heller, als wäre ein Filter beiseite gezogen worden, als ich meine Apologie mit dem gräßlichen Bericht über das Krankenhaus und Jerpbaks jüngstes Opfer schloß. „Ich hab seine Autoschlüssel in den Wald gepfeffert", sagte ich, und bei der Erinnerung wurde mir gleich etwas besser.

Petra stand vom Tisch auf und stellte den Kessel wieder auf den Herd. „Noch etwas Gerstenkaffee?"

Gerstenkaffee. Er schmeckte wie ausgekochte Schlacke. „Klar", sagte ich.

Ich redete schon über eine Stunde lang. Zögernd und schuldbewußt hatte ich angefangen, mit einer verunglückten Anspielung auf mein Verhalten beim Rinderzüchterfest, dann starrte ich auf den denkwürdigen Anblick meiner gefalteten Hände hinab. „Ich hab dir was verheimlicht", sagte ich. Ihre Miene hatte zwischen zornig, müde, mitfühlend und beunruhigt changiert, als sie mich hereingelassen und mir einen Stuhl angeboten hatte; doch jetzt musterte sie mich voller Aufmerksamkeit und äußerst konzentriert: Die Enthüllung des Rätsels stand unmittelbar bevor. Ja, ich hatte ihre Freunde beleidigt, hatte sie bei unserer ersten und einzigen Verabredung sitzengelassen, hatte sie mit geschwätzigen Briefen genervt, und jetzt tauchte ich um fünf Uhr früh vor ihrer Tür auf – aber es gab mildernde Umstände. Ich war ein netter Typ – vertrauenswürdig, loyal, geradlinig und sympathisch –, wirklich, das war ich. „Wir sind gar nicht zur Erholung hier", sagte ich.

Ihr Gelächter überraschte mich. Sie strich leicht über die Verbände auf meiner Hand. „Das sieht man", sagte sie.

Ich quittierte ihren Scherz mit einem verkniffenen, wehmütigen Lächeln und senkte dann wieder den Kopf. „Wir bauen Gras an."

Petra blickte mich seltsam an, als wäre ich gerade in diesem Moment aus dem Dunkeln ins Licht getreten, als hätte ich mich gemausert, eine fremde Haut abgeworfen und mich in eine vertraute Form verwandelt. „Darum geht's also", sagte sie und lächelte ein wunderschönes, warmes Lächeln. „Hätte ich mir ja denken können. Und ich dachte schon, du wärst schizophren oder so was. Oder verheiratet." Sie betrachtete mich über den Rand ihrer Tasse, ihre Augen funkelten amüsiert. „Erinnerst du dich an Teddy? Und an Sarah?" Ich nickte. Ich wollte es hinter mich bringen, ihr all die jämmerlichen Details erzählen, ich wollte mich rechtfertigen, ich wollte Vergebung. „Die haben auch ein Feld. Genau wie Alice übrigens." Sie machte eine Geste in Richtung des dunklen Fensters. „Ich hab selber fünf Pflanzen, irgendwo da draußen zwischen dem Pampasgras. Jeder hier in der Gegend baut was an – das ist doch nichts Besonderes."

Dies war der Augenblick für mein Geständnis, ja, mein Augenblick der Demütigung, meine Selbstgeißelung – aber damit ging sie zu weit. Glaubte sie denn, ich wäre ein Hanswurst, irgendein Wochenend-Schrebergärtner, irgend so ein Teddy? „Ich rede hier von zweitausend Pflanzen."

Sie zuckte die Achseln. „Alice kennt einen Typ oben in Humboldt County mit doppelt so vielen. Der hat sein eigenes Flugzeug, zweimotorig. Letztes Jahr hat er sogar dem Sheriff dort was für die Wiederwahl gespendet."

Was sollte ich noch sagen? Wir waren Verlierer, arme Idioten, Dummköpfe erster Ordnung. Weder bestachen wir Politiker, noch erkundeten wir den Himmel – wir waren ja viel zu beschäftigt damit, vor unseren eigenen Schatten zu erschrecken und unseren Schuppen anzuzünden. Ernüchtert gab ich nun jeden Versuch auf, ihr wie ein Macho-Rauschgiftkönig zu kommen, und rückte mit der Wahrheit raus. Ich beschrieb unsere zügellose Paranoia, unsere Xenophobie, unsere selbstauferlegte Isolation. Ich erzählte ihr von den schlaflosen Nächten, von der Panik beim leisesten Knattern eines Verbrennungsmotors, von dem Mißtrauen, das sich wie Säure in den Alltag fraß. Ich erzählte ihr, daß Vogelsang auftauchte und wieder verschwand wie ein Waldgeist, daß Phil nicht mal zum Schlafen seine Turnschuhe auszog, daß Dowst jedesmal von uns verlangte, wir sollten den Hundert-Dollar-Schein, den er uns zum Einkaufen gab, *vor* dem Einkaufen wechseln, da seiner Theorie zufolge nur Marihuana-Pflanzer an der Supermarktkasse mit Hundertern herumwedelten. Sie lachte. Und ich auch. Es war eine Riesenkomödie, diese Geschichte, richtiges Slapstick. Wir waren lächerlich, wir waren Narren, Dummköpfe, Phantasten – ein Konglomerat aus Ponce de Léon, Percival Lowell und Donald Duck.

Als ich ihr alles erzählt hatte – die ganze Geschichte, die gleichermaßen zum Lachen wie zum Heulen war –, sagte sie „armer Felix" und strich mir noch einmal über die Hand. Dann fragte sie, ob ich noch etwas Gerstenkaffee wolle.

Als ich sie jetzt so am Herd stehen sah, als die ersten Sonnenstrahlen am Fenster leckten und ihren Kimono in grellen Farben entflammten, verspürte ich zum erstenmal seit Monaten eine tiefe innere Ruhe. Die Hitze des Feuers hatte mich gestählt, die Absolution war mir erteilt, ich drehte die Tasse in meinen unförmigen Händen und fühlte mich wie der heilige Antonius beim Verlassen des Grabes. Ich hatte mein schwärendes Geheimnis preisgegeben, und es war nichts passiert. Petra war nicht kreischend aus dem Zimmer gestürzt oder hatte die Polizei angerufen, niemand vom Rauschgiftdezernat hatte die Tür eingetreten und mir eine Pistole in die Schläfe gebohrt, die Sterne standen noch am Firmament, und das Meer umspülte die Gestade. Nichts Besonderes, hatte sie gesagt. Das stimmte. Immerhin hatte ich nun endlich einmal die Dinge ins Lot gebracht, den Klammergriff der Ereignisse für eine Weile abgeschüttelt und erkannte die ganze Absurdität unserer Lage. Wenn es wirklich so ist, daß in gelassener Rückschau größtes Leid die besten Geschichten abgibt – oder jedenfalls die lustigsten –, dann war diese einfach umwerfend. Indem ich sie erzählt hatte, war sie entschärft worden, rückblickend hatte ich das ganze Elend neutralisiert, die Tragödie auf die leichte Schulter genommen. Mein Urlaub in Belize? Ach na ja, beim Schnorcheln zwischen den Riffs hat die Sonne mir acht Hautschichten auf einmal verbrannt, dann hab ich noch die Gelbsucht erwischt, direkt vor dem Gerichtsgebäude bin ich ausgeraubt worden, und danach hatte ich noch einen ganzen Monat lang mit dem Dünnpfiff zu kämpfen. Ha-ha-ha.

Petras Kimono war bis zum Oberschenkel geschlitzt. Ihre Haut war gebräunt, ebenmäßig, glatt wie die klatschende Handfläche einer Masseuse. Ich spürte eine tiefe Dankbarkeit für dieses mir preisgegebene Stück Haut, für das hübsche, spitz zulaufende braune Dreieck, und ich war ganz darauf konzentriert, es zu betrachten, als sie sich zu mir wandte und fragte, ob ich Hunger hätte. Ich hatte keinen. Umgeben von einem Lichtkranz, stand sie vor mir und sah mich an, als wäre ich ein Kind auf einem UNICEF-Poster. „Weißt du was?" fragte sie schließlich, in der Hand zwei frische

Tassen mit dampfendem, widerlichem Gerstenkaffee, „du siehst echt schlimm aus."

Mir gefiel der Tonfall dieser Bemerkung, mir gefiel ihre Besorgtheit. Schließlich hatte ich nicht an ihre Tür geklopft, um Gleichgültigkeit, Schimpf und Zurückweisung, sondern um Sympathie zu erhalten. Sympathie und vielleicht sogar ein wenig Zärtlichkeit. Ich hob die Augenbrauen und zuckte die Achseln.

Sie sprach etwas leiser. „Eigentlich kannst du ruhig die Nacht über hierbleiben", sagte sie. „Ich meine, zum Frühstück jedenfalls."

Ich mochte die Nachwirkungen meiner kathartischen Nacht gespürt, mochte mich bleiern und schlaff gefühlt haben, jetzt aber war ich auf einmal hellwach wie ein Bluthund vor der Fütterung. Mein erster Impuls war, die Einladung abzulehnen („Das ist doch wirklich nicht nötig; o nein, nein, das kann ich nicht annehmen"), doch ich unterdrückte ihn. „Ich würde sehr gern hierbleiben", sagte ich. Ich sah ihr in die Augen, als sie die Keramiktasse vor mich hinstellte – die Tasse zeigte ein ganz erstaunliches Muster, bei den erhabenen Figuren schien es sich um tanzende Nymphen und Satyrn zu handeln –, und setzte hinzu: „Das wäre toll. Wirklich. Du kannst dir gar nicht vorstellen, wie öde es auf der Farm da oben ist. Vor allem jetzt."

Ich warb um ihr Mitgefühl, versuchte ihre Laune auszuloten. Lud sie mich ein, den Rest der Nacht bei ihr zu verbringen, so wie eine barmherzige Samariterin einen Lahmen aus der Kälte hereinbitten würde, oder lud sie mich ein, das Bett mit ihr zu teilen, mich an sie zu klammern, zu umarmen und sie zu vögeln wie ein echter Könner? Sei es aus Unsicherheit oder aus Nervosität, ich quatschte immer weiter über die Zustände im Sommerlager – den Gestank des verbrannten Mülls und der Exkremente, den Tanz der Ratten und Spinnen, die knochentrockene Luft dort oben, die sengende Sonne, die verdreckten Matratzen und die widerspenstigen Wasserhähne –, als sie mich unterbrach. „Vielleicht möchtest du duschen", sagte sie.

„Ja, ja" stimmte ich heftig nickend zu, „duschen."

Auf einmal stand ich auf, sah sie scharf an, wartete täppisch auf irgendeinen ersten Schritt, eine Berührung, einen Kuß, alles war unsicher, der Moment hing in der Schwebe wie ein gefangenes Insekt im Netz. Sie stand einen Meter vor mir. Das Morgenlicht, das Keramikschwein, ein Herd, der funkelte wie die Flanke einer

Viking-Sonde. Sie nippte an ihrem Gerstenkaffee, erwiderte meinen scharfen Blick, schürzte die Lippen, um auf ihre Tasse zu pusten. Jetzt, dachte ich und zögerte immer noch.

„Zur Dusche geht's hier lang", sagte sie, stellte die Tasse ab und schwebte in einem rauschenden Strom von Drachen und Lotosblumen durch die Küche. Das Wohnzimmer lag links, ihr Schlafzimmer rechts. Sie stand an der Tür des in Zwielicht getauchten Schlafzimmers – Bett, Kommode, Patchwork-Steppdecke – und winkte mich herein. Verschwommen starrte mich aus der hinteren Ecke eine Schar Keramikfiguren aus gramvollen, bekümmerten Augen an, aus denen vertane Chancen und ruinierte Hoffnungen zu sprechen schienen. Ich folgte ihr durch den Raum, vorbei an der breiten, buntscheckigen Ebene des großen Doppelbetts und an den Augen der düsteren Figurinen. Dann schwang die Badezimmertür auf, blaues Unterwasserlicht fing sich auf den dicken, beschlagenen Fensterscheiben, durch die die Sonne strahlte. „Hier hast du ein Handtuch", sagte sie, schob mir Frottee in die bandagierten Hände, und dann stand ich im Bad, die Tür schloß sich, klick, und sie war weg.

Die Hose war eine Plage. Mit Fingern wie Zementklötze fummelte ich am Knopf, am Reißverschluß. Schließlich fiel sie zu Boden: verkohlt, zerfetzt, nach Qualm und getrocknetem Schweiß stinkend. Dann der Rest: Turnschuhe, die direkt in den Mülleimer gehörten, zerlumptes T-Shirt, Unterhose und Socken, die rochen, als hätte man damit den Umkleideraum nach dem Entscheidungsspiel aufgewischt. Die Fliesen unter meinen Füßen fühlten sich kühl an, die Fenster schimmerten. Ich war nackt, und das in Petras Badezimmer. Obwohl die Dusche wartete, konnte ich mich nicht beherrschen: Ich stöberte in ihrem Medizinschränkchen – man nehme zwei morgens, zwei abends, der Rest wird an die Enten verfüttert – und untersuchte den Korb mit ihrer Schmutzwäsche. Ich betrachtete ihre Unterhosen, ihre Make-up-Utensilien, ihre Artefakte und ihre Totems. Ich benutzte ihre Zahnbürste. Zählte ihre Pillen zur Empfängnisverhütung, nahm einen Schluck Mundwasser und gurgelte gründlich damit, fand eine Plastikflasche mit etwas, das nach Valium aussah, schüttelte zwei Tabletten heraus und schluckte sie. Dann schob ich die Milchglastür der Duschkabine auf, trat hinein und empfing den ersten zischenden Wasserstrahl wie eine junge Braut die rituelle Waschung.

Eine Minute verging. Zwei. Das Wasser umspülte meine Füße, ich senkte den Kopf unter der Brause und hielt die Hände in die Höhe, um die Verbände nicht naß zu machen. Als die Tür aufgeschoben wurde, wandte ich mich um wie ein Ratsuchender vor dem Orakel. Petra lächelte. Der Kimono glitt an ihr herunter, und die Nacktheit dieses so interessanten Beins breitete sich über ihren ganzen Körper aus. Das Wasser prasselte auf mich, auf uns nieder, reinigend und läuternd, und spülte alle Sünden ab. „Ich dachte, du könntest ein wenig Hilfe gebrauchen", murmelte sie und legte die Arme um mich. „Wegen deiner Hände und so."

Phil erwartete uns zwischen den Plastikfarnen auf dem Korridor des Frank R. Howard Memorial Hospital. Zuerst erkannte ich ihn gar nicht. Er saß mit dem Rücken zu uns in einen Lehnsessel aus orangerotem Lederimitat gelümmelt und blätterte in einer zwölf Jahre alten Ausgabe von *Reader's Digest.* In einem Rollstuhl neben ihm döste ein alter Mann, der so ausgemergelt war, daß sein Fleisch wie aufgemalt wirkte, direkt gegenüber saß eine dicke, stämmige Frau mit breitem Gesicht, die Nina Chruschtschows Cousine hätte sein können, und schälte ungerührt eine Banane. Ich trat durch den Haupteingang, Petra an meiner Seite, und warf einen Rundblick auf das zerschlissene Linoleum, die klapprigen Rollbetten, den Tisch aus Kiefernholz, auf dem nun ein Schild ANMELDUNG stand, das Häuflein Patienten, das auf den billigen Sitzmöbeln zwischen Plastikblumen wartete. Ich sah den mechanisch nickenden Greis, ich sah Phils Hinterkopf (nur war es gar nicht Phils Kopf, es war der kahlgeschorene und bandagierte Schädel eines Fremden, irgendeines armen Pechvogels, vor dessen Leiden man instinktiv und mitleidig den Blick abwendet). „Vielleicht ist er ja noch in seinem Zimmer", sagte ich und zog Petra zu dem Tisch, wo man sich anmeldete.

Weg war die säuerliche Nachtschwester. Statt ihrer strahlte uns nun ein mütterlicher Typ an; sie verteilte ihr Lächeln wie edel verpackte Bonbons. „Kann ich Ihnen helfen?"

Die Tür zum Notaufnahmeraum hinter ihr stand offen; er war leer, die blutige Spur des Jungen weggewischt. „Phil Cherniske", sagte ich mit einem seltsamen Déjà-vu-Gefühl, das mich ins Gefängnis von Eldorado County zurückversetzte. Ich hatte das Krankenhaus vor einer halben Stunde von Petras Wohnung aus angerufen, und da hatte Phil mir gesagt, er wäre schon wieder ganz in Ordnung – nur alles etwas wund, sonst nichts – und er würde um zwei in der Halle auf mich warten. Jetzt war es zehn nach. „Sollte der nicht entlassen werden?"

Sie sah mich mit eigenartigem Blick an, abrupt zog sich ein Gespinst von Fältchen über ihr Gesicht und verdrängte das Lächeln. „Aber da drüben sitzt er doch", sagte sie und deutete auf das Trio zwischen den Farnwedeln.

Petra und ich drehten uns um, im selben Moment erwachte der alte Mann im Rollstuhl und rief etwas Unverständliches, Ninas Cousine steckte sich eine halbe Banane in die Backentasche, und Phil blickte von seiner Lektüre auf. „Phil!" krähte ich so laut, daß es durch den Korridor schallte. „Hier bin ich!"

Er stand auf. Bleich wie ein Fisch, in seinen rußgeschwärzten Jeans, den dreckverkrusteten Arbeitsstiefeln und einem blaßgrünen Krankenhausumhang, der hinten offen war und Verbände über Verbände sehen ließ; er sah aus wie ein Invalide, wie ein Flüchtling oder ein Stadtstreicher. Sie hatten ihm den Schädel kahlrasiert, und von der linken Seite des Kopfes stand eine Protuberanz aus Pflastern und Mullverbänden ab, die er trug wie ein flottes weißes Barett. Ich ging auf ihn zu und umarmte ihn à la Gary Cooper, wobei ich ihm mit meinen bandagierten Händen nur ganz vorsichtig auf die bandagierten Schultern klopfte. „Um Himmels willen", sagte ich und machte einen Schritt rückwärts, „du siehst ja grauenhaft aus."

Phils widerspenstige Augäpfel standen ausnahmsweise parallel, und er musterte mich prüfend von Kopf bis Fuß, auf den Lippen ein sardonisches Lächeln. Ich trug die löchrigen Turnschuhe, meine zerfetzte Hose und eine Pfadfinderbluse von Petra, die mir derart zu klein war, daß sie aussah wie ein Lätzchen. Und natürlich meine Verbände. „Du siehst auch nicht gerade aus, als hättest du den Tiger im Tank, Alter."

„Aber es geht dir gut, ja?" wollte ich wissen. Sein rechter Arm war verbunden und abgepflastert, ebenso Brust, Rücken und Schultern. Wenn irgendwo ein Stück Haut zwischen dem Mull hervorschaute, dann war es rot und wund, als wäre jemand mit der Käsereibe drübergegangen.

Phil zuckte die Achseln. „Ich soll die Verbände hier jeden Tag wechseln und mich mit so 'nem Zeug einschmieren, das aussieht wie grüne Zahnpasta ..." Er brach mitten im Satz ab, starrte mich verwirrt an und dann an mir vorbei auf Petra, als wäre sie eine Kreuzung zwischen der Dragon Lady und Keats' Belle Dame Sans Merci.

Ich drehte mich um und legte ihr sanft den Arm um die Hüfte. „Phil", sagte ich, „das ist Petra. Petra – Phil."

Phil drückte ihr mechanisch die Hand.

„Wer zum Teufel sind Sie?" meckerte auf einmal der alte Mann im Rollstuhl die dicke Frau an, die immer noch kaute. Sie hatte ganz ruhig im Sessel gesessen, ins Leere gestarrt und geistesabwesend die Bananenschale in den Händen gedreht, als würde sie Ton formen. „Ja, Sie meine ich", brüllte der Alte. „Sie Wabbelgesicht. Verfickt, bepißt und zugenäht! Was erlauben Sie sich, hier in mein Badezimmer reinzukommen?"

Die Frau wirkte entgeistert und verschreckt, als hätte sie jemand bei einer politischen Säuberungsaktion denunziert und einem johlenden Mob ausgeliefert. Sie erhob sich, raffte eine Handtasche von der Größe eines Schweinekopfs an sich und blickte sich hektisch um, während wir den Korridor entlanggingen, bloß weg von dem Tumult. Phil sah mich mit einem Ausdruck an, der soviel hieß wie Bist-du-bescheuert-oder-was? – der Ausdruck des verratenen Verschwörers, ungläubig, zutiefst verletzt. Ich achtete nicht darauf.

Wir traten durch die Doppeltür in den Sonnenschein hinaus. Ich hielt Petras Hand; mir schien, daß ich sie gar nicht mehr loslassen konnte. Noch nie im Leben hatte ich mich besser gefühlt. „Ich hab ihr alles erzählt, Phil", sagte ich.

Er blieb wie angewurzelt stehen. Petra versuchte ein schiefes Grinsen; ich setzte mein nüchternes Anklagebank-Lächeln auf. Lange standen wir drei auf der Einfahrt und sahen uns an wie Footballspieler beim Besprechen eines Passes. Ich beobachtete, wie Phil die Neuigkeit aufnahm, wie seine Lippen und Augen eine Miene nach der anderen anprobierten, mögliche Reaktionen durchgingen wie Schlipse auf einem Ständer – er sah aus wie ein Komiker bei dem Versuch, König Lear, Cordelia und den Narren gleichzeitig zu spielen. Schließlich zuckte er einfach die Achseln und grinste uns an: kahler Kopf, grüner Umhang, wilder Blick, ein Zahnlückengrinsen. „Wenigstens hast du's noch keinem Fernsehreporter erzählt ... oder etwa doch?"

Das Café, das Petra zum Frühstück/Mittagessen aussuchte, war – natürlich – genau jenes Etablissement, das Schauplatz meiner ersten paranoiden Episode gewesen war – als ich Jerpbaks Phantom heraufbeschworen und einen regelrechten Starrkrampf entwickelt hatte, während Phil quietschvergnügt die Abenteuer des intergalaktischen Helden Bors Borka zum besten gab. Das war im April gewesen. Seither hatte ich einen großen Bogen um die Bude gemacht. Und jetzt, als ich den Toyota auf den Parkplatz lenkte und vor dem Schlackenstein-Fundament zwischen den unvermeidlichen Pritschenwagen und staubigen Ford-Limousinen zum Stehen kam, spürte ich einen ganz leisen Schauer durch mein Verdauungssystem prickeln. Phil laberte irgendwas über das Essen im Krankenhaus, er merkte wieder mal gar nichts. „Zum Frühstück haben die Wackelpudding mit Zitronengeschmack serviert, oben drauf ein beschissener Klecks von diesem Schlagsahneersatz – ihr wißt schon, so werden sie die Rückstände aus der Glasfaserproduktion los. Und mittags gab's dann Wackelpudding mit Traubengeschmack und Fruchtcocktail aus der Dose. Na ja, und das war's auch schon. Weder Brot noch Fleisch, keine Milch, keine Eier, gar nichts. Wakkelpudding." Er kratzte sich den kahlgeschorenen Kopf. „Vielleicht sind da neuerdings irgendwelche Wunder-Nährstoffe drin oder so."

„Ja, hast du davon nichts gehört?" fragte Petra. „Das ist doch gut gegen Krebs."

Lachend gingen wir die Stufen zum Eingang hinauf, grinsend wie Idioten betraten wir das Café. Es war ziemlich voll. Gestärkte Dauerwellen, Cowboyhüte, Zigarettenrauch, fortwährendes Geklapper von billigem Besteck, lebhafte Unterhaltungen und das leise Country-Dröhnen der Musikbox. Petra ging mit uns an ein paar besetzten Tischen vorbei nach hinten zum Fenster durch, als mich auf einmal jemand am Handgelenk packte.

Ich blieb stehen. Sah hinunter. Lloyd Sapers grinste mich an, vor sich einen Teller mit glibbrigem Spiegelei und Grütze. Neben ihm ragte die massige Gestalt des glubschäugigen Marlon auf, ein Fleischberg in einem T-Shirt vom Format eines Bettlakens. Ihm gegenüber saß George Pete Turner und musterte mich argwöhnisch. „Wie geht's, wie steht's?" ließ sich Sapers vernehmen. Dabei wabbelte sein Doppelkinn auf und nieder wie ein Gummiball. „Sieht aus, als wäre euch da oben ein kleines Mißgeschick passiert, hä?"

Phil und Petra hatten sich umgedreht und blickten mich fragend an. Wie oft hatte ich das nun schon durchgemacht, dachte ich, während ich Sapers' gespielt unschuldige Miene betrachtete, die über seinen Zügen lag wie ein Drachen im Wind. Wie oft hatte ich für diese Bande von inzüchtigen, tabakkauenden, Fascho-Mistschauflern schon den Prügelknaben abgegeben? Aber die Lage hatte sich geändert. Ich war durchs Feuer gegangen, mein Leben war erneuert worden. Ich riß die Hand weg. „Was geht Sie das an?" schnauzte ich.

„Man fragt ja bloß mal", grölte Sapers, als spräche er mit dem ganzen Restaurant. Ein schlaues Grienen legte seine Bartstoppeln in Falten, und er leckte sich die Lippen. „So als guter Nachbar."

„Ach, ein guter Nachbar wollen Sie sein?" fragte ich, beugte mich vor und stützte die zur Faust geballten, verbundenen Hände auf den Tischrand. „Wieso kommen Sie dann nicht endlich mit ein bißchen Bargeld rüber, um den Schaden zu begleichen, den ihr Sohn vor anderthalb Monaten angerichtet hat? Das hatten Sie versprochen, erinnern Sie sich noch?"

Er war aalglatt, dieser Sapers, wie ein Chamäleon, aber damit hatte ich ihn. Sein Gesicht klappte zusammen wie ein Liegestuhl, und er rutschte verlegen auf der Bank herum. Marlon, der eben noch voller Elan über einen doppelten Super-Chili-Beefburger in einem Meer von Pommes frites hergefallen war, wurde knallrot und starrte reglos auf seinen Teller.

„Komm schon, Felix", sagte Phil. Er stand hinter mir, das Krankenhemd in die Jeans gesteckt, vor Ungeduld schon etwas ärgerlich: Er mochte Sapers genausowenig wie ich.

Sapers, nun in der Defensive, murmelte irgend etwas über Trudys Operation und einen Zuchtbullen, der die Ruhr bekommen hatte. Ich schnitt ihm das Wort ab. „Sie sind mir was schuldig!" sagte ich.

Während der ganzen Szene hatte mich George Pete Turner aus seinen bösartigen, schrägen Augen angefunkelt, als wäre er auf Selbstjustiz aus; zweifellos brachte er mich in Gedanken mit dem Verschwinden seiner zukünftigen Schwiegertochter und tausend weiteren Verbrechen in Verbindung, worunter bestimmt auch der ärgerliche Umstand fiel, daß ich in seiner Gegenwart Atemluft und Platz verbrauchte. Jetzt aber wandte ich mich an ihn, richtete mich auf und verschränkte die Arme vor der Brust. Ich fühlte mich wie der entfesselte Shane in dem Film mit Alan Ladd, wie Kid Lightning, die Hände eingebunden, beim Aufwärmen für den Hauptkampf des Abends. „Und du, mein Freund", sagte ich, „bin *ich* nicht *dir* noch was schuldig?"

Die Frage kam für ihn offenbar unerwartet. Er blickte erst Phil, dann Petra an, als könnten sie ihm Aufklärung verschaffen.

Ich war ein Feuerteufel, ein Held, ein Liebhaber. Ich sah ihm scharf in die Augen – zwischen uns lag etwa ein halber Meter – und ergänzte: „Zum Beispiel eine deftige Kopfnuß, wie wär's damit?"

„Hey, hey!" grölte Sapers los. „Wir sind doch alle Freunde hier, oder?"

George Pete war schlaksig, zäh, stramm wie ein Knoten. Er trug ein kariertes Hemd, einen handgegerbten Gürtel und einen schmalen Schlips. Seine Augen hatten die Farbe von Wasserdampf. Er sagte kein Wort.

„Los, komm, steh auf", sagte ich. „Machen wir's gleich hier aus, das schaff ich auch mit zwei bandagierten Händen." Ich weiß nicht, was über mich gekommen war, aber auf einmal war ich durchdrungen von heller Empörung, selbstgerecht wie ein Priester, rachedurstig wie das verbitterte Opfer eines gemeinen Betrugs. Ich war bereit, bis in den Tod zu kämpfen, bereit, jungen Hühnern die Köpfe abzubeißen, zu allem bereit.

Ein Nerv zuckte unter George Petes rechtem Auge. Rings um uns klapperten Teller, summten Stimmen. Marlon ließ das Eis in seinem Glas klingeln, Sapers sagte keinen Ton. George Pete interessierte sich plötzlich sehr für das Muster auf seiner Serviette. „Na gut", sagte ich, und damit endete eine Ära. Ich drehte ihnen verächtlich den Rücken wie der Matador einem feigen Stier und führte Petra und Phil zu einem Tisch in der Ecke.

Etwas hatte sich verändert. Ein kaum merklicher Wandel im kosmischen Gleichgewicht war eingetreten – ich hatte eine neue Kerbe in die Kette des Daseins geritzt, und ich spürte, wie all die Trillionen von Kreaturen auf der Erde, von den glitschigen Amöben und den kringligen Regenwürmern bis hin zu den Horden Chinas, respektvoll ein Stück beiseite rückten, um Platz zu machen wie Fahrgäste in einem vollbesetzten Bus. Wie zur Bestätigung dieser neuen Sachlage reagierte die uralte Kellnerin sofort auf das leiseste Handzeichen, obwohl es rappelvoll war. Sie schenkte uns schwarzen Kaffee ein, frisch gefiltert. Das Essen kam so schnell, daß mich der Verdacht beschlich, der Koch besitze hellseherische Fähigkeiten. Es war heiß, gut gewürzt und schmeckte ausgezeichnet. Das Weißbrot dazu war locker, die Butter fest und weiß. Phil und Petra entdeckten ihr gemeinsames Interesse an der Bildhauerei und wurden im Handumdrehen die besten Freunde. Als ich aufsah, war Sapers mit seiner Bande verschwunden.

„Nein", sagte Phil gerade, „ich hab schon seit Jahren nichts mehr gemacht."

„Aber sein Schweißgerät hat er garantiert immer dabei", bemerkte ich.

Petra lächelte. Sie trug Weiß – eine Bauernbluse mit geschlitzten Ärmeln und aufgestickten Enzianen. Ich sah zu, wie sie ihr Sandwich zum Mund hob, sich die Lippen mit der Serviette abtupfte und ihr Lächeln dabei noch breiter wurde, wie das Kielwasser eines Segelschiffs, das durch die blitzende unermeßliche See gleitet. Als zwei Streifenpolizisten zur Tür hereingepoltert kamen und sich mit klirrenden Schlüsselbunden und knackenden Pistolenhalftern ächzend auf die Bank hinter uns zwängten, blickte ich kaum auf.

Kapitel 4

Unzeitgemäß und unverhofft fing es in der letzten Oktoberwoche ernsthaft zu regnen an. Eines Morgens erwachte ich vom Prasseln des Regens auf dem Styropordach – es klang wie eine wirbelnde Snare-Drum – und vom trägen, aber stetigen Tropfen des eindringenden Wassers, das durch die Ritzen trat und sich auf dem Küchenfußboden zu Pfützen sammelte. Wie einer von Noahs ahnungslosen Zeitgenossen am ersten Tag des heißersehnten Regens dachte ich nur an die Pflanzen auf den Feldern, an den gleichmäßigen, kräftigenden Regenguß, der Blätter, Blüten und Stengel benetzte und zu den durstigen Wurzeln hinabsickerte. Eingelullt von dem süßen Rhythmus drehte ich mich um und glitt zurück in meine Träume; die Pumpe brauchte ich nicht anzuwerfen, dachte ich, heute nicht.

Drei Tage später regnete es noch immer.

Diesmal weckte mich das Zischen des Regens wie ein Menetekel, ich dachte an Generationen von Ackersleuten in der Geschichte, von den Mesopotamiern über Vergils *agricolae* bis zu den Pionieren des amerikanischen Mittelwestens und ihren mechanisierten Nachkommen – immer nur pflügen, säen, düngen und wässern, warten, beten und den Göttern opfern, bis man dann eines Morgens erwacht und das Fetzen des Hagels oder das schneidende Sirren von Heuschreckenflügeln hört. Mein Bett war klamm, die Kleider noch klammer. Ein Tag lang Regen bot Anlaß zum Feiern, ein wahrer Segen – genau das richtige, um die Fruchtstände zum letzten mächtigen Austreiben vor der Ernte anzuregen –, aber langsam wurde es zur Katastrophe. Die klatschnassen, schweren *colas* würden die Stengel nach unten ziehen, bis sie abknickten, die Pflanzen würden einen vorzeitigen Tod sterben, Schimmel ansetzen und am Ende wie Sargnägel schmecken. Dahin war die Zeit der üppigen Fruchtbarkeit, der prallen Knospen und der betrogenen Bienen.

Ich machte gerade Frühstück – Spiegeleier auf Brot mit Schmelzkäse und grüner Pfeffersoße –, als Gesh die Stufen vom Dachboden herunterpolterte wie ein Baummensch, der auf die Erde plumpste. Er trug ein schwarzes Sweatshirt mit Kapuze und eine speckige Cordhose, und er fluchte. Seine Flüche waren sehr beredt, rhythmisch und überzeugend, sie kamen von Herzen, und sie richteten sich gegen das Wetter, gegen Vogelsang, gegen alle höheren Gewalten und gegen das Leben als solches in einem frustrierenden und letzthin tragischen Universum. Fünf Minuten oder länger starrte er aus dem Vorderfenster, die Kapuze über dem Kopf wie ein betender Mönch, und pöbelte auf die gelblich verschmierte Fensterscheibe ein. Das Glas beschlug; es war kalt. Jetzt schon. Und wir hatten natürlich keinerlei Brennholz gehackt, hatten immer nur an die warme Sonne und an unsere Felder gedacht, die – wenn auch mittlerweile recht ausgedünnt – bald zu goldener Reife gelangen würden, hatten nichts als fette Bankkonten, die Erlösung und das Leben in der Stadt im Kopf gehabt. Wozu Holz für einen Winter stapeln, den wir nie erleben würden?

Als sich Gesh endlich zu mir an den Tisch setzte, verkündete er (in übergangsloser Fortsetzung seiner Litanei der Unzufriedenheit), er habe es jetzt total satt. Ich sah ihm zu, wie er sein Spiegelei mit Ketchup zukleisterte und die Flasche mit grüner Soße zornig schüttelte. „Das ist mein voller Ernst", sagte er, als hätte ich das in Frage gestellt. „Ich setz mich einfach ins Auto, fahr nach Tahoe und vergesse die ganze Scheiße hier."

Ich fühlte mit ihm. Wie auch nicht? Ich empfand ja genauso. Andererseits war ich entschlossen, die Graspflanzen auf jeden Fall zu ernten, und wenn ich dazu in einem Boot hinauspaddeln mußte. Allein. Beide Hände auf den Rücken gefesselt, über mir Jerpbak in einem Helikopter kreisend. Es ging dabei nicht mehr ums Geld (die Pflanzen waren schon so dezimiert, daß wir von Glück reden konnten, wenn wir am Ende auch nur einen Bruchteil unserer schwärzesten Schätzungen einnehmen würden), um vernünftige Gründe (wenn ich einen Rest von Vernunft besessen hätte, wäre ich ja in Petras Küche am warmen Herd sitzen geblieben) oder um Stolz – nein, die Gründe lagen tiefer. Sagen wir Sturheit, sagen wir Dummheit. Jedenfalls war mir inzwischen alles egal. Wie ein verbissener Schiffbrüchiger, der sechs Wochen auf offener See überlebt hat und schon in Sichtweite des Festlands ist, als ein Rettungsboot auf ihn zukommt, war ich wild entschlossen, es bis zum Ende durchzustehen. „Vielleicht sollten wir mal rausgehen und nach den Pflanzen sehen", sagte ich. „Oder Dowst anrufen und fragen."

„Scheiß doch auf Dowst", sagte Gesh. Wie zu erwarten war.

Ein dumpfes Unterwasserzwielicht nahm dem Raum zunehmend jede Helligkeit, bis ich mir vorkam wie in einem Verlies. Hinter mir tropfte in stetigen Synkopen das Wasser von der Decke in Töpfe, Schüsseln und Eimer hinein. Die Küche roch wie ein Champignonkeller.

Ich dachte gerade, daß es gar keine so schlechte Idee wäre, Dowst anzurufen – vor allem, weil mir das einen Vorwand liefern würde, kurz bei Petra vorbeizuschauen –, da erschien Phil aus den finsteren Schatten seiner Schlafkammer, als käme er aus dem Schwarzen Loch von Kalkutta. Seine Augen waren verquollen und rotgeädert, die Verbände starrten vor Dreck. In der Hand hielt er einen glimmenden Joint, und aus seinen Ohren schienen Schwaden von Marihuanarauch zu quellen, die sich wie ein Flaschengeist über seinem kahlen Schädel türmten (er hatte sich seit dem Feuer fleißig vollgedröhnt – um den Schmerz der Brandwunden erträglich zu machen, behauptete er –, beim Wechseln der Verbände war er allerdings weniger gewissenhaft). „Morgen", sagte er und schlurfte zum Herd hinüber, wo er alle vier Flammen anzündete und dann die ausgestreckten Hände darüber hielt, als wären es Wiener Würstchen. Wir sahen zu, wie er sich eine Tasse Kaffee eingoß, sie mit beiden Händen festhielt, darauf pustete und versuchsweise einen Schluck nahm, beobachteten ihn konzentriert und mit offenem Mund, als hätten wir noch nie zuvor eine so erstaunliche und gekonnt vollzogene Geschicklichkeitsübung gesehen. „Was soll's schon?“ meinte er schließlich und drehte sich zu uns um. „Das Wetter ist beschissen, Vogelsang ist ein dreckiger Lügner, und ich bin die *Rache der Pharaonen*. Kiffen wir erst mal was.“

Ob stoned oder straight, besoffen oder nüchtern, es machte ja nicht den geringsten Unterschied. „Warum nicht?“ sagte ich.

Nachdem wir unser Spiegelei aufgeschlabbert hatten, scharten wir uns eng um den Herd, wo wir griesgrämig einen Joint rauchten und uns wieder mal auf eine brisante Entscheidung vorbereiteten. (Wir rauchten inzwischen unser eigenes Produkt, ein extrem starkes Zeug – einzelne Blätter, abgezupft von viereinhalb Meter hohen weiblichen Pflanzen mit *colas*, so groß wie Gummiknüppel. Die Blätter waren dermaßen harzgetränkt, daß sie einem wie Fliegenpapier an den Fingern klebten.) Wir tranken Kaffee, rauchten noch ein bißchen Dope, standen herum, starrten aus dem Fenster. Dann schlüpften wir, wie auf ein verabredetes Signal, wortlos in unser Regenzeug und trotteten in den Wolkenbruch hinaus, um auf einem Rundgang den Schaden abzuschätzen.

Draußen sammelte sich das Wasser bereits unter dem ausgebrannten Lagerschuppen und in einer großen, krummsäbelförmigen Senke vor dem Haus. Der seit einem Monat defekte Jeep stand schräg nach vorn geneigt in einem rötlichen Teich, der schon bis zur vorderen Stoßstange reichte. Es ging kein Wind, der Regen fiel senkrecht herab, nichts wies darauf hin, daß das schlechte Wetter weiterziehen würde. Die Wolken hafteten eng am Boden, als wollten sie ihn ersticken, der Zufahrtsweg hatte sich in seinen Urzustand zurückverwandelt – d. h. zum Bachbett –, und in einem ganzen Netz von Erdrinnen, die nichts als ausgedörrte Narben im Staub gewesen waren, brodelten jetzt wilde, aufgewühlte Wassermassen. Es war wieder alles genau wie im März.

Wir stapften den Weg hinunter zum Jonestown-Feld – das einzige, das letztendlich etwas abwarf – und kämpften uns durch triefnasses Unterholz in das eingezäunte, mit Rattenfallen übersäte Gebiet, von dem wir vergeblich gehofft hatten, wir könnten die Ernte darin gegen die eifrigen Nager des Waldes schützen. Unsere Pflanzen – vielmehr, was davon übrig war – hatten sich prima entwickelt, seit über einem Monat standen sie in vollem Saft und strotzten vor

Unmengen samenloser Fruchtstände. Dies war der klimaktische Wachstumsschub, auf den wir gewartet hatten, ein übermütiges Austreiben in einer Art Torschlußpanik, ausgelöst wohl vom herbstlichen Äquinoktium und den seither kürzer werdenden Tagen. Dowst war den ganzen September hindurch fleißig gewesen und hatte die männlichen Pflanzen identifiziert und ausgesondert, um so der Natur ein Schnippchen zu schlagen. Unter meinen Augen hatte er eine gesunde Staude nach der anderen abgehackt – jede einzelne das Endresultat von monatelanger Kuliarbeit: buddeln, schleppen, düngen, wässern –, sie einfach in den Dreck geworfen und der Fäulnis überlassen. Es hatte weh getan. Aber es war nötig gewesen. Die weiblichen Pflanzen, deren natürliche, nach Erfüllung lechzenden Triebe nun frustriert waren, gingen zum Ausgleich um so üppiger in die Breite, ließen ihre Blüten anschwellen, ihr Saft wurde süßer, harziger und stärker, und sie ließen mehr und immer mehr Fruchtstände sprießen, so daß unsere Ernte mit jedem Tag reicher zu werden versprach.

Nun standen wir hilflos vor den Ruinen. Regentropfen tippten uns auf die Schulter wie mit vorwitzigen Zeigefingern, das Wasser bildete Pfützen auf der Erde, troff uns von den Mützen und Mänteln. Die Bäume standen schlaff und schief wie alte Männer mit lädierten Wirbelsäulen, der wilde Dschungelduft nach reifem Dope hing in der Luft, scharf und chlorophyllig; ein Rattenkadaver lag verdreht und mit weit aufgerissenen Augen in einer Falle zu meinen Füßen. Keiner von uns war seit dem Beginn der Regenfälle draußen gewesen, und wir alle waren nicht gefaßt auf derart verheerende Auswirkungen. Während wir vor drei Tagen noch Pflanzen von drei bis über vier Metern Höhe gepflegt hatten, mit Blättern, die wie Kandelaber der Sonne entgegenstrebten, sahen wir uns jetzt geknickten Ästen, vereiteltem Wachstum und einer steil abfallenden Kurve gegenüber. Gut die Hälfte der Pflanzen war unter der vom Wasser schwer gewordenen Last der Blütenkelche zusammengebrochen, die übrigen standen krumm gebeugt wie Sonnenblumen nach einem Frosteinbruch. Am unteren Ende des Feldes fand ich eine fünfzehn Zentimeter lange *cola* – erstklassig, harzreich – in einer Suppe aus rötlichem Schlamm treiben. Es war, als wäre jemand mit einem Säbel durch Jonestown gegangen und hätte wahllos auf Stengel, Blätter und Blüten eingehackt.

Mein Hirn arbeitete nur schrittweise. Immer noch retardiert, blickte ich mich langsam um – alles schien sich zu bewegen, schien in farbige Pünktchen zerlegt, als sähe ich es unter dem Mikroskop. Irgendwie schien mein Herzschlag im Hirn zu pulsieren.

„Was jetzt?“ Phil stand neben mir, Kartoffelkopf, Karottennase und Radieschenaugen. Der Regen fegte durch die Bäume wie ein Monsun in Burma.

„Keine Ahnung“, sagte ich.

Von meinem Regenhut strömte derart viel Wasser, daß ich den Kopf schieflegen mußte, um Phil überhaupt sehen zu können. Wären wir am Förderband einer Autowaschanlage angekettet gewesen, hätten wir kaum nasser sein können. „Das hier kann noch ewig so weitergehen“, sagte er.

Mir fiel dazu nichts ein. Jedenfalls nichts Konstruktives.

„Na ja, was machen wir jetzt?“ bohrte er weiter. „Warten und darauf hoffen, daß der Regen aufhört, oder versuchen wir zu ernten, oder was?“

Es war eine klangvolle Frage, prägnant und voller Kraft und Konsequenz, genau die Frage, die ich mir selbst in den letzten paar Minuten gestellt hatte. „Wir rufen den Experten an“, sagte ich.

Eine halbe Stunde später, nach einer rasanten Schußfahrt den Fahrweg hinunter und vorbei an „Shirelle's Bum Steer“ – in meinem Toyota, bei dem die Scheibenwischer klemmten –, drängten sich Phil, Gesh und ich in einer Telefonzelle vor der Tankstelle am Ortsrand von Willits und riefen Dowst an. Das Reden übernahm ich.

„Hallo, Boyd?“

Pause. Ich konnte mir vorstellen, wie er im karierten Baumwollhemd vor der Schreibmaschine hockte, eine scharfe Hühnersuppe mit Nudeleinlage löffelte und einen Artikel über die Wildzwiebel oder die Wasserkastanie zu Papier brachte. „Mann, ich dachte schon, ihr ruft überhaupt nicht mehr an“, sagte er. „Was ist bei euch da oben denn los?“

„Es regnet.“

Wieder eine Pause, als sprächen wir verschiedene Sprachen und er müßte erst darauf warten, daß der Dolmetscher zu Ende übersetzte, ehe er weitersprechen konnte. „Ja, äh, natürlich. Ich meine, habt ihr das Zeug jetzt schon aus der Erde?“

„Du meinst die Pflanzen?“

Wir hatten Dowst seit einem Monat nicht mehr gesehen, seit er mit dem Aussondern der männlichen Pflanzen fertig geworden war. Kurz vor seiner Abfahrt war er auf den Hof geschlendert, wo wir beim Hufeisenwerfen waren, und hatte in priesterlichem Tonfall verkündet, es gebe nun nur noch weibliche Pflanzen und wir brauchten uns also keine Sorgen zu machen; dann hatte er mich beiseite genommen. Er hatte eine Wirf-es-mir-nicht-vor-ich-kann-ja-nichts-dafür-Miene aufgesetzt, halb defensiv, halb entschuldigend – wie ein Chirurg, der seinem Patienten eröffnet, er habe ihm infolge eines bedauerlichen Irrtums statt der Galle die Leber herausgenommen. „Felix", sagte er, „du weißt doch, daß wir weniger ernten werden, als wir gedacht haben? Viel, viel weniger." Yankee-Farmer, Yankee-Farmer, dachte ich und sah in diese Augen, die im Laufe schwer arbeitender Generationen auf der öden, steinigen Scholle Neuenglands alle Farbe verloren hatten. Eidechsen huschten im Staub, das Klirren der Hufeisen schlug auf den Augenblick ein wie ein Schmiedehammer. „Ich weiß", sagte ich. Dann drückte er mir die Hand auf eine Weise, die mich irritierte, es kam mir so emphatisch und endgültig vor wie eine Szene aus *Kamikaze* oder *Kampfgeschwader Zero*: Er machte seinen Absprung. „Ich hab diesen Job gekriegt, weißt du – hab dir doch damals davon erzählt. In Berkeley. Nächstes Frühjahr fang ich an."

Was konnte ich darauf sagen? Wir hatten Seite an Seite gearbeitet, zusammen Hufeisen geworfen und Karten gespielt, und dennoch empfand ich gar nichts, nichts als Bitterkeit. Mein Lächeln war ein wenig schief und dümmlich, eher eine Grimasse. „Na bestens", sagte ich.

„Also dann", sagte er und wandte sich zu seinem Campingbus. Irgendwo im Wald trommelte ein Specht auf totes Holz ein; hoch über uns, in der Weite des Himmels, bogen sich Lichtstrahlen wie Drahtbügel, als reagierten sie auf die Anziehungskraft ferner Sonnen. „Du kommst doch bald wieder?" rief ich ihm nach, an die Ernte denkend. Vielleicht hörte er mich nicht. Ich erinnere mich noch, wie die Sonne von der Seitenwand seines Busses reflektiert wurde, als er davonrollte.

Und jetzt regnete es. Geshs Schultern ragten aus der offenen Tür der Zelle hinaus; das Wasser rann in Strömen vom hochgeschlagenen Kragen seines Khakimantels. Neben mir drückte sich Phil dicht gegen die Scheibe. Am anderen Ende der Leitung wurde Dowst jetzt lauter: „Ist euch denn nicht klar, daß ein so starker Regen die Pflanzen total zerstört? Die harzigen Narben gehen kaputt, die Triebspitzen werden ausgewaschen, und das bedeutet, daß eure Ernte verdammt viel an Stärke verliert – wenn ihr das Zeug noch länger im Regen stehen laßt, könnt ihr es gleich wegschmeißen."

Seine Ausdrucksweise beunruhigte mich: das besitzanzeigende Fürwort hatte sich von „unser" in „euer" verwandelt. Wir baten ihn um Hilfe, um Rat, um seine fachmännische Meinung, die beizusteuern er sich verpflichtet hatte, und er wimmelte uns einfach ab. Es war nicht Dowsts Problem, sondern unseres. Er hatte das Interesse verloren, die Verbindungsleine zu uns gekappt. Er hatte das Unternehmen längst als Mißerfolg abgeschrieben und würde dabei bestimmt nicht mehr in Erscheinung treten – außer, um seinen Anteil am Erlös einzustreichen. Wut stieg in mir auf wie eine rasende, unbezähmbare Macht – ein fliegender Speer, eine abgefeuerte Rakete. „Wie meinst du das, zum Teufel?" fauchte ich. „Du bist ganz genauso dabei. Du bist doch hier der sogenannte Experte, oder nicht?"

In diesem Moment riß mir Gesh den Hörer aus der Hand und brüllte hinein: „Setz deinen Arsch in Bewegung, du Schweinepriester!" In seiner riesigen Faust, deren Knöchel sich weiß abzeichneten, sah der Telefonhörer aus wie eine erwürgte Puppe.

Ich entwand ihm den Hörer und rief: „Boyd?", aber Gesh, mit einem Gesicht wie aus gehämmertem Blech, riß ihn mir noch einmal aus der Hand. „Ich bring dich um!" brüllte er in die schwarze Muschel.

„Boyd?" wiederholte ich, als ich endlich die Kontrolle über das Telefon wiedergewonnen hatte. „Bist du noch da?"

Seine Stimme klang weit weg und kühl. „Holt die Pflanzen raus!"

Ich begriff, was er damit meinte, aber wie sollten wir das anstellen? Daß Dowst, Gesh, Phil und ich allein sein würden, wenn es ans Ernten ginge, war schon seit einiger Zeit völlig klar. Der Meister selbst wurde von niemandem mehr erwähnt – für den war die Sache offensichtlich erledigt. Er machte nur Geschäfte in großem Stil, mit Leuten, die Gras anbauten wie Reynolds Tabak. Wir waren gar nichts. Nicht nur beim Ernten und Trocknen der Pflanzen würden wir allein sein, auch das Zerpflücken der Triebspitzen und das Verhökern des ganzen Zeugs mußten wir wohl selbst übernehmen.

Aber Dowsts Sachkenntnis war dafür unbedingt nötig; ohne ihn waren wir völlig hilflos. „Na, wunderbar", sagte ich, „super –", meine Stimme troff vor Sarkasmus, „– aber wie?"

„Das ist eure Sache. Mietet euch doch einen Wagen oder so."

„Aber was dann? Ich meine, wo sollen wir den ganzen Mist denn trocknen?" Normalerweise hätten die Pflanzen noch etwa zwei Wochen reifen sollen, bis sie den Zenit der kräftigen, satten, harztriefenden Reife erreichten, und danach hatten wir sie abschneiden und sie auf den unteren Zweigen der Eichen, Madroños und ähnlichen Bäumen ausbreiten wollen, wo sie im warmen Herbstwind getrocknet wären. Meteorologisch gesprochen war der Plan ins Wasser gefallen.

Es entstand eine Pause. Phil schob sich den Regenhut aus der Stirn, legte dabei einen schmutzigen Verband frei und zeigte im übrigen klare Symptome von Nervosität: verkniffene Lippen, fliegende Röte und einen hektischen kaninchenartigen Blick. Gesh starrte das Telefon scharf an, als könnte er mit den Augen hören. „Vielleicht in deiner Wohnung?" fragte Dowst.

„In meiner Wohnung?" Der Vorschlag war unerhört, haarsträubend – ebensogut hätte er anregen können, das Gras im Weißen Haus oder in der Schalterhalle der Chase Manhattan Bank zu trocknen. Hunderte Kilo Marihuana in meiner Wohnung wie Wäsche auf der Leine aufhängen? Mitten in der Stadt? Wie sollten wir das Zeug ins Haus reinkriegen – oder wieder hinaus?

Dowsts Stimme war spitz wie eine Hutnadel. „Hör mal, ich weiß es auch nicht", sagte er. „Ich weiß nur, daß es die ganze Woche weiter regnen wird, deshalb müßt ihr die Pflanzen sofort abhacken und irgendwo trocknen." Die Leitung rauschte und knackte, als hätte das Unwetter auch im Telefonnetz Verwüstungen angerichtet. „Also erntet den Kram", sagte er. „Sofort!" Und dann legte er auf.

Phil und Gesh sahen mich an, als wäre ich ein Kurier mit Neuigkeiten von fernen Kriegsschauplätzen. „Na?" meinte Gesh. „Was hat er gesagt?"

Der Regen drosch gegen die Glaswände der Telefonzelle; ein dumpfiger Luftzug stieg mir aus dem Nichts in die Nase. Plötzlich machte es mir nichts mehr aus. Ich verspürte neue Inspiration, Freude und gute Laune. Mit einem Schlag wußte ich genau, was wir tun würden und wie. Aber noch wichtiger war die elektrisierende Erkenntnis, die mich gleichzeitig überkam: wir waren frei.

Das Projekt war beendet, jetzt kam die Ernte. Wir brauchten nur noch die Pflanzen zu schneiden, unsere Sachen zu packen und dem Hügel den Rücken zu kehren. Für immer. Schluß mit Jerpbak, Sapers und der ganzen Bande, nie wieder Eidechsen und Ratten, Hitze, Staub, Regen, Kälte, nie wieder dieses Hochschrecken in der Nacht oder Wannenbäder in einem Schlamm, in dem nur Krokodile sich wohl gefühlt hätten, kein Ärger mehr mit Dowst, Jones oder Vogelsang: es war vorbei.

„Na?“

Ich grinste. Es regnete stetig, das Wasser fiel wie der Vorhang im letzten Akt eines ermüdenden, unendlich langatmigen Dramas. „Wir ernten“, sagte ich. „Sofort.“

Seit dem großen Feuer hatte sich zwischen uns dreien eine unbestimmte, kaum merkliche Kluft aufgetan. Wir waren einander immer noch sehr nahe – so nahe wie bedrängte Guerillakämpfer, wie Überlebende, Kameraden, Kumpel, Blutsbrüder –, doch mit dem Feuer hatte sich, wie gesagt, auch unsere Perspektive verändert. Als immer klarer wurde, daß das gesamte Projekt unter einem Unglücksstern stand, ein Schuß in den Ofen war, daß wir neun Monate unseres Lebens unter Schweiß und Schmerzen für nichts hingegeben hatten, schämten wir uns vielleicht ein wenig voreinander, es war uns peinlich, als wären wir Bauerntölpel, die auf einen schlauen, aber recht simplen Trick reingefallen waren, als hätten wir es im Grunde von Anfang an wissen müssen. Der Profit würde minimal sein, der große Meister war zum Tabuthema geworden, je reifer die Pflanzen, desto größer die Gefahr, entdeckt zu werden, dennoch bestand die schweigende Übereinkunft, daß wir die Sache durchziehen würden. Wir machten uns nicht mehr die Mühe, im Geiste buchhalterische Berechnungen anzustellen – das Ergebnis für *X* war einfach zu deprimierend. Aber wir würden durchhalten, eisern und verbissen, wie Tess von D'Urbervilles auf den Weizenfeldern in Flintcombe-Ash, wie Hiob, der unter der Last seines Leids strauchelte – nur wollten wir lieber nicht wissen, zu welchem Lohn.

Und so zogen wir, die wir eben noch im Mythos des Erfolgs vereint gewesen waren – Yachten, Restaurants, drei Drittel von einer halben Million Dollar eben –, uns nun gezwungenermaßen in uns selbst zurück, damit wir den verrotteten Kern dieses Mythos nicht sehen mußten. Gesh wurde grüblerisch. Er unternahm lange stapfende Märsche durch die Felder, den zornigen slawischen Blick starr nach vorn gerichtet, die Haare zerzaust, die mächtigen, gefährlichen Pranken hinter dem Rücken verschränkt wie ein Papierknäuel. Er war so rastlos, daß er einmal in vierundzwanzig Stunden nach Tahoe und zurück fuhr, um sich mit pharmazeutischen Hilfsmitteln zu versorgen, aber auch so erschöpft, daß er zwölf Stunden täglich schlief. Er wirkte zerstreut, zornige Geschwüre wucherten in ihm wie ein fremdartiger Krebs; Enttäuschung, Selbstvorwürfe und die innere Verwüstung durch Sodbrennen schwelten in seinem Blick. Er wurde zunehmend wortkarg, ja geradezu kryptisch, und verwandelte sich zum bösen *genius loci*, in ein griesgrämiges Wesen, dem noch die geringste Geste des Alltagslebens einen Quell der Bitternis darstellte. Ein Treffer beim Hufeisenwerfen, eine gute Karte, die man ausspielte, schon sah er einen an, als hätte man ihm ein Schwert in den Leib gerannt.

Während Gesh sich in sich selbst verkrochen hatte, bis ins Innerste frustriert, war aus Phil eine melancholische Mimose geworden. In den ersten paar Tagen nach seiner Rückkehr aus dem Krankenhaus wanderte er von einem Zimmer ins andere wie ein Gespenst, kratzte sich geistesabwesend am Sack oder an seinem armseligen kahlen Schädel, lächelte kaum und redete noch weniger. Manchmal zupfte er stundenlang ohne Pause die Gitarre (schwermütige Mäandermelodien auf einer einzigen Saite, die wie Klagelieder für die Toten klangen), er aß nichts mehr, wurde dafür zum Joint-Kettenraucher; seine Verbände schimmerten im Dunkeln grün. Wenn ich vom Wässern der Pflanzen hereinkam oder am Herd stand und in einem Topf mit Thunfisch, Nudeln und Selleriecremesoße rührte, blätterte Gesh in einem zerfetzten Pornomagazin, und Phil starrte aus dem Fenster, als hätte er absonderliche Visionen oder probte für die Rolle des verzückten Schwärmers. Acid-Emotionen, Kurzschluß in den Gehirnwellen: ich fühlte mich zwischen den beiden erdrückt. „Phil, geht's dir gut?" fragte ich nach ein paar Tagen. Keine Antwort. Ich fragte noch einmal. „Mir?" meinte er schließlich, als wären noch Hunderte andere da. „O ja, sicher, alles in Ordnung."

Endlich aber, gerade als mich langsam der Verdacht beschlich, die Flammen hätten ihm neben den äußeren Hautschichten auch das Schädelinnere verkohlt, raffte sich Phil zu neuen Taten auf. Es war früh am Morgen, vier oder fünf Tage nach seiner Entlassung, es war brütend heiß, Schlangen zischelten, Ratten knabberten, Regen schien ein gänzlich undenkbares Thema. Gesh und ich kamen gerade zurück von der Pflege unserer arg dezimierten, aber dennoch durstigen Plantage, wir traten sehr vorsichtig auf, die Ohren nach dem leisesten Rascheln von Laub oder Zweigen gespitzt (ich hielt die Schrotflinte vor mich wie einen Kampfspeer, gleichermaßen auf der Hut vor Schlangen wie Wilderern), als Gesh mich am Arm packte und mir nervös zuflüsterte: „Was war denn das?"

„Was?" fragte ich zurück, mein Kinn war der spitze Punkt unter dem scharfen Ausrufezeichen von Mund, Nase und Stirn.

„Dieses Geräusch eben."

Wir gingen querfeldein auf einer Abkürzung, bis zu den Knien im dichten, reptilienverseuchten Gestrüpp, keine fünfzig Meter von der Hütte entfernt. „Ich hör nichts", flüsterte ich, hörte es aber sehr wohl. Es war ein Zischen: leise, schwirrend, saurierhaft, häßlich. Ich entsicherte die Schrotflinte. Vorsichtig, ganz langsam, mit mehr Widerwillen als Neugier, arbeiteten wir uns an den Rand der Wiese vor dem Haus vor.

Was wir dort sahen, war Phil. Er stand mit dem Rücken zu uns über etwas gebückt, so konzentriert wie ein Kannibale beim Frühstück. Im Näherkommen merkten wir, daß das Zischen nicht von zornigem Schlangengezücht herrührte, sondern das stetige, fulminante Brausen von verbrennendem Gas war: Phil hatte seinen Schweißbrenner in Gang gesetzt, spielte mit dem Feuer, schuf irgend etwas. Wir traten hinter ihm heran. Die Funken flogen. Neben ihm lag ein wirrer Haufen mit den tristen, verrosteten Formen nutzloser Maschinenteile, kaputt und verbogen, trübe wie trockenes Blut, wie die Trümmerlandschaft eines exotischen Kriegs. Phil war gerade dabei, den amputierten Kotflügel eines dahingeschiedenen Packard, über den ich seit März schon mindestens sechzigmal gestolpert war, mit der Trommel einer weggeworfenen Waschmaschine zu verbinden. Ich fragte ihn, was er da tue.

Hinter ihm ragte das ausgekohlte Skelett des Schuppens auf; davor breitete sich das schwarzverbrannte Gras aus wie ein Schandfleck. Ich sah zu, wie er die Trommel mit einer Hand festhielt und mit der anderen ganz vorsichtig die Flamme des Schweißbrenners an der Unterseite ansetzte. Erst als er fertig war, drehte er sich um und sah uns über die Schulter an.

„Es wird ein Vogelhaus, stimmt's?“ sagte Gesh.

Phil trug eine Schutzbrille. Die dreckigen Verbände klebten an ihm wie eine zweite Haut. Er sah aus wie ein abgeschossener Jagdflieger, der über dem Wrack seines ausgebrannten Jets hockte, verletzt war, aber immer noch kampflustig. Eine Zeitlang musterte er uns wortlos, als hätte er uns noch nie zuvor gesehen, während die blaue Flamme in seiner Hand flackerte und zuckte wie von magischen Kräften gespeist. Dann wandte er sich wieder seiner Arbeit zu.

Als die Nacht hereinbrach, erhob sich dort, wo früher das Gewächshaus gestanden hatte, eine mannshohe Pyramide aus verschweißtem Schrott. Ich sah Phil aus dem schattigen Inneren der Hütte zu, während der Morgen in den Nachmittag überging und die wandernde Sonne ihm die lange Nase und die ungeschützte Glatze verbrannte. Ich sah ihm dabei zu, wie er Bettfedern über das Stoppelfeld zog, wie er zu riesigen Aschenbechern verbogene Karosserieteile tätschelte und die ausgebrauchten Wölbungen seiner Fundobjekte mit dem glühenden Finger seines Brenners abtastete. Er durchwühlte Asche und Schutt im Lagerschuppen, bis er das abgeschlagene Haupt einer Mistgabel hervorzog, deren Zinken verbogen und rußgeschwärzt waren; über die Wiese hinter dem Haus zerrte er im Seitwärtsgang und schwer gebückt, als litte er unter Verdauungsproblemen, das Getriebe des alten Hudson, der im hohen Unkraut auf der Böschung des Hohlwegs saß wie ein gestrandeter Dampfer. Er hämmerte, erhitzte, schmolz, bog, keilte, klapperte und krachte. Es ward laut, es ward heiß, Phil entfaltete eine blühende schöpferische Kraft inmitten allen Schrotts, erhabene Formen setzten sich gegen die träge Physik durch. Als es völlig dunkel war, wankte er in die Küche, um endlich etwas zu essen.

„Ist es fertig?“ fragte ich. In meinem Tonfall lagen Begeisterung und Wärme, ich war richtig von Enthusiasmus gepackt. Seit dem Feuer war Phil ein Zombie gewesen, weder tot noch lebendig, und ihn aus diesem Zustand erwachen zu sehen war eine große Erleichterung. „Was es auch sein mag“, fügte ich hinzu. „Was soll es denn eigentlich sein?“

Phil stand vor dem Gasherd und zündete sich einen Joint an. Vermutlich trugen die Cannabinole auf mystische Weise zur Reinheit seiner Vision bei; während ich knietief im Morast stand, erkletterte er Annapurnas der Kreativität. „Nein“, sagte er und stieß den duftenden Rauch aus, „es ist noch nicht fertig.“ Gelbliche Zähne getrockneten Schweißes fraßen an seinen Verbänden, sein ungezähmtes Auge rotierte zügellos, wie eine glänzendgelbe Zitrone in einem Spielautomaten. „Es ist ein, es ist –", er brach ab, um am Joint zu ziehen, „– es ist eine Hommage an uns, ich meine, an all das, was wir hier tun."

Gesh lag wie eine gefällte Eiche im Sessel, die großen nackten Füße auf dem Fußboden von sich gestreckt. „Ach so, du meinst so was wie ein Denkmal für im Felde gebliebene Krieger, was?"

„Komm schon, jetzt nerv doch nicht so", sagte ich.

„Und was ist mit dem Flugzeug?" Gesh kam aus dem Sessel hoch und beugte sich vor. „Euch muß doch klar sein, daß man dieses Teil da draußen von oben sieht, egal ob man hundert oder zehntausend Meter hoch drüber wegfliegt! Ebensogut könntet ihr ja auch eine Neonreklame aufstellen: ‚Marihuana zu verkaufen, vier Dollar pro Gramm'."

Phil hörte nicht zu. Er löffelte Papaya-Kokosnuß-Chutney von einer Scheibe Weißbrot und starrte auf die leeren, dunklen Fensterscheiben, als könnte sein Blick die Nacht zurückweichen lassen und den Hof erleuchten. Die Schöpferkraft war über ihn gekommen.

Es dauerte eine ganze Woche. Vom dritten Tag an brauchte er eine Leiter. Als ich eines Morgens hinausging, um nachzusehen, wie weit er schon war, hockte er drei Meter hoch über dem Boden, hatte es sich in seinem metallenen Horst bequem gemacht wie ein schlaksiger, gefiederloser Vogel mit riesigen Flügeln, ließ die blaue Flamme mal hier und mal dorthin lecken und fügte immer mehr Teile an. „Wie läuft's?" rief ich hinauf. Er grinste unter der Schutzbrille hervor und reckte zwei Finger zum Victory-Zeichen in die Höhe.

Gesh nörgelte herum. Eidechsen fingen an, die unteren Regionen der Skulptur zu frequentieren, huschten im gleißenden Licht auf dem Metall herum, machten mit ihren kurzen Ärmchen Liegestütze und zischten aus weichen, pulsierenden Kehlen. Die Vögel schissen darauf, Ratten durchwanderten die Gänge wie zukünftige Mieter beim Besichtigen eines neugebauten Apartmenthochhauses. Als Summe seiner Teile wuchs Phils Monument in gänzlich unerwartete Richtungen, scheinbar einem verrückten Zufall folgend, nachvollziehbar nur für jene innere Vision, die es hervorgebracht hatte. Zweimal unternahm der Künstler hektische Nachschubfahrten in die Stadt, weil ihm das Hartlot ausgegangen war oder weil er die Gasflaschen nachfüllen lassen mußte. Abgesehen von diesen beiden kurzen Unterbrechungen arbeitete er vom Morgengrauen bis in die Nacht, vergaß die Mahlzeiten, kümmerte sich weder um seinen Anteil der Feldarbeit noch um seine Kameraden oder die Stauden, die wie smaragdgrüne Wahrzeichen in der Dürre ringsum gediehen. Die zerschlissenen Bandagen umwehten ihn wie eine ektoplasmische Wolke, Hose und T-Shirt waren mit Brandlöchern übersät, die Haut schälte sich in durchsichtigen Fetzen von seiner Nase. Am sechsten Tag arbeitete er bis spät in die Nacht hinein, das Licht des Brenners glühte matt durch die dunklen Fenster der Hütte. Am siebenten Tag ruhte er. Gegen Mittag stand er auf und rief Gesh und mich nach draußen. Schwankend und mit fiebrig glänzenden Augen stand er auf der Veranda, deutete mit schwungvoller Gebärde auf den Turm aus verschweißtem Schrott und sagte: „Voilà."

Gesh warf mir einen vorsichtigen Seitenblick zu. Ich bemühte mich um eine gleichmütige Miene.

„Na, was meint ihr dazu?" fragte Phil.

Was wir meinten? Das Ding war monströs, anarchisch, spottete jeder Proportion und Eleganz der Linienführung. Es sah aus wie ein Haufen zerquetschter und verrosteter Tubas und Waldhörner, es sah aus wie ein demontierter Panzer in der Wüste Sinai, es sah aus wie die Watts Towers nach dem verheerenden Schlag einer olympischen Faust. Ich ging rings herum, Phil immer neben mir. Es war sechs Meter hoch, am Boden so breit wie meine Schlafkammer, eine monumentale Angelegenheit, ein zackiges, schartiges, wackliges Labyrinth von Zahnrädern, Schrauben, plattgehämmerten Flächen und geschwungenen Bögen. „Hübsch", sagte ich.

Gesh hielt die Hände tief in die Hosentaschen vergraben. Er grinste, versuchte verzweifelt, nicht laut loszulachen, seine Miene war zum erstenmal seit Tagen wieder lebendig.

Phil nahm mich am Arm und trat ein paar Schritte zurück, um so einen besseren Gesamteindruck zu bekommen. „Ursprünglich wollte ich es ja *Agrarische Rhapsodie* nennen", sagte er, aber jetzt weiß ich nicht mehr so recht. Was hältst du von *Abgebrannt*?"

Meine Gefährten hatten während der zur Neige gehenden Wochen im Sommerlager ihre Motivationsprobleme, und auch ich durchlebte eine Phase der Selbstzweifel und des Verzagens. Ich fühlte mich nutzlos, als hätte man mir einen ungedeckten Scheck aufgeschwatzt, frustriert wie Willie Loman in seiner schlimmsten Stunde. Doch gerade als mein Mut zu einem harten, schwarzen Klümpchen zusammengeschrumpft war, brachte mich das Feuer wieder mit Petra zusammen, und ich spürte, wie meine Prioritäten sich verlagerten wie tektonische Platten nach einem gewaltigen Beben. Eben hatte ich auf der einen Seite der Kluft gestanden, und als die Spalte dann immer breiter geworden war, hatte ich den Sprung auf die andere Seite gewagt. Gesh fraß sich innerlich auf, Phil suchte Trost in der Kunst, ich war verliebt.

Den anderen gefiel das ganz und gar nicht. Durch Petras Initiation in den inneren Kreis hatte ich das ganze Projekt gefährdet, unsere Position unrettbar geschwächt. Erst der Schlamassel mit Savoy, und jetzt hatte ich auch noch willentlich unser Schweigegelübde und mein Versprechen gebrochen, mich nur noch auf dem Grundstück aufzuhalten, solange Jerpbak die Straßen durchstreifte und das Marihuana planmäßig wuchs. Phil drückte ein Auge zu, Gesh knurrte und fluchte vor sich hin, Vogelsang wäre – hätte er davon gewußt – sofort auf das Podest der Rechtschaffenheit geklettert, um mich als Narren und Verräter zu beschimpfen, trotzdem warf ich beinahe jeden Nachmittag in den drei Wochen zwischen dem Feuer und dem Regen den Toyota an und fuhr nach Willits. Ich konnte mich nicht beherrschen. Ich wollte es auch gar nicht. Das Sommerlager lag in den letzten Zügen; das hier war neu geboren.

So gegen vier am Nachmittag kam ich meist zu ihr in den Laden – geil wie ein Kater, innerlich brodelnd und von den Augen bis zu den Fingerspitzen pulsierend, Zunge, Lippen und Nasenlöcher vor Lust angeschwollen – und schlenderte scheinbar unbeteiligt umher, während sie mit einem Kunden schwatzte, oder sah ihr wie hypnotisiert zu, wenn sie an der Scheibe saß und dem Ton unter der Pyramide ihrer langen, schmalen Finger seine Form gab. Um fünf machte der Laden zu. Ich war dann bereits seit sieben Uhr früh auf, hatte mich die ersten zwei Stunden um die Pflanzen gekümmert und dann die Zeit mit Spazierengehen, Kartenspielen, Schundromanen, dem Ritual der Mahlzeiten und der Ein-Uhr-Siesta totgeschlagen, wobei ich ständig der Stunde meiner Befreiung entgegengehechelt hatte wie ein Hund, der den Klang der Schritte seines Herrn vor der Tür herbeisehnt. Wenn keine Kunden im Laden waren, ging ich gleich hinein. Der Klang der Glocke, die Schatten, die kühlen Pflanzen, die triumphal glänzenden Keramikwaren und die Musik Boccherinis, Pachelbels oder Palestrinas hatten eine ungeheuer beruhigende Wirkung auf mich. Ich traf sie dann meist im Arbeitskittel vor dem Brennofen oder über der Töpferscheibe, ging zu ihr und steckte ihr die Zunge ins Ohr. Manchmal hatte sie noch etwas zu tun, dann wartete ich; manchmal gingen wir gleich auf dem Boden in den Clinch, nackt im feuchten Ton, und ließen die Engel singen.

Am liebsten hatte ich es, wenn noch Kunden im Laden waren. Dann konnte ich anonym herumschlendern, ein Kunde unter Kunden, diesen oder jenen Gegenstand nachdenklich betrachten, mit den Fingerspitzen über die verlockende, sanft gerundete Ausbauchung einer Vase streichen oder eine glatte, glasierte Schale mit der Hand umfassen, als wäre es ein Objekt erotischer Hingabe. Touristisch gesehen war es die Saison der späten Blüte, die Zeit der gut betuchten Reisenden: Pensionäre rollten in gewaltigen Sceni-Cruiser- und Winnebago-Wohnmobilen vor, auf den Lippen das milde Lächeln des Wohltäters, und ließen Traveller-Checks und Durchschläge von Mastercard-Rechnungen wie Manna herabregnen. Ich lauschte Madrigalen und betrachtete Petras Lippen, ich summte Motetten mit und fing den vielsagenden Blick auf, den sie mir über die gesenkten weißhaarigen Köpfe von seit über fünfzig Jahren verheirateten Paaren hinweg zuwarf. Die Vorfreude war köstlich. Ich beobachtete sie, liebäugelte mit ihr, wollte sie haben, wie ein Kind die eingepackten Geschenke unter dem Weihnachtsbaum unbedingt haben will – ihre Brüste, die sich unter dem Kittel abzeichneten, die langen, unwahrscheinlichen Linien ihrer Beine, die ebenmäßigen weißen Zähne und der makellose, zarte Schwung ihrer Lippen, wenn sie die Schmeicheleien irgendeines Schwerenöters mit einem strahlenden Lächeln quittierte. Irgendwann war es dann fünf, ich half ihr beim Abschließen des Ladens, ließ die Jalousien herunter, rechnete mit zitternden Fingern die Quittungen zusammen, berührte sie hie und da, und dann führte ich sie die Treppe hinauf und fiel über sie her. Oder vielmehr, in jener ersten Woche, als meine Hände noch bandagiert waren, fiel sie über mich her. Oben, auf ihrem Bett, unter den lüsternen Voyeursblicken ihrer Zwerge, Elfen und Spitzköpfe zog sie mich Knopf für Knopf aus. Und dann ließ sie ihren Kittel fallen.

Später tranken wir dann eine Flasche Wein, aßen gemütlich zu abend – Tofusalat und Grünkernbratlinge aus Sarahs Laden oder dreipfündige Junk-food-Burritos aus dem mexikanischen Imbiß drei Häuser weiter –, legten uns noch mal ins Bett, rauchten, tranken, redeten. Wir erzählten einander von unserer Kindheit, vom Kindsein ganz allgemein, redeten über die jeweiligen Vorzüge einer Jugend in Chicago und New York, über Bildhauerei, Filme, Bücher, die ständig ansteigende Flut des Analphabetismus, die die intellektuellen Fundamente des Landes unterminierte. Wir diskutierten über Politik, Kunst, Religion, besprachen den Blues und gregorianische Choräle, erörterten die Mannigfaltigkeit des Lebens auf unserem Planeten und den teleologischen Gottesbeweis, stellten uns Fragen über das Leben nach dem Tod, taten Reinkarnation als Irrglaube ab. Ich gestand, daß ich zwar wie die meisten Kinder der Toastbrot-Epoche seit meiner Bewußtwerdung nicht mehr an Gott geglaubt hatte, in letzter Zeit jedoch einen deutlichen Einfluß des Irrationalen in meinem Leben verspürt hatte. Sie erzählte, sie habe schon seit der Entdeckung von Fingerfarben im Kindergarten Künstlerin werden wollen; ich erzählte ihr dafür, daß ich schon immer von Zeppelinen fasziniert gewesen sei. Leichter als Luft, sagte ich, als wäre es ein Zauberspruch.

„Weißt du was, Felix?“ Ihre Hand lag auf meinem Arm. Sie sah mich durchdringend an, mit zusammengepreßten Lippen, hervortretenden Augen, so daß sie mich an Michelangelos *Pietà* erinnerte. „Als er mich verlassen hatte – mein Mann, meine ich –, das war das Allerschlimmste, was mir je passiert ist. Ich kam mir vor, als hätte ich eine eklige Krankheit oder so – ich kam mir vor, als *wäre* ich eine eklige Krankheit.“

„Ich hab meine Frau übrigens auch verlassen“, sagte ich.

Sie sah mich nur an.

„Es hatte mit ihrer Karriere zu tun. Oder nein, es lag an mir. Ich war unreif damals, hatte meine festgefahrene Rolle drauf, na, du weißt ja.“ Ich erzählte ihr, wie hilflos Ronnie gewesen war, als ich sie kennenlernte, wie unfähig in praktischen Dingen – zu ängstlich, um allein in ein Restaurant zu gehen, nicht in der Lage, eine Autotür abzuschließen oder die Telefonrechnung zu bezahlen, ehe sie ihr den Anschluß sperrten –, und was für ein gutes Gefühl es für mich gewesen war, daß sie mich brauchte, daß ich ihr Meister war, ihr Grundlage und Stütze bot. Ich erzählte, wie sich all das geändert hatte, wie Ronnie erwachsen geworden war und die Kleines-Mädchen-auf-der-Suche-nach-dem-Ersatzpapi-Rolle irgendwann abgelegt hatte wie ein Kleid, das ihr nicht mehr paßte, wie sie sich auf einmal für Lokalpolitik, afghanische Windhunde und Selbstverwirklichungskurse interessiert hatte, wie sie mich mit der Forderung nach einer Gegenleistung konfrontiert hatte – ich sollte ihr ein Studium in Volkswirtschaft finanzieren, genau wie sie mir meine verunglückte Promotion in Literaturwissenschaft finanziert hatte – und wie ich sie dann verlassen hatte. Als ich fertig war, sah ich Petra an wie ein schuldbewußtes Kind, wie ein Schläger, ein Verbrecher, ein Macho-Schwein und rückständiger Bauer und lächelte zaghaft. Sie hatte eine leere Teetasse in der Hand. „Weißt du was?" fragte sie. Ich schüttelte den Kopf. „Wenn du lächelst – mit deinem ganzen Gesicht, mit den Augen –, dann muß ich dir einfach vertrauen."

Eines Abends, ich weiß gar nicht mehr, wie wir darauf kamen – ich glaube, nur jemand, der an chronischer Schlaflosigkeit leidet, könnte tatsächlich das Netz der eigenen Assoziationen vollständig rekonstruieren und sich an die Entwicklung ausufernder Dialoge erinnern –, verfielen wir auf das Thema Kinder. Es war nicht eben ein Thema, das mir besonders lag. Da ich als Einzelkind in einem Viertel aufgewachsen war, wo es als unmanierlich galt, mehr als zwei Kinder zu haben, hatte ich weder Geschwisterrivalität noch Geschwisterliebe je erlebt, war niemals durch eine neue Chromosomenmischung von der Mutterbrust verdrängt worden, hatte nie halbfertigen infantilen Gesichtern zugegurrt oder Säuglingsauswürfe aufwischen müssen. Ich wußte mehr über Hunde, Katzen oder sogar Goldfische als über Babies, und mit letzteren hatte ich zudem ausschließlich negative Erfahrungen. Kinder – Säuglinge – waren mir geradezu verhaßt, sie bestanden nur aus klaffenden Körperöffnungen und sabbernden Flüssigkeiten, bedeuteten das Ende der Jugend, einen Klotz am Bein, ewige Verantwortung, lebenslanges Grauen. Doch an diesem Abend, an diesem ansonsten herrlichen, goldenen, duftenden Abend ging es um Babies.

„Ich bin jetzt neunundzwanzig", sagte Petra und fuhr mit dem Finger nachdenklich über den Rand ihres Weinglases.

„Ja", sagte ich.

„In zwei Monaten werde ich dreißig."

Ich nickte, empfand diese Feststellung jedoch in gewisser Weise als banal. Dann stieg schlagartig Panik in mir auf. Gab sie damit einen verhüllten Kommentar über unsere Beziehung ab? Dachte sie, sie sei zu alt für mich? Dachte sie, ich sei zu jung für sie? Hatte irgendeine genetische Fehlbildung sie dazu verdammt, genau mit dem Anbrechen ihres vierten Lebensjahrzehnts in Siechtum zu verfallen?

„Weißt du", sagte sie nach kurzer Pause, „ich konnte noch nie allzu ernsthaft mit jemandem zusammensein – mit einem Mann, meine ich –, der keine Kinder wollte." Wir lagen im Bett. Sie hatte die Beine um mich geschlungen. Beim Erwähnen dieses hochgradig befrachteten Wortes, das die Assoziationen sofort auf Sex, Liebe, Zärtlichkeit und auch auf Leiden lenkte, auf vergangene und künftige Generationen, mit all der Vertracktheit und der schrecklichen Verantwortung, die dazugehörten, hob sich mein geplagtes Organ einmal kurz bei dem erhitzten Gedanken an den damit verbundenen Akt, um jedoch gleich wieder unter der Last der Folgen einzuknicken.

„Des Mannes Vater ist das Kind", sagte ich ohne jeden Zusammenhang. „Aber wenn wir schon von Wordsworth reden, weißt du eigentlich, was Whitman über die Kindheit gesagt hat?"

Sie blieb resolut und ließ sich nicht beirren. „Ich bin keine religiöse Fanatikerin", sagte sie. „Und auch keine alte Jungfer aus einem viktorianischen Roman, die keinen Sinn für schönen, gesunden, sportlichen Sex hat – darum geht's ja auch gar nicht." Sie richtete sich auf, setzte sich am Kopfende in die Lotosposition und streckte sich dann zum Nachttisch hinüber, um unsere Weingläser nachzufüllen. Ich beobachtete, wie ihre Brüste sich bewegten.

„Weißt du, wenn unsere Generation auch versucht hat, die Frage des Erwachsenwerdens und der ganzen damit verbundenen Verantwortung möglichst lange aufzuschieben, irgendwann kommt man doch zu der Erkenntnis, daß eine Familie eben ein Teil des Lebens ist, vielleicht sogar der wichtigste Teil." Sie schob sich das Haar zurück, trank einen Schluck Wein und redete dann weiter über die Kraft des Lebens, über Eintagsfliegen, die große Kette des Seins und die Nistgewohnheiten von Vögeln. Sie war eine Philosophin, und sie war nackt. Irgendwie klang alles, was sie sagte, in meinen Ohren völlig einleuchtend. „Das ist die Natur", sagte sie. „Ich meine, die ganzen Nervenreize, das Körperliche, du weißt ja ..." Sie schlug die Augen nieder. Ich hielt ihre Brust in der Hand wie ein Heiligtum. Natürlich wußte ich. „Alles das ist doch dazu da, um den Fortbestand der Art zu sichern."

Ich saß jetzt ebenfalls, drückte mich eng an sie, umarmte sie. „Du klingst ja wie Charles Darwin."

„Nein, ich finde bloß, daß man im Leben mehrere Stadien durchmacht, und in jedem Stadium ändert sich eben etwas. Erst ist man ein Kind, spielt mit Puppen oder fährt Rad, jeder Tag dauert sechs Jahre, und auf einmal ist man fünfzehn, zählt seine Schamhaare und wartet darauf, daß das Telefon klingelt."

„Du also auch, was?"

Sie grinste, nickte, nahm einen Schluck Bardolino. Ich rutschte noch etwas näher.

„Dann wirst du zwanzig, fünfundzwanzig, und du willst ein bißchen Spaß haben – wozu sich binden? Also: Hedonismus, was sonst? Die Ich-ich-ich-Generation."

Meine Hände berührten sie, und jetzt berührten ihre auch mich. Etwas regte sich in mir, aber Philosophie war es nicht.

„Ich hab ja auch gar nichts dagegen", sagte sie. „Aber ich will auch noch was anderes. Ich möchte mich als etwas Ganzes fühlen – verstehst du, was ich meine?"

Zu diesem Zeitpunkt konnte ich nur noch grunzen. Ich richtete mich auf den Knien auf wie ein Satyr und stürzte mich auf sie wie in ein warmes Bad.

Und dann war sie auf einmal weg. Sie stand auf und tappte hinüber zu dem Keramikgnom auf ihrer Kommode. „Ich war furchtbar gern klein", sagte sie und fuhr dabei grüblerisch mit dem Finger über die eingefallene Stirn des Gnoms. „Furchtbar gern. Meine Mutter war eine sehr kräftige Frau. Sie hat mich immer zum Einkaufen oder zum Spazierengehen am Michigansee mitgenommen, und ich kam mir vor wie in den Armen eines Gottes, als könnte mir nichts passieren und überhaupt nichts schiefgehen, als würde alles immer so weitergehen, wie auf einem Gemälde, wie in Seurats *La Grande Jatte* … kennst du das?"

Ich schüttelte den Kopf.

Sie ging quer durchs Zimmer zum Bücherregal, alles bewegte sich, sie bückte sich wie ein Akt von Degas, um ein Buch mit Reproduktionen der französischen Impressionisten zu holen. Sie reichte mir das Buch, bei Seurats Idylle aufgeschlagen. Ich sah einen Tag mit milchigem Sonnenlicht, Kinder, Hunde, Sonnenschirme, eine strahlende Wärme, die niemals aufhört, die ein Aufhören oder Hinschmeißen strikt untersagt. Und auch gar nicht daran denkt. Petra sah mich an. „Komm her", sagte ich und legte das Buch beiseite. Sie kam zu mir, und dann sanken wir in ihr Bett, wo ich mich meinen Impulsen und der lebenspendenden Kraft hingab.

Am nächsten Tag kam ich zur gewohnten Stunde in den Laden und traf sie mit einem alten Kämpfer der Landstraße beim Feilschen über ein Vierhundert-Dollar-Geschirr aus Steingut.

„Vierhundert", sagte sie.

Der alte Mann war untersetzt, etwas dicklich, grauhaarig und trug ein neues weißes T-Shirt. Sein breites Gesicht verzog sich kummervoll, es fiel in sich zusammen wie ein verfaulender Kürbiskopf. „Dreihundert", sagte er.

„Vierhundert."

„Dreihundertfünfzig."

„Vierhundert."

„Dreihundertfünfundsiebzig."

Als ich hereinkam, flatterte luftig, ätherisch und elegant Debussys *Children's Corner* aus den Lautsprechern, und ich fragte mich, ob das Zufall war: Wollte sie mir damit etwas sagen? Petra lächelte mir zu, ich zwinkerte in verstohlenem Einverständnis zurück und drehte mich zur Seite, um eine Suppenterrine zu betrachten, als hätte ich ein so exquisites Objekt noch nie gesehen, als könnte ich mich kaum beherrschen, es mir auf der Stelle einpacken zu lassen und dann den Opa beim Feilschen um das Geschirr zu überbieten.

„Dreihundertachtzig", sagte der Alte, „mein letztes Wort."

Aber Petra war gar nicht mehr da, um ihm zu antworten. Sie war durch den Raum gerannt, hakte sich bei mir unter und ließ damit äußerst wirksam meine Tarnung als unbeteiligter und anonymer Keramikliebhaber auffliegen. „Felix!" sagte sie atemlos und grinste mich an, daß ihre strahlenden Zähne nur so blitzten, aufgeregt, überschäumend, brodelnd wie ein Wasserkessel kurz vor dem Sieden. „Hast du schon gehört? Hast du Zeitung gelesen?"

Ich hatte keine Zeitung gelesen. Ich lebte wie ein unwissender Schweinezüchter in einer windschiefen Hütte, drei Meilen weit weg von der nächsten Asphaltstraße. „Was gibt's denn?"

„Jerpbak. Sie haben ihn erwischt."

„Wen?" rief ich, glaubte es, glaubte es doch wieder nicht, schon durchzuckte mich glühendheiß die Vorfreude, schon war ich atemlos vor Aufregung. Ich gierte nach den schlimmsten, den abscheulichsten Details, ich wollte hören, daß er seine Frau ermordet hatte, spurlos verschwunden oder von einem Bus mit enthemmten, Ganja qualmenden Rastafaris überfahren worden war. „Wovon redest du denn überhaupt?"

„Nun warte doch mal", sagte sie und ging zum Ladentisch, um die Zeitung zu holen. Etwas durcheinander stand der alte Winnebago-Fahrer an der Registrierkasse, in einer Hand einen zwei Pfund schweren Steingutteller, in der anderen ein Bündel Reiseschecks.

Der Artikel war auf Seite sechs, versteckt zwischen lauter Geburtsanzeigen und Fotos von gallig aussehenden Rotariern und halbwüchsigen Kälbermästern. Es war eine kurze, knappe, prägnante Meldung. Jerpbak war vom aktiven Dienst suspendiert, weil ihn die Eltern zweier Jugendlicher, die Anfang des Monats von ihm festgenommen worden waren, wegen des Verdachts der vorsätzlichen Körperverletzung angezeigt hatten. Charles Fadel jun. (16), der Sohn eines in San Francisco und Umgebung recht bekannten Rechtsanwalts, war seinerzeit mit Hämatomen im Gesicht, einer Gehirnerschütterung und mehreren Rippenbrüchen ins Frank R. Howard Memorial Hospital von Willits eingeliefert worden; sein Begleiter, Michael Puff (17) aus Mill Valley, hatte leichtere Abschürfungen und Prellungen erlitten, die ambulant behandelt werden konnten. Laut amtlichem Polizeibericht hatte Officer Jerpbak die beiden am 6. Oktober um 3.45 Uhr nachts dabei angetroffen, wie sie auf der Fernstraße 101 ein Stück südlich der Ortsgrenze von Willits per Anhalter unterwegs waren. Angeblich waren sie der Aufforderung, sich auszuweisen, nicht nachgekommen und hatten sich dann der Verhaftung widersetzt, weshalb der Polizeibeamte sich genötigt gesehen hatte, mit körperlicher Gewalt gegen die beiden vorzugehen. In ihrer Anzeige hielten die Eltern der Jugendlichen dagegen, der Polizist habe die Bürgerrechte der Festgenommenen verletzt und zudem unnötige und maßlos übertriebene Brutalität angewendet. (O ja. Ich konnte mir die dunkle Straße gut vorstellen, den wie eine Sprungfeder gespannten Jerpbak; ich schloß die Augen und sah den blutüberströmten Jungen quer über dem Tisch der Nachtschwester liegen.) Bei der California Highway Patrol lehnte man jeden Kommentar dazu ab.

Ich las den Artikel mit wachsendem Genuß, dann las ich ihn gleich noch mal von vorn, ließ mir die Einzelheiten auf der Zunge zergehen. Ich ballte die Faust, knirschte mit den Zähnen: Sie würden ihm eins reindrücken, sie würden ihn in den Arsch treten. Ich fühlte mich zutiefst befriedigt, genauso selbstgerecht und in Hochstimmung wie damals, als die Nachricht von Nixons Rücktritt gekommen war. Jerpbak hatte seine verdiente Strafe gekriegt. Es gab also doch noch so etwas wie Gerechtigkeit auf der Welt, und die Gerechtigkeit siegte.

Petra und ich umarmten einander. Arm in Arm tanzten wir durch den Laden, wie Pioniere im Wilden Westen, die das Zurückweichen der Komantschen vor den Schüssen der Kavallerie bejubeln. „Das müssen wir feiern", sagte ich.

Ganz vergessen hatten wir den Alten, der hinter seinem Bäuchlein zusammensank und uns aus verkniffenen Augen finster beobachtete. Wir tanzten in inniger Umarmung herum; er hatte einen schlimmen Rücken, schlimme Füße und ein verschlissenes Gedächtnis. „Also gut", sagte er, stellte den Teller auf den Tisch und krakelte seine Unterschrift auf den obersten Scheck in seinem Scheckbuch, „dann eben vierhundert."

Wir gingen in das gepflegteste Restaurant von ganz Willits, ins „Visions of Johanna", das wie eine Schildkröte hinter dem Blue Bird Motel kauerte. Die *cuisine* dort war *haute mexicaine: carnitas, menudo, pollo en mole*. Wir aßen, wir tranken. Das Thema *niños*, das zwischen uns gelegen hatte wie das Schwert in Siegfrieds Bett, kam kein einziges Mal auf. Wie die siegreichen Rächer, voller Leidenschaft, Tequila und weltumspannendem Wohlgefühl, gingen wir zu Petra nach Hause und verbrachten eine triumphale Liebesnacht.

Das war vor vier Tagen gewesen. Als die Sonne noch schien und die Felder erblühten, als Gott in Seinem Himmel war und mit der Welt alles zum Besten stand. Jetzt aber regnete es. Phil, Gesh und ich lungerten ratlos vor der Telefonzelle bei der einsamen Tankstelle und versuchten, die plötzlichen, monumentalen und befreienden Auswirkungen von Dowsts Anweisung zu verdauen. „Erntet sofort!" hatte er gesagt, und es war, als wären damit Bande gesprengt, alle Fesseln von uns gefallen. Wir waren arme Frontschweine in den Schützengräben, und nun hatte der General selbst den Befehl ausgegeben: Es geht nach Hause, Jungs!

In meinem Kopf brodelte es. Ich hatte Petra seit dem Abend im Restaurant nicht mehr getroffen, und jetzt war völlig unklar, wann ich sie wiedersehen würde. Höchstwahrscheinlich würden die nächsten Tage, ja die nächsten Wochen mit fieberhafter Aktivität erfüllt sein. Es ging ans Ernten. Ans Kofferpacken. Ans Evakuieren. Und nach dem Evakuieren mußten wir dann sofort einen Ort finden, wo wir das Zeug trocknen, zerpflücken, wiegen und abpakken konnten, ganz zu schweigen von dem Problem, es dann irgendwie loszuwerden. „Hört mal", sagte ich, „ich muß mal kurz telefonieren. Könntet ihr bitte im Auto warten?"

Geshs Trenchcoat war hinten völlig aufgeweicht. Er atmete seltsam hektisch, war in Gedanken offenbar bei den pitschnassen Grasfeldern, sah schon die Sichel blitzen. „Wir brauchen einen Lieferwagen", sagte er. „Und zwar einen ohne Fenster."

Phil nickte beifällig.

„Klar", sagte ich, „genauso machen wir's. Aber jetzt laßt mich erst mal telefonieren, dann reden wir drüber."

Ich sah ihnen nach, als sie die Kragen ihrer Mäntel festhielten, durch den Wolkenbruch davonrannten und von Pfütze zu Pfütze platschten. Dann wählte ich Petras Nummer und zählte die Klickgeräusche mit, während der Regen auf das Blechdach der Zelle trommelte.

Sie war im Laden. Ihre Stimme vibrierte geradezu vor Enthusiasmus, sie sprach schnell, ein bißchen schrill, konnte ihre Aufregung kaum zügeln. Sie brannte gerade ein neues Stück – eine Figur –, mit ihrer Arbeit ging es hervorragend voran, jetzt, da wegen des Regens die Touristen ausblieben. Nein, nicht wieder so eine groteske Figur, nicht so richtig. Sie habe gerade eine neue Richtung gefunden, glaubte sie: Bei der Statuette handele es sich um einen Schwimmer in einem Sockel aus gezausten Keramikwellen, mit wirbelnden Gliedern, gesenktem Kopf und Gesichtszügen, die nicht so sehr verzerrt, sondern noch ungeformt, urwüchsig *in ovo* waren – es gelinge ihr nicht so recht, dem Gesicht eine klare Fasson zu geben. Eigenartig, nicht?

„Ja, komisch", sagte ich.

Was ich zu dem vielen Regen sagte?

„Wir werden ernten", sagte ich.

Sie schluckte. „So schnell? Ich dachte –?"

„Ich habe eben mit Dowst geredet. Ein so starker Regen ist tödlich für uns, er wird die Ernte schädigen und das Dope verwässern. Wir haben gar keine andere Wahl."

Ein scharfer Windstoß rüttelte an der Zelle, der Regen schlug wie mit Kartätschen gegen das Glas. Ich verstand ihre Antwort nicht. „Was?" fragte ich.

„Dann fährst du also weg?"

„Ja."

„Zurück in die Stadt."

„Ich ruf dich wieder an", versprach ich.

„Klar", sagte sie.

Wir besorgten einen 7,5 m langen Mietlaster und kauften dann zweihundert dicke, doppelt verstärkte, extragroße Plastik-Müllsäcke sowie drei Sicheln. Es wurde schon dunkel, als wir die großen mahlenden Räder des Lastwagens mit dem Bachbett unserer Zufahrt bekannt machten. Gesh saß am Steuer, ich hatte den Platz auf dem Todessitz; Phil fuhr im Toyota vor uns her. Es gab keine Überraschungen. Der Lastwagen torkelte wie ein waidwundes Tier und ächzte in allen Gelenken. Gesh kämpfte mit dem Lenkrad wie Herakles mit der neunköpfigen Hydra, ich stemmte mich mit Händen und Füßen gegen das Armaturenbrett, Äste krachten gegen den großen eckigen Laderaum, der sich hinter der Fahrerkabine erhob, und die Räder gruben sich tief in den Schlamm ein. Sechsmal. Mit Bogensäge und Axt fällten wir junge Bäume und überhängende Äste, schoben schädelgroße Steine und verrottendes Holz unter die Reifen, schaufelten, schwitzten und bluteten. Da wir bei dieser Arbeit inzwischen schon Experten waren, schafften wir es diesmal in nur zweieinhalb Stunden bis zum Hügel hinauf. Gerade als wir die Hütte erreichten, ließ der Regen etwas nach; die Wolken rissen auf, blaß und ausgespült strahlten die Sterne durch die Lücken wie das Zeichen des Bundes. „Hey!" rief Gesh, knallte die schwere Tür des Lasters zu und warf den Kopf in den Nacken. „Wißt ihr was? Könnte gut sein, daß es doch wieder aufklart."

Phil und ich starrten hoffnungsfroh zum Himmel empor. Genau in diesem Augenblick trieben die Wolken in Fetzen auseinander, und der Mond stand als scharf geschnittene Sichel über uns. „Ja", sagte ich nach einer Weile, „vielleicht hast du sogar recht."

Hatte er aber nicht.

Am Morgen regnete es wieder. Und zwar heftig. Die Erde zischte, der Himmel sah aus wie ein fahles Totenhemd, der Regen peitschte herab, brutal, rachsüchtig; dazu wehte ein empfindlich kalter Wind aus Nordwesten. Im Innern der Hütte war es nicht viel besser. Eine bräunliche Lorke troff von der Decke, füllte die überall auf dem Küchenboden verstreuten Auffangbehälter rasch an und brachte sie zum Überlaufen, der Wind pfiff durch die Bohlen, die vollgesogenen Balken knarrten unter meinen Schritten wie gealterte, arthritische Akrobaten ganz unten in einer menschlichen Pyramide. Die Hütte war ausgelaugt, abgewrackt, stand kurz vor dem Ruin. Mir war das allerdings ziemlich egal. Wenn das ganze Ding wie in einem Slapstickfilm in sich zusammenfiel, sobald wir die Tür das letztemal zuschlugen, hätte ich überhaupt nichts dagegen gehabt.

In der frühmorgendlichen Kälte zitternd, ließ ich mich auf dem Fußboden nieder, um mir Socken und Schuhe überzustreifen. Am Küchentisch, auf dem Sofa oder dem Sessel saß ich aus dem einfachen Grunde nicht, weil diese Möbelstücke nicht mehr existierten – jedenfalls nicht in der Form, in der wir sie gekannt hatten. In unserer festlichen Laune nach der gewonnenen Schlacht mit dem Mietlaster hatten wir alle Möbel zerlegt und die brennbaren Teile in den Ofen gestopft, während wir die bevorstehende Abreise mit den Neigen unserer Alkoholvorräte (zwei Fingerhoch Bourbon, ein paar Schluck Kahlua, ein schwacher Hauch Wodka und knapp zwei Liter sauer gewordener Burgunder, der wie Lösungsmittel schmeckte) gefeiert hatten. Ich band mir zum spöttischen Geplapper des Regens draußen die Schnürsenkel und stapfte dann gestiefelt und gespornt zum Herd hinüber, während über mir Gesh rumorte und die abnehmende Frequenz von Phils Schnarchen darauf schließen ließ, daß auch er sich soeben den Fängen seiner Träume entwand.

Die Küche war eine Palette kunterbunten, üppig gedeihenden Lebens, voll schwärender Schleimhaufen und urwüchsiger Fäulnis. Ein blutroter Pilz, dem offensichtlich periodische Verbrennungen ausnehmend gut bekamen, verstopfte die Brennerdüsen des Gasherds, exotische Saprophyten sprossen überall auf den Wänden, die Flächen der Anrichte waren mit blaugrünen Schimmelflecken überzogen, auf denen sich schwarze Fasern aufrichteten wie Bäumchen in einem Miniaturwald. Der Geruch war nicht eben ermutigend. Die Hütte mochte schon bei unserem Einzug kaum bewohnbar gewesen sein, jetzt aber sah sie aus, als hätte eine Pavianhorde darin einen Primärtherapie-Workshop veranstaltet. Ich zuckte die Achseln, riß ein Streichholz an und sah mich noch ein vorletztes Mal in der Hütte um. Dann schob ich den verkrusteten Topf beiseite, in dem die Überreste unseres letzten Abendmahls verklumpten, und setzte Kaffeewasser auf.

Als erstes machten wir uns an den Khaibar-Paß.

Den steilen Hang hinauf, den peitschenden Regen im Gesicht, stolperten wir wie ausgemusterte Sherpas über glitschige Murbrüche. Wir hatten improvisiertes Regenzeug übergezogen – rasch zerschnittene Plastik-Mülltüten, durch die wir Kopf und Arme steckten – und trugen unsere Sicheln wie Waffen vor uns her. Voller Energie hackten wir los. Die schwer kopflastigen Pflanzen fielen gleich beim ersten Schlag um. Wir packten die Stengel durch den wirbelnden Regen nasser Blätter, schüttelten sie aus wie riesige triefende Strandsonnenschirme und stopften sie dann ohne viel Federlesens in die Müllsäcke. Die Säcke rutschten graziös den Abhang hinunter, und wir stolperten und schlitterten hinterher, schon jetzt von oben bis unten verdreckt wie nach einem Ringkampf mit Alligatoren. Danach ernteten wir die Julie-Andrews-Wiese und Jonestown ab, und dann kamen die kleineren Felder dran, die an den fernen, feuchten Rändern des Grundstücks lagen.

Am Nachmittag um drei waren wir fertig, hatten jedes Blatt, jeden Blütentrieb und jeden Stiel eingepackt und im Laderaum des gemieteten Lastwagens verstaut. Übereinandergestapelt wie Sandsäcke auf einem gefährdeten Deich, sahen die prallvollen Plastiktüten mit Gras darin wie ein riesiges Vermögen aus, Massen von Nuggets, ein Vermögen eben. Wir aber wußten es besser. Nach dem Trocknen würde das meiste davon wertloser Abfall sein; nur die *colas*, die prallen Triebspitzen, interessierten uns, und es war längst klar, daß damit sehr wenig übrigblieb. Dennoch waren wir in Hochstimmung. Trotz des Regens und vor allem in Anbetracht des Schweißes, der Anstrengungen und der emotionalen Traumata, die es gekostet hatte, die Pflanzen großzuziehen, war die Ernte doch überraschend einfach vonstatten gegangen. Wir fleißige Pflücker, wie Felddiebe fielen wir über die Plantage her, rafften die Stauden zusammen und füllten sie in die Säcke. Abhacken, einsacken, aufpacken. Das war's. Fertig. Das Sommerlager war Geschichte.

Gesh schleifte eine Papiertüte mit schmutziger Unterwäsche und anderem höchst profanen Gepäck zum Toyota, während Phil seine wertvollen Besitztümer und zerfallenden SF-Taschenbücher, seine Gitarre und den Schweißbrenner einpackte. Ich raffte meine Kleider zusammen, stopfte sie in den Schlafsack und steckte noch das Sieb und die Kaffeekanne dazu, die wir aus meiner Wohnung mitgenommen hatten. Alles übrige ließen wir da. Die anderthalb Meilen PVC-Rohr, die Pferdetröge, die Wasserpumpe, die Motorräder, den Pritschenwagen und den kaputten Jeep. Genau wie die Schrotflinte und das Kleinkaliber, die eingerissenen Müllsäcke und Phils heroische Schrottskulptur. All das gehörte ja Vogelsang. Sollte er es sich doch selbst abholen.

Meine Partner machten sich im Lastwagen auf den Weg bergab, ich ging zu Fuß hinterher. Zweimal liefen wir auf gefährlichen Sandbänken auf und entgingen einmal um Gürtelreifenbreite dem Sturz über einen gähnenden Abhang, dessen jähe Tiefe sich wie ein Blick aus dem Dachgeschoß des Chrysler-Wolkenkratzers in New York vor uns auftat. Wir fanden unsere Charybdis in Form eines bedrohlich brodelnden Schlaglochs, das dem Laster beinahe das rechte Rad abriß, und nur Augenblicke später erhob sich rechts neben uns die Szylla, eine wacklige Basaltplatte von der Größe eines Volkswagens. Die Bäume gruben ihre Krallen tief in die Flanken des Wagens, wie um ihn zurückzuhalten, das vordere Ende zuckte hin und her wie ein Sardinenschwarm in panischer Flucht, die Hecktüren flogen zweimal auf, so daß die Säcke mit Gras in die reißenden Fluten des Fahrwassers fielen. Doch all diese Störungen hielten uns nicht auf. Wir beseitigten Hindernisse und behoben Defekte, wo es notwendig war, und brachten den großen, mit Schätzen beladenen Lastwagen so elegant den Hügel hinunter wie eine stattliche Galeone. Ich ging noch bis zur Asphaltstraße mit, hielt beide Daumen triumphierend in die Höhe und machte mich dann wieder an den Aufstieg, um den Toyota zu holen.

Es wurde schon langsam dunkel, als ich die Hütte erreichte. Hastig verließ ich die Umarmung der düsteren Bäume, ging quer über den Hof und an dem wartenden Toyota vorbei die Verandastufen hinauf und ins Haus hinein, um mich ein letztesmal umzusehen. Alles war still, in Zwielicht getaucht, nach unserem Aufbruch schon jetzt etwas gespenstisch. Nichts hatte sich verändert, außer daß die Möbel weg waren, und dennoch wirkten die niedrigen, mit Abfall angefüllten Räume wie verwandelt – eben noch waren sie voll mit gesundem, lebendigem Dreck gewesen, jetzt aber schien alles heruntergekommen und verlassen. Nach dem, was in diesen Räumen geschehen war, nach all den Konfrontationen, Enttäuschungen und Ängsten, nach den endlosen, verquatschten Nächten, den Kartenspielen und dem erbärmlichen Essen – nach all dem Leben, das wir hier geführt hatten – war das Haus auf einmal tot. Ich fühlte mich wie ein Historiker beim Abschreiten des Schlachtfeldes von Philippi. Ich fühlte mich wie ein Grabschänder.

Lange blieb ich in der Mitte des Zimmers stehen und sah zu, wie die Schatten dunkler wurden und anschwollen wie lebende Wesen, lauschte dem unerschöpflichen Wolkenbruch, der von der Regenrinne mit lautem Klatschen auf die Erde niederging. Worauf wartete ich noch? Was hatte ich vor? Ich schüttelte den Kopf wie ein Betrunkener unter der Dusche und ging dann durch den Flur in meine Schlafkammer, um nachzusehen, ob irgend etwas liegengeblieben war. Als ich die Tür aufstieß, gab es ein hastiges Scharren, und ich sah gerade noch die verschwommene Bewegung, mit der die Ratte über den Boden raste und im Halbdunkel irgendwo verschwand; sie hatte im fleckigen, stinkenden Unterbauch meiner Matratze herumgewühlt wie in einem Kadaver. Der Nager mit dem nackten Schwanz, den langen Schnurrhaaren und den flinken, blitzenden Äuglein war wieder König in seinem Reich, hatte den rechtmäßigen Thron von neuem erklommen. Die Matratze, die stinkenden Suppendosen und verrottenden Hühnerknochen, das Schmieröl und die gesammelten Abenteuer von Bors Borka – all das war unser Vermächtnis an ihn.

Sanft wehende Spinnweben prangten auf den Wänden, der Fußboden sank in der Mitte ein wie unter der Last eines unsichtbaren Gewichts, eine schillernd braunrote Spinne glitt auf den Sprossen ihres bebenden Netzes auf und ab wie ein Finger auf den Saiten eines Banjos. Ich hatte nichts vergessen. Der Papierkorb quoll über, Ausschnitte aus Hochglanzmagazinen (idealisierte Fotos von Essen und Frauen, in dieser Reihenfolge) hingen in Fetzen von den Wänden, Zeitungen, zerrissene Flanellhemden und ausgebeulte Jeans häuften sich auf dem Boden. Ich hatte das ganze Zeug absichtlich und in vollem Bewußtsein zurückgelassen, so wie ich es auch aus einem brennenden Haus oder von einem sinkenden Schiff nicht mitgenommen hätte. Wozu auch? Die ganze verkommene, ausgeräumte, vollgeregnete Bude war nichts weiter als ein gigantischer Abfalleimer, ja sie war selbst der Inbegriff von Abfall.

Ich wollte gehen und drehte mich um – so wie ich mich vor knapp neun Monaten umgedreht hatte, frisch aus der großen Stadt und noch erschüttert von der Primitivität dieser Hütte –, als ich auf einmal wieder vor dem Kalender auf der Innenseite der Tür stand. Ich hatte ihn schon tausendmal gesehen, ignoriert, verlacht und wieder vergessen, aber da war er. Wartete auf mich. Die Frau mit dem Strohhut, das Gesicht abgewandt, die Jahreszahl oben auf der Seite, dieses Kalenderblatt, das eine fremde Hand in längst vergessenen Tagen dort angepinnt und beschmiert hatte.

Wir hatten verfrüht geerntet, fast zwei Wochen vor dem ursprünglich geplanten Termin. Heute war der einunddreißigste – Halloween –, und wir waren schon weg. Oder beinahe. Ganz egal, was der geheimnisvolle Kalender dort für die zweiunddreißigste Wiederkehr meiner Geburt ankündigen wollte, Freude, Unheil oder Ärgernis; es machte nichts mehr aus. Ich nahm den Kalender von seinem rostigen Nagel, faltete ihn einmal und steckte ihn in die Hosentasche.

Es schien noch stärker zu regnen, als ich den Toyota die schlammige Piste hinuntermanövrierte, vorbei an der Basaltplatte und umgestürzten Bäumen, heraus aus der Umklammerung wütend nach mir grabschender Zweige. Das Regenwasser klatschte schneller über die Windschutzscheibe, als die spastischen Wischer es wegschieben konnten, die Scheinwerfer verwandelten die dampfenden Stämme in Phantome, mein Atem ließ das Glas beschlagen. Ich suchte mir den besten Weg, behielt gleichzeitig aber ein möglichst hohes Tempo bei, um nicht steckenzubleiben. Meine Gedanken waren bei Phil und Gesh und unserem für den späteren Abend geplanten Treffen, als ich auf einmal Halluzinationen bekam.

Direkt vor mir, vor dem weichen Bühnenhintergrund der Bäume, stand eine Erscheinung, der Geist vergangener Ernten, ein Harlekin der singenden Sichel, im scheckigen Narrenkleid und weiß geschminkt. Riesig, in den herannahenden Lichtkegeln zu geradezu gargantuesken Proportionen anschwellend, wackelte die Gestalt am Rand des Fahrwegs herum und blieb dann wie erstarrt stehen. Als ich an ihm vorbeiglitt und der Moment der grellsten Beleuchtung schlagartig in vollkommene Dunkelheit umschlug, begriff ich, daß dies keine Halluzination war. Nein, das war Fleisch, und was für Fleisch! Unter dem ganzen Plunder erkannte ich die schweren Knochen und den breiten, glasigen Blick von Marlon Sapers. Marlon Sapers, das Kind im Manne, als überdimensionierter Clown verkleidet, komplett mit Knollennase und Pfannkuchenbacken, in klatschnassem Rüschenhemd und Sackkostüm, mit fröhlich tanzenden Punkten und Schlangenlinien drauf, Marlon Sapers war also gekommen, mich zu verhöhnen. Ich bremste. Kurbelte das Fenster herunter, hielt den Kopf in den peitschenden Sturm und starrte nach hinten, in das rubinrote Glühen meiner Rückleuchten. Ich konnte den Jungen kaum erkennen. „Marlon?“ rief ich. Mit dem tausendfachen Stöhnen der Ertrinkenden strömte das Wasser unter den Rädern hindurch, der Regen trommelte aufs Dach. Erst kam keine Antwort. Dann aber drang seine Stimme durch das Tosen des Unwetters: dünn, kindlich, blechern wie eine schlechte Plattenaufnahme – wollte er sich beschweren? Nein, er wollte mir etwas mitteilen. „Ein gutes Gewissen ist ein sanftes Ruhekissen“, sagte er.

Ich verlor ihn kurz aus den Augen. Der Wagen spotzte und qualmte, Dunst stieg vom Boden auf. Dann machte Marlon einen Schritt nach vorn, und sein Gesicht tauchte aus der Dunkelheit auf, rosa glänzend und riesig trieb es in der Nacht wie ein Himmelskörper in der Unendlichkeit. Seine Miene jagte mir Angst ein. Er schien zu grinsen – wie die Katze am Sahnetopf, wie Robin Goodfellow –, er grinste, als erinnere er sich an einen wahnsinnig komischen Witz.

Der Kissenbezug tauchte aus dem Nichts auf, wie bei einem Taschenspieler. Er blähte sich, spannte sich wie nasse Haut, der Schlitz aufgehalten von Marlons fetten Fäusten. Es war Halloween: Amerikas Kinder verlangten ihren Tribut, so auch Marlon Sapers. Er kam näher, und jetzt verstand ich, was er sagte: „Schlechtes Gewissen oder Bonbons ins Kissen?“

Kapitel 5

Gegen halb elf kam ich in San Francisco an und sah als erstes den schlammüberkrusteten Lastwagen direkt vor meiner Wohnung geparkt – noch dazu ziemlich mies geparkt. Mit einem Rad stand er auf dem Bordstein, die Fahrerkabine verdeckte ein Schild, das für den nächsten Morgen ab 7.00 Uhr eine ABSCHLEPPZONE deklarierte, außerdem war es Gesh gelungen, von den erstklassigen, wertvollen, heißbegehrten und heißumkämpften Parkplätzen der Gegend gleich zweieinhalb in Beschlag zu nehmen. Zur Krönung des Ganzen hatte er unter einer wattstarken, extra grellen Neonlaterne gehalten, die das Heck des Lasters taghell erleuchtete. Eigentlich hatten wir uns bei Vogelsang treffen wollen – der Plan war, ihn mit dem LKW voller Gras zu überraschen und ihn so unter Druck zu setzen, daß er uns erlaubte, das Zeug in seinen hallenartigen Gemächern und endlosen Korridoren zum Trocknen auszubreiten –, doch dieses Vorhaben war gescheitert. Logisch. Wie ich beim Eintreffen vor der Villa in Bolinas feststellte, war uns Vogelsang wieder einmal durch die Lappen gegangen. Das schwere Tor war verriegelt, das Haus lag im Dunkeln, die unzüchtigen Schaufensterpuppen hielten Wacht. Am Tor war ein Zettel von Phil und Gesh befestigt. Darauf stand schlicht meine Adresse: *Fair Oaks*.

Meine Mitverschwörer hatten es sich in den Sitzmöbeln des Wohnzimmers bequem gemacht, als ich meinen Koffer und Phils Gitarre die Treppe hinaufzerrte. Sie tranken Bier, testeten die Belastungsgrenze der Stereoanlage mit einer LP namens *White Noise Plays White Noise* und sahen sich eine blödsinnige Fernsehserie über einen querschnittsgelähmten Detektiv an, der Übeltäter durch Projektion seines Astralleibs dingfest macht. Ich war naß, erschöpft, vom unaufhörlichen, hektischen Pendelschlag der Scheibenwischer des Toyota in einen Zustand präkatatonischer Hypnose gelullt. Krachend entglitt der Koffer meinen Händen, Phils Gitarre flog in den Schaukelstuhl. Ich drehte die Anlage etwas leiser und eröffnete mit einer Feststellung: „Ihr habt's also geschafft."

Phil drehte sich um, immer noch mit Bandagen und ohne Haare auf dem Kopf, der frohgemute Glanz des heimgekehrten Emigranten lag in seinem lädierten Auge, und er quittierte meine tiefsinnige Bemerkung mit einem Nicken. Gesh stellte sein Bier ab. „Vogelsang war nicht da, die alte Sau", konstatierte er.

Draußen, in den engen, finsteren Tiefen des gemieteten LKW standen hundert Plastiksäcke voller triefnasser Graspflanzen bereit, um Schimmel oder Mehltau anzusetzen und sich zu schleimiger Brühe zu verflüssigen. „Hab ich auch gemerkt", sagte ich.

Was mir noch auffiel, war die Einkaufstüte, die neben Phil stand. Das frische, fleckenlose Papier trug den Werbeaufdruck des kleinen Ladens um die Ecke. Darin lagen, auf einem Sechserpack Billigbier, fünf blütenweiße, in Zellophan verschweißte, sauber gerollte Wäscheleinen. Phil beobachtete mich prüfend. Im Hintergrund versuchte sich der Keyboard-Virtuose von „White Noise" an einer akustischen Wiedergabe der Luftschlacht um England. Auch Gesh beobachtete mich. Bomben sausten herab, Maschinengewehre ratterten. „Was nun?" fragte Phil.

Um kurz nach drei waren wir damit fertig, das Marihuana hereinzuschleppen, Sack für Sack. In den Straßen war alles still, ein milchiges Nieseln dämpfte den grellen Schein der Laterne. Treppauf, treppab, der Hausmeister wunderte sich über unser Getrampel, die Tüten mit der Konterbande erinnerten an Leichensäcke, an schnöden Mammon, an die tückischen Samenkapseln in *Die Körperfresser kommen*. Wir arbeiteten rasch und schweigend, die Schultern schuldbewußt gesenkt, und suchten ständig mit wachsamen Blicken die Straße nach dem ersten Aufblitzen eines Streifenwagenscheinwerfers ab. Phil stand hinten im Laderaum und warf die Säcke nach vorn, Gesh und ich hetzten dann damit die Treppe hinauf wie Ameisen, die mißgebildete Eier aus dem Nest schleppen. Einmal hielt ein Auto ein Stück hinter uns an, und jemand stieg aus; der Motor bullerte, die Scheinwerferkegel bohrten sich in den offenen Laderaum des LKW. Wir waren starr vor Schreck. Zwei Stimmen hallten durch den Nebel und wurden vom nassen Pflaster zurückgeworfen, und kurz darauf kam ein schlaksiger Teenager in einem Faschingskostüm den Bürgersteig entlanggeschlendert, direkt auf uns zu. Unsere Blicke hatten die Wirkung von Krummdolchen. Er sah zu Boden.

Oben in meiner Wohnung betrachtete ich die herumliegenden naßglänzenden Plastiksäcke, wie ich den Schutt nach einer Naturkatastrophe oder die Habseligkeiten nomadischer Wüstenbewohner betrachtet hätte. Das Wohnzimmer quoll über davon, in der Küche stapelte es sich auch, und selbst auf dem Fußboden des Gästezimmers schimmerte matt der Kunststoff. Gesh hatte schon angefangen, im Wohnzimmer die Leinen aufzuspannen; die Enden befestigte er mit raschen, dröhnenden Konvergenzen von Hammer und Nagel. Phil riß die nassen Säcke auf, verstreute die Stauden in einem Tumult raschelnder Blätter, kollernder Fruchtstände und spritzender Feuchtigkeit auf dem Teppich, drehte sie mit einer lässigen Bewegung aus dem Handgelenk um und hängte sie wie nasse Mäntel an der Leine auf. Ich zerbrach eine Scheibe und fragte mich, worauf ich mich da bloß eingelassen hatte. Dann drehte ich die Zentralheizung auf 35 Grad hoch und setzte zwei klappernde Ventilatoren in Gang, die ich aus einer Kiste im Keller gewühlt hatte. Wir rannten pausenlos herum und veranstalteten einen Heidenlärm. Vor Erschöpfung schon etwas tolpatschig, rempelten wir einander ständig an; der Hammer dröhnte, das Plastik raschelte, unsere Schritte trommelten eine hektische Tarantella auf die Zimmerdecken der Wohnung im Erdgeschoß. Als Gesh ungefähr zum fünfzigsten Mal mit dem Hammer auf die Wand einschlug, klopfte mein Hausmeister, ein ältlicher Junggeselle mit klebrigem armenischem Akzent, an die Wohnungstür. Dieses Klopfen, dessen Ursprung und Motiv zunächst ja unklar waren, weckte unerfreuliche Erinnerungen an die Hüter des Gesetzes und versetzte uns einen letzten heftigen Schock, die Coda in der dämonischen Sinfonie all der vielen Schocks, die wir im Laufe der letzten neun Monate erlitten hatten. Dann aber erhob sich das dünne Stimmchen des Hausmeisters aus dem Gewölbe des Treppenhauses – „Feee-lix!“ –, und ich wußte, daß wir wieder einmal gerettet worden waren.

Ich ging ihm auf dem Treppenabsatz ein Stück entgegen, nachdem ich einen mißtrauischen Blick von meinem Ende der Sicherungskette durch den Türspalt geworfen hatte. Er trug ein Käppchen und eine schmutziggraue gestreifte Pyjamahose, die aussah, als hätte er sie aus einem Internierungslager geklaut, er war barfuß, und sein schlaftrunkener Blick drückte nichts als Verständnislosigkeit aus. „Was geht hier vor?“ fragte er, und seine Lippen zuckten unter dem blauschwarzen Stoppelbart. „All dieses, dieses ...“, hier hob er die Hände wie Klauen an die Schläfen, „dieses Gerumse und Gebumse!“

Ich erzählte ihm, meine Mutter sei gestorben und meine Brüder und ich zimmerten nun selbst den Sarg für sie, weil das bei uns in der alten Heimat früher so Sitte gewesen sei. So überdreht und fertig wie ich war, durch das Chaos in meiner Wohnung und die körperlichen Strapazen, fiel es mir nicht schwer, entsprechend jammervoll auszusehen. „In alter Heimat?“ fragte er nach. „Wo ist denn das?“

„Boston“, präzisierte ich, trocken wie ein mutterloses Kind.

Er musterte mich sehr lange, das Weiße in seinen Augen war kreuz und quer durchzogen von geborstenen Äderchen, die Lider waren verklebt und gerötet. Drei-Akkorde-Rock'n'Roll und das Donnern des Hammers drangen von oben herunter. Der Atem dampfte vor seinen großen, geweiteten Nasenflügeln; er trat von einem Fuß auf den anderen, starrte mich verdutzt an, sah aus, als wollte er noch etwas sagen, brächte es aber nicht ganz heraus. Nach einer Weile wandte er sich kopfschüttelnd ab und knallte seine Wohnungstür hinter sich zu.

Als der Morgen graute, erinnerte meine geräumige Etagenwohnung im Aussehen an eine Tabakfarm in Raleigh/North Carolina und roch wie der Hinterhof einer Blumenhandlung nach einem Luftangriff mit Agent Orange. Die Atmosphäre war drückend schwer, man konnte kaum darin atmen, der satte, feucht gärende Duft nach Dope lastete in der Luft wie umgekipptes Parfum. Im Wohnzimmer waren jetzt über vierzig Grad. Wüstenwinde stoben aus den Schlitzen der Bodenheizung, ein Elektroöfchen glühte in der Ecke gegenüber dem knisternden Kamin, die Ventilatoren kreischten nach Öl, und wir schwitzten wie Dschungelforscher. Als der Tag anbrach, hing die letzte Pflanze auf der Leine, fast vierundzwanzig Stunden nachdem wir mit unseren blitzenden Sicheln über die Felder hergefallen waren. Wir waren ausgepumpt, total gerädert. Wir saßen um den Küchentisch, tranken Kaffee aus Pappbechern und starrten ins Leere. Ich fühlte mich wie Sisyphus bei einer Fünf-Minuten-Pause, wie Ali gegen Frazier am Ende der vierzehnten Runde in Manila. Geshs Kopf sank nach vorn, Phil lutschte geistesabwesend an einem gezuckerten Krapfen. Draußen regnete es noch immer.

Ich stand auf und bahnte mir einen Weg durch die Vegetation ins Wohnzimmer. Als ich mich zu meiner Plattensammlung bückte, dachte ich an die Nacht zurück, in der ich „Le Sacre du Printemps" gespielt hatte und Vogelsang mit seiner verrückten Idee zu mir heraufgestampft gekommen war. Das Zimmer roch wie ein Silo, von meiner Nase troff der Schweiß. Ich erhob mich und legte eine Platte auf – „Tod und Verklärung" von Strauss. Es hätte mein Leitmotiv sein können.

Fünf Tage brauchte die Ernte zum Trocknen. Während dieser Zeit lag Gesh auf der Couch und ließ sich wie eine Erdnuß rösten, die ewige Bierdose in der schwitzenden Hand, während Phil und ich vor den tödlich heißen Schirokkowirbeln meiner Wohnung in die erste Reihe des unbeheizten Kinos – 99 Cents pro Platz – gleich nebenan flohen, wo wir uns nach Styropor schmeckendes Popcorn und eine endlose Folge von Kung-Fu/Messerschlitzer/Motorrad/Autojagd-Streifen mit spanischen Untertiteln reinzogen. Jetzt, da ich die Muße hatte, verbrachte ich außerdem unverhältnismäßig viel Zeit darauf, mir Sorgen zu machen. Ich sorgte mich wegen der Duftwolke, die stetig aus meinem Wohnzimmerfenster wehte und den gesamten Häuserblock mit dem Aroma von röstendem Marihuana zudeckte, ich sorgte mich wegen der grimmigen Blicke, mit denen der Hausmeister mich bedachte, wenn ich ihn an der Eingangstür traf, ich sorgte mich um das Schicksal des Mietlasters, den wir in unserer Vergeßlichkeit im Parkverbot stehengelassen hatten und der deshalb von städtischen Drohnen abgeschleppt und beschlagnahmt worden war, während wir uns von den Strapazen der Ernte ausgeruht hatten. Zudem war meine finanzielle Lage nicht eben rosig: Während meines Exils hatten Miete und laufende Kosten für die Wohnung meine kümmerlichen Ersparnisse so ziemlich aufgefressen, und wir waren ja noch weit davon entfernt, irgendeinen Profit aus dem Gras zu schlagen, das sich in meiner Wohnung vom Fußboden bis zur Decke stapelte (zuerst mußten wir es noch zerpflücken, abpacken und dann verdealen). Was mir auch nicht aus dem Kopf ging, war die Gerichtsverhandlung, die mir bevorstand, obwohl Jerpbaks Suspendierung vermutlich zu meinen Gunsten sprechen würde.

Und ich machte mir auch Sorgen wegen Petra. Mehrmals versuchte ich sie aus der Telefonzelle vor dem Cinema Latina anzurufen – mein eigener Anschluß war nämlich während meiner Abwesenheit gesperrt worden –, konnte sie aber nie erreichen. Hörte sie das Klingeln nicht, weil der Brennofen so laut bullerte? Grub sie in einem entlegenen Flußbett nach Lehm? War sie aus Willits fortgezogen, in einen anderen Mann verliebt, für zwei Wochen Sonnenbaden nach Puerto Vallarta geflogen? Ich wußte es nicht. Ich konnte nur raten. So hielt ich einfach den Hörer in der Hand und lauschte dem ungenierten Wählton wie einem rätselhaften Code.

Getrocknet, das heißt ohne das Wasser darin, das siebzig Prozent der Masse ausgemacht hatte, schien sich unsere Ernte zusehends zu dezimieren. Blätter schnurrten zusammen, Fruchtstände schrumpelten ein. Pflanzen, die vorher so groß wie Weihnachtsbäume gewesen waren, schienen jetzt leicht und körperlos wie Papierdrachen. Am Nachmittag des fünften Tages versammelten wir uns in der Saunaatmosphäre meines Wohnzimmers, um unsere Ware anzutesten und ihren Marktwert zu eruieren. Phil und ich saßen schwitzend auf der Couch, während Gesh von einer dürren Pflanze eine lange *cola* von der Dicke eines Eichhörnchenschwanzes losbrach und ihr die kleinen Kelchblätter ausrupfte, die wie Zungen zwischen den Blütenständen hervorlugten. Dann pflückte er zwei der süßen, fingernagelgroßen Triebspitzen ab und zerbröselte sie mit langsamem, kreisförmigem Reiben der Handflächen über dem Falz eines Blättchens Zigarettenpapier. Niemand sagte ein Wort, der Moment wurde zelebriert wie ein Hochamt im Vatikan. Wir sahen Gesh zu, wie er den Joint mit priesterlicher Würde drehte, ihn der Länge nach zuleckte und schließlich vor unseren Augen in die Höhe hielt, als segne er die Hostie. Knochentrockene Blätter raschelten über uns, die Ventilatoren surrten, und die Hitze fraß sich in meine Kehle, als Gesh das zeremonielle Streichholz anriß und mir den Joint hinhielt wie ein Pfarrer bei der Kommunion. Ich legte meine Lippen an den Filter und inhalierte.

Nachdem die Tüte dreimal die Runde gemacht hatte, wurde mein Blick wie magisch von der großen, sauber geputzten *cola* angezogen, die vor mir auf dem Couchtisch lag wie eines dieser immergrünen Spielzeugbäumchen, die man für Modelleisenbahnen kauft. Grob gerechnet war sie hundertfünfzig Dollar wert. Wir hatten sie aus dem Nichts erschaffen, aus einem Samenkorn, das man kaum sehen konnte, aus einem Körnchen Dreck. Von diesem Wunder geradezu mesmerisiert, hob ich den duftenden Fruchtstand hoch und drehte ihn langsam in den Händen. Er war hart und steif wie eine trockene Flaschenbürste, das tiefdunkle Grün da und dort von winzigen goldenen und weißen Stigmen durchbrochen. Ich atmete aus und tupfte mir die Stirn ab. Gesh lächelte verzückt. Das Dope schmeckte milde, mit einem süßen Hauch von Minze, und es war nicht schlechter, eher noch besser als das, was wir im Laufe der letzten sechs Wochen auf den Feldern probegeraucht hatten. Rauschartig spürte ich Stolz in mir aufsteigen, lernte in diesem Augenblick das Hochgefühl des Hegers, des Züchters, des Bauern mit dem preisgekrönten Kürbis kennen: Wir hatten es geschafft.

„Was meinst du?“ fragte Gesh.

Dowst brauchte ich nicht für diese Entscheidung. Ich richtete mich ein Stück auf, Sternenfünkchen und Phantom-Amöben trieben ungebändigt durch mein Gesichtsfeld. „Kann man so lassen", sagte ich.

Die letzte Phase des Erntevorgangs – sozusagen das Trennen der Spreu vom Weizen – begann unverzüglich. Alle drei sprangen wir von den Sitzen, rissen die Fenster auf, drehten die Heizung ab und schalteten die Ventilatoren und den Elektrostrahler ab. Dann nahmen wir die skelettartigen Pflanzen von der Leine, brachen die länglichen Fruchtstände ab, drapierten sie auf einem Klapptisch aus Aluminium, den ich hastig mitten im Wohnzimmer aufgestellt hatte, und schaufelten alles andere – Blätter, Stiele und die glasharten, fasrigen Stengel, die aussahen wie die Beine von Störchen oder Löffelreihern – ins Kaminfeuer. (Dies erzeugte eine stetig emporsteigende Wolke aus dickem schwarzem Qualm, der zwei Tage lang aus dem Schornstein quoll, den Smognebel eines mittleren Industriegebiets über das Viertel breitete und den Hausmeister zweimal dazu veranlaßte, vorsichtshalber den Gartenschlauch am Wasserhahn in der Garage anzuschließen.) Nachdem wir noch ein oder zwei Triebe getestet hatten – zu rein analytischen Zwecken natürlich –, ließen wir uns Bier kommen, drehten die Musik etwas lauter, schliffen die Scheren und machten uns dann an die langwierige Arbeit, die Blüten zu putzen.

Am nächsten Morgen rief Gesh als erstes Rudy an. Ich mochte Rudy nicht – mir gefielen weder sein Aussehen noch sein Humor vom Typ Männer-Umkleideraum, noch seine blödsinnigen, überlässigen Sprüche, was mir aber vor allem mißfiel, war seine Verbindung zu Jones. Doch Rudy, Dealer von Stimulantia und Sedativa, sollte uns einen Gefallen tun. Für fünf Dollar die Stunde und soviel zu rauchen, wie er wollte, würde er uns dabei helfen, unser wunderschönes, erstklassiges Sinsemilla-Gras zu putzen, zu wiegen und einzutüten, und dann würde er unseren Anteil zu 1400 Dollar das Pfund in Kommission nehmen und an seine Klientel verhökern. Dabei gingen uns zwar noch mal zweihundert pro Pfund durch die Lappen, aber das schien es ohne weiteres wert, wenn wir uns damit die Nerverei sparten, das Zeug selbst unter die Leute bringen zu müssen.

Schnüffelnd wie ein Bluthund kam Rudy die Treppe hinauf. Seine Augen quollen hervor wie unter einem abnormen Druck von innen – als wäre etwas Lebendiges in seinem Schädel, das sich hinauskämpfen wollte –, und der knochenlose Fleischlappen, der ihm offensichtlich als Nase diente, zuckte aufgeregt. Unter dem rechten Arm hielt er wie einen etwas zu dünn geratenen Football eine in Papier eingewickelte Ohaus-Präzisionswaage. „Scheiße, Mann, Alter, was machst du denn so?" begrüßte er Gesh und schlug ihm mit einer Hand, verschrumpelt wie eine Vogelklaue, auf die Schulter. Phil widmete er ein „Hey, was läuft so?", mir nickte er im Vorbeigehen kurz zu.

„Ach, du dickes Ei", sagte er und drängelte sich ins Wohnzimmer, „was zieht ihr hier bloß für 'ne Show ab – wollt ihr alle in den Knast, oder was?" Er blieb vor dem Kamin stehen und wärmte sich die Hände. Neben ihm, aufgestapelt wie Viehfutter, lagen die restlichen Stengel und Blätter, die wir noch verbrennen mußten. „Wißt ihr überhaupt, daß es da draußen riecht, als wäre irgendwo ein ganzer Lastwagen voll Dope am Kokeln?"

Ich wußte es. Der Hausmeister hatte mich in seiner Wißbegierde, die sich auf bestimmte beunruhigende Phänomene richtete (mein unregelmäßiger Tagesrhythmus, die satten schwarzen Qualmwolken, die aus meinem Schornstein quollen, oder die fünf Tage, in denen sich der Ölbrenner im Keller kein einzigesmal abgeschaltet hatte), vor einer halben Stunde abgefangen, als ich gerade mit einer vor Fett triefenden Portion Essen vom China-Imbiß die Treppe hinauf wollte. Das Käppi hatte er gegen eine verblichene Baseballmütze ausgetauscht, und eine Haarsträhne, die in Dicke und Farbe an den Pelz eines Airedale-Terriers erinnerte, lugte in eigenartigem Winkel darunter hervor. „Ganze letzte Nacht ich habe nicht geschlafen", verkündete er, als gäbe er die Entdeckung eines neuen Planeten oder eines revolutionären Heilmittels gegen Krebs bekannt. Ich erwiderte, das täte mir wirklich sehr leid. Er musterte mich scharf aus ratlosen schwarzen Augen, und ich hatte das Gefühl, er versuchte seine Erinnerung an mich und diese Erscheinung mit dem fahrigen Blick, die da vor ihm stand, miteinander in Einklang zu bringen. Er sah mich an, als hielte er mich für einen Hochstapler.

„Soso", sagte er unvermittelt und sah zu der wabernden Rauchwolke hinauf, die vom Dach aufstieg wie aus den Kesseln einer Raffinerie, „ist euch also kalt? Aber Fenster alle offen?" In diesem Moment stieg mir der Duft in die Nase, ein Duft, der mich an Rock-

Festivals in rappelvollen Konzertsälen erinnerte. „Ach, Sie meinen, weil wir Feuer machen?“ Er nickte. Vor wenigen Monaten noch hätte ich mich angestrengt, ich hätte ihn mit einem Schwall von Entschuldigungen, Versprechungen und plausiblen Lügen besänftigt – jetzt aber merkte ich, daß mir dazu einfach die Energie fehlte. Statt dessen senkte ich den Kopf und berichtete in getragenem Tonfall, daß wir dort oben die Andenken meiner Mutter verbrannten, in Erfüllung ihres Letzten Willens. „Sie wissen schon“, erläuterte ich, „Fotoalben, Tagebücher, alte Schellackplatten von den Andrew Sisters, alles mögliche eben.“ Er räusperte sich respektvoll und sagte mir dann, ich hätte einen Monat Zeit zum Ausziehen.

Trotz seiner vollmundigen Sprüche schien sich Rudy übrigens keine sonderlichen Sorgen zu machen. Rauch war Rauch, und wer konnte schon genau sagen, ob wir nicht Sandelholz oder grüne Mesquitschoten verbrannten – oder auch mit Teer gestrichene Telefonmasten? Er wußte das ebensogut wie wir. Wer nicht gerade die Straße entlangging und ohnehin an Marihuana dachte, dem würde niemals etwas auffallen. Trotzdem war das ganze Fiasko natürlich von Anfang an völlig fehlgeplant gewesen. Einen Zentner Gras mit einem Mietwagen mitten ins Herz dieser Großstadt zu bringen war mehr als einfältig – es war verantwortungslos, unvernünftig, ein Akt der Verzweiflung. Doch mochten wir auch fast neun Monate lang in einem Zustand fortwährender xenophobischer Panik in einer Gegend verbracht haben, wo auf zehn Quadratmeilen weniger Menschen lebten als allein in diesem Häuserblock, so neigten wir jetzt auf einmal dazu, diese Dinge nicht so eng zu sehen. Vielleicht schöpften wir Sicherheit aus der schieren Absurdität unseres Tuns (schließlich schnüffelten die Typen vom Rauschgiftdezernat ja alle in den Wäldern herum, oder?). Vielleicht war uns auch einfach alles scheißegal. Jedenfalls nahm ich Rudys Bemerkung als das, was sie war – als Abstecken des Reviers, als Klarstellung der Verhältnisse: wir waren Tölpel und Idioten, die sogar sich selbst gefährdeten, ahnungslose Grünschnäbel in der hohen Schule pharmazeutischen Brauch- und Mißbrauchtums, er dagegen war emeritierter Professor dieser Fachrichtung.

Als erstes drehte sich Rudy zwei Joints. Den einen steckte er in die Hemdtasche, um später darauf zurückzukommen, mit dem anderen machte er es sich im Sessel bequem. Ich sah ihm zu, wie er daran herumpusselte wie ein Zigarrengroßhändler in Havanna –

daran leckte und schnupperte, einen tiefen Zug machte und seufzend den Rauch ausstieß – und dann das ganze Ding bis zum Filter wegrauchte. Breit und behaglich wie ein Guru saß er im Sessel. „Gutes Dope", bemerkte er nach einer Weile, wand sich aus den Tiefen des Sessels und stellte seine Waage auf. Zuerst wog er ein Pfund der geputzten Fruchtstände ab, zum Vergleich dann ein Pfund von dem unverlesenen Zeug. Ich saß mit Phil und Gesh um den Klapptisch, schnipselte verbissen mit der Schere herum und war in Gedanken ganz woanders: bei Petra, meiner Arbeits- und Mittellosigkeit und dem bevorstehenden Verlust meiner Wohnung. Der Fernseher flimmerte, er lief die ganze Zeit, seitdem wir hereingekommen waren (irgendeine Seifenoper, in der jede Menge gesoffen wurde und Scharen von offenbar sexbesessenen minderjährigen Mädchen gequälte Männer mit grauen Schläfen und Lacoste-Hemden umzingelten), im Hintergrund dröhnte aus dem Radio ein scheppernder synthetischer Disco-Rhythmus.

Rudy untersuchte unsere gesamte Ernte – große wie kleine *colas* –, schnüffelte herum wie ein Nagetier, eine große, aufgedunsene, zweibeinige Ratte, die aus ihrem Loch herausgekommen war, um ein kräftiges Stück aus unserem Profit herauszubeißen. Ich fragte ihn, wann er endlich damit anfangen würde, sich die fünf Scheine pro Stunde zu verdienen, die wir ihm zum Verlesen zahlten. Er antwortete nicht, aber gleich darauf drehte er sich um und verkündete: „Also, ich würde sagen, ihr habt hier so an die dreißig Pfund Dope liegen – und dazu noch etwa zwei Pfund loses Krümelzeug."

Dreißig Pfund. Gesh sah Phil an. Phil sah mich an. Niemand sagte ein Wort, aber die Rechenmaschinen in unseren Köpfen klikkerten los. Unser Anteil davon würden zehn Pfund sein, die wir durch drei teilen mußten. Bei 1400 Dollar pro Pfund – also bereits abzüglich Rudys Provision – würde jeder von uns so ungefähr mit 4600 Dollar aussteigen, und das lag zirka 162000 Dollar unter der ursprünglichen Schätzung. Und, ach ja, jeder von uns mußte noch einmal 555 Dollar von seinem Anteil abknapsen, damit die fünftausend zusammenkämen, die Vogelsang für Jones, diesen Erpresser, ausgelegt hatte. Es war ein Schock für uns. Wir hatten ja gewußt, daß nicht allzuviel rausspringen würde, aber das war nun weniger als die Hälfte unserer armseligsten Hochrechnungen. Nach einem kurzen Augenblick, in dem Rudys Worte verklangen, die Zahlen tief in unseren Hirnen Wurzeln schlugen und allmählich ins Bewußtsein sprossen, erhob Phil am anderen Ende des Tisches die Stimme zu einer klagenden Frage: „Bist du sicher?“

Später – es war fast dunkel, vor den Fenstern schimmerten fahl die beleuchteten Fassaden auf den Hügeln der Stadt, lauter Häuser wie Spielkarten oder Dominosteine – stand ich gerade draußen in der Küche und machte eine Dose mit Tomatencremesuppe auf, als Rudy auf der Suche nach Streichhölzern hereinkam. Er war ziemlich stoned und benebelt, die großen, geweiteten Pupillen prangten in der schalgelben Iris seiner Augen, seine Unterlippe hing schlaff herab. „Was läuft?“ fragte er. Ich ignorierte ihn und konzentrierte mich darauf, wie die Suppe schmatzend aus der Büchse rann; dann griff ich nach der Worcestersoße und dem schwarzen Pfeffer. Rudy tappte im Kreis herum, beklopfte seine Taschen, zog Schubladen auf. Schließlich blieb er vor dem Herd stehen. „Haste mal ’n Streichholz?“ fragte er.

Ich war ärgerlich. Wütend. Meine Wohnung war ein einziges Chaos, ich war eine Niete und Rudy ein Schwachkopf. Ich wühlte eine Packung Zündhölzer aus der Hosentasche und warf sie ihm hin, ohne den Kopf zu wenden.

Die Suppe hatte die Farbe von verdorbenem Lachs, die Mohrrüben waren holzig geworden. Ich rührte leidenschaftslos und ohne Appetit darin herum, sah zu, wie der Löffel die trübe Flüssigkeit teilte, darin verschwand und wieder auftauchte. Ich hörte das Anreißen und Aufflammen eines Streichholzes, roch den schwefligen Gestank und dann den süßlichen, durchdringenden Duft von Marihuana. „Hey, Alter“, sagte Rudy dicht neben mir – ich rührte die Suppe, rührte immer weiter –, „ist doch kein Grund, in Trübsinn zu verfallen. Ihr drei habt wenigstens was verdient dabei.“

„Ach ja?“ fauchte ich und fuhr herum wie ein Kampfhund. „Was haben wir denn verdient? Die viertausend meinst du?“ Ich hatte Schaum vor dem Mund. „Ist doch lächerlich.“

„Besser als das, was Jonesie abgekriegt hat.“

Jonesie. Auch noch in der Koseform. Hatte ich bis dahin lediglich eine leise Bitterkeit verspürt, meine Verletztheit hinter dem Schnipseln der Schere und dem Rühren der Suppe verborgen, war ich jetzt in heller Wut, bereit, auf alles einzuprügeln, was mir zu nahe kam. „Jonesie!“ äffte ich ihn nach. „Dieser Blutsauger. Dieses Arschloch. Der hat doch nur abgesahnt. Keinen Finger hat dieser Sack gerührt – aber wenn du's wissen willst, der hat mehr Geld eingestrichen, als jeder von uns dreien am Ende kriegen wird."

Rudy wich meinem Blick aus. „Dafür kann ich doch nichts, Mann – laß das bloß nicht an mir aus." Dann setzte er zu einer ausführlichen Apologie an und versicherte wortreich, er kenne den Typ zwar und so, aber das heiße ja noch lange nicht, daß er seine Mutter sei – ob ich verstünde, was er damit sagen wolle? Ich verstand schon. Aber da war noch etwas in seinem Blick, das er nicht beherrschen konnte, eine kaum merkliche Hektik, als verheimlichte er mir irgend etwas. Er bot mir den Joint an. Ich lehnte ab. Unmißverständlich. „Außerdem meinte ich ja nicht dieses Jahr", sagte er und bleckte seine modrigen braunen Zähne zu einem versöhnlichen Grinsen. „Ich meinte doch *letztes* Jahr. Da hat Vogelsang diesen Typ ja voll abgelinkt."

„Vogelsang?"

Rudy sah auf einmal verstimmt aus, zornig und gereizt, als hätte ich ihm aufs Hemd gespuckt oder die Nähte aus einer frisch verarzteten Wunde gerissen. Einen Augenblick lang glaubte ich, er wolle sich schlagen. „Ja, genau", zischte er, „dein toller Kumpel, der smarte Geschäftsmann, der Dealer-König. Vogelsang."

„Vogelsang?" wiederholte ich das Wort, so, wie ich, hätte ich mich in einem fremden Land verlaufen und jede Orientierung verloren, den Namen einer weit entfernten U-Bahnstation vor mich hinmurmeln würde. Irgend etwas stimmte nicht, Feuer sprühe, Kessel glühe, alle meine düsteren Vorahnungen gerannen wie die Suppe im Topf vor mir.

„Ich hab 'n Haufen *Geld* verloren dabei, Alter!" Rudy, der Mann mit dem fliehenden Kinn und der unsagbaren Nase, mit seiner Hühnerbrust und der hepatitischen Haut, war rechtschaffen entrüstet, der Gedanke allein war mehr, als er ertragen konnte. Nimm meine Mutter, meine kleine Schwester, meinen alten Hund, aber wehe, du wagst dich auch nur in die Nähe meines blauen Vinyl-Scheckhefts.

Ich ließ den Löffel in den Suppentopf fallen, plötzlich schwach auf den Beinen, starrte in seine hervorquellenden, glitzernden Augen wie in zwei dunkle Kristallkugeln, die mir die Erleuchtung brachten – oder vielmehr die Bestätigung dessen, was ich im Herzen schon immer gewußt hatte: Vogelsang hatte uns beschissen.

Rudy ging aufgeregt hin und her, kratzte sich am Knie; Rauch stieg rechts und links von seinem Kopf auf, als hätte er sich ein feuchtes heißes Handtuch um eine schmerzende Backe gewickelt. „Der Dreckskerl hat mich überredet, mit drei Mille einzusteigen. Zweihundert Pfund, sagte er damals, gar kein Problem. Die hätten wir dann zu dritt geteilt: er, ich und Jones."

Vogelsang, Vogelsang, die Silben schlugen in meinen Adern einen satanischen Takt. Ich fühlte mich verraten, ich kochte vor Wut und dürstete nach Rache. Ich stellte mir vor, wie ich lautlos in sein düsteres Museum eindrang, einen der kambodschanischen Schweinestecher von der Wand nahm und weiter durch den Flur schlich. Ich sah die Tür zum Schlafzimmer vor mir, das Wasserbett mit Vogelsang darauf.

Rudy redete ununterbrochen weiter; seine Klagen kamen in einem stetigen Schwall, wie Erbrochenes. „Na ja, und als Jonesie dann mit dem Dope im Auto erwischt worden ist, da besteht Vogelsang darauf – *besteht* darauf, auch wenn ihm das Ganze scheißegal sein könnte, ich meine, er wohnt ja nicht da oben oder so –, daß die Pflanzen alle weg müssen. Jonesie meinte noch: Blödsinn, bloß keine Panik, das ist doch völlig unnötig, also ist Vogelsang hingefahren und hat es selber gemacht. In der Nacht. Mit 'ner Taschenlampe und seiner beschissenen Knarre. Er hat sämtliche Stauden umgehackt und verbrannt, und weißt du, was ich von der ganzen Sache gehabt hab? Null, Zero, Scheiße. Ich bin total gelinkt worden."

Ich fühlte mich auf einmal leichtsinnig, tollkühn vor Wut, wie damals, als ich im Bezirksgefängnis von Tahoe in Jerpbaks Fänge geraten war oder als Jones in der leeren heißen Hütte grinsend vor mir gestanden hatte, auf den Lippen die dreckige erpresserische Forderung. Und warum hatte Rudy uns all das nicht erzählt, als sein alter Kumpel Gesh und ich ihn an jenem langen, sinnlos vergeudeten Wochenende des 4. Juli besucht hatten? Ich wußte, warum, jetzt wußte ich es: in der Frage lag schon die Antwort. Weil er mit Jones unter einer Decke steckte, darum. Weil er sein Geld wiederhaben wollte. Von irgendwem. Von uns.

Ich roch die angebrannte Suppe hinter mir. Rudy stand vor mir wie ein Sack voll loser Knochen, die Lippen schmollend vorgeschoben, die Schultern gebeugt unter der Last der Ungerechtigkeit dieser Welt. Armer Rudy. Er zog an seinem Joint und wollte gerade noch etwas sagen, als ich ihm das Ding aus der Hand schlug und ihn gegen die Wand schleuderte. „Raus hier!" Meine Stimme durchbohrte ihn wie eine Eisnadel. „Beweg deinen stinkenden Arsch aus meiner Wohnung, aber sofort!“

Schock und Angst: Rudys Gesichtsausdruck zerfloß wie eine verwischte Zeichnung, einfach widerlich. Ich hielt ihn an der Kehle gepackt wie ein Wahnsinniger, sein übelriechender Atem wehte mir in die Nase, er krallte sich in meine Handgelenke, als spielten wir Hahnenkampf oder rangelten um einen Football. „Hey“, sagte er, „hey“, sichtlich entsetzt von dem Ausdruck auf meinem Gesicht, er wand sich wie etwas, das gerade aus dem Schlamm gefischt worden ist, „laß mich doch in Ruhe, Mann, ich hab dir doch nichts getan!“ Ich hielt ihn gegen die Wand gepreßt, an der Küchengeräte aller Art blinkten – Raspeln und Schnitzwerke, das Hackebeil, das Fleischermesser –, ich hielt ihn wie eine Gans oder einen Truthahn kurz vor dem Erdrosseln: den Hals umgedreht und dann die Federn gerupft. „Ich geb dir zwei Minuten Zeit“, sagte ich.

Dann war ich draußen im Korridor, riß meine Jacke vom Haken, das Scheppern der Autoschlüssel, Phils Gesicht, Geshs Gesicht, der lange Alu-Klapptisch mit dem kümmerlichen, geschmälerten Häufchen unseres besudelten Lohnes, meine Füße auf den Treppenstufen, die Haustür, die Veranda, das Auto. Der Motor sprang mit dumpfem Röhren an, und ich schoß auf die Straße hinaus. Ich sah weder Ampeln noch Neonleuchten, noch die gewaltigen Masten der Golden Gate Bridge. Im gleißenden Licht der Scheinwerfer und in den dunklen Schatten, die hinter der Windschutzscheibe lauerten, hatte ich nur eines vor Augen: Vogelsang.

Kapitel 6

Die Nacht war klar, der Mond hing wie ein Geschenk am Himmel, in der Luft lag eine stechende, unversöhnliche Kälte. Obwohl das Gartentor verriegelt war – barrikadiert wie die Portale von Blaubarts Schloß –, konnte ich einige Lichter erkennen, und ganz leise, wie in einem Sommernachtstraum, hörte ich Fetzen von Musik. Er war zu Hause. Ich starrte versonnen den schimmernden Klingelknopf an, das dunkle Gitter der Sprechanlage. Sollte ich läuten und mich ankündigen wie ein Gast zum Abendessen – oder über die Mauer setzen wie ein Landesverräter? Ich war zum Abrechnen gekommen. Ich wollte Antworten, Entschuldigungen, Genugtuung, ich wollte Vogelsang auf den Knien sehen, stigmatisiert von seiner Schuld und mit einem Schwall von Abbitten um Vergebung bettelnd, ich wollte ihn gedemütigt sehen wie einen Unberührbaren vor dem Tempel – vielleicht wollte ich sogar sein Blut. Ich weiß es nicht, ich handelte nicht mehr rational. Meine Rationalität war die eines Psychokillers wie Son of Sam oder George Metesky: äußerlich verschlagen und eiskalt berechnend, und darunter schwelte die Raserei wie ein Urtrieb. Ich ließ die Klingel schweigen.

Der Kies knirschte, als ich den Toyota längsseits neben das Tor manövrierte, mich genau parallel davorquetschte, so daß nur wenige Zentimeter freiblieben. Ich hatte nicht daran gedacht – nicht bewußt jedenfalls –, das Tor damit zu versperren, als wollte ich das Haus belagern, aber so sah es nun aus. Eigentlich hatte ich das Auto nur benutzen wollen, um über die Mauer zu klettern, aber als ich mich vom Dach des Toyota hinaufschwang, bemerkte ich, daß ich außerdem eine Blockade errichtet hatte – solange der Wagen dort stand, konnte sich niemand aus dem Staub machen. Das Blut brauste in meinen Ohren; aus dem Haus drang das leise Wummern eines Schlagzeuges. Langsam und vorsichtig, mit all der Grazie, die die Notlage forderte, kletterte ich auf der Innenseite des Tors herunter – es war über drei Meter hoch – und sprang in die Dunkelheit hinein.

Alles war still, bis auf die unstete Melodie, die aus dem schwach erhellten Haus durch die Nacht wehte. Ich hörte weder Zikaden noch Grillen, noch Heuschrecken, die Generation von Insekten, deren höhnisches Sirren mich durch den ganzen katastrophalen Sommer begleitet hatte, war jetzt ausgelöscht, zertreten. Ich schlich auf das Licht zu, heimlich wie ein Attentäter. Die Auffahrt hinauf, vorbei an Vogelsangs matt glänzendem Saab und dem fahlen Hintergrund des Eukalyptushains – aber was war das? Die vertrauten Konturen des Jeeps, und daneben stand der Datsun-Pritschenwagen. Vogelsang war fleißig gewesen.

Noch ein Tor, rings herum ums Haus und die Holzstufen hinauf zur hinteren Terrasse. Keine Haustiere, die einem Ärger machten, keine davonzischenden Siamkatzen oder hechelnden alten Hofhunde, keine Überraschungen oder Fallen. Schwer atmend drückte ich mich an der Rückwand entlang, eine Wolke aus kondensiertem Wasser umhüllte mein Gesicht wie eine Maske. Beim ersten Fenster – Küche oder Schlafzimmer, eins von beiden mußte es sein – waren die Jalousien heruntergelassen, aber gleich dahinter, dort, wo wahrscheinlich der Ballsaal war, fiel Licht in einem langen Parallelogramm auf die Veranda. Vorsichtig, vorsichtig. Ganz langsam schlich ich mich näher, die Musik erstarb und setzte wieder ein, war jetzt lauter und klarer vernehmlich: Tablas und Tamburine, irgendeine seltsame Ziegenhirtenserenade, in die sich immer wieder abrupt ein schwirrender Flötenton mischte – ich mußte an einen humpelnden alten Fakir denken, der einen Turban trug und am Emphysem dahinsiechte. *Kling-klang, tuut, kling-klang, tuut.*

Ich zwang mich, langsam zu gehen, zählte ein, zwei, drei Sekunden zwischen meinen Schritten ab, konzentrierte mich auf Bilder von Buschmännern, skalpierenden Indianern, nackten, listigen Irokesen, für die das Knacken eines Zweiges den Unterschied zwischen Leben und Tod bedeutete, als urplötzlich eine kalte, starre Hand hervorschoß und mich am Arm berührte. Reflexartig zuckte ich zurück, es gab ein lautes Scharren, als würde ein Stuhl auf dem Parkettboden verschoben, und gleich darauf war ich in einen heftigen Ringkampf mit einer von Vogelsangs Schaufensterpuppen verwickelt. Die Puppe hatte an der Wand gelehnt, ganz unschuldig, und ich war blind hineingerannt. Auf einmal kam sie auf mich zu, augenlos, gesichtslos, stürzte um wie ein gefällter Baum, wie ein Leichnam, der aus seiner Nische in der Katakombe kollert, und ich fuhr schon zusammen, in Erwartung des Krachens, der herbeieilenden Schritte, der aufflammenden Flutlichter und des scharfen Klikkens, mit dem die Patrone in die Kammer der schwarzglänzenden Schrotflinte gedrückt würde, sprang dann aber in letzter Sekunde vor, um die Puppe mit dem rasanten, manischen Schwung eines Tangolehrers beim Abschlußball eben noch aufzufangen.

Eine volle Minute blieb ich geduckt und reglos stehen, die Puppe an meine pochende Brust gepreßt. Ich lauschte auf Schritte, wartete auf den lauten Schrei. Nichts. Die Musik spielte weiter wie zuvor, das Blasinstrument war jetzt von einem dumpfen nasalen Stöhnen unterlegt, das sich hob und senkte wie Rauch über einem Lagerfeuer. Ich wußte nicht genau, was ich mitten in der Nacht auf Vogelsangs Gartenveranda tat, was ich eigentlich vorhatte; aber das wichtigste war der Überraschungseffekt. Nur ein einzigesmal wollte ich ihn überrumpeln, ihn im Sturm überrennen, seine Gefühle verletzen und seine Selbstbeherrschung zertrümmern – nur einmal wollte ich die Oberhand über ihn behalten. Deshalb erstarrte ich zur Salzsäule, wagte kaum zu atmen, endlos lange Sekunden gruben sich wie Tomahawks in meinen Skalp, bis ich wußte, daß ich sicher war. Lautlos, erleichtert, dankbar und mit unendlicher Behutsamkeit – man stelle sich einen jungen Krankenwagenfahrer an seinem ersten Arbeitstag vor, der einen Neunzigjährigen mit Bandscheibenvorfall auf die Trage hebt – setzte ich die Puppe wieder ab. Dann kroch ich weiter, immer noch tief geduckt.

Vogelsang saß an dem langen Tisch in der Mitte des Raums, mit dem Rücken zu mir. Er wurde von zwei antiken Stehlampen aus Messing flankiert, die den Tisch wie einen Fahrkartenschalter erhellten, und saß grüblerisch versunken über einem Haufen von starren, blassen, leicht vergilbten Objekten, die vor ihm ausgebreitet lagen – hätte ich Vogelsang nicht gekannt, hätte ich wahrscheinlich geglaubt, es handle sich um elfenbeinerne Rückenkratzer und Eßstäbchen, um Nasenflöten und Schildpattkämme, die ein Straßenhändler aus Hongkong auf den Tisch gekippt hatte. Bei näherem Hinsehen erkannte ich jedoch einen geschwungenen Kieferknochen, die vorgewölbten Rippen eines Brustkorbs und direkt neben Vogelsang einen feinknochigen, ins Leere starrenden Schädel. Oder nein, zwei Schädel, mit dem Gesicht nach oben, in der verblichenen Farbe von dünnem Tee, tesseliert wie altes Pergament. Er hob gerade ein poliertes Zehen- oder Fingergelenk hoch und verglich es mit einem anderen, dann nahm er eine schwere Lupe in die Hand und spähte angestrengt hindurch, als schätze er den Wert eines Edelsteins.

Barfuß und in einen kurzen orientalischen Umhang gekleidet, mit einer breiten Schärpe um die Hüften, erinnerte Vogelsang an einen Samurai, der sich im Geisha-Haus entspannt. Seine Bewegungen waren langsam und bedächtig, das Lampenlicht verlieh ihm einen Glorienschein, im Kamin loderte es wie bei einem rituellen Brandopfer. Neben ihm auf dem Tisch sah ich die Überreste eines Imbisses – Trockenfisch und Ginseng, kein Zweifel – und eine Flasche Wein mit drei Gläsern. Ganz hinten links, in der abgedunkelten Stereo-Fernseh-Nische, glühte das feurigrote Lämpchen des Verstärkers, und die matt erleuchteten Nadeln auf der Lautstärkeanzeige des Plattenspielers registrierten das klappernde Getrommel und das klägliche Jaulen der Ziegenhirtenserenade. Mein Blick schweifte über die Unmengen von Flinten und Dolchen an den

Wänden, die tanzenden Luchse, die glitzernden Schaukästen und alles andere: Es war niemand sonst im Raum.

Ich beobachtete ihn, selbst ein Teil der Nacht, ein lautloser Würgemörder, der abwartend über seinem schlafenden Opfer steht, und legte die Hand auf den Griff der Glas-Schiebetür. Die Tür war nicht verschlossen. Ein ganz leiser Druck eines Fingers genügte, schon rutschte sie einen Spaltbreit auf. Die Musik wurde auf einmal härter, scharfkantiger, und ich spürte die Wärme des Hauses auf der Gesichtshaut. Ich zögerte, wappnete mich, tastete noch nach einer wirkungsvollen Eröffnung – was sagt man zu jemandem, der ein Vertrauensverhältnis verletzt hat, der einen benutzt und manipuliert hat, der immer falsch spielt, aber nie verliert, zu jemandem, der im Nachthemd in seinem Wohnzimmer sitzt und an einem Haufen farbloser Knochen herumbastelt, während die Wände rings um ihn vor Feuerwaffen, Messern und Schwertern nur so starren? *Naaaah, naa-aaah-naaaah*, sang der Ziegenhirte, *kling-klang, pomm*, machten die Trommeln. Genau in diesem Augenblick – gerade als ich genügend Mut gesammelt hatte, um die Tür aufzureißen und ins Zimmer zu stürmen wie ein Rachedämon – kam Aorta aus der Küche herein, in der Hand eine Tasse Kaffee. Aber es war keineswegs die Kaffeetasse, die mir ins Auge fiel. Als allererstes fiel mir auf, daß sie nackt war.

Als Dreizehnjähriger hatte ich einmal aus einem Versteck heraus die traurige, rundliche, schon etwas ältere Marge Conklin dabei beobachtet, wie sie sich die sepiafarbenen Strümpfe wie Talg von den plumpen Beinen zog, bis mir auf einmal der Mut schwand – der Anblick war erschreckend, hatte etwas Klaustrophobisches, Fatales an sich – und ich im Gebüsch zusammensank wie von einer Keule getroffen. Nicht anders fühlte ich mich jetzt. Verbotene Früchte, überlastetes System: Ich war elektrisiert. Mit sachte wippenden Brüsten durchquerte Aorta den Raum, der Haarbusch saß zwischen ihren Beinen wie das Utensil eines Jongleurs, sie blieb hinter Vogelsang stehen und beugte sich über seine mumienhafte Gestalt. Sie wandte mir den straffen, festen Rücken zu, die Beine waren leicht gespreizt, ihr Hintern wackelte, und ihre Lippen tupften einen flüchtigen Kuß auf Vogelsangs Wange, als sie die Tasse auf den Tisch stellte. Ich stand da wie angewurzelt, geil wie eine mit Pheromonen eingenebelte Motte, gleichzeitig aber verspürte ich Schuldgefühle, ja Scham: ich war in hehrer Absicht gekommen, ich hatte die Arglist entlarven und das Banner von Anstand, Wahrhaftigkeit und Ehre aufpflanzen wollen – statt dessen schlich ich mit einem Ständer vor dem Fenster herum wie ein pubertärer Spanner. Ich wich zurück und preßte mich gegen die Wand.

Als ich wieder hineinsah, war Vogelsang allein. Aorta war in eine dunkle Ecke hinten im Saal verschwunden: angestrengt versuchte ich, sie zu erkennen. Solange sie im Raum war – und vor allem solange sie darin splitternackt herumhüpfte, als wollte sie sich im nächsten Moment am ganzen Körper mit Kokosöl einreiben oder ihren Intimbereich pudern –, konnte ich unmöglich hereinstürzen und Vogelsang zur Rede stellen. Oder doch? Wieso eigentlich nicht, dachte ich, und dabei überlief mich ein Schauer der Bosheit, als mir die Kränkungen einfielen. Schließlich war ich ja gekommen, um ihn zu überrumpeln, oder nicht? Wie konnte ich ihm einen nachhaltigeren Schrecken einjagen, als wenn ich gerade dann mit einem blutgierigen Schrei durch die Tür hechtete, wenn er sie inmitten all seiner Knöchelchen und Wirbelfortsätze bestieg? Genau, dachte ich und grinste wie ein Perverser. Sofort begann ich darum zu beten, sie möge endlich aufhören, da hinten im Dunkeln herumzufummeln, und statt dessen zurückkommen und ihn von den Knochen ablenken.

Es wäre zu schön gewesen, um wahr zu sein.

All meine Hoffnungen – sowohl als Voyeur wie als Sadist – wurden zerstört, als sie kurz darauf aus der Dunkelheit hervortrat, in einen kurzen Kimono gehüllt, genau wie Vogelsang, und zurück in die Küche ging. Aber Moment mal? War denn das Aorta? Fingernägel wie Stilette und schwarzer Lippenstift, ja, feste Brüste und lange, fließende Beine, aber irgend etwas an ihr war anders – war es das Haar? Es schien mir länger, dunkler, und der blaue Tigerstreifen war weg. Überhaupt schien alles anders – ihr Kinn, ihre Nase, ihre Art zu gehen? Ganz sicher war ich nicht. Die Küchentür klappte zu, und sie war verschwunden.

Das war meine Chance. Ich dachte an Jones, an Rudy, an neun nutzlos vergeudete Monate, und zog die Tür mit apokalyptischem Dröhnen auf. Vogelsang sah über die Schulter – ganz flüchtig, ohne jedes Interesse, als wäre er zum Dinner bei „Vanessi's" und die Kellnerin hätte an der Bar ein Cocktailglas fallen gelassen –, und dann wurde sein Gesicht auf einmal starr, ich sah das konvulsivische Entsetzen, die Panik, die in seinen Augen gerann, so daß sie glitzerten wie die Glaskugeln, die er seinen Dachsen und Luchsen einsetzte. Ich war riesenhaft, ich war bedrohlich. Boshaftes Vergnügen stieg wie eine Welle in mir auf. „Felix!“ Er zögerte bei meinem Namen, als hätte er ihn vergessen.

Ich trat in den Raum hinein. Wortlos.

Jeder andere hätte Erschrecken, Überraschung, Entrüstung, Angst ausgedrückt, jeder andere hätte eine Erklärung verlangt, hätte nach der Schrotflinte gegriffen oder sich unter dem Tisch verkrochen. Nicht so Vogelsang. Nein, er war nie überrascht, ließ sich nie erschrecken; wie ein gelassenes Wesen von einem anderen Stern, wie der Inbegriff der gleichmütigen Gottheit wandte er mir einfach den Rücken. Ich war mitten in der Nacht in sein Haus eingedrungen, während seine Geliebte splitternackt darin herumwanderte, ich war aus der Dunkelheit auf ihn losgestürzt, um sein Herz vor Schreck aussetzen und ihn – wenn auch nur einen Augenblick lang – glauben zu lassen, nun habe sein letztes Stündlein geschlagen, und er kehrte mir den Rücken zu. Ich war verwirrt und zornig, sogar darum wurde ich nun betrogen. Was hatte er im Sinn? Mich absichtlich zu reizen? Eben wollte ich seinen Namen in sonorer Wut hinausbrüllen, so laut brüllen, daß die Fensterscheiben klirrten, da drehte er sich langsam wieder um, in der Hand die Flasche. Er hielt sie leicht hoch, bot sie mir an. „Wein?“ fragte er.

Ich sah an ihm vorbei zu den drei Gläsern auf dem Tablett, und in diesem Moment spürte ich, wie das Gleichgewicht sich verlagerte – eine Sekunde lang mochte ich den Schwung auf meiner Seite gehabt haben, jetzt aber war er weg. Drei Gläser. Warum drei? Es war unheimlich, beklemmend: beinahe schien es, als hätte er mich erwartet.

„Lange nicht gesehen“, sagte er, schob seinen Stuhl zurück, stand auf und sah mich an.

Die Kehle schnürte sich mir zu, als stünde ich vor einem vollbesetzten Gerichtssaal und müßte erst noch einen Klumpen kalter Nudeln hinunterschlucken, ehe ich den Kronzeugen ins Kreuzverhör nehmen konnte. „Warum hast du uns angelogen?“

Er goß Wein in ein langstieliges Glas. „Bordeaux“, sagte er. „Haut Brion, 1972. Einen winzigen Hauch zu herb.“ Er machte einen Schritt auf mich zu, überlegte es sich dann anders, stellte das Glas auf dem Tisch ab und schenkte sich selbst nach. Wir spielten Gastgeber und Gast – zeremonielle Einladung, gewinnendes Lächeln, heitere Konversation –, und die ganze Zeit über detonierten lauter kleine Wutblasen in meinem Schädel. Selbst in besseren Zeiten war Wein bei ihm nichts als Affektiertheit, genau wie seine geschraubte Sprache und seine kaltblütige Art. Etwas, das man hatte, worin man sich auskannte, das man beherrschte. Noch nie hatte ich ihn mehr als ein halbes Glas davon trinken sehen – wozu auch? Alkohol macht weich, nimmt die Härte. Die Härte, die man im Geschäft braucht.

„Wir feiern heute abend nämlich etwas, mußt du wissen." Er deutete mit einer Geste auf den Tisch. „Cocopa-Indianer. Eine Frau mit Kind. Wir haben sie zusammen in einem Grab gefunden, gleich hinter der mexikanischen Grenze in Sonora."

Also ein archäologischer Abend sollte es werden. Da standen wir, alte Kumpel, zwei Knochensammler, die sich vor der Dia-Show mit einer guten Flasche Wein unter Kennern zuprosteten. Aber ich würde mir das nicht bieten lassen. Wutschäumend und unversöhnlich wollte ich meine Antwort haben; mich würde er nicht einlullen. „Du hast gelogen", sagte ich.

Er rollte das Glas zwischen den Handflächen, traf eine Entscheidung. Das Licht spielte auf seinem Haar, und sein Schatten bewegte sich auf mich zu, während er federnd auf den Füßen vor und zurück wippte. „Also gut", sagte er schließlich, „ich gebe es zu. Ich habe dich angelogen."

Falls es einen Augenblick gegeben hatte, in dem die Dinge eine gewalttätige Wendung hätten nehmen können, dann war er nun vorbei, und Vogelsang wußte das. Ich hätte mich auf ihn stürzen können wie ein Kamikaze, und wahrscheinlich war ich auch kurz davor gewesen, als er mir den Rücken zugekehrt hatte, als wäre ich ein Niemand – ein Kind, ein Krüppel, ein junger Hund –, doch uns beiden war klar, daß er mir ohne weiteres überlegen war. Ich brauchte nur an den Abend zu denken, als er Gesh überwältigt hatte, an den atavistischen Blick, der damals in seine Augen getreten war, an die erschreckend mechanischen Reaktionen seines Körpers, um zu begreifen, wie sinnlos jeder Angriff auf ihn wäre. Ich war gekommen, um meine Würde wiederzuerlangen. Rücklings unter Vogelsang zu liegen, während er seinen vietnamesischen Todesgriff an mir ausprobierte, war kein guter Anfang dafür.

Ich stand also in der Tür, nervös wie ein Revolverheld, der auf der Straße vor dem Saloon zum Duell angetreten ist. In meinem Rükken wehte ein leiser Luftzug, die Nacht roch nach feuchtem Laub und Eukalyptuskapseln. Aus der Küche hörte ich das Klappern von Besteck, die traurigen, starren Knochen auf dem Tisch schimmerten im Licht, die tanzenden Luchse grinsten mich an. „Du mieses Arschloch", sagte ich. „Du Lügner und Betrüger."

Vogelsang hörte sich das mit dem versonnenen Lächeln eines Schuldirektors an. Dann schüttelte er den Kopf, als hätte ich soeben an der Tafel die einfache Geometrie-Aufgabe völlig falsch dargestellt und ging um mich herum zu der offenen Tür. „Was dagegen, wenn ich die Tür zumache?" sagte er. „Ziemlich kalt draußen."

Ich war ein Stück zurückgewichen und stand auf einmal zwischen einer Büste von Oscar Wilde und einer Topfpalme eingeklemmt; irgendwo an der Peripherie meines Bewußtseins ging die Ziegenhirtenserenade in eine langsame, klagende Threnodie über. Vogelsang kam in den Raum zurück, barfuß, an seinen Waden spannten sich die Muskeln, und er sah aus, als hätte er gerade die zweite von drei Runden für den Meistertitel gewonnen. Ich spürte die Verbitterung in mir wie glühendes Eisen. „Aber wie konntest du so was tun?" fragte ich. „Ich meine, wozu das Ganze? Du benutzt einfach andere Menschen, um ein paar Dollar mehr zu verdienen, wie, wie ein ..." Ich war aufgewühlt, schäumte über wie ein gärendes Gebräu. „Was glaubst du denn, was du bist – ein ausgerasteter Raubritter, oder was?"

Vogelsang machte es sich auf dem Stuhl bequem, immer noch das entnervende Lächeln auf den Lippen, und bedeutete mir, mich ebenfalls niederzulassen. Er beherrschte die Situation jetzt, und er wußte es auch. Unerschütterlich, ruhig und gelassen wie ein Pascha, der zu einem Mahl von Wachteln und Feigen Platz nimmt und sich höchstens darum sorgt, rasch einen plagenden Wind fahren zu lassen, ehe er die Tänzerinnen hereinruft, so nestelte er an seiner Schärpe, hob das Glas, um den Wein zu betrachten, und setzte es dann für ein genußvolles Schlückchen an den Mund. Am liebsten hätte ich einen der knorrigen Oberschenkelknochen vom Tisch genommen und ihm damit den Schädel eingeschlagen. Den Stuhl würdigte ich keines Blickes. Ich blieb stehen. Wie eine Säule.

„Und was hast du überhaupt daran verdient?" Ich ließ nicht locker, versuchte ihn zu reizen, meine Wut und Frustration wuchsen proportional zu seiner Ruhe. „Zieh ab, was du diesem Blutsauger Jones gelöhnt hast, und dein Anteil ist keine fünfzehntausend wert – du wolltest uns linken, und jetzt kriegst du nicht mal deine Ausgaben wieder rein. Du bist genauso am Arsch. Du hast verloren. Einmal in deinem Leben hast auch du verloren.“ Meine Stimme war gespannt wie ein Drahtseil, ein Kreischen, eine Schmähung. Ich war der ewige Ersatzspieler, der den besten Schlagmann seines Teams nach einem Patzer hänselt, ich war das nervtötende Balg mit der riesigen Zahnklammer, das auf dem Spielplatz Spottlieder singt. Ich wurde persönlich.

Und da war er auch schon, der Schlüssel, nach dem ich gesucht hatte, der Weg zu Vogelsangs Herzen. Sein spöttisches Grinsen fiel plötzlich in sich zusammen. Ich konnte ihn die ganze Nacht lang einen Lügner und Betrüger nennen, und es war, als beschwerte sich der Hase beim Igel – ihm machte das sogar noch Spaß; es bestärkte ihn in seiner Selbsteinschätzung: Er war der smarte Geschäftsmann, der gerissene Manipulator, Nietzsches zäher, amoralischer Übermensch, der sich über die grasende Herde erhebt, um alles zu beherrschen – aber des Scheiterns bezichtigt zu werden, ein Dummkopf, ein Verlierer genannt zu werden, das war mehr, als er ertragen konnte. Ich hatte getroffen. Mitten ins Schwarze. „Gib's doch zu“, sagte ich und drehte den Pfeil in der Wunde um, „du hast dich verrechnet.“

„Nein, Felix –“, sein Tonfall war jetzt verändert, das Lachen darin eingetrocknet, „– verrechnet hast *du* dich. Du und Cherniske und dieser andere Schwachkopf. Und Dowst auch. *Ich* hab meinen Schnitt gemacht, keine Angst.“

Wovon redete er eigentlich? Er hatte überhaupt nichts gemacht, außer einem Riesenfehler. „Blödsinn“, sagte ich.

Auf einmal war er auf den Beinen, katzenartig, hektisch, ganz der alte Vogelsang. Er durchmaß den Raum bis zum Ende des Tisches und wirbelte herum. „Im Februar hab ich das Grundstück gekauft, wie ich's dir damals sagte. Aber nicht diesen Februar. Sondern im Februar vor zwei Jahren. Weißt du, was ich dafür gezahlt hab?“

Ich wußte gar nichts. Ich hatte mich verrechnet.

„Zweiundneunzigtausend.“

Kling-pomm, machte der Ziegenhirte, *pomm-pomm*.

„Und weißt du, was ich dafür kriege – nein, Moment, was ich schon dafür gekriegt *habe*?“ Seine Halsmuskeln zeichneten sich ab wie die Rippen eines Pullovers. „Den Vertrag hab ich nämlich gestern unterschrieben – aber die Verhandlungen laufen schon länger. Seit Monaten.“ Er zuckte und zappelte, hüpfte auf der Stelle auf und ab wie ein frohlockender Indianer über dem Leichnam eines Feindes. „Hundertsiebzigtausend. Und willst du wissen, warum? Weil ihr das Grundstück für mich erschlossen habt.“

Ich setzte mich hin. Mit einem Krach.

„Allerdings. Ich hatte mit Sapers einen Deal – und sieh mich bloß nicht so an, da war ich total ehrlich zu euch: Von dem Gras hatte er keine Ahnung. Dafür, daß ich das Land einzäunen lasse, war er einverstanden, daß ich mich an seine Stromversorgung anhänge. Ich hab ihm erzählt, meine Schriftstellerfreunde würden das machen, um körperlich ein bißchen in Form zu kommen.“

Eine Höhle tat sich in mir auf, ein Spalt, ein tiefes Loch, von dessen Grund ich das leise Klingen all der Pennies und Cents, Yen, Groschen, Forint und Centavos unzähliger Generationen trauriger, habgieriger Menschen hörte, die ins ewige Zwielicht hinabfuhren.

„Und ich will dir noch was sagen: ein paar kleine Reparaturen an dem Jeep und dem Datsun da draußen, und ich verscheuere die für mehr, als ich dafür gezahlt hab. Die PVC-Rohre liegen längst sauber gestapelt in der Garage. Der Generator und die Pumpe auch.“ Er war etwas näher gekommen, seine Finger tänzelten auf der Tischplatte. In der Hand hielt er den kleineren Schädel – ach ja, armer Yorick! – und fuchtelte damit herum. „Sei doch nicht so naiv, Felix“, sagte er mit einer Stimme, für die der Aufsichtsratsvorsitzende von ITT dankbar gewesen wäre, „sei doch nicht dumm. Ich verrechne mich nicht.“

Meine eigene Stimme war nur noch ein ersterbendes, verkümmertes Krächzen, ein herausgewürgter Vorwurf. „Und Jones? Der hat *doch* mit dir unter einer Decke gesteckt. Ihr habt euch zusammengetan, um uns zu bescheißen.“

„Wer hat dich denn auf *die* Idee gebracht?“

„Rudy.“

Er hielt sich den kleinen Schädel vors Gesicht und starrte in die leeren Augenhöhlen; ich dachte, er würde ihn zermalmen, aber er stellte ihn ganz sachte wieder neben seinen Gefährten, rückte beide umständlich noch ein wenig zurecht, ehe er mir antwortete. „Rudy hat eine schlechte Investition gemacht“, sagte er. „Jones ist ein Schmarotzer.“ Und dann: „Jones ist euch auf die Schliche gekommen, weiter nichts. Er hat mit Rudy geredet, er hat dich und Gesh gesehen, als ihr in der Stadt wart. Wahrscheinlich ist er danach mal nach Mendocino County raufgefahren, um sich die Sache näher anzusehen, und dann hat er beschlossen, uns unter Druck zu setzen." Vogelsangs Augen wurden schmal bei dem Gedanken daran. „Er dachte wohl, ich schulde ihm noch etwas."

Ich erhob mich langsam vom Stuhl, spürte den Zug der Schwerkraft wie ein gichtiger Rentner mit einem Rettungsring aus Wabbelfett um den Bauch, wie ein arthritisches Pferd oder ein alter Arbeitselefant kurz vor dem Gnadenschuß. Die Last war zu schwer, die Schmach saß zu tief. Ich grub einen Garten um, dachte an Rüben und Mais und an saftige, taufrische Grilltomaten, warf die Erde auf und fand nichts als Müll, Schicht um Schicht, übelriechend und übersät mit dem wimmelnden weißen Ferment des Zerfalls. „Aber wir waren doch Freunde, oder nicht?"

Er zuckte die Achseln. „Ich hab dir ein Geschäft vorgeschlagen. Du hättest nein sagen können."

„Aber du hättest mich nicht anlügen müssen, mich benutzen wie etwas, womit du dir den Arsch abwischst."

„Ach, komm schon, Felix, spiel hier nicht den Märtyrer, ja? Das läuft doch nicht. Bloß weil ich dir ein Geschäft vorschlage, brauche ich dir ja nicht gleich meine Steuererklärung zu zeigen, oder? Hast du damals vielleicht nach einem Prospekt gefragt, als ich dir den Tip mit dem Zirkonium gegeben habe? Ich hab dir damals Geld verschafft. Und vergiß nicht, du hast bei dem ganzen Projekt nichts investiert. Keiner von euch. Ich war es, der das Land gekauft und das Kapital eingebracht hat, ich war es, der euch die Chance gegeben hat."

„Unsere Chance war doch von Anfang an gleich Null." Alles Blut schien aus meinem Kopf gewichen. Ich fühlte mich wie eine ausgesaugte Motte im Spinnennetz. „Zweitausend Pflanzen, hast du gesagt, tausend Pfund. Aber du hast verflucht genau gewußt, daß wir mit viertausend Pflanzen hätten anfangen müssen, damit am Ende zweitausend übrigbleiben. Ich meine, du und Dowst, ihr schneit in mein Wohnzimmer rein, und bei euch hört es sich so an, als ob ihr mir eine halbe Million Dollar in den Schoß legt oder so was, dabei wußtet ihr die ganze Zeit –"

Er hob abwehrend die Hand. „Nein, nein. Ich wollte ja, daß es funktioniert – ich dachte auch, es würde gehen, ich habe daran geglaubt. Warum hätte ich mir sonst die Mühe gemacht, das Ganze einzufädeln? Boyd ist schuld. Ich habe ihm vertraut, und er hat mir eben Mist erzählt." Vogelsang war jetzt ruhiger; die Bedrohung war vorbei. Er hatte mir, dem Geringen, gezeigt, daß er um so vieles höher stand – klar, vielleicht hatte er ein paar Schläge unter die Gürtellinie einstecken müssen, aber er war trotzdem bis ins Ziel gekommen, und er war immer noch der Champion. „Das war mein größter Fehler", sagte er nach einer Pause, „– daß ich auf Dowst gehört hab."

Ich sah ihn nur an, etwas dümmlich, schwer von Begriff, die Klassenpflaume unter lauter Superschülern.

„Er hat mir geschworen, daß er genügend Samen auftreiben könnte. Und daß ein halbes Pfund pro Pflanze sowieso schon die *unterste* Schätzung sei, auch wenn man taube Samenkörner, schlechtes Wetter und all das mit einrechnete, selbst wenn wir ein paar Probleme hätten, sagte er, dann müßten wir mindestens ein Pfund, oder noch mehr, aus den meisten herausholen. Außerdem hatte er sich das Grundstück angesehen und danach behauptet, er könnte einen ganzen Wald dort anbauen, einen Dschungel – kein Problem."

Es war ein Witz. Vogelsang bleckte die Zähne, um das zu verdeutlichen, die Luchse wirbelten wild herum, der Ziegenhirte hielt abrupt in seinem Klagelied inne, und es folgte das fröhliche *kritz-kratz-kritz* des Tonabnehmers auf der Innenrille. Aber ich hörte noch etwas anderes. Ein leises Kichern. Aus dem Dunkel. Ich fuhr herum und sah, in der hintersten Ecke des Saals, die bleichen, gerade noch erkennbaren Umrisse einer menschlichen Gestalt, die sich auf dem Sofa räkelte. Als sie aufstand und auf die Stereoanlage zuging, um eine neue Platte aufzulegen, bemerkte ich voller Entsetzen, daß es Aorta war, die sich da, immer noch nackt, aus der dunklen Ecke erhob wie eine Nymphe aus ihrem Teich, das Haar weiß gebleicht und kurz geschoren wie eh und je. Hintern, Brüste, Brustwarzen, Schenkel, die Tätowierung auf ihrer rechten Flanke (ein Skorpion?) – jedes Detail war ein Boxhieb in den Oberarm, der mein Herz kurz aussetzen ließ. Was mich aber endgültig veranlaßte, mit sperrangelweit aufgerissenem Mund dazustehen und sie anzuglotzen wie ein Schwachsinniger, war der breite, wie mit dem Beil gezogene blaue Streifen, der quer über ihr borstiges Haar verlief.

Ich starrte Vogelsang an, völlig hilflos. Er lächelte immer noch – oder vielmehr zog er, in der seltsam verkrampften Art von Bibelverkäufern oder Opernmäzenen, die Oberlippe ein Stück hoch. Wurde ich etwa verrückt? Wieder sah ich zu Aorta, die drüben am Plattenspieler herumfummelte, und dann dämmerte es mir allmählich: Ich drehte den Kopf um volle hundertachtzig Grad und starrte auf das harte, kalte, unzugängliche Viereck der Küchentür.

Wie auf ein Stichwort ging im selben Moment die Tür auf, und sie kam herein, kam auf uns zu, ein zaghaftes Lächeln auf den Lippen, das ihre hübschen, gleichmäßigen Babyzähnchen und das hellrosa Zahnfleisch sehen ließ. Sie balancierte ein Tablett mit der einen Hand, in der anderen hielt sie eine offene Bierflasche. Der Kimono war ein wenig verrutscht, ich konnte den Ansatz einer kleinen Brust sehen, und weiter unten blitzte kurz der helle Busch ihrer Schamhaare auf. Make-up, Frisur, Größe, Gewicht und Gang, in allem hätte sie Aortas Zwillingsschwester sein können – aber ich wußte, wer sie war, erkannte sie sofort, und mit dem Erkennen durchfuhr mich Erstaunen, Neid, Haß und Lust wie der erste Stromstoß beim Elektroschock. „Savoy", flüsterte ich.

Auf dem Tablett lagen kleine Leckereien – geräucherte Austern, Artischockenherzen, die schwarzen Speichelklumpen von Kaviar –, ein Antipasto. Oder ein Anticoito. Ich sah ihr in die Augen, als sie das Tablett zwischen den Knochen abstellte, neben der halbvollen Flasche und den drei Gläsern. Sie warf mir einen kurzen, scharfen Blick zu, unverschämt und triumphierend zugleich, und ließ dann den Arm um Vogelsangs Taille gleiten. „Hallo", sagte sie. Sie lächelte, obwohl ihre Unterlippe fast unmerklich zitterte. „Lange nicht gesehen."

Vielleicht ist der Schockzustand eine Art Tiefschlaf der Sinne, der unser Innerstes vor den scharfen Kanten der Welt schützt, jedenfalls war ich in diesem Moment unendlich dankbar dafür. Ich fühlte es über mich kommen wie eine schwere Decke, wie eine Droge, spürte meine Lippen taub und meine Augen glasig werden. Ich dachte nicht an Verrat, Verdorbenheit und Habsucht: Ich dachte an gar nichts mehr.

„Es ist nicht so, wie du denkst, Felix", sagte Vogelsang. Er wirkte verlegen, auf frischer Tat ertappt; er grinste, bis seine langen, fahlen Zahnhälse freilagen. „Ich hatte sie vorher nie gesehen, bis du mich hingeschickt hast, damit ich mit ihr rede. Das schwör ich dir."

„Meine Mutter ist ein Arschloch", bemerkte Savoy, als hätten wir schon eine Viertelstunde über Mütter und Arschlöcher diskutiert.

„Ich hab einen Deal mit ihr gemacht. Ein Abkommen. Sie wollte aus diesem Provinzkaff raus, und ich hab ihr angeboten, sie könne hierher zu mir und Aorta ziehen, wenn sie das Projekt in Ruhe ließe.“

Ich bemerkte eine Bewegung zu meiner Linken. Aorta war herangetreten und stand dicht neben mir, splitternackt. Wir gaben einen flotten Vierer ab, ging es mir durch den Kopf, ein Quartett, um die verstreuten Knochen und das Tablett mit delikaten Häppchen gruppiert wie Darsteller in einem nekrophilen Pornostreifen beim Besprechen der nächsten Paarungsszene. Irgendeine Musik spielte, die ich nicht kannte, etwas Rhythmisches, Hartes, wie zischende Vipern. Ich sah Aorta an. Ihre Miene war unverbindlich. Ich fühlte mich berauscht. Mein Gesicht brannte wie Feuer, mein Unterleib geriet in Wallung.

„Und Eugene ist genauso ein Arschloch“, sagte Savoy.

Vogelsang griff nach seinem Weinglas und zerstörte damit das lebende Bild, Aorta kratzte sich geistesabwesend und nahm einen Salzkeks, Savoy kippte einen Schluck Bier die Kehle hinunter. Ich war etwas unsicher auf den Beinen, starrte wie gebannt auf Aortas Venushügel, Nabel, Brüste, schob dann die Hände in die Taschen und machte einen Schritt zurück. Da stieg mir auf einmal der Duft in die Nase. Scharf, geil, durchdringend: Es roch nach Sex, es war derselbe Moschusgeruch, der damals in jener Nacht, als wir auf den Erfolg des Sommerlagers angestoßen hatten, von Vogelsang und Aorta ausgegangen war. Ich schnupperte es wie ein liebestoller Kater, wie ein Höhlenmensch, der Geruch hatte etwas Verdorbenes. Auf dem Tisch lagen die Knochen, Aorta beobachtete mich, die Musik toste in meinen Ohren, und es ekelte mich alles an. All diese Intrigen, Tricks und Tücken ekelten mich an, die gierigen, grabschenden, geilen Gesichter der ganzen Welt ekelten mich an, ich ekelte mich vor mir selbst.

Ich drehte mich um und ging auf die Tür zu, auf den Duft nach Eukalyptus, die Nacht, den Wind: Balsam für meine Wunden. Meine Hand lag schon auf dem Türknauf, da sagte Vogelsang: „Felix“, und ich blieb stehen, um zu ihm zurückzusehen. „Du kannst gerne bleiben, wenn du magst.“

Ich mochte nicht.

Über die Holzplanken, meine Beine zogen mich voran, Beine und Füße, vorbei an der umgefallenen Puppe und die Treppe hinunter, genau derselbe Weg, auf dem ich auch gekommen war. Wind war aufgekommen und schüttelte die Baumkronen. Ich war schon um die Hausecke gebogen, da erreichte mich seine Stimme noch einmal – er mußte direkt an der Tür stehen. „Das mit dem Kalender", rief er, „das war bloß ein Witz."

Ich weiß nicht, wie lange ich reglos im Auto saß. Zehn Minuten? Zwanzig? Eine Stunde? Der Wind wehte vom Ozean herein, beharrlich wie eine starke Hand, der Mond hing über der Motorhaube des Wagens wie billiger Talmi. Ich war in Gedanken versunken. Ich dachte an Rudy mit seinem komischen Kinn, an Jones, Vogelsang und Savoy, an all die Verlader und Verladenen dieser Welt, an die ganzen miesen Deals, die Beschisse und schäbigen Tricks, und mir wurde klar, wie schrecklich unwichtig all das im Grunde war. Rangehen mußt du, sagten sie, früh schlafen gehen und früh aufstehen, ohne Fleiß kein Preis. Nun, ich war rangegangen, und jetzt stand ich ohne Geld da, arbeitslos und glücklos, ich mußte demnächst vor Gericht erscheinen und hatte bald keine Bleibe mehr, und ich fühlte mich emotional wie ein Krüppel, wie ein Luftballon ohne Helium. Ich saß im Auto, langsam wurde mir kalt, und ich dachte dabei an Phil und Gesh, die in meiner Wohnung die kärglichen Überreste ihrer Yachten und Restaurants mit Scheren zerschnippelten, die mit jedem Augenblick stumpfer wurden. *Money, give me money*. Und dann dachte ich an Petra. Nein, ich sah Petra vor mir. Ihre Hände versanken im feuchten Ton, kneteten ihn wie Brot, gaben ihm Form, zogen das Harte, Dauerhafte aus seinem wechselhaften, konturlosen Mark. Naß, nachgiebig, fruchtbar: ich konnte ihn riechen, den Ton, ich konnte ihn spüren.

Ich schob den Schlüssel in die Zündung und startete den Wagen mit einem Röhren, das wie Applaus klang, wie hunderttausend Hände, die in der Dunkelheit klatschten. Dann fuhr ich rückwärts aus dem Schatten von Vogelsangs Gartentor hinaus, schlängelte mich die Auffahrt entlang, vorbei an den gespenstisch bleichen, entrindeten Stämmen der Eukalyptusbäume, und wandte mich nordwärts, nach Willits. Vor mir lag ein langer, verregneter Winter, in dem ich Zeit haben würde, alles zu überdenken, neue Wege zu beschreiten und vielleicht sogar – wenn alles gutging – ein kleines Samenkorn zu pflanzen.